Sento i tuoi passi

MARIA TERESA STERI

*Preferisco essere odiato per ciò che sono,
piuttosto che essere amato per ciò che non sono.*
(Kurt Cobain)

Copyright © 2023 Maria Teresa Steri

Tutti i diritti riservati.

Codice ISBN: 9798853583238

1

AMANDA

27 giugno, lunedì

La prima impressione è quella che conta, si dice. Nel caso di Greta, intuii a pelle che non mi sarebbe piaciuta e che l'antipatia sarebbe stata reciproca. Fu una sensazione viscerale che trovò presto conferma. Tuttavia, nessuna intuizione o presentimento avrebbe potuto prepararmi a quanto sarebbe accaduto in seguito.

Quando mi imbattei in lei per la prima volta era un lunedì mattina e io ero di ritorno dal ferramenta, carica come un mulo di materiale per la nuova casa. Buste piene di barattoli di pittura, pennelli, detergenti, spazzoloni e stracci di ogni tipo. Ero uscita molto presto per non dover affrontare la calura mattutina. Eravamo all'inizio dell'estate e quello era il primo giorno di un'ondata di alte temperature che ci avrebbe tenuto in ostaggio per diverse settimane. Avevo perso tempo a scegliere i colori della vernice, facendo più tardi del previsto, così mi ritrovai ad affrettarmi lungo la via del ritorno sperando che Gianfranco non fosse già partito.

Varcato il portone del palazzo, notai l'ascensore aperto e mi ci infilai al volo, un attimo prima che le ante scorrevoli si chiudessero dietro di me. All'interno della cabina tutta in vetro si trovava una ragazza alta e molto magra, l'espressione accigliata, accentuata da un paio di ispide sopracciglia. La salutai affannata e allegra, consapevole della mia aria stralunata. In risposta al saluto, la sconosciuta mi gettò un'occhiata di sbieco e fece un cenno indifferente con la testa.

Usai il gomito per pigiare il pulsante dell'ultimo piano e la cabina cominciò a salire. Con l'interno del braccio scostai i capelli dalla fronte, desiderando ardentemente una doccia per liberarmi del sudore e dell'appiccicume della città. «Oggi si muore di caldo, vero? Si preannuncia un'estate torrida».

La ragazza reagì alla mia banale osservazione con un mormorio seccato, come se la stessi importunando. Non si degnò di rispondere.

Non mi lasciai scoraggiare: «Mi chiamo Amanda», mi presentai. «Ti porgerei una mano, ma come vedi sono entrambe occupate». Sollevai il braccio destro che reggeva il sacchetto con i barattoli di vernice.

«Greta», mi concesse la sconosciuta. Seguì una pausa durante la quale mi scrutò dall'alto in basso, come a prendermi le misure. «Tu sei quella nuova», sentenziò al termine dell'esame, con un vocione roco da fumatrice incallita.

«Esatto! Mi sono trasferita la scorsa settimana all'interno 11B insieme a mio marito Gianfranco».

«Buon per te», commentò lei e subito dopo si voltò verso l'uscita, dandomi le spalle.

«Anche tu abiti qui, immagino».

«Corretto».

Normalmente avrei fatto un altro tentativo per portare avanti la conversazione o quantomeno iniziarne una. Ero nuova in città, avevo un estremo bisogno di allacciare amicizie e quella tizia a occhio e croce aveva la mia età, poteva essere una buona candidata per ampliare le mie scarsissime conoscenze. Invece non dissi altro, me ne rimasi schiacciata contro la parete in vetro della cabina, mortificata dalla sua ostilità, nella spasmodica attesa che l'ascensore raggiungesse l'ultimo piano e mi liberasse della scorbutica compagnia. Per tutto il tragitto, restai in silenzio a fissare le sue scarpe da tennis, lerce e sfilacciate. Aveva piedi lunghi e nodosi, gambe affusolate, costrette in un paio di jeans sdruciti e una corporatura longilinea e ossuta senza l'ombra di una curva, quasi scheletrica. Era una vera spilungona, sul metro e ottanta. Portava capelli flosci e incolti, di colore bruno scuro, raccolti disordinatamente in una coda di cavallo bassa che metteva in mostra un viso ovale, anonimo, dal colorito pallido, quasi malsano. Mi accorsi che anche lei mi scrutava in tralice, benché la faccia poco amichevole fosse rivolta ostinatamente verso l'uscita.

Non cominciamo con il piede giusto, mi ritrovai a pensare.

L'ascensore sembrava salire al rallentatore. La cabina trasparente permetteva una visione totale delle scale, man mano che procedeva. Finalmente si fermò al quinto piano e scoprii che la tizia antipatica abitava in uno degli appartamenti sotto il mio. Le porte di vetro si aprirono e Greta uscì con andatura rigida, senza neanche un cenno di commiato. Fui io a lanciarle alle spalle un vivace "buona giornata", prima che le porte tornassero a chiudersi. Cordialità che non fu ricambiata, come se le costasse troppa fatica aprire bocca.

Che simpaticona, considerai mentre frugavo in tasca in cerca delle chiavi di casa. Non le trovavo, impacciata dalle buste, così premetti il campanello nella speranza che Gianfranco fosse ancora a casa. Lo era. Pelle rasata di fresco, capelli ben pettinati, già vestito di tutto punto ma con la camicia sbottonata.

«Non riuscivo a raggiungere le chiavi», mi scusai. «Grazie al cielo sei qui, temevo di non fare in tempo a salutarti». Mi liberai delle buste depositandole in un angolo. Lui mi passò un braccio intorno alla vita e mi baciò su una guancia. Sapevo di avere la pelle umida di sudore e provai un po' di disagio.

«Ti stavo aspettando», mi comunicò. «Devo mettermi in viaggio prima del previsto, mi hanno avvertito di una riunione in tarda mattinata e vorrei evitare di rimanere bloccato nel traffico».

«Peccato, speravo avremmo fatto almeno colazione insieme». Gli passai una mano sul torso nudo, carezzando con le dita la morbida peluria.

«Lo speravo anche io», replicò lui con dolcezza, ma percepii anche una nota di recriminazione. Infatti subito dopo osservò: «Sei uscita prestissimo».

«Sì, volevo fare un po' di acquisti prima che l'aria si scaldasse troppo. C'è un ferramenta qui vicino, ho fatto due passi a piedi».

«Non mi capacito perché ti intestardisci a voler fare tutto da sola», mi rimproverò, gettando un'occhiata inquisitoria alla roba che avevo comprato. «Potremmo chiamare qualcuno per sistemare il terrazzo e tutto il resto. C'è Virgil, il responsabile della manutenzione del condominio. Dovrei avere il numero da qualche parte».

«Posso arrangiarmi».

«Non ne vedo il motivo. Capisco svuotare gli scatoloni, ma il resto è roba da maschietti».

Lo fulminai con lo sguardo. «Non dire sciocchezze sessiste! E comunque, l'idea di girarmi i pollici tutto il giorno non mi piace affatto».

«Un po' di dolce far niente non ti farebbe male», insistette lui, spostandosi in camera da letto. «Abbiamo alle spalle un trasloco, sei stanca».

In questo aveva ragione, erano stati giorni frenetici e io ero sfiancata, fisicamente ed emotivamente. Oltre ad aver cambiato casa, avevo rinunciato al lavoro e mi ero allontanata da mia sorella e dalle mie nipotine. Avevo lasciato indietro un'intera vita per approdare a Roma, una città sconosciuta e troppo grande per i miei gusti. Lo avevo fatto con il cuore pesante e proprio per questo sentivo il bisogno di impegnarmi in attività che mi tenessero la testa occupata. Nei giorni precedenti avevo già cercato inutilmente di spiegarlo a Gianfranco ed ero stufa di ripeterlo, così cambiai discorso mentre lo seguivo in camera. «Ho conosciuto una ragazza in ascensore, si chiama Greta. Pare che abiti al quinto piano».

«Ah sì, me ne ha parlato l'amministratrice. Sono in due, proprio nell'appartamento qui sotto. Dovresti far amicizia con loro».

«Dovrei?», domandai con un pizzico di indignazione per l'ennesimo suggerimento non richiesto.

«Volevo solo dire che hanno più o meno la tua età».

«Beh, non credo diventeremo amiche. Quella Greta ha modi davvero scostanti. Per la verità mi è sembrata una vera cafona».

«Non sarai prevenuta, tesoro?».

La discussione rischiava di precipitare in polemica come sovente succedeva tra noi in quel periodo, così mi sforzai di smorzare i toni. «Ma no, è solo un'impressione a pelle».

«Sai, qui in città la gente dà meno confidenza».

«Sì, lo so».

«Spero comunque che non resterai tappata in casa».

«Ho tutte le intenzioni di ambientarmi e fare nuove conoscenze, sta' tranquillo».

Mio marito annuì, rassicurato. «C'è una piscina a disposizione dei condomini. Dovresti considerare questo periodo come una vacanza, tu che puoi».

«Nei prossimi giorni andrò a prendere un po' di sole. E sarà una buona occasione per conoscere il vicinato».

«Ottimo. Quando tornerò, sarai già tutta abbronzata. Ora però si sta facendo tardi, recupero il bagaglio e mi metto in viaggio». Lo vidi trafficare con il trolley. «La vita del pendolare è faticosa», si lamentò riavvicinandosi. «Ma la parte peggiore sarà stare lontano da te», disse accarezzandomi una guancia.

«Anche per me. Mi consola solo sapere che sarà un sacrificio di breve durata», replicai con un sorriso conciliante.

Lui si limitò a fare un cenno d'assenso. Ci salutammo con un lungo abbraccio. Quando la porta si richiuse dietro di lui, un'ondata di tristezza mi sommerse, come se avessi realizzato solo in quel momento quanto fossi sola in quella grande casa. Acutamente consapevole che alla lontananza dalla famiglia e dagli amici, ora si aggiungeva anche quella da mio marito. Nel prossimo futuro avrei dovuto imparare a convivere con la solitudine.

2

GRETA

Greta entrò in casa sbattendo fragorosamente la porta. Non c'era motivo di farlo, ma le andava di sfogarsi dopo l'irritante incontro in ascensore. Non le erano mai piaciuti gli ascensori, non le ispiravano alcuna fiducia. L'idea di finire intrappolata per ore con degli sconosciuti in caso di guasto, l'atterriva. Di solito evitava di prendere quella cabina infernale, ma non sempre era in vena di sobbarcarsi cinque piani di scale a piedi.

Sfilò le scarpe da ginnastica e con un calcio le lanciò in un angolo. Era andata a camminare come tutte le mattine. Ogni giorno percorreva il quartiere a grandi passi vigorosi, gli occhi fissi davanti a sé, incurante di chi si parasse sul suo cammino. Non si poteva definire né una passeggiata, né una corsa. Non lo faceva per tenersi in forma o per qualche fisima atletica, in verità non le piaceva nessun tipo di esercizio fisico. Lo scopo delle camminate era smaltire la rabbia, le energie negative, sfinirsi il più possibile. Pur non avendo una vera e propria meta da raggiungere, prendeva sempre le stesse strade. Fare il medesimo percorso era una sorta di rituale. Si muoveva svelta, con decisione e piglio energico, finché i muscoli dei polpacci le dolevano, i piedi bruciavano e non iniziava a sentirsi emotivamente meglio, come se un veleno mefitico piano piano fosse fuoriuscito dal suo corpo. Talvolta riusciva perfino a estraniarsi dall'ambiente circostante, dimentica di tutto e tutti. Sfrecciava senza badare al rumore del traffico, alla puzza degli scarichi delle auto, alla gente che la guardava come se fosse una pazzoide in libera uscita. Né si curava degli incauti che si mettevano sulla sua strada e che lei finiva per urtare o persino investire; gente che il più delle volte le gridava dietro insulti e bestemmie.

Negli ultimi dieci giorni quelle camminate erano state una tortura. Il corpo ammaccato rendeva ogni movimento estremamente gravoso. Le contusioni al torace le dolevano a ogni passo. Le escoriazioni sulle gambe le procuravano tremendi fastidi quando il tessuto dei pantaloni sfregava sulla pelle lesionata.

Ciononostante non aveva voluto rinunciare alle sue peregrinazioni. Ne aveva un bisogno vitale.

Di solito rientrava svuotata, ripulita, ma non quel giorno. Era più nervosa di prima. Doveva essere colpa della Barbie castana incontrata in ascensore. Greta si era sentita così scarmigliata e insignificante rispetto a *quella Amanda* che perfino quel giorno che si schiattava dal caldo le era parsa perfetta, benché il suo sguardo avesse afferrato solo alcuni particolari: il fisico snello da gazzella, le lunghe gambe scoperte, esibite da un paio di pantaloncini, un viso fresco dai lineamenti delicati, le labbra piene ma non troppo carnose, una massa fluente di capelli castani e riccioluti che si espandeva come una soffice nuvola.

Sentiva ancora rieccheggiare in testa la sua voce smielata mentre cercava di attaccare bottone. Quant'era seccante con quei modi caramellosi. Sorrideva troppo, tanto per cominciare. Era come se la bocca fosse paralizzata in un sorriso fasullo. Greta non li tollerava proprio quei tipi fintamente amichevoli, così perbene ed educati da dare il voltastomaco.

Considerando tutta la roba che aveva comprato per la casa, poi, doveva essere una persona iperattiva, di quelle che sprizzano energie ed entusiasmo da tutti i pori. Già sveglie all'alba e pronte ad affrontare di petto la giornata con l'argento vivo addosso.

Greta era impegnata a rimuginare su quelle ipotesi, quando la coinquilina fece capolino all'ingresso. «Ah, eccoti. Mi pareva che fossi rientrata. Le pareti hanno tremato quando hai chiuso la porta», la punzecchiò Rosi.

«E tu, già di ritorno?», ribatté Greta poggiando le chiavi sul mobile con uno scatto nervoso.

Rosi non rispose alla domanda, che del resto era retorica. Quando non aveva i turni da infermiera, nel weekend partiva per andare dalla famiglia. Non che Greta se ne lamentasse, avere la casa a sua completa disposizione per due giorni era una bella cosa.

La sua coinquilina era un tipo semplice, grassottella di costituzione, un viso paffuto che con generosità si poteva definire carino, occhi scialbi perennemente spalancati, sottolineati da una frangetta infantile. «Ho il turno nel pomeriggio», le comunicò come se a Greta interessasse saperlo. «Mangio un boccone e faccio un riposino prima di uscire». Si avviò in cucina.

Greta restò immobile, senza dire nulla. Provava l'impulso di rintanarsi in bagno e darsi una rinfrescata, ma allo stesso tempo era pungolata dalla curiosità di sapere di più su *quella Amanda*. Alla fine, seguì Rosi in cucina. La sua coinquilina era una grandissima ficcanaso, di sicuro sapeva già vita, morte e miracoli dei nuovi arrivati.

Rosi stava riempiendo una pentola d'acqua. Mangiava sempre a orari inconsueti per via dei turni in ospedale.

Greta aprì il frigorifero e vi indugiò davanti come se cercasse qualcosa. Disapprovava le chiacchiere superficiali, ma l'interesse prevalse sul desiderio di stare zitta. «Hai già incontrato quelli di sopra?», domandò con un'aria che voleva apparire casuale. «Quelli che hanno preso il posto di Anita», precisò.

Rosi chiuse il rubinetto e si soffermò a riflettere. «Li ho visti da lontano il giorno in cui si sono trasferiti. Sembrano tipi a posto. Lui è un vero fico. E anche lei mi è sembrata uno schianto».

«Uhm, sì. Probabilmente si è rifatta il naso e qualche altra cosetta qua e là», osservò Greta con una smorfia di sdegno, chiudendo il frigo con troppo impeto. «E si dà anche un sacco di arie. L'ho appena incontrata in ascensore».

«A me non è sembrato che si desse delle arie», obiettò Rosi. Si voltò per poggiare la pentola sul fornello.

«Cosa ne sai? Hai detto di averla vista da lontano».

Rosi replicò con una scrollata di spalle. «Ho un sesto senso per le persone. Non mi è parsa una sposina felice». Coprì la pentola con un coperchio.

«Mah, quelle come lei hanno una vita favolosa e non capiscono la loro fortuna. E magari vanno pure in terapia spendendo un occhio della testa per problemi inesistenti».

«Vedo che ti sei già fatta un'idea. Brava». Rosi mimò un breve applauso.

Greta non gradì il commento sarcastico, ma preferì non raccogliere la provocazione e si limitò a gettare un'occhiata malevola in direzione di Rosi. Non aveva intenzione di continuare quella conversazione che non portava da nessuna parte.

In bagno, sfilò la maglietta impregnata di sudore e aprì il rubinetto per rinfrescarsi. Sostò per qualche minuto davanti al lavello. Di solito evitava di guardarsi a lungo nello specchio, non si piaceva, anzi si vergognava del suo aspetto fisico, ma voleva controllare a che punto fossero i lividi. Sul petto erano ancora visibili delle chiazze bluastre che stavano virando verso il viola-giallo. Durante i primi giorni, tutta l'area le aveva fatto un male infernale. Toccando quelle zone le sentiva ancora dolenti ma il gonfiore si era ridotto. Sapeva che se voleva far sparire in fretta gli ematomi avrebbe dovuto passare una pomata apposita, ma non aveva intenzione di spendere soldi in farmacia intaccando le sue magre risorse. Avrebbe continuato a nascondere i lividi a Rosi per evitare domande, in attesa di una guarigione spontanea.

Anche i graffi sulle gambe e le escoriazioni sulle ginocchia si stavano rimarginando. Il contatto con i pantaloni le procurava ancora irritazione, ma aveva sempre avuto una soglia del dolore alta.

Mentre si esaminava in modo impietosamente critico, la sua bocca si contorse in una smorfia. La magrezza del viso faceva sembrare il suo naso adunco e i suoi occhi ancora più grandi e allucinati. Sapeva che le sopracciglia erano troppo folte e selvagge, non era mai stata in grado di sfoltirle e modellarle usando la pinzetta. Per quanto cercasse di sistemarsi i capelli, le ciocche lanose e mal tagliate si ribellavano, con il risultato di apparire costantemente spettinata.

Quel giorno si sentiva peggio del solito. Si trovò sciatta, goffa e sgraziata nei gesti, con le spalle dalle ossa sporgenti che tendevano a incurvarsi come se sorreggesse tutto il peso del mondo.

Sciolse la coda e lisciò la capigliatura con una mano. Aveva lasciato crescere i capelli soltanto per non essere scambiata per un ragazzo, come era successo talvolta in passato. Certo, si conciava come un maschiaccio e questo non aiutava. Con l'arrivo del caldo aveva la tentazione di farsi un taglio corto. Era una tale seccatura asciugare tutti quei capelli, che avevano sempre quell'aria smorta, appiattita sulla testa. Non andava dal parrucchiere da una vita, non si truccava mai e con le temperature di quei giorni appariva ancora più trasandata. Si toccò la faccia, passando le dita sulla pelle. Odiava la carnagione slavata e quei lineamenti piatti e insignificanti, la mascella lunga, il mento sproporzionato e quasi appuntito.

Era innegabile che da quando Seb era uscito di scena, si era lasciata andare più di quanto non fosse solita fare. Quando stava con lui, se non altro tentava di rendersi accettabile, lavava e spazzolava regolarmente i capelli, metteva persino del lucido sulle labbra sottili e qualche goccia di profumo ai polsi. Piccole concessioni alla vanità. C'era ben poco da valorizzare, ma perlomeno era un piccolo sforzo per apparire al meglio. Ora non ne aveva più voglia.

Il ricordo di Seb la riempì di risentimento e le fece stringere lo stomaco. Pensare a lui era un errore, non doveva farlo o sarebbe uscita fuori di testa. Esisteva un unico modo per ritrovare una parvenza di pace interiore: estirparlo dalla sua vita, comportarsi come se non fosse mai esistito. Prima o poi il suo ricordo sarebbe diventato più sopportabile, fino a sparire come avrebbero fatto quegli orrendi lividi.

Scacciò senza pietà l'immagine di Seb dalla mente, ma le rimase addosso un sottile senso di angoscia, una specie di bava corrosiva.

Si pizzicò una guancia strizzando una porzione di carne tra pollice e indice, fino a lasciare una traccia di rossore sulla pelle. Fu assalita dalla frenesia di tirare un pugno allo specchio. Allungò un braccio ma si trattenne all'ultimo istante.

3

AMANDA

Recuperai i barattoli di vernice e i pennelli, e uscii sul terrazzo. Il sole cocente batteva con un forte riverbero sopra la pavimentazione in cotto. Era bene aspettare che calasse l'ombra per pitturare la ringhiera. Presi anche un appunto mentale sull'opportunità di montare una tenda o acquistare un ampio ombrellone. Avrei chiesto a Gianfranco cosa preferisse, benché sapessi che avrebbe delegato a me la scelta. Dicono che tutti gli uomini si comportino con indifferenza in relazione alle questioni casalinghe, e Gianfranco confermava in pieno tale stereotipo.

Ripensai alla breve discussione avuta con lui. Mio marito non mi incoraggiava a darmi da fare per il nuovo appartamento e men che mai a trovare un nuovo lavoro. Fino a quel momento non avevamo affrontato l'argomento in maniera diretta, ma conoscevo la sua mentalità un tantino maschilista e sospettavo che preferisse avermi in casa, soprattutto in previsione di un'eventuale maternità. Da qualche giorno in me si era insinuata la paura di restare impantanata in una vischiosa routine, senza un vero scopo nella vita.

Il caldo era insostenibile, così tornai dentro. Le stanze erano disseminate di scatoloni. A quattro giorni dal trasloco, la maggior parte delle cose era ancora impacchettata. Una vita intera racchiusa in scatole e valigie. C'era da rimboccarsi le maniche. Sospirai e mi guardai intorno con sguardo critico. Era una bella casa, non potevo negarlo. Spaziosa, ariosa, luminosa, con un'ampia terrazza che affacciava sulla piscina condominiale, mentre in lontananza si intravedevano gli altri palazzi del quartiere e più in là il profilo indistinto del centro di Roma. L'intero condominio Tre Ginestre – un complesso residenziale formato da un imponente edificio, un rigoglioso giardino, una piscina e un mini parco giochi per bambini – costituiva una piccola oasi nella città, circondata dal verde e isolata rispetto al frastuono del traffico metropolitano. Eppure, avevo avuto molte remore a trasferirmi. Mi spaventava l'idea di allontanarmi dal paese d'origine e affrontare una grande città, io che ero vissuta sempre in un centro urbano a misura d'uomo. Inoltre, mi faceva una certa impressione prendere il posto di Anita, la precedente proprietaria e zia di mio marito.

Gianfranco aveva insistito a lungo: quell'eredità era un'occasione da non lasciarsi sfuggire, sarebbe stato un peccato vendere un appartamento così bello che oltre tutto non necessitava neppure di costosi ammodernamenti. «Appena lo vedrai, sarà amore a prima vista. Ne sono sicuro».

Aveva ragione.

Messo da parte lo scetticismo, avevo accettato di visitare la casa prima di scartare del tutto l'idea. Mi ero aspettata un posto malandato, in abbandono, invece avevo trovato un'abitazione in buone condizioni ed ero rimasta abbagliata dalla veduta e dagli ambienti ben disposti e funzionali. Lo spazio era di gran lunga superiore rispetto al minuscolo bilocale dove abitavamo. Anche la palazzina delle Tre Ginestre era magnifica, tutta in stile mediterraneo con le pareti esterne bianche immacolate, infissi e ringhiere verniciati in azzurro cielo.

Alla fine si erano smorzati tutti i dubbi.

Subito dopo il trasloco, l'appartamento aveva mostrato qualche pecca, macchie di umidità sul soffitto, piccole crepe nelle mura esterne, il rubinetto della cucina sgocciolava, uno degli sciacquoni era difettoso e avevamo scoperto che il terrazzo e la cantina erano interamente da ripulire. Niente comunque che armati di buona volontà non potessimo sistemare.

Gianfranco aveva preso accordi con il suo ufficio per lavorare ancora tre mesi nell'attuale sede prima di ottenere il trasferimento. Avrebbe perso l'occasione di avanzare di carriera in tempi brevi, ma a lui non sembrava interessare. Cambiare aria ci farà bene, continuava a dire.

Io invece mi ero licenziata da un'occupazione che perdeva colpi già da tempo, anticipando solo l'inevitabile perché l'editore presso il quale lavoravo come segretaria di redazione si aggirava sull'orlo del fallimento. Mi era sempre piaciuto occuparmi di libri. Sapevo che non sarebbe stato facile trovare un nuovo impiego all'altezza dei miei desideri. Tuttavia, ero convinta che valesse la pena di fare dei sacrifici. Quel cambiamento drastico avrebbe potuto segnare il punto di partenza di una nuova vita. Avrei voltato pagina e sarei riuscita a sbarazzarmi degli strascichi del passato. E soprattutto, grazie a quel nuovo inizio, avrei potuto salvare il mio matrimonio.

4

GRETA

28 giugno, martedì

Furono gli schiamazzi a svegliarla. Si riversavano nella stanza a ondate, provenienti dalla piscina, dove un gruppo di ragazzini pestiferi giocava a palla. Odiosi marmocchi maleducati, peggio di loro c'erano solo le adolescenti femmine, tutte gridolini e risatine giulive, costantemente impegnate a scattarsi selfie.

Greta avrebbe voluto dormire ancora un po', ma ormai non c'era speranza di riassopirsi. Fin da bambina aveva avuto il sonno leggero, ma negli ultimi tempi addormentarsi era diventato un serio problema. Di giorno riusciva per lo più a sottrarsi al ricordo di Seb, ma quando calava il buio la lotta si faceva ardua e dai recessi della sua mente emergevano fatti che avrebbe voluto rimuovere in modo radicale. Pensare a lui le causava vertigini, come se fosse in bilico su un precipizio, un abisso terrificante in cui si annidavano esseri mostruosi pronti a divorarla viva. Celati dall'ombra, se ne stavano acquattati, in agguato, in attesa che lei si sporgesse nell'oscurità per piantarle addosso gli artigli. L'unico modo per stare lontano da quella voragine era evitare di soffermarsi sul ricordo di Seb.

Si alzò e barcollando uscì dalla stanza. Stava per infilarsi in bagno, quando incrociò Rosi, che dopo un saluto vivace cominciò a lamentarsi del caldo, già opprimente a giugno. «Tra qualche settimana la casa diventerà una fornace. Dovremo valutare di mettere almeno un ventilatore».

Greta respinse l'ipotesi con un gesto della mano. «Come se già non pagassimo un occhio della testa in elettricità».

«Voglio proprio vederti tra un mese a boccheggiare».

«Ci arrangeremo», ribatté Greta.

Rosi annunciò che stava andando al lavoro e per fortuna poco dopo si levò dai piedi. Greta non gioiva nel dividere l'appartamento con un'altra persona, ma squattrinata cronica com'era e con tutti i debiti accumulati, aveva dovuto adattarsi a un'affittuaria per pagare il cibo, le bollette e le spese di condominio, queste ultime alquanto salate. Da sola non ce l'avrebbe fatta, neppure con il suo stile di vita frugale. E poi in quell'abitazione c'era un sacco di spazio, tanto valeva sfruttarlo.

Aveva trovato Rosi tramite un'inserzione e benché a prima vista non le fosse piaciuta granché, non aveva potuto fare la schizzinosa. Rosi aveva il vizio di parlare troppo e per lo più a sproposito, si impicciava di cose che non la riguardavano, non si faceva scrupoli a dire in faccia quello che pensava o a deriderla in modo mordace. Ma non era una piantagrane e aveva anche i suoi lati positivi. Pagava puntuale, contribuiva alle spese senza fare storie, faceva le pulizie regolarmente. E poi non era un tipo esigente, anzi fino a quel momento aveva accampato ben poche pretese. C'erano giornate intere in cui non si incrociavano neppure e nel fine settimana Rosi le lasciava la casa a disposizione. Durante i giorni feriali, lavorava come infermiera fino a tardi (quando non aveva il turno di notte) e non mangiava quasi mai a casa. Amava uscire nel tempo libero e aveva una vasta cerchia di amicizie con cui tirava spesso tardi la sera. Era una vera festaiola, a dirla tutta.

Quando capitava di cenare insieme, se ne stavano quasi sempre in silenzio, concentrate sui piatti. A volte Rosi si metteva a chiacchierare, ma trovava scarsa accoglienza nella taciturna Greta. Si erano abituate l'una alla presenza dell'altra, saltuariamente scambiavano qualche parola, ma era raro che avessero una vera conversazione o condividessero fatti privati. Facevano vite separate e non si poteva dire che fossero amiche, al massimo si poteva parlare di tolleranza reciproca.

Dopo una visita in bagno, Greta uscì sul terrazzo per fumare e si mise a guardare di sotto. I ragazzini urlanti avevano abbandonato il campo, ora in piscina c'era un gruppo sparuto di residenti. Occhieggiando qua e là, Greta vide che su una delle sdraio era distesa Amanda, la bellona del piano di sopra. Era adagiata al sole in una posa sensuale, le gambe distese, l'aspetto rilassato, la testa immersa in un libro. Con una dolorosa fitta di invidia, Greta constatò che aveva un fisico armonioso e seducente, un paio di cosce ben modellate, la pancia piatta, un seno florido e morbido. Indossava un bikini nero, un modello semplice e non vistoso che le calzava a pennello e metteva in risalto la corporatura slanciata.

Mentre Greta era al balcone senza riuscire a staccare gli occhi dalla scena, le affiorò alla memoria il rimprovero di Malina quando da piccola aveva l'abitudine di fissare le persone con curiosità morbosa. *Smettila, ranocchietta, mi fai fare brutta figura.* A Greta però non le era mai importato di essere giudicata indiscreta. La maggior parte delle persone per lei era oggetto di analisi, una specie aliena che non capiva, come se parlassero una lingua straniera che lei era incapace di imparare.

Se sua sorella Malina fosse stata lì, avrebbe ammirato Amanda, lodato la sua linea armoniosa, il buongusto nel look, la cura che aveva di se stessa. Le avrebbe fatto i complimenti e se ne sarebbe uscita con qualche paragone stroncante nei confronti della sorella minore, che aveva sempre considerato una sciattona irrecuperabile.

La sua attenzione tornò su Amanda. Se ne stava stesa al sole in uno dei posti migliori dell'area piscina. Non c'era da stupirsi che il bagnino le avesse assegnato quell'angolo, di sicuro erano bastate due moine. I tipi come Amanda ottenevano sempre le cose migliori a suon di smancerie, proprio come sua sorella aveva sempre usato la sua avvenenza per lavorarsi il prossimo, mentre quelle bruttine e imbranate come lei subivano solo ingiustizie.

Per un attimo desiderò trovarsi anche lei in piscina. Un giorno o l'altro le sarebbe piaciuto andare a rinfrescarsi. Non aveva mai imparato a nuotare e non aveva mai avuto un buon rapporto con il mare, anzi aveva il terrore di colare a picco come un sasso là dove non toccava, ma le sarebbe bastato concedersi un po' di ammollo al fresco, bagnare la pelle, sguazzare dove l'acqua le arrivava alle ginocchia. Accarezzava l'idea dall'anno precedente, ma non l'aveva mai messa in pratica e con ogni probabilità non lo avrebbe fatto neanche quell'estate. E non solo per i graffi sulle gambe e i lividi violacei che macchiavano il dorso. In verità, aborriva l'idea di esporre il suo corpo scarno, la pelle di un pallore malsano, le spalle ossute e peggio ancora le gambe lunghe e muscolose per tutto il gran camminare. Era sempre stata a disagio nel proprio corpo. E poi aveva la carnagione delicata, facile a scottarsi. Vedeva se stessa muoversi goffamente nell'acqua sotto gli occhi critici degli altri residenti. Di certo si sarebbero messi tutti a spettegolare su di lei come al solito.

Disprezzava la gente che viveva o bazzicava quel palazzo, un vero covo di vipere dove ognuno era sempre pronto a bisbigliare su Tizio e Caio. Non sopportava l'idea che quelle streghe si scambiassero sguardi allusivi e in privato ricamassero su di lei. Di solito le parlavano a malapena e quando la scorgevano si zittivano di botto. Chissà quante assurdità raccontavano. Era sicura che se si fosse presentata in piscina, com'era suo sacrosanto diritto visto che pagava per il servizio e il mantenimento, non sarebbe stata la benvenuta. Sapeva bene che non la potevano soffrire.

Lasciò scorrere lo sguardo in basso nell'acqua della piscina, poi tornò a scrutare Amanda che le accennò un saluto, non ricambiato. Aveva inforcato un paio di occhiali scuri per proteggersi dal sole, quindi Greta non avrebbe saputo dire se guardava nella sua direzione, ma probabilmente si era accorta di essere osservata. Poco dopo, con un movimento aggraziato Amanda si alzò dalla sdraio e con aria disinvolta e sicura di sé, si diresse verso la piscina, si liberò delle infradito e si tuffò. Si muoveva nell'acqua con agilità, spingendosi avanti con un moto fluido ed elegante, come se non facesse alcuna fatica. Doveva aver imparato da piccola a nuotare, magari aveva preso lezioni per affinare la tecnica, forse aveva persino partecipato a delle competizioni. La classica bambina adorabile e viziata che proviene da una famiglia agiata e che sa fare di tutto: suona uno strumento musicale, eccelle negli sport, frequenta una buona scuola, è una scolaretta modello. Privilegi che lei non aveva mai avuto, opportunità che la vita non le aveva mai offerto perché non aveva una vera famiglia alle spalle ed era stata costretta a cavarsela da sola.

Amanda appariva spensierata, senza un solo problema al mondo. Greta l'aveva vista conversare affabilmente con gli altri inquilini, aveva notato come si aggirava spigliata tra loro. Si sarebbe integrata senza problemi nella comunità, ben presto si sarebbe fatta benvolere da tutti. E, ciliegina sulla torta, avrebbe sfoggiato una bella tintarella che l'avrebbe resa ancora più sexy.

Strano però che fosse sempre sola soletta. Il maritino che fine aveva fatto? Greta non aveva ancora avuto occasione di vederlo. La super pettegola Rosi le aveva riferito che lavorava fuori città e sarebbe tornato solo per il fine settimana. Greta aveva cercato di saperne di più, ma non aveva osato chiedere apertamente. Non le andava di mostrare troppo interesse. Se Rosi avesse subodorato la sua curiosità, l'avrebbe sbeffeggiata a non finire, suggerendo di farsi una vita.

In ogni caso, se il maritino continuava a non farsi vedere, non sarebbe passato molto prima che Amanda cominciasse a guardarsi intorno. Quelle come lei non brillano per fedeltà. Greta l'aveva notata mentre cinguettava con il bagnino, facendo la carina e scuotendo la massa di ricci in modo provocante. Lontano dagli occhi, lontano dal cuore, si sa.

Dopo aver dato dimostrazione di essere una nuotatrice provetta, Amanda uscì dall'acqua come una specie di sirena. Con gesti femminili, salì la scaletta e si gettò indietro la lunga chioma che sgocciolava sulle spalle, mentre la pelle luccicava al sole. Come in una di quelle scene da film in cui la bellona emerge dall'acqua in slow motion.

Un senso di invidia bruciante pervase Greta, che per alcuni secondi fantasticò di rigettare quella figura perfetta nella vasca, schiacciarle la testa con forza e trattenerla sott'acqua impedendole di respirare. Immaginò di vedere quel corpo impeccabile dibattersi freneticamente tra gli schizzi, affannarsi nel tentativo disperato di prendere ossigeno, fino a cedere, restando inerte. I begli occhi spenti.

Ricacciare indietro quei pensieri oscuri le costò un grande sforzo.

5

AMANDA

Le ore e i giorni trascorrevano con un ritmo pigro, mentre cercavo di tenermi occupata sistemando l'appartamento. Trovare un posto a tutte le cose, svuotare gli scatoloni e disfare le valigie si stava rivelando una faticaccia. Inoltre il caldo afoso – mitigato solo in parte dai ventilatori che ruotavano sul soffitto – non aiutava nell'impresa. A metà giornata ero già un bagno di sudore. Come se non bastasse, in pochi giorni avevo accumulato panni da stirare, vestiti da lavare e polvere da togliere. Davanti a Gianfranco non lo avrei mai ammesso, ma capivo di aver sottovalutato le difficoltà di sistemare quella grande casa tutta da sola. Avrei avuto bisogno di una mano per spostare i mobili pesanti e per quelle faccende che richiedevano una certa competenza. La mia inesperienza si palesava in continuazione, anche se ponevo rimedio ricorrendo ai tutorial su Internet. Da Youtube avevo appreso come cambiare un interruttore, come verniciare una ringhiera arrugginita, come rimuovere a fondo l'odore di chiuso dalle stanze. L'ultimo video per la verità non era servito a molto: in alcune stanze, nonostante avessi fatto arieggiare a lungo e spolverato scrupolosamente, persisteva un tanfo di viziato.

Ero convinta che Anita si fosse presa cura della casa finché ne aveva avuto la forza. Tuttavia, a un attento esame si stavano rivelando alcuni miglioramenti da apportare e altri piccoli problemi da sistemare, per lo più dovuti a normali segni di usura. E avevo scoperto con molta irritazione che l'armadio a muro dell'ingresso non era stato svuotato. Dopo la morte di Anita, la madre di Gianfranco si era occupata di ripulire la casa, gettare le cose inutili e far tinteggiare le pareti. Eppure quel ripostiglio era ancora stracolmo di chincaglieria, cartelline piene di vecchi ritagli di giornale, cataste di riviste una sopra l'altra (Anita era abbonata a un'incredibile quantità di periodici), vecchi quaderni e soprattutto mucchi disordinati di fogli di carta, in parte dattilografati, in parte scritti a mano. C'erano poi risme bianche, penne di ogni genere, evidenziatori e vari accessori di cancelleria. Nel guazzabuglio di oggetti, individuai anche una pesante macchina da scrivere che doveva aver visto giorni migliori.

Avevo avuto occasione di incontrare Anita solo due volte. La prima, il giorno delle nozze con Gianfranco, un paio di anni prima. Avevo scambiato con lei qualche parola, restando affascinata dal suo spirito vivace e intelligente. Era una donna avanti con gli anni ma dall'aspetto vitale e leggermente stravagante.

La seconda e ultima volta in cui l'avevo incontrata di persona era stato in ospedale. Una triste esperienza, date le condizioni critiche di Anita. Sembrava una persona del tutto diversa: sul viso sofferente ed emaciato si erano moltiplicate le rughe, la pelle appariva penosamente esangue, i capelli si erano diradati e ingrigiti. Lo spirito smorzato. Mi aveva fatto molta impressione vederla in quello stato.

Anche Gianfranco ne era rimasto turbato. Sapevo che nutriva un grande affetto per la zia, inoltre le malattie lo mettevano a disagio e in quel genere di circostanze traspariva da lui l'impazienza di mettere distanza tra sé e la sofferenza.

Anita era in pensione da pochi anni, quando aveva scoperto di aver sviluppato un tumore al fegato. Che donna sventurata, pensai con tristezza. Sapere che ora abitavo nella sua casa era strano, talvolta avevo la sensazione di essere un'intrusa, un'usurpatrice.

Mi rammaricavo di non averla conosciuta meglio, di non aver mai trovato il tempo per farle visita, giustificandomi con i chilometri di distanza che avrei dovuto percorrere. Ora potevo solo fare del mio meglio per trattare con rispetto quelle stanze.

Per distrarmi da quei cupi pensieri, feci una doccia, tirai fuori il costume e preparai con cura una borsa con l'occorrente da portare in piscina. Occhiali da sole, telo da bagno, lozione solare e altre cianfrusaglie. Dagli scatoloni che raccoglievano il contenuto della vecchia libreria, recuperai un romanzo rosa e lo infilai con il resto, decisa a rilassarmi a tutti i costi.

La piscina si trovava ai piedi dell'imponente palazzo, immersa in un giardino delimitato da grandi vasi di arbusti sempreverdi che formavano una gradevole siepe e garantivano la privacy rispetto alla strada trafficata. Un angolo di relax riservato ai residenti delle Tre Ginestre.

Mi presentai al bagnino come la nuova proprietaria dell'interno 11B. Il ragazzo, un tipo magrolino dalla testa rasata e l'andatura dinoccolata, mi indicò una sdraio e un ombrellone, poi mi presentò ai condomini presenti: una famigliola con tre bambini che sguazzavano in acqua; un anziano interamente vestito, seduto sotto l'ombrellone a fare le parole crociate; un terzetto di adolescenti in ammollo a passarsi la palla; una coppia di mezza età che giocava a carte; e infine una ragazza sulla ventina, Serena, che risultò essere la figlia dell'amministratrice e che si faceva notare soprattutto per i lunghi capelli bicolore, metà nero corvino e metà blu elettrico. Furono tutti impazienti di presentarsi e fare la mia conoscenza.

Fedele al mio intento di non isolarmi e cercare di ambientarmi nel vicinato, mi ritrovai a chiacchierare in modo cordiale con ognuno di loro e mi sentii ben accolta in quel nuovo mondo. Inevitabilmente, mi parlarono di Anita. Dalle osservazioni che fecero, capii che aveva goduto di una reputazione di donna dolce e disponibile. Tutti sembravano profondamente addolorati per la perdita.

Prima di tuffarmi, dovetti fare un'altra doccia. Regole della piscina. Fare una nuotata e prendere un po' di sole contribuirono a mettermi di buon umore. La vasca era ampia e rettangolare, rivestita di piastrelle azzurre, riempita con acqua dolce piacevolmente fresca.

Quando uscii dalla piscina, mi accorsi che stava squillando il telefono. Era mia sorella Dora che voleva sapere come me la stessi cavando. Le feci un dettagliato resoconto dei lavoretti di casa che mi impegnavano in quei giorni. «Fai bene a tenerti occupata. E con Gianfranco come va?».

«Come vuoi che vada? Ci vediamo a malapena la sera tramite lo schermo di un telefono».

«Adesso non farai mica la lagna perché passi la settimana da sola? L'estate vola in un baleno e quello che avete trovato mi pare un buon compromesso».

Dora era sempre schietta, mi parlava in modo diretto anche a costo di ferirmi.

«Lo so, lo so», borbottai.

«Non dimenticare che è Gianfranco a fare il sacrificio più grande. In viaggio due volte a settimana e tutto il tempo da solo in una casa vuota, poveretto. Ora il peso delle vostre finanze grava tutto sulle sue spalle».

Di nuovo dalla parte di mio marito, che novità!

Dora era una persona solida, dalla mentalità pratica, per questo lei e Gianfranco avevano una buona intesa. Consideravo Dora il mio porto sicuro a cui approdare in caso di necessità, ma spesso capitava che entrassimo in conflitto, soprattutto quando dimostrava di non comprendere le mie irrequietezze, così come io non condividevo la sua visione della moglie amorevole e sottomessa, un punto di vista tra l'altro per niente in linea con i tempi.

Quando avevo intrattenuto una sorta di relazione in rete, diversi mesi prima, mi ero sorbita da parte di mia sorella una lezioncina sull'importanza della fedeltà in una coppia. «Una donna innamorata non l'avrebbe fatto, non ci avrebbe neppure pensato». A nulla era valso che avessi interagito con quella persona solamente su Internet. Dora era solita prendere le parti di Gianfranco, che considerava un brav'uomo, affidabile, con i piedi per terra, concentrato sul lavoro e sulla famiglia, come dovevano essere tutti gli uomini sposati secondo mia sorella. Io invece gli avevo fatto un grave torto interessandomi a qualcun altro, seppure in maniera platonica. E sebbene fosse passato del tempo, Dora continuava a rinfacciarmelo.

«Non è successo nulla, non l'ho neppure mai visto», mi ero difesa all'epoca.

«Tuo marito pare non pensarla così e onestamente neanche io», aveva ribattuto Dora.

A volte avrei voluto essere come mia sorella, senza grilli per la testa, costantemente impegnata in qualche attività per la famiglia e contenta della sua vita semplice.

Dora stava ancora parlando, ma il discorso era virato sulle pestifere figlie.

«Mi mancano le nipotine», le feci sapere con fervore.

«Organizzeremo presto un viaggetto, dai. Non appena vi sarete sistemati».

«Ci vorrà parecchio tempo. Faccio del mio meglio, anche se Gianfranco dice che dovrei prendere questo periodo come una vacanza».

«Perché non ci vai sul serio in vacanza?».

«Vuoi dire che dovrei partire da sola?».

«Sì, proprio questo voglio dire. Ti meriti un po' di svago».

«Non sarebbe giusto. Gianfranco lavora tutta l'estate e poi ho da sistemare la casa», protestai. Una parte di me però era tentata da una fuga. Mollare tutto, svignarmela per rilassarmi sul serio: perché no?

La telefonata mi rallegrò e al tempo stesso mi lasciò una scia di malinconia. Ma non intendevo lasciarmi andare. *Saremo felici qui*, mi dissi con determinazione. *Tra me e Gianfranco tornerà tutto come prima, ne sono sicura.*

Verso l'ora di pranzo la piscina si svuotò e io ne approfittai per ritrovare il piacere della lettura. Distesi le gambe sul lettino e mi accomodai sul poggiatesta, pronta a immergermi nel romanzo tirato fuori a caso dagli scatoloni. Tuttavia, già dopo poche pagine la storia si rivelò banale. Annoiata, chiusi il libro e lo riposi nella borsa di tela. Cullata dal frinire delle cicale e dal rassicurante fruscio della piscina, presi a contemplare l'acqua limpida. Era ipnotico seguire le lievi increspature che luccicavano al sole mentre il flusso sciabordava verso gli scarichi.

Il monotono canto delle cicale cessò di colpo. A dominare il silenzio rimasero il sibilo del vento tra gli alberi, il brusio delle auto in lontananza e lo scrosciare dell'acqua dai bocchettoni della vasca. Appoggiai di nuovo la testa sulla sdraio e chiusi le palpebre, per riaprirle dopo pochissimo: senza un apparente motivo fui pervasa da una sottile inquietudine, una specie di brivido sotto pelle. D'istinto mi guardai intorno, poi sollevai la testa verso il palazzo. C'era qualcuno affacciato al balcone del quinto piano. Socchiusi le palpebre per mettere a fuoco la figura alta e spigolosa, e riconobbi Greta, la ragazza stramba dell'ascensore. Statuaria come una sentinella, se ne stava appoggiata alla ringhiera, fumava e scandagliava la piscina con occhi nervosi. Spontaneamente sollevai il braccio in un gesto di saluto, ma lei non ebbe la decenza di ricambiare. Feci ricadere la mano, mortificata. *Magari è solo timida. O forse non mi ha vista*, mi dissi stupidamente. *Ma certo che mi ha vista!*

Infilai gli occhiali da sole e ripresi in mano il libro, fingendomi assorta nella lettura per poterla scrutare senza che risultasse palese. Ogni tanto portava alle labbra la sigaretta in maniera concitata o si passava una mano sulla zazzera che aveva in testa. Dava l'impressione di osservare con interesse tutto ciò che si trovava in piscina.

Ben presto mi convinsi che i suoi occhi ostili fossero diretti proprio verso di me. Ripensai ai modi bruschi, alla malevolenza che avevo percepito in ascensore e al senso di avversione provata a mia volta. Evidentemente non provava simpatia per me o per le persone in generale. Comunque, non me ne importava nulla, non dovevo farmela piacere per forza. Mi alzai dalla sdraio e mi tuffai per un ultimo bagno.

Mentre mi muovevo lentamente nell'acqua fresca, avvertivo lo sguardo invadente di Greta che mi seguiva come un torvo avvoltoio.

Feci un paio di vasche, ma non indugiai come mi sarebbe piaciuto. Tornata all'ombrellone, mi asciugai frizionando la pelle con l'asciugamano e strizzai alla buona i capelli bagnati. Mi sforzavo di mantenere un atteggiamento indifferente, ma non ero più rilassata come prima e il senso di benessere stava svanendo rapidamente. Mi sentivo esposta, esaminata. Il pensiero di quella ragazza tetra che mi spiava, che puntava su di me i suoi occhi astiosi, mi inquietava.

Radunai al volo le mie cose, ripiegai il telo e mi rivestii. Notando la mia aria stravolta, il bagnino volle sapere se andasse tutto bene. Sembrava in vena di scambiare due parole, ma io ero impaziente di svignarmela.

Quando sollevai lo sguardo verso il palazzo per l'ultima volta, Greta era ancora appoggiata con indolenza alla ringhiera e puntava con sfacciataggine l'attenzione verso di me. Rabbrividii a dispetto del caldo, provando una sgradevole sensazione.

6

GRETA

Amanda era uscita dal suo campo visivo. Greta si sporse oltre la ringhiera e occhieggiò in basso, ma non riuscì ad avvistarla. Forse si trovava negli spogliatoi o era risalita a casa. Lasciò cadere il mozzicone sul pavimento del terrazzo e lo schiacciò sotto le pantofole. Quella scocciatrice di Rosi avrebbe rotto le palle a non finire perché sporcava il balcone, ma che andasse pure al diavolo, lei e le sue pretese di ordine e pulizia.

Greta odiava quel posto. Troppo signorile, troppo spocchioso. Sarebbe stata una mossa assennata disfarsi della casa, in altre parole venderla, ricavarci un bel po' di quattrini e andarsene a vivere altrove, lontano da lì e soprattutto da sola. Nessuno avrebbe fatto una piega se fosse scomparsa di punto in bianco. Inoltre, considerando quanto era successo con Seb, sarebbe stato furbo rendersi irreperibile. Se lo riproponeva spesso, ma non si decideva a farlo.

Quello era stato il piano iniziale: accettare il lascito, rivendere l'appartamento in tempi brevi e con il gruzzoletto che avrebbe incassato, squagliarsela per sempre da Roma. Il soggiorno alle Tre Ginestre doveva essere una fase transitoria.

Secondo i progetti, doveva essere Seb a provvedere alla vendita. Lei non sapeva nulla di quel genere di affari e tanto meno intendeva occuparsene. Far ripulire i locali, contattare un'agenzia immobiliare, far stimare l'appartamento, informarsi sul mercato, valutare le offerte: tutte incombenze che a lei davano solo noia. Seb però l'aveva subito dissuasa dall'affrettare i tempi. *Venderemo al momento opportuno.*

Perché non ora? Voglio liberarmene subito. Non mi interessa vivere qui, non è il mio ambiente, si era ribellata Greta.

A volte sei davvero una zucca vuota, aveva ribattuto lui con un accenno di insofferenza. *Disfarsi della proprietà così di corsa desterebbe sospetti. E comunque non è un buon periodo per vendere una casa, finiremo per ottenere una cifra al di sotto del valore. Questo è un quartiere in crescita, tra qualche mese il prezzo degli immobili salirà. Dai, non fare quella faccia, vivere per un po' qui non ti ucciderà.*

Seppure contrariata dalle parole di Seb e scontenta della soluzione, Greta aveva ceduto. Non le piaceva essere alla mercé delle opinioni di Seb, ma in cuor suo lo considerava astuto e pragmatico, una persona che sapeva come funzionava il mondo.

Greta aveva dovuto rimandare i suoi progetti e alla fine era trascorso un anno. Aveva apprezzato i comfort della sistemazione, ne aveva goduto i vantaggi. Nel frattempo si era procurata un'affittuaria-coinquilina e aveva cominciato a considerare l'appartamento come casa sua. Sfortunatamente in tutto quel tempo non era riuscita a mettere da parte neanche un centesimo, come si era ripromessa di fare. In caso di emergenza, non avrebbe avuto risparmi a cui attingere, nessun piano di fuga.

Eppure, per accettare di vivere alle Tre Ginestre aveva dovuto ingoiare una buona dose di orgoglio. In case come quella in passato aveva lavorato facendo le faccende domestiche, lavando bagni e sfregando pavimenti per pochi spiccioli l'ora. Lavoro che, a onor del vero, aveva fatto per un breve periodo, perché le sue pulizie erano frettolose e approssimative, e questo contrariava i datori di lavoro che dopo le prime volte se ne uscivano che non avevano più bisogno dei suoi servizi e quindi si levasse gentilmente dai piedi.

Detestava i quartieri residenziali, immobili costosi, gente abbiente e pretenziosa con la puzza sotto il naso. D'altra parte, l'appartamento alle Tre Ginestre era stata un'opportunità a cui sarebbe stato stupido rinunciare. Un colpo grosso, l'occasione della sua vita. Dopo tante avversità, dopo anni in cui la malasorte era stata sua fedele compagna, finalmente si era trovata nel posto giusto al momento giusto. Se avesse creduto in Dio, all'epoca avrebbe parlato di provvidenza. Non aveva intenzione di sputarci sopra, anche se questo significava continuare a ingoiare rospi.

Per anni aveva alloggiato in minuscoli e pidocchiosi seminterrati, per non parlare del lungo periodo in cui non aveva avuto neppure un tetto sopra la testa ed era stata costretta a trascorrere le notti nei rifugi per senzatetto, vivendo di espedienti illegali.

Una parte di lei avrebbe voluto restare al di fuori della società, allontanarsi dalla civiltà, ma il prezzo da pagare era troppo alto e odiava affidarsi alla carità della gente.

Non era mai stata baciata dalla fortuna in vita sua, anzi si sentiva addosso una sorta di maledizione. Dopo tanti anni di sorte avversa, si meritava quell'appartamento, punto. Era casa sua. Aveva subito fin troppe ingiustizie nella vita e tenersi la proprietà era un modo per porre rimedio a un destino di infelicità. Dopo un'esistenza senza radici, ora aveva un posto tutto suo, un luogo che poteva chiamare casa.

Quando tornò dentro, si accorse che era tardissimo, avrebbe dovuto mettersi in viaggio già da un'ora per andare al lavoro. Imprecò ad alta voce. Quella cretina di Amanda le aveva fatto perdere un mucchio di tempo.

Se avesse fatto un altro giorno di ritardo, Giorgio le avrebbe staccato la testa. Aveva già incassato svariate lavate di capo per la sua scarsa puntualità. Non che tenesse particolarmente a quel misero e sottopagato part-time dal fruttivendolo, ma non poteva permettersi il lusso di perdere un altro lavoro. Le ultime spese erano state un salasso, aveva debiti con Rosi e arretrati con il condominio.

Doveva sbrigarsi a uscire, non c'era tempo per farsi una doccia. Si cambiò solo la t-shirt sbrindellata sostituendola con una più decente, infilò un paio di scarpe da tennis, montò lo zaino sulle spalle e si fiondò fuori. Il calendario segnava ancora giugno ma faceva già un caldo della malora.

Odiava la metropolitana. Tutto quel pigia pigia, quel contatto di corpi sudati e puzzolenti. Per giunta Greta era costretta a prenderla nelle ore di punta, quando era gremita di passeggeri ed era costretta a stare tutto il tempo in piedi in un vagone rumoroso, stipato, aggrappata alle maniglie e schiacciata da corpi accaldati. Un viaggio infinito, con il sudore che le colava dappertutto. Quando era il momento di scendere, poi, era sempre un'impresa: era obbligata a infilarsi tra le persone e spingerle di lato sperando di riuscire a uscire prima che le porte si richiudessero e il treno riprendesse la sua corsa. Quel giorno pareva peggio del solito. La metro era strapiena di turisti portati in città dalla bella stagione. Dovette aspettare un paio di treni prima di poter montare a bordo di una carrozza, spintonando tutti come una forsennata per riuscire a entrare, ostacolata dallo zaino sulle spalle.

Che sciagura lavorare così lontano da casa! Aveva provato invano a cercare un'occupazione nel suo quartiere, ma i negozianti erano pieni di spocchia, pretendevano buone referenze e una certa formalità, e Greta oltre a non avere neanche uno straccio di referenza doveva ammettere che a un'impressione superficiale faceva una pessima figura. L'unica attività che le aveva dato una chance era stata una botteguccia in un vicolo, una sorta di merceria vecchio stile. Greta aveva fatto del suo meglio per risultare una commessa efficiente, ma la proprietaria le aveva dato il benservito dopo poche settimane, sostenendo che non ci sapeva fare con la clientela, che era troppo brusca e introversa. Era innegabile che non fosse tagliata per i rapporti sociali, visto che faceva il possibile per evitare le persone. La gente non le piaceva e la capacità di interagire con il pubblico era una di quelle qualità di cui sarebbe stata sempre sprovvista.

Non era una lavativa ma si era scocciata di farsi sfruttare, era stufa marcia di quella precarietà perenne, di sgobbare per un pugno di spicci ed essere pagata in contanti e in nero. Lei che non aveva mai beneficiato dell'interessamento di parenti o amici, in nessun campo della sua esistenza. Lei che aveva sempre avuto il mondo contro e doveva sudare sette camicie per trovare un lavoro e altrettante per tenerselo stretto, dimostrandosi una lavoratrice volenterosa e instancabile.

Prima di incontrare Seb, aveva infranto spesso la legge, soprattutto rubacchiando, ma da un po' di tempo rigava dritto, si era imposta di non varcare i confini della legalità e tenersi alla larga dai guai. Era da oltre un anno che si arrabattava per guadagnare qualche soldo in modo pulito, facendo di tutto, dalla cassiera nei supermercati alla donna delle pulizie. E nei tempi di magra, lavoretti occasionali tipo volantinaggio. Tutte occupazioni saltuarie e non qualificate, ma oneste. Era stato Seb a intimarle di rispettare la legge e restare al di fuori dei radar delle autorità. *Se ti ritrovi impelagata con la giustizia, sappi che non potrò fare niente per te. Datti una raddrizzata.*

In realtà, Greta capiva da sola che la prudenza era indispensabile data la situazione. Da un paio di settimane lavorava per mezza giornata in una zona popolare da "Giorgio Frutta e Verdura". Sei ore passate a caricare e scaricare la merce, spostare cassette che pesavano l'ira di Dio, ripulire il pavimento del negozio, lucidare la vetrata, rifornire i banchi e sistemare gli ortaggi.

La settimana precedente era stata fisicamente impegnativa per via delle contusioni. Ora andava meglio, ma sfacchinava come un mulo, la sera aveva la schiena che urlava vendetta e il lavoro le rovinava le mani, perennemente screpolate e piene di calli.

L'unico incarico che non le affidavano mai da "Giorgio Frutta e

Verdura" era l'assistenza ai clienti. Il proprietario aveva capito al volo che relazionarsi con la gente non era il suo forte, che il meglio che sapeva fare era eseguire ordini, e di questo Greta gli era grata. Giorgio non era un cattivo datore di lavoro. Forse troppo burbero, ma lei preferiva i tipi ruvidi e di poche parole rispetto ai viscidi o agli ipocriti con il sorriso facile. E uno di questi ultimi era il figlio di Giorgio, Leo, uno schifoso che non perdeva occasione per sussurrarle porcate quando il padre non era nei paraggi. Dal primo giorno le stava addosso, si materializzava furtivamente alle sue spalle, le veniva troppo vicino, la sfiorava apposta.

Dopo essere scesa faticosamente dalla metro, Greta si aprì un varco tra la folla sgomitando e spingendo. La calca era insopportabile e formava una barriera compatta. Perché tutti avanzavano con lentezza, non avevano un accidenti da fare? A quell'ora la gente sciamava come un gregge disordinato di pecore. Superato il muro umano facendosi spazio a suon di gomitate, Greta si fiondò verso la scala mobile che però era già piena zeppa, così si lanciò di corsa su per i gradini e quando arrivò in cima si ritrovò ansimante e fradicia di sudore. Le si era risvegliato il dolore delle contusioni che la rendeva rigida e ingolfata nei movimenti.

E fu allora che lo vide. O credette di vederlo. Seb.

7

GRETA

Greta si arrestò all'improvviso, come colpita da un raggio pietrificante. La gente intorno prese a scorrerle di fianco, urtandola di qua e di là per poi continuare a camminare a passo frettoloso.

Non poteva essere lui, pensò con un senso di vertigine. Eppure sembrava proprio Seb, lì in mezzo alla ressa, che avanzava nel caos. Scuro di capelli, tratti del viso marcati, ossatura robusta. La stessa andatura decisa da spaccone, il portamento risoluto, il mento volitivo sempre leggermente sollevato, i movimenti che trasudavano vitalità. Una figura autorevole. Si stava allontanando mescolandosi al fiume di gente che risaliva verso i tornelli d'uscita della metropolitana. Doveva raggiungerlo prima che venisse inghiottito dalla folla. Fermarlo. Parlargli. Si lanciò verso di lui con il respiro affannato e le gocce di sudore che si affollavano sulla fronte.

Perlustrò in modo febbrile la fiumana di passanti. La figura era sparita nella mischia, e solo in quell'istante la consapevolezza che non potesse trattarsi di Seb la pervase come una doccia gelata. Era ovvio che non potesse essere lui, come aveva potuto solo ipotizzarlo? Forza dell'autosuggestione, un'anomalia del cervello stressato. Si era lasciata ingannare dalla mente, forse stava ammattendo. Seb era morto proprio sotto il suo naso, lo aveva visto esalare l'ultimo roco respiro. Non si torna dal regno dei defunti. E lei doveva smettere di fingere con se stessa, come se si fossero semplicemente lasciati.

Deglutì più volte in modo compulsivo. La bile le salì dallo stomaco, un'ondata acida che le lasciò un sapore orribile in bocca. Non doveva pensarci, doveva allontanare il pensiero di Seb o il suo equilibrio sarebbe andato a farsi benedire. Forse un giorno a mente fredda sarebbe riuscita a soffermarsi su quanto accaduto, ma non oggi.

Provò una fitta acuta al centro del petto, come una morsa che le stringeva le costole. Credette che le ginocchia le cedessero. Prese un paio di respiri profondi e tirò fuori il telefono dalla tasca per controllare l'ora. Era in un ritardo mostruoso.

Riprese a correre, uscì dalla metropolitana e una volta in strada, filò come una scheggia, puntando dritta verso il fruttivendolo. Spinse da parte un ragazzino e si scontrò con un anziano che per un pelo non cadde a terra e che le gridò dietro un feroce "guarda dove vai, scema". Infine, arrivò alla meta con un filo di fiato e la maglietta zuppa di sudore sotto le ascelle.

Il proprietario del negozio era di guardia sulla soglia. Aspettava proprio lei, di sicuro. Giorgio era un omone dalla faccia carnosa, la pancia prominente e mani enormi e ruvide. Quando gli arrivò davanti, Greta cominciò ad annaspare alla ricerca di una scusa plausibile per il ritardo. Non se la cavava bene con le autorità e trovarsi al cospetto del suo datore di lavoro le metteva ansia.

«Beh?», latrò lui in tono bellicoso. «Spero che tu abbia una buona ragione per arrivare a quest'ora. E vedi di non rifilarmi una delle solite sfacciate bugie».

Greta assunse un atteggiamento scontroso. «Là fuori è un delirio di traffico. Strade intasate, tutto bloccato».

«Tu però prendi la metro, dico bene?», domandò Giorgio con palese provocazione.

Greta non gli diede la soddisfazione di rispondere e ignorò il disappunto di Giorgio. Non era mai stata capace di mentire in modo credibile, diventava troppo apprensiva quando era costretta a farlo.

«Hai proprio difficoltà a capire a che ora inizia il tuo turno, vero?», ribatté severo, incrociando le braccia sul petto. Subito dopo partì con una tirata sulla necessità di rispettare gli orari, che Greta sopportò a testa bassa.

«Meglio che questa sia l'ultima volta che ti presenti in ritardo», concluse il capo. «La prossima non te la faccio passare, ci siamo capiti?».

«Non ci sarà una prossima volta». Stava per voltargli le spalle e andare al magazzino sul retro, lieta di essersela cavata con una ramanzina, quando lui la bloccò per un braccio con una delle sue mani lardose.

«Aspetta, oggi c'è da accompagnare Leo a fare le consegne».

Greta gli sgranò gli occhi in faccia. «Perché? Di solito le fa da solo».

«Abbiamo parecchie richieste in questi giorni, va' con lui».

Greta non ne fu per niente contenta. Giorgio dovette accorgersi della sua espressione perché soggiunse: «Non cominciare a piantare grane come al solito, eh, che oggi ho un diavolo per capello».

«Non sono pratica di servizi di consegne».

«Imparerai, non ci vuole la laurea».

«Leo non può cavarsela da solo? C'è tutta questa roba da sistemare in negozio». Fece un gesto con la mano indicando un'area indefinita.

Giorgio la scrutò. «Che problema hai a lavorare con mio figlio?».

«Nessuno», rispose lei in tono lugubre.

«Allora spiegami perché fai storie», replicò Giorgio insofferente.

«Non faccio storie. Vado», annunciò Greta con calma forzata. Gli voltò le spalle.

«Ehi».

Greta tornò a girarsi. «Uh?».

«Stai bene? Non hai una bella cera, sembri la morte in vacanza».

«Sto bene».

«Ti voglio scattante, d'accordo?».

«D'accordo».

Le fece un burbero cenno con la mano come a dire ora-muoviti.

Leo stava riempiendo il furgone con la merce da consegnare. Quando la vide, le lanciò un bacio da lontano stringendo le labbra. «Guarda chi si vede, Greta Molinari! Ce l'hai fatta ad arrivare. Alla buon'ora».

«Sta' zitto, brutto idiota». Si asciugò il sudore passandosi il dorso della mano sulla fronte, poi si avvicinò e cominciò ad aiutare Leo. Credere di vedere Seb vivo l'aveva scombussolata fino al midollo e ora faticava a concentrarsi su qualsiasi cosa. Cercava di respingere il suo pensiero, ma quello tornava con prepotenza a tormentarla, ancora e ancora.

Si accorse che Leo la stava fissando. Era un ragazzotto tarchiato come un torello, di tipo mediterraneo: folti capelli scuri pettinati all'indietro e raccolti dietro la nuca in un codino che scuoteva nervosamente, occhi neri e vividi. Portava un pizzetto poco curato che celava solo in parte i brutti lineamenti che madre natura gli aveva affibbiato.

«Cristo santo, una doccia potresti anche fartela ogni tanto, Molinari. Puzzi come una capra».

Greta avvampò. Avrebbe voluto tirargli un ceffone, ma deglutì contrita e continuò a caricare cassette con finta indifferenza, tenendo Leo sotto controllo con la coda dell'occhio.

«Dai, ti prendo in giro. Non fare la permalosa». Le diede un colpetto scherzoso sul braccio. Aveva il vezzo di toccare di frequente le persone, cosa che Greta detestava, così come provava ripugnanza quando le stava a pochi centimetri di distanza. Non le piaceva che il prossimo invadesse i suoi spazi, quando succedeva le si scatenavano istinti omicidi.

«Sei proprio un deficiente».

Lui sbuffò irritato. «E tu sei così suscettibile, porca vacca! Non ti si può mai dire nulla».

Per Greta lavorare a stretto contatto con Leo era come sottoporsi a una tortura, e non solo perché non amava il gioco di squadra. Leo le ronzava intorno dal primo giorno in cui aveva messo piede in negozio. Greta cercava di evitarlo il più possibile e di solito riusciva a tenere a bada le sue rozze avance, ma se doveva accompagnarlo col furgoncino delle consegne non se lo sarebbe scrollato di dosso facilmente. Lui avrebbe trovato di sicuro qualche scusa per strusciarsi addosso, lontano dal vigile sguardo paterno.

Greta aveva una voglia matta di fumare, ma il capo le aveva vietato di farlo in negozio o in magazzino per via delle disposizioni antifumo e non poteva accendersi una sigaretta a bordo del furgone. Sarebbe stato un lunghissimo pomeriggio.

Leo chiuse il portellone. Greta fece per salire sul veicolo, ma con sorprendente rapidità Leo l'afferrò per un braccio, la costrinse a voltarsi e prima che lei potessi ritrarsi, la spinse contro il fianco del furgone, trattenendola con le mani piantate sulle spalle.

«Ehi, che cavolo fai?», protestò lei, cercando di allontanarlo.

«Oggi lavoriamo insieme, Molinari. Sei contenta?», domandò con un sorrisetto cospiratore e impertinente.

«Come no, sarà uno spasso», rispose tra i denti. Aveva proprio una gran voglia di assestargli un bel pugno sul muso.

«Modera l'entusiasmo, eh?». Leo sogghignò mettendo in mostra i brutti denti, storti e ingialliti dal fumo. Rideva sempre in modo odioso, emettendo una specie di scoppiettio singhiozzante. Appena ebbe finito, avvicinò la faccia a quella di Greta, con espressione lasciva. Era talmente appiccicato che lei poteva sentire il suo alito che puzzava di rancido, birra e sigarette. Greta ruotò la testa disgustata e fu tentata di mollargli una ginocchiata all'inguine. Una di quelle che gli avrebbe tolto il fiato e lo avrebbe fatto accasciare e piagnucolare come un bambino. Così avrebbe imparato a importunarla e canzonarla in continuazione.

«Levami queste manacce di dosso», si limitò a sibilare, cercando di scansarlo, senza riuscirci. Cavolo se era forte. Greta si augurò di non trovarsi mai nella brutta situazione di doversi divincolare sul serio da quelle braccia.

Lui lasciò di colpo la presa sulle spalle e rise. Era una risata aspra e sardonica, ma sotto sotto celava un certo fastidio per come era stato trattato. «Forza, diamoci dentro con le consegne, Molinari. È già tardi». Le fece l'occhiolino.

Montarono sul furgone. «Metto su un po' di musica», annunciò Leo, sfiorandole una coscia.

Dalle casse partì un'orribile martellare che di sicuro avrebbe fatto venire a Greta un cerchio alla testa nel giro di pochi minuti. «Abbassa. Ti spiace?», bofonchiò alzando la voce sopra il frastuono.

Leo reagì con una smorfia. «Che rompiballe che sei. Dimmi, intendi restare zitta e imbronciata per tutto il tempo?».

Greta lo guardò in cagnesco e mando giù una rispostaccia.
Prima o poi te la faccio pagare, topo di fogna.

8

AMANDA

Uscii sul terrazzo per ammirare l'incantevole spettacolo della luna piena, grande e luminosa sull'orizzonte. Lasciai che l'aria fresca della sera mi soffiasse sul volto mentre contemplavo affascinata la città notturna in lontananza. Era una magnifica serata ma io non riuscivo ad apprezzarla in pieno. Le ore dopo il tramonto erano la parte peggiore della mia giornata. Mi mancavano i momenti di intimità con Gianfranco, gli abbracci e le piccole cose quotidiane che avremmo potuto condividere. Le banali chiacchiere di una coppia sposata, i gesti di affetto, uscire insieme a fare una passeggiata, vedere un film fianco a fianco. Avevo nostalgia della nostra vita in comune, benché fossi cosciente che nelle settimane che avevano preceduto il trasloco ci fosse stata ben poca serenità tra noi. Avrei fatto qualsiasi cosa affinché potessimo tornare a essere la coppia felice d'un tempo.

Durante il giorno Gianfranco mi inviava brevi messaggi dal posto di lavoro. "Vorrei essere con te". "Mi manchi". "Ti penso". "Non vedo l'ora di vederti". La sera ci sentivamo al telefono per raccontarci la giornata, spesso in videochiamata.

Mi chiedevo come se la cavasse senza di me. Immaginavo solitari pasti serali e tristi risvegli nella casa vuota, privata della maggior parte dei mobili in attesa di trovare un compratore. Ero certa che la lontananza risultasse pesante da sopportare per entrambi, ma avevo anche la sensazione che il nostro rapporto fosse più vulnerabile che mai, come una fragilissima bolla di sapone in procinto di schiantarsi da un istante all'altro.

Contemplando la città al chiaro di luna, pensai con un lieve scoramento che era stato ingenuo da parte mia credere che sarei riuscita a rinsaldare i vincoli con mio marito. Stare senza vederci l'intera settimana ci rendeva ancora più distanti emotivamente. Cominciavo a temere che la lontananza avrebbe dato il colpo di grazia al matrimonio.

Durante le telefonate, parlavamo soprattutto di aspetti pratici delle nostre giornate. Quella sera gli raccontai di Greta. «Te l'avevo detto che c'era qualcosa di strano in quella ragazza».

«Ma non puoi essere sicura che ti spiasse davvero. Magari stava lì a fumare tranquillamente e tu hai pensato male».

La sua capacità di minimizzare mi irritava. «È una persona infida, credimi. Ha occhi così inquietanti!».

«Dubito che tu abbia potuto vedere i suoi occhi a cinque piani di distanza».

«Beh, li ho visti quando ci siamo incontrate in ascensore», ribattei, seccata.

«Uhm», borbottò distrattamente. Indugiò come se volesse aggiungere qualcosa, ma alla fine fece cadere il discorso in modo repentino.

Appena riagganciai, arrivò un'ondata di nostalgia di casa. Prima di sprofondare nello sconforto, decisi di fare due passi con il pretesto di buttare la spazzatura. Radunai una bella risma di carta trovata nel ripostiglio, la infilai in un sacchetto e decisi di disfarmene in un solo colpo. Scesi in ascensore fino al piano terra, non c'era nessuno in giro a quell'ora. Dall'area verde risuonava il frinire dei grilli e si udivano i soffusi rumori di vita quotidiana provenienti dagli appartamenti, quasi tutti con le finestre spalancate. I bidoni dei rifiuti condominiali erano allineati lungo il muretto vicino al parcheggio e suddivisi per materiale, in osservanza della raccolta differenziata. L'illuminazione era affidata a un unico lampione e risultava alquanto flebile. Notai con disappunto che il secchio della carta traboccava. Mentre armeggiavo con il coperchio per sollevarlo e infilarvi la carta, il sacchetto che reggevo in mano si squarciò sul fondo facendo crollare a terra tutto il contenuto. Imprecai tra me e me, contemplando le pagine sparpagliate sul selciato che il vento minacciava di far volare via. Mi rimboccai le maniche e cominciai a raccogliere foglio dopo foglio, rincorrendone un paio che svolazzavano qua e là, finché colsi un movimento con la coda dell'occhio e saltai su lanciando un piccolo gemito di paura.

«Scusa, non volevo spaventarti», disse una voce femminile.

Davanti a me c'era una ragazza cicciottella dal volto rotondo e gli occhi vispi. «Lascia che ti dia una mano», esclamò con aria cordiale. Prima che potessi sollevare obiezioni, si era già chinata e mi stava aiutando a racimolare i resti da terra.

«Queste buste sono un disastro, così sottili che si rompono subito. Non so come ringraziarti».

«Per così poco! Mi chiamo Rosi, diminutivo di Rosalinda».

«Piacere di conoscerti, io sono Amanda dell'interno 11B».

«Lo so, vi ho intravisti il giorno del trasloco. Benvenuta alle Tre Ginestre!».

«Grazie. Abbiamo fatto un bel po' di trambusto, tra camion e traslocatori», ammisi.

«Vi avrei notato comunque, anche se foste stati silenziosi come gatti. Abito proprio sotto di voi, sai?».

«Oh. Insieme a Greta?».

«Sfortunatamente».

La sua affermazione mi strappò una mezza smorfia.

«Dalla tua espressione deduco che non ti ha fatto una buona impressione», ribatté lei con aria torniona.

«Beh...», esitai.

«Tranquilla, non siamo amiche e neppure tanto in confidenza. Ho semplicemente una camera in affitto da lei», spiegò.

«E ti trovi bene qui?», chiesi.

«Se parli del condominio, sì. Quanto alla convivenza con Greta...». Arricciò il naso. «Sai, non è un tipo facile, anzi ha un brutto carattere, un'indole chiusa. È schiva, spinosa. Ma io faccio buon viso a cattivo gioco». Di fronte alla mia perplessità, aggiunse: «Mettiamola così, hai idea di cosa significhi trovare una camera a un buon prezzo qui a Roma?».

«Non esattamente».

«Beh, è una vera impresa. Un altro appartamento in una posizione del genere sarebbe drasticamente al di sopra del mio budget». Ridacchiò allegra. «Per me è un'ottima sistemazione. Non lussuosa, certo, ma buona. È anche molto comoda per il lavoro, l'ospedale è a pochi passi. Me la sono accaparrata e non intendo perderla».

«Capisco».

Avrei voluto raccontarle lo spiacevole episodio di quella mattina in piscina e sottolineare quanto fosse stata villana Greta a non ricambiare il mio saluto, ma non era nel mio stile lamentarmi con una persona appena conosciuta.

Rosi continuò gaiamente a parlare di sé, mi raccontò del suo lavoro come infermiera, della sua famiglia, del suo ragazzo Freddie che viveva in Inghilterra. In pochi minuti avevo già scoperto tutto di lei.

«Scusa, sto parlando solo io. Dimmi, ti trovi bene qui?», mi domandò alla fine del monologo.

«È un posto magnifico».

«Ma...?». Aveva intuito che ci fosse altro.

«Mi sono allontanata dalla mia famiglia d'origine, ho dovuto licenziarmi dal lavoro e in pratica non ho amici». Sperai che il mio tono non suonasse troppo patetico.

«Te ne farai degli altri», ribatté lei posandomi una mano sulla spalla, un gesto rassicurante e confidenziale che trovai del tutto naturale pur avendola appena conosciuta. «Scommetto che ti troverai bene, è tutta brava gente. E sai una cosa?», riprese con calore. «Io e te dovremmo uscire un giorno o l'altro. Farci una bella chiacchierata davanti a un gelato o andare insieme a far compere».

«Sarebbe magnifico». Mi illuminai di speranza. Forse i miei giorni di solitudine erano finiti.

Rosi gettò un'occhiata incuriosita ai fogli che avevamo radunato da terra. Il suo volto si rabbuiò in un lampo. «È il libro di Anita. Lo stai gettando via?».

«In che senso il libro di Anita... vuoi dire che lo ha scritto lei?».

Rosi annuì vigorosamente. «È la sua grafia, la riconosco. Mi fece leggere qualche pagina».

Notò la mia confusione e spiegò: «Aveva intenzione di scrivere un romanzo ma temo che non lo abbia mai finito».

«Ora che ci penso, me ne aveva parlato», ricordai. «Sai, prima lavoravo per un piccolo editore. Penso che Anita confidasse nel mio aiuto per la pubblicazione».

Rosi fece un cenno mesto. «Ci teneva molto».

«E com'è? Questo libro, voglio dire». Abbassai lo sguardo sui fogli.

Lei fece spallucce. «Confesso che non so dirlo. Non me ne intendo granché, leggere non è il mio forte. Gli ho dato solo un'occhiata superficiale, ma la incoraggiavo ad andare avanti. Le faceva bene dedicarsi a questa passione. Povera Anita», mormorò con malinconia.

«Già, povera Anita. La conoscevi bene?».

«Abbastanza. Come me, aveva una qualifica di infermiera e aveva lavorato per anni in ospedale. Avevamo molto in comune. Era una persona speciale, empatica, sensibile. Aveva una personalità eccentrica, ma in senso buono. Mi mancherà. Quando è stata ricoverata, mi lasciò l'incarico di badare alle sue piante».

Un incarico che non doveva aver svolto al meglio, visto che il terrazzo era ingombro di vasi con arbusti rinsecchiti ed erbacce.

Mentre Rosi stava ancora raccontando della zia di Gianfranco, lanciai un'occhiata colma di curiosità al fascio di fogli che ero stata sul punto di gettare via. Rammentai che Anita durante il nostro primo incontro si era interessata al mio lavoro e mi aveva confidato che dopo essere andata in pensione aveva riscoperto la passione per la scrittura e sognava un giorno di vedere pubblicata la sua storia. Ne avevamo parlato anche in un'altra occasione, per telefono. Ero stata io a chiamarla per informarmi della sua salute, ma lei sembrava più interessata a rendermi partecipe delle sue velleità letterarie. Mi raccontò di aver definito meglio la storia e sperava che potessi aiutarla a pubblicare lo scritto una volta terminato. Ero stata vaga circa questa possibilità. Benché fossi una semplice assistente di redazione, ero addentro al mondo editoriale e conoscevo da vicino le difficoltà di ottenere una pubblicazione presso una casa editrice seria. Avevo cercato comunque di darle dei consigli.

Ora nel guardare quei fogli, mi sentii stringere dal rimorso di non averla incoraggiata di più. Chissà quanto tempo e fatica erano costate quelle pagine alla zia Anita. Buttarle nella spazzatura mi sembrò un gesto insensibile e privo di rispetto, così decisi di riportare a casa l'intero malloppo.

9

GRETA

Era stato uno scoppio di risa all'esterno dell'appartamento ad attirare l'attenzione di Greta. Dopo pochi istanti individuò l'inconfondibile vocetta acuta di Rosi e uno scalpiccio di passi sulle scale. La sua coinquilina stava salendo in compagnia di qualcuno. Greta si accostò alla porta d'ingresso e udì il chiacchiericcio farsi più vicino. Capì che la sua affittuaria era con Amanda. Che ci facevano insieme? Provò una fitta di fastidio. Non aveva perso tempo, quella di sopra, a farsi amica la sua coinquilina. E Rosi da parte sua si era buttata a capofitto sulla nuova arrivata come un falco su una preda, decisa a metterle le grinfie addosso. Greta conosceva bene i suoi giochetti. Fare comunella con chiunque le capitasse a tiro sembrava lo scopo numero uno della sua insipida vita. Rizzò le orecchie. Le sentì parlottare fitto fitto sull'uscio, come se si conoscessero da sempre. Rosi vivace ed estroversa, Amanda con quella sua aria garbata e l'accento sofisticato. D'un tratto abbassarono la voce e, nonostante gli sforzi e le orecchie tese, Greta non riuscì a capire cosa stessero dicendo. Era facile immaginare che l'argomento dei loro pettegolezzi fosse proprio lei. In un batter d'occhio sarebbe diventata uno zimbello per loro. Già le sentiva sussurrare come due adolescenti che si confidano un segreto. Un segreto da cui lei era esclusa o di cui era oggetto, come spesso accadeva.

Subito dopo udì Rosi starnazzare qualcosa riguardo all'uscire insieme. Figuriamoci se Rosi si faceva sfuggire l'occasione per allargare la sua cerchia di amicizie.

All'inizio Rosi aveva proposto anche a Greta di unirsi alla sua combriccola di amici, ma lei aveva sempre rifiutato gli inviti con il pretesto di essere cronicamente al verde, inventando scuse penose o brontolando che preferiva passare una serata in casa in santa pace a fare zapping in TV piuttosto che in compagnia di sconosciuti.

Greta non amava la gente e non aveva alcuna propensione per la vita mondana. Le occasioni sociali erano il suo incubo. Faticava a trovare argomenti con chiunque, se ne stava impacciata in un angolo in cerca di qualcosa da dire, cercando di infilarsi in conversazioni che non la interessavano, mentre desiderava solo sprofondare in se stessa. Non era mai stata brava a stringere amicizie, anche da piccola preferiva la solitudine, e invidiava Rosi, brillante, socievole, sempre a suo agio con le persone. Comunque, dopo aver declinato i suoi inviti svariate volte, la sua coinquilina si era arresa e non le aveva più chiesto di uscire. Ormai la considerava una pantofolaia inacidita.

Aveva conosciuto alcuni degli amici di Rosi, tutti tipi espansivi e chiassosi, con la parlantina sciolta come lei. Non li reggeva proprio. Era ben conscia di come sarebbe finita se avesse accettato di passare una serata con loro: relegata in un angolo a guardare gli altri che ridevano sguaiatamente e scherzavano di cose che a lei non divertivano affatto. Si sarebbe tenuta in disparte, con quella penosa sensazione di essere un pesce fuor d'acqua. E comunque non provava piacere a mescolarsi con gente pimpante, solo all'idea veniva colta dal voltastomaco. Preferiva starsene nella sua tana.

Amanda invece aveva accolto tutta eccitata l'invito di Rosi. Si stavano già scambiando i numeri di telefono.

Greta ebbe la tentazione di spalancare la porta e mettersi ad abbaiare istericamente a quelle due di non fare tanto baccano, ma si trattenne dal fare una piazzata: non voleva dar loro ulteriore occasione di sparlare. Immaginava Rosi gettare un'occhiata cospiratoria all'altra e bisbigliarle un "te l'avevo detto che non aveva tutte le rotelle a posto".

Greta accostò l'occhio allo spioncino e scrutò fuori sospettosamente, cercando di captare qualche parola in più.

Da ciò che riuscì a cogliere, comprese che le due si stavano salutando, così si affrettò ad allontanarsi e si eclissò nella sua stanza, dove prese a muoversi come un'ossessa da una parte all'altra in preda all'impulso di scagliare roba a terra.

10

AMANDA

29 giugno, mercoledì

Mi svegliai presto, come mi accadeva spesso in quel periodo. Il primo pensiero fu per Gianfranco. Mancavano ancora tre giorni e finalmente sarebbe tornato a casa. L'idea mi emozionava, ma allo stesso tempo ero infastidita dalla mia smania di rivederlo. Non intendevo diventare la tipica brava moglie che resta ad aspettare il marito con trepidazione e nel frattempo si occupa unicamente della casa, la casalinga che passa le giornate ai fornelli o a fare pulizie. Mi ero sempre vantata di essere una donna indipendente e non mi piaceva appoggiarmi completamente su un uomo. Consumare le giornate a sbrigare faccende domestiche nell'attesa ansiosa del weekend era una prospettiva spaventosa. D'altra parte, al momento era un dato di fatto che non sapessi cosa fare della mia vita.

A contribuire all'umore depresso quel giorno era anche il tempo piovigginoso, con nuvole basse e grigie che formavano una cappa plumbea sulla città e annunciavano un acquazzone. Il bollettino meteo parlava di temporali passeggeri, i tipici piovaschi estivi, perciò l'ultima mano di vernice sulla ringhiera avrebbe dovuto attendere.

Mi alzai e cominciai ad aggirarmi per casa, gironzolando irrequieta da una camera all'altra.

Chiamai mia suocera per sapere cosa fare del ciarpame rimasto nel ripostiglio. Dopo un primo scambio di convenevoli, spiegai a Rita la questione. Lei trasse un lungo sospiro, prima di dire: «Mi sono sbarazzata a malincuore della maggior parte delle cose di Anita, tranne i beni di valore, naturalmente». Altro sospiro sofferto. «Accumuliamo un sacco di roba nel corso della vita e mia cognata non era da meno. Ho trovato un bel po' di paccottiglia negli armadi, vecchie carte, oggetti rotti, indumenti e accessori che non indossava da decenni. Per chi resta è doloroso dover disporre delle cose dei cari deceduti. È un triste compito doversene disfare, anche quando si danno in beneficenza. Abbiamo tenuto alcune cose, fotografie e vecchie lettere, per la famiglia conservano un significato, un valore. Ma non sapevo che destino dare ai suoi scritti. Anita ci teneva così tanto, mi si spezzava il cuore all'idea di gettare via tutto».

«Certo, è comprensibile», commentai di fronte al suo deprimente sproloquio.

«Era un tipo all'antica, usava ancora una vecchia macchina da scrivere, niente computer. Aveva in antipatia tutta la tecnologia dei giorni nostri. Negli ultimi mesi non faceva che riempire pagine e pagine, ma non mi permetteva mai di leggere».

«Curioso», dissi, pensando al fatto che Anita avesse preferito sottoporre i suoi scritti a Rosi.

«Anita è sempre stata riservata, gelosa delle sue cose», riprese mia suocera. «Una volta insistetti per sapere cosa stesse scrivendo, ma si limitò a dire che si trattava di un lungo racconto. Un giorno, una volta finito, me lo avrebbe mostrato, mi promise. Ma non ce n'è stato modo», concluse cupamente.

«E in seguito? Non lo hai letto appena ne hai avuto l'occasione?». Non c'era malignità nelle mie parole, solo curiosità.

Lei fece l'ennesimo pesante sospiro. «Vorrei avere ancora una buona vista, ma come sai ho difficoltà a leggere anche testi brevi. Quando ho preso in mano quei fogli, mi è sembrato tutto ingarbugliato e così ho rinunciato. A ogni modo, ora è casa vostra, la decisione di cosa fare di quel materiale spetta a te e Gianfranco».

Una volta terminata la conversazione, esaminai i fogli. Soffiai via la polvere, lisciai le pieghe, allineai i bordi delle pagine sciolte, che saranno state almeno quattrocento o anche più. Rita non aveva torto: la maggior parte del testo era scritto a mano con una grafia disordinata ed esuberante, in pratica incomprensibile. Poco più che sgorbi. Molti sembravano appunti per il libro, scribacchiati qua e là alla rinfusa, a malapena leggibili. Il dattiloscritto invece era infarcito di correzioni vergate con una matita rossa. Ogni pagina era ricca di annotazioni di ogni genere, come se Anita ci avesse lavorato a lungo. Il voluminoso scritto non aveva ancora un titolo.

Cullata dal sottile picchiettio della pioggia, cercai di trovare un ordine in quel guazzabuglio. Dopo essermi fatta l'idea che in quel progetto caotico e ambizioso ci fosse del buono, mi riproposi di provare a leggere il prima possibile la parte scritta a macchina.

Più tardi raccontai a Gianfranco del libro della zia. «Tu non ne sapevi niente?».

Lo sentii sospirare a fondo come la madre. «Sapevo che era una specie di scrittrice frustrata. Amava il suo lavoro di infermiera, ma la sua vera passione era la lettura e negli ultimi anni aveva manifestato delle aspirazioni letterarie». Il tono di voce lasciava intendere che tutto questo era molto ridicolo.

«Peccato che non abbia avuto il tempo di terminare il suo romanzo», osservai. «Cosa dovremmo farne, a questo punto?».

«Beh...», iniziò, ma non pareva avere le idee chiare. «La mamma cosa ne pensa?».

Ecco qui. Cosa ne pensa la mamma.

«Dice che siamo noi a dover decidere se buttarlo o tenerlo», risposi pazientemente.

«Ci ha lasciato la patata bollente, insomma».

«Penso che non sarebbe carino disfarcene», dissi con calma. «Non sono semplici scartoffie, lei ci teneva molto».

«Hai ragione», convenne. «Non dovremmo avere fretta di cancellare ogni traccia di zia Anita. Di cosa parla questo romanzo?».

«Ancora non lo so, ma mi ripropongo di dargli un'occhiata».

«Ottimo», approvò. «Anche se temo sia solo un mattone indigesto». Pareva sollevato di non doversi preoccupare della "patata bollente", almeno per il momento.

Mi accorsi che stava piovendo a dirotto, quindi la piscina era fuori discussione. Era una buona occasione per aggiornare il curriculum e cominciare a guardarmi intorno alla ricerca di un nuovo lavoro. L'estate è notoriamente un periodo morto, soprattutto nel settore editoriale, con le redazioni che chiudono i battenti e la consolidata abitudine di rimandare ogni impegno a settembre. Io però non volevo indugiare, mi sarei fatta trovare pronta per la ripresa delle attività.

Dopo aver rinfrescato le informazioni sul curriculum, girovagai su Linkedin e scartabellai vari siti di annunci. Sarebbe stata una ricerca frustrante, quella di una nuova occupazione regolare retribuita in maniera accettabile. E riconquistare l'indipendenza sarebbe stata una strada lunga.

Trascorsi il resto della mattinata a tirare fuori piatti e pentole dagli scatoloni, cercando di organizzare in modo funzionale la cucina. Mentre riordinavo, ripensai all'incontro con Rosi. Era stata gentile con me, si era dimostrata simpatica, sveglia e divertente, benché forse troppo ciarliera. Ma la sua allegria era contagiosa ed era esattamente ciò di cui avevo bisogno per liberarmi della malinconia di quel periodo. Valeva la pena di farmela amica.

Desiderosa di piacerle, decisi di prepararle un dolce. Non avevo granché in dispensa, avrei dovuto fare un giro al supermercato per comprare il necessario non appena avesse smesso di piovere. Avevo appena terminato di formulare quel proposito, quando udii il campanello alla porta d'ingresso.

11

GRETA

Era una giornata cupa. L'aria si era raffreddata e nubi pesanti incombevano sulla città. Nonostante il tempo schifoso, però, Greta non intendeva rinunciare alla consueta camminata.

Mentre frugava nell'armadio, sentì rimbombare nella testa la voce di Malina che le pronosticava un malanno. Non che quel corvaccio si fosse mai data pena per lei, tanto meno era mai stata prodiga di affetto. A turbarla era sempre stata l'idea che la sorellina che le avevano affidato si ammalasse e la costringesse a restare a casa per provvedere a lei. Greta era stata una bambina gracile, di salute cagionevole, con sommo cruccio della sorella che si lamentava di dover prendere giorni di permesso o rinunciare a uscire la sera quando il diavoletto stava male. E Greta ricordava che era solita raffreddarsi spesso, anche se a distanza di tempo e con il senno dell'età adulta doveva ammettere che forse si trattava solo di un modo inconscio per elemosinare l'attenzione di Malina, per la quale era soprattutto una bocca da sfamare e un brutto anatroccolo indegno di essere sangue del suo sangue.

Greta infilò la tuta da ginnastica con le dita che vibravano per il nervosismo. I pantaloni le stavano larghi e la casacca le cadeva male. Aveva sempre indossato indumenti comodi e informi, magliette extralarge e giacche di una misura più grande, ma ora era consapevole di star perdendo peso. Si vedeva penosamente magra e gli abiti dozzinali spesso di seconda mano che indossava non facevano che farla apparire ancora più malnutrita.

Dato che il cielo minacciava pioggia, forse era il caso di prendere con sé anche la felpa con il cappuccio. Rovistò tra gli abiti ammucchiati alla rinfusa e poi nel cesto dei panni sporchi, senza trovarla, per poi ricordare di averla gettata via la notte della morte di Seb, insieme agli altri vestiti incrostati di terra e appiccicosi di sangue. Peccato essersene dovuta sbarazzare, teneva molto a quella felpa grigia, che sebbene sformata e scolorita era stata sua fedele compagna per tanto tempo. Purtroppo la situazione economica non le consentiva di fare acquisti di abbigliamento nuovo, al massimo si sarebbe potuta permettere abiti fuori moda in un mercatino delle pulci.

Infilò le mani nel cassetto del comò e mentre cercava un paio di calzettoni tra la massa disordinata di roba gettata alla rinfusa, le dita si imbatterono nell'involucro di plastica che aveva nascosto la stessa notte in cui aveva dovuto gettare la felpa. Non se ne era più occupata, ma quando tirò fuori il sacchetto, realizzò con un tuffo al cuore che quella roba la collegava a Seb e avrebbe dovuto disfarsene.

Aprì la busta con le mani scosse da un tremito. C'erano le chiavi del monolocale di Seb, una carta di credito che lui non usava mai e diverse banconote, circa quattrocento euro. E la pistola d'ordinanza. Aveva sfilato ognuno di quegli oggetti dalle tasche di Seb, per poi sotterrarli tra i calzini. Da allora non aveva più osato toccare niente.

Quella notte gli aveva sottratto anche il secondo telefono, quello che lui adoperava per contattarla e per portare avanti le sue mascalzonate. Prima di tornare a casa l'aveva gettato in un cassonetto della nettezza urbana, assicurandosi che fosse danneggiato al punto che la polizia non potesse localizzarlo.

Tra gli oggetti nascosti nel sacchetto c'era anche la fantomatica lettera che aveva dato il via a tutto. Greta non aveva ancora trovato il coraggio per distruggerla, ma al solo pensiero di rileggerla si sentiva stringere lo stomaco.

Prima di rimettere via il sacchetto, fissò le chiavi per alcuni istanti, sentendosi travolgere da emozioni contrastanti. Cosa ne era stato del monolocale di Seb, quello che lui chiamava il suo rifugio? La polizia lo aveva scovato?

Forse una delle amichette di Seb aveva collaborato con le forze dell'ordine, vuotando il sacco. A quel punto, avevano perquisito accuratamente la casetta in cerca di indizi e avevano raccolto le tracce delle tresche di Seb. O magari no, altrimenti sarebbero già venuti a interrogarla.

Erano passati oltre dieci giorni e Greta non aveva speso neanche un euro della somma che gli aveva sottratto, né era tornata a casa di Seb, ma ora si mordeva le mani per non averlo fatto.

Quella notte aveva portato via le chiavi guidata dall'istinto. Sapeva quanto fosse rischioso per lei che la polizia scoprisse la doppia vita di Seb. Nei giorni successivi lo stesso istinto le aveva suggerito di servirsi di quelle chiavi per tornare al rifugio. Non che ci fosse roba di valore. Era solo uno squallido e minuscolo monolocale a malapena arredato, poco più di un bugigattolo usato come punto di appoggio. Greta però era certa che Seb vi aveva nascosto del denaro, una bella somma di denaro liquido. Un piccolo tesoro. Quel furbastro aveva sempre diffidato delle banche. *Meglio sotto il materasso*, diceva sempre. *Non fidarti dei soldi che non puoi toccare*. E infatti, in mano gli aveva sempre visto solo contanti e un portafoglio ben fornito.

Greta era pronta a scommettere che nella tana di Seb ci fosse un nascondiglio segreto pieno zeppo di banconote ottenute con le sue attività sotterranee e illegali. Bustarelle, truffe ed estorsioni. E ovviamente la moglie ne era all'oscuro perché Seb faceva tutto alle sue spalle.

In passato Greta aveva fantasticato di mettere le mani sopra ai soldi che lui accumulava, pur sapendo che Seb le avrebbe dato la caccia per il resto dei suoi giorni e gliel'avrebbe fatta pagare cara. Non era uno stupido e non si fidava di lei. Perché farlo del resto? Era una ladruncola. Prova della sua sfiducia era il fatto che non le aveva mai affidato le chiavi della casetta, neanche per mettere alla prova la sua lealtà.

Greta spostò il sacchetto tra le dita (che pesava parecchio per via della pistola), chiedendosi perché non avesse ancora messo in pratica l'idea di tornare al rifugio. Avrebbe potuto occuparsene la stessa notte della morte di Seb. In un'ora al massimo avrebbe potuto raggiungere il monolocale e frugare dappertutto fino a scovare i soldi. Era un'impresa fattibile visto che si trattava di pochi metri quadrati. Impossessarsi di quel denaro sarebbe stata una rivincita, la giusta vendetta per ciò che lui le aveva fatto. Un risarcimento che le spettava di diritto.

Invece, l'unico suo desiderio quella notte era stato tornare a casa. Spossata, sconvolta, ammaccata e smaniosa di togliersi di dosso le tracce di terra e di sangue. E soprattutto, bramosa di relegare in un angolo della mente gli ultimi eventi. Rimuoverli. Cancellarli. Censurarli dai suoi pensieri. Confinarli nell'oblio più oscuro.

Erano stati giorni confusi, quelli. Un vortice di avvenimenti su cui ancora non riusciva a fare chiarezza e su cui aleggiava una consapevolezza dolorosa che non riusciva a mettere a fuoco. Ogni volta che si permetteva di pensarci, le sembrava di avvicinarsi al bordo di un oscuro baratro popolato da minacciose creature. L'unico modo per preservare la sua salute mentale, era non provare neppure a raccapezzarsi.

Tuttavia, l'idea di quel denaro la faceva ammattire. Stava lì a contare ogni centesimo, lottava per far quadrare i conti, e invece avrebbe potuto godere di quei soldi. Comunque, non aveva senso rimuginarci troppo, perché recuperare il bottino era troppo rischioso. Si infilò i calzettoni. Probabilmente la polizia aveva già trovato l'appartamentino e si era impossessata del malloppo. Nascose di nuovo il sacchetto tra le calze. Prima o poi si sarebbe liberata di tutto, pensò mentre si allacciava le scarpe.

Si era fatto tardi, ora più che mai Greta bramava di uscire. Una volta in cortile, scrutò in lontananza. Il cielo minacciava pioggia con nuvole temporalesche che si addensavano e nell'aria aleggiava un forte odore di umidità. In perfetta armonia con il suo umore fosco. La voce del buonsenso le diceva che avrebbe beccato in pieno l'acquazzone, ma non le diede retta. Con andatura nervosa imboccò la strada commerciale che percorreva abitualmente. Il vento impetuoso le faceva lacrimare gli occhi. Mentre camminava spedita, le prime gocce cominciarono a pungerle la faccia. Si stava alzando anche un venticello umido. Greta affondò le mani nelle tasche e sollevò il bavero della giacca, camminando a capo chino tra la gente già impegnata a spalancare gli ombrelli. Non intendeva darsi per vinta.

La pioggia scosciante la sorprese dopo un centinaio di metri e nel volgere di qualche secondo si ritrovò bagnata fradicia fino all'osso, le scarpe inzaccherate e i capelli incollati alla testa. Ma non le importava. Continuò ad avanzare sotto le intemperie, percossa dalle raffiche di vento e pioggia. Avrebbe dovuto cercare un riparo, ma non ce n'erano. Infine si arrese, girò sui tacchi e tornò di corsa verso il condominio, mentre le macchine procedevano sollevando spruzzi d'acqua. Anche i marciapiedi erano allagati ed era impossibile schivare le pozzanghere. Raggiunse il palazzo correndo a perdifiato, quasi alla cieca. Si infilò dentro il portone completamente zuppa. L'umidità penetrava fin nelle ossa. Mentre aspettava l'arrivo dell'ascensore, scosse la testa per liberarsi dalla pioggia. Tutta quell'acqua avrebbe reso i suoi capelli ancora più cespugliosi, considerò irritata.

Fuori non accennava a spiovere. Premette di nuovo il pulsante per chiamare l'ascensore e sobbalzò quando udì bussare con decisione sul portone dietro di lei. Si girò e attraverso il vetro vide un uomo che le faceva cenno di aprire. Non sembrava uno dei residenti, tuttavia non stava a lei decidere chi far entrare e chi no, così non si fece scrupoli ad aprirgli il portone.

«La ringrazio». L'uomo chiuse l'ombrello e lo scrollò in un angolo. Greta fu catturata da un paio di magnetici occhi blu ghiaccio, punto focale di un viso maturo ma gradevole.

«Sto cercando la signora Anita Ferrante, per caso sa indicarmi l'interno?», le chiese lui.

Sorpresa dalla richiesta, Greta sgranò gli occhi e fu sul punto di rivelargli che Anita era sottoterra da un bel pezzo, ma stabilì che non era affar suo comunicare l'infausta notizia a quel tizio. Si limitò a borbottare: «Ultimo piano di questa scala. Interno 11B».

Lui la ringraziò e indicò l'ascensore con l'ombrello gocciolante: «Sale anche lei?».

Greta annuì secca. Fecero insieme il percorso in cabina, in silenzio. L'uomo aveva perso interesse nei suoi confronti. Non cercò di attaccare bottone, né la degnò di alcuna attenzione. Dopo le poche parole cortesi che le aveva rivolto, si era come chiuso in se stesso. Teneva la testa bassa e gli occhi gelidi fissavano il vuoto in modo drammatico, come se nella sua testa si aggirassero riflessioni tempestose.

Greta lo scrutò di sottecchi, incuriosita. Non aveva niente di familiare, eppure la metteva a disagio. Era un amico di Anita? In tal caso, strano che non sapesse della sua morte. Al quinto piano, l'ascensore si fermò. Greta si voltò d'istinto prima di uscire. Quell'uomo aveva un'aria inequivocabile, considerò con un moto di fastidio. Forse era la postura dritta o l'aria vigile e austera allo stesso tempo, in ogni caso era sicura che Occhi Gelidi fosse uno sbirro. Alcuni poliziotti ce l'avevano stampato in faccia.

Avrebbe fatto bene a stare in campana.

A quel punto fece qualcosa che non era solita fare: salutare. Borbottò un buongiorno e si soffermò un istante prima di uscire dall'ascensore, per esaminare la reazione. L'altro ricambiò il saluto con disinteresse.

Le porte in vetro si richiusero dietro Greta e un secondo dopo, lei colse all'interno della cabina lo sguardo freddo dell'uomo su di lei.

Varcò la soglia di casa con un brutto presentimento.

12

AMANDA

Quando aprii la porta d'ingresso, mi trovai davanti uno sconosciuto.

A una prima occhiata dallo spioncino lo avevo reputato inoffensivo. Un tipo distinto dai lineamenti gradevoli, capelli bruni ondulati, tagliati corti e leggermente striati di grigio, statura media, un pizzetto corto ben curato. Qualche ruga d'espressione e un paio di occhi blu che mi scrutarono con fredda curiosità. Indossava abiti sobri e sportivi. Giudicai che doveva aver superato la quarantina.

D'istinto mi passai le dita tra i ricci scompigliati per ravvivarmeli, imbarazzata di essere in disordine. «Sì?».

«Cerco la signora Ferrante».

«Sono io», risposi con una mano sulla porta, pronta a chiuderla se l'uomo si fosse rivelato un seccatore.

Lui aggrottò le sopracciglia con fare dubbioso. «Anita Ferrante?».

«Ah... no. Mi chiamo Amanda. Con chi sto parlando?».

Dall'uomo trapelava un principio di disagio. «Mi chiamo Adriano Valle. Sono venuto per parlare con la signora Anita Ferrante. So che avrei dovuto telefonare prima, mi scuso per essere piombato qui senza preavviso. Spero di non disturbare nel momento sbagliato».

Ebbi un momento di confusione. «Nessun disturbo, ma... lei è un amico di Anita?», mi informai con cautela.

«Non esattamente. Se è in casa, potrei parlarle un momento?».

Scossi adagio la testa, prima di dire con rammarico: «Mi spiace darle la notizia, ma Anita non è più tra noi».

Avevo sempre provato avversione per quel modo di dire, lo trovavo così eufemistico, tuttavia la verità nuda e cruda mi sembrò troppo brutale da spiattellare.

Il volto dell'uomo perse la sua impassibilità. Mi guardò spiazzato, come se pensasse a un errore, a un tragico equivoco. A quella prima reazione ne seguì un'altra che mi parve di autentica costernazione. «Morta?».

«È deceduta quattro mesi fa», precisai con imbarazzo. «Deve essere triste apprenderlo così».

Lui impiegò parecchio a rispondere. Sembrava sprofondato in una specie di cupezza, mentre assorbiva la notizia. «In realtà non la conoscevo affatto. Sono qui perché...». Indugiò ancora e nel frattempo i suoi occhi mi esaminarono con maggiore attenzione. «Diciamo che ho fatto un tentativo. Ma non mi aspettavo niente del genere. Lei è una parente? Prima ha ammesso di essere la signora Ferrante», osservò.

«In realtà il mio cognome è Olivieri. Anita era la zia di mio marito, la sorella del padre di mio marito», puntualizzai.

A quel punto lui si fece avanti e mi allungò la mano. Ce la stringemmo con formalità. Un uomo signorile, pacato. Mi ripeté il nome, scandendolo, e notai che esitò subito dopo. Forse si aspettava una reazione da me che non arrivò perché quel nome, Adriano Valle, non mi diceva proprio nulla.

«Si vuole accomodare? Fuori sta diluviando e lei è già bagnato fradicio... le offro qualcosa da bere», proposi.

«Non vorrei essere capitato in un momento inopportuno», replicò lui, anche se l'espressione tradiva il desiderio di fermarsi.

«Niente affatto. Cosa le offro?».

Lui varcò la soglia, ma rifiutò l'invito a bere qualcosa.

Gianfranco avrebbe detto che introdurre in casa uno sconosciuto era una pessima idea, sottolineando che ero sempre la solita imprudente che si fidava sciocMente di tutti. Dovevo ammettere che lo sguardo dell'uomo era poco amichevole, ma ero affamata di rapporti sociali e molto curiosa. E di sicuro un certo ruolo l'aveva giocato l'aspetto affascinante e misterioso di quel tipo.

Lo feci accomodare, scusandomi per il disordine. «Ci siamo appena trasferiti. Abbiamo ereditato la casa, Anita nutriva un affetto speciale per mio marito».

Lui si schiarì la voce. «Se non sono indiscreto, com'è successo? Voglio dire, com'è morta la signora Anita?». Ebbi l'impressione che un lampo di sospetto attraversasse il suo volto, come se non credesse sul serio che Anita fosse morta.

Mi sedetti di fronte a lui. «Si è ammalata lo scorso autunno. Le hanno diagnosticato un tumore al fegato. La malattia è progredita più velocemente del previsto, a dispetto dell'età».

«Per me è un colpo saperlo. Non sarei qui a disturbarla se non fosse importante. Se non le spiace vado al sodo e le spiego il motivo della visita».

«Certo».

L'uomo si accomodò meglio sul divano. Il portamento severo e la sua compostezza si accentuarono prima di parlare. «Speravo che la signora avesse delle informazioni da darmi per fare chiarezza su una questione di vitale importanza. Ma ora che apprendo che non c'è più... è possibile che si sia confidata con suo marito? Poco fa ha detto che gli era affezionata».

«Non so a che genere di informazione alluda».

Mi studiò come per capire se potesse fidarsi. Sostenni il suo esame in silenzio.

«Si tratta di mio cognato», disse alla fine in tono evasivo.

Dovetti frenare la mia curiosità, aspettai che continuasse, rispettando il suo riserbo.

«Il marito di mia sorella è deceduto una decina di giorni fa a causa di una brutta caduta», spiegò. «È venuto fuori che si è trattato di omicidio».

«Gesù santo», mi portai istintivamente una mano alla bocca.

«Devono essere ancora chiarite le circostanze, nel frattempo ho avviato un'indagine personale per vederci chiaro». Aveva la mascella tesa.

Dovevo ammettere che aveva agganciato il mio interesse, ma cercai di non darlo a vedere. «E Anita come avrebbe potuto aiutarla?», domandai nel tono più neutro possibile.

«Non so dirlo con esattezza. Quello che so è che Anita Ferrante conosceva mio cognato. Dai tabulati telefonici risulta che c'erano stati numerosi scambi tra loro, quasi giornalieri. Ma purtroppo stiamo parlando di diversi mesi fa».

«Sono confusa», ammisi. «Lei crede che la zia di mio marito potesse avere a che fare con un omicidio? Mi scusi ma mi riesce difficile immaginarlo... era una donna così sensibile e onesta. Un omicidio... è ridicolo che sia coinvolta, mi scusi».

«Beh, no, non intendo che c'entrasse direttamente. Anche perché se è morta quattro mesi fa è ovviamente impossibile che sia implicata». I suoi occhi non la smettevano di spostarsi sul mio viso, qua e là.

«E allora?», lo incalzai. Quella reticenza a sbilanciarsi cominciava a spazientirmi. Mi lasciò in sospeso per un momento. Mi parve ancora sospettoso e sulla difensiva, nonostante i modi educati. Alla fine doveva aver stabilito che non fossi degna di fiducia perché la sua risposta mi suonò molto vaga: «Sono convinto che la signora sapeva qualcosa. Qualcosa che avrebbe potuto aiutarmi nelle indagini».

Mi spostai sul divano, perplessa ed esasperata. Mi sarebbe piaciuto cavargli di bocca qualcosa di più specifico, altri particolari sulla vicenda, ma lui non sembrava intenzionato a rivelare altro.

«Quindi lei è della polizia?», mi azzardai a chiedere.

«Sì, ma non sono qui in veste ufficiale. Si tratta di una sorta di indagine privata. In pratica, sto svolgendo ricerche per conto mio», spiegò con tono paziente.

«Mi dispiace non potermi rendere utile», dissi con sincerità.

Si lasciò andare a un esile sospiro. «Oh, beh, dovevo almeno fare un tentativo».

I suoi occhi non si staccavano dai miei. Occhi gelidi che ti trapassavano da parte a parte e allo stesso tempo ti disarmavano. Cavolo, aveva uno sguardo pazzesco. Da vicino, mi resi conto che era più maturo di quanto mi era parso a una prima occhiata, piccole rughe si increspavano agli angoli degli occhi. O forse a invecchiarlo erano l'espressione drammatica e i capelli umidi di pioggia che gli ricadevano sulla fronte, conferendogli un aspetto da poeta maledetto.

«Quello che le chiedo, a questo punto, è di domandare a suo marito se è a conoscenza di qualcosa sul legame tra la zia e mio cognato, Sebastiano Levani». Continuava a lanciarmi occhiate furtive per valutare le mie reazioni.

«Sebastiano Levani», gli feci eco.

«Esatto. Vuole appuntarselo?».

«Non occorre, ho una buona memoria», ribattei con un accenno di sorriso.

Lui si alzò lentamente in piedi e mi porse di nuovo la mano. Una stretta decisa, energica. Poi tirò fuori un biglietto da visita e me lo offrì. «Se viene a conoscenza di qualcosa, anche se le sembra poco rilevante, mi chiami subito».

«Lo farò», promisi, prendendo in mano il cartoncino.

Lui riaprì la bocca per aggiungere qualcosa, ma cambiò idea in un baleno. Chiaramente non era desideroso di fornirmi alcuna spiegazione o comunicarmi dettagli. Cosa che mi lasciò con una grande smania di saperne di più.

L'uomo era ormai dall'altra parte della soglia, quando disse con una certa asprezza: «Lei è proprio sicura che la signora Anita sia deceduta in seguito a una malattia?».

Presa in contropiede, reagii sbattendo le palpebre. «Perché non dovrebbe essere così?».

Eluse la domanda e mi guardò con espressione seria, quasi truce.

«Capisco che non possa dirmi nulla dell'indagine», replicai con un sospiro spazientito. «Ma sappia che mi sta spaventando».

«Non era mia intenzione». Ammorbidì l'espressione e per la prima volta mi gratificò di un sorriso, benché un po' tirato. «Il mio era solo un dubbio da deformazione professionale».

«Beh, posso assicurarle che Anita si è spenta in un letto d'ospedale. Era gravemente malata, non c'è motivo di pensare altrimenti», ribadii con fermezza.

Lui annuì, ma l'espressione indicava scetticismo. Prima di avviarsi, mi ringraziò educatamente per il mio tempo e si scusò di nuovo per essere venuto senza avvertire. «Lei è davvero una persona gentile, Amanda», osservò, guardandomi dritto negli occhi. «E ha un sorriso molto dolce».

Mi sentii arrossire leggermente e lo ringraziai a mezza bocca.

In quel momento mi avvidi con chiarezza di qualcosa che prima avevo solo intravisto: l'amarezza nel suo sguardo, l'infelicità che segnava il suo volto. Una sorta di stanchezza esistenziale che rendeva più visibili le minuscole rughe intorno agli occhi. E mentre chiudevo la porta e lui chiamava l'ascensore, non potei fare a meno di augurarmi di rivederlo.

13

GRETA

L'uomo misterioso – ormai battezzato da Greta "Occhi Gelidi" – lasciò le Tre Ginestre dopo una ventina di minuti. Greta era rimasta di guardia alla finestra del bagno, da dove si scorgeva una porzione del cancello del condominio.

A un certo punto, vide Occhi Gelidi uscire. Testa alta e petto in fuori. Si affrettò a scattare una foto con il telefono, ma a causa della lontananza i tratti del volto risultarono sgranati, e quando provò a cercare una corrispondenza su Internet, non trovò nulla. Era stato Seb a insegnargli quel trucchetto per rintracciare gente su Internet grazie a una foto. Seb era un fanatico degli smartphone e di tutti i giocattoli tecnologici moderni. Prima di conoscerlo, Greta li aveva sempre disdegnati considerandoli diavolerie, ma doveva ammettere che a volte erano molto utili.

Greta constatò che Occhi Gelidi si era fermato più del dovuto. Come mai? Ipotizzò che Amanda gli avesse spiegato che Anita era morta, ma a quel punto perché Occhi Gelidi non se n'era andato? Era stata la bella Amanda a trattenerlo con le sue maniere svenevoli? C'era da scommetterci, visto come si sprecava sempre in amenità e smancerie. Riusciva quasi a vedere la scena mentre civettava con lui, sbatteva le ciglia, gli faceva gli occhioni da cerbiatta, scuoteva la chioma riccia. Tutta miele. Gli uomini trovavano irresistibili quei tipi.

Ma c'era anche la possibilità che Occhi Gelidi fosse a caccia di informazioni. Gatta ci covava. Greta si morse il labbro fino a farlo sanguinare. L'ipotesi che l'uomo misterioso fosse un poliziotto appariva sempre più concreta. Un certo non-so-ché, il modo di guardare le persone con apparente scarso interesse, che in realtà nascondeva l'abilità nello scrutare tutto e tutti in cerca di indizi.

Si era pentita di non avergli rivelato subito della morte di Anita, perché in tal caso lui non sarebbe mai salito al piano di sopra.

Si accorse che aveva una ciocca di capelli tra le dita e la stava tirando. Per l'ansia aveva iniziato a strapparsi i capelli. Dannazione, doveva smettere subito o si sarebbe ritrovata calva, come se non bastassero tutte le grane che aveva.

Non c'era motivo di angosciarsi: Anita, la megera impicciona e intrigante non poteva più danneggiarla perché era morta e sepolta da un pezzo e aveva portato nella fossa ciò che sapeva.

Si aggrappò con forza a quel pensiero e si calmò.

Il capo la spedì di nuovo a fare il giro di consegne con Leo. Oltre alla sgradita compagnia, c'era da sopportare il caldo afoso perché quel macinino di furgone era sprovvisto di aria condizionata e l'abitacolo si arroventava in un battibaleno. Leo guidava a scatti, irrequieto, senza smettere neppure un secondo di parlare. Quando accendeva la radio, si limitava ad alzare la voce. Un chiacchiericcio costante e sconnesso che Greta trovava insopportabile. Quel pomeriggio cominciò a sproloquiare sul fatto che i clienti del negozio stavano diventando scansafatiche e ormai si facevano portare tutto a casa.

«Oggi è San Pietro e Paolo, dovremo starcene sbracati sul divano. E invece ci tocca lavorare», si lamentò Leo.

«E da quando ti interessa festeggiare due santi?», replicò Greta acida.

«Che c'entra! È festa a Roma, non si dovrebbe neanche tenere aperto il negozio, e invece papà dice che siamo in tempi di crisi e nessuno può permettersi di poltrire».

Greta non poteva dargli torto, quel giorno era peggio del solito e alle sette di sera mancavano ancora un paio di consegne. Nonostante il nubifragio del primo mattino, era una giornata torrida e sudavano entrambi copiosamente.

«Andiamoci a fare una birretta, Molinari, dopo finiremo il giro più volentieri», propose Leo, asciugandosi il sudore dalla fronte.

«Toglitelo dalla testa. Siamo ancora in orario di lavoro».

«Da quale pulpito! Lo dice una che arriva sempre tardi e quando può scappa a fumare».

Greta reagì con un gesto insofferente. «Non voglio rogne con tuo padre».

«Papà non lo saprà. E poi cosa vuoi che sia un piccolo strappo alle regole. Non ti facevo così pallosa».

«Non mi va».

Leo roteò gli occhi. «Non stare sempre sulle tue. Magari ci facciamo pure un hamburger e delle patatine, visto che è quasi ora di cena».

«Ne faccio volentieri a meno». Lo stomaco però non la pensava allo stesso modo. Aveva saltato il pranzo e la pancia le brontolava sonoramente.

«Eri già uno stecchino, ma ora stai diventando proprio pelle e ossa, sai?», la pungolò Leo, dandole una leggera gomitata.

Greta era molto sensibile a quel genere di commenti, soprattutto quando si insinuava che fosse anoressica. Era il genere di malignità che la mandava in bestia.

«E va bene, mi arrendo. Andiamoci a fare un panino».

Trovarono un fast food, già a quell'ora molto animato.

La presenza di tante persone innervosì Greta, tuttavia l'aria condizionata che andava a pieno regime fu un sollievo. Ben presto il sudore che aveva impregnato la maglietta si asciugò, ma la pelle rimase appiccicosa. Era affamata e addentò il cibo con voracità. Il panino dell'hamburger risultò gommoso, l'hamburger aveva un aspetto poco invitante e le patatine trasudavano olio di frittura. In compenso la birra andava giù con piacere.

Guardare Leo mangiare si rivelò uno spettacolo penoso. Si leccava spesso le dita (sudice), lasciava che il ketchup gli colasse dagli angoli della bocca, mentre il grasso del panino gli ungeva il mento. Dopo aver ingollato la birra un sorso dopo l'altro in modo compulsivo, ruttava senza ritegno. E anche la conversazione era un supplizio. Proprio come Rosi, Leo non stava zitto un secondo, tra un boccone e l'altro sproloquiava a raffica di cose che a lei non interessavano (in quel momento era lanciato in una tirata sul prezzo della benzina). Greta aveva scoperto che Leo era una delle persone più noiose mai conosciute, un sempliciotto barboso, oltre che un viscido. Gli avrebbe dato volentieri un pugno dritto sul muso per tappargli la bocca.

Concentrandosi sul panino, Greta lo ascoltava con un orecchio solo e si spostava con irrequietezza sulla sedia. Non si sprecava neanche a far finta di interessarsi ai discorsi di Leo. Ogni tanto gettava una vaga occhiata al televisore appeso sulla parete davanti al tavolo. Stavano trasmettendo un telegiornale regionale ma non si sentiva granché perché il volume era tenuto basso e il frastuono del locale invadeva ogni angolo. Per poco Greta non si strozzò con un boccone quando sullo schermo comparve Seb.

Questa volta non era uno scherzo giocato dall'immaginazione, era proprio lui. C'era la sua faccia in televisione, lo schermo mostrava una fotografia di Seb sorridente, la faccia larga e squadrata, i capelli tagliati a spazzola, un accenno di barba e il solito piglio strafottente. L'uniforme da sbirro gli conferiva un'aria ancora più carismatica ed esaltava il suo fisico solido e muscoloso. L'immagine occupava l'intero schermo. Con la testa all'insù, gli occhi sbarrati e il panino fermo a mezz'aria, Greta lo fissò attonita. Fu come se le avessero colpito lo stomaco con un pugno.

"Proseguono le indagini sul delitto del Pincio", così c'era scritto sullo schermo. Inorridita, realizzò che il notiziario stava mandando un servizio sulla morte di Seb, ma il tavolo era troppo lontano per distinguere le parole, l'audio era coperto dal brusio delle conversazioni nella sala. Greta fu quasi sul punto di saltare dalla sedia e scattare verso il televisore per sentire cosa stavano dicendo. Represse l'impulso e rimase seduta, sforzandosi di ricacciare indietro il panico.

Ne stavano parlando come di un crimine, questa era l'unica cosa che capiva. Non una morte accidentale. Non una disgrazia. La polizia stava trattando il caso di Sebastiano Levani come un omicidio. Quella constatazione le esplose nella testa e le provocò un'ondata di nausea.

In tutto quel tempo non aveva mai cercato notizie su Seb e aveva evitato di proposito i notiziari, aveva troppa strizza. Aveva preferito far finta che nulla fosse accaduto, ritornare alla vita di sempre nella convinzione che quando avessero ritrovato il cadavere (semmai fosse successo), avrebbero considerato la caduta come una tragica sciagura. Ora, in un momento di raggelante lucidità, si rendeva conto che era stato puerile da parte sua fare lo struzzo. Tante volte si era detta che doveva evitare di rompersi la testa con congetture inutili, ma ora avvertiva, seppure confusamente, di aver sbagliato. Una persona saggia si sarebbe informata, si sarebbe tenuta al corrente degli sviluppi del caso, anche a costo di portare alla luce il dolore che tentava in tutti i modi di soffocare.

Non doveva arrendersi ai morsi della paura. Le cose sarebbero andate bene lo stesso, bastava non commettere passi falsi. La polizia non avrebbe mai trovato alcun legame tra lei e Seb perché entrambi erano stati molto riservati e scrupolosi nel nascondere la loro relazione, comunicavano solo attraverso il secondo telefono di Seb e si erano sempre incontrati alla chetichella nella casetta che lui aveva in affitto.

Continuò a fissare lo schermo, anche se lo speaker era passato a un'altra notizia.

Leo fece schioccare le dita per richiamare la sua attenzione. «Ehi, Molinari, che ti è preso? Cos'è quell'aria funerea?». Aveva finito di mangiare e se ne stava appoggiato allo schienale con braccia incrociate sul petto, in attesa.

Greta ebbe un violento sussulto e allontanò l'attenzione dal televisore. Balbettò debolmente un'imprecazione, con le guance che bruciavano. Avrebbe voluto dire qualcosa, ma non le riusciva di parlare in modo coerente. Mormorò un'altra bestemmia tra sé e sé, sentendosi tutta intorpidita. Diede un ultimo morso al panino e lo masticò senza sentirne il sapore, prima che la nausea la costringesse a smettere. Lasciò cadere il resto sul piatto. Ormai aveva lo stomaco sottosopra. Le mani le tremavano tanto da non riuscire a tenerle ferme.

Leo sollevò un sopracciglio con sarcasmo e si chinò in avanti. «Tutto bene, ragazza? Che hai da borbottare?». Senza neppure darle l'opportunità di rispondere, le artigliò un braccio.

Nel giro di un paio di secondi Greta si riprese e si scrollò la mano di dosso. «Sempre con quella zampaccia allungata, porca miseria!». Si tirò indietro e lo incenerì con lo sguardo. «Se ti azzardi a toccarmi ancora, te ne pentirai, brutto schifoso». La voce le era uscita aspra e troppo acuta, tanto che un paio di persone accanto si voltarono.

Leo cambiò espressione e ritirò la mano di scatto. «Dobbiamo finire il giro di consegne». L'aveva detto in tono forzatamente indifferente. In realtà sembrava deluso e incavolato.

«Prima ho bisogno di fumare», annunciò Greta. Gli allungò dei soldi sul tavolo. Leo era stato chiaro fin da subito: ognuno si pagava la sua parte di consumazioni. «Ti aspetto fuori», aggiunse lei, alzandosi lentamente. Il corpo era diventato pesante, faticava persino a camminare. Muovendosi al rallentatore, uscì dal locale e si sforzò di recuperare il controllo.

14

AMANDA

Finalmente le nuvole cominciarono a diradarsi. Avevo sperato che la pioggia allontanasse l'ondata di calore che aveva travolto la città nelle precedenti settimane, ma non apportò nessuna frescura. La temperatura superava di nuovo i trenta gradi e l'umidità rendeva faticoso respirare. Uscii sul terrazzo perché avevo urgente bisogno di una boccata d'aria. C'era il tipico odore dei temporali estivi, di terra bagnata e umidità.

L'incontro con Adriano, con le sue insinuazioni sinistre e la sua reticenza, mi aveva lasciato una strana scia addosso. Allo stesso tempo, però, morivo dal desiderio di sapere di più di quella storia. E di lui.

Guardai giù in piscina, c'era il sole ma le pietre della pavimentazione erano ancora bagnate e la vasca si era riempita di foglie e altri detriti che il bagnino era impegnato a raccogliere con il retino. Forse più tardi ci avrei fatto un salto. D'impulso mi sedetti al computer e digitai nel motore di ricerca "Sebastiano Levani". Avviata la ricerca online, la pagina mi restituì un'inaspettata quantità di risultati.

L'omicidio aveva occupato svariate pagine della cronaca di Roma negli ultimi dieci giorni. Accanto agli articoli, le foto mostravano un uomo attraente dai lineamenti decisi e l'espressione spavalda, che indossava una divisa da agente di polizia. Esaminai i vari siti e appresi che Sebastiano Levani era morto nel pieno della notte in seguito a una caduta di circa quindici metri dal terrazzo del Pincio, presso il muraglione che discende fino al viale del Muro Torto. La tragedia era accaduta sabato 18 giugno intorno alle due del mattino. Secondo una ricostruzione del nucleo investigativo, basata in parte sul racconto di un testimone oculare, il volo era avvenuto dopo una lite violenta con uno sconosciuto che aveva spinto il poliziotto oltre il parapetto. Nessuno aveva dato l'allarme, nessuno aveva allertato le forze dell'ordine. I pochi turisti nottambuli che passeggiavano sulla terrazza non si erano accorti di niente. Il corpo immerso in una pozza di sangue era stato notato da una pattuglia che transitava nei pressi del cavalcavia del Pincio. I Vigili del fuoco avevano recuperato il cadavere in fondo alla scarpata, tra le fronde selvatiche.

L'autopsia non aveva evidenziato segni di violenza sul corpo, percosse o traumi, se non quelli dovuti alla caduta; anche gli esami tossicologici non avevano restituito informazioni particolarmente significative, ma avevano accertato che la vittima aveva assunto della cocaina nelle ore precedenti il decesso.

L'uomo era morto per gravi danni cerebrali e per il copioso sanguinamento da una ferita alla testa. Secondo il medico legale, il lancio nel vuoto non aveva causato una morte immediata: quando si era schiantato al suolo era ancora vivo e probabilmente aveva vissuto lunghi momenti di coscienza.

Lessi tutto questo con un vago senso di angoscia. Cercai altre informazioni sulle indagini, ma la maggior parte dei siti si limitava a riportare le medesime notizie.

Provai a chiamare Gianfranco, che mi rispose laconicamente di essere occupato al lavoro.

Ero ancora turbata, quando uscii per andare a fare la spesa. Da quando ci eravamo trasferiti, non avevo un'auto. In paese, all'occorrenza prendevo quella di Gianfranco oppure mi spostavo a piedi, e anche ora non mi dispiaceva fare una passeggiata. Cercando un alimentari, scoprii che quel giorno si festeggiavano i patroni di Roma, perciò la maggior parte delle attività era chiusa. Soltanto dopo un lungo giro trovai un supermercato aperto.

15

AMANDA

30 giugno, giovedì

In quei giorni mi capitava di svegliarmi nel cuore della notte e di deprimermi quando constatavo che Gianfranco non era accanto a me. Mi sentivo sola nel grande letto matrimoniale, mi mancavano le coccole, l'intimità, la sensazione rassicurante del suo corpo contro il mio. Spesso non riuscivo a riaddormentarmi, mi limitavo a fissare l'oscurità mentre aspettavo che facesse mattina.

Nei nostri due anni di vita coniugale, era già capitato che restassi sola in casa perché di tanto in tanto Gianfranco viaggiava per impegni di lavoro. Eppure, non avevo mai provato un simile senso di lontananza.

All'alba i raggi mattutini entrarono di prepotenza nella camera da letto, dove non avevo ancora sistemato le veneziane né montato delle tende. Dalla finestra aperta giungevano i rumori della giornata in partenza e il canto degli uccellini, mentre il ventilatore montato sul soffitto ronzava sopra di me. Era un giorno assolato e bollente come i precedenti.

Avevo trascorso buona parte della settimana indaffarata tra mille occupazioni, impegnandomi molto a sistemare la casa, anche quando si trattava di attività noiose. Finalmente tra due giorni Gianfranco sarebbe tornato. Questo avrebbe dovuto rallegrarmi, ma quell'uomo elusivo, Adriano, mi aveva messo una pulce nell'orecchio. Continuavo a domandarmi in che modo la dolce zia Anita fosse coinvolta con quel Sebastiano Levani.

D'altra parte, più ci pensavo più trovavo dissonante la storia che Adriano mi aveva rifilato. Per un poliziotto non sarebbe stato difficile controllare se una persona fosse viva o morta. Adriano conosceva l'indirizzo di Anita, eppure non sapeva nulla di lei. La faccenda non stava in piedi. E perché interessarsi proprio ad Anita, tra i conoscenti della vittima, e addirittura arrivare ad alludere a una morte sospetta? Inoltre, Adriano aveva parlato di tabulati telefonici, ma Anita aveva passato molto tempo in ospedale e non possedeva neppure un cellulare. Troppe note stridule mi risuonavano in testa.

Cercai di distrarmi spostando l'attenzione su altro. Ero ancora decisa a portare un dolce a Rosi.

Sulle prime avevo ipotizzato di preparare un ciambellone al cioccolato, ma poi avevo optato per una torta alle fragole. Avevo acquistato tutto l'occorrente: farina, uova, burro, lievito, latte, yogurt, e naturalmente un cestino di fragole fresche e succose. Avevo fatto rifornimento anche di viveri per me: pane, verdure, altra frutta e un paio di gelati di soia. In quei giorni non avevo avuto molta fantasia di mettermi a cucinare, preferendo pranzi e cene a base di piatti freddi. L'idea di armeggiare ai fornelli con quelle temperature non mi solleticava affatto, comunque in mattinata mi misi di buona lena a preparare il dolce. Scelsi la versione più impegnativa, che comprendeva la crema pasticcera oltre alle fragoline. Non mi risparmiai.

Il forno acceso surriscaldò in fretta la cucina, ma il risultato ripagava della sudata, a giudicare dal profumo della torta appena sfornata. La lasciai freddare prima di farcirla con la crema, nel frattempo cercai negli scatoloni un vassoio e della carta stagnola con cui avvolgere il dolce. Quando terminai l'opera, era quasi ora di pranzo. Dopo aver fatto una rapida doccia, infilai un abito fresco, un paio di sandali senza tacco e sistemai la massa di capelli in una coda alta. Volevo avere un'aria spontanea, disinvolta, da vicina alla mano.

Mi presentai alla porta dell'interno 9B. Suonai il campanello, una scampanellata risuonò all'interno. Non ci fu risposta, bussai ancora e aspettai. Stavo per tornare di sopra quando udii dei passi strascicati e una serie di rumoretti vaghi provenire dall'interno. Forse qualcuno sbirciava furtivamente dallo spioncino.

Quando l'uscio si aprì e mi trovai davanti Greta, pensai che mi avrebbe sbattuto la porta in faccia. Non lo fece, si limitò a domandare: «Cosa c'è?». Mi fissò inespressiva, mentre il mio buonumore evaporava.

Avevo preventivato la spiacevole possibilità di incontrarla, eppure mi sentii ugualmente presa in contropiede. Assunsi un tono di voce disinvolto. «Ciao, scusa il disturbo», dissi nel modo più amichevole possibile. «Greta, giusto? Ci siamo incontrate qualche giorno fa». Aggiunsi un sorrisetto esitante.

«Sì».

«Cercavo Rosi».

Lei sollevò lo sguardo, scrutandomi in modo tagliente, poi annuì con un cenno secco, un po' sgarbato. «Per di qua». Si fece da parte per farmi passare.

Ero strabiliata che avesse acconsentito a farmi entrare. Sfregai i sandali sullo zerbino per alcuni secondi di troppo e varcai la soglia in preda al disagio. Quella ragazza mi dava i brividi.

L'ampio appartamento aveva grossomodo la stessa disposizione del mio, ma un'apparenza molto diversa. Sembrava fossero appena passati i ladri: il soggiorno era soffocante, in disordine, intasato di ninnoli, con cassetti semiaperti e indumenti nei posti più disparati. Nel complesso il mobilio aveva un'aria scalcagnata, arrangiata, i tendaggi erano sbiaditi. Una casa trasandata, dove tutto era logoro, in cattivo stato, pieno di polvere e untume. E dove il caos non trasmetteva un senso di vissuto ma solo di sciatteria e inospitalità. A completare lo scenario, nell'aria aleggiava un lezzo di fumo stagnante, sudore e sporco.

Con aria scocciata, Greta bussò rozzamente a una porta chiusa e chiamò Rosi a voce alta, senza ottenere risposta. «Pare che non ci sia», concluse con asprezza.

«Ah». Fu tutto quello che riuscii a dire, cercando di nascondere quanto fossi contrariata. Che pessimo tempismo avevo avuto.

«Non mi dice quasi mai quando esce», aggiunse Greta lasciandosi sfuggire un mugugno.

«Credevo di trovarla a quest'ora». La mia suonava come una protesta puerile.

«Che volevi da lei?». Abbassò lo sguardo sul fagotto che reggevo in maniera goffa tra le mani.

«Ecco, io volevo darle questo dolce appena sfornato. A lei e a te», precisai. «L'ho preparato per voi», ribadii mentendo penosamente. Allungai l'involto nella sua direzione.

«Okay», replicò Greta priva di entusiasmo, senza ringraziare. Mi venne incontro e prese la torta con aria formale, evitando con cura di intercettare le mie dita come se rifuggisse ogni contatto.

«Spero che le fragole vi piacciano». Detestai all'istante il mio tono condiscendente.

«A chi non piacciono».

«E spero anche che non siate vegane, perché ci sono uova e latte», blaterai.

Lei aggrottò le sue enormi sopracciglia. «No, non siamo vegane. Tiro a indovinare, tu lo sei». Era una mia impressione o lo aveva detto con un'aria di scherno?

«In effetti, sì. Ma non mi piace imporre le mie scelte di vita, perciò ho seguito la ricetta alla lettera». Sorrisi con circospezione, in preda a un crescente disagio.

Lei continuava a tenere la torta tra le mani come se non sapesse bene dove metterla.

«Ti consiglio di tenerla in frigo perché c'è la crema pasticcera». Feci un sorriso tirato.

«Quindi l'hai fatta tu», osservò, avvicinando il naso al dolce.

«Sì, è una ricetta di mia sorella. A te piace cucinare?», mi informai con cordialità forzata.

«No, sono una vera frana in cucina», rispose con le labbra imbronciate come una bambina dispettosa.

Non era tipo da sprecare parole e i suoi occhi vagavano inquieti senza soffermarsi su nulla, evidenziando una notevole ansietà. Infine, si posarono su di me e mi rivolse una lunga occhiata, come se stesse valutando la prossima mossa. Credevo mi avrebbe liquidata in fretta, smaniosa che mi togliessi di torno, invece mi lasciò spiazzata bofonchiando: «Vuoi qualcosa? Tipo un caffè».

Non so se riuscii a dissimulare il mio stupore per quell'offerta, ma di sicuro non desideravo trattenermi con lei. «Sei gentile, ma non posso rimanere. Vado di fretta», risposi sulla difensiva. «E poi è quasi ora di pranzo, non voglio essere d'impiccio».

Lei non si scompose, anzi parve ignorare le mie parole. Mi sentii analizzata, soppesata dai suoi occhi, al di sotto delle sopracciglia cespugliose. Dovetti forzarmi a non seguire l'impulso di voltarmi e tagliare la corda.

«Ti faccio un caffè», decise Greta alla fine. «Siediti», ordinò categorica.

«No, non disturbarti...», iniziai a protestare, ma prima che potessi rifiutare il caffè, lei era già scomparsa portandosi via la torta. La sentii trafficare con gesti frenetici. Immaginai che la cucina fosse scomoda e antigienica come il soggiorno.

Non cercai un posto dove sedermi. Mentre Greta era assente, una vocina dentro di me (l'istinto di sopravvivenza?) gridava a viva voce di andarmene, ma i residui della ferrea educazione ricevuta mi imponevano di restare.

Con un fremito d'inquietudine ripensai a quando in piscina era rimasta a osservarmi come un falco e mi riecheggiarono le parole critiche di Rosi sul fatto che fosse una persona asociale.

Ma a volte le apparenze ingannano, mi dissi in uno slancio di benevolenza. Magari aveva ragione Gianfranco, dovevo mettere da parte i pregiudizi. Potevo ricredermi su Greta. Forse era solo un'anima ferita, poco espansiva e diffidente con chi non conosceva. A volte le persone timide e riservate diventano aggressive se si sentono minacciate. Probabilmente era possibile scalfire quella corazza, andare oltre quei modi che irradiavano malevolenza e scoprire che in fondo Greta era solo una persona ipersensibile.

Mentre mi facevo quei film in testa, Greta riemerse dalla cucina e con un gesto secco della mano mi invitò di nuovo a sedermi sul divano. Questa volta acconsentii a mettermi seduta, sebbene il tessuto (un tempo probabilmente color avorio, ora tendente al beige) fosse tutto liso e non avesse un'aria tanto pulita. Mi appoggiai con circospezione, restando rigida sul bordo, con le gambe pronte a scattare in piedi.

L'atmosfera di imbarazzo non accennava a dissiparsi. Tuttavia, stranamente non la vedevo desiderosa di sbarazzarsi di me e sembrava ignara del mio disagio.

Rimasi con il corpo teso e le mani in grembo, mentre avvertivo il suo sguardo insistente e inquisitorio. Greta si muoveva irrequieta sulla sedia e si comportava come se non fosse abituata a quel genere di situazioni sociali. Prese un pacchetto di sigarette dal tavolo e me lo porse sgarbatamente. «Fumi?».

Replicai con un silenzioso gesto di rifiuto. Greta infilò in bocca la sigaretta e l'accese senza chiedermi se mi desse fastidio. Fece un tiro e la nuvoletta di fumo che soffiò fuori contribuì ad appestare l'aria nella stanza, già piuttosto spessa e stagnante.

«Non dovrei fumare in casa», considerò come tra sé e sé. «Rosi rompe sempre su questo».

Non seppi cosa ribattere. Il fumo era acre, mi faceva bruciare la gola e mi scatenava l'istinto di tossire. Mentre l'increscioso silenzio tra noi si prolungava, fissai una mensola, guarnita da bicchieri mezzi pieni con cicche galleggianti, accanto a statuette di dubbio gusto, poi i miei occhi saettarono qua e là. Non mi veniva niente in mente da dire per rompere il ghiaccio.

A Greta non sembrava importare che restassimo zitte, non sentiva il bisogno di riempire il vuoto. Si limitava a guardarmi di sbieco, tra le volute di fumo.

Non avevo ancora avuto modo di osservarla con attenzione, quindi colsi l'occasione per farlo. Aveva un aspetto scialbo, un volto serio che a tratti si corrucciava. Si muoveva in modo impacciato e rigido, come una specie di burattino nevrotico. Forse erano le sopracciglia spesse a dare l'impressione di quel cupo cipiglio o forse la fronte perennemente aggrottata. Notai che mi squadrava con concentrazione, non c'era traccia di simpatia sul suo volto, anzi percepii una nota rancorosa. Non mi guardava mai direttamente negli occhi, ma sempre di sottecchi, non so se per timidezza o malevolenza. Di rado i nostri sguardi si incrociavano e quando succedeva, lei distoglieva rapidamente l'attenzione da me. C'era qualcosa di inquietante nel modo furtivo in cui lo faceva. Uno sguardo strisciante, subdolo.

Mi chiesi cosa ci stessi a fare lì, in compagnia di una tizia cupa e taciturna. Avrei voluto spezzare quel pesante silenzio ma sulle prime non mi venne in mente nulla da dire. Che fine aveva fatto il caffè che intendeva offrirmi?

«Di cosa ti occupi, Greta?», domandai. «Se non sono indiscreta», aggiunsi con un tono prudente.

Parve reticente nel rispondere. «Lavoro mezza giornata in un negozio di ortofrutta. Ho fatto di tutto. Un lavoro vale l'altro, basta poter pagare le bollette, avere di che campare. Non sei d'accordo?».

Parlava come una vecchia inacidita, portata dalla vita a ragionare in modo cinico. Mi balzò in mente l'espressione che usava mio nonno quando menzionava il suo lavoro, sostenendo che aveva come unico scopo "portare a casa la pagnotta".

«Non saprei. Ma sì, suppongo che a meno di avere la fortuna di trovare un lavoro che ci piace davvero, l'importante sia tirare avanti...».

«Tu ce l'hai questa fortuna?».

«No, non al momento». Deglutii.

A quel punto Greta iniziò a sparare domande a raffica. «Come mai non lavori?».

«Ho lasciato la vecchia occupazione quando mi sono trasferita. Al momento non ho altre prospettive».

«Che tipo di occupazione?».

«Lavoravo nell'editoria».

Greta aggrottò un sopracciglio. «Libri?».

Mi fece sentire come se fossi una narcotrafficante. «Sì, libri».

«E di preciso, da dove vieni?».

«Un paesino a trecento chilometri da qui».

«E tuo marito, come mai non si vede in giro?».

«Non ha ancora ottenuto il trasferimento».

«Che lavoro fa?».

«È in una società finanziaria».

Quella conversazione forzata e faticosa mi provocò un senso di nausea e sotto quel fuoco di fila di domande sudai come non mai. Ero rimasta sul vago, non mi andava di raccontarle troppo di me, ma Greta non pareva soddisfatta dell'interrogatorio. Finalmente, il borbottio della caffettiera la fece alzare in piedi con uno scatto. Sparì per qualche minuto. Quando tornò, senza tante cerimonie, mi allungò il caffè, stando sempre ben attenta a non toccarmi come se fossi affetta da qualche misteriosa malattia e temesse di contagiarsi.

La tazzina sotto le mie dita risultò appiccicosa ma finsi di non notarlo. Non avevo alcun desiderio di accettare qualcosa da lei ma non era mia intenzione essere scortese, così mi sforzai malvolentieri di prendere un sorso di caffè. Era terribilmente amaro e forte.

Lei svuotò la tazzina in fretta, con aria annoiata, poi si accese un'altra sigaretta. Dovevo trovare un modo per porre termine a quella visita che tutto era fuorché di cortesia. Non finii il caffè, pazienza se si sarebbe offesa. Stavo per congedarmi, quando lei aprì di nuovo bocca.

«Ti sento».

Le sue parole improvvise mi fecero trasalire. «Scusa?».

«Sento i tuoi passi».

Sulle prime rimasi sbigottita. Mi rizzai a sedere. «Intendi qua sopra? Mi dispiace, io...». Ero colta alla sprovvista da quella che aveva tutta l'aria di essere un'accusa. «Non credevo di fare tanto rumore. In ogni caso, ti chiedo scusa. Sto sistemando l'appartamento, ogni tanto sposto i mobili e faccio strisciare gli scatoloni sul pavimento per spostarli».

Lei si strinse nelle spalle stancamente. «Anche la precedente proprietaria era molesta». Parlava con gli occhi rivolti altrove.

«Anita?».

«Certo, Anita. Aveva il passo pesante e faceva un sacco di rumori anche di notte, quella vecchiaccia». Corrugò la fronte al ricordo.

Abbassai gli occhi sulla tazzina ancora piena e mi morsi il labbro alla definizione di *vecchiaccia*, del tutto inappropriata per la donna che ricordavo con simpatia. Ne approfittai per cambiare argomento. «Conoscevi bene Anita?».

Sollevò di nuovo le spalle ossute e aspirò un'altra boccata prima di rispondere. «Non conosco bene nessuno qui. E anche tu dovresti stare attenta».

Sollevai un sopracciglio, sorpresa di quel consiglio. O avvertimento? «Attenta a cosa?».

Piegò la bocca in giù. «A chi dai confidenza. Agli altri inquilini.

Sono tutti spocchiosi e ti parlano dietro senza ritegno».

«Rosi sembra alla mano, per nulla spocchiosa», obiettai.

Lei non sembrò gradire il mio commento e liquidò l'affermazione con un gesto della mano. Si era incupita ancora di più, se mai fosse possibile.

«Ti ha parlato di me?», domandò con freddezza.

«Mi ha solo detto che ha una camera in affitto».

Mi guardò con sospetto. «Sono io la proprietaria della casa».

«Certo, lo so», mi affrettai a confermare. Ero turbata dal suo improvviso cambio di atteggiamento.

«Potrei mandarla via in qualsiasi momento», aggiunse con una vena melodrammatica.

Non sapevo che dire, ero sconcertata.

«Rosi sa essere molto invadente», sentenziò ancora Greta con voce rigida. «Le piace farsi gli affari degli altri. Quindi, ti suggerisco...».

Questa volta non la lasciai finire, stufa di essere diplomatica. «Beh, non occorre che ti preoccupi per me, so cavarmela da sola».

Ora Greta mi guardava con aperto biasimo, con occhi socchiusi da rettile. «È per questo che hai portato la torta? Per arruffianarti Rosi?».

Lo stomaco mi si contrasse e avvampai per l'irritazione. «Io non... Dio santo, volevo solo fare un gesto gentile, lei è stata carina con me e volevo esserle riconoscente», dichiarai con fervore.

Greta mugugnò qualcosa che non riuscii a capire e che mi indispose ancora di più. Schizzai in piedi. «Ascolta, non so cosa ti sei messa in testa o che idea ti sei fatta di me, ma non intendo intromettermi tra voi due, tu e la tua coinquilina», affermai mentre il mio tono di voce si faceva sempre più alterato. «Sono nuova qui, sto solo cercando di inserirmi».

«Non credo che dovrai faticare per questo. Sono sicura che ben presto entrerai a far parte della cricca delle Tre Ginestre», replicò con una tale sufficienza che mi sentii sul punto di esplodere.

«In ogni caso, non devo giustificare le mie azioni», dissi colma di sdegno. Non avevo alcuna intenzione di prolungare la mia presenza e sprecare altro tempo con quella squinternata. «Si è fatto tardi, adesso devo proprio andare. Grazie per l'ospitalità». Non potei impedirmi di impregnare quell'ultima affermazione di un'abbondante dose di sarcasmo.

Incollerita, mi affrettai a raggiungere la porta, senza l'ombra di un saluto. Greta era rimasta seduta a fumare senza scomporsi.

16

AMANDA

L'incontro con Greta mi aveva scosso i nervi e lasciato attaccato addosso un senso di oppressione che mi perseguitò per tutto il giorno. Come faceva Rosi a convivere con quella ragazza insopportabile? Avevo fatto del mio meglio per essere cortese, mi ero sforzata di restare in quella casa anche se mi metteva a disagio. Che ingenua ero stata a pensare di poter stabilire un contatto con lei, di poter aprire una breccia in quel guscio rivestito di aculei. D'ora in poi le sarei stata ben alla larga, mi riproposi.

Mi affrettai a chiamare Gianfranco. «È appena successa una cosa molto sgradevole». Gli raccontai per filo e per segno il mio imbarazzante confronto con Greta. Mio marito mi lasciò sfogare, ma non fece commenti. Avevo l'impressione che la faccenda lo disorientasse e che non vedesse l'ora di spostare la conversazione su altre questioni. Lo accontentai. «C'è altro che devo dirti». Gli parlai della visita di Adriano. Non l'avevo ancora fatto perché temevo la sua reazione. E infatti fu infastidito che avessi fatto entrare in casa uno sconosciuto. «Non mi piace questa storia. Un tizio sbuca fuori dal nulla e comincia a fare domande su zia Anita. No, non mi piace affatto».

Aggiunse di non essere a conoscenza di un legame tra questo Sebastiano e la zia. «Prova a chiedere a mia madre», concluse in tono sbrigativo.

Dubitavo che Rita potesse dirmi di più, ma non avrei lasciato nulla di intentato, così la chiamai subito.

«Non saprei dirti, Anita conosceva tanta gente», rispose sul vago mia suocera. «Ora non ricordo di questo...».

«Sebastiano Levani. Era un poliziotto».

«Il nome non mi dice nulla. Hai detto *era*?».

«È stato ucciso un paio di settimane fa qui a Roma».

«Oh, Signore! E questo cosa avrebbe a che vedere con Anita?».

«Non ne ho idea. Forse nulla. So solo che la persona che cercava Anita sembrava sicura che si conoscessero». Mi tornarono in mente le sibilline allusioni di Adriano e per un momento mi domandai come affrontare la questione con Rita. «Sai, ha persino insinuato che Anita sia stata indotta al silenzio con la forza. Pazzesco, no?».

«Dio santissimo».

Avvertivo una inusuale tensione in Rita, così non insistetti e lei stessa fu lieta di passare ad altri argomenti.

Avrei dovuto chiamare Adriano, mi dissi, terminata la telefonata con mia suocera. Sarebbe stato giusto comunicargli il risultato della mia piccola indagine, ovvero che non avevo saputo nulla di utile. Una prosaica informazione, una cortesia necessaria. Era mio dovere. Nello stesso tempo però mi ritrovai a desiderare che posasse di nuovo lo sguardo su di me, con quel suo modo di esplorare il mio viso come per imprimerlo nella mente. Pensare a lui mi procurava disagio, soprattutto perché intuivo che era attratto da me. Non ero sicura che fosse una buona idea sentirlo o rivederlo. *Non hai imparato niente dai tuoi errori?* Per il momento non l'avrei chiamato. Meglio tenersi lontano dalle tentazioni, meglio troncare sul nascere possibili complicazioni.

Decisi di distrarmi facendo una nuotata. Era un'attività che mi distendeva i nervi e mi rivitalizzava. Prendere il sole e fare il bagno erano già diventati dopo pochi giorni parte della mia routine. Una vera benedizione, la presenza della piscina nel condominio.

I frequentatori formavano un nutrito ed eterogeneo gruppo di persone, per età e tipologia. Durante le ore più calde, c'era un continuo andirivieni di residenti. Con alcuni di loro avevo instaurato un buon legame e chiacchieravo amabilmente, con altri mi limitavo a scambiare saluti o osservazioni sul tempo. Al momento era la mia unica vita sociale.

Immergermi nell'acqua fresca mi rinvigorì, ma per tutto il tempo non potei evitare di lanciare occhiate circospette al balcone del penultimo piano, temendo di scoprire Greta affacciata alla ringhiera a spiarmi. Peggio ancora mi aspettavo di vederla sbucare tra gli ombrelloni in costume da bagno. In alcuni momenti credetti persino di intravedere la sua silhouette ossuta oltre le finestre, mentre si aggirava dietro le tendine.

Mi distesi al sole, cercando di non pensare a lei, benché una parte di me restasse vigile. Avevo recuperato un altro tascabile dalle scatole che contenevano libri, così mi dedicai alla lettura.

D'un tratto, ancora intenta a leggere, cominciai sentire la pelle bruciare, così spostai il lettino sotto l'ombrellone. Non ero una patita dell'abbronzatura, ero rimasta al sole rovente solo per distrazione. Era pomeriggio inoltrato, in quel momento la piscina era deserta, tutti i condomini del complesso residenziale se ne stavano chiusi in casa per le alte temperature. Stordita dalla calura, appoggiai il capo sulla testata del lettino e chiusi gli occhi, ma non feci in tempo a rilassarmi che udii una voce maschile che sbraitava, seguita da un'altra voce concitata.

Non resistetti alla smania di sapere cosa stesse succedendo, così mi alzai, infilai rapidamente il prendisole e raggiunsi l'area dietro la piscina. C'erano un paio di persone accanto ai cassonetti condominiali. Riconobbi Virgil, il corpulento tuttofare del condominio, mentre l'altra persona era una donna allampanata di mezza età che non mi sembrava di conoscere.

A breve distanza da loro, colsi dei brandelli dell'accesa conversazione. La donna aveva un timbro nasale che rendeva la voce tonante, cosa che non ti saresti aspettata dalla sua corporatura mingherlina. Virgil parlava in un italiano zoppicante con uno spiccato accento dell'est europeo. «È stata lei, a quella non importa fico secco di regole», gli sentii dire.

«Ah, ci puoi giurare che è stata lei. Vorrei solo poterlo dimostrare. E quando ci fanno le multe, a chi tocca pagare? A tutti quanti!», controbatté la donna.

Mi avvicinai a loro. «C'è qualche problema?».

Si girarono verso di me. Il tuttofare mi riconobbe. «Interno 11B!».

«Sì, salve Virgil. Non volevo intromettermi, ma...». Non sapevo come motivare il mio intervento.

«Venga, venga a vedere».

La donna che era con lui, un tipo segaligno dai capelli biondo-grigio, mi allungò una mano. «Lei è la signora Ferrante, immagino. Io sono l'amministratrice del condominio, Cristina Parisi». Ci scambiammo un paio di convenevoli, poi la donna tornò a sbraitare: «È inaudito, inaccettabile! Abbiamo la raccolta differenziata da anni e c'è gente che ancora non ha capito come funziona».

«O se ne frega di regole», precisò Virgil.

«Sì, che se ne frega di rispettare le regole», ribadì la donna.

«Guardi, guardi lei stessa!». Virgil indicò la pattumiera della carta con tono insistente.

Allungai il collo e vidi una poltiglia informe adagiata su un letto di carta e cartone. «Ma cosa...?». Quella vista mi spiazzò. Era la mia torta rovesciata e mezza spappolata. Potevo riconoscere le fragoline annegate nella crema pasticciera e il pan di Spagna sbriciolato. Uno scempio. Mi sfuggì un'imprecazione ad alta voce.

17

AMANDA

«Stomachevole, vero?». Cristina Parisi lanciò un'altra occhiata al secchio, scuotendo la testa con ripugnanza. «Deve essere un dolce, qualcosa del genere. È stato buttato ancora intero nel bidone della carta».

«Selvaggi!», proruppe Virgil.

Quella serpe! Come si era permessa? Non riuscivo a credere che avesse gettato via il mio dolce. Provai un misto di umiliazione e rabbia.

Virgil e l'amministratrice mi stavano guardando, così sentii di dover dire qualcosa: «Sì, una cosa indecente».

La signora Parisi richiuse il coperchio con un tonfo e riprese a brontolare insieme al tuttofare, ma ormai non li ascoltavo più.

Stavo andando via, quando Virgil mi chiamò. «Signora, se vuoi io ti do una mano».

Guardai il suo faccione largo senza capire.

«Tuo marito dice che stai facendo lavori a casa. Chiamami se hai bisogno di aiuto. Se devi spostare mobili o riparare cose. A tua disposizione per tutto».

«Grazie, la chiamerò», mentii. Non avevo la minima intenzione di interpellarlo. Maledissi mentalmente Gianfranco e a grandi passi tornai verso la piscina. Recuperai il telefono, dopo aver scoccato un'occhiata fiammeggiante verso il quinto piano. Per un istante mi attraversò il dubbio che fosse stata Rosi a gettare nella pattumiera la mia torta. Impossibile, non sembrava capace di un gesto simile. Era logico sospettare che dietro quella storia ci fosse Greta. Sì, doveva essere opera sua: non appena me ne ero andata, si era liberata con evidente disprezzo del mio dono.

Aveva disturbi alimentari? Era anoressica? Pensai a quanto fosse magra e allampanata. E si vedeva subito che aveva un temperamento inquieto, ma mi pareva inverosimile che avesse gettato via il dolce per questo tipo di problemi.

Radunai in fretta le mie cose e raggiunsi il quinto piano, determinata a cantargliele quattro. Suonai il campanello, ma nessuno venne ad aprire. Rassegnata, salii al mio appartamento e inviai un messaggio a Rosi.

> Sono passata questa mattina ma purtroppo non ti ho trovata. Ho lasciato una torta a Greta, ma non la riceverai perché pare che sia finita nella spazzatura.

Rosi mi chiamò immediatamente e le raccontai tutto, a cominciare da quando Greta mi aveva fatta entrare.

«Strano che non ti ha lasciata sulla porta, quella non sa neppure cosa siano le buone maniere».

«Ne sono sorpresa anche io. Mi ha perfino offerto un caffè. A ripensarci, credo che fosse solo curiosa in modo morboso. Spiccicava qualche parola a malapena, ma mi ha sommersa di domande».

«Ah, sì?».

«Un vero e proprio terzo grado. E alla fine mi ha dato della ruffiana perché volevo entrare nelle tue simpatie».

«Niente di meno?», ridacchiò Rosi. Io non ci trovato nulla di spassoso.

«Deve avere una mente contorta per uscirsene con simili assurdità. È stato un incontro sgradevole. E poco fa ho scoperto che ha buttato via l'intera torta nella spazzatura condominiale».

Rosi mostrò rammarico per il comportamento antipatico di Greta, ma non sembrava stupita, come se si aspettasse un gesto simile dalla sua padrona di casa. «Mi dispiace, sono sicura che la tua torta era squisita. È stato un gesto davvero carino il tuo, grazie».

Le sue parole non riuscirono a placarmi. «Mi piacerebbe sapere perché lo ha fatto. Ora non è in casa, ma ho intenzione di chiederle spiegazioni. Credo che mi abbia preso in antipatia e non so perché, comunque questo non la giustifica...».

«Vuoi affrontarla?». Rosi aveva cambiato tono. Da partecipe, ora pareva allarmata. «No, Amanda, lascia che me ne occupi io, prima che le cose prendano una brutta piega».

«Ma...».

«Dammi retta. Capisco che tu sia risentita e che pretenda una spiegazione, ma è meglio non contrastare Greta direttamente. È fin troppo facile prenderla per il verso sbagliato».

«Che vuoi dire?».

«Semplicemente che è meglio non scontrarsi con lei. So di che pasta è fatta e sento di doverti mettere in guardia. Ti chiedo di essere paziente».

Acconsentii a malincuore a lasciar perdere.

Quella sera riferii a mio marito che avevo trovato il dolce nella spazzatura. Al termine del mio colorito racconto, Gianfranco scoppiò a ridere. Una reazione che mi fece sentire ancora più umiliata.

«Forse l'ha assaggiata e non le è piaciuta», commentò ridacchiando.

«La cosa ti diverte, vedo».

«Sto solo provando a sdrammatizzare. Non devi prenderlo come un affronto personale».

«Ah no?», replicai con piglio combattivo. «Credi che stia esagerando?». Avevo sperato mi mostrasse un po' di affettuosa comprensione e sentire che trattava la faccenda con leggerezza mi innervosì più del dovuto.

Mio marito si fece serio. «Oh, mia cara Amanda. Lo so come sei fatta, hai un animo dolce, sei così fiduciosa nelle persone e vorresti piacere al mondo intero», disse con stucchevole indulgenza. «Magari ti aspettavi parole di benvenuto da tutti e invece...».

A quel punto credevo fosse in arrivo un'illuminante lezione sui pericoli di dare confidenza agli estranei, ma grazie a Dio mi sbagliavo. Gianfranco continuò dicendo: «Non devi frequentare questa Greta per ordine del medico. Hai detto che la sua coinquilina è un tipo simpatico, mi pare».

«Sì, lo è. C'è feeling tra noi. Penso potremmo legare, forse diventare persino buone amiche».

«E allora, lascia perdere i presunti oltraggi dell'altra. Ti ha fatto un piccolo dispetto, non prenderlo come uno sgarro da lavare col sangue».

Commentai le sue parole con uno sbuffo contrariato. Non sembrava disposto a spalleggiarmi e questo mi feriva.

Dopo la telefonata rimuginai a lungo sulle sue parole. Sapevo di essere emotivamente sensibile e riponevo spesso una fiducia ingenua nel prossimo, ma ero anche convinta di non essere troppo suscettibile e mi infastidiva che Gianfranco lo pensasse.

Chiamai anche Dora, con un impellente bisogno di sentire una voce amica. Al mio racconto, mia sorella reagì più o meno come Gianfranco, ma senza ridere perché Dora è sempre stata molto seriosa.

«So che avevi buone intenzioni e posso capire la tua irritazione, ma non farne una malattia. A chi non capitano vicini molesti? Te li ricordi quelli che mettevano musica rap a tutto volume il sabato mattina? Roba da sfondare i timpani!».

«Sì, ricordo bene. Ci facevano andare al manicomio».

«A volte capita di essere maldisposti con chi abbiamo intorno e che magari non conosciamo bene. Facilmente si creano malintesi».

Con la sua saggia concretezza, mi aveva sempre spinta a non curarmi di quello che pensano gli altri, a non alimentare emozioni negative. «Scegli con attenzione le battaglie da combattere, sorellina. Questa non sembra valere le tue energie».

Ascoltare il tono pratico di mia sorella, la sua voce familiare e i suoi suggerimenti pragmatici, mi tranquillizzò.

«Comunque, se non ti trovi bene, torna qui!».

Mi strappò una risata. «Oh, no. Mi piace l'ambiente, è molto accogliente, e i residenti che ho conosciuto finora sono tutti affabili e cortesi».

«Quasi tutti», puntualizzò lei.

«Sì, quasi tutti».

18

GRETA

Quella sera Rosi cenava a casa, così lei e Greta si ritrovarono sedute al tavolo a mangiare. Come di consueto, ognuna aveva preparato per sé. Nel caso di Greta, si trattava generalmente di avanzi o pasti improvvisati che non richiedevano troppo impegno ai fornelli.

Rosi, a dieta perenne, si sforzava di mangiare come un uccellino, anche se a giudicare dai rotolini di ciccia sui fianchi si sarebbe detto che i sacrifici non stavano dando alcun frutto. Greta sospettava che s'ingozzasse di nascosto, perché non era dotata di alcuna forza di volontà. Da parte sua, Greta non aveva mai avuto problemi di linea, poteva rimpinzarsi e spazzolare ogni piatto come se non ci fosse un domani, senza mettere su peso. Il che dal suo punto di vista non era poi un gran vantaggio perché le sarebbe piaciuta qualche rotondità per ammorbidire la corporatura ossuta. In quel periodo, comunque, mangiava al solo scopo di tenersi in piedi perché la batosta di Seb le aveva rovinato pure l'appetito e spesso veniva colta da bruciori di stomaco.

Mentre si imponeva di prendere qualche boccone di pastasciutta (decisamente poco appetitosa), rilevò con stizza che quella sera la sua coinquilina logorroica era in vena di scambiare chiacchiere insulse. Tutto quel cianciare a vanvera snervava Greta che non aveva mai sopportato gli sproloqui inutili, destinati solo a riempire i vuoti. Era sua abitudine parlare solo quando era necessario, niente di più.

Rosi era una vera pentola di fagioli. Greta avrebbe voluto sottrarsi alla situazione o meglio ancora urlarle in faccia di stare zitta. Forse un giorno o l'altro l'avrebbe fatto. Ma era consapevole che il rapporto con Rosi si trovava in bilico su un filo sottile e sarebbe bastato poco per arrivare ai ferri corti. Così si limitò a stare a capo chino, barricandosi nel suo silenzio e cercando di non badare troppo al chiacchiericcio.

Rosi saltava spesso di palo in frasca, a volte non terminava neppure una frase che già era passata alla successiva. E non c'era speranza che un argomento si esaurisse, perché era capace di intrecciare discorsi diversi senza sosta, anche se il suo interlocutore rispondeva a monosillabi. Un vero strazio starla a sentire o provare a non perdere il filo.

Greta manifestò la sua insofferenza facendo sbattere rumorosamente la forchetta sul piatto, ficcandosi in bocca grosse porzioni di cibo e masticando con un certo vigore. Le tornò in mente Malina che la riprendeva da piccola per il suo modo di mangiare che definiva rozzo e sgraziato. Le pareva ancora di udire i rimbrotti perché dava morsi rapidi, buttava giù bocconi troppo grandi, risucchiava le minestre e beveva a lunghe sorsate dal bicchiere. *Non è così che ci si comporta a tavola, ranocchietta! Non sei un cane!* Una delle tante cose che criticava di lei, uno dei tanti rimproveri e ammonimenti con cui la subissava. Non era mai stata una brava bambina, di sicuro non la ragazzina disciplinata e ubbidiente che avrebbe desiderato la sorella maggiore. Né la piccola vanitosa che le sarebbe piaciuto vestire come una bambolina, la sorellina a cui insegnare a truccarsi e acconciarsi con maestria.

«Hai sentito quello che ho detto, Greta?».

Lei raschiò il piatto con la forchetta e alzò la testa con irritazione, ma non si diede la pena di rispondere.

«Non mi stavi ascoltando, vero?». La voce di Rosi aumentò di volume.

Indispettita, Greta inghiottì un boccone che quasi le andò di traverso e le lanciò uno sguardo velenoso. «Se le cose non mi riguardano, tendo a pensare ad altro».

«In questo caso, la faccenda ti riguarda. Ti ho chiesto se è vero che hai buttato nella spazzatura la torta che ha portato Amanda».

«Torta?», riecheggiò indifferente.

«Non fingere di cadere dalle nuvole. Sai bene di che parlo».

«Non so proprio niente», ribadì in tono innocente.

«Ma che faccia tosta».

Greta si alzò bruscamente e spinse indietro la sedia facendo stridere i piedini sul pavimento. «Dunque è venuta a lagnarsi da te? Molto maturo da parte sua. E pensare che l'ho fatta anche accomodare in casa», bofonchiò.

Rosi scosse la testa con veemenza. «Che cavolo dici? Sono anche disposta a sopportare il tuo broncio perenne e le tue stramberie, ma non ti permetto di trattare così i miei amici».

«Amici?». Quasi sputò fuori la parola. «Quella Amanda è già tua amica dopo cinque minuti che la conosci? Non hai perso tempo, a quanto pare».

«Le mie amicizie non sono affar tuo. Piuttosto, perché l'hai fatto, si può sapere?». La voce di Rosi stridette in maniera fastidiosa.

Greta la ignorò e si mise a sparecchiare rumorosamente.

«Allora? Mi rispondi?».

«Non sono tenuta a darti spiegazioni. E comunque quella ruffiana ce l'ha con me».

«Non vedo perché dovrebbe. So però che c'è rimasta male. Giustamente».

«Se si è offesa, sono cavoli suoi. Tutti abbiamo i nostri problemi».

Ancora seduta, Rosi spinse via il piatto da sé, chiaramente spazientita. «Ma che ti dice la testa?». Era evidentemente una frase retorica, perché non le concesse il tempo per rispondere. «Io davvero non ti capisco, sei sempre così acida! Spero almeno che farai qualcosa per porre rimedio».

«Non vorrai mica che mi scusi».

«Sarebbe proprio il minimo».

«Scordatelo».

«Non capisci che sei in torto? Ti sei comportata in maniera infantile e villana. Dovresti vergognarti».

«Sai quanto me ne sbatte di quello che pensi».

«Dovevo immaginarlo che avresti preso in antipatia Amanda, proprio come hai fatto con Anita».

«Ora che cosa cavolo c'entra Anita?».

«Sono imparentate, non lo sapevi?».

Greta si fece sfuggire un verso di stizza, rifiutandosi di ammettere quanto fosse disinformata sui condomini. Poi si avviò a grandi passi verso l'ingresso.

«Ehi? Ti pare il modo di andartene mentre stiamo parlando?». Rosi la seguì, imbufalita.

Greta afferrò il pacchetto di sigarette.

«Non ti metterai a fumare, spero. Non so quante volte ti ho pregato di non farlo dentro casa».

«E quindi? Devo forse dar conto a te?». Con fare sprezzante, Greta estrasse una sigaretta dal pacchetto e nel contempo si rese conto che era l'ultima. Borbottò un'imprecazione.

«Non ti rendi conto che ti avveleni i polmoni con quella roba?».

«La mia salute non sono affaracci tuoi».

«Si muore per colpa di certe cattive abitudini», sentenziò Rosi. La sua voce si alzò ancora di tono.

«E a te cosa importa?».

«Che cavolo, Greta! A me non ci pensi? Hai mai sentito parlare di fumo passivo? A furia di inalarlo, un cancro verrà a me! E poi quella marca è così puzzolente! Non ti permetterò di fumare qui».

«Attenta a come parli. Questa è casa mia e faccio quello che mi pare».

«Io però pago l'affitto! E ti ricordo che ancora non mi hai restituito i soldi delle ultime bollette», ribatté con voce esasperata. «Mi devi trecento euro!».

Per tutta risposta, Greta tirò fuori l'accendino.

«Non ti azzardare».

Non aveva neanche finito di parlare, che Greta si era già accesa la sigaretta. Fece un lungo tiro sotto gli occhi inferociti di Rosi. «Spegnila subito», ringhiò. Aveva le guance chiazzate di rosso.

Impassibile, Greta scosse la sigaretta e lasciò cadere la cenere a terra. Rosi lanciò uno strillo acuto come se l'altra avesse lanciato una bottiglia incendiaria in salotto. Greta buttò fuori del fumo e gridò a sua volta di piantarla di rompere, poi s'infilò in modo compulsivo una ruvida giacchetta di jeans che era appesa all'ingresso e aprì la porta, ancora con la sigaretta accesa tra le labbra.

«Che stai facendo adesso?», sbraitò Rosi, il viso paffuto tutto arrossato.

«Non lo vedi? Esco».

«A quest'ora?».

«Ho finito le sigarette». Le agitò davanti al naso il pacchetto vuoto. «E soprattutto, mi urta sentire la tua voce. Mi trapana il cervello».

Se Rosi si era offesa, non lo diede a vedere. Greta doveva ammettere che era brava a lasciarsi scivolare addosso gli insulti. «È da sconsiderati andarsene in giro col buio», strepitò.

«Non sono una pappamolla come te».

Greta chiuse con malagrazia la porta dietro le spalle. Scese le scale a piedi e arrivata al portone diede un'occhiata alle targhette affiancate ai citofoni. All'interno 11B figuravano i nomi "Gianfranco Ferrante e Amanda Olivieri". Dunque la linguacciuta di Rosi aveva detto la verità: i nuovi arrivati erano parenti di Anita Ferrante. La notizia le causò un fremito di disagio. Aspirò una lunga boccata dalla sigaretta.

Attraversò il vialetto, lungo il quale incontrò una palla dimenticata da qualche ragazzino e la prese a calci. Stramaledetti mocciosi. Quel posto era popolato da imbecilli che non sapevano educare i figli e li tiravano su viziati e troppo coccolati. Nel cortiletto davanti al palazzo, illuminato in modo soffuso dai lampioni condominiali, si appoggiò su un albero e terminò la sigaretta. Spense il mozzicone a terra. Neanche se l'era goduta la fumata, per colpa di quell'isterica di Rosi. Amava fumare lentamente, inalando a fondo. Si frugò in tasca in cerca di un'altra sigaretta, ma si ricordò che il pacchetto era vuoto. Aveva bisogno di fumare ancora, le serviva per calmarsi, per placare la voglia di spaccare tutto o prendere a cazzotti la coinquilina. Avrebbe cercato un distributore automatico. Raggiunse il cancello d'uscita facendo lo slalom per evitare gli irrigatori che lavoravano spruzzando acqua a fiotti per tenere vivo il prato. Uno spreco assurdo.

Uscì dal condominio e imboccò la strada principale a passo di carica. Con l'oscurità calata da un pezzo, le strade erano deserte, tutti i negozi chiusi, solo un bar restava aperto tutta la notte.

Si ficcò le mani in tasca e proseguì a passo svelto lungo la via. Era bello andarsene a zonzo di notte, senza un'anima viva in giro, assaporando la quiete statica di una sera d'estate. Non doveva subire la folla che invadeva il marciapiede, né avere addosso gli sguardi di gente curiosa o crepare di caldo. L'unico rammarico era non aver infilato le scarpe adatte, per la fretta si era lasciata le ciabattine ai piedi. Rallentò il passo e la sua andatura divenne più un bighellonare, con le suole di gomma che facevano ciak-ciak a ogni passo.

Si domandò di sfuggita se fosse davvero imprudente girovagare a quell'ora con il buio. Quella fifona di Rosi vedeva dappertutto malintenzionati pronti ad aggredirla. Lei invece era a suo agio con la notte.

Tuttavia, per tutto il tragitto ebbe l'orribile sensazione che qualcuno la stesse osservando. Si girava in continuazione ma non c'era nessuno. Da quando aveva visto Occhi Gelidi, si sentiva vulnerabile e aveva il sentore di una imminente situazione di pericolo. Era irrazionale, ma lo percepiva sotto la pelle. Forse la polizia le dava la caccia o la sorvegliava in attesa di un suo passo falso. All'idea le veniva la pelle d'oca.

Fino a quel momento aveva tenuto ben lontana l'ipotesi che la polizia la mettesse in collegamento con Seb o con la sua morte. Però dal momento che lo consideravano un omicidio ed erano in corso delle indagini, gli investigatori dovevano essere impegnati a cercare un colpevole. Avrebbero scavato nella vita di Sebastiano

Levani e scoperto che una certa Greta Molinari aveva una relazione con la vittima. No, era impossibile che quel nome saltasse fuori, anche se avessero rovistato a fondo nella vita personale di Seb, anche se avessero passato al setaccio tutto il suo giro di conoscenze. Furbamente, da sporco farabutto qual era, Seb era stato ben attento a tenere segreto il loro legame. Aveva avuto tutti gli interessi a farlo. Seb sapeva comportarsi in modo discreto ed era un uomo scaltro.

Anche con lei era sempre stato parco di informazioni. *Meglio che tu non sappia troppo di me*. E infatti, le aveva sempre concesso notizie sulla sua vita a spizzichi e bocconi. Non parlava mai di cose troppo personali. Al contrario, lui aveva raccolto informazioni approfondite su di lei e grazie al suo lavoro di sbirro era stata una passeggiata. *Ho fatto qualche ricerca su di te*, aveva detto sornione durante uno dei loro primi incontri. *Non sei esattamente una brava ragazza, eh?*

Se infrango le regole è solo per restare a galla, si era difesa lei.

Per i loro appuntamenti clandestini avevano sempre usato il mini appartamento "da scapolo" di Seb. Greta vi era stata innumerevoli volte, ma era sempre stata molto attenta a non dimenticare niente di suo e a non farsi notare nei paraggi. D'altra parte, l'appartamentino era situato in un posto sperduto senza vicini e Seb lo aveva affittato in nero usando un nome falso, quindi era improbabile che la polizia lo avesse rintracciato. Inutile sbatterci la testa e rovinarsi l'umore con supposizioni campate in aria. Tuttavia, Greta tremava quando si affacciava l'ipotesi che le autorità arrivassero a lei. La terrorizzava la certezza che non sarebbe riuscita a mentire con disinvoltura, né in modo convincente, nel caso fosse stata convocata dalla polizia per un interrogatorio o anche per un semplice colloquio. Forse era un pensiero paranoico, ma era piuttosto sicura di non reggere bene sotto una pressione psicologica. Gli sbirri non si accontentavano di risposte laconiche, l'avrebbero messa sotto torchio, implacabili, finché non avesse ceduto. E lei avrebbe mollato di sicuro, perché se messa alle strette, finiva col farsi fregare. Era la tipica persona che quando ha a che fare con la polizia si agita troppo e si lascia scappare qualcosa di compromettente.

Non poteva escludere che fossero in possesso di campioni del suo DNA, trovati addosso a Seb o sul luogo del decesso. Anzi, del *delitto*, doveva prenderne atto una volta per tutte. Doveva essere consapevole che analizzando la scena di sicuro avevano trovato tracce che la incriminavano. Era stata una vera pasticciona, ma ormai il danno era fatto. Se le autorità fossero arrivate a lei, avrebbero confrontato il DNA e tutto il resto, e sarebbero stati guai seri.

D'altra parte, la rincuorava sapere che tempo addietro Seb aveva fatto sparire dagli archivi della polizia i dati registrati sulla sua scheda. Ora, a suo nome non risultavano più precedenti penali, né erano conservati DNA o impronte digitali. Per lui era stato facile, aveva dimestichezza con quel genere di operazioni. A ben rifletterci, adesso quella precauzione aveva qualcosa di ironico e persino di buffo: Seb aveva manomesso proprio quei dati che avrebbero permesso di risolvere il suo omicidio e accusare la sua assassina.

Quell'ultima considerazione invece di rallegrarla, però, le provocò un senso di malessere, come accadeva sempre quando si concedeva di pensare a Seb o quando il ricordo scivolava casualmente sulla notte della sua morte. La vista le si faceva sfocata e la testa le andava in pappa. Istintivamente sapeva di dover evitare di soffermarsi su quei momenti o avrebbe perso il lume della ragione.

Si affrettò a respingere ogni interrogativo e tornò a pensare a Rosi. Ovviamente non era finita. Quando la sua coinquilina si fissava su qualcosa, era come un cane con l'osso. Avrebbe ripreso a darle addosso come una pazza isterica non appena fosse tornata a casa o al più tardi l'indomani mattina. Se non restava al suo posto, prima o poi Greta l'avrebbe cacciata a pedate.

Greta lo aveva intuito che quella Amanda si sarebbe messa tra loro, se l'era sentito fin dal primo minuto che l'aveva incontrata. L'aveva inquadrata (e disprezzata) fin dal primo istante, e ci aveva visto giusto: era il classico tipo che smaniava di conformarsi agli altri, che faceva di tutto per compiacere il prossimo, avida dell'approvazione di chi la circondava. Mai vista tanta falsità! Con quella finta aria innocente... Ma di certo non lo era, innocente. Aveva la tendenza a guardarla dall'alto in basso, a trattarla come una mentecatta. Si era anche permessa di storcere il naso quando era entrata a casa sua, come se il nobile nasino non tollerasse un odore "popolare". E poi quella voce così irritante le faceva venir voglia di torcerle il collo. Oltre che virtuosa era anche vegana, sai che sorpresa. Si capiva subito che era una rompiballe salutista. Neanche aveva il vizio del fumo. In sua presenza Greta si sentiva brutta, arruffata come uno spelacchiato gatto randagio. Il confronto la distruggeva ogni volta.

Gettare via la torta era stato un gesto fatto di slancio, ma anche una soddisfazione di breve durata. Non era sua abitudine sprecare il cibo in quel modo, lei che sapeva cosa significasse patire la fame. Aveva vinto l'impulso, ma ora si rendeva conto che si era trattato di un dispettuccio di poco valore, una cattiveria spicciola. Avrebbe voluto impartirle una bella lezioncina, altroché, qualcosa che la facesse scendere dal piedistallo, tipo sbattere quel suo viso perfetto contro il muro fino a renderlo irriconoscibile, fracassarle la testa e cancellarle una volta per tutte dalla faccia quel sorriso di circostanza che si appiccicava addosso.

Greta accelerò il passo per il nervosismo. Camminò e camminò con decisione lungo il marciapiede deserto, fino allo sfinimento. Una sorta di marcia con lo sguardo fisso in avanti mentre la testa ribolliva di pensieri astiosi. I piedi le facevano un male cane, ma continuò. Non c'era una sola anima in giro.

Quella Amanda era proprio come Anita. La storia si ripeteva. Fin da quando Greta aveva messo piede alle Tre Ginestre, c'erano stati dei forti dissapori con la vecchia strega. Anche allora Rosi non si era fatta sfuggire l'occasione di intrecciare una nuova amicizia e le due infermiere avevano legato subito. Prima che la megera schiattasse, Rosi andava pure a trovarla in ospedale. Anita le aveva affidato le piante perché le annaffiasse, ma Greta dubitava che Rosi avesse persino mai bagnato la terra. Tipico di lei, impegnarsi per farsi bella davanti alle persone e non mantenere mai la parola. Promesse prive di significato perché Rosi era tutto fumo e niente arrosto. Tutt'altro che una santa.

Mentre rimuginava, un pensiero destò la sua attenzione e si bloccò di colpo sul marciapiede per l'improvvisa emozione. Le chiavi! Fu come una folgorazione: da qualche parte Rosi doveva conservare ancora le chiavi dell'interno 11B. Non aveva mai avuto occasione di restituirle ad Anita, perché la vecchia non aveva mai fatto ritorno dall'ospedale. E quasi sicuramente non aveva neppure pensato di consegnarle all'amministratrice, perché Rosi si rivelava di natura indolente quando si trattava di faccende di quel tipo. La cosa più probabile è che si fosse scordata di custodire quelle chiavi. E dunque, usarle per fare una visitina all'interno 11B sarebbe stato un gioco da ragazzi. A meno che i Ferrante non avessero cambiato serratura, cosa di cui Greta dubitava.

Era un'opportunità che non intendeva farsi sfuggire. Immaginò di intrufolarsi nella casa mentre non c'era nessuno. Sarebbe entrata quatta quatta, avrebbe fatto un giro e qualche leggero danno.

Niente di serio o sarebbe finita in guai grossi. Solo per togliersi lo sfizio di tormentare quell'antipatica di Amanda. Tutto quello che doveva fare era cercare le chiavi nella stanza di Rosi e farne una copia.

Ricominciò la marcia con una scarica di eccitazione che la attraversava dalla testa ai piedi. Riprese la via del ritorno animata da quella prospettiva e dimenticò perfino di cercare un distributore automatico per acquistare le sigarette.

19

AMANDA

1 luglio, venerdì

Mi crogiolavo ancora nel letto, quando udii un gran trambusto provenire dal piano di sotto. Strilli acuti, tonfi soffocati, voci alterate. Nell'appartamento sotto il nostro era in corso un violento litigio: Rosi e Greta gridavano una contro l'altra, senza preoccuparsi di contenere il volume.

I bisticci tra le due dovevano essere frequenti anche per cose banali. Tra coinquilini accade facilmente che i toni si scaldino, figuriamoci quando si aggiungono asperità caratteriali come nel caso di Greta.

Il silenzio fu disturbato da altri strilli e parole confuse. Provai a cogliere stralci della litigata, senza riuscirci. Era facile intuire che discutevano a causa mia. Avvertii un forte senso di colpa. Non avrei dovuto riferire a Rosi di aver trovato la torta nel secchio, era meglio lasciar correre come aveva suggerito Gianfranco. Smettere di rimuginare su quel deplorevole episodio, dimenticarlo, ecco l'unica cosa da fare. A volte scattano antipatie immotivate, soprattutto tra vicini, ma è comunque possibile intrattenere rapporti civili, limitandosi a scambiare saluti formali; non ha senso coltivare livore.

Mi ripromisi di non discutere più con Greta. Dovevo concentrarmi su qualcosa di positivo, punto e a capo.

Mi accorsi che al piano di sotto la discussione si stava smorzando, colsi ancora qualche parola ovattata, finché il vociare si ridusse a un vago mormorio.

Mi concentrai sul ritorno di Gianfranco. In assenza di traffico, sarebbe arrivato l'indomani in mattinata. Sarebbe stata una buona idea rifornire il frigo.

Più tardi uscii per recarmi al supermercato. L'aria era statica, afosa, senza un filo di vento. Feci provviste e rincasai con un paio di buste di cibarie.

Al rientro, scoprii che l'ascensore era rotto. Un cartello nell'atrio annunciava che sarebbe stato riparato il prima possibile. Proprio quel giorno che avevo fatto la spesa! Avrei dovuto portarla su per sei piani. Sbuffando, mi avviai su per le scale. Ero arrivata più o meno a metà strada quando sul pianerottolo del terzo piano mi accorsi che qualcuno stava scendendo con passo pesante e nervoso. Intuii in un lampo di chi si trattava. Quando ne fui sicura, avvistando la figura magra di Greta a una rampa di distanza, fui tentata di fare dietrofront per evitare l'incontro. Ma non intendevo comportarmi da codarda o mostrarmi debole. Ripresi a salire con le borse della spesa al seguito, finché ci fermammo entrambe contemporaneamente sui gradini, una di fronte all'altra. Sapevo che era meglio ignorarla e proseguire, ma non riuscii a restare impassibile davanti al suo sguardo di sfida.

20

GRETA

Greta frenò di botto, a cavallo tra due gradini, un piede in basso, l'altro in alto. Che dannata sfiga trovarsi davanti proprio quell'odiosa di Amanda. A colpo d'occhio già si capiva che era alterata, infatti le risparmiò i soliti sorrisi plastificati. Non esibiva neanche la consueta espressione candida da ragazza della porta accanto. Tuttavia, anche ingrugnita e senza trucco era perfetta, la pelle del viso liscia e dorata, i morbidi capelli accuratamente legati in una coda. Indossava una maglietta che evidenziava i seni morbidi senza risultare volgare e un paio di shorts discinti che mettevano in mostra le gambe mozzafiato, depilate con precisione e già abbronzate. Nel constatare quanto fosse attraente, Greta provò un moto di invidia rabbiosa.

«Buongiorno, Greta! Spero abbiate gradito la torta. Era buona?».

Greta replicò all'evidente, amaro sarcasmo con un'occhiata truce. «Sì, ottima per il cassonetto».

Si sforzò di guardarla direttamente negli occhi, benché di solito evitasse il contatto visivo con chiunque. L'altra resse il suo sguardo con aria arcigna e compassata.

«E così sei subito corsa da mammina a frignare», aggiunse Greta con piglio polemico.

Amanda apparve confusa. «Mammina? Intendi Rosi, suppongo. Non dovevi permetterti di gettare nella spazzatura il mio dolce. È stato un gesto offensivo da parte tua».

Le labbra di Greta si raggrinzirono in una piega schifata. Cosa si aspettava, delle scuse? O che ammettesse di aver fatto una cosa sbagliata? Poteva aspettare in eterno, perché non aveva nessuna intenzione di giustificare le proprie azioni. Di sicuro però era valsa la pena di sprecare una torta probabilmente deliziosa pur di vedere la faccia scandalizzata di Amanda.

«Faccio quello che voglio con i regali», disse con risolutezza.

«Non era per te quel regalo. Non mi sarei mai scomodata a prepararti un dolce».

L'aveva detto di getto, con voce nervosa. Greta le vide subito la vergogna scritta in faccia, come se volesse rimangiarsi quelle parole affrettate. Per svariati secondi restarono zitte. Greta si limitò a fare una specie di grugnito colmo di acredine e fissò le mani di Amanda, aggrappate al corrimano. Aveva dita lunghe e delicate, con unghie curate e smaltate di un rosa tenue.

«Perché l'hai fatto? Ho detto qualcosa che non va e ti ho offesa?», riprovò Amanda. «Se ho commesso una gaffe, sono disposta a riconoscerlo».

«L'ho fatto perché mi andava di farlo», rispose Greta, serafica.

«Per capriccio, quindi? Ma si può sapere che problema hai?», sbottò l'altra. «Cerchi un pretesto per litigare? Io non ti conosco neppure!». La sua voce si era incrinata sotto l'impeto della collera.

Greta la fissò biecamente. «Sei tu quella permalosa, mi pare».

Amanda arricciò il naso, quel naso perfetto probabilmente rifatto. Aveva la bocca contorta sotto lo sguardo derisorio di Greta. Chiaramente si stava sforzando di restare calma. Chissà cosa sarebbe stato di quei modi leziosi se avesse perso le staffe.

Anche a Greta d'altra parte ci volle molta forza di volontà per restare ferma e non cedere all'impulso di fare una scenata isterica. «C'è altro?», domandò tra i denti. «Perché non ho proprio voglia di perdere tempo».

Amanda rimase lì ritta in piedi senza battere ciglio, in posizione guardinga, e Greta scese un gradino, avvicinandosi a lei.

Vide che Amanda si era ritratta bruscamente, d'istinto, come per un riflesso involontario. E quando i loro sguardi si incrociarono, Greta scorse negli occhioni di Amanda un guizzo di panico. Erano occhi spaventati. Amanda era impaurita da lei! Il pensiero si formò nella mente di Greta con piacere morboso.

Non poté impedirsi di immaginare di far avverare quella paura. In un gesto impulsivo, avrebbe potuto darle una bella spinta e farle perdere l'equilibrio. Con gli occhi della mente vide Amanda staccarsi dal corrimano al quale era aggrappata con una mano e ruzzolare giù per le scale, mentre gridava come una forsennata.

Quella vivida fantasia le fece affiorare uno sgradito ricordo e le balzò davanti la visione di Seb che vacillava all'indietro e agitava scompostamente le braccia in cerca di un appiglio, mentre lei lo spingeva come posseduta da una forza primordiale. E un attimo dopo lo vedeva scomparire tra la vegetazione, come inghiottito dalle tenebre.

Si riscosse e tornò a concentrarsi su Amanda. Chissà se sarebbe riuscita davvero a farla cadere. Non aveva il vantaggio dell'effetto sorpresa e poi Amanda era snella e in forma. Ma lei era più alta di diversi centimetri e aveva bei muscoli, sia sulle braccia che sulle gambe.

Abbandonò quelle fantasticherie, distolse l'attenzione dal suo viso contratto e fece per mettere fine a quella conversazione.

Di certo non si sarebbe mai aspettata ciò che Amanda disse subito dopo: «So di non essere nelle tue grazie, questo l'ho capito. Forse non siamo partite con il piede giusto o forse semplicemente non ti piaccio».

Su questo non ci piove. Mi stai proprio sulle balle.

«Ma non dobbiamo piacerci per forza», continuò Amanda. L'aveva detto in modo asciutto, con l'aria di osservare un dato di fatto. La guardò con aria d'attesa, ma Greta taceva caparbiamente, lanciandole occhiate cariche di diffidenza.

«Che ne dici di dichiarare una tregua? Facciamo che la storia della torta non sia mai successa. Nessun rancore». Aveva addolcito i toni, tornando alla solita vocetta zuccherosa.

Greta si sentì disorientata, non capiva e non sapeva come reagire, così in un primo momento si ostinò a non rispondere. Inarcò un sopracciglio e scansò una ciocca di capelli dal viso. «Credi che me ne freghi qualcosa di te? Perché non è così, ti assicuro», disse alla fine, rigida.

«Neanche a me importa di te», puntualizzò l'altra ma in un tono più conciliante. «Allora, siamo d'accordo? Nessun rancore?».

Greta annuì adagio. Era ancora stranita e si teneva stretta una certa diffidenza, ma allo stesso tempo si sforzò di apparire distante come se davvero non le importasse un fico secco. «Amiche come prima», borbottò ironica.

«Bene. Ti auguro una buona giornata», concluse Amanda.

«Ci si vede», replicò Greta in tono monocorde.

Amanda riprese a salire verso il sesto piano con i fianchi che ondeggiavano. Le passò davanti stando bene attenta a restare a una cauta distanza, gli occhi fissi su di lei, come se temesse qualche mossa a sorpresa. Tuttavia, le scale erano strette e ci fu un momento in cui si trovarono a pochi centimetri, tanto che Greta fu travolta da un effluvio che le ricordava il succo dei limoni, ma più dolce.

Di nuovo fu sfiorata dall'immagine di se stessa che spingeva Amanda. Un lieve colpetto sulla schiena, quasi un contatto accidentale. Un piccolo urto e la sirena del piano di sopra si sarebbe fatta un bel volo. Un'immagine mentale che Greta faticò a scacciare.

21

AMANDA

Avrei dovuto sentirmi sollevata ma non lo ero. Avvertivo ancora i suoi occhi bruciare sulla mia schiena come raggi laser. Quando me ne ero andata, Greta non si era mossa di un centimetro, era rimasta inchiodata sulle scale, impassibile, in attesa, apparentemente inerte come un rettile. A malapena sbatteva le palpebre. C'era qualcosa di fortemente disturbante in quella strana immobilità, in quella calma glaciale. Qualcosa che la rendeva una presenza minacciosa.

Infilai le chiavi nella toppa con le dita che tremavano. Udivo il battito accelerato del mio cuore mentre aprivo la porta e mi infilavo in casa come se fossi approdata a un rifugio sicuro dopo una tempesta.

Cercai di riprendere la padronanza di me stessa, ma non riuscivo ad allontanare Greta dalla testa, la rivedevo mentre mi squadrava in silenzio col solito cipiglio. La sua capacità di mettermi a disagio era impressionante, non mi era mai capitato niente del genere. Mi impegnavo sempre ad andare d'accordo con tutti, ma ciò non aveva impedito che in passato avessi avuto dissapori con amici e conoscenti. Dietro però c'erano sempre state valide ragioni. Ero stata educata a non ferire i sentimenti degli altri, a evitare conflitti inutili, e ora trovavo destabilizzante l'atteggiamento ostile di Greta nei miei confronti, sconcertante il risentimento che trasudava dalle sue parole.

Fino a quel momento l'avevo creduta inoffensiva, ma mentre ero per le scale e mi sforzavo di non parlarle in modo aggressivo, avevo avvertito una fitta di allarme, un segnale di incombente pericolo. Avevo temuto seriamente che volesse farmi del male.

Ripensandoci, non mi aveva bloccato il passo né intimidita apertamente, eppure non riuscivo a disfarmi della sensazione di minaccia. Una sensazione quasi fisica.

Se la situazione ci fosse sfuggita di mano, avrebbe potuto darmi uno spintone e farmi cascare giù per le scale. Il pensiero mi raggelò. Per la prima volta mi domandai se dovessi ritenerla un soggetto pericoloso o se fosse solo un'innocua creatura asociale. Mi riproposi di non sottovalutarla in ogni caso. Forse stavo lavorando di fantasia, ma ormai la consideravo una persona imprevedibile e mai più mi sarei azzardata a darle le spalle. Sentivo che tratteneva dentro di sé molta rabbia pronta a esplodere. Finora ero stata stupidamente fiduciosa, in futuro intendevo evitare di alimentare l'astio di Greta e schivare qualsiasi scontro.

Tuttavia, non era stata la paura a suggerirmi le parole che avevo pronunciato. A spingermi a quella richiesta di tregua era stata l'impressione di infelicità che avevo avvertito, la commiserazione per una persona troppo sola per la sua giovane età. In sostanza, mi faceva pena.

Scegli con attenzione le battaglie da combattere, sorellina.

Il consiglio di Dora mi riecheggiò forte e chiaro. E potevo solo augurarmi di non capitare più sulla strada di Greta.

Quel pomeriggio in piscina, incrociai Rosi. Non mi aspettavo di trovarla lì. Mi spiegò che riusciva a fare solo delle puntatine di tanto in tanto e siccome quel giorno non aveva turni in ospedale, era venuta a fare un bagno. Mi prese da parte con aria complice. «Ho saputo dello scontro con Greta. Qui le notizie corrono in fretta».

«Non c'è stato nessuno scontro», obiettai, urtata dal fatto che qualcuno avesse spettegolato sul mio conto. Immaginai che avessero sentito me e Greta parlare per le scale e si fossero affrettati a diffondere l'informazione in giro.

«Quindi che è successo?», volle sapere Rosi.

«Tutto chiarito».

Rosi mi guardò scettica. «In altre parole?».

«Per me i dissapori con Greta sono cosa superata e dimenticata. Inutile perdere tempo con i maleducati, non mi curerò più di lei», ribadii, pur sapendo che si tratta di una mezza verità, perché ero ancora risentita.

Rosi sembrò aspettare che dicessi altro, ma non le diedi soddisfazione. «Sai, anche io vi ho sentite discutere in tono acceso questa mattina», le notificai.

La bocca di Rosi si increspò in una smorfia. «A volte capita che ci azzuffiamo. Siamo in disaccordo su parecchie questioni e viviamo insieme, non si può sfuggire una alla presenza dell'altra. Di solito cerco di stroncare sul nascere ogni battibecco, ma ieri sera non ce l'ho fatta e ci siamo accapigliate. E questa mattina c'è stato il secondo round. Ci siamo urlate contro come non era mai successo».

«Mi dispiace. È colpa mia, non è così? Ho sollevato un polverone e a risentirne è stato il vostro rapporto».

Minimizzò la faccenda con un gesto della mano. «Ci siamo abituate».

«L'altra volta hai detto che volevi mettermi in guardia da lei. Credi possa diventare pericolosa?», chiesi, un po' titubante.

«Pericolosa?».

«Fisicamente, intendo».

«Non più di un folletto dispettoso. È solo una che odia tutto e tutti. Si comporta in modo indisponente, non sa cogliere i limiti e a volte scarica le sue frustrazioni con reazioni infantili, ma non lo fa per cattiveria e non ha una natura aggressiva». Fece una breve pausa, studiandomi con lo sguardo. «Perché me lo chiedi? Ti ha dato l'impressione che...».

«Nulla di definito, per carità», mi affrettai a precisare.

«Greta è un cane che abbaia ma non morde», sentenziò lei. «E ai suoi occhi tu hai un difetto imperdonabile: sei molto attraente. Credo soffra di complessi di inferiorità».

«Oh, beh, grazie del complimento».

«Lo diceva anche Anita. Parlava spesso di te, sai? Diceva che tu e suo nipote siete una bella coppia».

«Davvero?».

«Tu le piacevi molto. Aveva anche una foto delle vostre nozze in bella vista nel suo salotto. Al contrario, Greta non le piaceva affatto. E ribadisco che è meglio girarle alla larga. Ha uno spirito vendicativo, si lega tutto al dito. Te lo potrebbero testimoniare in parecchi qui nel condominio».

«Concetto afferrato. C'è di meglio da fare nella vita che litigare con la tua padrona di casa», dissi con convinzione.

«Parole sante». Rosi annuì con approvazione. «Ehi, stavo pensando... hai voglia di uscire dopo cena? Una seratina tranquilla per conoscerci meglio. Che ne dici? A meno di altri impegni, ovviamente».

«Molto volentieri», accettai con entusiasmo. Subito dopo aggiunsi: «Però domani arriva mio marito, non voglio fare tardi».

«Tranquilla, anche io domattina devo partire. Andremo solo a farci un drink e poi a nanna».

Non andò proprio così. Tanto per iniziare, di drink ce ne fu più di uno. Rosi mi portò in un locale molto alla moda, affollato ma gradevole. Ci sedemmo in un tavolino dove la musica era meno assordante.

Rosi chiacchierava senza sosta e buttava giù alcolici come acqua fresca. Era capace di sommergere le persone con i suoi sproloqui ma d'altra parte era una compagnia piacevole, sapeva ascoltare con concentrazione e talvolta esternava modi materni. Con lei era facile aprirsi su qualsiasi argomento e la conversazione tra noi risultò fin da subito disinvolta, come se si fosse sviluppata rapidamente una certa familiarità. Dopo un paio di bicchierini, anche io divenni loquace e quando mi chiese di Gianfranco, finii per parlarle a ruota libera del mio matrimonio.

«Non siamo mai stati una coppia perfetta, ma fino a sei mesi fa avevamo avuto solo lievi screzi. Poi ho incontrato un uomo in rete... Intendiamoci, non c'è stato niente tra noi, non ci siamo neppure mai visti di persona».

«Uh là là. Internet fu galeotta?».

Sorrisi nervosamente e abbassai lo sguardo. «Non ho mai creduto in questo genere di cose, ma era bello scambiare due chiacchiere con questo tipo. Era simpatico, mi ascoltava. C'era qualcosa tra noi, qualcosa di difficilmente inquadrabile. So che ciò che la gente mostra su internet non corrisponde quasi mai alla realtà, eppure... Beh, comunque non avevo mai fatto niente di simile».

«E tuo marito non ne sapeva nulla?».

«Volevo che fosse una cosa mia, solo mia. Mi sembrava che solo parlarne con qualcuno avrebbe infranto l'incantesimo».

Rosi mi lasciò parlare senza intervenire. Non era tipo da dispensare consigli assennati come Dora, ma era una buona ascoltatrice.

«Consideravo innocente tutto questo, eppure sentivo di essere infedele a Gianfranco. E così a un certo punto gli ho raccontato del mio flirt online. Ho cercato di fargli capire il mio punto di vista, ma non l'ha presa comunque bene».

«Che sventura», commentò. «Però state ancora insieme, no?».

Sospirai. «Abbiamo cercato di lasciarci tutto alle spalle e io ho chiuso con quella persona. Non penso mai a lui. E da allora io e Gianfranco non abbiamo nemmeno più accennato alla questione. Nessuno dei due ha voglia di rivangarla. Ma io sento che questa cosa aleggia ancora su di noi, che qualcosa è cambiato. Capisci?».

Rosi annuì in silenzio, comprensiva.

Le confidai che spesso mi ero accorta che Gianfranco origliava quando ero al telefono o sbirciava sopra le mie spalle quando digitavo al computer. A volte lo sorprendevo semplicemente a osservarmi. Mute testimonianze di sfiducia che mi addoloravano. «Ho ancora il timore di aver compromesso il nostro rapporto».

Rosi mi poggiò una mano sul braccio in segno di solidarietà e la sua voce diventò dolce. «Tutto tornerà come prima tra voi, è solo questione di tempo. Hai ferito il suo orgoglio».

«Sì, presumo che sia questo il problema».

Cambiammo discorso e parlammo del condominio Tre Ginestre. Rosi conosceva tutti e per ognuno aveva qualche aneddoto da snocciolare. Mi mise al corrente dei fatti di ogni residente.

Fino a quel momento entrambe avevamo cercato di tenere lontano dalla conversazione lo spinoso "argomento Greta", ma sembrava inevitabile affrontarlo. Il discorso saltò fuori in modo casuale e Rosi cominciò senza remore a sparare a zero contro la coinquilina. «Non si dà mai la pena di riassettare, lascia per giorni nel lavandino i piatti incrostati di cibo, è di una sciatteria unica. Non muove un dito per le pulizie. Mi saccheggia sempre le scorte in frigo. E poi bisogna prenderla con le pinze, badare a non invadere i suoi spazi o sono guai. Con lei bisogna rispettare una distanza di sicurezza, capisci?». Non mi diede neppure il tempo per rispondere, che continuò inarrestabile: «Non socializza con nessuno, non fa il minimo sforzo per farsi benvolere. Si rinchiude in se stessa come una cozza. Scontrosa, sempre di malumore».

«Non hai mai pensato di andartene? Scusa se te lo dico, ma io al tuo posto non resisterei due giorni con quella scorbutica. Finirei per ammazzarla». L'avevo detto in modo semiserio, ma lì per lì temetti di aver contrariato Rosi.

«Viviamo sotto lo stesso tetto per necessità. La considero una soluzione temporanea, prima o poi me ne andrò a vivere con Freddie, il mio ragazzo. E poi, te l'ho detto, ho fatto un affarone».

Le rivolsi un'occhiata scettica. «Secondo me è lei che ha fatto un affare con te».

Rosi ridacchiò. «Vero! Dove la trova un'altra così paziente? Ci sono un sacco di coinquiline che brontolano per tutto. Anche se i conflitti dovessero farsi pesanti, Greta non mi butterebbe fuori alla leggera». Si guardò intorno, poi riprese. «In questo periodo fuma una sigaretta dietro l'altra, è più irrequieta del solito e di umore volubile. Il che vuol dire, nel suo caso, passare dal tetro al furioso in un nanosecondo».

«Stai dicendo che c'è stato un tempo in cui non era così cupa?», domandai sarcastica.

Rosi rise. «Certo, era l'anima delle feste! Scherzo, è sempre stata musona. Però da quando è stata scaricata, ha i nervi a fior di pelle e un sacco di sbalzi d'umore».

«È stata scaricata?», mi incuriosii.

«Stava con un tizio fino a poco tempo fa».

«Ma dai». A quel punto capii che volevo saperne di più. «Dimmi di lui». Istintivamente mi sporsi sul tavolo.

Rosi si piegò a sua volta verso di me e adottò il suo tipico tono confidenziale-pettegolo: «Non so neppure come si chiama. Sai quanto è abbottonata Greta e comunque questo tipo non si è mai fatto vedere da me, credo si incontrassero a casa nel fine settimana o magari era lei ad andare da lui. Faceva molto la misteriosa».

«Come mai tanta segretezza?».

«Secondo me perché lui è sposato. Questo spiegherebbe il riserbo. Quando si sono lasciati, Greta era abbacchiata da morire, più intrattabile del solito. Forse si è anche incattivita». Rosi non aggiunse altro sulla questione e prese a divagare, così provai a tornare sull'argomento e, prima che ricominciasse a inondarmi di parole, la incoraggiai a raccontarmi di più della sua coinquilina.

«Greta è sempre stata riluttante a rivelare qualcosa di sé. È molto vaga sul suo passato, strapparle qualche informazione personale è quasi impossibile».

«Sì, immagino», commentai, delusa. «Ascolta, c'è una cosa che vorrei chiederti. Riguarda Anita».

Le raccontai della visita di Adriano. «Sta indagando sull'omicidio del cognato, un certo Sebastiano Levani. È convinto che Anita lo conoscesse. Per caso ne sai qualcosa?».

La risposta tardò ad arrivare. «Come hai detto che si chiamava?».

«Sebastiano Levani».

«Uhm. Mai sentito. Non conoscevo la cerchia di amicizie di Anita e non ricordo che abbia mai menzionato questo tizio. Tra l'altro, quando scoprì di essere malata, cominciò a ritirarsi in se stessa. Parlava con poche persone, diceva di non potersi fidare di nessuno».

«Era diventata paranoica?».

Anche questa volta Rosi non si espresse subito. «Beh, si può dire così. Era una donna solitaria di mezza età, con le sue fissazioni».

«E del suo libro che mi dici?».

Ci pensò su. «Ne parlava sempre in modo vago, ma mi pregò di leggere qualche pagina perché le dessi il mio parere onesto, anche se io non mi intendo di queste cose. "Di te mi fido", diceva. Comunque, ci lavorava in modo discontinuo. Forse non aveva neppure un progetto chiaro». Rosi terminò il suo drink, palesemente afflitta da quei ricordi. Preferii non insistere.

Alla fine della serata, Rosi propose un piccolo brindisi di buon auspicio per la mia nuova vita alle Tre Ginestre e per un'estate felice per entrambe.

Era molto tardi quando facemmo ritorno a casa e io ero mezza sbronza. Nel salutare Rosi davanti alla mia porta, la ringraziai profusamente per la serata. «Sei una benedizione, Rosi. Mi fai sentire a casa qui. Lo apprezzo molto».

«Non ti facevo così sdolcinata, mia cara. Sei un tantino ubriaca, mi sa». Rise. «Ma mi fa piacere che lo pensi. Sono contenta anche io che ci siamo trovate».

22

GRETA

Greta si infilò tra le lenzuola cercando conforto nel letto e iniziò a tremare violentemente, benché la notte fosse bollente.

Lo sforzo di tenere a bada la potente ondata di emozioni la sopraffece al punto che credette di impazzire. In attesa di un sonno pietoso, le parve di andare alla deriva, come se volteggiasse nell'oscurità, mentre nella sua mente agitata le scorrevano stralci di ricordi che avrebbe voluto cancellare per sempre. Visioni opache, mai nitide, come filtrate da una mente ovattata. Un guazzabuglio confuso che l'atterriva.

Ogni volta che chiudeva gli occhi e stava per essere risucchiata dall'oblio, veniva aggredita dall'immagine di Seb sofferente, ferito, moribondo. Un volto dai lineamenti deformati, orrendamente martoriati, la bocca che spruzzava a fiotti sangue scuro, il mento scosso da tremiti, il corpo che sussultava. Ogni volta quella orripilante visione era una lama rovente che le trapassava il cuore.

Complice la stanchezza, riuscì ad addormentarsi. Ma come le accadeva con regolarità, riaprì gli occhi a notte fonda, più o meno intorno alle due e restò sveglia a lungo.

Spesso fino all'alba non riprendeva sonno, qualche volta rinunciava del tutto a dormire e restava raggomitolata al buio a rimestare tra ricordi sfuggenti in preda a un'agitazione febbrile.

Le sembrava di avere in testa un groviglio inestricabile. Una parte di sé non riusciva ad assimilare quel che era successo o più precisamente si rifiutava di elaborarlo perché affrontare la cruda realtà sarebbe stato troppo doloroso.

Le riusciva sempre più difficile sgombrare la mente da quei mostruosi ricordi che evocava senza volerlo. Per reprimerli, si sforzava di concentrarsi su altro e immancabilmente finiva per fare l'elenco dei suoi nemici, coltivando infantili fantasie di vendetta.

Era una lunga lista, con voci che Greta passava in rassegna velenosamente. Se avesse potuto, l'avrebbe fatta pagare a tutti, li avrebbe fatti soffrire uno per uno.

Erano presenti quasi tutti i condomini di Tre Ginestre, persone che non l'avevano mai accettata, né le avevano dimostrato fiducia o simpatia. Per esempio l'amministratrice Cristina Parisi. E poi Rosi e il ragazzo Freddie, i datori di lavoro vecchi e nuovi, e quel porco di Leo. Nella lista dei nemici figuravano anche persone con cui non aveva più contatti e che non vedeva da un'eternità, ma che erano colpevoli di averle fatto qualche torto imperdonabile (perdonare mai, dimenticare tanto meno). Ogni tanto gettava benzina sul fuoco informandosi tramite Internet e i social per vedere che fine avessero fatto, gioendo delle eventuali disgrazie in cui erano incappati o rammaricandosi se godevano di una bella vita. La speranza era sempre che il destino li avesse cancellati dalla faccia della Terra.

Non amava i dannati aggeggi chiamati smartphone, fino a qualche tempo prima aveva posseduto solo un cellulare preistorico. Non gradiva i mezzi di comunicazione su Internet, ma quelle diavolerie di social media erano una fonte di informazioni di cui non poteva fare a meno e così per approfittarne aveva creato alcuni account falsi.

La lista nera andava da chi le stava sullo stomaco, fino ai destinatari di odio puro. In cima c'era sempre Malina, colpevole di averle rovinato la vita. Quella sorella frivola e snaturata che con la sua superficialità e i giudizi negativi le aveva istillato un senso di inadeguatezza che Greta si sarebbe portata dietro per sempre. La sorella che aveva demolito in lei ogni autostima, che la chiamava da bambina *piccolo sgorbio* e più avanti *ranocchietta*.

Malina, che non l'aveva mai amata e che con le sue scelte disastrose l'aveva costretta ad alloggiare prima in una casa per ragazzi abbandonati e poi per strada. Malina, la vera origine di tutti i suoi guai, perché era riuscita a fare danni perfino rinchiusa in un penitenziario.

Virtualmente in quella lista di persone odiate ci sarebbe stato anche Seb, ma aveva già avuto quel che meritava. Con lui aveva chiuso i conti. Fuori uno.

La lista nera si nutriva anche di aggiunte recenti. Da qualche giorno era entrata nell'elenco l'Amanda del piano di sopra.

Ripensò all'incontro che avevano avuto per le scale. L'aveva colta alla sprovvista con quella specie di offerta di pace, ma non ci cascava. Le aveva letto negli occhi che era solo una scaltra mossa per riprendere il controllo. Poteva percepire con chiarezza il suo snobistico disprezzo.

Nessun rancore. Quelle due paroline le risuonavano in testa dal giorno prima come un ironico martellare. Oh, quanto era stato magnanimo da parte sua perdonarla! Quanta generosità! Ma chi si credeva di essere? Era solo una spocchiosa egocentrica, una saputella presuntuosa che non faceva che blaterare, come se a lei importasse qualcosa. Avrebbe voluto rimuoverle dalla faccia quell'espressione di superiorità, quel tipico atteggiamento di chi crede di essere sempre dalla parte del giusto.

Solo pensare a lei le dava sui nervi, ma non riusciva a impedirselo. Aveva saputo che quella sera era uscita insieme alla sua inquilina. Rosi stessa gli l'aveva sbattuto in faccia, trattandola come Cenerentola-non-invitata-al-ballo. E ancora non erano rientrate. Se le figurava in qualche locale a parlare fitto fitto, sovreccitate dalla compagnia reciproca.

Controllò l'ora sul telefono. Erano le due di notte e dubitava che avrebbe ripreso sonno tanto facilmente. Si alzò per fumare, magari l'avrebbe calmata prima di riprovare a dormire. Si trascinò insonnolita sul terrazzo e si accese la sigaretta proteggendo la fiamma dell'accendino con una mano. Soffiava una brezza leggera e fresca molto piacevole. Scandagliò l'oscurità in lontananza, là dove le luci della città non arrivavano.

Fece un paio di tiri e subito si sentì più tranquilla. Fumare alleviava il suo dolore ma era conscia che sarebbe arrivato il momento in cui non sarebbe più bastata una sigaretta a restituirle un po' di pace mentale. E a quel punto si sarebbe sentita lacerare dentro. Ma ora non voleva pensarci.

In quel momento vide che Rosi e Amanda stavano rientrando. Erano su di giri e cinguettavano lungo il vialetto, incuranti dell'ora e del fastidio che avrebbero arrecato agli altri condomini. Dalle frequenti risate, Greta dedusse che insieme si erano divertite. Poco ci mancava che si tenessero per mano come due amichette per la pelle.

Si ritrasse impercettibilmente dalla ringhiera. Se una delle due avesse alzato lo sguardo, magari notando la sigaretta fumante, si sarebbe fatta scoprire. Non voleva essere oggetto di succulenti pettegolezzi, di sicuro quelle due ne erano affamate. E preferiva evitare di inimicarsi ulteriormente Rosi. Tuttavia, drizzò le orecchie sperando con ardore di cogliere qualche parola. Non riuscì a captarne neanche una, era troppo lontana. A giudicare dall'andatura malferma, Amanda era alticcia. Forse non era abituata a bere quanto quella spugna alcolica di Rosi. Greta era sicura che avessero confabulato tutta la serata su di lei, e quel pensiero le faceva attorcigliare le viscere. Conosceva bene Rosi, era una malalingua e non si sarebbe fatta scrupoli a metterla in cattiva luce, a sobillare Amanda contro di lei. Del resto anche la perfettina di Amanda avrebbe fatto la sua parte per seminare zizzania, per aizzarle contro la sua inquilina dicendo peste e corna di lei.

Aspirò profondamente la sigaretta, poi con l'altra mano recuperò il telefono e controllò il profilo Instagram di Rosi. Quando usciva, pubblicava una gran quantità di foto. E infatti ce n'erano tante di quella sera, selfie scattati con Amanda e foto del locale e dei drink. Vederle insieme le faceva venire il diabete, con quelle labbra allargate in sorrisi artificiali. Manco a dirlo, Amanda scintillava in ogni scatto, era molto fotogenica col suo viso gentile dai contorni morbidi, mentre Rosi faceva la solita figura di ragazza troppo in carne.

Comunque, quelle due non le vedeva per niente bene insieme. Non si somigliavano, non avevano niente in comune. Al di là dell'apparenza di espansività ed estroversione, erano molto diverse, probabilmente incompatibili, e non se ne rendevano neppure conto. Agli occhi di Greta era talmente evidente! Non che si potesse vantare di capire la psicologia umana e le persone in generale, tutt'altro, però non si faceva abbagliare dalle apparenze, sapeva guardare oltre le maschere. Amanda era troppo raffinata e responsabile rispetto all'insulsa Rosi, che viveva alla giornata, era una furbetta e di fine non aveva proprio nulla. Amanda invece spiccava per l'aria giudiziosa, assennata, l'aria di una che ci teneva a fare sempre la cosa corretta, a essere una brava ragazza, cosa che a Rosi non interessava perché pensava solo al proprio tornaconto e all'occorrenza poteva diventare meschina.

Greta pregustava il momento in cui sarebbero entrate in conflitto. Le sarebbe piaciuto vedere uno scontro tra loro. Ma per ora le toccava assistere allo stucchevole duetto. Diede un ultimo tiro alla sigaretta e si trattenne un altro momento sul balcone.

Sarebbe stata una lunga nottata insonne.

23

AMANDA

2 luglio, sabato

Mi svegliai con una brutta emicrania. La serata in compagnia di Rosi era stata piacevole, tra chiacchiere frivole e discorsi più seri, ma avevo bevuto decisamente troppo per i miei standard. E tutti quei drink mi avevano indotto a confidarmi su questioni che avrei preferito tenere riservate. Alla luce del giorno ero pentita di aver confessato a Rosi così tanto su di me, di essermi addentrata con lei in argomenti intimi. In fondo la conoscevo da pochissimo. Rosi era una cara ragazza ma non sembrava incline alla discrezione, benché mi avesse assicurato il contrario ("Il tuo segreto è al sicuro con me! Le confidenze sono sacre"). Si era dimostrata una miniera d'oro di informazioni sulle Tre Ginestre, ma chi mi assicurava che non sarebbe corsa a strombazzare i fatti miei a tutto il condominio? Dopotutto ero l'ultima arrivata, quella su cui tutti bramavano di sapere qualcosa di scabroso.

Le ero comunque riconoscente di avermi restituito il buonumore con i suoi modi vivaci, e coltivavo la certezza che saremmo diventate amiche intime. In un lampo di ottimismo, rilevai che i dissapori con Greta ci avevano avvicinate. Era proprio vero che anche in situazioni avverse si può trovare un aspetto positivo.

Quel giorno sarebbe tornato Gianfranco. Mi soffermai a godere della sensazione. Tutto sarebbe andato per il meglio, mi dissi con fiducia.

Mi contemplai allo specchio con occhio critico: potevo già sfoggiare una bella abbronzatura color miele, ma gli occhi infossati tradivano i postumi della serata precedente. Buttai giù un'aspirina e lavorai a lungo con il tubetto di fondotinta e una serie di pennelli per il trucco, fino a dare al viso un'aria più fresca.

Consultai ripetutamente l'orologio mentre aspettavo Gianfranco. Quando finalmente arrivò, la testa mi doleva ancora, ma ero troppo felice per badarci. Gli gettai le braccia al collo e mi strinsi forte a lui.

«Mi sei mancata», dichiarò Gianfranco, cingendomi tra le

braccia.

Sembrava che fossero passati cinque mesi invece che cinque giorni.

Mi squadrò da capo a piedi. «Sei in forma smagliante», osservò. Sembrò non notare i segni scuri sotto gli occhi e l'aria ammaccata. Poi si guardò intorno perplesso. Le stanze erano ancora piene di scatole e valigie da disfare. Si stava chiedendo cosa avessi combinato tutta la settimana?

«C'è ancora un sacco di lavoro da fare», ammisi, quasi per giustificarmi. «È ancora un casino, forse ho sottovalutato l'impresa».

«Lo sai, vero, che puoi rivolgerti a Virgil in caso di necessità, non temere di disturbarlo».

«Vedremo», replicai con vaghezza.

Quando mi chiese come fosse andata la prima settimana nella nuova casa, gli assicurai che cominciavo ad adattarmi. Evitai di lamentarmi ancora di Greta, del fatto che mi sentissi sola, che avessi nostalgia della famiglia e che mi mancasse una vita lavorativa. Se fossi stata sincera, gli avrei detto che non intendevo fare la casalinga a oltranza e passare una vita tra i fornelli. Ma non lo feci, non dissi nulla di tutto ciò perché non volevo sembrare patetica e petulante. Dopotutto ero lì da appena dieci giorni. Gianfranco mi avrebbe suggerito di godere del tempo libero e di non farmi troppi problemi. Ero certa che non fosse interessato a discuterne dopo una settimana di lavoro e io di sicuro non volevo affliggerlo. Mi sforzai di apparire allegra, rilassata, anche se erano stati giorni strani. Ero anche decisa a non parlare più della faccenda sollevata da Adriano.

«Stasera usciamo, che ne dici?», propose lui, accarezzandomi la schiena.

«Non sei troppo stanco?».

«Niente affatto. Ho già prenotato un tavolo qui in zona. E domani faremo una romantica cenetta casalinga. La preparo io. Lascia che mi prenda cura di te, d'accordo?».

Feci di sì con la testa e gli sorrisi con un moto di tenerezza, apprezzando che avesse preso l'iniziativa. Mi parve un ottimo segno e mi portò a pensare che la lontananza avesse fatto bene al nostro rapporto.

24

GRETA

Dopo una notte di sonno spezzettato, al primo chiarore dell'alba Greta era già fuori a camminare, gambe in spalla, ansiosa di scaricare la tensione e svuotare la testa. Nelle ultime settimane aveva fatto un sacco di brutti sogni, sempre che riuscisse ad addormentarsi. E durante quegli incubi continuavano ad affiorare cose che di giorno teneva ben lontane.

Per colpa della nottataccia sentiva i muscoli del collo rigidi e i primi passi furono difficoltosi. Andare in giro a quell'ora era comunque piacevole, il sole ancora non scottava e le strade erano semi deserte.

Il benessere durò poco. Non appena il sole cominciò a salire sull'orizzonte, muoversi diventò una fatica e il vigore che di solito animava i suoi passi venne meno. Il viale era troppo assolato e Greta cercò inutilmente un po' d'ombra sotto i radi olmi. Sotto lo spietato sole estivo sentì la pelle scaldarsi, ma proseguì imperterrita a passo vigoroso, fino a quando un dolore intenso al polpaccio non la costrinse a cedere. Un crampo. Si chinò a massaggiare con fare esperto il muscolo contratto. Non era la prima volta che le capitava. Di solito il dolore non la fermava, ma quel giorno aveva la schiena sudata e il calore era implacabile, così non appena passato lo spasmo decise di girare i tacchi e rientrare.

Di ritorno dalla camminata, notò un'auto mai vista prima parcheggiare sotto la palazzina. Come in preda a un'intuizione, si fermò a osservare chi scendeva. Dal veicolo di grossa cilindrata (che doveva costare un occhio della testa) venne fuori un fusto alto, dalle spalle larghe, sulla trentina. L'uomo recuperò un trolley dal portabagagli e si avviò verso il palazzo. Nonostante le alte temperature, indossava un completo scuro con una cravatta leggermente allentata, mentre la giacca era appoggiata sul braccio. Si vedeva che ci teneva a curare l'abbigliamento. Di bell'aspetto, con voluminosi capelli castani e lo sguardo intenso. Somigliava a un giovane Raul Bova. Greta aveva capito immediatamente di chi si trattava: il marito di Amanda. Rosi non aveva esagerato, era affascinante, l'incarnazione dell'uomo di successo.

Prima di entrare nel palazzo, si aggiustò la cravatta, si passò le dita tra i capelli e infilò la giacca. Evidentemente ci teneva a presentarsi al meglio alla consorte. Greta lo seguì con sguardo avido finché non sparì all'interno dell'edificio.

Avrebbe voluto fermarlo e dirgli: ehi tu! Lo sai che la tua bella mogliettina si è sbronzata ieri sera? L'ho vista tornare alle due di notte e per tutta la settimana ha fatto la carina con il bagnino. Ti conviene tenerla d'occhio!

Eppure, era sicura che Amanda ora fosse in fremente attesa come un cagnolino scodinzolante, ansioso di lasciarsi coccolare dal padrone appena rincasato. Greta cercò di immaginarsi la scena e in quell'istante una voce roboante la fece sobbalzare. Si girò di scatto e le comparve davanti l'insopportabile rompipalle di Cristina Parisi, l'amministratrice di condominio. Greta evitava sempre con grande cura di averci a che fare e quando scorgeva la sua figura scheletrica da lontano, cambiava lato della strada. Collegata con la Parisi c'era sempre qualche rottura di scatole o un predicozzo in arrivo. Era come una mosca fastidiosa. Una mosca sadica. Le ricordava tanto Malina. Se doveva essere proprio onesta, le due erano estremamente diverse. Cristina Parisi era un tipo dispotico, terribilmente zelante, dalle vedute ristrette, convinta di dover avere sempre l'ultima parola, mentre Malina era sempre stata una narcisista vanitosa preoccupata solo del suo aspetto esteriore. Tuttavia, le due erano accomunate da una certa aridità emotiva. E quando interagiva con Cristina Parisi, Greta si sentiva invadere dalla stessa sensazione che aveva sempre avuto con sua sorella, ovvero che la considerasse una continua seccatura e che poco importasse come si comportava, perché avrebbe sempre avuto una pessima opinione di lei. Entrambe la facevano sentire indesiderata, con entrambe Greta provava il medesimo spasmodico bisogno di darsela a gambe.

Greta si indispettì alla vista della donna, ma ormai era impossibile sfuggirle. Si maledisse per essersi attardata sul vialetto, se non l'avesse fatto non avrebbe sbattuto il muso in quella lagnosa. In quel periodo la fortuna non le sorrideva, se mai l'avesse fatto.

L'amministratrice la salutò gelida e Greta replicò con un buongiorno striminzito, preparandosi al peggio: il piglio severo non faceva presagire niente di buono.

La donna aveva un viso stretto e rinsecchito, un naso aquilino e una bocca sottile che si contraeva spesso in una smorfia di sdegno.

Era il tipo di persona che gesticolava in continuazione in maniera affannata, altro motivo per averla in antipatia. Antipatia reciproca, ovvio.

«Mi soddisfi una curiosità, signorina Molinari. Lei sa che qui a Tre Ginestre abbiamo la raccolta differenziata?».

«Ovviamente», fu la sua secca risposta. Greta si costrinse a guardala dritto negli occhietti aguzzi senza battere ciglio. Sentiva il sudore scenderle lungo la schiena e bagnarle la maglietta. La donna la stava fissando con ribrezzo, come se avesse davanti un topo schifoso.

Non era la prima volta che l'amministratrice la metteva in croce con la storia della raccolta differenziata. In passato aveva montato su una tragedia perché Greta non lavava il vetro prima di gettarlo e spesso lo buttava nell'indifferenziata per semplicità. Alle Tre Ginestre i residenti andavano a nozze con quel genere di pignolerie.

«Allora ci arriva o no a capire che vanno rispettate determinate norme per lo smaltimento dei rifiuti?», domandò la donna con tono accusatorio.

«Certo che lo so! Dove vuole arrivare con tutti questi paroloni? Perché avrei una certa fretta». Sbuffò spazientita e lottò per non distogliere lo sguardo da quel volto stizzoso. Chissà se quella befana era capace di sorridere, si chiese fugacemente.

«E allora vengo al dunque e senza *paroloni*», ribatté l'altra piccata. «Non è ammissibile che lei continui a fare come le pare con la spazzatura. Abbiamo trovato dei residui di cibo nel secchio della carta e altro materiale smaltito male, perfino delle pile! E non è la prima volta che mescola i rifiuti». Le scoccò un'occhiataccia. «Questa è inciviltà bella e buona».

«Non so proprio a cosa si riferisce», fece la gnorri Greta.

«Per l'amor del cielo! La sua strafottenza è davvero stupefacente. Come cittadina rispettosa della legge e coscienziosa, dovrebbe...».

«Oh, ma la faccia finita! Voialtri fate un dramma per ogni cavolata».

«Ma come si permette?», controbatté la Parisi.

Di solito Greta stava attenta a non essere offensiva, a usare un pizzico di diplomazia, ma si era scocciata di tenere la bocca chiusa per non urtare quelli delle Tre Ginestre. Tante volte aveva sopportato senza controbattere, morsicandosi l'interno delle guance per non rispondere male.

La donna non mollava. «Sappia che le addebiterò le sanzioni della nettezza. E le ricordo che sto ancora aspettando la quota condominiale di due bimestri fa. Siamo francamente stufi dei suoi ritardi cronici».

La solita solfa. Sempre tutti pronti a spillarle quattrini, ogni pretesto era buono.

«Non c'è bisogno di scaldarsi tanto. Pagherò presto», replicò Greta evasivamente, fissandosi i piedi. Non intendeva darle la soddisfazione di vederla sulle spine.

«È quello che mi ha detto anche l'ultima volta. Gradirei non essere presa per i fondelli».

«Ho problemi di liquidi, in questo periodo sto avendo delle difficoltà economiche, ma pagherò tutti i conti». La irritava profondamente dover dare spiegazioni, in ogni caso quel misero tentativo di giustificarsi non valse a nulla: la strega era ligia alle regole fino al midollo e non c'era modo di appellarsi alla sua umanità. In passato non si era degnata neppure di prendere in considerazione le sue difficoltà economiche.

«Per sua informazione, i pagamenti vanno effettuati con puntualità. Essere proprietari di una casa significa assumersi delle responsabilità». La Parisi parlava a denti stretti, con voce acuminata e la bocca dalle labbra raggrinzite che si arricciavano a ogni parola. «Trovo inaccettabile questo suo comportamento insolente e menefreghista».

Quanto era irritante con il suo fare perentorio e pedante! Le sarebbe tanto piaciuto far tacere quella donnetta acida. Immaginò di prendere un cuscino e piazzarglielo sulla faccia arcigna finché smetteva di respirare. O forse sarebbe stata una maggiore gratificazione afferrare uno dei pesanti vasi di terracotta che giacevano sul muretto e spaccarglielo sulla testa. In preda a quelle fantasie nere, Greta riprese a camminare verso il palazzo, passando davanti alla Parisi, che ancora blaterava sulla sua presunta mancanza di rispetto.

«E lo sa che è da villani andarsene nel bel mezzo di una conversazione?», le gridò dietro, mentre Greta imboccava le scale, vibrante di collera. «Avrebbe proprio bisogno di una lezione di buone maniere». La donna continuò ad abbaiare accuse di maleducazione e irresponsabilità mentre Greta si allontanava il più rapidamente possibile.

Contrariata dall'incontro, raggiunse l'appartamento con il fiato corto. Quel dannato condominio prosciugava le sue misere finanze, tutti i mesi le pareva di buttare i soldi dalla finestra per far fronte alle spese. E per cosa si svenava, poi? Neanche sfruttava i benefici riservati ai residenti. Non andava in piscina, non aveva figli da far giocare nel giardino, non faceva vita sociale con gli altri condomini.

Era l'inizio del mese e aveva già esaurito il modesto stipendio per colpa delle stramaledette tasse, che in pratica erano un'estorsione legalizzata. La questione dei soldi rischiava di diventare un serio problema, soprattutto da quando non c'era più Seb che di tanto in tanto le allungava qualche banconota. *Per tirare avanti*, diceva a mezza bocca con aria paternalistica.

In quel momento Greta sentiva di odiare tutto e tutti. Provava una rabbia cieca che si concentrava dolorosamente nella pancia, come una mano che le stritolava le budella, per poi salire verso l'alto, irradiarsi in tutto il corpo fino a schiacciare il petto come un macigno, togliendole il respiro. Non sapeva come calmarsi, quando le prendevano quei momenti. A volte per placare la collera che le ribolliva dentro, fracassava qualcosa che aveva sottomano oppure cercava di distrarsi. Quel giorno optò per la seconda strada.

In casa non c'era nessuno. Come d'abitudine, Rosi era partita per il weekend. Poteva essere una buona occasione per recuperare le chiavi dell'interno 11B. Provò a entrare nella stanza di Rosi, ma quando girò il pomello, la porta non si aprì. Greta non ne era sorpresa. La solita malfidata!

Tuttavia, non era un problema visto che possedeva una copia delle chiavi e quella sciocca di Rosi non se n'era mai accorta. In verità non era esattamente una copia, ma alcuni mesi prima Greta aveva provato ad aprire la stanza di Rosi sapendo che a volte le chiavi si adattano a più di una serratura. E così era stato.

Anche Greta chiudeva a chiave la porta della sua stanza. Fin da quando Rosi era arrivata, aveva messo in chiaro che la sua camera era un confine invalicabile. *Ci tengo alla mia privacy*, le aveva spiegato a muso duro.

A Seb non era piaciuta l'idea di una coinquilina. *Mettere in casa una sconosciuta è una pessima trovata, una grossa minaccia per entrambi. Vedrai che ti darà del filo da torcere*, le aveva predetto. Ma Greta si era intestardita: aveva bisogno di sostegno economico e poi una compagna d'appartamento poteva garantirle una parvenza di normalità agli occhi degli altri condomini.

Rosi si era rivelata troppo invadente e questo suo lato caratteriale aveva richiesto molte precauzioni. Aveva dovuto insegnarle a brutto muso a rispettare il suo spazio personale. Dopo la morte di Seb, era diventato fondamentale che Rosi non varcasse i limiti della sua sfera privata e quindi Greta stava molto attenta a chiudere a chiave la stanza quando usciva. Chissà quali drammi avrebbe fatto la sua coinquilina se avesse scoperto che custodiva una pistola in fondo a un cassetto.

In un attimo la porta di Rosi fu aperta.

Era già stata lì dentro in assenza di Rosi, servendosi di quelle chiavi. Non che avesse un vero motivo per metterci il naso, vi entrava solo per amena curiosità. Un paio di volte aveva cercato anche soldi. Era sicura che Rosi ne tenesse un po' in casa, conservati in un posto segreto. Era un tipo previdente. La prima volta Greta aveva frugato senza trovarli, la seconda aveva scoperto che Rosi nascondeva dei contanti in una cassettina di sicurezza, una specie di salvadanaio a forma di cuore sotterrato tra i vestiti. Con una forcina e un cacciavite aveva aperto la serratura con facilità. Greta aveva appreso tempo addietro a forzare ogni tipo di chiusure, anche se non si serviva spesso di quell'abilità. Dentro la cassettina c'erano delle banconote e svariate monete. Alla fine però non prese niente, così come non si arrischiò mai a sfilare neanche un anellino dal piccolo portagioie che la coinquilina teneva sul comodino. Non per una coscienza morale, quanto perché non poteva escludere che Rosi avvertisse la polizia appena si accorgeva di essere stata derubata.

Da quando si era messa in riga stava molto attenta. Nei negozi in cui lavorava doveva usare cautela per non farsi buttare fuori o denunciare. Se avessero notato qualche ammanco di cassa, avrebbero subito allertato la polizia e lei doveva evitarlo a ogni costo.

Da "Giorgio Frutta e Verdura" ogni tanto aveva lasciato scivolare nello zaino qualche mela, un paio di arance o una banana, quando nessuno era nei paraggi. Giorgio non se n'era mai accorto e se fosse successo se la sarebbe cavata con un buffetto, perché in quel caso si trattava di sgraffignare roba di poco valore.

Ora al riguardo era arrugginita, ma in passato non si era fatta scrupoli a scippare o taccheggiare per tirare avanti. Non aveva mai amato la misera vita da vagabonda, ma commettere piccoli reati e farla franca le dava sempre un brivido di piacere. Violare la legge non la spaventava, non a quei tempi almeno, era una questione di autoconservazione. Non si era mai abbassata a chiedere l'elemosina, ma non si faceva scrupoli morali ad arraffare di tutto, soprattutto nei supermercati più affollati, nei negozi dove c'era poco controllo o nelle automobili con le portiere dimenticate aperte. Ciononostante doveva ammettere che non era mai stata tanto brava nel borseggio o nel taccheggio. Nonostante le dita lunghe e sottili e l'innata capacità di passare inosservata, non era il suo forte infilare in modo fulmineo la mano nelle borse alle fermate o sfilare portafogli, magari sbattendo addosso a qualcuno. Per quanto conoscesse le tecniche e si esercitasse, era maldestra, lenta, annaspava là dove avrebbe dovuto dimostrare destrezza e nervi saldi, finendo per farsi pizzicare. Per fortuna di solito se la cavava a buon mercato, a meno che non beccasse un addetto alla sicurezza particolarmente zelante.

Proprio in una di quelle spiacevoli occasioni aveva conosciuto Seb.

Greta gironzolava in un parcheggio in cerca di macchine aperte o con serrature facili da forzare (di rado si spingeva al punto di rompere i finestrini), quando si era imbattuta in un portabagagli lasciato incustodito. All'interno giacevano diverse buste della spesa, Greta non si era fatta scappare l'occasione e stava per impadronirsene, quando la proprietaria dell'auto era tornata e aveva cominciato a strillare istericamente, attirando l'attenzione di un agente di polizia. Darsela a gambe era stato impossibile, il tipo l'aveva placcata in pochi secondi e perfino ammanettata come una delinquente della peggiore risma.

Appena l'aveva guardato in faccia, Greta aveva pensato che avesse un aspetto supponente e arrogante, l'aria dello sbirro sempre pronto al combattimento. *Non la passerò liscia stavolta*, si era detta. *Questo mi farà vedere i sorci verdi*.

Invece era andata in tutt'altro modo. Lui le aveva tolto le manette e l'aveva invitata a mangiare un boccone. Greta l'aveva scampata, ma a posteriori sarebbe stato meglio passare un guaio per quel furtarello piuttosto che entrare nella vita di Seb.

All'epoca, aveva pensato che finalmente le cose si fossero messe per il verso giusto dopo tanti anni di forze contrarie, ma ora si rendeva conto di aver barattato uno stile di vita randagio e incasinato, fatto di precarietà e miseria, per qualcosa di peggiore. Per colpa sua aveva commesso reati gravi, Seb l'aveva fatta diventare una vera criminale. Una delle cose che non gli avrebbe mai perdonato.

Ma non voleva pensarci. Si guardò intorno. Era da un po' che non metteva piede nella stanza di Rosi. Come il resto della casa, era arredata con mobili disparati da due soldi, per lo più scompagnati tra loro. Erano i medesimi ereditati insieme alla casa, pezzi raffazzonati da giovani senza radici. Spiantata com'era, Greta non aveva né il denaro né l'interesse a rinnovare i mobili. Non aveva cambiato nulla neppure nella sua stanza, dal momento che era sua intenzione non fermarsi a lungo.

Chi aveva arredato quella casa doveva essere gente tirchia e mediocre, di quel genere che si cura di far bella figura all'esterno vivendo in un condominio signorile, ma che non scuce un soldo per sistemare l'interno.

Doveva riconoscere comunque che Rosi si era data molta pena per dare a quella squallida stanza un aspetto decoroso, aggiungendo animali di peluche, poster e altre carabattole adolescenziali. Tutti quei colori pastello e quegli addobbi infantili però agli occhi di Greta erano solo patetici.

Per fortuna non dovette rovistare troppo a lungo per trovare le chiavi di Anita. Erano conservate in una scatolina a forma di orsetto sopra il cassettone. E non c'erano neanche dubbi, perché il portachiavi recava un'etichetta con scritto "interno 11B". Greta se le mise in tasca e uscì per farne una copia dal ferramenta più vicino.

Era impaziente di provare la chiave, ma non era il giorno giusto. I Ferrante erano entrambi in casa. Doveva aspettare un momento migliore per agire indisturbata e stare molto attenta che Amanda non la cogliesse in flagrante.

Nascose la chiave in camera sua. Quando controllò l'ora, si accorse che era di nuovo tardi e non aveva neppure pranzato. Non c'era tempo neanche per un panino da trangugiare in piedi. Ma doveva mettere qualcosa sotto i denti se non voleva stramazzare a terra per la debolezza. Si servì una generosa porzione di gelato della riserva di Rosi e lo trangugiò senza appetito, poi uscì.

Arrivò al lavoro di nuovo in ritardo per il turno. Ormai l'avevano bollata come ritardataria cronica, ma il capo non rinunciava alle sue sfuriate ringhiose e al tentativo di rimetterla in riga. E ogni volta Greta pensava che stesse per licenziarla. Quel giorno non ci provò neppure a tirare fuori una frottola credibile e si buscò l'ennesima strigliata.

«Sappi che mi vedo costretto a toglierti delle ore dalla paga».

«Cosa? Ma...».

Le tappò la bocca con un gesto della grossa mano. Greta serrò i pugni e non replicò. Meglio evitare di mettersi a discutere con quell'orco. Ma quanto avrebbe voluto tirargli un pugno nell'enorme addome e zittirlo. Infilò le mani in tasca per sfuggire alle tentazioni e guardò da un'altra parte.

«E un'altra cosa», riprese il capo. «Trova il modo di andare d'accordo con mio figlio. Ci siamo capiti?».

«Perché, cosa le ha detto? Andiamo già d'accordo», protestò Greta. Quel meschino di Leo si era andato a lamentare di lei, non riusciva a crederci! Che vigliaccheria parlarle alle spalle!

«Non è quello che mi risulta».

Greta stava per azzardare un'altra protesta, ma il capo non gliene lasciò il tempo e continuò ad abbaiare, finché concluse: «Ringrazia che sono a corto di personale, altrimenti ti sbatterei fuori di qui in un secondo».

Greta avvertì una stretta allo stomaco ma non osò dire altro.

«Mi sono spiegato?».

Lei fece un brusco cenno d'assenso.

Che il diavolo se lo porti, quel buffone di Leo.

25

GRETA

Dopo il lavoro, Greta tornò a casa esausta e affamata. Trovò di nuovo l'ascensore rotto, così dovette anche accollarsi cinque piani di scale a piedi.

Era stata una giornata massacrante, un sabato pieno zeppo di cose da fare, tra consegne e merce da sistemare. La parte più faticosa era stata sfuggire agli approcci di Leo. Greta non lo incoraggiava, non lo provocava, anzi lo mandava a quel paese senza tanti giri di parole e gli dava schiaffetti quando allungava troppo le mani, ma lui non desisteva. Sapeva che la sua fregola era solo un capriccio, una sorta di prurito. Non era davvero attratto da lei. E quindi sperava che a furia di snobbarlo si stufasse. Nel frattempo però aveva il potere di irritarla. Se non la lasciava in pace avrebbe avvertito il padre.

Si gettò sul divano e ci sarebbe rimasta volentieri tutta la serata se non avesse sentito chiudere una porta al piano di sopra.

Dallo spioncino, scoprì che i Ferrante stavano uscendo, probabilmente per andare a cena fuori. Erano vestiti di tutto punto, dovevano considerarla un'occasione importante. Gianfranco portava una camicia azzurra ben stirata e un paio di pantaloni chiari senza neanche una piega; questa volta era senza cravatta ma appariva comunque impeccabile. Amanda indossava un vestito sciccoso con la gonna a balze che ondeggiava a ogni passo, un reggiseno push up, una stola che avvolgeva le spalle nude e tacchetti alti che picchiettavano per le scale e sui quali si reggeva in equilibrio con la solita naturale grazia. Figuriamoci se non metteva in risalto le gambe snelle o qualche altro dettaglio del suo corpicino slanciato. Non era volgare o apertamente provocante, ma neanche pudica. Amava essere guardata, era evidente. La chioma era sciolta sulle spalle, vaporosa e spumeggiante, con i ricci modellati in modo artistico vicino alle guance. Non come i suoi capelli che per praticità teneva sempre legati o coperti da un cappello, considerò Greta con amarezza.

Quelle come Amanda, a Greta facevano proprio schifo. Odiava le perfettine, le facevano venir voglia di spiaccicare la loro graziosa testolina contro un muro. Mentre spiava i Ferrante, lo scoraggiamento prese il sopravvento e pensò che dopo Seb non avrebbe mai più avuto un compagno.

Le sarebbe piaciuto trovare qualcuno che si prendesse cura di lei, che la difendesse al bisogno, che soddisfacesse ogni suo capriccio, che la accettasse sempre e comunque. Qualcuno che le fosse devoto, qualcuno su cui poter contare. Ma chi poteva interessarsi a lei? Non era bella, né femminile o dolce, anzi risultava mascolina e non teneva a freno il caratteraccio. Non ci sapeva fare con gli uomini, non aveva mai imparato a flirtare. Una cosa ironica, visto che la sorella maggiore era stata una campionessa nel manipolare e adescare l'altro sesso.

Si era chiesta spesso perché uno come Seb – attraente e sicuro di sé – avesse scelto di stare con lei. Dopotutto non aveva alcuna attrattiva fisica, era sempre goffa e nervosa, noiosa e poco stimolante intellettualmente. Non era il tipo di donna in grado di affascinare, di tentare un uomo. Anche Malina lo aveva sempre detto: *Un pesce lesso è più seducente di te.*

All'inizio si era sentita al di fuori della sua portata, ma col tempo aveva capito che stare con Seb non era affatto una fortuna e si era convinta che era ciò che meritava una come lei, insignificante e sprovvista di qualsiasi talento. Forse intrecciare una relazione tiepida e probabilmente tossica era tutto ciò che la vita la avrebbe concesso. E dunque si era adattata a comportamenti che non le piacevano, si era semplicemente assuefatta. Forse una persona sana di mente non l'avrebbe fatto. Avrebbe troncato la storia prima dello sfacelo e avrebbe riacquistato la dignità. Quello però non era il suo caso, era più facile fingere che non le importasse dell'aggressività di Seb, né del fatto che facesse i suoi porci comodi fregandosene di chiunque.

Lei che aveva una natura sospettosa, che coltivava da sempre l'abitudine alla diffidenza, lei che teneva tutti a distanza, d'un tratto si era scoperta troppo disperata e affamata d'amore per ribellarsi alle sue prepotenze, agli scatti d'ira, al temperamento collerico ed eccessivamente focoso. Il loro primo rapporto era stato irruento, rude, simile a un'aggressione sessuale, mentre i successivi avevano fatto emergere in lui una brutalità che non gli aveva attribuito all'inizio. L'umore di Seb era imprevedibile, i suoi approcci privi di tenerezza.

La sua infatuazione per Seb si era trasformata in fretta in un sentimento complicato e ambiguo che persino adesso faticava a mettere a fuoco.

Ora che Seb era morto, si rendeva conto che continuava a frequentarla perché era un frutto proibito e come tale allettante, i rischi lo eccitavano, soddisfacevano un'interiore e insaziabile esigenza di trasgressione. A lui non piaceva sfidare la sorte ma adorava agire alle spalle delle persone.

Greta era miseramente consapevole che tutto quello che faceva Seb era a fini egoistici, che a muoverlo era il proprio tornaconto e il piacere personale. Quella constatazione le faceva provare un senso di profondo biasimo per se stessa.

Tutti quei pensieri le gettarono addosso un umore pessimista. Era solita gustarsi la sensazione di isolamento, il silenzio che aleggiava in casa quando Rosi partiva, ma quel sabato sera le apparve terribilmente penoso. Mangiò di corsa, ingurgitando una spaghettata condita con del sugo lievemente acido. Provò a fare zapping, ma spense il televisore quasi subito. Dopo aver visto il volto di Seb sullo schermo, in lei era rimasto un residuo di paura. Non era pronta a saperne di più.

Negare la realtà aveva avuto fino a quel momento un effetto anestetizzante, ma per quanto tempo poteva andare avanti quel rifiuto?

Sapeva di dovere affrontare i suoi demoni interiori, ma sapeva anche che farlo significava inorridire per le sue azioni, avvertire disgusto per se stessa, provare un terrore incontenibile e paralizzante per le possibili conseguenze catastrofiche, e una serie di altre atroci emozioni.

Era cosciente che avrebbe dovuto cercare notizie sulla morte di Seb, consultare Internet per appurare come si era evoluto il caso. Però ogni volta che andava in rete e tentava di digitare il suo nome, veniva assalita da un senso di panico e cercava subito di soffocarlo distraendo l'attenzione. E non aveva voluto neppure dare un'occhiata ai giornali, neanche quella volta che aveva trovato un quotidiano dimenticato sul sedile di un autobus. Meglio non sapere.

Avrebbe dovuto smetterla con quella vigliaccheria, farsi coraggio e informarsi. Eppure, era fermamente decisa a comportarsi come se nulla fosse. Doveva continuare a raccontare a se stessa che andava tutto bene. Era al sicuro. Nessuno sospettava, nessuno la stava cercando. Non c'era motivo di crucciarsi.

Passò il tempo su Internet, impicciandosi dei suoi nemici, e nello stesso tempo rimase in ascolto di eventuali passi per le scale. Intorno alla mezzanotte, si piazzò sul terrazzo a fumare e prendere aria. Poco dopo vide i Ferrante che rientravano. Mentre i due piccioncini attraversavano il cortile, Greta rimase a scrutarli con un misto di curiosità morbosa e disprezzo. Camminavano fianco a fianco, impegnati in una conversazione intima. Lui le poggiava una mano sulla spalla in modo possessivo, come ad affermare che Amanda era di sua proprietà, che nessun altro uomo si azzardasse a metterle le zampe addosso. A un certo punto l'aveva guardata con occhi da pesce lesso, la testa piegata da un lato, lo sguardo affettuoso. Greta non era tipo da apprezzare i sentimentalismi, ma in cuor suo avrebbe tanto voluto essere guardata così.

Più tardi, mentre se ne stava sdraiata a letto in attesa di prendere sonno, cercò di immaginarseli. Gianfranco e Amanda. Vedeva con nitidezza la scena, i loro visi, i loro corpi. Se li figurò nudi e avvinti uno all'altra, le mani di lui che accarezzavano con ardore e familiarità il corpo flessuoso di lei, le bocche che si scambiavano baci appassionati. A quei pensieri, Greta si sentì tutta accaldata.

Un flash di Seb agonizzante l'assalì all'improvviso. Dovette affrettarsi a scacciarlo. Non voleva più pensare a quel mascalzone. *Che tu possa marcire all'inferno.*

26

GRETA

3 luglio, domenica

Aveva dormito a sprazzi, tormentata da insonnia e incubi informi. Si sfregò gli occhi e cercò di emergere dallo stordimento. Quanto avrebbe voluto farsi una sana notte di sonno! Se solo ci fosse riuscita, tutto sarebbe andato a posto, avrebbe smesso di sentirsi in un equilibrio instabile, come in bilico su un abisso di disperazione. Alzandosi, avvertì una fitta di dolore tra gli occhi. Aveva le gambe intorpidite. Mentre si massaggiava le tempie, la sua mente andò alle immagini viste al notiziario e avvertì un principio di nausea.

C'era bisogno di un caffè, di quelli belli tosti. Trascinò i piedi in cucina. Il barattolo era quasi vuoto, constatò insonnolita. Non faceva la spesa da una vita. Riuscì comunque a mettere su una caffettiera e dopo un paio di tazzine si sentì meglio.

La domenica era il suo giorno libero. "Giorgio Frutta e Verdura" era chiuso e lei non aveva nulla da fare. Era facile alla noia e non sopportava di stare chiusa in casa, che nonostante l'ampiezza trovava claustrofobica e deprimente. Così si ritrovava tutte le domeniche ad aggirarsi flemmatica per la città. Andare a zonzo con la cappa soffocante di quel giorno, però, sarebbe stato uno strazio.

Per alleviare l'acuta noia passò la mattinata a giocare ai videogame, guardò un paio di programmi spazzatura in televisione senza seguirli realmente, finì il pacchetto di sigarette fumando come una forsennata. Misurò il terrazzo a grandi passi, spiando con disprezzo il viavai dei condomini e la cricca giù in piscina. La domenica era un delirio. Adulti riuniti in gruppetti che parlavano a voce alta e orde di bambini che scorrazzavano a bordo vasca o giocavano animatamente nell'acqua, strillando come dannati. Maledetti mostriciattoli viziati! Tutti a fare un baccano del diavolo. Greta dovette resistere all'impulso di mettersi a urlare a squarciagola sopra quel frastuono infernale.

Rientrò in casa. Si era fatta ora di pranzo. Aprì lo sportello del frigo e ne fu sconfortata. La maggior parte degli alimenti erano andati a male e puzzavano di rancido. Le uova però erano scadute da pochi giorni, se ne preparò un paio al tegamino e vi abbinò qualche fetta di pancarré stantio. Mangiò distrattamente. Posò le stoviglie usate nel lavello. Improvvisamente si sentì come un animale in gabbia e scattò in lei un'irrefrenabile smania di uscire, muoversi, camminare.

Le sarebbe piaciuto indossare un paio di calzoncini corti come faceva Amanda, ma non la solleticava l'idea di mettere in mostra le gambe bianchissime, tutte coperte di peluria e ancora piene di escoriazioni. Si sarebbe sentita addosso gli occhi critici della gente. Né poteva mettere un top perché si sarebbero visti i lividi che non si decidevano a sbiadire.

Legò i capelli alla buona, senza neanche gettare un'occhiata allo specchio. Negli ultimi giorni sopportava meno del solito di vedere il proprio riflesso, non riusciva a incontrare il suo stesso sguardo senza provare angoscia, come se vi si rispecchiassero gli occhi accusatori di un Seb morente.

Soffriva ancora di un dolore sordo dietro le orbite, sperò che una boccata d'aria le avrebbe giovato. Uscì spedita dal condominio. L'assalto dell'aria rovente la destabilizzò per un momento. Fu come entrare in un forno. D'altra parte, anche in casa si faceva la sauna.

Rispetto al resto della settimana, non aveva una meta precisa per quelle camminate domenicali, girava quasi sempre a casaccio, spingendosi più lontano degli altri giorni. Avanzava in modo vigoroso, a grandi falcate, infiammata da una compulsione nevrotica che la rendeva una camminatrice forte e instancabile. Poteva macinare chilometri senza perdere colpi. Quel giorno, però, era lenta nei movimenti, irrigidita, e dopo pochi metri si sentì già sfiatata. Si era forse rammollita per il caldo?

Avrebbe voluto fermarsi in un bar a prendere una coca-cola o un'altra bibita ghiacciata, ma non aveva soldi da scialacquare per viziarsi e non amava sostare nei locali.

Era nei pressi della fermata quando vide arrivare un autobus, la linea che portava in centro, così si affrettò a raggiungere la fermata. Montò sulla vettura. Fu una sorta di azione istintiva, non del tutto cosciente, quasi sonnambolica. Un impulso irragionevole e sconsiderato che nello stato di alterazione in cui si trovava non poté fare altro che seguire, senza pensare alle possibili ripercussioni. Col senno di poi si sarebbe detta che si era avventurata a Villa Borghese in cerca di frescura, per abitudine, perché l'aveva fatto tante altre volte, ma una parte di sé conosceva la verità e stava combattendo per farla emergere.

Aveva familiarità con i mezzi pubblici, li usava da una vita perché non aveva mai potuto permettersi neanche una carretta di macchina. Ovviamente aveva sempre fatto la portoghese, si vantava di non aver mai pagato un solo biglietto. E se la cavava bene a orientarsi nelle strade di Roma. Tuttavia, non amava affatto quella città, troppo caotica, fracassona e brulicante di turisti. La associava ai clacson, al rumore ininterrotto del traffico, all'invadenza degli stranieri. Tutto contribuiva a urtarla.

Quasi al termine della corsa, scese alla fermata davanti al Pincio. Si era diretta lì come se fosse stato il suo corpo a condurla. Conosceva a menadito il percorso perché c'era stata una miriade di volte in passato.

La terrazza del Pincio era un buon posto per confondersi nella folla e passare inosservati. Il belvedere in particolare era una delle tappe degli itinerari turistici, dove in tanti si accalcavano per godere del panorama della Capitale. Un ottimo terreno di caccia per alleggerire dei portafogli turisti e passanti che pullulavano ovunque. Greta lo sapeva per esperienza diretta.

Facendosi largo tra la calca, salì fino alla terrazza, dove la sera si poteva ammirare una magnifica veduta del cupolone di San Pietro e di Castel Sant'Angelo. Un luogo per innamorati, per tenersi per mano e scambiarsi innocenti effusioni. Un genere di esperienza che non aveva mai fatto con Seb, perché le romanticherie non facevano parte del loro rapporto. Non avevano mai passeggiato fianco a fianco, non si erano mai scambiati regali o parlato del futuro. Non le aveva mai offerto fiori, non l'aveva mai invitata a cena, né rivolto gesti teneri o galanterie, non le aveva mai manifestato segni di affettuosità. Come si diceva in un linguaggio diventato antiquato, non l'aveva mai corteggiata.

Greta non era una sentimentale e trovava melensi i film d'amore, però una parte di sé era affamata di attenzioni e aveva contato le ore prima di vedere Seb, era stata in subbuglio in sua presenza.

Fin dall'inizio, si era imposta di non permettere a quel labile rapporto di toccarla intimamente; sarebbe stato come avvicinarsi troppo al fuoco. Tuttavia, non poteva negare che Seb per lei aveva significato molto a livello emotivo, molto più di quanto gli avesse mai fatto credere.

Doveva ammettere che fin dal primo momento Seb era stato onesto sulle sue intenzioni. Non le aveva mai nascosto la sua vera natura e i suoi scopi. Dal primo istante, aveva subito messo le carte in tavola. *Sei esattamente la persona che mi serve*, aveva detto. *È stata una vera fortuna incontrarti. Un colpo del destino.*

Dì un po', non vorrai mica farmi battere il marciapiede? Non sarai uno di quei poliziotti corrotti che sotto sotto gestiscono un giro di ragazze?

Lui aveva riso. Aveva una risata sfrontata e chiassosa, come se si facesse beffe del mondo intero. *Sei fuori strada. Voglio proporti un affare. Un affare lucroso.*

Lucroso per chi?

Per entrambi, sta' tranquilla, le aveva risposto con un sorriso caustico.

Non mi metto in affari con chi non conosco. E qualcosa mi dice che non è niente di legale.

Ti fa paura commettere un reato? Detto da te fa ridere.

Mia sorella entra ed esce dalla galera da anni, non voglio fare la sua fine.

Tu non finirai dietro le sbarre. Io farò in modo che non succeda, aveva obiettato con quell'arrogante sicurezza che lo caratterizzava.

Non ho bisogno di essere protetta e non cerco rogne, inutile che insisti. Tra l'altro, il denaro non mi interessa.

Ah, no? Le aveva rivolto una smorfia scettica.

Mi faccio bastare quello che ho. I soldi sono la rovina degli esseri umani, aveva sentenziato Greta risolutamente.

In verità, aveva imparato molto presto il valore del denaro, dopo che il padre aveva preso il volo con i risparmi. Da allora in famiglia erano sempre stati a corto di soldi, soprattutto dopo che la madre era morta. Malina, perennemente disoccupata, non faceva che sprecare quel poco che guadagnava per stupidaggini. Andava a fare la spesa e tornava con un paio di scarpe nuove o un vestito che aveva trovato in saldo, anche a costo di non riuscire a mettere niente a tavola o non poter pagare l'affitto. Fino a quando aveva ottenuto un prestito con interessi così alti che non sarebbe mai riuscita a ripagare se non fosse ricorsa ad alcuni loschi affari che l'avevano portata dritta in carcere. E quando ne era uscita, la lezione non le era bastata: si era fatta coinvolgere in una serie di imbrogli ai danni di alcuni anziani, ma una delle vittime aveva avuto un infarto e lei era finita di nuovo in carcere, condannata per truffa e omicidio colposo, questa volta con il massimo della pena.

Ma Greta non era come Malina, né voleva diventarlo. Potere, denaro, successo non le facevano gola. Non amava né gli eccessi né gli sprechi. Né era mai stata un tipo ambizioso. Dunque, non era disposta a capitolare alla proposta di Seb. Un conto era commettere piccoli reati per sopravvivere, un altro era diventare complice di un crimine grave. A modo suo, cercava di non cedere a una vita sgretolata e autodistruttiva, faceva del suo meglio per non restare invischiata in situazioni potenzialmente dannose. Non assumeva droghe né le spacciava, non apparteneva a bande, si teneva alla larga dalla prostituzione. Cercava solo di sopravvivere, non aveva ereditato le tendenze criminali del padre, non aveva nulla in comune con la scelleratezza della sorella.

C'era voluta una sottile opera di persuasione da parte di Seb per convincerla a prestarsi al suo gioco, ma dopotutto Greta non era immune alle seduzioni di una vita più comoda, più sicura. Né era indifferente ai modi ammalianti di Seb.

La loro relazione era iniziata quasi in contemporanea con l'avvio del loro legame d'affari. Lui aveva messo subito in chiaro che la voleva, che la desiderava, facendole apprezzamenti senza peli sulla lingua. Esplicito e diretto come sempre. *Voglio che tu venga a letto con me.*

Greta era rimasta spiazzata da quella franchezza, le guance avevano preso fuoco e in un attacco acuto di timidezza aveva biascicato qualcosa di goffo. Non aveva fatto la preziosa, ma neanche la disperata. Di sicuro non lo aveva respinto.

Non immaginava che sarebbe finita a letto con un uomo così attraente e virile, così fuori dalla sua portata, il tipo che avrebbe potuto rimorchiare ogni donna che voleva e che di sicuro ci provava con tutte. Probabilmente era in cerca di un'avventura occasionale, da una notte e via, si era detta. Invece, Seb aveva richiamato per rivederla.

La prima volta non era stata un'esperienza piacevole per lei, Seb si era rivelato un amante egoista, esigente e un po' brutale, senza alcuno spazio per la dolcezza. Eppure Greta si era sentita lusingata dall'attenzione, aveva perfino provato un fremito all'idea di incontrarlo e aveva accettato di andare nella sua garçonnière come una squallida amante. Seb possedeva una potente energia sensuale, una carica alla quale era difficile resistere.

Una parte di sé, quella non ingenua, era ben cosciente che non fosse una storia d'amore, tutt'al più poteva definirsi una relazione sessuale, oltre che un vincolo d'affari. Sapeva di essere stata per lui soprattutto un frutto proibito, perché a lui piaceva giocare con il fuoco.

Con il senno di poi Greta capiva che in campo sentimentale si era dimostrata una vera sprovveduta, non aveva accumulato abbastanza esperienze, di sicuro non aveva mai avuto una fila di corteggiatori dietro la porta. Era impreparata ai legami intimi, insicura di sé stessa e piena di complessi di inferiorità e inibizioni. Non aveva avuto molti ragazzi, né amici, perché era timida e imbranata. Preferiva starsene per conto suo, era sempre stato un tipo solitario e asociale. E non aveva mai bramato di sposarsi, accasarsi, mettere su famiglia, allevare dei figli. Non era fatta per diventare mamma, la sola idea di avere dei mostriciattoli a cui badare le faceva torcere le budella. Altro che gioie della maternità.

Le tornò in mente la mamma. Di lei aveva pochi ricordi perché quando l'aveva persa era molto piccola. Non le faceva piacere pensare a lei, era così triste ricordare il suo volto scavato, gli occhi iniettati di sangue, le sue mani deboli, gli abbracci fiacchi. Per un periodo aveva considerato Malina come una madre, ma ben presto la sorella aveva dimostrato di essere una presenza disattenta e inaffidabile, alla faccia dei servizi sociali che le avevano dato in custodia la sorellina. Priva di qualsiasi sentimento materno, Malina le aveva sempre dedicato solo avanzi del suo tempo. A Greta riecheggiavano ancora le sue parole, quando diceva: *Fare i genitori è una grossa responsabilità, sai, ranocchietta? E anche una notevole rottura di palle.*

A volte Greta dubitava persino di essere tagliata per la vita di coppia, ma voleva comunque sentirsi amata. Per questo aveva preferito tenere in piedi una storia fallata piuttosto che stare da sola. C'erano giorni in cui non riusciva a liberarsi dalla subdola voce di Malina che le ammoniva di accontentarsi o sarebbe rimasta zitella a vita, anche se Seb la trattava come una pezza da piedi, la faceva sentire uno schifo, anche se i loro incontri clandestini la lasciavano spesso delusa e sconsolata.

27

GRETA

Greta riportò l'attenzione al presente e scrutò i dintorni. Era accaldata e faticava a sopportare tutta quella gente. La salita che si arrampicava lungo il colle e portava alla terrazza panoramica era piena di gente, com'era prevedibile di domenica. Frotte di turisti, coppiette, giovani sfaccendati a spasso, mamme con mocciosi al seguito, disoccupati che bighellonavano.

Che cavolo ci faceva lì? Lei che non reggeva la folla, la cagnara, il caldo. Avrebbe voluto essere lontana mille miglia.

Sotto l'ardente calura del primo pomeriggio, la flebile voce della ragione le diceva di tornare indietro, invece proseguì, arrancando su per la salita. Ma non si diresse al belvedere, dove si accalcavano i turisti, puntò dritto verso la zona in cui aveva incontrato Seb per l'ultima volta, un angolo del Pincio senza grandi attrattive che affacciava sul viale del Muro Torto.

Mentre camminava, si chiese se non fosse stato un colossale azzardo tornare da quelle parti. C'era la concreta possibilità che la polizia le stesse alle calcagna. Sapeva bene che era meglio stare lontana dal Pincio. La sua mente continuava a chiederle di tornare indietro, opponeva resistenza, si sentiva in trappola. Ma qualcosa di più forte la spinse a continuare.

Si avviò lentamente, con cautela, come se il solo avvicinarsi al luogo del fattaccio potesse ferirla. Aveva quasi perso il conto dei giorni che erano passati da quando era morto Seb, ma il corpo sembrava ricordare bene, come se nella memoria muscolare fosse registrato ogni istante di quella notte.

Si fermò, volgendo le spalle alla folla.

Non c'era alcun segno di quanto era successo.

Greta ipotizzò che il luogo fosse stato impraticabile durante i primi giorni, con segnali di divieto di passaggio, e cronisti e fotografi che lo avevano preso d'assalto. Ora però nulla stava a indicare la tragedia e ben presto le coppiette sarebbero tornare a guardare il tramonto da quella balaustra, che per la sua posizione isolata era l'ideale per appartarsi, baciarsi, scambiarsi parole dolci.

Niente ormai indicava che quella era stata la zona dell'incidente.
No, *la scena del crimine*. Era così che la consideravano.

Si passò la lingua sulle labbra secche e screpolate. Una sensazione strana calò su di lei, di estremo affaticamento. Si sentiva di colpo provata dal caldo, indebolita come se fosse venuta a mancare l'energia nervosa che l'aveva condotta fin lassù. Un cerchio le stringeva la testa, le pulsazioni erano accelerate. Fu costretta a fermarsi.

La zona era soleggiata e non c'era modo di sfuggire al sole che picchiava duro. Si sentiva febbricitante. Cominciò a boccheggiare, mentre il cuore batteva in gola come un tamburo. Che pessima pensata era stata venire. Era vestita troppo pesante, sentiva la carne rovente e il sudore le gocciolava sugli occhi, facendoli bruciare. Il calore la colpiva a ripetizione, una vampata dietro l'altra. Lingue di fuoco sulla schiena. Avvertiva il bisogno di sostenersi da qualche parte, ma intorno non c'era nulla a cui aggrapparsi, sono un mucchio di persone e piuttosto che sorreggersi a una di loro, avrebbe preferito morire.

D'un tratto non capiva perché si trovasse lì, cosa aveva creduto di fare? Sentì un urlo che le saliva dentro, un grido disperato, di dolore profondo, un grido dell'anima. Ma tutto quello che fuoriuscì dalla gola serrata fu un gemito convulso, un grugnito animalesco di frustrazione, simile all'ululato di una bestia selvatica presa in trappola.

Tentò di fare un altro passo, ma le girava la testa, faticava a respirare. Il sangue martellava i timpani. Tum-tum-tum. Il petto stritolato in una morsa, la bocca arida. Guardò in basso, verso la pavimentazione della terrazza, e le parve di trovarsi sul ciglio di uno strapiombo buio, prossima a precipitarvi dentro. Un'orbita vuota, nerissima. Contemplò atterrita quella profonda oscurità finché la vista si offuscò ed ebbe l'impressione di disconnettersi dalla realtà.

Voci attutite e sconosciute ronzavano tutt'intorno e lei riusciva a catturare solo brandelli di ciò che dicevano.

«Ehi, tutto bene?».

«Signorina?».

La circondarono in fretta. Greta ne fu vagamente consapevole mentre riemergeva dal vuoto. Gente che si accalcava tutt'intorno, voci che si accavallavano, attutite come se provenissero da un'enorme distanza. Non era totalmente conscia di dove si trovasse, in balia di un forte senso di disorientamento.

«Chiamate un'ambulanza».

«Sta male, fate qualcosa».

Mentre si stringevano intorno a lei, parlavano di *calo di zuccheri*, di *colpo di sole*.

Gente che sussurrava, ammassata intorno a lei, soffocante, insopportabile. Figure spettrali che si avvicinarono come uno sciame e ondeggiarono tremule, come in un sogno. Macchie indistinte, prive di lineamenti.

Qualcuno la stava scuotendo. Greta tentò di spingere via le mani che la toccavano, che sconfinavano nel suo spazio. Aprì gli occhi e fu subito assalita da un sole accecante. In stato di confusione, si liberò a strattoni delle mani invadenti. Sbatté le palpebre alla luce intensa. Si riparò gli occhi dal sole con una mano. Spaesata e intontita, agitò le dita come una falena impazzita agita le ali, per liberarsi dell'assalto di sconosciuti che l'assillavano con domande, rassicurazioni, suggerimenti.

«Come si sente?».

«Stanno arrivando i soccorsi».

«Stia attenta, non si alzi troppo in fretta».

«Lasciatemi in pace», biascicò Greta. Cercò di tirarsi su a sedere. Riuscì a tirarsi in piedi a stento, attenta a non muoversi troppo rapidamente. Aveva i jeans tutti impolverati, si passò le mani per ripulirli, poi si fece largo a spintoni tra le persone che l'avevano accerchiata per spirito di assistenza o per oziosa curiosità. Raccolse le forze e barcollò via con le orecchie che ronzavano. Desiderava solo tornare a casa, ma dopo pochi passi malfermi fu costretta a fermarsi e lasciarsi cadere su una panchina. Fortuna che era riuscita ad allontanarsi dalla folla. Era esausta, l'attenzione di quegli sconosciuti l'aveva esaurita più di quanto avesse fatto lo svenimento.

Una voce le fece fare un salto. Era così inebetita che non si era accorta della persona già seduta sulla panchina. Una donna grassa e malvestita che stava borbottando. Greta fece per alzarsi, perché non era proprio in vena di contatti con sconosciuti, semmai lo fosse stata. Ma una parola le fece drizzare le orecchie. Si fermò di colpo e ricadde giù sulla panchina. Aveva sentito bene? Aveva detto *omicidio*?

«Cosa?», gracchiò con voce arrochita.

«Dicevo che non mi stupisce quello che ti è capitato, stella».

«Cioè?». Greta strizzò gli occhi e fissò acciglicata la figura accanto a sé. Era una vecchia signora dalla faccia rugosa, con troppo rossetto sulle labbra, in un ributtante contrasto con la dentatura ingrigita. Da come si esprimeva non sembrava una barbona, ma Greta ne aveva conosciuti tanti di senzatetto, uno diverso dall'altro. C'era chi si lasciava andare e cedeva a un'esistenza miserabile, e chi si sforzava nonostante tutto di condurre una vita dignitosa. Chi proveniva da una buona famiglia e chi aveva alle spalle solo disavventure.

«Allora? Ti decidi a vuotare il sacco?», la sollecitò Greta, dal momento che quella non parlava.

«Qui c'è scappato il morto. I luoghi dove si sono verificati eventi orribili lasciano una scia, una vibrazione negativa», disse placida.

Quante baggianate! Quella era proprio fuori di zucca. Ma domandò comunque: «Che vuol dire che c'è scappato il morto?».

«Poco tempo fa è stato ammazzato un uomo, lo hanno spinto di sotto, qui al muraglione».

Greta emise un singulto involontario.

«Questo è un posto maledetto», aggiunse la donna, chinandosi su di lei. «Un luogo infausto, infestato».

Greta aveva già sentito storie sinistre sul Muro Torto. Leggende che parlavano di condannati a morte seppelliti in zona e di spiriti di criminali che si aggiravano terrorizzando i passanti. Ma lei non era superstiziosa, non credeva neppure che il muro si fosse inclinato per un fulmine nell'esatto momento in cui era stato crocifisso Pietro. La gente ama i misteri e si beve tutto.

«Quante idiozie», disse ad alta voce.

«Questo posto mette i brividi, ma ci vengo proprio per questo», vaneggiò la donna.

Se osa sfiorarmi, la prendo a calci, pensò Greta occhieggiandola in tralice.

«Sapevo che stava per accadere un'altra disgrazia. È successo proprio lì». La donna indicò un punto tra gli alberi. «Per questo ti sei sentita male. C'è stato un crimine violento e tu lo hai *sentito*».

«Che boiata», bofonchiò Greta. Quant'era morbosa certa gente. Serrò le dita nel tentativo di fermare la tremarella. Un piccione si avvicinò alla panchina in cerca di briciole. Greta lo allontanò scuotendo la mano.

«Hanno già accusato qualcuno. Ma hanno preso un granchio, te lo dico io».

Greta si girò con uno scatto improvviso e il cuore che le batteva forte. «Che significa? Chi hanno arrestato?», domandò strabuzzando gli occhi.

«Non li leggi i giornali, stella?».

«Chi hanno arrestato?», ripeté Greta, indispettita.

«Se mi dai qualche spicciolo, ti racconto tutto», rispose la donna con un sorriso sghembo.

«Non ci penso proprio». Nonostante il fastidio per la zoticona, il cervello di Greta registrò l'informazione con interesse e un guizzo di giubilo: avevano accusato qualcun altro dell'omicidio, era salva! Il sollievo la colpì nel petto con la potenza di un rinculo e cominciò ad ansimare per la forte emozione.

«Comunque, l'assassino è un altro», ribadì la donna ambiguamente.

A cosa voleva alludere quella demente? Greta avrebbe voluto riempirle la faccia di schiaffi, darle uno scrollone per farla smettere di sparare fesserie. «Cosa cavolo ne sai tu?», sbraitò.

Attese una risposta che non arrivò. La grassona si limitò a farle un sorriso maligno, come se la sapesse lunga, mettendo in mostra i denti grigiastri.

«Sei solo una povera babbea», dichiarò Greta raddrizzando la schiena. Ne aveva abbastanza di quegli sproloqui.

L'altra non si scompose, ma si allungò verso di lei, con gli occhi incollati alla sua faccia. Era disgustosamente vicina, al punto che Greta poteva sentire il suo fetido fiato, vedere dentro le narici dilatate, quasi toccare le guance cascanti. Con un senso di repulsione, voltò bruscamente la testa e spinse indietro la donna con un gomito. «Togliti di mezzo, razza di scema».

Si sentiva ancora debole, ma si fece forza per allontanarsi.

«Aspetta, stella! Non andartene. Dammi qualche spicciolo e ti dico tutto. Io c'ero, ho visto chi è stato».

«Ma levati dalle palle, idiota che non sei altro», la liquidò Greta con un moto d'insofferenza.

Non vedeva l'ora di tornare a casa e isolarsi nella sua stanza. Stare in mezzo alla gente la sfiniva, per questo si era sentita male, altro che posti maledetti. O forse era stato un calo di zuccheri. O un colpo di sole. O magari era colpa del fumo, di tutte le sigarette che consumava. Aveva avuto un momento di sbandamento, un sovraccarico mentale, il cervello era andato in tilt a causa dell'incessante fluire di gente attorno a lei.

Oppure era andata nel pallone perché ora tutto appariva molto reale. Era successo davvero, si disse incredula. Tutto quello che era accaduto in quella vorticosa e tragica notte era reale ed era stata la sua coscienza sporca a portarla lì.

28

GRETA

Appena tornata a casa, cercò conferma di quanto aveva detto la svitata del Pincio. Scoprì che era tutto vero: la polizia aveva arrestato una persona per l'omicidio di Sebastiano Levani e precisamente la moglie, Simona Valle.

Secondo i siti di cronaca nera, la donna aveva seguito il marito al Pincio e dopo una violenta lite, in un raptus di gelosia lo aveva spinto nel vuoto. La polizia era davvero stupida, pensò Greta con un sorrisetto compiaciuto tra sé e sé. Un branco di veri cialtroni inetti.

Fino a quel momento si era rifiutata di cercare notizie, ma ora che si era decisa ad aprire il barattolo di vermi, vi rovistò dentro con avidità. Lesse tutto quello che trovò sul caso.

Nessun articolo citava quanto Seb fosse disonesto, moralmente corrotto, bugiardo, manipolatore, insensibile e attaccabrighe. Le autorità dovevano aver insabbiato il sudiciume, considerò Greta. O forse non avevano scavato abbastanza da tirarlo fuori.

Nei vari articoli, però, si parlava in lungo e largo delle abitudini da donnaiolo della vittima, della sua fama di cacciatore di gonnelle, cosa che secondo gli inquirenti aveva scatenato la furia omicida della consorte.

C'era una moglie nella sua vita, e Greta ne era al corrente da tempo, così come aveva capito che Seb aveva un debole per le donne e che era privo di scrupoli quando si trattava di mettere le corna alla moglie. La monogamia non faceva per lui, era nella sua natura provarci con tutte per testare la propria virilità. Gli serviva per sentirsi vivo, per dimostrare a se stesso che poteva sedurre chiunque.

Greta non si era mai azzardata a chiedergli in modo diretto se avesse altre amanti, né lui aveva mai menzionato altre donne. Lei sapeva, però, di non essere l'unica con cui intratteneva rapporti occasionali perché nella casetta in cui si vedevano aveva trovato spesso testimonianze di presenze femminili. Lunghi capelli color ruggine. Un perizoma. Un rossetto. Oggetti dimenticati, inequivocabili. Greta non era l'unica e neanche la favorita. Una delle tante pecorelle smarrite che avevano un'autostima così bassa da stare con lui. D'altra parte sotto sotto Seb pensava che nessuna donna sarebbe mai stata degna di lui.

Tutto questo aveva scatenato spesso la gelosia di Greta, ma era anche cosciente che se gli avesse fatto una sparata o avesse puntato i piedi pretendendo l'esclusiva, Seb sarebbe diventato una iena e lei ci avrebbe solo rimesso. Se si fosse mostrata debole, lui avrebbe schiacciato sotto i piedi i suoi sentimenti come una cicca. Sapeva che i sentimenti che provava per Seb non erano ricambiati, non aveva mai nutrito grandi speranze in merito, né si illudeva che Seb avrebbe potuto lasciare la moglie per lei. Doverlo dividere con altre donne era una sorta di regola inespressa a cui doveva attenersi.

Seb conduceva indisturbato una doppia vita in piena regola ed era molto bravo a farlo. La vita ufficiale era quella del rappresentante della legge e del marito; l'altra, quella segreta, includeva le sue mille scappatelle e i suoi loschi affari. Due esistenze parallele che non si incrociavano mai.

Seb aveva l'abitudine di contattarla a suo piacimento. C'erano lunghi periodi in cui non si faceva neppure sentire, potevano trascorrere intere settimane senza che Greta avesse sue notizie. E pretendeva che lei fosse sempre a sua disposizione, quando faceva capolino. Quando la chiamava con il suo secondo telefono, lei interrompeva qualsiasi attività, si dava malata al lavoro e correva da lui.

Fin dall'inizio Greta si era aspettata che un giorno o l'altro, annoiato del giocattolo nuovo, l'avrebbe scaricata con una frase come: "Non dobbiamo più vederci. È finita", con il suo solito stile arrogante. Si era aspettata a lungo di essere usata e gettata via, in un certo senso faceva parte di un accordo sottinteso.

Seb dispensava tutto con il contagocce, soprattutto approvazione e attenzioni. Ogni cosa per lui aveva un prezzo. Era un egoista che prendeva ciò che voleva, quando voleva, senza riguardo per i sentimenti altrui, nella convinzione che tutto gli fosse concesso.

Eppure, a modo suo vigilava su di lei, si faceva carico dei suoi problemi, le copriva le spalle. Si era occupato di tutta la documentazione per ottenere l'eredità dei Molinari, senza trascurare il minimo dettaglio. E anche dopo, mese per mese l'aiutava a compilare scartoffie e sbrogliare le pratiche burocratiche, tutte cose che lei non sopportava. Non le faceva regali, però le passava dei soldi di tanto in tanto, giusto per sbarcare il lunario.

Certo, non si svenava, erano solo piccole somme. Lui diceva che si trattava di prestiti, ma sapevano entrambi che Greta non li avrebbe mai restituiti. Questo avrebbe potuto farla sentire una parassita, una mantenuta o persino una sorta di squillo, ma non si riteneva niente di tutto questo. Di sicuro lei non gli aveva mai chiesto un centesimo, orgogliosa com'era. A quei tempi, aveva considerato tenero che Seb si prendesse cura di lei e che le offrisse un sostegno economico. Aveva raccontato a se stessa che Seb ci tenesse a lei, perfino che a modo suo fosse una persona generosa e possedesse un lato premuroso che bilanciava i suoi tanti ignobili difetti, come l'umore aggressivo e l'indole truffaldina. Che sciocca! Ora, dopo aver appreso l'intera verità su di lui, vedeva quella presunta generosità per ciò che era: elemosina. Il gesto strafottente di chi con una mano ti caccia in mano poche decine di euro e con l'altra ti pugnala alle spalle.

Tuttavia, ancor oggi doveva riconoscere a Seb alcuni lati positivi. Per esempio non aveva l'abitudine di criticarla, giudicarla o deriderla per la sua ignoranza. Neppure quando l'aveva conosciuta, quel giorno in cui l'aveva pizzicata a rubare, neppure in quell'occasione l'aveva trattata come una delinquentella o un cane randagio, al contrario di come tanti altri avevano fatto. Non l'aveva mai fatta sentire una brutta persona. Era troppo cinico e smaliziato nei confronti della natura umana per scandalizzarsi di qualcosa. Seb l'aveva sempre accettata per quello che era. *Lo so che sei uno spirito libero, un'anticonformista. Una che non si fa fermare da stupidi principi*, diceva.

Qualche volta (quando non rivestiva il ruolo della canaglia ma quello del ruffiano), l'aveva persino lusingata sostenendo di ammirarla per come era sopravvissuta a situazioni difficili con le sue uniche forze.

Realizzò all'improvviso che Seb le mancava. Una sensazione che le era stata del tutto estranea fino a quel momento. Cavolo, suonava così patetico! Eppure, Seb era stato per oltre un anno l'unica persona importante nella sua vita, l'unica con cui aveva sviluppato un minimo di rapporto. Come poteva ignorare il fatto che ora non ci fosse più?

Tornò a navigare in Internet. E così Simona era finita in manette. Lui parlava occasionalmente della moglie, spesso per sottolineare il suo rammarico nell'aver sposato una sciocherella senza spina dorsale. Ogni tanto si spingeva anche a pronosticare che prima o poi si sarebbe liberato di quella "palla al piede".

Greta scrutò con avidità le foto che la ritraevano. Biondina, piccola di statura, l'aspetto dimesso, la figura sottile, le spalle strette, il viso triangolare, angelico, con un paio occhioni in cui si scorgeva un luccichio di terrore e smarrimento. In quelle immagini dava l'idea, ancor di più del solito, di una creatura delicata, indifesa. Chissà se la stampa sapeva che era incinta. Probabilmente no, altrimenti i giornalisti ne avrebbero approfittato per lanciarsi in un gossip feroce.

Greta non aveva mai conosciuto Simona di persona, ma l'aveva vista molte volte da lontano. Inizialmente l'aveva spiata con l'intento di scoprire perché Seb non si decidesse a scaricarla, ma poi ci aveva preso gusto a curiosare nella sua vita, era diventata quasi una compulsione seguirla dappertutto, osservarla di nascosto. Fatto strano non aveva mai provato per lei gelosia, né riusciva a considerarla una rivale. Non l'aveva mai avvicinata, si era sempre tenuta in disparte, a una prudente distanza. Di solito si appostava fuori casa sua, in un punto d'osservazione ideale per sbirciare all'interno della cucina, dove Simona trascorreva la maggior parte del tempo. Ma le piaceva anche seguirla come un'ombra, provare a indovinare i suoi pensieri. L'aveva osservata mentre camminava senza meta, inquieta, trascinando in giro la corporatura esile. Incurvava spesso le spalle come chi regge il carico di un'esistenza tormentata e si notava un velo di malinconia nel suo viso delicato. Sembrava un passerotto spaventato e dava l'impressione di potersi frantumare in mille pezzi da un momento all'altro.

Greta poteva capire perché Seb l'avesse sposata, perché un tempo, forse, l'avesse amata, semmai fosse stato in grado di amare qualcuno. C'era in lei un non so che di soave, di candido, di mite che affascinava. Un atteggiamento remissivo che faceva di lei una vittima perfetta per Seb, che amava insozzare tutto quello che toccava.

Greta aveva parlato con lei solo una volta, per telefono. Ricordava la sua vocetta dolce, esitante, da bambina.

Tante volte prima di quel giorno aveva vagheggiato di chiamarla, qualche volta si era spinta fino a comporre il numero di casa (in un orario in cui era certa che Seb fosse al lavoro) ma poi aveva attaccato. Aveva fantasticato di spiattellare i segreti di Seb, di rivelare alla moglie che aveva delle amanti. A Greta piaceva crogiolarsi in quei propositi, ma sapeva che non li avrebbe mai messi in pratica. Finché era arrivato il giorno della lettera e allora la rabbia aveva rotto gli argini e l'aveva spinta d'impulso a fare quella telefonata a Simona. Non aveva detto molto, solo il nome dell'alter ego di Seb. Si era limitata a metterle una pulce nell'orecchio, rivelandole il nome che il marito usava per i suoi traffici. Era stata lapidaria nel fornire l'informazione, senza troppi preamboli.

Pronto, sei Simona?

Sì, chi parla?

Devi sapere che tuo marito si fa chiamare Carlo Cantini, aveva detto con voce neutra.

Ma che significa? Chi parla?

Greta era stata sul punto di rispondere "un'amica", come accade nei film. Ma non era sua amica, così era rimasta zitta.

Chi parla?, aveva insistito la voce colma d'ansia.

Carlo Cantini, hai capito? Ha anche un secondo telefono, quel lurido bastardo.

Chi parla, per favore, aveva ripetuto Simona, supplichevole.

Greta aveva riagganciato. Nella testa, l'eco di quella vocina timorosa e incerta.

Doveva essere uno di quei tipi che chiedono scusa in continuazione, anche se non hanno fatto niente di male, ansiosi di compiacere il prossimo, smaniosi di amore come cagnolini maltrattati.

Ora, a ripensarci, quella telefonata fatta d'istinto era stata una mossa poco lungimirante. Voleva rendere la pariglia a Seb dopo aver trovato la lettera, mettendo sul chi vive la moglie, ma era stato un gesto avventato, contro ogni buonsenso. Potevano derivarne guai colossali se Simona avesse rivelato l'alias di Seb alla polizia dopo la sua morte. Ma a quanto pare fino a quel momento non l'aveva fatto, oppure gli investigatori non avevano dato alcun peso alla cosa.

Per una frazione di secondo, Greta provò pena per Simona, per quella donna innocente e malcapitata che era stata per anni bersaglio facile del caratteraccio di Seb. Come era successo a lei, aveva assaggiato i suoi accessi d'ira, la brama di dominio, la sete di umiliazione. Chissà quante volta l'aveva mortificata, strapazzata, perfino malmenata. E ora era stata rinchiusa in carcere senza meritarlo, martire sciagurata delle circostanze, vittima di un'ingiustizia. E per giunta aspettava un bambino.

Ma tanto meglio per me. Che quella sfigata si arrangi.

Forse avrebbe dovuto dispiacersi per lei, ma in verità non provava alcun rimorso per la donna accusata al suo posto, né compassione. Non era nel suo stile mettersi nei panni degli altri, immedesimarsi, né era incline ai pentimenti. Scaricare la colpa su qualcun altro era la soluzione migliore.

Mentre spulciava Internet, fu sbalordita nell'apprendere che a portare all'arresto era stato l'esame delle telecamere di video sorveglianza della zona, che avevano ripreso Simona nei pressi del Pincio, nella fascia oraria in cui era morto il marito.

Greta si domandò con inquietudine cos'altro avessero catturato le telecamere di sicurezza, di cui tra l'altro ignorava l'esistenza. Continuò a leggere e scoprì che la polizia non possedeva una registrazione dell'omicidio, tuttavia un testimone oculare sosteneva di aver visto una donna spingere con molta forza la vittima oltre il muretto di recinzione. La prima ipotesi del suicidio era stata smentita proprio da tale testimonianza.

Leggendo quelle informazioni, Greta ricordò con inquietudine le criptiche parole della vagabonda del Pincio. *Io c'ero, ho visto chi è stato.*

Mentiva! Se l'avesse vista realmente mentre spingeva Seb, l'avrebbe riconosciuta quel giorno stesso al Pincio. La donna si era vantata a sproposito, conosceva quei tipi.

In ogni caso, non aveva nessuna importanza. Ormai Greta non doveva preoccuparsi più di nulla, non rischiava più la prigione. Si era scaricata dalle spalle un peso insopportabile. Era avvenuto un miracolo: la polizia aveva un colpevole. E non era lei.

29

AMANDA

4 luglio, lunedì

«Vorrei che restassi», dissi con decisione.
«Anche io. Mi piacerebbe non dover tornare laggiù».
Avevo trovato Gianfranco in soggiorno, già sbarbato di fresco, vestito e pronto a ripartire. Non mi aveva neppure svegliata per far colazione insieme, ma io lo avevo udito aggirarsi per casa ed ero saltata giù dal letto per raggiungerlo prima che partisse.
«E allora perché non rimani davvero? Ti prendi qualche giorno di ferie...», proposi.
Gianfranco sospirò enfaticamente. «Sai che non posso, la mole di lavoro in questi giorni è indescrivibile».
Mi strinsi contro di lui. Evitai di insistere per non sembrare una moglie lamentosa, però ero delusa e la prospettiva di restare di nuovo sola mi spaventava.
«Scusa, amore», mormorò lui, liberandosi dalla mia stretta. «Meglio che vada o il traffico diventerà infernale».
Gianfranco mi era parso sinceramente dispiaciuto di ripartire. Per due giorni mi aveva coccolata, si era offerto di preparare da mangiare, aveva dato una mano in casa, mentre io avevo cercato di assaporare ogni istante passato insieme.
Eppure, appena restai sola, dentro di me scattò qualcosa. D'un tratto capivo che qualcosa non funzionava tra noi. O forse non funzionava *più*.
Sapevo che non c'era motivo di sentirmi abbandonata, eppure fui sopraffatta da un senso di isolamento, dall'irragionevole sensazione di essere stata messa da parte, come se i miei bisogni passassero in secondo piano di fronte al lavoro di Gianfranco. Come se lui non avesse ancora tagliato del tutto i ponti con la vecchia vita e sotto sotto la preferisse a quella insieme a me a Roma. La città nella quale, per inciso, lui stesso mi aveva persuasa a vivere.
Sentendomi parlare in quel modo, mia sorella mi avrebbe definito una mocciosa viziata. "Condurre una relazione a distanza

con tuo marito è un sacrificio così grande?", avrebbe chiesto retoricamente.

Mi ritrovai a pensare alla famiglia e agli amici lontani. Spinta dalla nostalgia, presi lo smartphone e per qualche minuto mi immersi in Instagram e Facebook, inviando messaggini a destra e a manca. La tentazione di rifugiarmi sui social media era forte, ma ero ben cosciente che non avrebbe rappresentato una soluzione alla mia solitudine. Né volevo ripetere gli errori del passato, quando ero stata a un passo dal distruggere il mio matrimonio per colpa di un tizio conosciuto online.

Fui sul punto di chiamare Dora, ma non era giusto asfissiarla solo perché le mie giornate erano vuote e tutte uguali.

Gironzolai per la stanza prendendo oggetti e cambiando collocazione, per poi rimetterli allo stesso posto di prima, insoddisfatta di qualsiasi soluzione. Decisi che quella casa necessitava di un approccio minimalista. Meno ninnoli, meno mescolanza di colori. Spostai più volte i mobili, alla ricerca di una disposizione che valorizzasse l'appartamento. Svuotai altre scatole, infine passai l'aspirapolvere.

Per una frazione di secondo pensai a Greta al piano di sotto, probabilmente tutti quei rumori la disturbavano.

Ti sento. Sento i tuoi passi.

E io che avrei dovuto dire, quando la sentivo accapigliarsi con la coinquilina o quando strusciava i piedi con la sua andatura flemmatica?

Normalmente mi sarei preoccupata di non risultare rumorosa, ma per qualche inspiegabile ragione Greta tirava fuori il peggio di me. *Andasse pure al diavolo*, pensai con un pizzico di perfidia.

Affaccendata tra una cosa e l'altra, esaurii le forze per spostare mobili e svuotare scatole. Mi ritrovai a chiedermi tristemente che cosa avrei fatto del resto della mia vita una volta finito di sistemare casa. Avrei avuto un mucchio di ore vuote da riempire, prima di trovare un nuovo lavoro.

Per rilassarmi, decisi di dare un'occhiata al romanzo incompiuto di Anita. Presi in mano i fogli e cercai di raccapezzarmi.

Mi apparve subito chiaro che non si trattava di uno scritto organico. Avevo sufficiente esperienza di bozze di libri per capire che Anita non era arrivata a terminare neanche una prima stesura. C'erano pochi capitoli dattiloscritti più o meno completi, densi di cancellature e correzioni; altri abbozzati e lacunosi, il resto (scritto a mano, alla rinfusa) era costituito da annotazioni frammentarie, in pratica un'accozzaglia di appunti sconclusionati, senza numerazione o alcun ordine.

Cominciai dalla parte scritta a macchina e mi resi subito conto che nonostante si capisse al volo che Anita non era pratica di narrazione (il testo era rozzo, deturpato da alcuni sfondoni grammaticali), il suo racconto non era il mattone indigesto pronosticato da Gianfranco. Alcuni passaggi risultavano prolissi e adottavano uno stile ampolloso. La trama era piena di buchi narrativi e in alcuni punti la storia perdeva fluidità diventando farraginosa. Tuttavia, era facile lasciarsi assorbire.

Ebbi l'impressione che Anita avesse iniziato il romanzo con un'idea, ma in seguito ne avesse sviluppata un'altra, così che il tutto aveva preso la piega di un mystery.

Ero immersa nella lettura, quando squillò il telefono.

La voce tranquilla di Rita mi salutò con calore. Dopo i primi convenevoli, mi confidò: «Sai, in questi giorni non ho fatto altro che rimuginare su quello che mi hai detto a proposito di quel tale ucciso a Roma, quel Sebastiano Levani».

«Mi dispiace di averti turbata».

«Il fatto è che mi sono tornate in mente delle cose...».

«Ti sei ricordata di lui?».

«No, non è questo». Sentivo il suo respiro irrequieto attraverso il telefono.

«Non tenermi sulle spine, Rita».

«Sai che ho passato con mia cognata gli ultimi giorni in ospedale. Ho cercato di restarle accanto il più possibile. Soffriva tanto e i sedativi la stordivano. Comunque, a un certo punto prese a straparlare».

Restai in attesa che continuasse.

«Diceva di essere in pericolo, che qualcuno la voleva morta. Insisteva che volevano ucciderla».

«Oh! Possibile che fosse davvero in pericolo?».

«Non credo si riferisse a nulla di concreto. Era sotto morfina, povera cara. Il medico parlò di delirio premorte. Colpisce spesso i pazienti oncologici terminali perché difficilmente il trapasso è sereno».

«Deve essere atroce», considerai, colta da un brivido. «Ricordi altro?».

«No, confesso di non aver badato più di tanto a quei vaneggiamenti. Anita era sofferente e spaventata, come è comprensibile».

«Certo».

«Ma ora... beh, è strano, non trovi? Quel poliziotto ha insinuato che Anita possa essere stata messa a tacere e lei stessa temeva per la sua vita».

«Sì, è una curiosa coincidenza», ammisi.

Forse non c'era nessun mistero dietro le parole di Anita, dettate quasi certamente dall'agonia. Eppure, i dubbi di Adriano continuavano a risuonarmi dentro.

Rita sembrò tergiversare ancora. «E poi...».

«E poi cosa?».

«Se devo essere proprio sincera, a suo tempo non mi è sembrato significativo e in seguito mi è passato di mente. Il fatto è che nelle sue ultime ore di vita, Anita ha parlato molto dei suoi scritti. Diceva che nel suo libro si trovava la prova che era in pericolo, che l'aveva nascosta lì, o qualcosa del genere».

«Nel suo libro», riecheggiai.

«Sì, ha fatto qualche velato riferimento, niente di più. Però continuava a chiedermi di nascondere il suo scritto. Non faceva che ripetere: "È al sicuro, vero? Lo hai messo al sicuro?" Insisteva tanto...». La voce di Rita si incrinò. «Ho pregato che si spegnesse alla svelta, povera cara...».

«Stavo dando una scorsa al suo libro proprio prima che mi chiamassi», la interruppi per tentare di tranquillizzarla.

«Sono contenta che tu gli stia dedicando del tempo».

«Mi sembrava giusto farlo e comunque è una lettura piacevole. È una sorta di giallo».

«Se dici che si tratta di un giallo, è possibile che Anita confondesse finzione e realtà», osservò mia suocera.

«Non è da escludere».

«Sono sicura che non soffrisse di manie di persecuzione. Eppure... beh, non so proprio cosa pensare», concluse.

Cadde un insolito silenzio tra noi. Poi Rita cambiò rotta in modo repentino, come pentita di aver accennato alle bizzarrie della cognata.

«A ogni modo, è davvero improbabile che Anita fosse coinvolta in quel caso d'omicidio, tanto più che hanno già preso il colpevole».

«Davvero?», mi stupii. «E chi è?».

«Ne hanno parlato al telegiornale. Dicono che sia stata la moglie. Hanno addirittura un video che la riprende sul luogo del delitto».

La notizia mi colpì. Subito dopo la telefonata, cercai di reperire informazioni in rete e appresi che le indagini coordinate dalla procura capitolina avevano portato all'arresto della moglie di Sebastiano Levani. La donna era stata ripresa dalle telecamere di sorveglianza nei pressi del Pincio, intorno all'ora del delitto. Leggere il nome della donna mi fece una notevole impressione: Simona Valle. Lo stesso cognome di Adriano.

Dunque, indagava per conto della sorella, anche se mi aveva indotta a pensare che non ci fossero indiziati per l'assassino del cognato.

Tornai a guardare le immagini della donna, ripresa mentre veniva condotta via da casa dalla polizia. Una donna minuta, dal viso grazioso e l'aria fragile, penosamente inconsapevole di quanto stava accadendo.

Immaginai quello scricciolo circondato dai giornalisti, come uccelli famelici in agguato, determinati a sbranarla viva, a fare a pezzi la sua vita pur di racimolare qualche notizia sensazionale. Provai pietà per lei, sentendo in cuor mio che era stata accusata ingiustamente.

30

GRETA

Nonostante l'enorme senso di liberazione nell'apprendere che qualcun altro era finito in manette al suo posto, a Greta non fu risparmiata una notte agitata. Dopo aver fatto sogni orribili, restò in uno stato di dormiveglia tutta la mattina. Alla fine si svegliò definitivamente tutta dolorante e prostrata tra le lenzuola impregnate di un sudore freddo e acre. Le sarebbe piaciuto concedersi un altro po' di riposo, restare a letto a sonnecchiare, ma le immagini degli incubi notturni continuavano ad assillarla, e così si alzò.

Rosi canticchiava allegra in bagno. Era tornata la sera prima dal weekend e aveva passato tutto il tempo a cianciare con le amiche al telefono con la sua vocetta acuta. Con lei invece si era dimostrata insolitamente taciturna, anzi si erano salutate a malapena. Greta non ne era stupita: Rosi era un tipo orgoglioso, dopo i diverbi di solito non le rivolgeva la parola per giorni, figuriamoci ora che c'era stata una lite coi fiocchi. Greta però benediva quella quiete, le oziose ciance di Rosi non le mancavano affatto. Fin troppo spesso aveva dovuto sorbirsi i suoi interminabili resoconti sul fine settimana passati in famiglia o con l'amato Freddie che di tanto in tanto veniva in Italia. In quei momenti moriva dalla voglia di metterle le mani al collo e strozzarla per farla tacere.

Aveva controllato il profilo Instagram di Rosi nel tentativo di scoprire cosa la rendesse così di buonumore, ma aveva visto solo alcune foto scattate con la famiglia durante il weekend.

Dopo aver consumato la colazione appartata in camera sua, Rosi uscì per andare al lavoro, salutandola freddamente. Greta non aveva intenzione di chiederle scusa. Non le fregava un beneamato accidente farlo. Si rifiutava anche di rompere il silenzio per prima. Tuttavia, c'erano alcune questioni pratiche da affrontare con la sua inquilina e ben presto Greta avrebbe dovuto tentare una riconciliazione. Prima di tutto, aveva necessità di un prestito per pagare le quote arretrate del condominio. Non le piaceva dipendere dagli altri, ma il bisogno di denaro stava diventando un serio problema.

Non aveva intenzione di andare da uno strozzino, piuttosto li avrebbe rubati. Sapeva fin troppo bene cosa significava ricorrere a quelle sanguisughe, la sorella ne aveva fatto esperienza con spiacevoli conseguenze a cui preferiva non pensare.

Il misero stipendio che le passava Giorgio non bastava a coprire tutte le spese, avrebbe dovuto trovare un modo per arrotondare. La vita in quel quartiere della malora non era a buon mercato, non c'era neanche uno straccio di discount e tutto aveva prezzi esorbitanti. Le sigarette, poi, costavano un occhio della testa ovunque. Tra le uscite di quel periodo c'erano anche le tasse che il dannato governo pretendeva solo perché possedeva una casa, per non parlare delle bollette di luce e gas che lievitavano costantemente. Se solo quella mani bucate di Rosi avesse contribuito a risparmiare sui consumi!

Al piano di sopra stavano facendo grandi pulizie. Si udivano rumori sordi ma fastidiosi, il ronzio dell'aspirapolvere che strusciava sul pavimento avanti e indietro, passi concitati, sedie trascinate, sportelli chiusi di colpo, porte sbattute. Amanda si muoveva inquieta.

Greta non ce la faceva più a sentire quella cacofonia. Avrebbe scommesso che Amanda passasse ore a pulire l'appartamento, a fare il bucato e stirare. Era sempre così schifosamente dinamica. Se la vedeva a lustrare tutto il santo giorno come una brava casalinga anni Cinquanta che passava il tempo affaccendata e la sera accoglieva il maritino con un bacetto sulla guancia e la cena pronta in tavola. Per lo meno l'avrebbe fatto, se lui fosse tornato tutte le sere.

Doveva essere una di quelle fanatiche maniacali che hanno anche un canale Instagram dove danno consigli domestici e forniscono trucchetti per una casa perfetta.

Tuttavia, Greta smaniava all'idea di entrare in quell'appartamento, ne era elettrizzata. Stava aspettando il momento giusto. Per il momento Amanda non sembrava intenzionata a uscire, ma prima o poi sarebbe andata in piscina. Ormai aveva individuato le sue abitudini.

Greta si alzò e uscì sul terrazzo. Passò di vedetta buona parte della mattinata, attendendo con trepidazione che Amanda lasciasse il campo libero. Si sarebbe presentata a breve con la solita tenuta spensierata: un abitino estivo che arrivava alle ginocchia e occhialoni scuri da diva.

Nel frattempo, Greta vide sfilare un buon numero di fannulloni perdigiorno che si recavano in piscina. Molti erano ragazzi o bambini che dopo la chiusura della scuola si erano riversati fuori casa, accompagnati da mamme casalinghe o baby sitter. Poi c'erano gli anziani ormai in pensione e infine i nullafacenti. Anche loro erano oggetto dell'invidia di Greta perché non andavano a lavorare, non avevano responsabilità e potevano permettersi di starsene tutto il santo giorno al sole, sbracati e spensierati. Beati loro.

Mentre Greta faceva la posta ad Amanda e teneva d'occhio la piscina, la sua mente svolazzò di qua e di là fino a soffermarsi sulla sua vita. Il futuro le sembrava sconfortante e informe, il presente senza speranza. Quando pensava agli anni o persino ai mesi a venire, la sua mente vacillava.

Con la testa satura di quei pensieri, osservò Cristina Parisi e Virgil, l'aggiustatutto dello stabile e suo braccio destro, impegnati a confabulare. Di certo si erano coalizzati contro di lei. Nessuno dei due le andava a genio ed era pronta a giocarsi un braccio che fosse reciproco. Di sicuro non avevano nessun riguardo per i suoi problemi, vista la marcata tendenza a fare favoritismi.

In verità conosceva tutti i residenti in modo superficiale, eppure li odiava uno per uno. Per precauzione non si era mai avvicinata a nessuno di loro. Aveva evitato di farsi notare, cercando di interagire il meno possibile, era rimasta in ombra, senza partecipare alla vita del condominio. Il che si traduceva nel badare ai fatti suoi e pretendere di essere lasciata a sua volta in santa pace.

Seb si era preso la briga di istruirla in proposito. *Mantieni un basso profilo, ma segui le regole, sforzati di essere cordiale e impara a mascherare le tue emozioni negative. Devi attenerti scrupolosamente agli obblighi sociali se vuoi mimetizzarti.*

Greta doveva ammettere di non aver seguito alla lettera le sue indicazioni. Quella gente aveva capito subito che lei non era una di loro, che non aveva niente a che spartire con quel posto. La consideravano una zoticona, una dai modi rozzi e sguaiati, cresciuta senza un'appropriata educazione, una che non sapeva come comportarsi con le persone. In breve tempo era diventata impopolare.

Greta sapeva che per loro sarebbe stata sempre un'estranea, non sarebbe mai diventata un membro della tribù. Quello non era il suo mondo, non lo era mai stato, neanche aveva senso provare ad adattarsi. Non si era mai sforzata di essere simpatica o di andare d'accordo con gli altri perché non le importava nulla di entrare in sintonia con loro, non si fidava di nessuno. O almeno era quello che si ripeteva, perché non le faceva affatto piacere essere guardata con sospetto, avvertire mormorii beffardi o notare risatine di derisione. Gli adolescenti la trattavano come una vecchia suonata, gli adulti come una stracciona.

Era pronta a scommettere però che con i coniugi Ferrante la comunità delle Tre Ginestre era stata molto accogliente. Di sicuro tutti facevano a gara a fare i carini con loro e presto i Ferrante sarebbero diventati i beniamini del posto. Era così nauseante!

L'andirivieni di persone andò avanti per un po' finché la paziente attesa di Greta fu ricompensata. Finalmente in piscina comparve Amanda, con un prendisole striminzito e l'aria da guardatemi-sono-qui. Procedeva senza premura, del resto non aveva nulla da fare tutto il santo giorno.

Proprio come previsto. Era molto abitudinaria, di solito si cambiava nello spogliatoio, faceva la doccia e poi si tuffava. Nuotava a lungo come un pesce, infine si stendeva a prendere il sole. Talvolta si soffermava a chiacchierare con qualcuno oppure si immergeva nella lettura di un libro. Rituali che duravano almeno un paio di ore. Greta avrebbe avuto tutto il tempo per introdursi nel suo appartamento. Era in fibrillazione, euforica in maniera incontenibile, anche se non avrebbe saputo dire esattamente perché.

31

GRETA

Si mosse velocemente, pregando di non incontrare nessuno mentre saliva al piano di sopra in punta di piedi. Fece gli scalini due alla volta. Non stava nella pelle. Era così emozionata che le chiavi le scivolarono via dalle dita sudate e dovette recuperarle dallo zerbino. Aprì la serratura. Facile come bere un bicchiere d'acqua, pensò eccitata.

Chiuse il più silenziosamente possibile la porta e sgusciò dentro l'appartamento. Si era ripromessa di dare solo una rapida sbirciatina, fare una specie di giro di ricognizione senza lasciare tracce del passaggio. Se Amanda fosse rientrata in casa e l'avesse beccata a curiosare tra le sue cose, non ci avrebbe pensato due volte a denunciarla alla polizia.

Sapeva di fare qualcosa di sbagliato, di commettere un'azione illegale, ma non le importava. Sapeva anche di correre un grosso rischio, e soprattutto un rischio stupido, inutile, ma non poteva farne a meno. Doveva ammettere che il pericolo esercitava un suo fascino, la faceva sentire temeraria, audace, potente.

In un primo momento rimase in mezzo all'ingresso, senza sapere bene dove andare. Le scarpe da ginnastica producevano parecchio rumore. Se le sfilò, anche se non c'era nessuno dabbasso che potesse udire i suoi passi furtivi. Si inoltrò nell'appartamento a piedi nudi.

Prese ad aggirarsi per le stanze. *E così questo è il loro nido d'amore*, pensò, spaziando lentamente con lo sguardo. Non era come se l'era aspettato. Il soggiorno era ingombro di scatoloni, alcuni aperti, altri sigillati, ma c'erano anche tracce di insediamento, come i ninnoli che ornavano le mensole, i cuscini sul divano e un paio di quadretti alle pareti. Tutto rivelava buongusto, attenzione ai dettagli e soprattutto disponibilità economica. I Ferrante se la passavano bene, concluse Greta.

Sarebbe diventata una casa accogliente, appena sistemata. A Greta sarebbe piaciuta un'abitazione simile, ma sapeva che avrebbe implicato un sacco di lavoro e lei era troppo pigra per occuparsene.

Quando aveva preso possesso del 9B, si era limitata a gettar via la roba personale dei precedenti proprietari, si era disfatta dei documenti, dei certificati, delle fotografie e di altre scartoffie, mentre aveva lasciato intatto il resto. Sfortunatamente si trattava di roba scadente e non aveva trovato cimeli di famiglia o pezzi d'antiquariato da rivendere.

Attraversò il soggiorno dei Ferrante con passo felpato, allungando lo sguardo dappertutto, in preda a una strana esaltazione, una forte sensazione di potere. Nelle sue intenzioni doveva condurre solo un'esplorazione innocente, ma si sentiva elettrizzata dalla trasgressione di quella visita, non riusciva a tenere a posto le mani, così cominciò a toccare qua e là come se esaminasse la merce in un negozio. Fece scorrere le dita sui mobili, provò ad aprire qualche cassetto e spiare il contenuto. Sapeva però di dover agire con cautela per non farsi sorprendere con le mani nel sacco. Era necessario controllarsi perché se avesse seguito l'istinto, avrebbe finito per buttare tutto all'aria e addio discrezione.

Uno degli scatoloni era pieno zeppo di libri, quasi tutti tascabili. Greta ispezionò pigramente il contenuto ma la scelta dei titoli non le diceva nulla. Non se ne intendeva, leggere era così noioso per lei.

Entrò in cucina. Anche lì c'erano segni di lavori in corso, ma regnava un discreto ordine. Al contrario di casa sua, nel lavello non giacevano piatti da lavare e le superfici erano pulite. Dunque era lì che Amanda aveva giocato a fare la pasticciera.

Aprì il frigorifero e osservò con attenzione il contenuto, godendo al contempo del refrigerio. Era convinta che dal contenuto di un frigo si potessero capire molte cose su una persona. In quel caso non ci furono sorprese perché i ripiani erano occupati da diverse varietà di frutta e verdura, oltre a un bricco di latte di soia, una confezione di tofu e dei vasetti di misteriosa roba vegana. Greta storse il naso. Niente degno d'attenzione. Ispezionò la dispensa, che a sua volta non le rivelò nulla di interessante: altri noiosi cibi salutari che testimoniavano la tendenza di Amanda a essere schizzinosa e attenta alla salute. Adocchiò però alcune tavolette di cioccolata, di quelle con cacao biologico e senza latte, ne prese una e la fece scivolare in tasca.

Come prevedibile, c'erano poche tracce di Gianfranco in casa. Il bagno in particolare era quello di una donna in tutto e per tutto. Greta si avvicinò al lavandino ed esaminò il ripiano su cui erano disposti con ordine: una spazzola, un beauty case, uno struccante e un vasetto di crema. Aprì la cerniera dell'astuccio che conteneva un buon assortimento di cosmetici. I segreti di bellezza di Amanda. Manifestazioni di grande vanità. Proprio come Malina che non poteva fare a meno di spendere soldi a carrettate per quelle diavolerie. Tutto in quell'appartamento parlava di frivolezza, di una esistenza protetta fatta di preoccupazioni superficiali. Che cosa vomitevole.

Svitò il flacone di crema e ne annusò la fragranza delicata. Non resistette alla tentazione di spalmarsene un po' sul viso. Doveva costare una fortuna, a giudicare dalla consistenza vellutata e dal profumo di fiori appena colti. Ecco come faceva Amanda ad avere la pelle così levigata, mentre la sua era secca e spesso screpolata. Greta provò una sensazione esaltante nel sentire la freschezza della crema mentre massaggiava il viso con dita inesperte. Amanda sarebbe montata su tutte le furie se avesse scoperto il suo piccolo furto.

Era sicura che l'amabile Amanda non avesse mai lavorato seriamente in vita sua, non sapeva cosa significasse guadagnarsi da vivere col sudore della fronte, risparmiare fino all'ultimo centesimo o essere costretti a violare la legge per tirare su qualche soldo per mangiare. Tanto meno sapeva cosa significasse avere preoccupazioni economiche, a giudicare dai beni costosi che vedeva in giro. Di certo era cresciuta tra gli agi e aveva ricevuto un'educazione raffinata che l'aveva resa di gusti altrettanto ricercati.

Prima di addentrarsi in camera da letto, si fermò e aspettò di sentire una chiave girare nella toppa, con l'ansia di venire sorpresa e restare intrappolata.

In camera da letto le tapparelle erano abbassate e nella stanza c'era profumo di pulito. Greta si diresse verso l'armadio e non si fece scrupoli ad aprirlo. Alcuni abiti di classe erano accuratamente appesi sulle grucce. Di sicuro pagati profumatamente. Altri indumenti più casual ma alla moda giacevano sul ripiano dell'armadio, in pile ordinate. Per alcuni secondi Greta assaporò con gli occhi ciò che vedeva. Amanda doveva essere una di quelle donne che amano fare shopping, che se ne vanno in giro per negozi facendosi tentare da tutto quello che vedono nelle vetrine, senza preoccuparsi di fare economie.

Mentre faceva quelle considerazioni, in Greta affiorò un sentimento astioso. Si sentì pungere dall'invidia per la vita che emergeva da quella casa, così spensierata, così perfetta. Prese a calci l'armadio con i piedi scalzi e poi imprecò per il dolore che si era procurata.

Avrebbe voluto afferrare quei vestiti e ridurli a brandelli, vandalizzare l'intera stanza. Stava per mettere in atto quella mossa, ma prevalse il buonsenso. Non voleva farsi scoprire, anzi spasimava dalla voglia di tornare, di far diventare quel vagabondare in casa Ferrante una specie di hobby segreto.

Il letto era stato rifatto meticolosamente, il copriletto ben lisciato e rimboccato. In uno slancio impossibile da contenere, Greta tirò da un lato la sovraccoperta e si distese sulle lenzuola. Le trovò fresche e morbide, confortevoli a contatto con la pelle. Dovevano essere molto più pregiate delle sue, in economico tessuto sintetico. Allungò una mano sudaticcia verso il comodino, prese il telecomando del ventilatore a soffitto e lo accese alla massima velocità. Lasciarsi accarezzare dall'aria era piacevole. Adagiata comodamente, chiuse le palpebre e indugiò a lungo sull'immagine dei due sposi avvinghiati in quel letto.

Visualizzò Gianfranco chino su Amanda languidamente stesa, mentre faceva scorrere le dita sulla pelle di lei. Visualizzò le morbide curve di Amanda, i capelli ricci sparsi sul cuscino, osservò lui mentre si spogliava con voluttà, svelando un corpo tonico e atletico. Greta accarezzò con la mente i bei lineamenti di Gianfranco esaltati da una rasatura impeccabile. Mentre l'aria vorticava sopra di sé, Greta si crogiolò nella vivida immagine mentale dei due corpi denudati e snelli, l'uno nelle braccia dell'altra, mentre si baciavano e rotolavano di qua e di là. Si soffermò con indolenza su ogni dettaglio. Chissà se nell'intimità usavano dei vezzeggiativi o si lasciavano andare a un linguaggio spinto.

D'un tratto però all'attraente volto di Gianfranco si sovrappose quello di Seb. Un volto un tempo affascinante, ora imbruttito, deturpato. Un'immagine così vivida che a Greta parve per un attimo di tornare a quella notte.

Le sembrò quasi di essere fisicamente trasportata sul Pincio, le parve perfino di udire i suoni in lontananza, le sporadiche auto che transitavano in via del Muro Torto, gli schiamazzi degli ubriachi, gli strepiti degli uccelli notturni, i rumori striduli del camion dei netturbini.

Si rivide mentre si calava oltre il parapetto e si tuffava nell'oscurità, sorreggendosi ai rami sporgenti e contorti.

A marcia indietro, si era aperta un varco tra l'intricata massa di rovi e, strisciando lungo il ripido pendio, aveva percorso una decina di metri, pregando di non precipitare a capofitto anche lei. Per un tratto aveva mantenuto la luce del telefono accesa, ma poi aveva dovuto infilarlo in tasca per reggersi ai rami con entrambe le mani. Si era trascinata a tentoni all'indietro, sul terreno accidentato, sdrucciolevole e ingombro di rifiuti, soprattutto lattine vuote e vetri di bottiglie rotte, colpa di chi usava quel posto come una discarica.

Era una notte limpida ma senza luna e, con la scarsa illuminazione dei lampioni che proveniva dalla strada in basso, Greta aveva rischiato di scivolare a ogni passo. La pendenza era pericolosa, più volte gli arbusti l'avevano graffiata, i capelli si erano impigliati tra le foglie, aveva sbattuto le ginocchia contro i sassi e si era imbrattata mani e vestiti di terra.

Se ci ripensava, si chiedeva come fosse riuscita a cavarsela in quella folle discesa, lei che non aveva alcuna destrezza fisica e che soffriva anche di vertigini. Doveva essere stato l'effetto della botta di adrenalina.

Infine, era atterrata là dove era rotolato Seb. Aveva fatto luce con il display del telefono e con il cuore in tumulto si era inginocchiata tra le frasche per verificare in che condizioni fosse Seb: giaceva in una posa scomposta in mezzo a un groviglio di rovi, disteso a pancia in su, ancora vivo. Greta non aveva avuto bisogno di controllargli il battito, poteva udire il suo respiro cupo e rantolante, i lamenti inarticolati da belva ferita. Era sopravvissuto alla rovinosa caduta, ma bastava un'occhiata al corpo martoriato per capire che fosse in fin di vita. Gli occhi vitrei, allucinati, le pupille dilatate, la bocca insanguinata che gorgogliava parole incomprensibili. Uno stato di stupore e di rimprovero si univano nel suo sguardo, come se non potesse credere a ciò che gli era capitato. Il sangue sgorgava come una fontanella dalla bocca e fuoriusciva da una ferita alla nuca, riversandosi sul terreno in una pozza scura. Doveva essersi fracassato la testa contro una roccia.

Greta non avrebbe saputo dire di preciso quanto tempo Seb avesse passato in quelle condizioni strazianti. Doveva aver sofferto le pene dell'inferno, aver sopportato dolori atroci durante la lenta agonia.

Era rimasta a guardarlo in uno stato di stordimento, finché aveva udito distintamente il rantolo della morte, l'ultimo rumoroso e sofferto respiro, e in quel momento il guizzo stupefatto negli occhi era sparito, lasciando il vuoto: le pupille appannate, cieche, sbarrate nel nulla. Le lacerazioni avevano smesso di sgorgare sangue, i polmoni avevano cessato di lavorare, il battito del cuore si era fermato.

Inorridita, Greta era balzata indietro come se avesse ricevuto un pugno in piena faccia ed era rimasta accucciata tra i cespugli, incapace di venire a patti con ciò che era successo, il corpo scosso da singulti senza lacrime.

Si può amare e odiare allo stesso tempo qualcuno? Se sì, era proprio ciò che aveva provato in quel momento. Il suo cuore si era riempito di dolore per la perdita e al tempo stesso di astio, di risentimento.

Hai avuto ciò che meritavi, aveva detto alla figura umana immobile davanti a sé, prima di scivolare in uno stato di irrealtà.

Non sapeva quanto tempo avesse trascorso raggomitolata a terra, in equilibrio precario tra le frasche, davanti al cadavere di Seb, con la felpa e i jeans ormai tutti macchiati di sangue. Il suo cervello si era come spento per un tempo indefinibile, mentre la coscienza si era rifugiata in un rassicurante oblio.

Probabilmente sarebbe stata perseguitata per tutta la vita da quei momenti, dalla visione di Seb, dai suoi occhi spalancati nel vuoto.

32

GRETA

Di scatto Greta tornò in sé, sussultando violentemente sul materasso, come se fosse stata fulminata da una scarica elettrica.

Da quanto era in quella casa? Aveva perso la cognizione del tempo. Balzò giù dal letto, aspettandosi da un istante all'altro che la porta d'ingresso si aprisse e sbucasse Amanda. L'avrebbe colta sul fatto e scambiata per una ladra, avrebbe avvertito la polizia. Gesù, tutto sarebbe andato in rovina perché si era fatta prendere dalla smania di ficcanasare.

Mentre recuperava le scarpe dal pavimento del soggiorno, la sua attenzione cadde sul portatile parcheggiato sul tavolo.

Si stava facendo tardi. In base alle sue abitudini, Amanda sarebbe risalita dalla piscina da un momento all'altro. Ma la curiosità ebbe la meglio. Chissà quanti segreti nascondeva quel computer. Vi avrebbe buttato un occhio rapidamente. Grazie a un pizzico di fortuna il portatile era acceso, così non dovette vedersela con una password.

Provava avversione per quei marchingegni diabolici, a volte pensava di essere nata nel secolo sbagliato. Si destreggiava male tra i programmi, comunque si sforzò di spulciare il contenuto del disco, guardandosi in continuazione alle spalle.

Il portatile rifletteva nei contenuti la personalità di Amanda, niente di più. Intrufolarsi nell'account di posta elettronica le diede una piccola scarica di eccitazione, ma avere a che fare con tutte quelle e-mail fu demoralizzante. Erano troppe per leggerle tutte. Come prevedibile, Amanda era molto gettonata anche nella vita virtuale. Scambiava una marea di messaggi con una certa Dora (La migliore amica? La sorella?) e tanti altri, che Greta presumeva fossero amici lontani. Greta provò a spulciare qua e là, poi abbandonò delusa il campo.

Forse la cronologia le avrebbe riservato qualcosa di più stuzzicante, pensò aprendo il browser. Si preparò a trovare siti piccanti, di sicuro Amanda era una vera sporcacciona, a dispetto della maschera da innocentina. Tuttavia, quando Greta recuperò l'elenco delle ricerche, ciò che trovò la lasciò scioccata e senza fiato.

Non riusciva a credere ai propri occhi. Gli ultimi siti visitati si concentravano tutti su Seb. Era pazzesco: Amanda aveva fatto uno sbalorditivo numero di ricerche su quello che i giornalisti avevano battezzato come il delitto del Pincio.

Greta si sforzò di assorbire quell'informazione, poi imprecò ad alta voce e restò inchiodata a fissare lo schermo, senza riuscire a leggere neppure una riga. Gli occhi le si erano appannati, li chiuse con forza come se con quel gesto potesse cancellare ciò che aveva trovato.

La realtà però continuava con crudeltà a imporsi ai suoi tentativi di eclissarla. E la realtà era che Amanda, quella vipera ficcanaso, stava infilando il becco in faccende che non la riguardavano. Quando il cervello riuscì a elaborare fino in fondo quanto aveva appreso, il panico le esplose dentro. La stanza si oscurò intorno a lei e le gambe ebbero un attimo di sbandamento.

Greta cercò di resistere. Non poteva permettersi di cedere, non poteva svenire in quella casa. Inspirò a lungo e a fondo, ma le boccate d'aria che riusciva a prendere furono brevi e spasmodiche. La testa era pesante, il collo faticava a reggerla. Dovette fare appello al poco autocontrollo in suo possesso per tenere a bada la paura.

Pian piano il battito rallentò e il respiro si fece meno convulso. Si era appena calmata, quando avvertì il rumore dell'ascensore che si fermava al piano. Si immobilizzò, schiacciata contro una parete, senza quasi osare respirare. Era troppo tardi per una ritirata strategica. Udì dei passi sul pianerottolo, un'ondata di paura le si riversò addosso.

Senza staccare gli occhi dalla porta d'ingresso, aspettò con disperazione che l'uscio si spalancasse. Ma non accadde e, dopo alcuni tormentosi secondi, i passi si allontanarono.

Si accorse che le dita avevano afferrato una manciata di capelli e li tiravano con forza, ignorando il dolore al cuoio capelluto. Con grande sforzo si costrinse a smettere e si precipitò fuori dall'appartamento.

33

AMANDA

Per mantenermi in attività avevo preso l'abitudine di andare in piscina a orari ben precisi, la mattina presto, prima che il posto si riempisse, e il pomeriggio inoltrato per godere della morbida luce prima del tramonto e assaporare i raggi solari sempre più bassi e tiepidi. Evitavo l'ora di massima affluenza e il picco di calore. Mi sembrava importante avere una routine a cui attenermi, anche se correvo il rischio di adattarmi a una vita abitudinaria e scivolare in un tran tran fatto di giornate tutte uguali.

Quel lunedì, a occupare gli ombrelloni c'erano persone di ogni genere. Trovai posto accanto a un gruppo di ragazzi intenti a ridacchiare e spintonarsi nella piscina. Leggere sarebbe stato impossibile, così mi tuffai subito per una nuotata. Molti bambini sguazzavano allegramente nell'acqua bassa e giocavano a schiaffeggiare la superficie schizzando ovunque, così mi allontanai dove la vasca era più profonda. Mi immersi più volte sott'acqua, poi mi lasciai galleggiare a pancia in su, fluttuando pigramente con gli occhi socchiusi. L'acqua era il mio elemento, mi rilassava.

Un frugoletto si mise a correre con le gambette paffute a bordo piscina. Si fermò davanti a me e mi fece ciao-ciao con la manina. Ricambiai, divertita.

Molti nel condominio avevano bambini piccoli e mi domandai se io e Gianfranco avremmo avuto un figlio presto o tardi. Lui non aveva mai fatto mistero di volerne, anzi lo dava per scontato, ma sui tempi in cui ciò sarebbe avvenuto non concordavamo. Dopo due anni di matrimonio, non mi sentivo ancora pronta a mettere da parte ogni cosa per fare la mamma. Tutti continuavano a dirmi che ero nell'età giusta per restare incinta, ma io avvertivo il richiamo di qualcosa di diverso e imprecisato.

Ero appena emersa dall'acqua, quando Gianfranco mi chiamò. La telefonata mi stupì perché ci eravamo lasciati da poco e a quell'ora del mattino era sempre molto preso da riunioni e clienti. Doveva trattarsi di una questione importante, così asciugai velocemente le mani e mi affrettai a rispondere.

Mi aveva chiamata per rimproverarmi di aver tartassato la madre *con ridicole insinuazioni sulla zia Anita*.

«Non dovresti affliggere la mamma con i ricordi della zia. La telefonata l'ha molto scossa».

«È stata un'idea tua che la chiamassi per sapere di quel Sebastiano».

«Sì, ma non volevo che le mettessi in testa teorie complottiste».

«Non ho fatto niente del genere. Che idea assurda!». Non era una novità che Gianfranco assumesse un atteggiamento difensivo nei confronti della madre, ma quelle accuse mi irritarono più del solito.

«Non ha senso rivangare avvenimenti dolorosi. La zia aveva la tendenza a parlare in modo enigmatico. E poi lo sai che era una malata terminale, aveva metastasi dappertutto. Mancava di lucidità, era una donna spaventata, chi non lo sarebbe stato al posto suo?». Sentivo la crescente esasperazione nella sua voce.

«Sì, è comprensibile, ma...».

«La verità è che la zia da quando era rimasta vedova e viveva tutta sola, aveva le sue stranezze. E andare in pensione non ha giocato a suo favore».

Chiusi la discussione in fretta, mortalmente seccata. L'intransigenza di Gianfranco non mancava mai di rovinarmi l'umore. Non resistetti un minuto in più in piscina e decisi di tornare su.

Nell'aprire la porta d'ingresso, rimasi perplessa. Per abitudine davo due giri di chiave, mentre ora l'uscio era solo accostato. Cercai di fare mente locale, ma non ero sicura di aver dato una doppia mandata prima di uscire. Rimossi subito quel dubbio, con la testa che pullulava di altri pensieri.

34

GRETA

Greta si fiondò giù per le scale e si rintanò in casa in cerca di isolamento. Era trafelata e sudata e un tremito le scuoteva le mani. Si appoggiò alla porta cercando di riprendere fiato ed emise un lamento di disperazione. Si era illusa di avere il controllo della situazione e che bastasse starsene buona per un po', proseguire con la sua vita e far calmare le acque. Con l'arresto della moglie di Seb, aveva tirato un sospiro di evanescente sollievo, si era sentita al sicuro, ora però tutto veniva rimesso in discussione.

Un panico cieco le stava crescendo dentro, insieme a un senso di impotenza. Le sue paure, che fino a quel momento erano state come nebbia rarefatta, si stavano consolidando e si poggiavano su di lei come pietre pesanti.

Aveva intuito subito che quella Amanda le avrebbe creato problemi e probabilmente sarebbe stata la sua rovina, lo aveva sentito a pelle, come una sensazione che sale dalle viscere. La smorfiosa del piano di sopra ormai incarnava il pericolo, quel pericolo che credeva di aver schivato. Doveva sapere qualcosa di importante, doveva essere incappata nella verità, non era certamente una casualità che facesse delle ricerche così approfondite sulla morte di Seb.

In ogni caso, qualcosa non quadrava. Perché non l'aveva ancora consegnata alla polizia? Perché non erano ancora venuti ad arrestarla? Forse non avevano prove convincenti, perciò Amanda era impegnata a cercarle. Greta ripensò a Occhi Gelidi, il (probabile) poliziotto che Amanda aveva incontrato.

D'altra parte, se la polizia riteneva colpevole la moglie di Seb, perché continuare a indagare?

Le sue certezze di averla fatta franca si stavano sgretolando. *Finirò in galera come Malina*, pensò pervasa da un senso di orrore. Sarebbe stata una triste ironia della sorte, visto che si era sempre creduta migliore della sorella.

In un impeto di autocommiserazione, si disse che non c'era più scampo. Ma poi una voce subdola nella sua testa le chiese: cosa aspetti, di trovarti ammanettata? Devi fare qualcosa! Sei ancora in tempo.

Malina l'aveva sempre accusata di essere poco intraprendente, troppo passiva, apatica e indifferente a tutto, oltre che priva di qualsiasi ambizione. *Sei nata stanca.* Non aveva torto, era sempre stata una campionessa nel rimandare le seccature e tenere la testa sotto la sabbia di fronte ai problemi. Ma questa volta non poteva restarsene con le mani in mano in attesa che le cose si sistemassero da sole, doveva darsi una mossa, dedicare ogni energia a evitare la galera. Inutile continuare a ripetersi come un ritornello che sarebbe andato tutto bene.

Quali erano le alternative possibili? Era ancora in tempo per correre ai ripari o le conveniva levare subito le tende?

Faceva troppo caldo là dentro. La pelle gocciolava dappertutto di sudore. Non riusciva a concentrarsi, la sua mente ribolliva febbrile, ma distrattamente capiva che non aveva senso agire in modo precipitoso. Doveva saperne di più. Doveva fare un'altra incursione a casa di Amanda.

Ebbe di nuovo l'impressione di trovarsi sul bordo di un vertiginoso baratro. Non doveva guardarvi dentro perché se lo avesse fatto, i mostri informi che vi si nascondevano l'avrebbero trascinata nell'oscurità, l'avrebbero divorata. Per un attimo Greta ebbe sul serio la sensazione di precipitare, la vista si annebbiò e la testa ricominciò a girare. Si accovacciò a terra, chiuse gli occhi e cominciò a dondolarsi.

Amanda era imparentata con Anita, forse quest'ultima prima di morire si era confidata con lei sui suoi sospetti. Eppure Seb le aveva assicurato di essersi occupato di Anita, le aveva garantito che non le avrebbe più dato motivo di preoccupazione.

Anita era stata una delle prime persone che aveva conosciuto alle Tre Ginestre. Inizialmente c'era stata la Parisi che l'aveva indottrinata sulle regole condominiali; successivamente aveva avuto a che fare con Virgil il tuttofare, che le aveva offerto i suoi servigi, ovviamente a pagamento, sottolineando con dovizia di particolari che la casa era malridotta ma che sarebbe bastato qualche lavoretto per renderla accogliente. Greta non lo aveva mai chiamato, né aveva mai avuto intenzione di rimettere a nuovo l'appartamento.

Per evitare altri seccatori, aveva vissuto le settimane successive come una reclusa, barricandosi nell'appartamento, angosciata da sensazioni di inadeguatezza, sfuggente agli sguardi curiosi dei condomini. Il suo unico contatto con il mondo esterno era Seb. Finché alla sua porta si era presentata Anita. Il ricordo di quei momenti le risultava ancora nauseante.

Avrebbe preferito non rispondere al campanello, ma Seb le aveva raccomandato di non isolarsi e mostrarsi socievole con i condomini, così aveva fatto uno sforzo per calarsi nel personaggio della brava vicina e aveva accolto civilmente l'inattesa visita della pensionata del piano di sopra. Anita, una donna dagli occhi vispi vicina alla settantina, si era presentata con un piatto di dolcetti, per l'esattezza delle tortine di mele, e sottobraccio un album fotografico, la cui vista aveva reso Greta estremamente nervosa: non aveva abbastanza pazienza per sorbirsi la visione di un mucchio di foto di famiglia.

Volevo darti il benvenuto qui alle Tre Ginestre.

Avere a che fare con una vecchia signora pettegola e invadente era l'ultima cosa di cui Greta aveva bisogno, ma si era incollata in faccia un'espressione ospitale e si era sforzata di assecondarla. Le persone normali offrono qualcosa agli ospiti, si era detta. Così, attingendo alle sue modeste risorse di buone maniere, dopo aver fatto accomodare la donna si era offerta di preparare un tè.

Volentieri, se non è troppo disturbo per te.

Nonostante l'atteggiamento bonario, Anita si era rivelata una compagnia noiosa e logorroica. Aveva parlato per tutto il tempo dei Molinari, dei quali – a quanto pareva – un tempo era stata amica intima.

Fu Anita a tenere le redini della conversazione, bombardandola di banalità di circostanza e garbate osservazioni. I convenevoli non erano il punto forte di Greta, che si era sforzata per educazione di ascoltare. Aveva farfugliato timidamente qualche frase, soprattutto per paura di commettere errori fatali. Parlare della famiglia Molinari significava per lei navigare in acque insicure, perché non aveva informazioni su di loro, se non quel poco che le aveva raccontato Seb.

Cara Greta, sono così felice che tu sia qui, aveva cinguettato Anita.

Greta. Non si era ancora abituata a quel nome, che tra l'altro neppure le piaceva. Aveva un suono duro, sgradevole.

I tuoi nonni erano miei cari amici, abbiamo vissuto qui alle Tre Ginestre per tanti anni. Un tempo ci conoscevamo tutti, ci prendevamo cura l'uno dell'altro. Ogni cosa era diversa da ora.

A testimonianza di quelle stomachevoli parole, le aveva mostrato le foto custodite dell'album. Girava le pagine con lentezza esasperante, seduta spalla a spalla con Greta e invadendo più volte il suo spazio personale. E man mano che le illustrava il contenuto, raccontava a ruota libera episodi del passato, aneddoti sciroppposi che non suscitavano alcuna emozione in Greta. Quella donna sapeva molte cose, e ciò la faceva sentire a disagio. A tratti le sembrava una conversazione surreale. Tuttavia, mentre cercava di capire quale scusa poteva inventarsi per liberarsi di lei, Greta finse interesse e cercò di fare le osservazioni giuste, intercalate da svariati mugugni.

Nelle fotografie, i Molinari si presentavano come una banale coppia di anziani dall'aria puritana e all'antica. Con i loro abiti castigati, le acconciature antiquate e le pose artificiose, sembravano come teletrasportati da un'altra epoca. La loro unica figlia, Miriam, ovvero la madre di Greta, era una giovane brunetta, dal viso rotondo, l'aria smaliziata ma gli occhi infelici. Una ragazzina, poco più che adolescente. Non si poteva dire che tutti e tre interpretassero una famigliola felice, a giudicare dall'espressione austera dei genitori e dalla curva all'ingiù delle labbra della figlia.

Di colpo Greta si rese conto che Anita le aveva rivolto una domanda e dovette chiederle di ripetere.

Dicevo che sono profondamente dispiaciuta per la spaccatura che si è creata nella tua famiglia. I tuoi nonni erano davvero testardi! E lei ha sofferto tanto, sai?

Chi?

Tua madre.

Sì, lo immagino, si limitò a dire, sperando che quell'affermazione innocua avesse un senso. Addentò una delle tortine che aveva portato Anita.

L'anziana a quel punto aveva inarcato un sopracciglio, con aria poco convinta. *Lei ti amava, anche se non è facile da credere alla luce di ciò che è successo. Riesci a perdonarla?*

Cosa? Io... sì, certo.

L'impicciona parve sul punto di approfondire, ma si trattenne. La sua risposta sembrava averla sconcertata, ma Greta non aveva idea di cosa aggiungere. In quegli istanti di silenzio, Anita si guardò attorno soffermandosi su ogni dettaglio, come in cerca di qualcosa a cui appigliarsi per ficcanasare. Lo sguardo vagò per la stanza mentre Greta tratteneva il fiato e aspettava la prossima mossa dell'altra.

Qui è rimasto tutto uguale, ma vedo che hai tolto le foto dei tuoi nonni.

C'era un implicito rimprovero in quell'osservazione e Greta ne fu irritata. Non era tenuta a dare spiegazioni a quella sconosciuta ed era stanca di recitare quella commedia.

Preferisco lasciarmi il passato alle spalle.

Capisco e non posso biasimarti se certi ricordi suscitano il tuo risentimento. Per un po' io e la tua mamma siamo rimaste in contatto quando è andata via. I tuoi nonni la consideravano una pecora nera. Lei mi aggiornava su di te, mi inviava foto di quanto eri piccolina. Le ho conservate tutte, sai? Vediamo un po' se ne trovo una...

Greta ebbe un sussulto interiore. La donna si era messa a sfogliare l'album con quelle mani attraversate da vene e macchie senili. *Oh, dove le ho messe?*

Continuò a scartabellare tra le pagine dell'album, mentre Greta pregava che non saltasse fuori alcuna foto.

Ah, eccoti qua. Sei in braccio alla tua mamma.

Greta prese in mano la fotografia, estremamente tesa. Ma non c'era motivo di allarmarsi. Sulle ginocchia di una giovanissima Miriam era appollaiata una bimba con occhi e capelli scuri, viso lungo ossuto, espressione imbronciata. Greta constatò con sollievo che le somigliava molto fisicamente, come aveva sempre sostenuto Seb.

Tienila pure.

Non c'è bisogno, aveva risposto lei con piglio sostenuto.

Prendila, ne ho tante altre. Ti farò avere delle copie delle altre foto di famiglia. Ti farebbe piacere, cara?

Greta annuì di malumore, imponendosi di comportarsi in modo civile, fingendo un interesse che era ben lontana dal provare.

Eri così piccola quando ti ho vista per l'ultima volta. Speravo un giorno di poterti incontrare di nuovo. Ci sono voluti così tanti anni, ma eccoci qui. Sei una donna, ora.

Greta ebbe un fremito quando l'altra allungò una mano e le accarezzò una guancia in modo confidenziale. Al contatto si irrigidì e desiderò strapparle via quella mano invadente. Come si permetteva di toccarla?

Avrei tanto voluto fare qualcosa di più per tua madre, per te.

I suoi occhi esprimevano un'empatia che sembrava sincera.

Io..., cominciò Greta, ma non sapeva come proseguire. Bluffare non era il suo forte.

La donna scambiò la sua reazione incerta per imbarazzo. *Non devi sentirti a disagio con me. Ti ho tenuta in braccio quando sei nata, sai? È stato così ingiusto che i tuoi nonni vi abbiano trattato in quel modo sconsiderato. Hanno voluto dare un taglio netto... Ciò che è venuto dopo, è stata l'inevitabile conseguenza. Tua madre era emotivamente fragile, purtroppo.*

Le parole erano rimaste sospese nell'aria, mentre la donna teneva dolcemente una mano sulla sua guancia. Si aspettava un commento da lei, ma Greta era incapace di dire alcunché. Non possedeva alcuna abilità nell'improvvisare e non osava parlare per paura di tirare fuori la cosa sbagliata, di uscirsene con un lapsus rivelatore, visto che non aveva idea di cosa diamine stesse parlando quella donna. Era come affrontare un esame senza aver studiato. *Sì, è stato ingiusto*, si limitò a ripetere dopo un tempo lunghissimo.

C'è una cosa che forse non sai, aveva ripreso Anita. *Questo sarà una magra consolazione per te e non ti ripagherà di ciò che hai passato, ma...*

Di che si tratta?, aveva chiesto Greta brusca.

Ti stavano cercando, avrebbero fatto di tutto per trovarti.

Lo so, aveva commentato Greta d'istinto. *Mi hanno trovato, a quanto pare.*

No, intendevo... intendevo prima.

Prima di cosa?

Anita aveva tolto la mano dalla sua guancia e piegato la bocca all'ingiù. Non aveva risposto. C'era stato un cambiamento quasi impercettibile, ma a Greta non era sfuggito. L'aveva guardata stranita, senza aggiungere altro.

È ora di andare, temo.

Con movimenti bruschi, Anita si era alzata e aveva lasciato la casa.

Greta aveva strappato la foto in tanti pezzetti, senza neppure darle un'altra occhiata, poi era rimasta a lungo a fissare il pavimento con una morsa di gelo nel petto. Aveva passato in rassegna l'intera conversazione, parola per parola, senza capire.

Le era sembrato quasi che Anita parlasse per enigmi. Forse aveva urtato in qualche modo la sua sensibilità. Difficile dirlo per lei che non andava tanto per il sottile nelle situazioni sociali e che era sempre stata incapace di entrare in contatto con le persone.

Eppure, un dettaglio – magari irrilevante dal suo punto di vista – doveva averla tradita. Forse era un frutto della sua paranoia, forse si stava immaginato tutto, eppure un istinto viscerale le diceva che quella donna anziana aveva intuito la verità.

35

AMANDA

5 luglio, martedì

Ogni volta che contattavo mia sorella o un'amica lontana, riportavo la spiacevole sensazione di essere uscita dal loro mondo, di non appartenere più alle loro vite. Tante cose mi sembravano distanti. Non avevo più amiche con cui scambiare opinioni o con cui confidarmi. Era difficile mantenere lo stesso tipo di rapporto con messaggi e commenti sui social. Le nostre vite avevano imboccato strade diverse. Lavoro, famiglia, figli per loro. Nuova casa e nuova città per me.

Rosi era gentile, ma conduceva una vita frenetica e andava sempre di corsa.

Sul fronte lavoro non c'erano novità, né me ne aspettavo.

Non mi restava che tenere la mente occupata con mille attività pratiche e spensierate. Fino a quel momento ero orgogliosa dei lavoretti fatti in casa, ma avevo ceduto all'aiuto di Virgil per farmi montare una tenda da sole sul terrazzo.

Quella mattina uscii in cerca di un vivaio, con l'intenzione di sostituire le piante appassite con fiori di stagione dai colori sgargianti. Mi avviai per una via fiancheggiata da negozi. Cominciavo a conoscere il quartiere, a riconoscere le strade, a trovare familiari i negozianti. Iniziavo a non sentirmi più fuori posto. Guardai distrattamente una serie di vetrine, poi feci alcuni acquisti presso un fiorista: un sacco di terriccio e svariate piantine. Appena tornai a casa, dopo aver posato il fardello delle compere ed essermi cambiata, mi dedicai al terrazzo. Eliminai i resti secchi delle piante precedenti, rinnovai il terriccio nei vasi e interrai le nuove piantine. Mi ripromisi di dedicare loro la dovuta attenzione, giorno dopo giorno. Il terrazzo a quell'ora non era più soleggiato e spirava una brezza piacevole che faceva incresparla con delicatezza la superficie della piscina. Mentre bagnavo le piante con lo spruzzino, suonò il telefono. Era Rita. Dopo che ci fummo scambiate i saluti, mi chiese: «Hai più avuto occasione di parlare con quel poliziotto venuto a cercare Anita?».

«No, dopotutto non avrei nulla da dirgli. Non dovremo pensarci più». Memore della ramanzina di Gianfranco, mi riproposi di lasciar cadere l'argomento, ma mia suocera non era della stessa idea perché riprese: «Ricordi l'oncologo di Anita? Il dottor Santi?».

«A dire il vero, no».

«Avevo indirizzato io Anita da lui. Lo conosco da una vita, è una bravissima persona. Beh, per non farla troppo lunga, ci siamo sentiti proprio oggi. Mi ha raccontato qualcosa di piuttosto inquietante».

A quel punto aveva stuzzicato la mia curiosità, così attesi che continuasse.

«Pare che il poliziotto che è stato da te, si sia rivolto anche a lui per avere informazioni su Anita».

«Ne sei sicura?».

«Oh, sì! Naturalmente il dottor Santi si è appellato al segreto professionale, ma questo tizio, il poliziotto, ha insistito parecchio per conoscere le condizioni di Anita al momento del decesso».

«Insinua ancora che sia stata...». Lasciai la frase incompleta.

«Già. Non è curioso?».

«Sì, però...». Mi sforzai di assumere un tono leggero. «Sai come è la polizia, scavano anche dove non c'è nessun mistero, sono scrupolosi in maniera maniacale. Penso che stiano facendo solo il loro dovere per esaminare tutte le piste», dissi senza crederci.

Rita pareva dubbiosa. «Hanno già incriminato qualcuno, no? Cosa c'entra Anita con un delitto avvenuto dopo la sua morte?».

I medesimi inquietanti interrogativi che mi ponevo io. «Non lo so. Ma non farti turbare da tutto ciò, Rita».

Anche a distanza percepivo che mia suocera non stava nella pelle dalla smania di parlare della questione, ma non insistette e per il resto della telefonata il discorso non fu più sollevato.

Appena attaccato il telefono, recuperai il biglietto da visita di Adriano e decisi che era arrivato il momento di chiamarlo.

«Sono Amanda Ferrante». Non ero abituata a presentarmi con il cognome di mio marito, ma in quell'occasione mi sembrò utile per identificarmi.

«Ha saputo qualcosa?», chiese lui senza preamboli.

«Probabilmente niente di rilevante, però se ha del tempo da dedicarmi... Insomma, mi chiedevo se potessimo incontrarci per parlare a quattrocchi».

Lui acconsentì e mi diede appuntamento per il giorno dopo.

36

GRETA

Il sonno di Greta fu ancora discontinuo e funestato da incubi. Sogni confusi e deliranti, e allo stesso tempo straordinariamente vividi, che le mettevano addosso tanta angoscia.

Quando era piccola aveva un sogno ricorrente: si ritrovava in un territorio selvaggio, inseguita da bestie feroci. Correva come una dannata tra i rami che le strappavano i vestiti e le graffiavano la carne come uncini, cercando invano di mettersi in salvo. Di solito l'incubo si concludeva quando veniva raggiunta.

Ora lo scenario era simile, ma nella nuova versione non c'erano animali selvatici in agguato: a tormentarla erano delle urla agghiaccianti, roche, bestiali, simili a strida di uccelli. Greta correva a perdifiato tra i rovi, con le mani premute sulle orecchie per non sentire quelle grida disumane. Mentre avanzava, l'oscurità intorno a sé si infittiva e gli strepiti aumentavano. Voci sconosciute di minaccia, di scherno, di accusa. Qualcuno gridava il suo nome, il suo vero nome. Qualcun altro la chiamava *assassina*. Urla spettrali che la spaventavano a morte e la spingevano a correre più forte, inoltrandosi nelle tenebre.

Finché d'un tratto capì che non stava fuggendo da quelle urlanti, abominevoli creature, ma stava correndo loro incontro. Si trovò sul ciglio di una voragine. Era da quelle profondità che provenivano le grida e Greta fu sul punto di finirci dentro.

Si svegliò fradicia di sudori freddi. Respirava male, le pareva di soffocare. In bagno si sciacquò a lungo con acqua fredda ma non riusciva a scacciare il disagio che il sogno le aveva procurato.

Varcata la cucina, s'imbatté in Rosi. Dopo la brutta nottata, Greta non era nella disposizione d'animo di scambiare convenevoli e non si sognava proprio di unirsi alla coinquilina per la colazione, ma non c'era modo di evitarlo. Cercò di mascherare il suo turbamento mostrandosi assonnata.

«Che hai da guardare?», scattò.

«Sei uno straccio, ti senti bene?», domandò Rosi con un'occhiata indagatrice.

«Dopo il caffè starò meglio», borbottò Greta, sfregandosi gli occhi. Sperò ardentemente che Rosi non cominciasse a infastidirla con le solite chiacchiere futili, visto che a quanto pareva aveva deciso di seppellire l'ascia di guerra.

«L'amministratrice è stata qui ieri sera», le notificò l'altra con aria altezzosa, sedendosi al tavolo.

«E quindi?», ribatté Greta con voce impastata.

«Dice che dobbiamo al condominio due quote arretrate più quella attuale, in pratica siamo in forte ritardo con i pagamenti. Mi sono dovuta sorbire una lavata di testa al posto tuo», recriminò con astio.

«Quella megera solleva un polverone per ogni scemenza». Si stiracchiò la schiena.

Rosi la trafisse con lo sguardo. «Si può sapere perché non hai ancora saldato i conti? Ti ho dato regolarmente la mia parte e avevi promesso di provvedere al più presto».

«Non ti ci mettere pure tu». Ora Greta si sentiva fin troppo sveglia e irritata. «Ci sono state le tasse da sborsare e le altre fatture, e sono a corto di denaro».

«Sono stanca di questa litania. Sempre a lamentarti che sei al verde. Non mi importa di come hai speso i soldi che ti ho dato, ora li sborsi di tasca tua».

«Ma se me li anticipi, tappiamo la bocca a quella rompiballe della Parisi».

«Che diamine, Greta! Non cominciare a fare la scaricabarile! Cosa credi, che possieda l'albero del denaro?».

«Però i soldi per andare a divertirti ce li hai», le rinfacciò lei.

«Non sono affari tuoi, non te ne deve fregare niente di quello che faccio con il mio stipendio. Sei tu quella irresponsabile, qui! Non fai che lamentarti, ma...».

«Ma cosa?».

Rosi esitò. «Ma non fai nulla per venirne fuori. Comunque, sappi che non ti presto neanche un altro centesimo, né ti pago l'affitto finché non andiamo a paro».

«Ah, sì? E se ti sbattessi fuori?».

«Provaci!». Si guardarono in cagnesco per alcuni lunghi secondi.

Subito dopo Greta avrebbe voluto ritrattare quelle parole saltate fuori di bocca e ammorbidire i toni, ma se ne guardò bene. Se davvero Rosi l'avesse mollata da un giorno all'altro, l'avrebbe cacciata in un pasticcio e in quel momento non poteva permettersi altre grane. Probabilmente anche Rosi sapeva che la sua era una minaccia a vuoto, considerando la sicurezza che ostentava. Puntare i piedi non le conveniva di sicuro e forse non aveva scelto il momento migliore per chiederle soldi. Tanto meno sapeva quale fosse il modo più diplomatico per dire le cose, finiva sempre per inimicarsi tutti. Dunque, restò con la bocca chiusa, pur sognando di prendere a ceffoni la coinquilina.

Dopo un po' Rosi riprese: «Ti avevo avvertita e tu hai fatto orecchie da mercante. Te l'ho detto e ripetuto, non puoi pensare di accollarmi tutte le spese e nel frattempo tirare avanti con quel pidocchioso part-time che ti paga uno stipendio da fame. Trovati un doppio lavoro! Datti una regolata perché non puoi venire a chiedere soldi a me tutte le volte che ti gira. Trovati un lavoro decente, per la miseria».

«Bada a come parli! Non hai il diritto di dirmi una cosa del genere. E poi che ne sai tu, come se procurarsi un lavoro fosse facile», ribatté lei con una sfumatura di acidume.

«Ultimamente neanche ci provi più. Ti alzi tardi e passi le mattinate a ciondolare in giro o a oziare per ammazzare il tempo, invece di impegnarti. Neanche coltivi un interesse, un cavolo di hobby! Dovresti scuoterti da questa apatia. Datti da fare!».

«Come ti permetti di giudicarmi?».

«Sei cocciuta come un mulo! Lo capisci che fai male solo a te stessa?».

«Ma vattene un po' al diavolo, te e la tua aria da maestrina».

«Cosa hai detto?».

«Hai sentito benissimo».

«Dovremo parlare anche di questo tuo modo di fare. Quando imparerai a comportarti bene? Soprattutto con gli altri del condominio sarebbe il caso di essere più diplomatica, avere più tatto. Tra persone civili si fa così».

«Cosa sei, mia madre?».

«Lo dico per il tuo bene. Ogni tanto dovresti fare autocritica. Le tue abilità sociali fanno schifo. La tua specialità è farti terra bruciata intorno».

«Sono loro a trattarmi come spazzatura», protestò Greta. «Fin dall'inizio mi hanno fatta sentire non gradita».

Rosi sbuffò sonoramente. «Sei tu la peggiore nemica di te stessa, non te ne rendi conto?».

Greta digrignò i denti. «Datti una calmata, stai passando il limite».

«Ah, *io* sto passando il limite?».

Andarono avanti a sbraitarsi contro, Rosi con la solita parlantina a raffica senza peli sulla lingua, Greta smozzicando parole velenose.

Rosi avrebbe continuato per ore, ma a un certo punto dovette uscire per andare in ospedale. Avrebbe lavorato fino a tardi, quindi per il momento era finita lì, ma Greta era cosciente che il cessate il fuoco era solo temporaneo e una nuova crisi domestica era sempre in agguato.

In passato c'erano state liti più furiose di quelle, ma quel giorno non appena restò sola, Greta dovette andare a stendersi sul letto perché le girava la testa. Rimase per alcuni minuti distesa sulla schiena, le palpebre strettamente serrate, mentre coltivava violenti pensieri di ripicca contro Rosi. Sempre pronta a imporre la propria volontà, quella. Sempre a trattarla con sufficienza.

Prendersi a male parole con la compagna di appartamento non era una novità, ma la soglia di tolleranza di Greta era troppo bassa in quel periodo. E il secco no a un prestito che le aveva sbattuto in faccia la irritava ancora di più. Quella volta non l'avrebbe spuntata facilmente. Il rifiuto di Rosi di aprire il borsellino per cacciarla fuori dai guai era stato categorico e lasciava ben poche speranze. Dannata spilorcia!

Trovare un altro lavoro, aveva detto. Facile a dirsi. Con i mesi estivi, poi, quando tutte le attività chiudevano i battenti e pensavano alle vacanze, era praticamente impossibile. Già il posto dal fruttivendolo era in bilico, non era affatto sicura di lavorare tra luglio e agosto, figuriamoci a settembre. E la Parisi le stava addosso. Che il diavolo se la portasse via, pure lei!

Normalmente avrebbe sfogato il nervosismo andando a camminare, ma quel giorno aveva altri programmi: voleva introdursi di nuovo nella casa di Amanda.

Dalle finestre spalancate del palazzo si udivano rumori di pulizie, l'aspirapolvere trascinata su e giù, tappeti sbattuti. Donne fissate con le faccende domestiche che andavano in paranoia per un granello di polvere. Gente che in sostanza non aveva altro da fare che spolverare e lucidare casa o fornite di abbastanza denaro per farlo fare a qualcun altro.

Greta tornò a pensare ad Amanda, che quella mattina non sembrava intenzionata a seguire la solita routine mattutina: in piscina ancora non si era vista. C'erano già parecchi condomini che godevano del sole sulle sdraio o facevano il bagno.

Greta cominciava a dubitare che Amanda sarebbe scesa, quando dal terrazzo la vide uscire dal portone. Era in forma smagliante, con un abitino che le arrivava sotto le ginocchia, senza fronzoli ma con le spalline sottili, le scarpe col tacco basso, il viso lievemente truccato e i capelli tirati sulla nuca e raccolti con un fermaglio. L'impeccabile stile di sempre. Si muoveva con un portamento aggraziato. Dove stava andando così in tiro dalla testa ai piedi? Di certo non a fare la spesa o per un giro di negozi.

Greta cedette all'impulso di pedinarla, recuperò lo zaino e si precipitò fuori così com'era, con gli abiti di casa e le ciabattine di gomma ai piedi.

Per fortuna Amanda si muoveva a piedi, perché se avesse avuto una macchina sarebbe stato impossibile seguirla. In ogni caso starle dietro si rivelò più impegnativo del previsto. Per uscire aveva scelto un pessimo orario: gli impiegati si stavano riversavano in strada per la pausa pranzo.

Le persone avanzavano alla spicciolata, spingendosi l'un l'altra, prese dalla fretta. Greta faticava a scansarli e schivava a stento i venditori ambulanti appostati lungo la strada, mentre cercava di non perdere di vista Amanda che sfrecciava sicura tra i passanti. Per poco Greta non andò a sbattere contro un lampione. A un certo punto Amanda tagliò la strada principale e imboccò una via laterale poco trafficata.

Dopo essersi lasciata alle spalle la mischia, Greta temette che braccare Amanda senza farsi scoprire sarebbe stato impossibile, ma fu un percorso breve: la sua meta era un bar lì vicino.

37

AMANDA

Quando arrivai, Adriano era già seduto a un tavolino d'angolo. Mi fece segno di avvicinarmi e lo raggiunsi. Mi accolse con un principio di sorriso e mi allungò una mano. «È un piacere rivederla, Amanda».

«Anche per me. Grazie per il suo tempo», esordii con distaccata cortesia. Scoprii di essere nervosa come un'adolescente al primo appuntamento e non ero ancora sicura che quell'incontro fosse una buona idea.

«Ci diamo del tu?», propose lui. «Rende tutto più semplice».

«Certo».

Aveva l'aria meno abbottonata e più informale della prima volta che lo avevo incontrato, ma notai che il suo viso era segnato dalla stanchezza, la barbetta era incolta e i capelli spettinati. Ordinammo un paio di caffè, poi Adriano domandò senza giri di parole se avessi informazioni per lui.

Mi schiarii la voce. «Ho sentito mio marito e mia suocera, ma nessuno dei due si ricorda di Sebastiano Levani. Però, ecco, mia suocera, quando era al capezzale di Anita, afferma di averla sentita vaneggiare a proposito di qualcuno che la voleva morta».

Adriano si sporse con una scintilla di curiosità.

«È accaduto in ospedale, quando era in fin di vita e si trovava sotto antidolorifici, perciò è una cosa da prendere con le pinze. Tuttavia, sia io che mia suocera l'abbiamo trovata una coincidenza curiosa...». Mi fermai per vedere cosa avesse da replicare Adriano, ma nel frattempo erano arrivati i nostri caffè e lui sembrò prendere tempo. Era un uomo enigmatico, dall'atteggiamento misurato e molto cauto. Quando parlò, fu per rivolgermi una domanda: «Anita ha detto perché era preoccupata per la sua vita?».

«No, non ne ha mai fatto parola. Perlomeno, non con mia suocera o con mio marito. Ha solo accennato qualcosa riguardo al libro che stava scrivendo».

Adriano sollevò un sopracciglio, perplesso.

«Anita aveva cominciato a scrivere un romanzo, ho il suo scritto a casa», spiegai. «Quando era in ospedale, si è raccomandata con mia suocera di metterlo al sicuro perché conteneva la prova che fosse in pericolo».

Mi scrutò con i suoi occhi ipnotici. «Gli hai già dato un'occhiata?».

«Sì, più o meno. A essere onesta, non sono sicura che ci sia davvero qualcosa di rilevante. La maggior parte del testo è solo abbozzato, ci sono pagine e pagine di appunti sconclusionati». Abbassai lo sguardo per un istante. «Mi sono ripromessa comunque di leggerlo».

Adriano mi rivolse un cenno di approvazione, poi si lasciò andare contro lo schienale, pensieroso.

«Ti ringrazio per essertene interessata, Amanda», disse asciutto, dopo un lungo silenzio. «Però bastava che mi telefonassi per riferirmelo. Non che mi stia lamentando della tua compagnia», si affrettò ad aggiungere con aria sorniona.

Circondai la tazzina con le dita, nervosamente. «È vero che avrei potuto chiamarti», ammisi. «Ma ho fatto qualche ricerca e ho saputo che tua sorella è accusata dell'omicidio del marito. Non intendo essere invadente o poco delicata, ma capisco perché questa indagine ti stia a cuore».

Lui assentì, sovrappensiero. «Simona è innocente. Io sono convinto al cento per cento della sua estraneità all'omicidio, ma provarlo è tutt'altra faccenda. E più passa il tempo, più sarà difficile tirarla fuori dai guai».

Sorseggiai lentamente il caffè, ormai quasi freddo, cercando il modo migliore per dire ciò che avevo in mente. «Vorrei rendermi utile, ma non credo di poterlo fare se non mi riveli di più». Mi sforzai di usare un tono il più gentile possibile.

Adriano si passò una mano sulla faccia, evitando di incrociare il mio sguardo. «Per aiutare mia sorella sto conducendo di mia iniziativa un'indagine privata sul caso. Cerco uno spiraglio di verità, vorrei indirizzare i colleghi verso il vero omicida. Spero di poter offrire loro qualche elemento concreto da approfondire, un'imbeccata che possa essere presa seriamente in considerazione».

«Lo capisco, ma non mi hai ancora spiegato cosa c'entra la zia di mio marito con tutto questo».

«Forse niente. Magari è un vicolo cieco. Sto solo provando ad analizzare le piste ignorate dai miei colleghi».

«Questo non risponde alla domanda. Di certo Anita non era l'amante di tuo cognato», scherzai, posando la tazzina.

Adriano rise brevemente alla battuta, ma era una risata senza allegria e subito dopo assunse un'espressione dura. «Non avrei dovuto coinvolgerti».

«Troppo tardi, direi. Avrò diritto almeno a capire perché pensavi che una donna anziana e malata potesse aiutarti a risolvere un caso di omicidio», replicai con un tono più sgarbato di quanto intendessi. Avrei voluto trovare un modo per cavargli le parole di bocca.

Adriano si limitò a emettere un prolungato sospiro, passandosi le dita sul volto. La sua reticenza mi rese ancora più insofferente.

«Tutta questa storia è così assurda», ripresi con ulteriore accanimento. «Anita aveva solo un vago collegamento con Sebastiano. Eppure, ti sei soffermato su di lei, tra chissà quanti altri indizi più promettenti».

«Sto solo cercando di non trascurare nulla», si giustificò lui.

Ignorai le sue parole. «E poi hai parlato di tabulati telefonici, ma la faccenda non sta in piedi. Anita non aveva un cellulare e nei mesi precedenti la morte, ha passato buona parte del tempo in ospedale». Presi fiato, ma Adriano non si affrettò a riempire la pausa. «Inoltre, mia suocera mi ha chiamato per dirmi che sei andato addirittura dall'oncologo di Anita per rivolgergli delle domande».

«L'ho fatto solo per scrupolo, per togliermi ogni dubbio. Mi ha confermato quello che mi avevi già detto».

«Ma Anita era davvero in pericolo di vita?». Nella mia voce acuta si poteva percepire facilmente il mio disappunto. «Insomma, ti dispiacerebbe spiegarmi che sta succedendo?».

A quel punto Adriano mi guardò dritto negli occhi e abbandonò l'espressione severa a favore di un mezzo sorriso. «Quando ti ho conosciuta, ho capito subito che non ti saresti bevuta le mie balle».

«Ma cosa...». Mi ammutolii, senza capire. «Di che *balle* parli?».

Adriano piegò le labbra in un sorriso mortificato. «Ti ho mentito. Accetta le mie scuse sincere per averlo fatto». Studiò per un istante la mia reazione. Ero sconcertata dalla sua ammissione.

«Sono venuto da te ben sapendo che Anita Ferrante è deceduta quattro mesi fa», proseguì. «E non è vero che non conosco il tipo di legame tra lei e Sebastiano, ma avevo le mie buone ragioni per non mostrarti le mie carte».

Scossi la testa, incapace di trattenere lo sgomento. «Non capisco. Perché fare quella sceneggiata, allora? Sembravi sinceramente turbato della morte di Anita».

Mi lanciò un'occhiata di sbieco. «Volevo tastare il terreno per capire cosa sapevate ed eventualmente provare a strappare a te e a tuo marito qualche informazione. Non potevo farlo in modo diretto, visto che non posso coinvolgere nessuno ufficialmente. Dovevo essere discreto. La mia indagine non è autorizzata e la mia carriera in polizia sta andando in frantumi, ma devo aiutare Simona a tutti i costi, capisci?». Ogni volta che menzionava la sorella si adombrava.

«Comprendo le motivazioni, ma continuo a non capire niente di questa storia», obiettai, incapace di contenere la mia curiosità mista a indignazione.

«Devi sapere che Anita Ferrante aveva querelato mio cognato per persecuzione».

«Persecuzione? Stalking?».

«Sì, si era rivolta alla polizia denunciando una serie di atti persecutori: sosteneva che Sebastiano la seguisse quando usciva. Le faceva telefonate strane, la molestava. Lei si sentiva minacciata, sorvegliata, vessata in vari modi. E affermava di temere per la propria incolumità».

Presi a strapazzare il tovagliolo. «Non riesco proprio a capire. Perché un poliziotto avrebbe dovuto tormentare Anita? È ridicolo».

Adriano sembrò restio a dire altro, il volto grave. «L'unica ragione che mi viene in mente è che cercasse di intimidirla perché non rivelasse qualcosa».

«Vale a dire?».

Adriano contrasse la bocca in una smorfia contrita. «Magari lo sapessi».

«È tutto così assurdo». Chinai il capo, turbata. «Quindi Anita era davvero coinvolta in qualcosa... è così difficile da credere».

«Ma è plausibile che rappresentasse una minaccia per Sebastiano e che per questo lui avesse cercato di spaventarla. E deve esserci riuscito».

«Cosa te lo fa pensare?».

«La signora Ferrante ritirò la querela».

«Perché?».

«Sebastiano è sempre stato un trafichino, furbo come il diavolo. Mi giocherei la testa che ha agito sottobanco in modo di chiudere la faccenda e uscirne pulito».

«E tutto questo cosa c'entra con il suo omicidio?».

«Speravo potessero dirmelo i parenti di Anita, visto che lei ormai non può più rivelarci nulla».

Scossi la testa, avvilita. «Era una donna riservata e noi vivevamo a distanza».

«Aveva amici stretti con cui potrebbe essersi confidata?».

«Non ne ho idea. Credo che nel condominio fosse molto benvoluta e in buoni rapporti con tutti, ma non so dire fino a che punto». Dopo un attimo aggiunsi: «Mi rattrista pensare che si sentisse in pericolo e non ci fosse nessuno per aiutarla».

Lui si protese verso di me e posò con delicatezza una mano sulla mia. Era calda e stranamente di conforto. Un gesto intimo che mi sorprese. Sollevai lo sguardo, i suoi occhi si addolcirono. Ora il suo viso era a pochi centimetri dal mio e il sorriso leggero che ci scambiammo, mentre le mani erano ancora una sull'altra, mi levò il respiro per un lungo istante. Di colpo però lui sembrò rendersi conto di quanto fosse stato inopportuno e si allontanò frettolosamente da me. «Devo andare, ora. Mi dispiace, ma non posso trattenermi di più».

«Sì, certo», replicai un po' stordita. «Grazie per avermi esposto la questione e avermi dedicato del tempo».

La sua voce aveva un timbro aspro quando disse: «Voglio che mi ascolti molto attentamente, Amanda. Non riferire a nessuno quanto ci siamo detti, d'accordo?». L'affabilità aveva lasciato il posto a un atteggiamento compassato e scostante, un cambiamento repentino che mi turbò.

«Resterà tutto confidenziale, ti do la mia parola». Indugiai un istante. «Spero che tua sorella riesca a provare la sua innocenza».

«Grazie, lo apprezzo molto». Fece un sorriso sommesso.

«Darò un'occhiata allo scritto di Anita. Non si sa mai».

Lui si limitò ad annuire con decisione. Non ci fu bisogno di altre parole.

38

GRETA

E così si incontravano ancora. Amanda e Occhi Gelidi erano seduti in un tavolo appartato all'interno di un bar. Li vedeva con chiarezza dalla vetrata del locale che affacciava sulla strada. Loro invece non parevano accorgersi di ciò che avevano intorno, fittamente immersi in una conversazione.

Per qualche minuto Greta si mantenne a distanza di sicurezza, fingendo di essere interessata a qualcosa sul suo smartphone, ma non resistette alla tentazione di avvicinarsi. Accostata al vetro, si mise con finta noncuranza a scattare qualche foto con il telefono. Rimase a studiare ogni loro mossa, fingendo di prestare attenzione alla strada.

Amanda si comportava con naturalezza, adorabile come sempre, i gesti sciolti. Elargiva con generosità vezzosi sorrisi. Solo guardarla le faceva saltare i nervi.

Si vedeva che era attratta da quell'uomo: faceva gli occhi languidi, si baloccava con gli orecchini o si sistemava una ciocca dietro l'orecchio. L'attrazione doveva essere reciproca, perché lui si sporgeva spesso in avanti e pareva volersela mangiare con gli occhi.

Appoggiata al vetro, Greta si soffermò a osservare Occhi Gelidi, con l'ansia che le attorcigliava lo stomaco. Aveva un modo di fare sobrio e posato, una compostezza fredda, molto britannica. Eppure, di tanto in tanto si lasciava andare, ricambiando in modo esplicito le occhiate civettuole di Amanda.

Era ragionevole dedurre che i due fossero già in intimità, c'erano diversi indizi. Per esempio, l'uomo aveva posato con gentilezza una mano su quella di lei, che non si era scostata. Che spudorata!

Con una sensazione di bruciore al petto, Greta si chiese se i due avessero semplicemente simpatizzato o se si fossero coalizzati contro di lei. Forse entrambe le cose. Li fissò con cipiglio feroce, strinse in un pugno una ciocca di capelli e la tirò.

Vedere Amanda e Occhi Gelidi che confabulavano ebbe su di lei un effetto demoralizzante. Dovette fare uno sforzo enorme per non cedere a un crollo di nervi. Si sentì impotente, annichilita, aveva la tentazione di rannicchiarsi a terra e cacciare un urlo disperato.

Notò che un uomo la stava guardando dall'interno del locale. Sapeva di indossare vestiti miseri e che il suo atteggiamento da spiona poteva dare adito a sospetti. La gente giudica sempre dalle apparenze. Per non attirare troppo l'attenzione, si affrettò ad allontanarsi.

Doveva tornare alle Tre Ginestre alla svelta per approfittare dell'assenza di Amanda e infilarsi di nuovo in casa sua. Con un po' di fortuna avrebbe avuto tutto il tempo per rovistare in giro. Tuttavia, la fortuna non era mai stata sua amica, infatti in quel momento il cellulare iniziò a squillare.

«Dove sei finita?». La voce di Leo era palesemente alterata. «Dovevi essere qui da un bel pezzo».

Che scocciatura, si era scordata del lavoro! Greta dovette schiarirsi rumorosamente la gola prima di riuscire a emettere una sola sillaba. «Non mi sento bene», ansimò intontita. «Anzi, sto male. Oggi non vengo». Fece un colpetto di tosse.

«È fuori questione. Se vuoi tenerti il lavoro, ti sconsiglio di darti malata».

«Io *sono* malata, è un mio diritto non lavorare», replicò ostinata.

«Molinari, guarda che sento il traffico di sottofondo».

«Sì, perché sto andando dal medico».

«Dacci un taglio, ho bisogno di te al negozio, e subito. Mio padre è stato ricoverato in ospedale».

«Oh. Come mai?».

«Problemi allo stomaco, deve fare dei controlli. Non preoccuparti, quello ha una pellaccia dura. Però per qualche giorno saremo io e te a tirare avanti la baracca».

Da sola con Leo, senza Giorgio? Che prospettiva terrificante.

«Oggi comunque non posso venire, ho questioni personali da sbrigare».

«Tu sei tutta scema, te lo dico io. Non possiamo concederti giorni liberi. Però c'è la possibilità di lavorare anche di mattina da domani, ti sta bene?».

Greta fu sul punto di rifiutare bruscamente, ma la ragione le impedì di farlo. Aveva un mucchio di debiti da ripagare, perciò soldi in più le facevano comodo. «Tutto il giorno? A tempo pieno?».

«Per adesso facciamo che sono ore di straordinario, poi vedremo. Ma bada che ti tengo d'occhio come un falco. Se fai scherzi, ti mando a spasso».

«No, no. Arrivo subito», replicò senza altre esitazioni.

Non era male la prospettiva di racimolare qualche soldo. Soprattutto in caso di fuga, ne avrebbe avuto un serio bisogno. Inutile pensarci due volte.

Il buonsenso le diceva anche di ripassare da casa per mettersi in ordine. Aveva l'aspetto di una barbona, con i vestiti spiegazzati e puzzolenti di sudore e la capigliatura aggrovigliata e leggermente unta. Non poteva presentarsi così al lavoro. O sì? Leo non l'avrebbe certo mandata via per quello. Si lisciò i capelli con una mano.

Non era una grande sostenitrice della puntualità, ma visto che era già in strada, decise di non perdere tempo e si avviò verso la metropolitana.

39

GRETA

7 luglio, giovedì

Luglio era arrivato ormai da una settimana, portando caldo, sudore, confusione, ragazzini starnazzanti, zanzare, gente chiassosa sui balconi. A sentire le previsioni, le temperature erano destinate a salire ancora. Greta trovava l'estate una stagione atroce. L'aveva sempre odiata, ma quell'anno tutto congiurava per farla sentire da schifo.

Nel frattempo la sua fissa per Amanda era cresciuta. La sentiva muoversi al piano di sopra, la udiva camminare, si accorgeva di quando si svegliava o andava a dormire. Sapeva quando tirava su e giù le persiane, percorreva il corridoio, chiudeva le ante dei mobili. Amanda aveva un passo leggero e ovattato, come quelle indossatrici che sembrano sfiorare il pavimento. Quando camminava, produceva una specie di fruscio, eppure Greta riusciva sempre a indovinare dove fosse. Era diventata un'ossessione immaginare cosa stesse facendo in ogni momento.

Purtroppo, non era ancora riuscita a tornare dentro quella casa e questo la faceva impazzire. Con l'orario pieno al negozio, era diventato difficile trovare il momento giusto.

Le foto che aveva scattato ad Amanda e a Occhi Gelidi erano perfettamente a fuoco questa volta, Greta si congratulò con se stessa. In un paio di scatti si vedeva con chiarezza il viso di entrambi, altre mettevano in risalto l'atteggiamento intimo tra i due. Lui aveva un aspetto ordinario e rispettabile, lei appariva fascinosa come sempre.

Come Greta aveva già intuito, Occhi Gelidi era uno sbirro. Glielo avevano rivelato alcune ricerche su Internet grazie alle foto scattate al bar. E non solo era un dannato poliziotto, ma si trattava del fratello di Simona Valle. La scoperta aveva rinfocolato le paure di Greta: sicuramente quel tale era in combutta con Amanda per cercare prove contro di lei e far scagionare la moglie di Seb.

Davvero credevi di passarla liscia? Non resterai impunita.

Era così soprappensiero che a malapena si accorse che Rosi era appena entrata in cucina e le aveva rivolto la parola.

«Sei caduta dal letto? Che ci fai in piedi a quest'ora?».

«Faccio tempo pieno in negozio».

«Ah, una buona notizia», commentò Rosi con un'esclamazione di gioia. «Ora fammi il piacere di non gettare tutto alle ortiche, eh?».

Greta roteò gli occhi e le fece un versaccio con la lingua.

«Spero che a questo punto mi restituirai i soldi che mi devi. Hai già saldato i debiti con la Parisi?».

«Siamo all'inizio del mese, non ho ancora visto un centesimo dal negozio». Greta sperò che quella spiegazione bastasse, ma sapeva bene che Rosi non si sarebbe arresa facilmente.

Lavorare tutto il giorno le avrebbe fruttato un aumento, ma le cose non buttavano bene al lavoro. Le giornate erano interminabili e Leo era diventato il suo capo a tutti gli effetti. Ed era un capo davvero rognoso, sempre pronto a ispezionare il suo lavoro e a criticarlo, costantemente alla ricerca di qualcosa per metterla in imbarazzo. Si rivelava ogni giorno di più un bamboccio immaturo.

"Adesso lavori *sotto* di me. Sei contenta, Molinari?".

Quella condizione di inferiorità era insopportabile. La voce della ragione le diceva che non poteva più trattarlo a pesci in faccia come prima. Quando le scappava un insulto, lui la guardava imbronciato e diceva a denti stretti di trattenere la linguaccia se voleva continuare a lavorare lì. Tenergli testa diventava sempre più difficile. Non era mai stata una brava leccapiedi.

Per di più Greta passava le notti in bianco e questo la rendeva tesa, irascibile. La mattina avrebbe voluto prendersela comoda e invece era costretta a una levataccia.

Al lavoro era sempre affaticata, svogliata, arrancava tutto il tempo. Leo l'aveva notato, soprattutto quando le mani le diventavano di pasta frolla e faceva cadere tutto. Si sforzava di arrivare puntuale, restare fino a tardi ed essere sempre disponibile, ma avrebbe voluto mandare al diavolo tutto quanto, e per di più a causa dell'assenza di Giorgio era un periodo di grandi sfacchinate e la schiena alla fine le chiedeva il conto.

La sera era devastata dal sonno, ma non rinunciava alle sue rituali camminate, condotte quasi in trance. Lasciava che le gambe la conducessero dove volevano, finché non riusciva a buttare fuori tutto il veleno accumulato. Procedeva imperterrita anche se soffriva di frequenti contratture muscolari.

Si sentiva da schifo. La vita faceva schifo.

China sul tavolo, prese un sorso di caffè. Avrebbe voluto restare in silenzio, la mattina non sentiva il bisogno di scambiare neanche una parola. Appena sveglia era troppo inebetita per sopportare una qualsiasi conversazione, anche spicciola, ma Rosi non stava zitta un attimo, noiosa come al solito, e continuava a snocciolare insulsaggini, mentre lei rispondeva a monosillabi e buttava giù il caffè insonnolita, cercando disperatamente di svegliarsi.

Prolungando la colazione, la coinquilina prese a cianciare del suo lavoro in ospedale, poi si lamentò che non avevano niente in casa da mangiare e che lei non aveva tempo di fare la spesa, ma quella mattina avrebbe comunque fatto un salto al supermercato dopo essere stata all'ufficio postale e aver sbrigato un paio di commissioni. Come al solito Rosi forniva dettagli non richiesti e non si accorgeva degli sbadigli insofferenti di chi era obbligato ad ascoltarla. A un certo punto però nominò Amanda, e Greta tese le orecchie.

«Ci crederesti? Sono sposati da due anni e lei già ha avuto una scappatella».

«Te l'ha detto Amanda?», si informò Greta senza mostrare troppo interesse, anche se si struggeva dalla curiosità.

«Puoi scommetterci. Ne parla con imbarazzo, è chiaro che è pentita».

«Va a letto con qualcuno?». La mente di Greta volò al poliziotto con cui Amanda si vedeva.

«No, è un fatto del passato, e anche piuttosto innocente, ma non credo che i Ferrante l'abbiano mai superato. Te l'avevo detto che non era una sposina felice. Ci prendo sempre su queste cose», si vantò.

A quel punto, senza bisogno di altre sollecitazioni, Rosi partì in quarta a raccontarle di come Amanda avesse avuto una specie di storiella online con un tizio incontrato in rete.

Greta gioì in cuor suo. Era proprio come aveva intuito: Amanda non era affatto una moglie devota e fedele. Forse non aveva ancora tradito nel senso stretto del termine, ma ci era andata vicino.

«Ti vedo sai?», notò Rosi.

«Cosa?».

«Quel sorrisetto sotto i baffi. I tedeschi hanno una parola per questo, *Schadenfreude*. Piacere per disgrazie altrui».

«Adesso conosci anche il tedesco?».

«Comunque, io al posto di Gianfranco avrei smosso cielo e terra per stare con lei tutta l'estate e non lasciarla da sola. Non credi?», domandò Rosi, ma non le diede occasione di dire una parola, perché ricominciò con una tiritera su cosa fosse da considerare adulterio e cosa no, e su cosa significasse di preciso infrangere i voti nuziali. Si dilungò a lungo sull'argomento, tanto che Greta stava per interromperla e domandare altri particolari della faccenda di Amanda, quando un messaggio sul cellulare distolse l'attenzione di Rosi.

Non ci fu più occasione di riprendere l'argomento, ma l'informazione avuta rallegrò Greta e le ispirò un'idea. Sussultò di trepidazione. La prospettiva di causare guai ad Amanda le procurava quasi un piacere sensuale. Fece un sorrisetto malizioso tra se e sé. Che bello scherzetto le avrebbe giocato.

Per mettere in pratica il piano che aveva escogitato, però, aveva bisogno di scoprire il numero di telefono di Gianfranco o almeno un suo profilo social. Si precipitò in rete a fare ricerche.

«Non dovevi andare al lavoro?».

«Fatti gli affaracci tuoi», ruggì Greta, allontanando il display dallo sguardo impiccione di Rosi.

Dentro di sé, però, esultò: il nome di Gianfranco Ferrante in rete si trovava dappertutto. Il marito di Amanda era un consulente finanziario parecchio noto. Sembrava un tipo disciplinato, diligente e sostanzialmente noioso. Amanda doveva averlo sposato per il suo aspetto fisico o per i soldi.

Non le ci volle molto a scoprire il suo indirizzo e-mail. Digitò il messaggio e vi allegò una delle foto scattate in precedenza. Mentre inviava l'e-mail, pregustò con malizia la reazione di Amanda a quello scherzetto.

40

AMANDA

Il libro di Anita, o meglio la bozza del libro, si stava rivelando una lettura faticosa, soprattutto dopo aver esaurito le pagine dattiloscritte e la parte più ordinata del manoscritto. Quando passai agli appunti, mi ci volle un po' per orientarmi nella mole di fitti scarabocchi, buttati giù con una calligrafia armoniosa, ampia e arrotondata. Leggiucchiai alcune pagine, inizialmente senza fatica, poi sempre con maggiore difficoltà. La grafia peggiorava gradualmente, si faceva tortuosa, le righe si inclinavano. Anche la narrazione perdeva regolarità e assumeva uno stile lapidario, fino a trasformarsi in una serie di promemoria. Non ero neppure sicura che fossero nell'ordine giusto.

Mentre tentavo di raccapezzarmi in quel pastrocchio, mi sembrò di intuire qualcosa tra le righe che in un primo momento non riuscii a focalizzare. Lo feci solo dopo aver macinato un bel po' di pagine: per creare i suoi personaggi Anita si era ispirata ai residenti delle Tre Ginestre. Ne riconobbi alcuni per la descrizione fisica, altri per le caratteristiche della personalità. Non a caso si dice "scrivi ciò che conosci".

Anche l'ambientazione ricordava il condominio, benché Anita avesse fatto alcune modifiche e non vi fossero riferimenti alla città di Roma.

Quando avevo incontrato Anita alle mie nozze, avevamo parlato della famiglia Ferrante, della quale ero appena entrata a far parte, e lei si era dimostrata una donna sagace, in grado di inquadrare le persone, anche quelle a cui era più vicina affettivamente. Ora quell'acume si dimostrava in pieno nel suo scritto.

Dopo essermi immersa in una sorta di gioco "indovina chi è", decisi che era arrivato il momento di fare una pausa.

Quando arrivai in piscina, mi guardai intorno in cerca di un volto amico, senza trovarne. L'unico posto disponibile era accanto alla signora del terzo piano, una donna di mezza età dal fare cerimonioso che amava fare conversazione sul gonfiore delle caviglie e su altri suoi acciacchi. Io però non ero molto in vena di socializzare. Ero sotto l'ombrellone a sorbirmi le sue lamentele con gli occhi fissi sul suo faccione lucido di crema solare, quando arrivò un messaggio sul telefono. Proveniva da Gianfranco e mi suonò piuttosto severo nella sua brevità:

Cos'hai da dire al riguardo?

La domanda riguardava una e-mail che mi aveva inoltrato, arrivata da un indirizzo sconosciuto e non firmata. Qualcuno gli aveva inviato una foto via posta elettronica accompagnata dal testo: "Il lupo perde il pelo ma non il vizio". In un primo momento pensai a una e-mail di spam, ma quando aprii la foto restai di sasso.

Fissai lo scatto che mi riprendeva insieme ad Adriano, seduti a un tavolino isolato, nel bar dove ci eravamo incontrati due giorni prima. Nella foto sembravamo in sintonia, quasi intimi. Io ero stata immortalata in un movimento vagamente sensuale, lui mentre mi guardava con intensità. Non avevamo affatto l'aria di due conoscenti che si incontrano per la seconda volta. Restai a fissare la foto senza parole, con una morsa allo stomaco.

"Cos'hai da dire al riguardo?". Una domanda asciutta che tradiva la collera traboccante di Gianfranco. Ero conscia di dover rispondere il prima possibile, ma cosa avrei potuto dire? E soprattutto, chi mi aveva giocato quel tiro mancino?

Era stata *lei*. Greta mi odiava. Mandare a Gianfranco quella foto era stato un colpo basso. Con quella mossa Greta aveva sferrato un vero e proprio attacco nei miei confronti, pensai con la rabbia che mi montava dentro insieme a un senso di inquietudine. Per scattare quella foto doveva avermi seguita, doveva aver osservato ogni mio passo. Chiara dimostrazione di una mente malata. Possibile che non avesse di meglio da fare, che non avesse una vita sua?

Quella frase che aveva scritto, "il lupo perde il pelo ma non il vizio", implicava che fosse al corrente del mio flirt online. Come lo aveva saputo? L'unica persona a cui l'avevo confessato in quel condominio era stata Rosi, ne conseguiva che era stata lei a dirglielo. "Il tuo segreto è al sicuro", mi aveva assicurato. A quanto pare, non riusciva proprio a tenere la bocca chiusa e per di più aveva spifferato le mie confidenze proprio a Greta!

Quando tornai a casa, mi decisi a chiamare Gianfranco. «Ho ricevuto la foto».

«Okay. Chi è l'uomo con te?».

Dritto al punto. Aveva una voce piatta ma lo conoscevo troppo bene per sapere che in realtà coltivava una gelida rabbia.

«È il poliziotto che è venuto qui a cercare Anita», risposi.

«E perché vi siete rivisti?».

«Gli ho riferito che né tu né tua madre sapevate nulla del cognato», dissi a fatica. Speravo che ciò bastasse a chiudere il terzo grado, ma mi illudevo.

«E non potevi dirglielo per telefono?».

Una domanda legittima, alla quale non era facile replicare. «Sì, ma... volevo delle risposte. Comunque, non è questo il punto».

«E qual è, allora?».

«Il punto è che ti hanno mandato quella foto per danneggiarmi. C'è un intento malevolo dietro tutto questo. È stata lei, sono pronta a scommetterci».

«Lei chi?».

«Greta!».

«Stai parlando della ragazza del piano di sotto? Perché si sarebbe presa la briga di scattarti una foto e inviarmela anonimamente?», chiese Gianfranco con palese stizza.

«Non lo so... uno scherzo vile, crudele».

Le mie parole furono accolte da un glaciale silenzio.

«Se è stata una cosa innocente, perché non me ne hai parlato?», obiettò Gianfranco con una sfumatura tagliente nella voce.

Provai uno sgradevole vuoto allo stomaco, mentre cercavo una motivazione ragionevole. Sapevo che la verità era l'unica risposta possibile, ma mi sentii comunque a disagio. Dopo diversi mesi in cui avevo cercato disperatamente di ripristinare la fiducia con Gianfranco, mi ritrovavo a dovergli fornire di nuovo spiegazioni per il mio comportamento.

«Te ne avrei parlato», mi difesi. «Magari di persona».

«Come si chiama?».

«Chi?», chiesi sciocamente.

«Il poliziotto che sta indagando di straforo».

«Perché vuoi saperlo?».

«Non ne ho il diritto, scusa?».

Sbuffai. «Adriano Valle. Ma non...».

«E perché non hai lasciato cadere la questione come ti avevo pregato di fare?».

«Te l'ho detto, volevo delle risposte. È venuto fuori che Anita aveva sporto denuncia contro il poliziotto assassinato».

Percepii che a Gianfranco non interessava affatto.

«A prescindere dal motivo per cui è venuto da noi, non mi sembra una buona idea frequentarlo».

«Quindi non te ne importa nulla di ciò che è successo ad Anita?».

«Che vorresti dire?».

«Dovresti metterti una mano sulla coscienza. Per essere tanto affezionato a lei, sapevi ben poco dei suoi problemi, ti pare?».

«Ma di cosa diavolo stai parlando?».

«Anita era perseguitata da quel Sebastiano, aveva ricevuto minacce da lui».

«Amanda...».

«Cosa stai per dire? Che era paranoica? Che la malattia l'aveva resa ossessiva? Puoi davvero affermare una cosa del genere, tu che la conoscevi bene?».

«Ascolta, sono in orario di lavoro, ne riparliamo stasera o sabato quando sarò a casa».

Quando chiusi la telefonata, ero un fascio di nervi. Quali erano le intenzioni di quella squilibrata di Greta? Spezzare una famiglia? O farmi solo un dispetto?

Rabbrividii, sentendomi controllata, spiata.

Ero certa di non avere nulla da rimproverarmi. Con Greta ero stata benintenzionata fin dall'inizio, avevo cercato di assumere un approccio amichevole, avevo perfino tentato di instaurare un dialogo. E non ne avevo ricavato nulla, se non un'animosità immotivata, un atteggiamento offensivo del tutto gratuito.

Stavo per chiamare mia sorella e sfogarmi con lei, quando suonò il campanello.

Quando aprii, Rosi era sulla soglia, trafelata, in tenuta da infermiera. Mi salutò con un bacetto sulla guancia e non si accorse di quanto fossi sconvolta. «Sono appena tornata da un turno in ospedale. Il tempo di farmi una doccia e cambiarmi, ed esco con gli amici. Perché non ti unisci a noi?».

Cercai una risposta diplomatica per dirle di no. «Temo di non essere dell'umore giusto. Non ci sono con la testa, oggi».

«Peccato! Facciamo un altro giorno, allora?».

«Certo».

Rosi era appena rientrata dal lavoro e già era pronta a una serata con gli amici. Provai una leggera invidia per il suo stile di vita spensierato.

Mi interrogai sull'opportunità di parlarle della foto. Avrei voluto qualche spiegazione da lei, sapere con quale diritto aveva parlato a Greta dei miei affari privati. Mi resi conto di traboccare di risentimento. «Aspetta... Vuoi entrare un attimo?», proposi. «C'è una cosa di cui vorrei parlarti».

«Ho i minuti contati, scusa». Fece per voltarsi.

«Ci ho ripensato. Esco con voi».

Uscire quella sera non mi allettava affatto ma sarebbe stato peggio restare a casa a commiserarmi.

41

GRETA

«Il gatto ti ha mangiato la lingua?», la stuzzicò Leo con una gomitata sul fianco.

Greta si ridestò e alzò la testa di scatto, frastornata, senza capire neppure dove fosse. La mente si era chiusa in se stessa e la voce di Leo l'aveva riportata di colpo alla realtà. Si ritrovò nel negozio di "Giorgio Frutta e Verdura". Le uscì dalla bocca un mugugno distratto e si stropicciò gli occhi.

Totalmente immersa nel suo mondo, solo in quel momento si rese conto che Leo si era avvicinato a lei, fischiettando. Greta aveva sempre i nervi tesi quando lui le era vicino. Lo avrebbe strozzato per quel suo modo furtivo di venirle accanto, simile a un predatore che circuisce la preda.

Si ritrasse con un sobbalzo e allontanò Leo con un brontolio. «Che cavolo vuoi?».

«Sai che non si dorme sul posto di lavoro, Molinari?».

«Non stavo dormendo, stupido idiota», protestò Greta.

Leo abbozzò una smorfia contrariata. «Stai al tuo posto, Molinari. E datti una mossa, le etichette con i prezzi non si sistemano da sole».

No, non stava dormendo. Era più uno stato di torpore, quello che la prendeva di tanto in tanto in quei giorni, perché non riposava abbastanza di notte. Tendeva a isolarsi, tutto qui. Strinse le labbra e posizionò l'etichetta con il prezzo al chilo davanti ai sacchi di patate. Quella mattina era andata controvoglia a lavorare e aveva ancora la mente in subbuglio.

Notando che Leo la fissava sfacciatamente, Greta distolse lo sguardo e cercò di riprendersi. Si accorse con irritazione della pressione della gamba di Leo sul suo fianco. Subito dopo lui le mise una mano alla base della schiena, fingendo di allungarsi verso gli scaffali. Appena fu consapevole del contatto, Greta schizzò all'indietro e digrignò i denti. «Te l'ho già detto, stammi fuori dai piedi», gli intimò a labbra strette.

«Porca miseria, quanto sei nervosa». Leo si passò una mano sulla fronte per asciugare il sudore e le strizzò l'occhio con lascivia.

Schifoso. Non gli avrebbe permesso di toccarla mai più, si ripromise. A costo di torcergli il collo.

Da quando il padre non era in giro a tenerlo in riga, Greta era diventata il bersaglio preferito di battute penose, ammiccamenti e attenzioni non richieste. Leo era diventato invadente, qualche volta usava con lei un linguaggio ai limiti dell'osceno e si spingeva a fare allusioni sessuali. A furia di occhiatacce e parole dure, sperava di fargli capire che non era aria, ma i suoi tentativi di *fraternizzare* (come diceva lui) erano estenuanti.

Sognava di prenderlo a calci e insultarlo pesantemente. Accarezzare quelle fantasie la calmava, ma doveva stare attenta a tenere a freno la lingua perché Leo era come un cane docile che, quando viene stuzzicato, si rivolta contro e attacca, azzannando alla giugulare. O come un rapace, un avvoltoio, che prima studia famelico la preda e poi colpisce con ferocia.

Entrò un cliente, si diresse verso il reparto frutta e prese a esaminare le pesche. Leo gli andò incontro sfoggiando un ampio sorriso. Più tardi tornò da Greta a sistemare il resto della merce sugli scaffali.

«Come sta tuo padre?», si informò Greta, più che altro per distrarre Leo dai tentativi di abbordaggio.

Lui si passò una mano sugli occhi. «Dio solo lo sa. Continuano a fargli esami, speriamo che torni a casa con una cura».

«Speriamo», gli fece eco Greta, sforzandosi di adottare un approccio più morbido. Erano giorni che cercava di prendere il discorso dei soldi. Si fece coraggio per affrontarlo. «Senti un po', non abbiamo ancora parlato del salario. Ti faccio notare che ora lavoro qui più di otto ore».

«Cavolo, quanto sei venale. Di che ti preoccupi? A fine mese faremo il conteggio delle ore e riceverai quello che ti spetta».

«Ho delle spese arretrate, mi servono soldi il prima possibile».

«Vuoi comprarti qualche vestito nuovo e farti i capelli?». Ammiccò con aria cospiratoria.

«Non fare il cretino. Mi serve un anticipo, sono praticamente in mutande».

Greta si morse la lingua, rendendosi conto di avergli servito una battuta scurrile su un piatto d'argento. Ma Leo non colse l'occasione, anzi, prese a lamentarsi della scarsa clientela, cominciò a parlare di problemi di bilancio, dei pochi soldi in cassa, sottolineò che le entrate soffrivano dell'estate e che si auguravano di non finire in bancarotta come tanti altri negozi in zona.

Quanto era odioso quel suo menare il can per l'aia.

«Risentiamo come tutti della crisi economica, quindi non aspettarti miracoli». Lo disse con aria annoiata, ma Greta non era stupida e riconosceva le bugie, soprattutto quando chi parlava si toccava la faccia ripetutamente.

«Mi hai presa per scema? Lavoro sodo. E non mi pare che gli affari vadano male», obiettò, immusonita.

«Cosa vuoi saperne tu di profitti. E comunque, ringrazia se arrivi alla fine di luglio, perché dopo chi lo sa».

«Stai dicendo che potreste mandarmi via?».

«Tu che ne pensi? Non sei affidabile, papà dice che sei una scansafatiche».

«Ma cosa...», tentò di protestare Greta, ma lui levò una mano per zittirla.

«Potremmo essere costretti a prendere qualcuno senza permesso di soggiorno, qualcuno disposto a sbattersi per guadagnare due soldi per un lavoro stagionale. Dunque, datti una regolata e non giocare col fuoco». Le rivolse un ghigno da furbacchione.

Greta imprecò dentro di sé, guardando Leo di traverso. Avrebbe voluto fulminarlo. La trattava come una bambina sciocca, ignorava le sue richieste e le faceva discorsetti intimidatori con una faccia da schiaffi. Greta riprese a scaricare le patate, fantasticando di scaraventarle tutte addosso a Leo, una dopo l'altra.

42

GRETA

"Esco con i miei amici, porto Amanda con me. Passa una buona serata anche tu". Rosi le aveva lasciato il biglietto sul tavolo della cucina, scritto con la sua calligrafia infantile. Poco ci mancava che mettesse i cuoricini sulle "i".

Greta aveva passato una giornataccia al lavoro e avrebbe voluto buttarsi sul letto per dormire dodici ore filate, ma doveva rinviare il progetto: era finalmente arrivata l'occasione che aspettava per introdursi di nuovo in casa di Amanda.

Ovviamente Rosi le aveva scritto quel messaggio solo per farle un dispetto. Quant'era noiosa! E continuava a fare comunella con il nemico. Si immaginava lei e Amanda intente a bisbigliare contro di lei come due congiurate, mentre si scambiavano sgradevoli sorrisetti. La cosa la urtava, tuttavia ciò che contava è che si fossero tolte dalle scatole, lasciandole il campo libero. E lei non avrebbe esitato a far fruttare le circostanze.

Avrebbe potuto cogliere l'occasione anche per prendere dei soldi dalla riserva di Rosi, visto che era con l'acqua alla gola. Ma sottrarre denaro alla coinquilina avrebbe messo a repentaglio il loro rapporto; inoltre non poteva permettersi di andare fuori carreggiata, non con la faccenda di Seb ancora in sospeso, la presenza minacciosa di Amanda e Occhi Gelidi che le stava alle costole. Però entrare in casa Ferrante era diventato indispensabile per capire cosa sapevano.

Si assicurò di non essere vista e salì al piano di sopra. Per precauzione, suonò il campanello e diede anche un colpetto alla porta prima di inserire la chiave nella toppa. Non era ancora convinta che l'appartamento fosse vuoto. Forse Amanda e Rosi si erano messe d'accordo per coglierla in flagrante. Si fece coraggio e varcò la soglia di soppiatto. Appena entrata, si tolse subito le ciabattine e si inoltrò a piedi scalzi nell'appartamento.

Si domandò se non avrebbe fatto meglio a indossare dei guanti di gomma per non lasciare tracce, ma ormai era troppo tardi per pensarci.

Non sapeva bene cosa fare. Da dove iniziare la ricerca di indizi? Controllare nuovamente il computer poteva essere un punto di partenza.

Non c'erano novità nella cronologia di ricerca, né nella posta. Greta avrebbe dato qualsiasi cosa per sapere come aveva reagito Gianfranco alla foto che gli aveva inviato, ma ricordò a se stessa che non era lì per il sadico piacere di tormentare Amanda o spiare i suoi affari.

Era una serata caldo-umida, Greta si sentiva tutta sudata, sia per il caldo che per l'ansia frenetica. Si diresse in bagno, aprì il rubinetto e si sciacquò qua e là. Durante l'operazione, un po' d'acqua si rovesciò sul pavimento, ma chissenefrega, pensò, è solo acqua, si asciugherà. Adoperò l'asciugamano per tamponarsi, apprezzandone l'ottima fattura.

Doveva essere bello vivere nella bambagia, considerò con acrimonia.

Ora però doveva concentrarsi per esplorare con metodo centimetro per centimetro. Nonostante le buone intenzioni, le mancò la pazienza, così cominciò ad aprire tutti i cassetti animata dalla frenesia e raspò all'interno con gesti convulsi; poi prese a girare come una trottola per le stanze, razzolando qua e là, sbatacchiando sportelli, frugando affannata nelle scatole. Fu assalita dallo spasmodico desiderio di svuotare gli armadi, gettare all'aria tutto il contenuto, fare a brandelli la biancheria intima, scagliarla a terra e camminarci sopra.

Controllarsi le costò molto sforzo.

Quando avvistò le foto incorniciate sopra la mensola, non poté trattenersi dall'afferrarne una e guardarla da vicino. Fissò una Amanda sfavillante nel suo abito da sposa, bianco, appariscente, sontuoso, senza maniche e con lo scollo profondo; uno stile ricercato che valorizzava il suo fisico. Al fianco, un Gianfranco con gli occhi adoranti, il busto eretto leggermente voltato verso la sua sposa, il viso proteso, pronto a baciarle una guancia. Che buffoni.

Erano una coppia ben assortita, anche se nessuna delle inquadrature rendeva loro pienamente giustizia. Sembravano innamorati e felici insieme. Ma Greta ora sapeva che in quell'apparente perfezione c'erano delle crepe.

Chissà se avevano già messo in conto un marmocchio. Forse a breve tra quelle foto sarebbe comparsa l'immagine di un poppante con il ciuccio in bocca. A quel punto, le ferite si sarebbero risanate e il rapporto sarebbe tornato sereno. Lo stomaco le si attorcigliava all'idea.

Greta dovette frenare l'impulso impellente di sbattere a terra le cornici, rompere i vetri, ridurre a pezzetti gli scatti e infine sputarci sopra. Stava coltivando quell'idea, quando si sentì andare in ebollizione.

L'euforia che aveva provato la prima volta che si era introdotta in quella casa, si era trasformata in una specie di smania di distruzione. Ansimava pesantemente, le mancava l'aria. Sbatté con malagrazia la cornice sulla mensola e si affrettò a uscire dalla stanza. Se fosse rimasta un attimo in più, avrebbe di sicuro dato fuori di matto.

Si diresse di corsa verso l'uscita, ma inciampò in una scatola e finì per urtare con violenza contro un mucchio di fogli posati in equilibrio precario sul tavolo. Le carte si sparpagliarono a terra e Greta imprecò con violenza. Non aveva nessuna fantasia di rimettere a posto, ma si abbassò comunque a raccogliere i fogli, mugolando per la frustrazione. Le mani si mossero febbrili a raccattare i fogli. Mentre strapazzava i pezzi di carta cercando di radunarli alla buona, il suo sguardo fu catturato da una delle pagine sul pavimento.

"Scritto da Anita Ferrante".

Restò in ginocchio, imbambolata a fissare quelle parole, quasi che potessero magicamente sparire da un momento all'altro. L'arpia aveva scritto un libro? Se lo domandò con una scossa di allarme. Smise di radunare i fogli e frugò nella sua memoria. Tempo addietro Rosi aveva detto qualcosa in proposito ma lei non vi aveva prestato la minima attenzione, né vi aveva dato alcun peso. Tentò febbrilmente di ripassare quella conversazione, senza riuscirci. Tuttavia, le venne in mente che di tanto in tanto udiva dal piano di sopra un ticchettio che non sapeva spiegarsi. Una macchina da scrivere, evidentemente.

Dunque Anita aveva scritto un dannato libro. Era una specie di autobiografia? Un diario? Un romanzo? Un cumulo di farneticazioni personali? Diavolo, questo significava che poteva aver raccontato di lei. Anzi, era sicuramente così. I suoi occhi si mossero sul foglio a destra e sinistra, in cerca di indizi. Scartabellò con ferocia le altre pagine, cercando il suo nome, poi spostò l'attenzione sul resto del materiale rimasto sul tavolo. C'erano un mucchio di fogli, anche appunti scritti a mano. Quanto accidenti scriveva quella vecchia squinternata?

Diede una scorsa al prologo e per poco non si strozzò con la saliva. Non capiva il senso della scena di apertura, ma uno dei personaggi sembrava Malina! Come faceva Anita a conoscere quei particolari?

Doveva leggere l'intero testo, esaminarlo minuziosamente per capire se la vecchia avesse rivelato qualcosa di importante, ma sottrarre il materiale significava farsi scoprire da Amanda.

Dio santissimo, Amanda poteva già averlo letto tutto. *Sa già tutto*, l'ammonì una voce nella sua testa. *Per questo si comporta in modo strano. Per questo frequenta un poliziotto.*

In una confusa presa di coscienza, capì che non era affatto al sicuro come aveva creduto. Si era solo cullata in un'illusione infantile e irragionevole. Forse la polizia le dava già la caccia. Fece uno sforzo immane per soffocare un urlo di frustrazione. Il caldo là dentro era diventato soffocante. Si sollevò di scatto e fu colta da un capogiro. Si appoggiò al bordo del tavolo mentre la stanza le girava intorno.

Appena fu di nuovo presente a se stessa, tirò fuori lo smartphone dalla tasca dei jeans e cominciò a fotografare tutto in modo frenetico. Scattò e scattò a raffica come una forsennata, finché si rese conto che era impossibile riuscire a catturare l'intero scritto. Inoltre, Amanda poteva tornare da un momento all'altro. D'impulso radunò tutti i fogli e decise di portarseli via. Recuperò le scarpe e ancora esagitata sgattaiolò fuori.

43

AMANDA

Ero uscita per evitare di stare sola con la giostra dei miei pensieri, ma durante le ore che seguirono nel wine bar mi sentii ancora peggio.

Gli amici di Rosi erano persone espansive, semplici e molto chiassose. Quando parlavano sembravano attingere a un repertorio di banalità ordinarie e luoghi comuni, ma a modo loro erano simpatici e furono molto affabili con me. Tuttavia, nonostante l'atmosfera amichevole, mi sentivo fuori posto, chiusa nelle mie elucubrazioni.

Il locale offriva assaggi di vari vini e alcuni piatti da abbinarvi. Consultai il menu. Le proposte sembravano deliziose, ma scoprii di essere troppo tesa per avere appetito.

«Devi mangiare qualcosa, Amanda», mi riprese Rosi. «O non reggerai il vino». Cedetti e ordinai un risotto al tartufo. Mi limitai a mangiarne pochi bocconi.

Eravamo stipati in un tavolo troppo piccolo, in un clima spensierato destinato a intensificarsi grazie agli alcoolici. Si parlò soprattutto di ferie estive e luoghi di vacanza. «E tu, Amanda, dove andrai quest'estate?».

«Mi piacerebbe poter prendere qualche giorno di relax, ma credo che resterò a Roma per occuparmi della casa nuova».

«Si dice in giro che quella pazzoide di Greta ti abbia presa di mira», ridacchiò un'amica di Rosi.

Sospirai infastidita dall'ennesima prova di indiscrezione di Rosi, ma cercai di cavarmela con una battuta sarcastica: «Ma che dici, io e Greta siamo pappa e ciccia».

Speravo di bloccare sul nascere l'argomento, ma non fu così. Tutti sembravano molto curiosi del mio combattuto rapporto con Greta, ma riuscii a sfuggire con abilità ad altri tentativi di ficcanasare e alla fine riuscii a distrarli dall'argomento. In realtà mi sarebbe piaciuto sputare veleno su Greta e smaniavo dal bisogno di chiarire la questione con Rosi, ma non trovavo l'occasione per parlarle a tu per tu.

Mi sforzai di mostrare un'espressione più consona alla situazione conviviale e di partecipare alla conversazione, ma ben presto esaurii le sciocchezze da dire e la serata mi apparve interminabile. Non pensavo che a defilarmi.

Rosi mi incoraggiava a degustare ogni tipo di vino e mi riempiva il bicchiere fino all'orlo. I miei propositi di bere con moderazione andarono a farsi benedire. L'alcool fece subito effetto, con un piacevole intorpidimento. D'un tratto, non riuscii più a seguire le loro conversazioni, le mie risate suonavano forzate, la mente aveva bisogno di astrarsi e cominciò a divagare, cullata dal brusio di sottofondo.

I miei pensieri inciamparono su Adriano. Il mio censore interiore mi proibiva di concentrarmi ancora su di lui, ma l'alcool in circolo faceva riaffiorare il suo volto, mi faceva ripensare alla vibrazione che avvertivo al suo tocco, alla sensazione al basso ventre che mi suscitava la sua voce, al modo in cui i suoi occhi si spostavano pigramente sul mio viso, passando in rassegna ogni curva, non in modo lascivo, ma come se volesse memorizzarne i lineamenti.

Io e lui avevamo stabilito un tono confidenziale molto in fretta, come se ci conoscessimo da sempre, benché non avessimo mai toccato argomenti troppo personali. Provai il desiderio impellente di mandargli un messaggio, per sapere come stava, se c'erano novità, come se la cavava la sorella.

«Scusate, devo andare». Mi alzai di botto, rischiando quasi di far rovesciare il tavolino.

Rosi mi guardò allarmata. «Amanda, che succede, non ti senti bene?».

«Ho bevuto troppo, vado a casa. Mi dispiace, non voglio fare la guastafeste».

Rifiutai le offerte di un passaggio, adducendo la giustificazione che avevo bisogno di fare due passi a piedi. Appena fuori, respirai a pieni polmoni l'aria fresca della sera. Mi diressi verso casa. Camminai adagio, incespicando a ogni passo. Sbandavo e ondeggiavo, avevo le guance in fiamme e lo stomaco sottosopra. Per fortuna il tragitto fu breve e non ebbi problemi a orientarmi. Non c'era nessuno in giro, la serata era tiepida, addolcita da una leggera brezza.

Quando finalmente oltrepassai il cancello delle Tre Ginestre, venni colta da nausea e crampi allo stomaco. Barcollando sui tacchi, raggiunsi la fontanella del condominio. Mi spruzzai dell'acqua in faccia e respirai a fondo per scongiurare il vomito. Il palazzo era stranamente avvolto nel silenzio, nei paraggi tutto taceva tranne l'ipnotico canto dei grilli e il ronzio dei condizionatori.

La serata fuori casa non aveva migliorato il mio umore. E non sapevo che le cose erano destinate a peggiorare.

44

GRETA

Greta portò l'ingombrante malloppo di fogli in camera sua e si chiuse dentro a chiave, pur sapendo che Rosi non avrebbe fatto ritorno a breve. Trafelata, si lasciò scivolare sul pavimento e sparpagliò davanti a sé i fogli trafugati. Con furia disperata cominciò a sfogliare le pagine. Nel frattempo, la mente sconvolta si sforzava di fare ordine.

Grazie alla sua fortuna sfacciata, Amanda si era imbattuta nello scritto di Anita, dove aveva trovato qualcosa che l'aveva insospettita, qualcosa che l'aveva indotta a fiutare puzza di bruciato. Tutto quadrava. Gli incontri con lo sbirro, le ricerche su Sebastiano Levani.

Il panico prese a scorrerle nelle vene. Afferrò il posacenere già traboccante di cicche e si accese una sigaretta. Sbuffando fumo verso il soffitto e imprecando tra i denti, si costrinse a leggere. Di sicuro Anita aveva scritto una storia barbosa. Pura spazzatura. Che porcheria poteva venir fuori da quella megera?

Greta non era abituata a leggere libri e non capiva chi lo faceva con passione. La considerava un'attività soporifera che le intorpidiva il cervello e l'annoiava profondamente. Associava la lettura ai tempi della scuola, un periodo penoso in cui era stata bistrattata dagli insegnanti, esclusa dai coetanei e spesso oggetto di scherzi stupidi.

Era così agitata che le parve di avere davanti agli occhi geroglifici incomprensibili. Seduta sul pavimento a gambe incrociate, si impose di concentrarsi ma non riusciva ad assimilare quanto c'era scritto. Capire qualcosa in quel guazzabuglio di parole senza significato le pareva un'impresa impossibile, tanto più che le pagine erano tutte in disordine e non numerate. Voltò i fogli freneticamente, lesse frasi a caso. Le girava la testa.

Schiacciò il mozzicone nel posacenere, sopra un mucchietto di altre cicche che giacevano lì da tempo immemore. Prese un'altra sigaretta senza rifletterci. Ne stava fumando una dietro l'altra. In futuro doveva razionare i pacchetti, con quello che costavano.

Lasciò scorrere rapidamente i fogli tra le dita con un moto di frustrazione. Bastava la vista di quello scritto illeggibile a riempirla di una collera cieca. In un impulso selvaggio iniziò ad accartocciare alcuni fogli e ne fece a pezzi altri. Poi si pentì, cercò di lisciare le pagine strapazzate e recuperò quelle stracciate. Decise che aveva bisogno di fare due passi per schiarirsi le idee. Raccattò il mucchio di fogli e li infilò nell'armadio, sotto uno spesso strato di vecchi indumenti riposti a casaccio.

Uscì. Le strade erano buie e deserte. La brezza le fece venire la pelle d'oca sulle braccia. Una volta raggiunta la strada principale del quartiere, allungò il passo e procedette a tutta velocità a testa bassa, senza curarsi di dove andava o di chi avrebbe potuto incontrare. Come faceva di solito, cercò di incanalare la sua rabbia in quella camminata, nella speranza che le avrebbe svuotato il cervello e alleviato la tensione muscolare. Ma aveva le gambe stanche, la schiena le doleva e i muscoli delle cosce le bruciavano. Non c'era grinta nei suoi passi. La sua mente al contrario ribolliva di pensieri, ipotesi, domande. Perché Anita non si era fatta gli affaracci suoi? Se non fosse già morta, avrebbe voluto strangolarla con le sue mani. Continuò a camminare finché il corpo dolorante non le implorò di smettere. Tornò indietro fino alle Tre Ginestre.

Quando imboccò il vialetto che conduceva al palazzo, pescò dalla tasca il pacchetto di sigarette e l'accendino. Si accese l'ennesima sigaretta e si appoggiò al muretto di confine con la piscina, in un punto al riparo dal vento.

Vide Amanda varcare il cancello del condominio. Schiena dritta, camminata disinvolta, capelli sciolti sulle spalle che svolazzavano alla brezza della sera.

Greta strinse i pugni e si conficcò le unghie nei palmi delle mani. I suoi occhi seguirono Amanda mentre attraversava il vialetto e si dirigeva verso la fontanella. Notò che si reggeva a malapena in bilico sui tacchi alti, il che significava che aveva bevuto in modo esagerato, sicuramente per colpa di Rosi.

Amanda si chinò a bere dal getto di acqua e quando si rialzò sembrò sul punto di mettersi a vomitare. Con una stilettata di odio, Greta si augurò che stesse malissimo. Si meritava qualcosa di brutto. Greta aveva una voglia matta di afferrarla per il collo. Avrebbe gioito nel rivedere la paura riflessa sul suo bel viso. Restò per alcuni secondi a crogiolarsi in quella tenebrosa fantasia, finché si accorse che Amanda l'aveva notata e le stava andando incontro.

Greta fece un ultimo tiro, soffiò via il fumo, poi gettò a terra la sigaretta fumata a metà, la lasciò bruciare un secondo sul selciato, infine la schiacciò con la punta della scarpa. Quando rialzò lo sguardo, Amanda era davanti a lei, la stava fissando con occhi luccicanti. Il rimmel sbavato le imbrattava le palpebre in stile gotico.

«Ehi. Guarda un po' chi si vede», l'apostrofò Amanda con voce impastata. Greta pensò che fosse sul punto di azzannarla.

45

AMANDA

Prima ancora di vedere Greta, nelle narici mi penetrò l'odore delle sue sigarette. Mi guardai attorno e scorsi da lontano una figura goffa e ingobbita, appoggiata al muretto, la testa avvolta in una nuvoletta di fumo. Sentii i peli delle braccia drizzarsi, e non per il fresco della sera.

Al fioco bagliore dei lampioni condominiali, Greta aveva un'aria macilenta e un incarnato maliticcio, quasi spettrale. Pareva persino invecchiata, ma non aveva perso l'aria da maschiaccio strafottente. Anche da lontano emanava un'aura malevola che mi faceva rabbrividire.

Mi stava aspettando? Per un istante pensai di battere in ritirata, cedendo alla codardia. No, non mi sarei sottratta al confronto, non le avrei dato questa soddisfazione. Ero determinata a non mostrarmi intimidita. Mi avvicinai per affrontarla a testa alta, augurandomi che fosse l'occasione per mettere un punto fermo a quella storia. Mi fermai davanti a lei. «Ehi. Guarda un po' chi si vede». La voce mi uscì rauca e aggressiva.

I suoi occhi, sprofondati nelle orbite più del solito, mi squadrarono di sottecchi con malanimo. L'espressione scontrosa e sgradevole come al solito. Una ciocca di capelli le cadeva sulla fronte, sembrava unta. Avevo voglia di graffiare quella faccia smunta come una gatta selvatica, benché non amassi lo scontro fisico, né la violenza.

«Dimmi, ti credi in gamba? Lo so che sei stata tu».

Per un frammento di secondo, lei sembrò sobbalzare alla mia accusa. «Di che parli?». Ficcò le mani in tasca e il suo sguardo guizzò lontano da me.

Tentai di nascondere quanto fossi nervosa in sua presenza. Intendevo restare fedele al ferreo proposito di mantenere toni pacati e civili, ma non ci riuscii. «Lo sai benissimo di cosa parlo! È stata una vera cattiveria inviare quella foto a mio marito», l'accusai con voce leggermente biascicante.

Mi aspettavo di sentirla sbraitare contro di me, invece le mie parole indignate non sortirono nessuna replica. Non sembrava intenzionata a difendersi o smentirmi. Se ne stava cocciutamente immobile, gli occhi sfuggenti, il volto atteggiato all'abituale cupezza. Ma mi saltarono all'occhio le mani strette a pugno che si aprivano e chiudevano in modo compulsivo. Senza incrociare direttamente lo sguardo, mi lanciava occhiatacce oblique da sotto le sopracciglia ispide.

«E come ti sei permessa di pedinarmi? Ti rendi conto che potrei denunciarti per molestie?», mi accalorai.

Niente, non si mosse. La sua assenza di reazioni mi faceva rimescolare le viscere. Non avevo più intenzione di adottare un atteggiamento conciliante. Cominciavo a odiarla, desideravo farle del male, insultarla, fargliela pagare. Mi sentivo come una molla troppo tesa, pronta a scattare senza controllo. Doveva essere lo stesso per Greta, anche se restava immobile e apparentemente calma.

Avevo la sensazione che potesse attaccarmi senza preavviso, che fosse sul punto di aggredirmi fisicamente. Da un istante all'altro avrebbe potuto sputarmi addosso, schiaffeggiarmi o puntarmi un coltello contro. Probabilmente non sarei neppure stata in grado di difendermi, brilla com'ero.

Forse stavo sbagliando a sfidarla. In quella gelida fissità mi appariva ancora più pericolosa, come se la quiete precedesse un'esplosione di furore. Se soffriva di disturbi psichici, era imprevedibile. In ogni caso, ero troppo infiammata per frenarmi e passai subito all'offensiva. «Devi avere davvero una vita infelice per fare quello che fai. Sei vile e patetica, ecco cosa penso. Non sopporti la felicità altrui, non ti sta bene che gli altri abbiano delle amicizie, degli affetti...». Il nervosismo e il troppo vino ingurgitato rendevano il mio respiro spezzato e le parole sincopate.

«Quanto hai bevuto? Sei sbronza», replicò Greta con aria schifata.

«Sono cavoli miei quanto ho bevuto».

«Sapevo che Rosi ti avrebbe traviata».

«Ma sta' zitta! Chi sei per giudicarmi? Proprio tu vieni a farmi la morale?».

Una serranda al primo piano si sollevò. Al palazzo dovevano essersi accorti del baccano, soprattutto a causa del rimbombo delle voci in cortile. A breve avremmo avuto tutti gli occhi puntati addosso.

«Non c'è bisogno di alzare la voce, non sono sorda», disse Greta.

Stavo parlando con troppa foga, quasi gridavo senza rendermene conto? «Lasciami in pace, è chiaro? Piantala con i gesti da bulla o giuro su Dio che...».

«Mi stai minacciando?», domandò lei, evitando il contatto con i miei occhi. L'aveva detto con un tono acuto, così sgradevole che mi suscitò un vuoto allo stomaco. Sentivo un sapore acidulo sulla lingua.

Sapevo che era meglio tenere a freno le parole. Cercai di parlare con disinvoltura: «Il mio è un avvertimento. Non credo che ti renda conto della gravità della situazione. Ti avviso che se non mi stai alla larga, informerò la polizia. Sono stata chiara?».

Il mio stomaco emise un altro segnale di allerta, mi zittii per evitare di scatenare conati. Sperai di averla intimidita a sufficienza, ma non notavo tracce di paura sul suo volto emaciato.

Mi guardò furtiva con la coda dell'occhio. «Credo che dovresti essere tu a starmi alla larga», mi intimò.

«Dici sul serio? Sei ammattita?».

«Non fare la finta tonta. So che ti stai impicciando di cose che non ti riguardano. Non ne hai il diritto».

«Tu sei pazza! Soffri anche di deliri di persecuzione?». Deglutii a fatica. Avevo la bocca secca e una nausea crescente.

Lei fece un'esclamazione di disgusto. «A che gioco stai giocando? Se credi di ricavarci dei soldi, te lo puoi scordare. Non ho il becco di un quattrino».

Rimasi di stucco, con occhi sgranati. Dio, quella era completamente suonata. «Non so quale sia il tuo problema, ma la misura è colma, mi sono stufata di subire le tue angherie. Ti chiedo di rispettare la mia privacy. Guai a te se non lo fai». Cercai di scandire le parole, minacciandola con lo sguardo. Feci per voltarmi e andarmene, ma un rigurgito di acidità me lo impedì. Per non perdere l'equilibrio, fui costretta ad appoggiarmi al muretto a poca distanza da Greta. Fu lei ad allontanarsi in silenzio. Entrò nel palazzo senza fretta, mentre io rimasi in piedi, respirando a bocca aperta nel tentativo di scacciare l'impulso di vomitare. Il cuore mi pulsava all'impazzata. Quando finalmente ritrovai il controllo del corpo, erano passati diversi minuti. Ero madida di sudore, con il vestito appiccicato al corpo e le braccia intorpidite. Riuscii a scollarmi dal muretto e mi avviai verso il portone.

Nel tragitto fino a casa non potei fare a meno di guardarmi intorno nel timore che Greta mi aspettasse nell'ombra, in agguato, pronta ad avventarsi su di me lontano da occhi indiscreti.

46

AMANDA

Il primo campanello d'allarme scattò nella mia testa quando oltrepassai la porta d'ingresso: entrando in casa arricciai il naso in modo istintivo. Avevo colto un cattivo odore che sul momento non fui in grado di identificare. Per quanto indefinibile, quell'odore mi fece bloccare all'ingresso. Mi misi ad annusare l'aria. Ben presto le narici furono aggredite da un misto di effluvi sgradevoli. Sudore acido, pungente. Fumo di sigarette a buon mercato. Indumenti sporchi.

In modo automatico mi affrettai ad aprire la finestra che avevo lasciata chiusa per non far entrare il calore in casa, come facevo sempre quando uscivo o nelle ore più torride. Attivai alla massima velocità i ventilatori appesi al soffitto.

C'era qualcosa che non andava in casa, ma non avrei saputo dire che cosa.

L'odore greve era ancora ben percepibile. Quando capii a cosa era dovuto, emisi un gemito di sgomento. Qualcuno era entrato in mia assenza!

Avevo lasciato incautamente la porta aperta? Impossibile. Avevo usato la chiave per entrare.

No, non era stato qualcuno, una persona a caso, era stata *lei*! Riconoscevo con chiarezza quel misto di odori stantii che mi nauseavano. Era lo stesso mix che avevo fiutato al 9B e che emanava Greta stessa, glielo avevo sentito addosso poco prima. L'odore selvaggio di una scarsa cura dell'igiene personale, aggiunto al tanfo di fumo. Avanzai con circospezione lungo il soggiorno, accendendo man mano tutte le luci.

Quello che era ancora un sospetto, trovò conferma quando entrai in bagno. C'erano impronte di passi per terra. Qualcuno aveva camminato a piedi nudi (piedi lunghi e ossuti) sul pavimento bagnato. E l'asciugamano era umido.

Mi fiondai nella camera da letto. Accesi luce e ventilatore. Greta aveva frugato nei cassetti, toccato le mie cose? Mi si rivoltava lo stomaco al pensiero. Me ne andai in giro notando indizi quasi impercettibili del passaggio di un estraneo: oggetti fuori posto, tende scostate, lenzuola sgualcite.

Avevo lasciato il letto in ordine e ora mi sembrava sfatto. Una scena raccapricciante si profilò davanti a me: Greta che si stendeva sul letto. Sul mio letto! Inquietante, spaventoso.

Nonostante le finestre spalancate e le pale che ruotavano sul soffitto, il tanfo non se ne andava, come se avesse saturato l'aria in modo definitivo. Avevo l'impressione che mi avesse intasato le narici e riempito la gola. Perfino il copriletto mi sembrava maleodorante.

Chi le aveva dato il diritto di ficcare il naso in casa mia? Tornai di corsa all'ingresso. Come previsto, non c'erano segni di scasso, nessuno aveva armeggiato con la serratura. Doveva essere entrata con le chiavi. Come se l'era procurate? E perché l'aveva fatto?

Ricordavo con disgusto l'ingordigia con cui mi aveva riempita di domande, quella curiosità insana che aveva manifestato nei miei confronti. E l'assurda mossa di inviare una foto a Gianfranco. In base a quale logica distorta si comportava così? Intendeva danneggiami? Le sue azioni derivavano da un'infantile gelosia per Rosi? O dovevo prenderle come un implicito avvertimento, un tentativo di intimidazione? Uno scherzo malato? Un gioco perfido? Un gesto di sfida?

Non poteva odiarmi fino a questo punto. Non ci conoscevamo neppure! Non aveva scusanti. C'era qualcosa di sbagliato in quella Greta. Qualcosa di malato, di bacato. Era marcia dentro.

Nella mia mente fece capolino un altro pensiero. Qualche giorno prima avevo trovato la porta non perfettamente chiusa. Anche allora avevo percepito qualcosa di strano, ma non ci avevo badato. Dunque, non era la prima volta che entrava in casa mia quando non c'ero. Il mio ambiente era stato violato, ed era stata una profanazione assurda, insensata. Continuai a girovagare per la casa, cercando di dare un senso a ciò che era accaduto, senza riuscire a cogliere il significato di quell'intrusione illogica.

La prossima volta avrebbe potuto danneggiare qualcosa, commettere atti vandalici. No, non ci sarebbe stata un'altra volta, non lo avrei permesso, mi dissi con risolutezza. Avrei fatto cambiare la serratura, avrei fatto installare un sistema d'allarme.

Superato lo sgomento, il primo impulso fu di prendere il telefono e chiamare la polizia per sporgere denuncia. Ma quando nella mia mente si delineò la scena, cambiai idea. Come potevo dimostrarlo? Avevo solo tracce impercettibili di una presenza estranea in casa e nessun segno di effrazione. Era meglio avvertire prima Gianfranco. Quanto avrei voluto averlo lì con me!

Lui avvertì subito il mio tono agitato. «Ehi... perché mi chiami a quest'ora?».

«Ti ho svegliato?».

«No, ma... è successo qualcosa? Non dovevi uscire con la tua amica?».

Decisi di non prenderla alla larga. «Si tratta di Greta. È entrata in casa a mia insaputa».

«Di che stai parlando?».

Per un momento rimasi zitta, contrariata all'idea che potesse ritenere esilarante la situazione e scoppiasse in una risata come la volta precedente. Non avrei sopportato che banalizzasse di nuovo i miei problemi. Con voce rigida spiegai: «Ho sospetti giustificati che sia entrata in casa nostra stasera, mentre ero fuori. Deve avere le chiavi dell'appartamento perché la porta era intatta. Mi spieghi perché non abbiamo mai cambiato la serratura?». La voce mi uscì aspra, non potei fare a meno di assumere un tono polemico.

In un primo momento Gianfranco non manifestò alcuna reazione, sembrava confuso di fronte al mio sfogo. «Ma cosa stai dicendo? Vuoi calmarti?».

«Rispondi, perché non abbiamo fatto cambiare la serratura? Perché non abbiamo preso precauzioni?».

«Amanda, non ce n'era necessità di farlo. Nessuno aveva le chiavi dell'appartamento, neanche l'amministratrice».

«Non è così! A quanto pare, lei le ha!».

«Ma lei chi, scusa? L'amministratrice?».

«No, Greta».

«Ancora questa storia... è proprio un chiodo fisso. Come fai a dire che è stata lei?».

Cercai di riprendere fiato. «C'è il suo odore in tutta la casa».

«Il suo odore?». Mi sembrava di vederlo storcere la bocca, aggrottare la fronte con perplessità.

«Più un puzzo, direi. L'ho sentito distintamente, lo sai che ho un olfatto sensibile».

«Hai sentito un odore. Tutto qui?», domandò, di colpo irritato.

«E temo che sia già successo qualche giorno fa, quando la porta non era chiusa a chiave. Io do sempre due mandate prima di uscire. Inoltre ci sono delle cose spostate e delle impronte di piedi in bagno». Cercai di assumere un tono calmo.

«Ci deve essere una spiegazione logica». C'era un forte

scetticismo nella sua voce, che acuì la mia rabbia.

Non dissi nulla. Mi seccava che stesse mettendo in discussione il mio giudizio. Avevo immaginato, diciamo pure sperato, che ne sarebbe rimasto sconvolto e indignato come me, invece pareva solo desideroso di smontare le mie supposizioni.

«Sei sicura che la serratura non sia stata forzata?», riprese lui dopo un prolungato silenzio.

«Certo che sono sicura». Non avevo intenzione di mollare.

«E allora come fai a dire che un estraneo si è introdotto di nascosto?».

«Te l'ho detto», ribattei esasperata. «L'intera casa è come appestata!».

Ci furono altri secondi di silenzio. «È possibile che, ipotizzo, tu abbia lasciato sbadatamente la porta aperta e qualcuno del palazzo sia passato per caso e abbia ficcanasato un po'?».

Tutto mi ero aspettata ma non che mi accusasse assurdamente di sbadataggine. «Cosa stai dicendo, che è frutto della mia fantasia? Mi sono sbagliata, secondo te?», domandai con voce amara, risentita.

«Sto solo dicendo che trovo piuttosto bizzarra la tua spiegazione. In fondo hai sentito solo uno strano odore, che potrebbe essere penetrato da una finestra aperta. È poco plausibile la presenza di un intruso», concluse.

«Qualcuno si è introdotto furtivamente in casa nostra, Gianfranco», ribadii. «E non è stato un balordo qualsiasi, non era un ladro. Aveva le chiavi».

«Non potrebbe essere difettosa la serratura?».

«No».

«E perché pensi che Greta ne abbia un duplicato?».

«Non credo l'abbia, ma la sua coinquilina mi ha detto che Anita l'aveva incaricata di badare alle piante quando è stata ricoverata in ospedale».

«Sono passati diversi mesi», osservò lui in tono dubbioso.

«Questo non significa niente».

Gianfranco rimase in silenzio. Non pareva convinto, né sembrava troppo impressionato.

«Ha toccato le nostre cose, lo capisci?», lo incalzai.

Lui non replicò subito. «Perché mai questa Greta avrebbe dovuto introdursi in casa nostra?».

«Non lo so! È fuori di zucca, ecco. È mentalmente disturbata, per dirlo in modo più elegante. Ha avuto una reazione sproporzionata gettando il mio dolce, poi mi ha seguito e ha scattato quella foto e te l'ha inviata. E stasera qui sotto al palazzo mi sono trovata a parlare a viso aperto con lei. Era lì come se mi aspettasse. E quando l'ho accusata di averti mandato quella foto, non lo ha negato e non ha espresso alcuna vergogna. È stata praticamente un'ammissione di colpa. Ora scopro che...».

«Ha rubato qualcosa?», mi interruppe.

«Devo ancora controllare se manca qualcosa», ammisi in tutta onestà.

«E ha causato danni? Ha messo tutto a soqquadro?».

Dapprima non riuscii a rispondere. Era diventata una conversazione snervante. «A prima vista non direi, ma...».

«In sostanza, non hai prove».

«Probabilmente è troppo furba per lasciarne», commentai.

«Ascolta, ti ho assecondata finora ma ti stai comportando in modo ridicolo», disse Gianfranco con severità.

«Non mi credi, allora?», replicai con un lampo d'irritazione.

«Penso che per qualche misteriosa ragione tu abbia sviluppato un'avversione per questa Greta. Sei molto suscettibile nei suoi confronti».

Continuò su questo tono. Mentre lui parlava di propensione a ingigantire le cose, le lacrime mi salirono agli occhi. Avrei desiderato da lui appoggio morale, mi ero aspettata un pizzico di preoccupazione. E invece...

«Mi spiace che pensi questo, Gianfranco», dissi alla fine con fermezza, ricacciando indietro il pianto. «In ogni caso, sappi che farò cambiare la serratura. E mi informerò sui sistemi d'allarme. Voglio sentirmi sicura in casa mia».

Ero cosciente che fosse un'esagerazione, ma in quel momento non mi importava.

«Fa' quello che ritieni necessario», replicò lui asciutto.

«Certo che lo farò. E senza indugio».

Quando agganciai il telefono sentivo la testa rimbombare. Era stata una telefonata avvilente e io mi sentivo amareggiata. Non mi aveva offerto neanche una parola di solidarietà.

Avevo sempre apprezzato la capacità di Gianfranco di far fronte alle situazioni difficili, il suo spirito razionale. Ma non sopportavo che mi giudicasse incapace di altrettanta lucidità.

Afferrai la bottiglia d'acqua che avevo messo nel frigo per farla freddare e ne ingoiai qualche sorso. Gianfranco mi aveva trattata come un'isterica, ma io ero certa di essermi comportata in modo ragionevole. Avevo tutti i sacrosanti diritti di essere adirata, dal momento che la mia privacy era stata violata più volte. Non avevo nulla di cui rimproverarmi.

Registrai nella mia mente un'altra informazione inquietante: per sapere quando introdursi in casa, Greta doveva avermi spiata, doveva conoscere alla perfezione le mie abitudini, forse si era appostata per sapere quando uscivo. Era l'ennesima prova che studiava le mie mosse. All'idea mi si annodava la bocca dello stomaco. Non avrei più fatto l'errore di sottovalutarla.

Non riuscivo a stare ferma con le mani. Feci un giro per controllare se era stato portato via qualcosa. Guardai in ogni angolo con sospetto. Sembrava non mancare nulla, ma il mio intuito femminile mi diceva che l'intrusa aveva messo le mani ovunque. La immaginai aggirarsi furtiva e curiosare irrispettosamente. Ed era questo che mi bruciava di più: la violazione dell'intimità.

In ogni caso dovevo far sostituire la serratura e con urgenza. Non avevo bisogno di ottenere l'approvazione di Gianfranco per quello. Sentirmi al sicuro era un mio diritto. Ma erano le undici di sera, dove lo trovato un fabbro a quell'ora?

Inviai un messaggio a Rosi chiedendole se avesse ancora le chiavi di Anita. Non rispose, probabilmente era sbronza e in pieno divertimento con i suoi amici. Avvertii un sapore acido in bocca. Non riuscivo a calmarmi.

Fremendo di collera, uscii di casa, scesi un piano di scale e andai a bussare all'interno 9B, decisa a ricoprire Greta di improperi. Restai sulla porta con fare combattivo. Ero pronta a un nuovo confronto, quale che fosse. Questa volta non ci sarei andata leggera.

47

GRETA

Dal piano di sopra provenivano rumori concitati e uno scalpiccio insolito. Amanda si muoveva inquieta per casa, in evidente agitazione. Doveva essersi accorta dell'intrusione nel suo regno.

Greta era cosciente di aver messo da parte la discrezione, questa volta. La fretta l'aveva resa incauta. In altri tempi il pensiero di essere scoperta le avrebbe regalato un brivido di eccitazione, ma ora era diverso. Amanda era diventata un pericolo per lei, pensò con un senso di vertigine.

Il campanello d'ingresso risuonò per tutta la casa. Guardò l'orologio, erano passate da un pezzo le undici di sera, troppo tardi perché fosse la Parisi, venuta a riscuotere. D'altra parte, quell'avvoltoio non si faceva nessuno scrupolo a rompere le scatole a qualsiasi ora, quando si trattava di battere cassa o avanzare qualche lamentela.

Non le avrebbe aperto, non ci pensava neppure.

Udì un'altra scampanellata più insistente. Greta si sfilò le scarpe e strisciò scalza verso l'ingresso. Amanda stava facendo il diavolo a quattro. «So che sei stata tu», strillò.

Greta si domandò se ci sarebbero state rappresaglie da parte sua. Restò con le orecchie tese aspettando che si arrendesse, maledicendola con tutta se stessa.

Quando finalmente la baraonda terminò, tornò quatta quatta nella sua stanza.

La prospettiva di rimettersi a leggere il manoscritto di Anita le procurò un senso di malessere. L'idea che la vecchia avesse scritto di lei la faceva imbestialire.

Greta lo aveva capito subito che Anita le avrebbe procurato guai. Dopo la prima visita di cortesia, erano passati alcuni giorni prima che la fermasse in cortile.

Cara, mi sono resa conto di averti turbata l'altro giorno, mi spiace molto di averlo fatto.

Greta aveva sentito i muscoli tendersi. *È tutto a posto.*

No, non credo. Con me puoi parlare, io conoscevo bene la tua famiglia. Anita aveva continuato a parlare, ignorando il fastidio di Greta. *Sei già stata a trovarli?*

A trovare chi?

Voglio dire, in visita alle tombe. Sarebbe un passo importante per te, per il perdono.

Non so di cosa stia parlando.

Ti accompagno io, se vuoi.

Greta era incredula di fronte a tanta invadenza. Come osava intromettersi fino a quel punto?

Non devi giudicarli per ciò che ti hanno fatto. Miriam era una madre giovanissima e sola, soffriva di attacchi di depressione e i soldi non bastavano.

Greta aveva avuto la netta impressione che le avesse detto quelle cose per capire quanto sapesse. Una specie di test. Aveva cercato di mantenere un contegno, anche se quell'intrusione nella sua vita rischiava di sopraffarla. *Come le ho già detto, vorrei lasciarmi il passato alle spalle. E ora devo andare a lavorare.*

Questo non è giusto. Tua madre non aveva colpe e tu dovresti...

Basta! La smetta di tormentarmi! Non mi servono i suoi consigli!

Di fronte alla sua ribellione, Anita era apparsa contrariata, chiaramente si era sentita insultata e l'atmosfera si era fatta di colpo elettrica. Tra loro era sorta una palpabile ostilità.

Anita si era scusata per la propria indiscrezione e se n'era andata con la coda tra le gambe, ma non si era arresa.

In seguito, bussò spesso alla sua porta. Aveva smesso di farle discorsi zuccherosi, anzi era diventata provocatoria con le sue domande. Di fronte a tanta cocciutaggine, Greta perdeva sempre più spesso la calma e se ne fregava di risultare scortese.

Un giorno Greta beccò l'anziana davanti alla cassetta delle lettere, intenta a frugare tra la sua posta, di sicuro in cerca di indizi o conferme. Ebbero una discussione, Greta l'accusò di prendersi troppe confidenze.

Gli attriti peggiorarono ulteriormente, così Greta esternò le sue preoccupazioni a Seb.

Quella sa qualcosa, mi assilla in continuazione. E fa troppe domande. Domande inquietanti, indiscrete. Conosceva i Molinari, lo sapevi?

Ne hai combinata una delle tue, scommetto. Lo sapevo che avevi la miccia corta. Dovevi essere più cauta.

Non è colpa mia! Ho cercato di restare sul vago ma lei diventa sempre più insistente.

Tu ignorala e vedrai che si stancherà. È solo una vicina rompiballe, sentenziò con un ghigno borioso. *Ci sono persone che da un dito si prendono tutto il braccio.*

Una volta tanto, Seb sottovalutò la situazione, che aveva tutto il potenziale per rivelarsi estremamente pericolosa. Infatti, Anita continuava a starle addosso come se si fosse imbarcata in una missione.

Un giorno la fermò in cortile e questa volta fu diretta in un modo che Greta non si sarebbe mai aspettata. *Chi sei tu? Non sei la figlia di Miriam, vero?*

Greta indietreggiò. *Lei è matta. Deve lasciarmi in pace!*

Tornò da Seb.

Mi crede una bugiarda.

D'accordo, ci penso io a neutralizzarla. Tutti hanno un prezzo, vedrai che la vecchia non ti disturberà più quando le sventolerò davanti un po' di denaro frusciante.

La visione pragmatica di Seb la tranquillizzò, almeno per qualche giorno. Ma Anita era un osso duro e non si lasciò corrompere. Anzi, divenne ancora più sospettosa e perseverava nel fare domande sul passato. Un pungolo costante.

Così a Seb non rimase che minacciarla per farla smettere.

È gravemente malata. Lo informò Greta, che era venuta a sapere da Rosi del cancro di Anita. *Ha ben poco da perdere.*

Sta' tranquilla. Bisogna solo trovare la chiave appropriata. Tutto si può forzare con lo strumento giusto. Tu dovresti saperlo.

48

AMANDA

Mentre me ne stavo impettita sullo zerbino in attesa che Greta si presentasse alla porta, la voce del buonsenso mi implorava di lasciar perdere. Greta avrebbe respinto le mie accuse e io non avevo alcuna prova che fosse entrata in casa mia. E poi ero cosciente che stuzzicarla ancora non fosse una buona idea. Additarla come ladra o qualcosa di simile poteva rivelarsi un boomerang. Ma non ero intimorita quella svitata e la reticenza ad affrontarla era stata spazzata via dallo scherzetto della foto e dalla sua "visita" in casa mia, dunque rimasi dov'ero e suonai di nuovo il campanello, determinata a chiarire una volta per tutte il mio punto di vista. Nessuna risposta. Non mi arresi e suonai ancora. Se era in casa, aveva deciso vigliaccamente di evitarmi. Ma certo che era in casa, l'avevo vista salire poco prima!

Colpii più volte la porta con il pugno. Mi sembrò di sentire un movimento all'interno, così presi a picchiare ancora più forte e chiamai ad alta voce: «Greta! Lo so che sei stata tu! Apri questa maledetta porta». I miei strepiti, arrochiti dalla rabbia, rimbombarono sul pianerottolo. Aspettai qualche secondo poi tornai a suonare il campanello. Udii un uscio aprirsi dietro di me, ma non ci badai. Avevo ancora il dito incollato sul campanello, quando mi sentii afferrare per un braccio. «Che diavolo succede?».

Era Serena Parisi, la figlia dell'amministratrice. Mi stava scrutando come se fossi una pazza in escandescenza.

Mi scrollai di dosso la mano di Serena. «Io...». In un primo momento non riuscii a spiegarmi, tirai fuori solo frasi inarticolate. Guardai la porta dell'interno 9B, ancora chiusa. «Ce l'ha come me! Ma perché? Perché proprio io? Cosa ho fatto per meritare questo trattamento?».

Altre porte si erano aperte sul pianerottolo. In quel momento mi resi conto che era tardi, forse qualcuno dormiva. Tra un po' un piccolo gruppo di curiosi si sarebbe radunato per assistere alla mia scenata, ma non me ne importava, ero dalla parte del giusto.

«Vieni da me», propose Serena. «Sembri sconvolta e... dimmi, hai bevuto?».

D'un tratto provai vergogna per le mie parole sconclusionate.

Vedendo che continuavo a farfugliare, mi prese a braccetto e indicò la porta del suo appartamento. «Ti offro qualcosa e facciamo due chiacchiere. Sono sola in casa, i miei faranno tardi, preparano una cerimonia per la chiesa», spiegò.

Incoraggiata dai suoi modi dolci, accettai con voce malferma.

Serena mi scortò nell'appartamento che condivideva con i genitori. Dimostrava sui venticinque anni e per sua fortuna non assomigliava alla madre. Aveva un visetto grazioso, vivacizzato dagli spigliati capelli bicolori, probabilmente segno di ribellione nei confronti della conformista madre. Vestiva secondo i dettami della moda corrente: un paio di jeggings tagliati alle ginocchia e una maglietta che lasciava scoperta una spalla.

Fino a quel momento non avevamo avuto molte occasioni di interagire, se non per commentare il tempo o scambiare amenità in piscina. Non mi ero fatta un'idea precisa di lei. Scoprii che era una ragazza dolce che amava la compagnia. Meno calorosa e più timida di Rosi, ma altrettanto bendisposta. Mi guidò in cucina. «Mettiti comoda e fai qualche respiro profondo».

Ci sedemmo intorno al tavolo, lei mi diede un colpetto gentile sulla spalla, invitandomi a spiegarmi cosa stava succedendo.

Tentennai prima di parlare, rigirandomi tra le dita le chiavi dell'appartamento. Temevo di fare la figura dell'idiota o della lagnosa. Serena mi incoraggiò a sfogarmi e alla fine in me prevalse il bisogno di lasciarmi andare. Senza prendere fiato, le spiegai come avevo scoperto l'intrusione. Dovetti impegnarmi molto per mantenere un tono relativamente calmo. Serena mi ascoltò senza intervenire.

«Che razza di bastarda, ma come si è permessa?», commentò alla fine. Per fortuna non c'era traccia di condiscendenza nella sua voce, sembrava credermi, senza aver bisogno che le fornissi "prove". I suoi modi rilassati placarono la mia rabbia.

Come Gianfranco, anche lei mi chiese se fosse stato rubato qualcosa.

«Non lo so, non credo sia venuta per rubare. Ma ha frugato dappertutto, ne sono certa. E temo che non sia stata la prima volta. Credo le piaccia ficcanasare nella vita della gente». Non dissi nulla della foto, era una questione troppo privata.

Serena si passò le dita tra i capelli bicolore. «È davvero da malati! Pensi di denunciare l'accaduto?»

Feci un segno di diniego, prendendo su due piedi la decisione. «Non potrei provarlo. Ma tu mi credi, vero? È possibile che si sia introdotta in casa mia?», chiesi apprensiva, con la paura di suonare delirante.

«Sì, ti credo. È plausibile che Greta abbia accesso alle chiavi del vostro appartamento», considerò con calma. «So che Anita e Rosi erano molto legate».

«Lo avevo immaginato», replicai tra i denti.

«Anche mia madre aveva una chiave, ma so che l'ha restituita a tuo marito appena siete arrivati. Non penserai che ne abbia fatto una copia, vero?».

«Ma no! Sono più che sicura che sia stata Greta. Fin da quando l'ho incontrata è stata ostile nei miei confronti. Senza alcun motivo. Non le ho fatto niente, anzi credo di essere una persona tollerante».

Serena mi rivolse un'occhiata acuta con i suoi grandi occhi nocciola. Se prima mi aveva dato l'impressione di trattarmi come una povera pazza, ora aveva l'aria di esprimere simpatia per me.

Mi rammaricavo di aver perso il controllo emotivo. «Mi dispiace di aver fatto una scenata. In effetti stasera ho anche bevuto troppo».

«Hai tutta la mia comprensione. Non c'è da stupirsi, sai? Molti condomini hanno sporto reclami contro Greta. Non è la prima volta che fa parlare di sé con le sue stramberie. A quella manca qualche venerdì di sicuro». Con un gesto canzonatorio diede un colpetto alla tempia con l'indice. «Beh, non dovrei metterla in questo modo. È un modo di esprimersi scorretto e poco professionale per una psicologa».

«Studi psicologia? Non lo sapevo», replicai distrattamente. In un'altra occasione sarei stata interessata a conoscere meglio quell'amabile ragazza.

«Conto di laurearmi il prossimo anno», aggiunse lei con una certa fierezza. Mi parlò dei suoi studi, divagando dalla questione che mi premeva. Di tanto in tanto facevo qualche cenno d'assenso, ma a un certo punto lei dovette accorgersi che non ero in grado di prestarle attenzione perché si interruppe.

«Ti va un succo di frutta o un bicchiere d'acqua? O se preferisci, ti faccio un caffè».

«Sono a posto. Tornando a Greta...», dissi, prima che la conversazione si spostasse di nuovo in altre direzioni.

«Quello che posso dirti è che, oltre ad avere un pessimo carattere, Greta è una che trama alle spalle. Non è il tipo che ti affronta direttamente, tende più a fuggire che ad attaccare».

«Sì, l'ho capito che ama agire di nascosto. Diciamo pure che è una vigliacca», sentenziai. «Hai visto come si è comportata prima? Non mi ha neppure aperto, ha fatto finta di non essere in casa. Sono sicura invece che fosse dietro la porta». Un attimo dopo mi chiesi se avessi fatto bene a pronunciare quelle parole dure davanti a una sconosciuta. Ma Serena sembrò darmi ragione. Tutto quello che diceva non conteneva livore, erano solo constatazioni pure e semplici, espresse con un tono riflessivo e una voce delicata e tranquilla.

«A volte è così strana da sembrare impasticcata. O forse sniffa qualcosa. Tutte le volte che la incontro mi guarda storto e non ha mai reagito ai miei tentativi di fare conversazione. Io ho sempre cercato di essere cordiale, ma per strapparle le parole di bocca ci vuole una tenaglia». Serrò le labbra in una smorfia.

«Oh, sì. Capisco in pieno».

«Per essere onesti, ha fatto diversi sgarbi a mia madre, per non parlare di tutte le rimostranze ufficiali contro di lei. In un anno che è qui, ha irritato praticamente tutti. È sempre impertinente, pronta ad attaccar briga. Non rivolge la parola a nessuno. L'unica che riesce a gestirla è Rosi».

Iniziò a enumerarmi tutte le malefatte di Greta e le svariate occasioni in cui si era fatta malvolere dai residenti delle Tre Ginestre. Storie di cui avrei fatto volentieri a meno in quel momento e che non attutirono in alcun modo il mio nervosismo. Continuavo a torcere le mani intorno alle chiavi.

«Ha avuto attriti anche con Anita, forse lo sai già».

«L'avevo capito», replicai. «L'ha chiamata *vecchiaccia*. E anche Rosi mi ha confermato che non andavano d'accordo».

«Non c'è da stupirsi. Mamma vorrebbe che se ne andasse, la considera una piantagrane, una spina nel fianco. Sostiene che gente del genere non dovrebbe vivere qui perché degrada l'ambiente». Lo disse a voce bassa, anche se eravamo da sole, ma evidentemente si vergognava dello snobismo della madre.

«A proposito di tua madre», la interruppi con la pazienza agli sgoccioli. «Speravo che potesse darmi il numero di un fabbro. Devo far cambiare subito la serratura».

«Non c'è bisogno di chiamare un fabbro, se ne può occupare Virgil. Ma a quest'ora...».

«Certo, è quasi mezzanotte. Domani mattina?».

«Lo chiamo io appena sveglia, prometto».

«Te ne sono grata». Le rivolsi un breve sorriso riconoscente.

«Rilassati, ti prendo qualcosa per farti smaltire la sbornia».

Mentre trafficava con il frigorifero, mi guardai intorno. La cucina era un ambiente arredato in maniera spartana, disadorno e rigoroso. Un'austerità che rispecchiava in pieno la personalità di Cristina Parisi. Non la conoscevo ancora bene, ma mi aveva dato l'idea di essere una donna difficile, autoritaria e poco flessibile.

Serena mi offrì un succo d'arancia che secondo lei era un ottimo rimedio contro la sbornia e riprendemmo a parlare. Cercai di mantenere la conversazione centrata su Greta. Le feci la stessa domanda che avevo già rivolto a Rosi: «Credi che possa diventare pericolosa?».

Lei mi scrutò, meravigliata. «Addirittura pericolosa? Se intendi che possa avere degli attacchi di violenza, non credo. Ma a volte l'aspetto mansueto può ingannare. Considerando che ha alle spalle una brutta storia, beh, non mi sento di dire che sicuramente è innocua».

La invitai a dirmi di più. Serena fece un sospiro sommesso. «La madre di Greta si chiamava Miriam. Non ho avuto occasione di conoscerla, ma so che aveva un pessimo rapporto con i genitori. Veniva da una famiglia oppressiva, conservatrice, tradizionalista. I Molinari erano così da generazioni. Autoritari e inclini al moralismo. Diciamo pure due bacchettoni di mentalità arretrata. Quando è rimasta incinta, Miriam era poco più che una bambina e i genitori hanno fatto fuoco e fiamme. Volevano che la figlia interrompesse la gravidanza o che desse la bambina in adozione, invece Miriam ha voluto tenerla, ma a causa dei conflitti, è scappata di casa con la piccola appena nata. Non so come abbia vissuto, immagino che Greta abbia avuto un'infanzia dura e una vita familiare complicata. Fatto è che un paio di anni fa Miriam si è riconciliata con i genitori. Era insieme a loro in macchina quando c'è stato l'incidente stradale».

«Che incidente?».

«È successo un anno e mezzo fa. Un camion ha invaso la corsia opposta ed è finito contro la macchina in cui viaggiavano i Molinari. Scontro frontale, l'auto era completamente sfasciata. Sono rimasti uccisi tutti e tre. Ne hanno parlato anche al telegiornale». La sua voce si incrinò al ricordo.

«Una vera tragedia», osservai.

«Sì, tutto il condominio ne rimase turbato. I Molinari non avevano altri figli o parenti prossimi, ma avevano fatto testamento a favore della loro unica nipote. La casa e tutti i risparmi, una grossa somma di denaro e svariati investimenti. Erano più che benestanti, sai?».

«Un colpo di fortuna da favola», commentai.

Greta non mi aveva dato l'impressione di una ricca ereditiera, indossava abiti da pochi soldi e il suo stile di vita era tutt'altro che agiato. D'altra parte non tutti hanno la smania di sfoggiare cose lussuose.

«Resta il fatto che Greta non ha una famiglia, nessuno a cui importi di lei. Sta sempre da sola, credo che questo l'abbia inacidita. Poveretta, ha dovuto affrontare momenti difficili, con una ragazza madre che aveva rotto i rapporti con la famiglia e un padre sparito prima ancora della sua nascita. Questo passato sventurato magari spiega il temperamento spigoloso, la sua ombrosità, il fatto che non riesce a creare relazioni stabili», osservò Serena.

«Forse», concessi, ma l'intonazione suonava dubbiosa. «Di sicuro ha dei problemi emotivi».

«Magari non dovresti prendere sul personale i suoi atteggiamenti nei tuoi confronti. Chi è maltrattato fatica a fidarsi delle persone e adotta comportamenti asociali, aggressivi. Spesso odia il mondo o soffre di deliri di persecuzione. Sono personalità fragili, disadattate, piene di nevrosi», concluse atteggiandosi a psicologa.

Mi soffermai a elaborare quelle informazioni che cambiavano un filino la mia opinione su Greta. Quanto mi aveva raccontato Serena però non le fece guadagnare punti ai miei occhi, anzi mi confermava che Greta era una persona problematica, danneggiata, e accresceva la mia convinzione di volermi tenere alla larga da lei. Mi sentivo dispiaciuta, ma al contempo la consideravo una minaccia, una nemica. Non era più una povera sventurata che sfogava le sue frustrazioni in maniera infantile, come l'aveva descritta Rosi. Aveva invaso il mio territorio e non l'avrei perdonata tanto facilmente.

Ringraziai Serena per la sua ospitalità, era stato un sollievo poter parlare con qualcuno tanto disponibile. Lei mi augurò la buonanotte piantandomi un bacio sulla guancia.

Tornai a casa e fui accolta di nuovo dal tanfo fastidioso. Passai in rassegna stanza per stanza, facendo scorrere ovunque lo sguardo e cercando di capire se mancava qualcosa. Era un'impresa quasi impossibile, considerato che la maggior parte della roba era ancora sotterrata negli scatoloni. Se Greta aveva messo le mani là dentro non me ne sarei mai accorta.

Ero stanca ma sapevo che non sarei riuscita a dormire facilmente.

Fui presa dalla smania di ripulire a fondo l'intera casa. Cominciai a strofinare vigorosamente le superfici, disinfettare i sanitari. Sfregavo via una sporcizia inesistente, eliminavo tracce immaginarie e aloni invisibili. Cambiai lenzuola e asciugamani con un senso di repulsione all'idea che Greta li avesse toccati con le sue manacce sudice. Per sicurezza lavai un po' di tutto.

Avevo i muscoli delle braccia indolenziti, ansimavo per la fatica, ma per buona parte della notte continuai l'operazione di pulizia in preda a una sorta di delirio. Quando tutto fu igienizzato, feci io stessa una doccia e mi lasciai finalmente andare sulle lenzuola immacolate.

49

GRETA

Greta passò buona parte della notte immersa nei fogli di Anita. Fremeva dal bisogno di scoprire cosa avesse scritto su di lei. Alla luce della lampada sul comodino, si sforzò di leggere parola per parola, senza tralasciare neanche le annotazioni a margine del testo. Molti passaggi le apparivano oscuri, i suoi occhi scorrevano sulle righe senza riuscire ad afferrarne il senso, a volte doveva rileggerle più volte e faticava a seguire il filo del racconto.

Man mano che procedeva nella lettura, si imbatté in situazioni e persone che le risultavano familiari, anche se non riusciva a inquadrare il collegamento con la vita reale. Alcuni personaggi le ricordavano i condomini delle Tre Ginestre e ciò accese un lampo di interesse in lei e allo stesso tempo confermò i suoi sospetti.

Dopo aver esaurito la parte digitata a macchina, si mise di buzzo buono a decifrare la calligrafia di Anita. Fu come tentare di interpretare i segni di una lingua sconosciuta. Parole senza senso, frasi frammentarie, spesso stringate e criptiche. Ma Greta non si diede per vinta e si sforzò di esaminare con testardaggine tutto lo scritto, finché cominciò a raccapezzarsi. Concentrarsi sulla lettura si rivelò massacrante e le procurò un mal di testa pazzesco.

Durante quella smaniosa lettura, si incupì sempre più, finché riconobbe se stessa in uno dei personaggi.

La descrizione non era per nulla lusinghiera: nella fantasia di Anita era stata trasformata in un uomo, un personaggio oscuro con un passato ambiguo e losche intenzioni. L'idea che Anita la vedesse in quel modo la umiliava profondamente.

Incapace di controllare l'impazienza, continuò a leggere con il cuore in gola, aspettandosi che quella scribacchina fallita avesse spiattellato su carta i suoi segreti. Tuttavia, la storia sembrava interrompersi bruscamente, proprio sul più bello.

Con un senso di frustrazione Greta appallottolò il foglio tra le mani. Si domandò se Anita fosse morta prima di poter continuare a scrivere, se le pagine fossero andate perdute, oppure se... l'ultima ipotesi le apparve terrificante: Amanda aveva consegnato le pagine incriminanti alla polizia.

Distrattamente, si domandò anche se Amanda avesse parlato a Rosi di ciò che sapeva, se si fosse confidata con lei. Forse l'aveva persino coinvolta nelle indagini chiedendole di sorvegliarla e raccogliere prove.

La testa le pulsava, l'aria nella stanza era diventata irrespirabile. Spense la sigaretta fumata a metà per paura di addormentarsi e finire arsa viva. Spalancò la finestra e nascose lo scritto di Anita in fondo all'armadio. La sua filosofia di vita era sempre stata: ignora i problemi che non puoi risolvere nell'immediato, tanto prima o poi spariranno da soli. Ma ora in gioco c'era il suo futuro e se la verità fosse venuta a galla l'avrebbero schiaffata in galera!

Si era adagiata troppo lì alle Tre Ginestre, aveva apprezzato le comodità di quella casa e, senza volere, vi aveva messo radici. Ora avrebbe pagato le conseguenze di quella leggerezza.

Dopo la morte di Seb, aveva sempre più spesso l'impressione che il suo mondo andasse in pezzi. Sopraffatta dall'infelicità e dalla frustrazione, provò un disperato desiderio di scappare via, di allontanarsi da quel covo di vipere. Si accovacciò a terra, chiuse gli occhi e immaginò la sua vita futura come fuggitiva. Abbandonare l'attuale esistenza significava mettere fine ai tormenti, eppure l'idea di nascondersi accampata da qualche parte e passare la vita come una criminale latitante, con la polizia alle calcagna, le procurava uno spasmo allo stomaco.

Per un assurdo e paradossale momento desiderò che Seb fosse ancora vivo per toglierle le castagne dal fuoco. Lui avrebbe sistemato tutto con la sua rozza praticità, come aveva sistemato abilmente il problema sorto con Anita. Era bravo a risolvere i problemi, a spianare la strada. Ormai però doveva sbrigarsela da sola, poteva fare affidamento solo sulle proprie forze e doveva farselo bastare.

Si infilò nel letto e si coprì con il lenzuolo fino alla bocca, il corpo scosso dai brividi. Cercò di ragionare con lucidità e valutare la prossima mossa, ma era troppo confusa e troppo stanca per fare congetture. Avrebbe fatto bene a riposare un po', visto che tra poche ore avrebbe dovuto alzarsi per andare a lavorare. Cambiò posizione nel letto e contemplò i giochi d'ombra nella stanza. Mentre cercava di lasciarsi andare tra le lenzuola, una consapevolezza le si presentò davanti: ormai il cerchio si stava stringendo intorno a lei. Era sempre più vicina al baratro dell'oscurità, poteva quasi intravedere i tentacoli insidiosi delle creature demoniache pronte a strisciare fuori e avventarsi su di lei.

Da un momento all'altro l'avrebbero sbattuta in galera. C'era un solo modo per scamparla: darsi alla macchia, rinunciare a quell'esistenza che non le aveva portato niente di buono.

Abbandonandosi a quei tormentosi pensieri, sprofondò in un sonno inquieto.

50

AMANDA

8 luglio, venerdì

Fu il telefono a svegliarmi. Mi ero appisolata da poco, nel tentativo di recuperare qualche ora di sonno. La chiamata veniva da mia sorella, e dai primi secondi di silenzio capii che sapeva già tutto. La sua domanda tendenziosa me lo confermò: «Come vanno le cose lì, ti trovi bene?».

«Non tanto, a dire il vero».

Mia sorella non tentò neppure di simulare una reazione di stupore.

«Immagino che tu sia già al corrente di ciò che è successo», aggiunsi con disappunto.

«Sì, mi ha chiamata Gianfranco», mi informò. «Dice che ieri sera ci mancava poco che ti facessi venire una crisi isterica a causa di una misteriosa intrusione. Sembra che una specie di Riccioli d'oro ti abbia fatto visita».

Sbuffai per l'ironia fuori luogo e provai a spiegarle l'accaduto in maniera razionale, senza addentrarmi nei dettagli. Era difficile farle capire quanto il pensiero di Greta mi assillasse.

«Mi sembra un giudizio precipitoso, il tuo», commentò Dora alla fine del mio sfogo. «Non ti facevo tanto suscettibile. Spero proprio che questa Greta non diventi un chiodo fisso».

«Non ti ci mettere pure tu a farmi la predica. E comunque ero pronta a seppellire ogni risentimento, prima di ieri sera. Ormai è diventata una questione personale».

«Si era parlato di una vacanza o sbaglio?», domandò Dora di punto in bianco.

«Sì, ma...». Non terminai la frase. Giustificarsi era così stancante e non sopportavo che lei e Gianfranco continuassero a sminuire i miei problemi.

«Staccare per qualche tempo, ecco cosa dovresti fare».

In verità, l'idea di evadere era più invitante che mai, ma non dissi nulla. Mia sorella proseguì: «Se non vuoi partire, cerca almeno di dedicarti ad attività piacevoli. Vai in giro per monumenti, visita i musei. Fai compere, arricchisci il guardaroba, regalati qualche lusso. Che so, una seduta al centro estetico, un parrucchiere costoso. Ora vivi in una città piena di bei negozi. Concentrati sulle cose positive, fai tutto ciò che è necessario per scrollarti di dosso l'autocommiserazione».

«Mi accusi di vittimismo?».

«Dico che stai gonfiando la questione in modo eccessivo. Non giriamoci troppo intorno, secondo me lo fai per attirare l'attenzione di Gianfranco. Proprio come è successo tempo fa con quel tizio online».

Ero abituata alla sua schiettezza, ma aveva toccato una corda sensibile. Avrei voluto obiettare che quella a cui si riferiva era una situazione del tutto diversa e ribattere che non era mai stata mia intenzione fare dei giochetti con Gianfranco, ma visto che la conversazione rischiava di precipitare in una brutta discussione, decisi di tagliare corto. Sforzandomi di ricacciare indietro il disappunto, promisi a Dora che mi sarei svagata il più possibile e che non avrei fatto nulla di avventato con Greta. Se avevo sperato in un orecchio comprensivo, restai delusa.

Alla fine feci una lunga doccia, indugiando sotto il getto tiepido. La telefonata di Dora mi aveva lasciato l'amaro in bocca. Forse ero così turbata perché le sue parole avevano colpito nel segno. Avevo sempre coltivato la convinzione che il rapporto "emotivo" che avevo sperimentato in rete avesse minato le basi del mio matrimonio. Ora però mi chiedevo se quelle basi fossero così solide come credevo. Tra me e Gianfranco non erano rose e fiori neppure prima, anzi era sempre mancata una vera connessione, ma io avevo troppo timore di guardare in faccia la realtà e non ero mai riuscita a inquadrare la mia insoddisfazione.

In mattinata, Serena mantenne la parola e mi informò di aver chiamato Virgil perché si occupasse della mia serratura, ma mi riferì anche che il factotum stava lavorando a un problema alle grondaie. «La cosa potrebbe andare per le lunghe, comunque Virgil ha promesso che sarà da te entro stasera».

A pranzo avevo poco appetito e non riuscii a mandar giù quasi niente nel timore che Greta avesse messo qualcosa nel cibo.

Ero intenzionata a passare il resto della giornata in attesa di Virgil, senza osare muovermi da casa. Mentre andavo avanti e indietro per le stanze, realizzai di non avere più alcuna velleità di sistemare e abbellire l'appartamento. Quella casa in cui avevamo appena iniziato una nuova vita coltivando la speranza di trascorrervi momenti felici, ormai era stata come contaminata. Forse non mi sarei mai più sentita a mio agio lì dentro.

Più tardi Gianfranco mi richiamò per scusarsi. Si disse dispiaciuto di non avermi rassicurato quando ne avevo bisogno. «A mia discolpa, in questi giorni ho una mole di lavoro che non ne hai idea», si difese.

«Scusami anche tu per averti disturbato», replicai con aria stanca. In cuor mio sapevo di provare ancora del risentimento. «Speravo di avere il tuo sostegno», aggiunsi forse troppo brusca.

«Ce l'hai. Lo so bene che non è facile stare lì, che ti senti sola e sperduta, e che il nuovo ambiente ti mette a dura prova. Ti chiedo solo di essere paziente un altro po'».

Emisi un sospiro teatrale e risposi che sì, sapevo che la nostra lontananza era solo momentanea e che non dovevo prendermela troppo per quello che era successo. Dietro quelle parole però continuavo a percepire tra noi una certa distanza emotiva che pesava parecchio sul rapporto.

Non gli rivelai che ero stata fino a notte inoltrata a pulire la casa da cima a fondo, lo avrebbe considerato un gesto melodrammatico.

Era evidente che la faccenda di Greta lo metteva a disagio, così feci attenzione a non lasciar trasparire il mio vero stato d'animo. «Ci vediamo domani?», domandai.

«Certo, non vedo l'ora. Magari ce ne andiamo in spiaggia, che dici?».

«Per me va bene, basta che mi porti via da questo covo di matti», replicai, cercando di usare un tono leggero.

Quando chiusi la telefonata, sentii un terribile vuoto dentro. Non ebbi il tempo per rimuginarci, perché il telefono cominciò a squillare di nuovo. Era Adriano.

«Vorrei scusarmi ancora con te, non meritavi il mio inganno».

«Sei perdonato. Con tutto quello che stai passando...».

«Come stai, Amanda? Mi sembri giù di corda».

«In effetti non va troppo bene». Gli raccontai in modo coinciso dell'intrusione di Greta.

Lui parve colpito. «Hai già sporto denuncia?».

«No, e non intendo farlo per ora. Non ho prove, nessuno mi crederebbe», replicai affranta.

«Posso fare qualcosa per te?».

«Sei gentile, ma non credo. Hai già così tanti grattacapi».

«Non è un problema. Che ne dici se ci vediamo da qualche parte per un drink, così mi spieghi meglio? Non sono certo di poter fare qualcosa di concreto per te, ma parlare fa sempre bene. Posso liberarmi anche subito».

La proposta mi colse alla sprovvista e per un attimo non seppi cosa rispondere. Gianfranco non ne sarebbe stato felice.

Lui dovette percepire la mia riluttanza perché aggiunse: «Se non hai nulla in contrario, ovviamente».

«Mi farebbe piacere, ma non vorrei lasciare la casa incustodita finché non ho cambiato la serratura. Sto aspettando il tuttofare del condominio».

«Nessun problema, ti raggiungo io. Sarò lì tra mezz'ora».

Già immaginavo Greta alla finestra, armata di telefono e pronta a catturare la scena di Adriano che veniva a trovarmi. Ma non mi importava, non avevo nulla da nascondere e non stavo facendo niente di male.

Ero sollevata di poter parlare con qualcuno che non minimizzava le mie preoccupazioni, allo stesso tempo però mi sentii in colpa per il fremito inaspettato che mi provocava l'idea di rivedere Adriano.

Arrivò dopo mezz'ora, come promesso. La sua stretta di mano fu meno formale delle precedenti e mi causò una sensazione languida al ventre.

Si informò subito sull'intrusione, volle fare un giro della casa ed esaminare la porta d'ingresso, le finestre, il terrazzo. Ispezionò qua e là con aria professionale e meticolosa. Si informò se avevamo un sistema d'allarme o se ci fossero videocamere di sorveglianza nella palazzina. Dopo i vari controlli, gli offrii un caffè e prendemmo posto in salotto. Adriano si tolse la giacca, restando in maniche di camicia. Aveva braccia robuste e spalle larghe, sulle quali non potei proprio evitare di soffermarmi con lo sguardo.

Si sedette accanto a me e portò subito la conversazione sul problema Greta. Gli spiegai che aveva sviluppato un'ossessione per me fin da quando ero arrivata, una specie di interesse morboso. Tuttavia, decisi di raccontargli solo lo stretto necessario per non fare la figura della capricciosa. Non gli riferii che la foto che Greta aveva inviato a mio marito riprendeva il nostro incontro al bar.

Adriano mi ascoltò con sguardo attento. La sua vicinanza mi scatenava un turbinio di emozioni contraddittorie.

«Non c'erano segni palesi di un'intrusione, più che altro ho notato oggetti spostati, cassetti socchiusi, un odore diverso. Sono sicura che Greta mi spii di continuo. Finora ho evitato di scontrarmi con lei, ce l'ho messa tutta per non reagire male, per smussare gli angoli, ma la mia pazienza è stata messa a dura prova», conclusi.

«Queste situazioni sono più frequenti di quanto si pensi e non vanno prese sottogamba», commentò lui dopo aver mandato giù il caffè. «Di solito è molto peggio di così, se può consolarti. Ho visto controversie tra vicini concludersi in un bagno di sangue».

«Già. So che può sembrarti stupida tutta questa mia ansia».

«Niente affatto». Cercò di rassicurarmi con un sorriso e per un istante mi persi in quegli occhi d'un azzurro cristallino. «Una violazione di domicilio è una cosa seria, viene punita con la reclusione. Dovresti chiedere alla polizia di parlare con questa Greta, a volte basta una ramanzina per far abbassare la cresta ai bulli».

«Non so, ho paura che mi prendano per una mitomane visto che non ho delle prove».

«Vuoi che ci pensi io? Tecnicamente non sono in servizio, ma posso comunque parlarle».

«Oh, no, no... non intendo inasprire la situazione. Grazie comunque per esserti offerto di farlo».

«Se non ritieni opportuno sporgere denuncia, potresti consultare un avvocato e chiedergli di preparare una lettera di diffida. E se le cose non si risolvono, procedi con una querela. Le tempistiche di certe procedure però non sono a tuo favore, è bene saperlo».

«Non so se me la sento di intraprendere vie legali, ma grazie per il suggerimento».

«In ogni caso, tieni nota di tutto quello che Greta fa nei tuoi confronti, conserva i messaggi e così via».

«Lo farò. A questo punto spero che l'intrusione sia stata un episodio isolato».

«Lo spero per te, ma tu promettimi di non sottovalutare la cosa, soprattutto se questa Greta è una psicolabile».

«Promesso».

Il suo telefono squillò un paio di volte, ma lui si limitò a controllare il display aggrottando la fronte. «Certo che è curioso», riprese. «Prima Anita, poi tu. Entrambe vittime di molestie».

«A detta di tutti, Greta era in lite anche con Anita. Devo aver ereditato la sua malevolenza, oltre alla casa». Feci un sorrisetto amaro.

«Cosa sai di preciso su questa Greta?», indagò dopo un momento.

«So che nessuno qui la regge. Si è attirata parecchie antipatie da quando è arrivata». Gli riferii quanto mi aveva raccontato Serena.

Lui tirò fuori un taccuino e prese qualche appunto con espressione circospetta. «Che ne dici se approfondisco un po'? Magari riesco a scoprire qualcosa sulla tua stalker».

«Te ne sarei grata, ma non sei già troppo occupato? Mi sento terribilmente egocentrica, sto qui a parlarti dei miei problemi, quando ne hai di più gravi...».

«Tranquilla. Mi rammarico solo di non disporre degli strumenti che vorrei. Diciamo che non sono in servizio in questi giorni e non ho accesso diretto agli schedari».

Non volevo essere indiscreta, quindi non chiesi dettagli. Mi limitai a ringraziarlo per avermi ascoltata. «Come sta andando la tua indagine?», mi informai.

«Nessun progresso. Né ci sono sviluppi ufficiali sul caso».

«Stai facendo del tuo meglio, ne sono certa».

«Forse», replicò scontrosamente. «Di sicuro non ho fatto abbastanza per evitare che Simona finisse in questo ginepraio».

«Che intendi?».

Lui lanciò un'occhiata distratta alle mie spalle. «L'altra volta hai detto di aver fatto qualche ricerca a proposito del caso», osservò, parlando adagio. «Beh, ci sono cose che i giornali non dicono. Lascia che ti racconti chi era mio cognato Sebastiano».

Assunse un'espressione cupa. «Sono stato io a farlo entrare in polizia e me ne pento ogni giorno. Era un pessimo agente, peccava spesso di insubordinazione, era uno che amava giocare sporco e aveva problemi a gestire la rabbia. Secondo alcune voci, per anni ha avuto le mani in pasta in attività criminose, prendeva mazzette e si è intascato soldi di provenienza illecita. Tutti i colleghi sapevano che non era un campione di moralità ed erano sicuri che prima o poi sarebbe stato buttato fuori».

Si concesse una piccola pausa, fissando la tazzina vuota. «Nel privato non si faceva scrupoli a maltrattare e umiliare mia sorella, le era infedele e avevo il sospetto che ogni tanto alzasse le mani su di lei. E infatti, hanno trovato segni di violenza domestica».

«Oh, ma è terribile».

«Già. Quando prendevo l'argomento, Simona sviava o negava. Le ho assicurato un'infinità di volte che con me poteva parlare, ma lei al massimo ammetteva che Sebastiano la strapazzava di tanto in tanto. Diceva che era nervoso per il lavoro e si sfogava con lei, cose del genere».

«Non hai provato a parlare direttamente con lui?».

«Certo che sì! Lui giurava di non aver mai torto un capello a mia sorella. Mi sono scontrato con Sebastiano un'infinità di volte, ma a nulla sono valsi i miei interventi. Sapevo che era un tipo abietto, una vera carogna e pregavo Simona di lasciarlo, ma lei è sempre stata una debole. Preferiva subire passivamente e nascondere a tutti la verità». La sua voce si indurì. «A volte penso che sia colpa mia per come è andata».

«Non può essere colpa tua. Non è facile fermare gli abusi, da quello che so. Ammettere i maltrattamenti non è mai facile e tu non potevi essere sicuro di cosa stava succedendo».

Lui si limitò a fare un cenno vago. «Comunque, la sera in cui è morto, Sebastiano si è presentato in servizio in stato alterato e infatti i dati del tossicologico confermano forti quantità di cocaina nell'organismo. Al collega ha confidato di aver bisogno di stare un po' solo e, senza ulteriori spiegazioni, si è allontanato dal posto di lavoro. Era di pattuglia nei pressi del Pincio. Più tardi lo hanno cercato in tutta la zona, finché hanno rinvenuto il cadavere in mezzo alle frasche».

«Chi pensi sia stato a commettere l'omicidio?», domandai a bruciapelo.

Prima di rispondere, Adriano tossicchiò per schiarirsi la gola. «Smuoverei cielo e terra per saperlo. Di sicuro i nemici non gli mancavano, ho fornito io stesso un elenco di potenziali sospetti ai miei colleghi. Ma non è servito a distogliere l'attenzione da Simona».

«Faceva il poliziotto», osservai. «È possibile che l'omicidio sia collegato a un caso a cui lavorava?».

Adriano increspò le labbra in una smorfia di disprezzo. «Improbabile. Da tempo era relegato a svolgere servizi di controllo nella Polizia Stradale. Come dicevo, era di pattuglia con un collega a Villa Borghese. E prima ancora gli avevano affibbiato incarichi d'ufficio, lavorava dietro una scrivania e sbrigava soprattutto pratiche di sinistri. Inoltre la dinamica dell'omicidio fa pensare a motivazioni personali. Per questo mia sorella rientra perfettamente nel profilo. Sulla carta è la perfetta colpevole».

«Ma tu non credi che sia stata lei».

Adriano si grattò la barba. «Quando hanno cominciato a lavorare sull'ipotesi di omicidio, tutte le risorse sono state mobilitate per catturare il responsabile. Alla polizia piace chiudere i casi, soprattutto quando la vittima è uno di loro. Hanno subito concentrato i sospetti su Simona, in questi casi il coniuge è la prima persona indagata. La Procura ha costruito l'accusa in fretta e furia. Mia sorella non è stata solo l'indiziata principale, ma l'unica fin dall'inizio».

«Perché tanto accanimento? Ah, c'è un video che la riprende», rammentai, anticipandolo.

«Esatto. Si vede Simona che corre via sconvolta. La considerano una prova schiacciante».

«E perché era lì?».

«Dice di essere andata per parlare con Sebastiano».

«Alle due di notte?».

Adriano sospirò stancamente. «Lo so, è poco credibile. Per questo sarà difficile smentire la premeditazione. Lei ha raccontato che quella sera aveva avuto conferma delle sue attività di traditore seriale ed era furibonda. E questo non l'aiuta affatto, anzi conferma il movente. Comunque, è scoppiato un violento litigio tra i due, dopodiché mia sorella è corsa via».

Non feci altri commenti. Il telefono di Adriano ricominciò a suonare, ma neppure questa volta lui prese la chiamata. Borbottò con foga che i giornalisti erano sempre a caccia di informazioni scottanti sul caso e non lo lasciavano in pace. Poi tornò a rivolgersi a me: «Come dicevo, oltre al video che colloca Simona sul luogo dell'omicidio, la squadra che si occupa del caso afferma di aver individuato per lei anche un valido movente. Ma io direi piuttosto che glielo hanno appioppato! Gelosia e rabbia covate a lungo, secondo loro. Avrebbe accumulato rancore al punto di decidere di vendicarsi. Era un matrimonio burrascoso, infelice, non si può negare. Sebastiano aveva un brutto carattere e i vicini hanno confermato che i due litigavano di frequente. Ma io dico, perché avrebbe dovuto ucciderlo? Simona non avrebbe mai commesso un crimine, sarebbe stato un gesto estraneo al suo modo di essere. È sempre stata facile al perdono, nonostante i frequenti attacchi di gelosia. E poi amava quel demonio, a dispetto di tutto». Si fermò e sospirò di nuovo con frustrazione. «Non mi credi neanche tu, vero?».

«Io non so nulla di questa storia. E non conosco tua sorella, non mi permetterei mai di giudicarla.».

«Simona continua a rivendicare la sua innocenza e io le credo. Ma le hanno già formalizzato l'accusa e lei non ha niente in mano per discolparsi, mentre la Procura ha tutto: movente, opportunità, mezzi. Ma non è stata lei!», si scaldò.

Non sapevo cosa ribattere di fronte a quello sfogo.

Lo vidi prendere fiato e cercare di recuperare un tono lucido. «La verità è che ci sono ancora punti poco chiari. Troppe cose non quadrano, ma ai miei colleghi non interessa e non hanno motivi per procedere con ulteriori indagini. Simona intanto marcisce in carcere e sarà processata per omicidio».

«Mi dispiace molto per lei», dissi con sincerità.

Mi ringraziò con un gesto del capo.

«Non ci sono altre riprese della videosorveglianza?», mi informai.

Adriano nicchiò, corrucciato. «Poco utili. A quell'ora c'erano in giro soprattutto turisti nottambuli, persone senza fissa dimora, tossici e altri disgraziati. Là dove Sebastiano è caduto, poi, l'illuminazione è pessima, la telecamera è posizionata a una certa distanza e alcuni rami ostacolano la visuale. È quasi un punto cieco».

«E il testimone oculare?».

Adriano sollevò lo sguardo e mi fece un sorrisetto asimmetrico. «Vedo che sei informata».

«Beh, io...». Mi lasciai sfuggire una risatina imbarazzata.

«Comunque, sì, una persona sostiene di aver visto una figura femminile azzuffarsi con Sebastiano vicino al parapetto. A un certo punto lui l'ha presa a pugni con brutalità. Lei si è ribellata e lo ha spinto oltre il muretto. Da questo si deduce che non è stato un omicidio a sangue freddo, ma impulsivo».

«Una figura femminile? Non promette bene».

«Però, Simona non presentava segni fisici di una recente colluttazione. Inoltre, secondo il resoconto della testimone, l'assassina era bruna, di corporatura alta e magra. Mia sorella, invece è bionda e piccola di statura. Ma pensi che freghi un tubo a qualcuno?».

«Questo dovrebbe avere un peso, almeno in tribunale», obiettai di slancio.

Le sue labbra si piegarono con scetticismo. «Purtroppo, secondo i colleghi, la testimone è poco attendibile. È un'indigente senza fissa dimora che alloggia nei pressi del Pincio. La sua testimonianza per la verità è alquanto confusa. Prima si è vantata di aver assistito all'omicidio, poi è venuto fuori che l'assassino aveva in testa un cappuccio e che le fattezze erano indistinte, alla fine ha ammesso che era buio e non poteva essere sicura di ciò che aveva visto. Non è riuscita a fornire una descrizione chiara da poterne fare un identikit, quindi non è stata presa in considerazione più di tanto. In tribunale la sua deposizione verrebbe screditata facilmente».

«Eppure grazie a lei si è capito che si trattava di un omicidio», osservai.

«Vero, ma a quanto pare il resto della testimonianza non fa comodo alla Procura».

«Accidenti, sembra mettersi davvero male per tua sorella».

«Sì, molto male, ma non è solo questo...».

Lo interrogai con lo sguardo, ma lui lo distolse, come se ci avesse ripensato. «Dirai che non sono obiettivo e che voglio solo proteggere Simona, ma secondo me qualcos'altro non torna».

«Vale a dire?».

Lui mi rivolse un'espressione incerta. Capivo che desiderava parlarmi dei dettagli, ma si frenava. «Mi stai strappando informazioni riservate che non potrei divulgare e che non conosce neppure la stampa», si lamentò con un sorriso.

«Resterà confidenziale, te lo assicuro».

Si sfregò il mento nervosamente. «Secondo la testimone, l'assassina non è scappata subito. Dopo la caduta di Sebastiano, si è calata giù per la scarpata».

«E perché lo avrebbe fatto?».

«Posso ipotizzare che volesse accertarsi delle condizioni di Sebastiano oppure prendere qualcosa che lui aveva addosso. Secondo la testimone, l'omicida è risalita dopo molto tempo, quindi propenderei per la prima ipotesi. Come se fosse rimasta con lui mentre era in agonia».

«Era ancora vivo!», affermai.

«Sì, la caduta non lo ha ucciso subito. Le rilevazioni della Scientifica confermano che c'era qualcuno con lui, hanno trovato segni di terra smossa di recente. Se le cose stanno così, era qualcuno che teneva a lui, anche se non ha chiamato i soccorsi».

«Allora c'erano tracce dell'assassino? Voglio dire DNA e cose del genere?».

«Sì, la Scientifica ne ha rilevato in abbondanza. Un assassino incredibilmente maldestro. Ha agito senza un briciolo di lucidità, infatti hanno rinvenuto orme, capelli, frammenti di pelle, tracce di sudore, fibre...».

«Percepisco un "ma" in arrivo».

«Il fatto è che esiste anche un'altra ipotesi. Ovvero, che la scena sia stata contaminata. È possibile che qualcuno si sia calato per derubare Sebastiano, tant'è che sono spariti i soldi, la carta Visa e la pistola d'ordinanza. Purtroppo cose del genere non sono inusuali, certi soggetti non si fanno scrupoli neanche a ripulire un morto».

«Accidenti».

«In ogni caso, i residui biologi trovati addosso a Sebastiano non scagionano Simona, perché sono in parte suoi. Sulla scena invece hanno trovato elementi estranei a mia sorella. E sì, potrebbero stabilire un legame con l'assassino, oppure no, per via dell'inquinamento delle prove. In ogni caso, non c'è nessun altro indiziato con cui confrontare i reperti. Né le impronte digitali, né il DNA figurano negli archivi».

«Possibile?».

«Eh, sì. Significa che questa persona non è schedata. Non ha precedenti, non ha mai avuto problemi con la giustizia, né è stata segnalata per altri motivi. Ma come ti ho detto, qualcuno estraneo all'omicidio potrebbe aver alterato la scena. Il punto è che nell'indagine c'erano fattori da prendere in considerazione, si dovevano fare ulteriori accertamenti, controllare le segnalazioni, cercare le donne con cui Sebastiano aveva una relazione. Scavare a fondo nei suoi traffici». La sua voce era intrisa di amarezza.

«Ed è quello che stai cercando di fare tu».

«Esatto. Ammesso che serva, perché la mia credibilità presso i colleghi è ormai compromessa. Mi hanno più volte avvertito di smetterla, dubito che mi darebbero retta anche se trovassi qualcosa in grado di fare nuova luce sul caso. Non mi lasciano fare neanche il mio mestiere!», concluse infervorato.

Si accarezzò la fronte con aria stanca. «Perdona lo sfogo».

«Non hai nulla di cui scusarti».

«Parlare con te è facile», disse in un sussurro.

Sorrisi al commento lusinghiero e lui ricambiò. Quando sorrideva, gli si increspavano le rughette intorno agli occhi. Indugiò con lo sguardo su di me e io mi sforzai di ignorare il piacere che mi procurava. Sbirciò l'orologio e osservò che per lui era ora di andare. Quando ci alzammo in contemporanea, le nostre braccia si sfiorarono leggermente. A quel contatto, il mio respiro si fece più affrettato.

«Grazie per essere passato».

«Non ho fatto nulla».

«Mi hai ascoltata, vuol dire tanto per me».

«Beh, allora siamo pari».

Mi salutò con un bacio gentile sulla guancia, indugiando carezzevole con le labbra sulla mia pelle accaldata.

51

AMANDA

Era ormai sera quando Virgil mi consegnò le nuove chiavi e di rimando io lo pagai per il lavoro, con sincera gratitudine. Nel salutarmi, mi allungò una mano. Era callosa e ruvida, tipica di chi fa lavori manuali. «Torno per sistemare resto, okay?».

Non ero nello stato d'animo per chiedere delucidazioni su quel "resto", così mi limitai a un "okay" meccanico.

Rimasi sola. Era una serata afosa e la casa era immersa in una quiete spessa e pesante. Aver installato una nuova serratura mi infondeva meno sicurezza di quando sperassi. Mi scoprii attenta in modo maniacale ai piccoli rumori, mentre continuavo a sentirmi indifesa in casa mia, benché riconoscessi che si trattava di una sensazione irrazionale.

Grazie al cielo, il giorno dopo Gianfranco sarebbe stato di nuovo al mio fianco. D'altra parte non potevo impedirmi di ripensare ad Adriano, ai suoi occhi intensi, al senso di protezione che mi infondeva.

Io amo Gianfranco, ricordai a me stessa.

Dopo la pulizia della notte precedente, le stanze erano immacolate ed emanavano un effluvio di detersivi, candeggina e alcool, e dalle finestre aperte proveniva un venticello caldo. Le uniche tende che avevo montato, quelle del soggiorno, danzavano dolcemente con un effetto ipnotico. Fuori però non regnava alcuna quiete: gli altri condomini si erano riversati all'aperto e bivaccavano sui balconi.

Trasalii quando squillò il campanello d'ingresso. Mi resi velocemente presentabile e andai a sbirciare dallo spioncino. Era Rosi. Aprii la porta e la accolsi con un sorriso affettuoso, ma notai subito che non aveva la solita aria bonaria: il viso paffutello sembrava di pietra. Senza neppure salutarmi, protese una mano aperta verso di me. Sul palmo c'erano delle chiavi. «Cos'è?», chiesi stupidamente.

«Le chiavi del tuo appartamento. Me le aveva date Anita. Te le restituisco, così smetterai di accusare le persone di entrare in casa tua».

Ero allibita dalla sua reazione sproporzionata e incomprensibile. «Non ho mai incolpato te, Rosi. Ho solo detto...».

«So quello che hai detto. Ho letto il tuo messaggio e mi hanno riferito quanto è successo».

«Chi è stato?», volli sapere.

«Mah. Sono sempre in vena di scatenare pettegolezzi in questo posto», replicò in tono secco. Era rimasta ferma sulla soglia. «E quando si tratta di gettare fango su qualcuno, non si tirano indietro», aggiunse con voce cupa.

Storsi la bocca. «Ma come puoi pensare che...», cominciai ma mi trattenni. Ero sicura che lì sul pianerottolo anche le pareti avessero orecchie lunghe. «Entra un attimo, per favore, così parliamo».

Rosi accolse il mio invito, ma si mantenne sulla difensiva. «Ho il turno di notte, non posso fermarmi», puntualizzò.

«Vorrei solo chiarire questa storia».

«Dimmi, credi che lo abbia fatto apposta a tenermi le chiavi per venire a casa vostra a frugare? O magari pensi che le abbia conservate per cederle a un ladro?».

«Dio, no! Non mi è mai passato per la testa, mi fido di te».

In piedi, con le braccia incrociate, Rosi aspettò che continuassi. Era tutta rossa in faccia.

«Non so quello che ti hanno riferito, ma di sicuro non era mia intenzione accusarti di nulla. Non è colpa tua se Greta ha usato le tue chiavi per introdursi qua dentro».

Mi aspettavo un segno di comprensione che non arrivò. Anzi, Rosi aveva le labbra incurvate, atteggiate a disapprovazione. «Come fai a dire che è stata lei?».

Avrei voluto parlarle del puzzo, delle impronte e specificare altri particolari che avevo notato, ma l'istinto mi suggeriva di non farlo perché avrei indisposto Rosi ancora di più.

«Non ho alcuna prova tangibile, se è questo che mi stai chiedendo. Ma metterei la mano sul fuoco che è stata lei. È impossibile equivocare, c'erano tracce in giro per tutta la casa».

Rosi mi scrutò lentamente. «Penso di poterti parlare in modo franco, Amanda. E ti dico che sembri ossessionata da Greta. Stai saltando alle conclusioni, quanto meno dovresti concederle il beneficio del dubbio, invece di partire all'attacco con accuse paranoiche».

«Adesso la difendi? Non è con te che ce l'ho, te l'ho detto». Avevo alzato la voce senza volerlo.

«Però hai raccontato in giro che ho le chiavi di casa tua», sottolineò con veemenza.

«Non ho raccontato niente in giro!».

Rosi parve scettica. «Hai fatto una scenata davanti alla mia porta. Non si spettegola d'altro qui».

Feci un gesto esasperato con la mano. «Beh, allora vogliamo parlare della foto che Greta ha mandato a mio marito? È stata una vera carognata».

«Aspetta un attimo, mi sono persa qualcosa? Di che foto parli?».

Le raccontai che avevo incontrato un conoscente in un bar e che qualcuno mi aveva fotografato in un momento ambiguo, inviando poi lo scatto a mio marito in modalità anonima. «Allegato alla foto c'era un messaggio: "Il lupo perde il pelo ma non il vizio". Un chiaro riferimento alla storia online che ho avuto alcuni mesi fa». La guardai con aria di sfida. Non sembrava minimamente turbata dalla rivelazione, ma io non intendevo lasciar perdere.

«E...?», fece Rosi, polemica.

«Lo hai detto a Greta, vero? Sono sicura che non vedeva l'ora di approfittarne».

Una contrazione le irrigidì il viso. «Stai diventando offensiva».

«Io so solo che Greta non lo ha negato. Anzi, ha rivoltato la frittata con accuse sconclusionate, come se fossi io a tormentare lei e non il contrario. Detto tra noi, sto cominciando a sentirmi minacciata da quella svitata».

«Ti avevo suggerito di non agire in maniera avventata con lei. Ti avevo avvertita di quanto sa essere sgradevole».

«Ora quindi è colpa mia?».

«Non dico questo, ma ti sconsiglio di inimicartela ulteriormente. Non vorrei che la situazione degenerasse».

Il suo tono si era fatto minaccioso e più che un consiglio sembrava un avvertimento. Qualsiasi cosa le avessi detto, Rosi non sarebbe stata dalla mia parte.

Mi sforzai di restare calma. «Serena, la figlia dell'amministratrice, mi ha raccontato che Greta è psicologicamente vulnerabile, mi ha parlato delle sue vicissitudini, del suo passato difficile», dissi. «Perché non mi hai detto niente?».

«Per evitare che tu la giudicassi e facessi commenti crudeli».

La sua risposta mi provocò un sussulto interiore. D'un tratto mi resi conto di quanto Rosi fosse protettiva con Greta, nonostante esprimesse duri giudizi nei suoi confronti. O forse stava solo difendendo i suoi interessi.

«Davvero pensi questo di me? Non lo avrei mai fatto», mi difesi.

Rosi scrollò le spalle poco convinta. «Greta ha una testa incasinata, ma è anche una ragazza molto sola, non ha nessuno al mondo. E qui tutti sono sempre pronti a denigrarla e la evitano come se fosse infettiva».

«Beh, comunque questo non giustifica le sue azioni», replicai con voce dura. «Non so perché ce l'abbia con me, in ogni caso sto esaurendo la scorta di pazienza. Farò cadere la cosa, ma puoi riferire alla tua coinquilina che la prossima volta mi rivolgerò alla polizia. È stata avvisata».

«Riferirò», proclamò Rosi sulle sue, prima di voltarmi le spalle e andarsene.

Ero allibita da quel voltafaccia, da quelle recriminazioni che non mi aspettavo. Rosi era l'unica che avrebbe potuto rendere sopportabile la prospettiva dell'estate alle Tre Ginestre. L'avevo creduta mia alleata, disponibile a offrirmi conforto se necessario. Avevo sperato così tanto che diventassimo amiche, mi ero augurata di formare un legame duraturo con lei, ma ormai non ci credevo più. Tra noi vedevo una barriera di incomprensione difficile da smantellare.

E anche Serena si era rivelata inaffidabile, strombazzando ai quattro venti cosa era successo.

L'elenco delle mie potenziali amicizie si era di nuovo ristretto, non sapevo più di chi fidarmi, mi sentivo nauseata di quell'ambiente che di colpo percepivo estraneo e non più benevolo.

52

GRETA

9 luglio, sabato

Greta si alzò dal letto e con movimenti spasmodici si diresse verso l'uscita. Anelava disperatamente a uscire, ma la porta era chiusa a chiave. Era prigioniera, in trappola, in balia di un senso di claustrofobia mai provato prima. In stato confusionale, udì dei colpetti, qualcuno stava bussando, aprì gli occhi e si ritrovò nel letto. Era stato solo un sogno.

Rosi si affacciò nella stanza. «Ehi, dormigliona. È tardi, non hai messo la sveglia? Non vuoi farti sbattere fuori come al solito, spero».

Greta biascicò di farsi gli affari suoi, ma Rosi non fece caso alle sue parole. «Sono tornata ora dall'ospedale, sto per andare a dormire, ma prima vorrei parlarti un attimo».

«Arrivo», borbottò Greta di malavoglia.

All'inizio della convivenza, aveva stabilito dei confini: in quella stanza Rosi non doveva entrare. Era una regola da non trasgredire per nessun motivo. Quello era il suo regno, lo spazio in cui poteva isolarsi, stare per conto suo. Aveva messo i puntini sulle "i" riguardo alle interferenze nella sua vita privata, ma Rosi era ogni giorno sempre più invadente. Doveva stare attenta e ricordarsi di chiudere sempre la porta a chiave.

Era l'inizio di un'altra giornata torrida e Greta stava già sudando. Si sforzò di scrollarsi il sonno di dosso e si trascinò fuori dalla stanza. Rosi era in camicia da notte, pronta ad andare a dormire. Seduta al tavolo della cucina, scorreva nervosamente il dito sul display del telefono.

«Che ci fai qui di sabato? Non parti?», borbottò Greta. Aprì il frigo in cerca del latte.

«Resto a Roma, ho un altro turno in ospedale stanotte. Il dovere incalza», esclamò allegramente.

Greta le lanciò un'occhiata torva. Il latte era finito, così aprì la credenza per ripiegare sul tè. Passò in rassegna le scarse provviste e trovò delle bustine di Earl Grey forse comprate secoli prima dai Molinari.

«E comunque questa settimana Freddie viene in Italia», le notificò Rosi.

Greta si girò di botto. «E che viene a fare?».

«Che domande fai? Per stare con me».

«Intendi qui».

«Ovvio».

«Favoloso».

Greta non aveva nessun piacere nell'avere intorno il ragazzo di Rosi, che sopportava a malapena, ma non poteva vietarle di ospitarlo quando si spostava dall'Inghilterra.

«Dobbiamo ripulire tutto prima di domani», annunciò ancora Rosi.

«Che bisogno c'è?».

Rosi sollevò gli occhi al soffitto. «Lo so che detesti i lavori domestici, ma non voglio far pensare a Freddie che viviamo come maiali. Qui è un vero immondezzaio, non la vedi la patina di polvere?».

«Che esagerazione».

«Freddie non ti piace, vero?».

Greta non si aspettava una domanda tanto diretta. «Come faccio a risponderti? In pratica non lo conosco».

Effettivamente, Freddie non le piaceva, anzi le aveva dato sui nervi al primo sguardo. Chiunque lo avrebbe considerato un tipo divertente e di compagnia, ma per i suoi gusti era troppo confusionario, troppo esuberante e portava agitazione in casa.

«Hai capito cosa ho detto?».

«Uh?».

«Dicevo che io e Freddie dobbiamo parlarti, quando arriva».

«A me?».

«Esatto».

Greta fece spallucce, senza alcuna curiosità, così Rosi cambiò argomento. «Sono stata da Amanda, ieri sera. Hai fatto una cosa sconsiderata. In nome di Dio, cosa avevi in testa?».

Greta sbadigliò senza contegno. «Non so a cosa ti riferisci».

«Sappi che ha minacciato di andare alla polizia. Credo che per ora sorvolerà sulla faccenda, ma dovresti piantarla di darle fastidio. Mi è toccato anche litigare con lei per colpa tua».

Per un istante Greta gongolò. Le due avevano bisticciato, evviva. Dunque aveva ragione che non sarebbero andate per sempre d'amore e d'accordo. L'affiatamento si era spezzato prima del previsto, pensò con malevola soddisfazione. Mise l'acqua a bollire e si stirò le braccia. «Ho i miei buoni motivi per avercela con lei», dichiarò.

«Non ti smentisci mai. Voi due state diventando la barzelletta del condominio».

Greta liquidò la cosa con un movimento della mano, tenendo lo sguardo basso.

«Comunque, volevo solo avvertirti». Rosi si alzò in piedi e fece per andarsene.

«Ehi», la richiamò Greta. «Che ti ha detto di me Amanda?».

Rosi si grattò una guancia. «Ti farebbe arrabbiare saperlo».

«Sei stata tu a tirarlo fuori».

«Beh, niente di buono».

«Te lo stai inventando, ti piace seminare zizzania».

«Giuro di no».

«E allora? Prima hai detto che intende chiamare la polizia... è perché sono entrata in casa sua? O c'è dell'altro?».

«Perciò hai la faccia di bronzo di ammetterlo».

«Rispondi alla domanda».

«Ha parlato di una foto che avresti inviato al marito».

«E poi?».

«Te l'ho detto, per ora non credo ti denuncerà, ma potrebbe procurarti problemi seri. Occhio, mi raccomando. So che hai la tendenza ad essere autodistruttiva».

Greta tirò un sospiro di sollievo: era evidente che Rosi non sapeva nulla delle indagini di Amanda. Mentre il tè era in infusione, si sedette al tavolo e prese a giocare con una ciocca di capelli.

«Ora sbrigati ad andare a lavorare. E smettila di martoriarti i capelli o finirai per trovarti la pelata in testa per le tue crisi d'ansia».

Greta le fece una boccaccia, irritata per come la trattava. Rosi si ritirò a dormire. Quant'era pesante, sempre ad assillarla e imbeccarla come una ragazzina da educare. L'avrebbe volentieri buttata in strada. Comunque non aveva più importanza perché i giorni alle Tre Ginestre erano agli sgoccioli, ormai aveva deciso di andarsene. Non aveva molte alternative, restare era troppo rischioso. Ma aveva urgente bisogno di denaro. Se voleva svignarsela in sordina, senza dare adito a sospetti, doveva disporre di una cifra considerevole. A quel punto non le importava di saldare conti e debiti, non ci teneva a regalare altri soldi al condominio. Tuttavia, non era fattibile pianificare una fuga con i quattro spicci in suo possesso. In tutto aveva circa cinquecento euro, sommando anche i contanti trafugati a Seb. Fino al prossimo stipendio sarebbero stati sufficienti per andare avanti, ma non poteva aspettare la fine del mese. La polizia poteva piombare da un momento all'altro in casa sua, fare irruzione a portarla via in manette. Tutto grazie alle informazioni raccolte da Amanda e Occhi Gelidi.

Non terminò di bere il tè, troppo insipido per i suoi gusti, versò il fondo della tazza nel lavandino e si accese una sigaretta, pur ripetendosi che doveva moderarne il consumo.

Con una fitta dolorosa, ripensò alle chiavi della tana di Seb e contemplò nuovamente la possibilità di perquisire il posto in cerca di denaro. Doveva anche prendere una decisione sulla roba trafugata. Tenersi la carta di credito, in particolare, costituiva un grosso rischio. Un'imprudenza che avrebbe potuto decretare la sua fine. In ogni caso non le serviva più a niente, ormai era stata sicuramente bloccata ed era troppo rischioso prelevare soldi con gli sportelli video sorvegliati.

C'era anche da considerare la pistola di servizio di Seb. Greta non sapeva neppure perché l'aveva presa, visto che non le piacevano le armi da fuoco e non aveva mai sparato in vita sua. Eppure, quella notte non ci aveva riflettuto due volte a sfilare dalla fondina la pistola e poi nasconderla nel suo zaino.

Spesso aveva pensato che quell'arma portata da Seb con tanta disinvoltura, gli conferisse una certa autorevolezza. Sottrargliela era stato una specie di gesto simbolico per umiliarlo, per togliergli ogni potere. Come se lo avesse disarmato per sempre.

Per fortuna a suo tempo si era già sbarazzata del telefono, il secondo cellulare di Seb. Ogni tanto ci ripensava, come per rassicurarsi che almeno da quel punto di vista si fosse comportata in modo assennato.

Rivedeva se stessa scendere dall'autobus e dirigersi al cassonetto della spazzatura; tirare fuori lo smartphone, spegnerlo, pulirlo sommariamente con la felpa, estrarre la SIM e bruciarla con l'accendino, poi usare l'apparecchio come un martello, colpendo più e più volte il bordo del bidone, finché il vetro si era rotto e il telefono si era aperto come una noce. Ogni pezzo era finito nel cassonetto. Era più o meno l'ora in cui passava il furgone della raccolta indifferenziata, Greta lo sapeva perché quei maledetti netturbini l'avevano svegliata un sacco di volte. Disfarsi di quel telefono era probabilmente l'unica mossa furba di quella notte.

Era tempo di liberarsi anche della carta di credito, prima che qualcuno la trovasse. La recuperò dalla cassettiera e la tagliò in tanti piccoli pezzetti con le forbici. Infilò tutto in tasca e quando uscì se ne sbarazzò in una pattumiera vicino al lavoro.

53

AMANDA

Mi svegliai con un sussulto, circondata dal buio. Di colpo si impossessò di me una paura primitiva. Nel silenzio non udivo altro che il vento oltre la finestra e il battito frenetico del cuore. Un incubo. Tutto qui.

Eppure mi era rimasta attaccata addosso una sensazione indistinta d'inquietudine. Mi affrettai ad allungare una mano e armeggiai per accendere la lampada sul comodino. Frastornata, con gli occhi sgranati nel buio, cercai a tastoni l'interruttore e per poco non feci cadere la lampada. Quando finalmente riuscii a premere il pulsante, la luce inondò la stanza. Fui costretta a riparare gli occhi con l'altra mano. Non c'era nessuno.

Mi ero sempre percepita come una persona forte, eppure la storia di Greta mi faceva sentire vulnerabile. La paura che entrasse in casa mia di notte era del tutto irrazionale, me ne rendevo conto.

Fuori il buio era ancora profondo, ma faceva un caldo infernale. Le pale del ventilatore a soffitto non facevano che smuovere aria torrida. Avremmo dovuto montare un condizionatore per far fronte alle settimane estive. Con quel pensiero, mi riaddormentai di sasso.

Fu il campanello all'ingresso a strapparmi ancora una volta al sonno. Mi ricordai di colpo che Gianfranco non aveva le nuove chiavi e mi precipitai ad aprirgli.

Mio marito si chinò a darmi un bacetto frettoloso e prese a lamentarsi della calura, della città, del traffico che non scorreva, e infine mi domandò con un'occhiata di riprovazione cosa ci facessi ancora a letto.

«È stata una lunga settimana», mi giustificai.

«Ah beh, immagino. E io che dovrei dire?». Colsi un tono più ruvido del solito. Drappeggiò la giacca sul dorso della sedia e mi rese partecipe di quanto fosse impegnativo il lavoro in quel periodo. Riuscivo a malapena ad ascoltarlo.

Cercai di valutare quanto fosse seccato per la questione della foto. Ebbi l'impressione che fosse intenzionato a seppellire la questione.

La casa era ancora un caos. Dopo un primo momento di frenesia compulsiva ad organizzare tutto, ero piombata nell'indolenza. Le stanze erano ancora una sorta di cantiere con pareti disadorne, ripiani nudi, scatoloni e roba imballata in ogni stanza. Eppure, Gianfranco disse comunque: «Mi piace come stai sistemando qui. Avrai avuto un bel daffare».

In altre circostanze, il suo complimento mi avrebbe riempito d'orgoglio, ma non ero dell'umore giusto per apprezzarlo.

«Faccio una doccia al volo e poi se vuoi possiamo scendere in piscina. Ho proprio bisogno di una nuotata», annunciò Gianfranco, svuotando il trolley.

«Non dovevamo andare in spiaggia?».

Lui si girò, come se gli fosse sfuggito qualcosa. «Vuoi farmi fare un'altra ora di macchina? Mi sono alzato all'alba». Era facile scorgere nella sua voce un'irritazione a malapena contenuta.

«L'avevi proposto tu», gli rinfacciai. «E comunque, speravo che non saremmo rimasti qui».

«È davvero così pesante questo posto per te?».

«Non ho detto questo», replicai risentita. Se avevo sperato che mi dimostrasse il suo appoggio, restai di nuovo delusa.

«Tutto questo sta diventando noioso», disse.

«*Noioso*? È noioso per te, forse».

Sentendo la collera nella mia voce, mi posò un dito sulle labbra. «Non permettiamo a nessuno di rovinarci il weekend, okay?».

Mi costrinsi a sorridere, augurandomi che i miei pensieri non trasparissero. Ormai avevo capito che non mi avrebbe dato il supporto morale sperato. Si rifiutava perfino di capire quanto mi sentissi minacciata. Il pensiero che sminuisse le mie preoccupazioni mi impedì di sfogarmi ancora. Mi ripromisi di non affrontare più l'argomento Greta.

«Mentre fai la doccia, ti preparo uno spuntino», annunciai più mitemente. «Quando vuoi, poi, andiamo giù in piscina».

Non volevo apparire infantile, così non insistetti oltre riguardo alla spiaggia. In cuor mio, mi augurai che nel resto del weekend la tensione tra noi si dissipasse e che la vicinanza di Gianfranco avesse un effetto calmante su di me.

Più tardi scendemmo in piscina. Il sole si era alzato da un pezzo sopra l'orizzonte e il cortile era tutto un fermento, brulicava di gente con le valigie; era in atto una vera e propria ondata di partenze. Mi guardai intorno e non potei impedirmi di alzare lo sguardo verso il quinto piano. La sensazione di essere spiata non se ne andava. Ero osservata anche in quel momento?

Una voce squillante ci stava chiamando dal fondo del vialetto, così ci bloccammo prima di entrare in piscina. Una donna alta e magra si stava dirigendo verso di noi. Quando ci raggiunse, ci salutò con aria austera e altezzosa. «Buongiorno, signori».

«Buongiorno, signora Parisi», ricambiò educatamente Gianfranco, porgendole la mano.

Il mio corpo si tese d'istinto, mentre le facevo un cenno formale a mia volta.

L'amministratrice si faceva aria sventolando dei fogli pubblicitari. «Sono davvero desolata per quanto è successo. Mi riferisco all'effrazione in casa vostra».

«Non si è trattato di un'effrazione», la contraddissi, sulle difensive. «Chi è entrato aveva la chiave».

«Beh, ritengo comunque che la signorina Molinari si sia comportata in modo spregevole, inqualificabile», dichiarò con aria partecipe. Si fermò, aspettando che facessi qualche commento ma io non ne sentivo il bisogno, soprattutto perché non percepivo sentimenti di empatia nella sua espressione.

Scambiai una breve occhiata con Gianfranco. Anche lui pareva sulle spine, probabilmente seccato del contrattempo, ma era bravo a trattare con le persone. Prese la parola usando un tono accomodante: «Non ero a Roma quando è successo, ma mi è sembrato di capire che non ci sia certezza su chi è stato».

«Ma certo che c'è! È stata sicuramente lei!». Cristina Parisi agitò i fogli che aveva in mano in un gesto sprezzante. «Certe cose prima non capitavano, questo è sempre stato un condominio perbene. Voi siete solo gli ennesimi malcapitati, sapete?».

«Può darsi, ma di fatto non è successo nulla di grave», replicò Gianfranco. Colsi in lui una gentilezza forzata.

«Qui siamo tutti basiti, invece», obiettò l'amministratrice.

Dunque, la faccenda era sulla bocca di tutti. Mi disturbava la piega che stava prendendo la conversazione. Irritata che la storia avesse fatto il giro del condominio, dissi: «Signora Parisi, preferirei chiudere la faccenda, se non ha niente in contrario».

La donna storse le labbra. «Come sarebbe a dire? La Molinari va denunciata! E subito!».

Non gradivo affatto il tono perentorio e a giudicare dall'espressione di Gianfranco, non piaceva neanche a lui. Entrambi tacevamo.

«È un anno che la tolleriamo», riprese la donna, sollevando un angolo della bocca. «C'era un clima diverso prima che arrivasse lei, questo era un posto rispettabile. Quella Molinari è una selvaggia, viene dalla strada. Sporca e ignorante. Pura feccia».

Sapevo che la gente non la vedeva di buon occhio, ma non avevo idea che la sua reputazione fosse cattiva fino a quel punto. Prima che potessi fare un commento in proposito, la donna aggiunse: «Questa è una buona occasione per sbarazzarsene, capite?».

Mi limitai a scuotere il capo, disgustata da tanta malevolenza.

«Una denuncia alla polizia è una cosa seria», osservò Gianfranco. Era palesemente dubbioso, ma manteneva un tono pacato.

«Certo che è una cosa seria! Quella Greta non rispetta la proprietà altrui, si è introdotta in casa sua, avrebbe dovuto chiamare immediatamente gli agenti. Ho sgridato mia figlia per non averla persuasa a farlo l'altra sera».

«Al massimo possono accusarla di violazione di domicilio», fece notare Gianfranco, ora con un tono più autoritario. «Non ha portato via nulla».

«E comunque non abbiamo prove che sia stata lei», aggiunsi con durezza, scorgendo subito il disappunto sul volto dell'amministratrice.

«Sì, capisco, ma... avete validi sospetti, giusto? Se mi permette, le prove si possono sempre trovare, creare... anche per un'eventuale accusa di furto», disse in tono casuale, come se l'idea le fosse balenata in quel momento.

Sgranai gli occhi. Stava suggerendo di fabbricare le prove per denunciare Greta? Una mossa abietta che non mi aspettavo. Gianfranco aggrottò la fronte ma non disse nulla. Fui io a rispondere, anche se l'amministratrice guardava soprattutto mio marito: «Creare delle prove? Niente affatto! Non riuscirei mai a perdonarmi una simile bassezza», mi alterai, senza riuscire a trattenere un moto di stizza.

Il suo viso si impietrì. «A volte servono mezzi drastici per risolvere i problemi», pontificò. «Anche sporcarsi le mani, se necessario. A buon intenditore, poche parole». Mi gettò un'occhiata severa.

«Comunque, è una questione che riguarda solo noi, non l'intero condominio». Alzai la voce e guardai Gianfranco perché venisse in mio soccorso.

Lui era visibilmente nervoso, ma mi strinse gentilmente una

mano e intervenne per calmare gli animi: «Grazie per l'interessamento, signora Parisi. E per il sostegno che ci sta manifestando. Apprezziamo la solidarietà tra vicini». Gratificò la donna di un sorriso deferente. «Pondereremo il da farsi. Per ora le auguriamo una buona giornata». Mi mise una mano sulla spalla. «Andiamo?». L'occhiata suggeriva di chiudere l'argomento.

Cristina Parisi mi rivolse uno sguardo freddo e disse tra i denti: «Mi faccia la cortesia di rifletterci». Ci salutò in maniera composta, ma ogni espressione amichevole era sparita dal viso.

Gianfranco era già mezzo voltato verso il cancelletto della piscina, ma io non riuscii a frenarmi: «Scommetto che è colpa vostra».

La signora Parisi mi guardò con aria interrogativa.

«Greta sarà una persona scorbutica e maleducata, verrà dai bassifondi e non avrà abilità sociali, ma credo che abbiate la vostra parte di colpa nel modo in cui si comporta».

«Cosa intende, scusi? Qui c'è gente proveniente da ogni estrazione sociale. Ci sta accusando di classismo?».

Gianfranco mi cinse i fianchi, come per ammansirmi, ma ci voleva ben altro per farmi demordere. «Scommetto che la sua presenza è stata sgradita fin dall'inizio. E che l'abbiate isolata, esclusa e trattata ingiustamente come una reietta».

«Come si permette di giudicare?», scattò la donna. Il volto era contratto e scuro di rabbia. «Lei non sa niente dei danni che ci ha procurato. Tutti potrebbero raccontarne di cotte e di crude».

«Non è un motivo sufficiente per una falsa denuncia», replicai con voce ferma.

«Amanda, per favore». Gianfranco si agitò come su una graticola.

«Oh, beh... io volevo solo aiutarvi, ma se non gradite il mio aiuto, buona giornata». I suoi occhi sprizzavano livore.

«Signora, deve scusare mia moglie, lei non voleva...».

La solita tendenza di Gianfranco alla conciliazione, pensai doppiamente irritata.

In un battibaleno, la donna si allontanò a passo serrato. Se non fossi stata furiosa, avrei trovato comica la sua andatura compunta.

«Dio santo, non posso crederci. Quella vuole usarci per togliersi dai piedi Greta!».

«Ora dovresti calmarti, Amanda».

«È tutto così assurdo! E ti ci metti pure tu a chiedere scusa al posto mio! Non ne avevi il diritto».

«Si può sapere cosa ti è preso? Non è da te fare scenate».

«Sono solo stata sincera».

«Ti rendi conto che ti sei fatta una nemica? Sono stato indulgente finora, ma penso che tu abbia superato i limiti».

«Vuoi scherzare?».

«Avresti potuto essere più diplomatica. Siamo nuovi, qui. Che bisogno c'era di accusarla in quel modo? L'ha presa sicuramente come un'offesa personale. Avresti potuto misurare le parole, di solito hai più tatto di così. E poi, credevo odiassi questa Greta».

«Proprio non capisci». Mi voltai irritata verso la sovraffollata piscina. Ero sicura che nel momento in cui saremmo entrati, mi sarei sentita addosso gli occhi di tutti. Qualcuno si sarebbe messo a malignare su Greta, un argomento che mi nauseava. Né ero dell'umore di partecipare a conversazioni educate e futili. «Non voglio restare, andiamo via da qui», esclamai con una nota acuta.

«Ma... perché? Ci rilassiamo un po'. Ne hai seriamente bisogno, sai?».

«Non voglio restare, torniamo su», ripetei testardamente.

«Fantastico. Ho fatto due ore e mezzo di viaggio per stare tappato in casa. Vorrà dire che quando ti sarai calmata, torneremo».

«Qui non si tratta di calmarmi, vuoi capirlo?». Con la borsa stretta, feci per rientrare nel palazzo. Quando erano cambiate le cose tra noi? Quand'è che avevamo smesso di comprenderci al volo?

Gianfranco mi prese per un braccio e mi trattenne. «Amanda, ascolta...».

«Che c'è?». Mi accorsi che cercavo un pretesto per litigare con lui.

Lui gettò un'occhiata tutt'intorno per assicurarsi che non ci ascoltasse nessuno. Nel cortile in quel momento non c'era anima viva. «Ce l'hai con me, vero?», mi chiese a bruciapelo.

«Come ti viene in mente?».

«Ti ho convinta a venire qui, a licenziarti e allontanarti da Dora. Sei stata sballottata in un nuovo mondo e per di più ti ho lasciata a cavartela da sola. Pensi che anteponga il lavoro a te».

Era come diceva? Non lo sapevo. Gianfranco prese il mio silenzio per un assenso.

«Sto lavorando sodo per il nostro futuro. Per poter costruire una famiglia». Protese una mano verso di me e io la accolsi meccanicamente. Intrecciò le dita tra le mie.

Una famiglia. Dei figli. Un matrimonio felice. Sentii la gola stringersi. I miei occhi erano rimasti asciutti ma qualcosa dentro di me si era spezzato. Gianfranco mi stava osservando con attenzione, quasi con aria indagatrice, mentre mi teneva stretta la mano, ma a me sembrava di avere di fronte un estraneo. Incrociai il suo sguardo incupito. C'era un'inconsueta tristezza negli occhi. Sembrava sinceramente preoccupato per me, per noi. Sembrò leggermi nel pensiero, quando disse: «È quello che vuoi ancora, vero? Una famiglia insieme». L'aveva detto piano, con dolcezza. E io provai una fitta allo stomaco. Mi guardò con aria di attesa.

«Sai che è così», mi limitai a dire solennemente, sentendo un enorme vuoto interiore.

54

GRETA

La fine dell'orario di lavoro era passata da un pezzo e il negozio era già chiuso, quando Greta terminò di ripulire il magazzino, sotto gli occhi attenti di Leo. Il turno si era protratto più del previsto, i muscoli delle braccia e della schiena le dolevano maledettamente e non vedeva l'ora di concedersi una sigaretta. Fuori cominciava già a imbrunire.

«Si è fatto tardi», osservò in modo superfluo Leo, abbassando la saracinesca. «Ti porto io a casa».

«Non mi serve un passaggio».

«Non fare la citrulla».

Non era la prima volta che Leo si offriva di accompagnarla, ma lei aveva sempre rifiutato, a costo di tornare a casa a piedi. Non voleva fargli sapere dove abitava e poi quando erano a bordo del furgone per le consegne, Leo si prendeva sempre troppe libertà. Tuttavia, la prospettiva di prendere la metro con quella spossatezza addosso la faceva sentire ancora più distrutta.

«D'accordo», cedette. «Dammi uno strappo».

«Brava, prendi una birra mentre io tiro fuori il furgone». In un batter d'occhio tracannò una delle due birre poggiate sul tavolo e uscì dal magazzino.

Greta si ripulì le dita sui jeans e aprì l'altra bottiglietta. Mandò giù un paio di sorsi di birra. Era di una marca scadente e aveva un retrogusto amaro, ma per qualche istante le parve che grazie alla bevuta, la stanchezza avesse pietosamente allentato la morsa.

Era tutto il giorno che pensava alla possibilità di infilare le mani nel registratore di cassa del negozio. Un paio di volte si era persino presentata l'occasione, ma poi aveva rinunciato perché c'erano solo pochi spicci e non ne valeva la pena. Ormai un sacco di gente pagava con le carte elettroniche.

Fece per bere il resto della birra, ma un'ondata di nausea glielo impedì. Non aveva mangiato granché a pranzo e aveva lo stomaco in disordine. Posò la bottiglietta e in quel momento Leo la richiamò alla realtà con il clacson. Greta si affrettò a uscire dal magazzino.

A bordo del furgone, soffocò uno sbadiglio e si stropicciò le palpebre. Non era riuscita a chiudere occhio per tutta la notte, solo verso l'alba si era appisolata, risvegliandosi più volte fino al momento di alzarsi. Ora non vedeva l'ora di infilarsi nel letto.

«Allora, dove la porto, signorina Molinari?».

Greta glielo disse. Lui fece un fischio. «Però! Vivi in un quartiere chic. E chi l'avrebbe detto a guardarti».

«Non rompere, bamboccio».

Leo fece manovra per uscire dal parcheggio. Ogni volta che era con lui sul furgone, Greta era dannatamente tesa. Spesso lui ne approfittava per raccontarle episodi sconci della sua vita o spostava una mano dal volante per posargliela sulla coscia.

Tuttavia, quella sera non sembrava neppure in vena di dare sfogo alla solita loquacità. Forse aveva crucci sul lavoro o era in pensiero per il padre, ancora ricoverato in ospedale. Le fece la grazia di non mettere musica assordante e sintonizzò la radio su un canale che trasmetteva melodie soft. Greta ne approfittò per lasciarsi andare sul sedile. Le forze la abbandonarono in fretta e la sonnolenza ebbe il sopravvento. La testa si mise a ciondolare, la mente si ottenebrò come avvolta da una morbida coperta. Sentiva le palpebre pesanti e per quanti sforzi facesse, non riusciva a tenerle aperte. *Chiudo gli occhi solo un momento.*

Si ritrovò sdraiata sul divano di casa ad ascoltare musica. Non sapeva spiegarsi come fosse arrivata lì. Udiva note dolci e malinconiche che la facevano sentire insolitamente rilassata. I muscoli non le dolevano più, quasi le pareva di non avvertire le gambe. Brancolava nell'oscurità, immersa in un dormiveglia allucinato.

Di colpo si ritrovò rannicchiata sul sedile del furgone, la testa ciondoloni sulle spalle, un rivolo di bava che scivolava da un angolo della bocca. Il motore del veicolo era fermo. Si era addormentata. Erano arrivati? Greta si sforzò di muoversi, ma il corpo non ubbidiva.

Cercò di ribellarsi al sonno. Le giungevano rumori smorzati, un vago scricchiolio, musica soffusa. Avvertì una presenza, una sagoma scura che restava in una zona d'ombra. Un respiro caldo contro il collo.

Una mano le sollevò la maglietta, causandole un repentino brivido sulla pelle. La figura si allungò su di lei e, china sulla sua spalla, le alitò sul collo, le sussurrò oscenità all'orecchio. Come serpenti caldi e viscidi, un paio di dita si insinuarono sotto i jeans e cominciarono a tastare tra le cosce. Le gambe formicolavano, come per un brulicare di ragni sulla pelle. Mani come tentacoli la toccavano senza che potesse difendersi. Voleva spingerle via, ma non ci riusciva, come in preda a una paralisi. Tentò di urlare. Non uscì alcun suono dalla bocca. Era solo un incubo o c'era davvero qualcuno vicino a lei, qualcuno che le si strusciava addosso e la palpeggiava ovunque?

Provò a ribellarsi alle mani invadenti, a respingerle, ma quelle si fecero più aggressive. Greta fece uno sforzo sovrumano per aprire gli occhi stanchi.

Leo era accovacciato sopra di lei e incombeva minacciosamente. I contorni del volto mancavano di nitidezza, ma Greta distingueva la pelle lucida di sudore, la fronte piena di goccioline viscide, gli occhi famelici di desiderio. Fece per urlare, ma la bocca rimase socchiusa senza articolare suoni. Le girava la testa, non riusciva a tenere aperte le palpebre. La cosa che le faceva più paura era la parziale mancanza di controllo del corpo: per quanto provasse a scrollarsi Leo di dosso, riusciva solo a indietreggiare goffamente di pochi centimetri.

Fuori era buio, un profondo buio. Dove si trovava? Leo doveva aver parcheggiato il furgone in qualche posto sperduto.

Tentò di girarsi e aprire la portiera, ma le braccia rispondevano a stento ai suoi comandi, come quando si addormentano gli arti.

Lurido maiale, mi hai dato qualcosa? Mi hai drogato?

Le parole le rimasero incastrate in gola. Riusciva a pensare, ma faticosamente, come se ogni pensiero dovesse arrampicarsi su una ripida montagna per raggiungere la coscienza. E una volta che aveva fatto breccia nel cervello, non riusciva a trattenersi a lungo.

Leo le rivolse un sorriso furbetto, con faccia bramosa e ostile al tempo stesso. Emanava un'aggressività inconsueta. Con un movimento rapido la trascinò con forza verso di sé, imprigionandola con le braccia. La fissò con occhi lascivi. Aveva il fiato grosso come se avesse appena corso. In pochi secondi le strinse con forza le spalle, conficcandole le unghie nella carne. Greta si ritrovò inchiodata al sedile in una morsa d'acciaio. Con un movimento furibondo ma troppo fiacco, cercò inutilmente di sottrarsi alla sua presa. Un paio di mani forti le artigliarono un lembo della maglietta, che si lacerò lasciandola seminuda.

Greta emise una specie di pigolio acuto, ma fu subito zittita da una mano sulla bocca e schiacciata contro il vetro.

«Piantala di fare le bizze, Molinari».

Leo le afferrò la testa con entrambe le mani e tenendola bloccata saldamente premette con impeto la bocca contro la sua. Un bacio avido, rude, disgustoso. La sua saliva aveva un sapore nauseabondo.

Dopo averla lasciata andare, Leo prese a sbottonarsi i pantaloni con movimenti urgenti. Greta urlò, un verso animalesco e disperato che rimase confinato nella sua testa.

Non aveva bevuto tutta la birra, ne era sicura. Non aveva ingerito l'intera dose della robaccia che Leo le aveva propinato. Ne aveva preso un sorso o due. E forse nella birra non c'era niente di anomalo, il cattivo sapore era dovuto all'infima qualità, e lei si era appisolata perché era mortalmente stanca, la notte non dormiva a sufficienza e a volte durante il giorno perdeva la presa sulla realtà.

Era stato un errore fatale abbassare la guardia con Leo, ma non serviva a niente recriminare. Lui era abbastanza forte da sopraffarla ma lei non si sarebbe arresa senza lottare. Fece uno sforzo per tirarsi su. I suoi movimenti erano lenti, fiacchi.

Si accorse che Leo si era fermato con le dita sulla cerniera e la stava fissando con raccapriccio. «Cristo santo, chi ti ha conciata così?». Aggrottò la fronte sconcertato. Si riferiva ai lividi, ben visibili grazie alla maglietta strappata.

In risposta Greta emise un suono gracchiante. Era distrattamente consapevole che non si sarebbe ripresentata un'altra occasione per coglierlo di sorpresa, doveva approfittare del suo disorientamento. Raccolse le poche forze che aveva, fece appello a tutto il proprio coraggio, si allungò in avanti, sollevò un gomito e sferrò una botta violenta alla cieca, il più forte che poteva.

Doveva averlo colpito perché subito dopo udì un grido acuto come da animale ferito.

Leo si teneva la faccia, da cui zampillavano e colavano rivoli di sangue. Quasi certamente gli aveva rotto il naso e spezzato qualche dente. Con un borbottio ovattato le riversò addosso una serie di improperi violenti. Imprecava e gemeva insieme per il dolore.

Greta si girò e con lentezza angosciosa le dita trovarono la strada fino alla maniglia interna, e l'agguantarono. Cominciò ad armeggiare convulsamente con la portiera per sbloccarla.

Si sentì afferrare i capelli e un dolore straziante le percorse il cuoio capelluto. Con un ringhio, Leo fece scattare l'altra mano e le affondò le unghie nel braccio. In faccia un ghigno cattivo che diceva "ora ti ammazzo".

Non uscirò viva da qui.

In qualche modo però, nella frenesia del momento, riuscì a

sbloccare la portiera, che cedette dietro le spalle e la trascinò giù dal furgone, sganciandola dalle mani di Leo.

Greta si ritrovò a terra dopo un pesante tonfo. Dalla bocca di Leo, che era ancora all'interno del furgone, uscivano gemiti e minacce strozzate.

A Greta faceva male ogni parte del corpo, ma sapeva di avere i secondi contati prima che Leo uscisse dall'abitacolo e si precipitasse su di lei. Si tirò disperatamente in piedi. Tutto le ondeggiava intorno, come se fosse sul punto di svenire.

Chiamò a raccolta le forze rimaste e si mosse malferma sulle gambe. Poi, rianimata dal terrore, spiccò un balzo e iniziò a correre nell'oscurità, come nel peggiore dei suoi incubi.

55

GRETA

Si precipitò lungo la strada deserta correndo in modo scoordinato, senza una direzione, senza voltarsi indietro, senza fermarsi a riprendere fiato, spinta solo dalla necessità di mettere più distanza possibile tra sé e Leo. Le gambe deboli e instabili avevano minacciato più volte di cedere, la vista era sfocata e doveva sorreggere con le mani la maglietta strappata, incrociando le braccia per farla aderire al petto. Non si fermò neanche un istante, finché un piede incappò in una buca sul marciapiede facendola cadere.

Una fitta di dolore lancinante alla caviglia la bloccò a terra e quando tentò di alzarsi, non riusciva a reggersi in piedi. Con uno strenuo sforzo e le pulsazioni a mille si rialzò e zoppicando riprese a muoversi più svelta che poteva, disperata, quasi accecata. Non riusciva più a correre e i suoi riflessi erano rallentati, ma dopo pochi metri si imbatté nella fermata di un autobus. Era spompata, infreddolita, con i muscoli delle gambe in fiamme e fitte alla milza.

Consultando la palina dell'autobus, capì di essere in periferia, ma non conosceva la zona. Leo doveva averla portata laggiù perché era un posto isolato, l'ideale per i suoi luridi scopi. Si sedette sulla panca, esausta. Con l'affanno e le mani aggrappate al seno, attese pazientemente che arrivasse l'auto.

Ogni volta che passava un furgone, scattava in piedi e saltava dietro la pensilina della fermata. Con la complicità del buio restava acquattata finché il veicolo non oltrepassava la fermata. Probabile che Leo la stesse cercando, deciso a farle la festa, anche se conciato com'era avrebbe fatto meglio a correre al pronto soccorso.

L'autobus la portò in un quartiere più centrale, dove montò su un altro mezzo e infine fece un tratto a piedi fino alle Tre Ginestre. Le scoppiava la testa e si reggeva a malapena sulle gambe.

Con passo lento si incamminò lungo il viale condominiale. La piscina era un manicomio: musica a tutto volume, esplosione di risate, marmaglia che accompagnava ogni tuffo nell'acqua con grida giulive, senza nessun rispetto per chi magari desiderava dormire.

C'era una festa, come spesso accadeva nei sabati sera d'estate.

L'aroma della carne cotta sulle griglie le dava le vertigini. Mentre attraversava il cortile con andatura rigida e le braccia incrociate sul petto, Greta trasalì udendo sghignazzare alle sue spalle.

Si voltò al rallentatore. Un gruppo di ragazzi ciondolava vicino al lampione.

Capì al volo che stavano ridendo di lei. La fissavano con ostentata curiosità. Greta era consapevole della sua aria ammaccata: maglietta lacera, jeans sporchi di terra, braccia piene di contusioni, capelli arruffati. Non aveva idea dell'aspetto della sua faccia, che immaginava non essere in condizioni migliori.

Nessuno aveva fatto caso al suo stato malconcio a bordo degli autobus, né per strada. Alla gente di città riusciva facile l'indifferenza, erano abituati a fingere di non accorgersi delle miserie umane. Ma lì alle Tre Ginestre era diverso, soprattutto con le bande di adolescenti che si divertivano a tormentarla e non si facevano scrupoli a burlarsi apertamente di lei. Per loro era una specie di macchietta da punzecchiare. Di solito Greta si premuniva passando a distanza, ma questo non impediva di subire scherni di ogni genere. Non ci avrebbe mai fatto il callo.

Continuò ad avanzare verso il portone, serrando strettamente le braccia intorno al busto, in un penoso tentativo di ignorare i risolini alle sue spalle. Il sottile sfottò fatto di sussurri e risatine sciocche a malapena soffocate si trasformò presto in un tumulto di risate. Qualcuno annusò l'aria con un gesto teatrale. «Sento odore di Greta qui. Ah sì, eccola».

«Ehi, Greta, complimenti per il look», fece un altro con il pollice all'insù.

«Ti sei rotolata nel fango, dolcezza?».

Greta si morse forte il labbro inferiore e si sforzò di camminare eretta, imponendosi di non badare alle voci beffarde che rieccheggiavano alle sue spalle.

«Greeeeeta».

Augurò loro ogni male. Non era la prima volta che i ragazzi del palazzo la additavano e la prendevano in giro, mentre gli adulti la snobbavano come se fosse invisibile, a volte neppure la salutavano e distoglievano lo sguardo fingendo di non vederla. Spesso aveva sentito dai giovani del condominio termini che si riferivano a lei come "manico di scopa", "spaventapasseri", o anche "quella fulminata", "la spostata dell'interno 9B". Non l'avevano mai trattata con rispetto, e quella sera se l'era cercata conciata in quel modo patetico. Con molte probabilità si era già sparsa la voce che si intrufolava nelle case altrui. Di sicuro Amanda le aveva messo tutti contro.

Infilò le chiavi del portone, mentre nella sua mente si formava l'immagine di quel dannato palazzo che saltava in aria uccidendo tutta quella gentaglia. Fosse stato per lei ci avrebbe piazzato volentieri una bomba.

Quando varcò la soglia di casa, ebbe una sorta di déjà vu: era in condizioni spaventose proprio come la notte fatidica. Braccia tumefatte. Mal di testa infernale. Tremito alle mani che non riusciva a controllare. Un freddo dannato, neanche fosse dicembre. Stava da schifo, un rottame ambulante, e le costava un'enorme fatica fare il minimo movimento.

Ringraziò tutti i santi del Paradiso che Rosi avesse il turno in ospedale. Si infilò sotto la doccia, aprì al massimo l'acqua calda e lasciò che il getto la travolgesse. Si sentiva come contaminata da Leo e non riusciva a scaldarsi, il corpo era scosso in modo incontrollato da capo a piedi, come se avesse la febbre alta. Contrariamente alle sue consuetudini di risparmiatrice, restò sotto l'acqua finché non fu inondata da un senso di calore e finalmente il malessere si attenuò.

56

AMANDA

10 luglio, domenica

Gianfranco dormiva già, sotto il ruotare regolare del ventilatore sul soffitto. Nella penombra della stanza, intravedevo il petto sollevarsi a ritmo costante. Invidiavo la sua capacità di crollare addormentato da un momento all'altro in qualsiasi circostanza, mentre io quando ero agitata correvo dietro a pensieri impazziti senza poter prendere sonno.

Il frastuono che saliva dalla piscina non mi aiutava. Era in corso una festa piuttosto animata.

Uscii dalla stanza. Dalla finestra del soggiorno, scorgevo le luci della città pulsare in lontananza, mentre dal basso balenavano le lanterne cinesi appese per la festicciola e l'acqua riluceva azzurrina.

Era stata una giornata lunga. Dopo la discussione mattutina, Gianfranco mi aveva proposto un giro per Roma. In fondo, aveva detto, la conoscevamo poco ed era un peccato non visitarla, ora che era diventata la nostra città. Così avevamo sfidato il caldo torrido di luglio per trascorrere il resto della giornata a girovagare per i principali luoghi di interesse della Capitale, come due turisti affamati di attrazioni: Colosseo, Pantheon, Fontana di Trevi, Piazza di Spagna, Piazza Navona.

Infine, dopo tanto camminare, avevamo cenato in una graziosa trattoria del centro storico, per fare ritorno a casa in tarda serata. Nonostante la stanchezza che entrambi accusavamo, avevamo fatto l'amore, ma senza scambi di tenerezza. Un piacere effimero.

A fine serata, il cambiamento d'umore di Gianfranco fu tangibile, era allegro ed energico nonostante l'affaticamento. Sembrava in vacanza, e in un certo senso era così.

«La prossima volta potremmo visitare i musei più importanti della città», aveva proposto.

Io però non mi sentivo affatto meglio rispetto alla mattina, il giro turistico non mi aveva neppure tirata su di morale. Avevo aspettato il weekend per condividere con lui la mia strana settimana, per metterlo a parte di come mi sentivo, ma avevo la sensazione che lui non volesse ascoltarmi ed ero restia a tirare in ballo argomenti che lo avrebbero contrariato.

Eravamo a cena quando era arrivato un messaggio di Adriano sul mio telefono. Nel vedere il mittente avevo provato un fremito di emozione e mi ero precipitata a leggere.

> Ho scoperto qualcosa di importante che ti riguarda personalmente. Dovremmo parlarne a voce.

Avevo messo via il telefono senza rispondere. Gianfranco non si era accorto di niente, concentrato sul piatto di tagliatelle ai funghi. Mi aveva rivolto un sorriso affettuoso.

Non avevo intenzione di escludere Gianfranco dalla mia vita, eppure era quello che stava accadendo, perché non capiva, si ostinava a non capire. Un tempo non avevamo segreti. Prima di allora non gli avevo mai nascosto nulla, men che mai i miei sentimenti. Non volevo che la storia si ripetesse, eppure mi sembrava impossibile essere sincera con lui fino in fondo.

Dalla stanza da letto proveniva un sommesso russare. Uscii sul terrazzo e mi affacciai giù, incuriosita dalla confusione. Dalla piscina gremita di ospiti salivano scoppi festosi e un'intensa scia di carne grigliata sui barbecue, un odore che trovavo disgustoso.

Giù in cortile alcuni adolescenti erano intenti a fumare, trafficare con i cellulari e fare i buffoni. Bivaccavano in attesa di uscire per il sabato sera, qualcuno appollaiato sul muro con i piedi penzoloni, qualcun altro seduto sul bordo della fioriera. D'un tratto tutti sollevarono la testa e si rivolsero verso l'ingresso del palazzo.

Notai che Greta stava attraversando il cortile, trascinandosi a testa bassa. Sembrava in uno stato di abbrutimento peggiore del solito: vestiti strappati e sporchi, smagrita, schiena ingobbita, sguardo opaco. La sua fragilità e la sua postura da vittima mi colpirono, suscitandomi un senso di pena.

I ragazzi presero subito a ridere di lei. La sbeffeggiavano spietatamente, ridicolizzando il suo aspetto e sputando commenti velenosi. Greta rivolse in direzione del gruppo un goffo gestaccio, una sorta di mogio andate-al-diavolo, che ebbe come effetto il moltiplicarsi delle risate.

Restai a guardare la scena con disgusto, nauseata da tanta insensibilità.

Quando ero arrivata alle Tre Ginestre, avevo coltivato la speranza di inserirmi nel condominio, accattivarmi le simpatie dei residenti, ingraziarmi qualcuno di loro. Ora mi accorgevo di non provare alcuna stima per quelle persone, anzi avevo sviluppato una certa avversità nei loro confronti da quando si erano dimostrate grette, piene di pregiudizi e di risentimento per chi era diverso da loro, pronte ad etichettare come "pura feccia" chiunque non rientrava nei loro parametri.

D'altra parte, ero ben consapevole che anche io avevo giudicato Greta nel peggiore dei modi. Mi ero lasciata condizionare dalla sua ostilità nei miei confronti, senza pensare che forse non sapeva neppure cosa stesse facendo. Sfuggente, insicura, priva di tatto, astiosa con tutti, incapace di intrattenere normali rapporti sociali. Ai miei occhi appariva sempre più come una squilibrata. Chissà cosa succedeva nella sua mente, una mente con probabili disturbi psichici. Capivo che la sua anormalità avrebbe meritato più rispetto, probabilmente delle cure.

Ogni storia ha due facce, mi dissi.

Nessuno sembrava gradire la presenza di Greta. Anche ad Anita doveva aver reso la vita difficile, riflettei. Mi venne in mente che non avevo più letto la bozza del suo romanzo. I giorni erano scivolati via, senza che neppure ci pensassi. Eppure, ora quello scritto assumeva un'importanza che prima non aveva avuto, perché ora sapevo che il timore di Anita per la propria vita non era frutto di un delirio. *Diceva che nel suo libro si trovava la prova che era in pericolo, che l'aveva nascosta lì, o qualcosa del genere.*

Così aveva detto mia suocera. Possibile che Anita avesse celato in un romanzo un segreto per il quale Sebastiano Levani l'aveva minacciata? Non potevo restare a girarmi i pollici. Presi il telefono e inviai un messaggio ad Adriano.

> Scusa, non ho potuto risponderti prima. Possiamo parlare o è troppo tardi?

La sua risposta fu immediata:

> Sono sveglio, aspettavo tue notizie, ma ora non posso parlare. Ti richiamo a breve.

Rientrai in casa. Nell'attesa potevo leggere qualche pagina del libro di Anita. Ero intenzionata a esaminare metodicamente ogni singolo foglio.

Ero certa di averlo lasciato sul tavolino del soggiorno, accanto al portatile. Era lì da giorni, da quando l'ultima volta avevo tentato di leggerlo. Ma ora non c'era più.

57

GRETA

Zoppicando, Greta uscì con cautela dalla doccia. Si avvolse nel suo sbrindellato accappatoio, sfregò energicamente la pelle, poi asciugò in modo approssimativo i capelli e li bloccò con un mollettone. Colta da un capogiro, si appoggiò sul coperchio chiuso del water. Con le braccia strette al petto, rimase a fissare le mattonelle. Non aveva più tanto freddo, ma il tremito interiore non si era attutito e le tempie pulsavano forte.

Stranamente, i suoi pensieri non erano rivolti a quanto era appena successo, all'aggressione di Leo. A venire a galla furono gli eventi successivi alla morte di Seb, quando nel cuore della notte aveva compiuto i medesimi gesti: si era sfilata i vestiti, aveva fatto una lunga doccia per lavare via ogni traccia di terra e sangue, aveva ingoiato un analgesico e infine si era lasciata cadere sul letto. Il tutto in uno stato di totale stordimento. Senza rendersene conto, proprio allora era scattato un meccanismo di negazione che l'aveva portata a sopprimere il dolore e credere che tutto potesse proseguire come al solito.

Fin dall'inizio aveva considerato la morte di Seb una specie di incidente, quasi una fatalità: non era riuscita a controllarsi, aveva provato l'impulso irrefrenabile di scaraventarlo nel vuoto. Un impeto feroce a cui non aveva potuto resistere. Aveva sentito scorrere attraverso il suo corpo una rabbia cieca e si era fatta trasportare dall'impulsività. Era stato lui a provocare la sua reazione. E poi era strafatto di coca, instabile, tendeva a perdere l'equilibrio con facilità. La caduta era stata in parte colpa sua.

Nei giorni successivi all'accaduto, Greta si era autoconvinta che nessuno avrebbe potuto sospettare di lei. Doveva solo tenere duro e tutto sarebbe andato per il meglio. L'orrore che sentiva dentro sarebbe sparito progressivamente. Si sarebbe allontanata dal ciglio dell'abisso e le tenebrose creature che vi si annidavano avrebbero smesso di terrorizzarla. Giorno dopo giorno sarebbe tornata alla normalità.

Ormai però quelle certezze coltivate con tenacia l'avevano

abbandonata e il senso di sicurezza si era rivelato illusorio. Adesso capiva che ciò che aveva fatto non poteva essere annullato o dimenticato. Non era solo un'esperienza negativa da rimuovere. Era penosamente consapevole di aver tolto la vita a un essere umano. Non si era trattato di un'inevitabile sciagura, né il risultato di un impeto incontrollato, come aveva raccontato a se stessa.

Greta non era mai stata incline all'introspezione, al massimo rimuginava sui fatti, ma in quel momento, seduta sul coperchio del water, affrontò la domanda che fino a quel momento aveva scelto di ignorare ma che aleggiava su di lei come una spada di Damocle: era pentita?

Difficile rispondere. Voleva far del male a Seb, non poteva negarlo. Tante volte aveva immaginato di colpirlo, ferirlo, farlo soffrire: una specie di sogno a occhi aperti partorito dalla parte oscura di sé e destinato a tranquillizzare se stessa. Ma mai e poi mai avrebbe pensato di mettere in pratica quelle fantasie che riteneva innocue.

Nell'evocare l'immagine di Seb, si sentì lacerare dentro. I lineamenti stavano sbiadendo nella memoria, ma i suoi occhi non avrebbero mai smesso di accusarla. Occhi di condanna e allo stesso tempo disperati e imploranti. Occhi che sembravano dire: "Aiutami. Non lasciarmi morire".

Greta sapeva che quella notte avrebbe potuto chiamare i soccorsi con il cellulare, magari in modalità anonima. Esisteva una possibilità, seppure esigua, che un intervento tempestivo potesse salvargli la vita, forse non era troppo tardi. Invece, aveva ignorato le mute suppliche di Seb, era rimasta a guardarlo sputacchiare sangue, mentre lei si crogiolava nel risentimento. Era rimasta accovacciata a terra in uno stato ipnotico, quasi catatonico. Aveva continuato a guardarlo mentre si dissanguava, ascoltando il suo respiro rantolante, il suo farfugliare strozzato.

"Aiutami".

L'aveva osservato mentre si aggrappava alla vita, terrorizzato, consapevole di quanto fosse vicina la morte, lui che era sempre stato un uomo vibrante di energia, felicemente ignaro di quanto fosse fragile l'esistenza umana.

Il tempo era rallentato, si era dilatato, scandito dall'atroce succedersi dei respiri sibilanti e disperati. Quando infine Seb non aveva più reagito, Greta era rimasta a fissare il corpo rigido, istupidita, finché la voce della ragione l'aveva strappata all'intontimento e le aveva intimato di andarsene da lì se non voleva essere beccata.

Aveva cercato di rimandare il più possibile quel confronto con se stessa, ma era tempo di affrontare la verità, per quanto estremamente dolorosa. Strinse le braccia attorno alle ginocchia e si appoggiò alla parete del bagno, continuando a guardare il vuoto.

Non aveva mai creduto di essere in grado di uccidere, di compiere un atto così malvagio. Eppure, era successo.

Aveva lasciato intenzionalmente morire Seb.

58

AMANDA

Non c'era. Il manoscritto non era da nessuna parte. Ricordavo perfettamente dove l'avevo lasciato, ma per scrupolo rovistai in ogni angolo della stanza, poi ampliai la ricerca alle scatole in corridoio, pur consapevole che avesse poco senso cercarlo lì.

«Che cosa stai facendo a quest'ora?».

La voce di Gianfranco riecheggiò nel silenzio e mi fece trasalire. Era sulla soglia della camera da letto, gli occhi assonnati semichiusi per difendersi dalla luce del lampadario, i capelli in disordine che spuntavano da dietro le orecchie.

«Non intendevo svegliarti, scusa», borbottai senza troppa convinzione.

«E allora si può sapere cosa combini? Non vorrai mettere a posto la casa a quest'ora... Cristo santo, è l'una di notte».

«Non trovo più lo scritto di tua zia. L'avevo lasciato sul tavolino e ora non c'è più». La mia voce era colma d'affanno per l'agitazione.

Gianfranco sbadigliò pesantemente. «L'hai lasciato sul tavolino... ne sei sicura?», domandò in tono annoiato.

«Certo che ne sono sicura!».

Lui si strofinò il viso, come per scacciare il sonno. «E devi cercarlo ora? Perché non vieni a letto?».

Si avvicinò a me con passo stanco, ma io mi scostai bruscamente. «Per l'amor del cielo, Gianfranco, cerca di capire! È una cosa di vitale importanza. Tua zia potrebbe aver scritto qualcosa che può aiutarci a capire cosa le stava succedendo...». Mi interruppi e sbuffai. Inutile lanciarmi in spiegazioni che non avrebbe ascoltato.

Nel frattempo continuavo a frugare con mani impazienti. Mi infilai nella camera da letto, dal momento che Gianfranco era sveglio. Lui mi seguì, in preda alla stizza. Accesi la luce e cominciai a rovistare dappertutto. «Deve averlo preso lei», dichiarai, fremente di indignazione.

«Ora ricominci con questi deliri di persecuzione», replicò Gianfranco in tono stanco. Si appoggiò sul letto e prese a massaggiarsi le tempie.

Io continuai a guardarmi attorno, fingendo di non aver sentito il suo commento. «Cavolo! Forse è venuta apposta per prenderlo. Allora è vero che conteneva qualcosa di importante. Ma cosa avrebbe dovuto farci Greta?». Ragionavo più tra me e me che con lui. Non vedevo l'ora di potermi confrontare con Adriano.

Gianfranco si stropicciò gli occhi. Mi dava sui nervi quella sua indifferenza, a me familiare.

«Devo chiamare tua madre, forse ne ha fatto una copia», ipotizzai a voce alta.

Notai un barlume di perplessità nel volto di mio marito, prima che erompesse con: «Dì un po', sei impazzita? Non puoi chiamare mia madre a quest'ora. E poi perché dovrebbe averne una copia?».

Non replicai, non avevo intenzione di finire risucchiata nelle sue polemiche. Però dovevo ammettere che l'osservazione era sensata: non potevo disturbare Rita all'una di notte. Come al solito, Gianfranco dava prova di senso pratico, ma non gli concessi la soddisfazione di ammetterlo. Tirai il cassetto del comodino con più foga del necessario, nella misera speranza di aver riposto lì lo scritto. Non c'era.

Mi sentii poggiare le mani di Gianfranco sulle spalle. Mi costrinse a fermarmi e girarmi. Il suo comportamento aveva subito un radicale cambiamento, mi parlò con un tono duro: «Io volevo bene a zia Anita. Era una cara persona, ma tu non la conoscevi affatto. Per te era un'estranea, o sbaglio? Non capisco perché questa storia ti sconvolga tanto».

Lo guardai interdetta. «Lo so che non la conoscevo, ma sento di dover scoprire cosa le è accaduto».

Lui arricciò le labbra. «Era malata, ecco cosa le è accaduto. Un tumore se l'è portata via».

Scossi la testa, sempre più contrariata. «Non è solo questo! Tua zia aveva denunciato un poliziotto perché si sentiva perseguitata. E puoi anche obiettare che il suo fosse un atteggiamento paranoico, ma allora perché poi lo stesso uomo è stato assassinato? Forse Anita sapeva cose che...».

Gianfranco mi bloccò con una mano a mezz'aria. «Vuoi fare la cosa giusta, non posso biasimarti per questo, ma la zia Anita è morta da oltre quattro mesi. Sii ragionevole». La sua voce era grave.

Come poteva essere così indifferente? Mi faceva sentire una ragazzina capricciosa e viziata che egocentricamente pensava solo ai suoi insulsi problemi, mentre gli adulti dovevano fronteggiare questioni serie.

Feci un respiro, cercando di controllarmi e provai ad argomentare le mie ragioni. «Dimmi, se quel manoscritto non è importante, allora perché Greta l'ha rubato?».

«A parte il fatto che potresti averlo conservato da qualche parte ed essertene dimenticata, visto il finimondo che c'è ancora in giro. Comunque, ammesso che questa Greta sia davvero entrata in casa e lo abbia portato via, forse era solo curiosa di leggerlo. O voleva farti un dispetto».

Feci un gesto insofferente. «Ti ostini a non capire. Una donna è stata incarcerata ingiustamente».

«Quindi lo stai facendo per questo? Ho i miei dubbi».

«Vorrei solo essere d'aiuto».

«Ma falla finita».

Il suo tono rabbioso mi colse di sorpresa. «Che diavolo...?».

«In tutta sincerità, Amanda, ti ho vista in foto con quel tipo, quel poliziotto. È un uomo di bell'aspetto. In forma. E so che effetto fai sugli uomini. Ho percepito una certa intimità tra voi».

«Gesù! Quindi, sei geloso».

«No! Ho preso informazioni su di lui. È un cane sciolto, una spina nel fianco per i colleghi. Ha tormentato tutti con telefonate e richieste varie. Dicono peste e corna di lui, addirittura insinuano che non abbia le mani pulite, che sia coinvolto nell'omicidio». Si fermò. Evidentemente si aspettava una reazione da me, ma io rimasi in attesa che arrivasse al punto.

«In un primo momento ha collaborato con la polizia, poi si è messo contro i colleghi, li ha accusati di incompetenza ed è andato all'attacco per far scagionare la sorella. Ha infilato il naso nelle indagini per interesse personale, svolgendo accertamenti tramite il database informatico della polizia. Per questo è stato sospeso dal servizio. Rischia di essere destituito dal suo incarico». Mi fissò con piglio severo. «Sapevi tutto questo?».

Mi sistemai una ciocca di capelli dietro l'orecchio e cercai di non far trasparire le emozioni dalla voce. «No, ma la considero una prova di tenacia. La sorella è innocente, sta cercando di dimostrarlo. Io avrei fatto lo stesso al suo posto», replicai con convinzione.

«Cristo santo. Che idee ti ha messo in testa quell'uomo? Apri gli occhi, ti stai lasciando influenzare da lui. Ti sta coinvolgendo in qualcosa che non ti riguarda».

«Riguarda zia Anita».

Lui mi guardò brevemente, prima di contrarre il volto in una smorfia scettica.

Stavo per rispondergli a tono, quando udii la vibrazione del mio telefono. La faccia di Gianfranco si fece di pietra, ma gli occhi si accesero di collera. «Chi ti chiama nel cuore della notte?».

Anche io ero impietrita. Sapevo bene che si trattava di Adriano.

«È lui, vero? Su, avanti, rispondi. Vorrai sapere cosa ha da dirti alle due del mattino».

Non mi piaceva il suo tono, ma non sapevo cosa fare. Il telefono continuava a ronzare nel silenzio.

«Sta succedendo di nuovo», annunciò Gianfranco. «Qualcuno si intromette tra noi e tu glielo permetti». Ora il suo volto era distante, impenetrabile, la voce livorosa. «Ti avevo creduta quando mi hai assicurato che Carlo era stato un errore».

Ero colpita dalla sua franchezza. Era una novità sentire dalla sua bocca il nome dell'uomo con cui avevo avuto un flirt online, di solito evitava di menzionarlo come se farlo avesse potuto causare indicibili sventure.

Avrei voluto ribattere che non era giusto che dicesse certe cose. Invece gli voltai le spalle e raggiunsi il soggiorno per rispondere al telefono. Lui non mi seguì.

59

GRETA

Si accorse di avere una fame pazzesca, tanto da sentirsi svenire. A pranzo era riuscita a buttare giù solo un tramezzino e aveva saltato la cena. Pensò di spilluzzicare qualcosa dalla dispensa, ma il cibo in scatola scarseggiava, così finì per rovistare nel freezer. Nel congelatore giacevano da tempo delle vaschette di lasagne cucinate dalla mamma di Rosi. Ne tirò fuori una e la infilò nel microonde. Un tempo avrebbe considerato uno spreco scongelare un'intera porzione tutta in una volta, ma ora non le importava di fare economie. La vaschetta era appena tiepida quando ci si avventò sopra, ingozzandosi come se non mangiasse da giorni. Masticò con energia ogni boccone, consumando una quantità di lasagne che in teoria sarebbe bastata per due persone. Era da una vita che non si nutriva in modo sano, semmai l'avesse fatto.

Chissà quando avrebbe potuto permettersi di fare la spesa. Ora che le era capitata l'ennesima disavventura tra capo e collo, non poteva neppure più lavorare da "Giorgio Frutta e Verdura". Che fregatura!

Con buone probabilità Leo sarebbe venuto a cercarla per vendicarsi o quantomeno finire ciò che aveva iniziato. Era riuscita a scappare, ma ci sarebbero state pesanti conseguenze per la sua esile vittoria.

Non poteva più sottovalutarlo. In testa riecheggiavano ancora le minacce furiose che le aveva rivolto a mezza bocca, alle quali – ne era sicura – avrebbe cercato di dare seguito a tutti i costi. Doveva sentirsi umiliato, oltre che ferito fisicamente.

Si augurò di aver fatto molto male a quel verme schifoso, come minimo sperava di avergli rotto il setto nasale. Si sarebbe meritato anche di peggio.

In una situazione normale, Greta avrebbe potuto denunciarlo per tentato stupro. Le sue condizioni fisiche parlavano chiaro. Inoltre, se le aveva propinato qualche droga, gli esami del sangue lo avrebbero provato. Era lei la vittima! Ma sapeva bene di non poter attirare l'attenzione su di sé con una denuncia. Ora più che mai doveva mantenere un profilo basso e impedire che le autorità scavassero nella sua vita.

Avvertì uno spasmo di panico alla bocca dello stomaco. Presa dalla furia, afferrò la vaschetta vuota delle lasagne e la scagliò contro la dispensa. Nel farlo, una fitta acuta al braccio le richiamò alla memoria il punto in cui Leo l'aveva afferrata con violenza.

Fino a che punto era in pericolo? Si costrinse a fare mente locale: quando lui si era offerto di accompagnarla, gli aveva fornito un generico indirizzo del quartiere, senza rivelargli né la strada né il numero civico, con l'intenzione di farsi portare a un isolato da casa e terminare l'ultimo tratto a piedi.

In ogni caso, non poteva più restare alle Tre Ginestre, doveva andarsene, e in fretta. Tutto era allo sfascio, pensò con il petto schiacciato da un peso. La sua parentesi onesta e rispettabile era giunta al capolinea.

Tuttavia, non poteva tornare indietro: l'esistenza precedente era ormai perduta. Era stato Seb a imporle di cancellarla quando le aveva proposto l'affare. E ora si sentiva un fantasma senza identità. Un'ombra vagante.

Devi pensare a te stessa come "Greta Molinari". Dimenticati chi sei davvero, altrimenti questa cosa non può funzionare.

Seb le aveva impartito istruzioni dettagliate in proposito. Doveva dimenticare la sua vecchia sé, dirle addio per sempre. Non era stato un grosso sacrificio, in fondo non le era mai piaciuta la sua vita. Diventare un'altra persona era persino un'idea invitante.

Abbandonare la vecchia identità non sarebbe stato un problema. Poteva volatilizzarsi da un giorno all'altro senza informare anima viva. A nessuno sarebbe mancata perché a nessuno importava di lei. Era abituata a non farsi coinvolgere, a rimanere ai margini delle vite degli altri, a non fare progetti a lungo termine. Si vantava di non aver mai chiesto niente a nessuno, di non dipendere da nessuno. Non aveva alcun legame stretto, a parte quello controverso con Malina. Nessuno l'avrebbe cercata, in pochi si sarebbero accorti della sua improvvisa sparizione e, comunque, l'avrebbero attribuita al suo abituale modo di fare. Non aveva mai avuto un'intensa attività sociale, quindi non era un problema sparire per un po'.

Pensaci bene, l'aveva esortata Seb. *Esiste la minima possibilità che qualcuno denunci la tua scomparsa? O che magari qualche amico cominci a fare domande su dove puoi essere finita?*

No, aveva risposto lei categorica, con una nota di tetraggine.

Non hai detto di avere una sorella?

È in carcere. Non mi contatta mai, sono sempre io a farmi viva.

Non dovrai chiamarla, né andare a trovarla. Non puoi rischiare di mandare tutto all'aria, siamo d'accordo?

Ricevuto.

In verità, non andava mai volentieri a trovare Malina perché il parlatorio del penitenziario era un postaccio che le causava gli incubi. Forse la sorella si sarebbe chiesta fugacemente che fine avesse fatto la sua *ranocchietta* e magari finalmente avrebbe imparato ad apprezzarla.

Seguendo le direttive di Seb, si era disfatta di tutte le cose troppo personali, come le foto della mamma che conservava dall'infanzia e che portava sempre con sé. In fondo non era una sentimentale, poteva farne a meno.

Tuttavia, se abbandonare la vecchia sé era facile, altrettanto non lo era assumere la nuova identità, impersonare Greta. Era consapevole di non avere alcuna attitudine per la recitazione. Era un vero disastro anche nel dire menzogne, era sempre stata incapace di fingere.

Non sono il tipo, non ho abbastanza sangue freddo, mi farò smascherare dopo cinque minuti.

Sei perfettamente in grado di spacciarti per Greta, l'aveva incoraggiata lui. *Hai un grosso vantaggio dalla tua: nessuno la conosce. In pratica, puoi inventartela di sana pianta. Ma bada a raccontare il passato con parsimonia. Qualcuno potrebbe mangiare la foglia.*

La faccenda si era prospettata faticosa. Vivere sotto mentite spoglie, agire in modo controllato e credibile. Monitorare costantemente ciò che diceva e faceva. Comportarsi come una "persona normale". Condurre una vita da brava ragazza, tranquilla e lavoratrice, in sostanza insignificante. Non incoraggiare conversazioni troppo personali. Badare in modo maniacale a non farsi sfuggire il vero nome di battesimo, il vero cognome o altri particolari della vecchia esistenza. Tutto questo tallonata dall'incombente possibilità di commettere un passo falso. Dubitava che l'inganno valesse la candela.

Cosa ci guadagno? Sarai tu a intascarti una barca di soldi, non mi sembra una proposta equa, aveva obiettato con aria combattiva.

Lui aveva reagito con piglio altrettanto battagliero. *Ci sono le tasse, le spese ereditarie. E il resto è un compenso dignitoso per i miei servizi. Sono io che mi occuperò di tutte le scartoffie e che ho l'esperienza per farlo. Sono io che ho contatti da sfruttare per trasformarti in Greta Molinari e rendere possibile questo affare. Siamo soci, ricordatelo.*

Senza il mio contributo, però, non puoi ottenere nulla, non è così? Hai bisogno di me perché somiglio alla vera Greta e perché nessuno farebbe domande se sparissi di punto in bianco.

Non crederti così necessaria, aveva replicato lui con voce minacciosa. *C'è sempre qualcuno con l'acqua alla gola, pronto a tutto. Sai quante ne trovo di spiantate disperate come te!*

Lei si era immusonita e Seb aveva aggiunto in tono più rassicurante: *A te resterà la casa, non è cosa da poco.*

Caritatevole da parte tua.

Sull'atto di proprietà ci sarà il tuo nome, avrai un tetto sulla testa. È poco per te?

No, aveva risposto sommessamente.

No, non era poco, non per lei. Una casa tutta sua. Un'idea che riusciva a fare breccia nei suoi dubbi, fino a prevalere sulla sua resistenza. Non era precisamente come vincere una lotteria, ma la vita non era stata clemente con lei. Voleva prendersi una rivincita anche a costo di correre un grosso rischio.

Seb si era impegnato a procurarle un nuovo documento di identità e aveva recuperato i dati personali e il codice fiscale di Greta. In un primo momento lei aveva pensato che Seb avesse acquistato la carta d'identità sul dark web o che se la fosse fatta contraffare da qualche falsario, ma il documento era molto ben fatto, sembrava autentico, quindi era probabile che Seb avesse agganci in municipio.

Da Seb aveva ottenuto anche un nuovo telefono con la SIM intestata a Greta Molinari. Con in mano i nuovi documenti, avevano aperto un conto bancario online.

Erano state procedure infinite, esasperate dalle lungaggini burocratiche, ma Seb aveva sottolineato che era fondamentale agire con calma per non destare sospetti.

Si erano sbarazzati dei documenti che riconducevano al suo vero nome. Seb si era premurato anche di eliminare tutte le informazioni che la polizia custodiva sulla sua vera identità, ogni registrazione dei suoi piccoli reati e ogni dato personale.

La vera Greta Molinari non aveva mai scontato pene detentive. A suo nome non erano stati registrati né una residenza fissa né un domicilio: questo era più o meno tutto quello che si sapeva di lei.

Sei sicuro che nel condominio nessuno conosce la vera Greta?, aveva domandato a Seb.

Sicurissimo. La madre l'ha portata via quando aveva un paio di mesi. E tu comunque le assomigli molto e hai più o meno la stessa età. Si dice che tutti abbiamo un sosia, no?

Quindi hai delle foto di questa Greta?

Solo da bambina. Dai, smettila di farti paranoie. Con un po' di fortuna, la finzione sarà credibile.

Con un po' di fortuna, aveva fatto eco lei con il muso lungo. La fortuna non le era mai stata propizia.

E ora dov'è? Se si facesse viva...

Non accadrà.

Perché? È morta?, aveva insistito.

Seb aveva troncato il discorso con il tono ruvido che adottava quando lei diventava assillante. *Non deve riguardarti, chiaro? Ora se tu Greta Molinari. Ficcatelo in testa.*

Non aveva osato domandare altro. Aveva cercato notizie in rete di quella Greta, senza scovare nulla di nulla. Niente profili sui social media, nessuna menzione su Internet, neanche una foto. In rete trovò solo alcune omonime.

Ne aveva dedotto che la vera Greta doveva essere come lei, un'asociale, una disadattata, una solitaria, forse una sbandata. O magari soltanto una giovane allergica alla comunicazione online. Una specie di mosca bianca.

Chissà che piega aveva preso la vita della vera Greta quando era rimasta sola al mondo. Di sicuro avevano in comune una buona dose di sfortuna: anche la vera Greta era orfana di madre, non aveva avuto un padre presente e probabilmente aveva patito un'infanzia e un'adolescenza difficili. Erano accomunate da traumi infantili. Se era ancora viva, con tutto quell'imbroglio ora veniva pure derubata di quanto le spettava.

Ma non intendeva farsi gravare da rimorsi di coscienza.

La posta in gioco è alta, continuava a dire Seb, che aveva cominciato a chiamarla Greta. *Se la polizia dovesse beccarti, sappi che ho preso le mie precauzioni. Non arriveranno mai a me. E se mi tradisci...*

La frase era rimasta in sospeso ma non per questo era suonata meno intimidatoria.

Greta non era disturbata da quel modo diretto di parlare, anzi le trasmetteva la convinzione che Seb tenesse saldamente le redini dell'intera faccenda.

Da quanto tempo hai architettato tutto questo?, gli aveva chiesto un giorno in cui le era sembrato di buonumore.

A quel punto Seb le aveva parlato dei Molinari e di come aveva appreso della loro morte ai tempi in cui si occupava di sinistri automobilistici per la stradale. Dopo l'incidente che aveva coinvolto la madre di Greta ed entrambi i genitori, l'eredità era rimasta in sospeso a lungo perché nessuno era riuscito a rintracciare l'unica erede legittima.

Per Greta il vero banco di prova era stato quando aveva dovuto incontrare i vari funzionari per le ultime trafile amministrative. Seb l'aveva tartassata di istruzioni e raccomandazioni; si rivelava estremamente scrupoloso e puntiglioso quando si trattava di affari. E gli piaceva recitare il ruolo del maestro, farle sentire la voce della ragione. Faceva parte della lotta di potere tra loro.

Rispondi alle domande in modo conciso e non lasciarti scappare più del necessario. E vedi di non incasinare le cose o dovrai vedertela con me.

Un milione di cose potevano andare storte, un solo gesto o una sola parola avrebbero potuto vanificare tutto il lavoro degli ultimi mesi e portare entrambi dritti in prigione. E lei era stata spesso la prova vivente della legge di Murphy: se qualcosa può andar male, lo farà.

Miracolosamente, però, era filato tutto liscio. Davanti ai funzionari, non aveva mai ceduto alla paura di essere scoperta e non erano saltati fuori problemi. Dopo le formalità legali, aveva ottenuto la proprietà della casa e il resto dell'eredità, un mucchio di denaro che aveva prima depositato in banca e poi ritirato dal conto un po' alla volta per consegnarlo in contanti a Seb. Tutto si era svolto senza incidenti.

La transizione deve essere graduale, aveva sottolineato lui. *Tutto deve sembrare credibile e non si devono notare anomalie.*

Seb le aveva spiegato diligentemente che da quel momento in poi doveva guadagnarsi da vivere in modo onesto. Era necessario trovare un lavoro che le garantisse un introito regolare, che le desse stabilità economica per pagare le bollette e le tasse. Doveva mantenersi in carreggiata.

Tutte cose che lei aveva fatto controvoglia.

E così la vecchia sé aveva cessato di esistere e aveva iniziato da zero la nuova esistenza nei panni di Greta Molinari.

Finché non era arrivata Anita a rompere le uova nel paniere.

60

GRETA

Dopo essersi sfogata sul cibo, Greta avvertì lo spasmodico desiderio di una sigaretta. Con un sussulto di rabbia, ricordò che il pacchetto era rimasto nello zaino, il quale era ancora nel furgone di Leo. Ormai doveva considerarlo perduto. Si lasciò andare a una bestemmia. Per fortuna, teneva sempre le chiavi di casa e il telefono nelle tasche anteriori dei jeans. Cercò di fare mente locale, passando al vaglio il contenuto dello zainetto: portafoglio, felpa, spazzola, fazzoletti di carta, sigarette, accendino, un paio di vecchi occhiali da sole, un mollettone per capelli, caramelle per la gola e altre cianfrusaglie. E naturalmente il documento d'identità, dove era segnato anche l'indirizzo di casa. Dunque, ora Leo conosceva esattamente dove viveva. Nome della via, numero civico. Il suo respiro si fece affannoso. Fuori era buio, erano passate le due di notte.

Si precipitò all'ingresso per chiudere a chiave la porta, poi tornò di corsa in bagno, sfilò l'accappatoio e pescò un paio di mutandine dal cesto del bucato. In camera da letto, si diresse verso la cassettiera e recuperò la pistola che aveva trafugato a Seb. Era incredibilmente pesante, ancor di più con il caricatore inserito. Sorreggerla in mano la spaventava. Sapeva di essere una pasticciona, maldestra in modo patologico, cosa che poteva rivelarsi catastrofica per chi maneggia un'arma carica. Ma non aveva altra scelta: doveva essere pronta a usarla. Con estrema titubanza la strinse tra le mani e con l'indice sfiorò il grilletto. Si rese conto che non aveva un'idea precisa di come usarla, così la poggiò con delicatezza sul ripiano e afferrò il telefono. Cercò in rete "come usare una Beretta". Guardò freneticamente un paio di video, individuò i vari elementi dell'arma, si sforzò di apprenderne il funzionamento, come tenerla in sicurezza, in che modo maneggiarla e impugnarla. Infine, la ripose nel cassetto del comodino. L'avrebbe tirata fuori solo in caso di necessità.

Le sembrava di impazzire. Tutto stava precipitando e lei non aveva nessuno con cui condividere la propria angoscia, nessuno con cui confrontarsi. A nessuno fregava di lei. Per un assurdo momento pensò che se Seb fosse stato lì, avrebbe saputo cosa fare.

Sei troppo ansiosa, la rimproverava spesso. *Nella vita occorre essere sempre un passo avanti agli altri, come in una partita a scacchi.*

Seb amava parlare di strategie, sosteneva che essere artefici del proprio destino era possibile, se si possedeva sufficiente determinazione. Discorsi che a Greta suonavano giusti e allo stesso tempo astrusi, inapplicabili alla propria vita. Seb invece conservava i nervi saldi in qualsiasi situazione, progettava ogni dettaglio per non lasciare niente al caso e aveva sempre un piano di riserva di fronte agli imprevisti. Per lui tutto poteva essere ottenuto con abili manovre e sangue freddo. Dava l'idea di sapere il fatto suo, si riteneva infallibile, invincibile, ma non lo era, come aveva dimostrato la sua morte prematura. La sua sconfitta.

Non voleva più pensare a Seb, non voleva più pensare a niente. Stremata, si accasciò sul bordo del letto. Coprì il volto tra le mani ed emise una serie di gemiti prolungati, in balia di un profondo senso di frustrazione.

Aveva ancora le dita premute sulla faccia, quando le guance cominciarono a rigarsi di lacrime. Era tanto tempo che non piangeva, non ricordava neppure l'ultima volta che aveva versato tante lacrime. Doveva essere accaduto da bambina, ma anche allora era stata poco propensa a lasciarsi andare. Si era sempre ritenuta una tosta, una che affronta stoicamente le avversità e che non ha bisogno di manifestare la sofferenza, né fisica né emotiva.

Non aveva pianto quando il padre se n'era andato ripulendo l'intero conto bancario, lasciando moglie e figlie senza un centesimo. Aveva soffocato le lacrime quando la madre si era ammalata, in pochi mesi si era ridotta a una larva e infine era morta, lasciando che a occuparsi della figlioletta fosse una sorella maggiore egoista e narcisista, sempre pronta a spendere ogni centesimo in abiti e cosmetici. La stessa sorella che dopo alcuni anni era finita in carcere per aver causato la morte di un uomo e che di conseguenza aveva abbandonando la sorella minorenne alla mercé dei servizi sociali. Non si era concessa di piangere neppure il giorno in cui aveva trovato la lettera, quella dannata lettera che le aveva frantumato il cuore in mille pezzi per l'ennesima volta.

Era nata sotto una cattiva stella, inutile farsi illusioni. La sfortuna si era accanita contro di lei fin da piccola. Ma per quanto poteva ancora sopportare i colpi del destino? Ogni catena ha un punto di rottura, anche la più forte.

Le lacrime scorrevano abbondanti lungo il viso e questa volta lei non fece nulla per fermarle.

61

AMANDA

La voce di Adriano, gutturale ma non assonnata, era esitante. «Non dormivi, spero. Ti ho chiamata solo perché mi avevi mandato un messaggio...».

«Non preoccuparti, sono in piedi». Usai un tono sommesso e compassato, imbarazzata all'idea che Gianfranco stesse ascoltando la telefonata dalla camera da letto. Anche Adriano parlava quasi sottovoce, tanto che dovetti incollare il telefono all'orecchio per riuscire a sentirlo. Immaginai che qualcuno in casa sua dormisse. Aveva una moglie, dei figli? Non avevo notato alcuna fede all'anulare, ma non era poi così significativo. Non sapevo nulla di lui, mi sorpresi a pensare.

«L'altra volta hai detto che Anita non possedeva un telefono mobile».

«Sì». Ridussi la mia voce a un sussurro. «Non simpatizzava con la tecnologia. Usava una macchina da scrivere e aveva solo il telefono fisso».

«Beh, questo mi ha fatto scattare un campanello d'allarme».

«Che vuoi dire?».

«Ricordi che ti avevo parlato del secondo telefono di Sebastiano?».

«Sì, e quindi?», lo incalzai, sulle spine.

«Scorrendo l'elenco dei contatti, mi aveva colpito il nome "A. Ferrante" perché sapevo che Anita Ferrante aveva denunciato Sebastiano. Non ti ho mentito del tutto parlando di tabulati telefonici. Solo che mi sbagliavo a credere che quelle telefonate e quei messaggi riguardassero Anita. Era con te che li scambiava».

«Me? Scusa, non capisco», reagii con voce fievole.

«A. Ferrante non stava per Anita Ferrante, ma per Amanda Ferrante».

«Stai prendendo un granchio. Te l'assicuro».

«Temo di no».

«Non ho conosciuto tuo cognato. Ciò che hai detto non ha senso», ribadii.

«Dovremo parlarne a voce».
«Deve trattarsi di un'altra persona».
«Ti spiegherò tutto e capirai».
Serrai le dita intorno al telefono.
«Amanda?».
«Okay, ti richiamo io domani mattina». Attaccai frettolosamente, senza neppure salutarlo. Mi batteva forte il cuore.

Ero confusa, sfinita, e la prospettiva di avere un secondo confronto con Gianfranco mi deprimeva. Disinnescare la sua rabbia dopo quella telefonata sarebbe stato ancora più arduo e non avevo le energie per affrontarlo, così mi augurai che si fosse riaddormentato. Lo trovai disteso sul letto, ma non dormiva. Era sdraiato su un fianco, girato dal lato opposto al mio. Non reagì, quando mi infilai sotto le lenzuola, e continuò a darmi la schiena. «Gian?», lo chiamai piano. Non si mosse, come se non mi avesse udita. «Gianfranco?», ripetei, inutilmente. Sentivo il suo calore corporeo accanto e allo stesso tempo avvertivo la rigidità delle sue spalle e il respiro intriso di tristezza mescolata a rabbia. Ero cosciente di averlo deluso di nuovo, in fondo meritavo la sua freddezza. Gli sforzi di riconciliazione fatti in quei mesi d'un tratto mi apparvero infruttuosi, perfino penosi.

Più tardi Gianfranco si voltò, ma evitò con cura di sfiorarmi e io non mi rannicchiai contro il suo corpo come al solito.

Mi girai e rigirai nel letto, incapace di dormire. Gianfranco ora russava placidamente. Verso l'alba riuscii ad assopirmi. Mi sembrò di udire qualcuno al piano di sopra che si sgolava dalle urla.

Ero immersa in un sonno superficiale, quando udii Gianfranco scendere di soppiatto dal letto e andare in bagno, cercando di non fare troppo rumore. Ancora mezza addormentata, pensai che mi aspettava una domenica pesante, fatta di pasti consumati in un silenzio cupo e frasette piene di recriminazioni, gettate qua e là. Quando mio marito era in collera, si aggirava per casa con aria da martire senza proferire parola, ostentando disinteresse per me.

Tuttavia, quel giorno non sarebbe andata così. Quando mi alzai, mi resi conto che ero sola, Gianfranco se n'era andato. Leggere il biglietto che mi aveva lasciato accanto al computer mi raggelò. Un messaggio coinciso e impersonale in cui mi informava di essere tornato a casa per mettersi a paro con il lavoro. "A casa", come se non fosse lì, a Roma, casa sua, la nostra casa. Non accennava alla discussione avuta, ma concludeva con parole che mi risuonarono fredde e formali: "Passa una felice domenica".

62

GRETA

Era davanti a lei, incantevole come sempre. Indossava tacchi vertiginosi e un abito elegante senza spalline che rendeva onore alla silhouette da modella. Da mozzare il fiato. Greta si sentiva in soggezione ma non riusciva ad allontanare lo sguardo. Amanda la fissava con freddo biasimo, come se si trovasse davanti a un essere immondo.

I suoi lineamenti mutarono fino a divenire quelli di Malina. I volti delle due donne parevano mescolarsi. La figura la guardava con autentico disprezzo e quando cominciò a parlarle, lo fece senza freni, con parole crude, dolorose come coltellate. *Sei patetica, sciatta. Una povera nullità. Una lazzarona. Una fallita, una perdente totale. Nessuno ti amerà mai!*

Greta avrebbe voluto urlare di chiudere quella fogna di bocca, di non azzardarsi a parlarle in quel modo, ma aveva la lingua incollata al palato.

Hai ucciso l'unica persona che ti aveva dimostrato un po' di bene, continuò Amanda/Malina senza pietà, arricciando il naso con disgusto. *Come si fa a essere tanto ottusi?*

Greta si avventò di schianto su di lei, decisa a soffocare quelle parole velenose a furia di graffi. Affondò le unghie sulle guance, le accartocciò una mano attorno al collo. L'altra prese a contorcersi mentre lottava per respirare. Emetteva suoni disarticolati e dimenava le braccia. Poi cominciò a gridare come un'ossessa, un grido animale, feroce.

Come faceva a urlare, si domandò Greta, se aveva la gola serrata tra sue dita? Realizzò che l'urlo spaventoso non proveniva da Amanda/Malina. Greta la lasciò andare di colpo, ma il grido non cessò. Capì che era lei stessa a urlare a pieni polmoni.

La polizia stava sfondando la porta con un ariete. Senza darle il tempo di reagire, due agenti l'afferrarono con brutalità. Fu sbattuta con la faccia a terra. Qualcuno le torse le braccia dietro la schiena e le mise le manette ai polsi, mentre lei continuava a piangere e a sgolarsi disperatamente.

Aprì gli occhi nel buio, avvolta in un bagno di sudore. Dalla bocca uscivano ancora strilli soffocati e brevi singulti. Non riusciva a smettere di tirarsi i capelli e agitare selvaggiamente le gambe tra le lenzuola fradice e aggrovigliate. La porta della stanza si spalancò gettando un fascio di luce nell'oscurità.

Rosi doveva essersi svegliata a causa delle sue grida. Di sicuro era incavolata nera.

Si sbagliava. Rosi la raggiunse e le cinse le spalle con un braccio. Fu un gesto così inaspettato che Greta ammutolì e si immobilizzò con la bocca spalancata in un urlo silenzioso, le mani ancora aggrappate a una ciocca di capelli. Il primo istinto fu di scostarsi, ma lasciò passivamente che Rosi stringesse il suo corpo tremante. Le permise di cullarla come una bambina bisognosa di coccole, mentre singhiozzi rochi provenienti dalle profondità di se stessa le impedivano di parlare.

Rosi le lisciò i capelli mormorandole con vocetta flautata parole rassicuranti. «Calma, calma. Va tutto bene. Era solo un incubo».

Greta seppellì il viso bagnato di lacrime nel suo seno generoso, si aggrappò alla sua schiena massiccia con le mani gelate che tremavano violentemente. Non c'era verso di fermare i singulti isterici.

Fu un abbraccio energico dal quale Greta riuscì a sciogliersi a fatica. Non gradiva essere compatita o toccata a sproposito, ma doveva ammettere che la vicinanza fisica di Rosi stava attenuando il panico. Il respiro stava tornando regolare, il tremito si andava smorzando. Seduta sul bordo del letto, Rosi continuava ad accarezzarle la testa con delicatezza. Greta sentiva la sua pelle accaldata sotto la guancia, il respiro calmo.

Rosi non aveva mai manifestato impeti d'affetto nei suoi confronti, non era mai stata calorosa con lei, nonostante fosse il tipo che amava il contatto fisico. Nessuno l'aveva mai trattata con tanta tenerezza, né in vita sua si era gettata tra le braccia di qualcuno, men che mai aveva affondato la faccia nel seno materno.

Greta si staccò dal suo petto abbondante e si svincolò dalle sue braccia. Si asciugò il naso con il dorso della mano. Rosi allungò una mano per accendere la lampada del comodino. Dopo un primo momento di accecamento, Greta fissò il volto di Rosi con aria inerme, lo sguardo vacuo.

Rosi abbozzò un sorriso confortante. «Va meglio?».

Greta si allontanò leggermente, con un gesto brusco rimosse le ultime tracce di pianto dagli occhi e si schiarì la gola. «Ho fatto un brutto sogno», si giustificò.

Rosi fece un comprensivo cenno d'assenso, con una mano ancora posata sulla sua spalla. Sempre prodiga di consigli non richiesti, questa volta si era limitata a rassicurarla. Indossava l'uniforme da infermiera, probabilmente era appena rientrata dopo il turno e non aveva avuto neppure il tempo di cambiarsi.

Greta fu conscia di essere seminuda, indossava solo un paio di mutandine. I lividi vecchi e quelli freschi su braccia e petto erano in bella vista. Afferrò un lembo del lenzuolo per nascondere la nudità e le contusioni. Tutt'a un tratto avvertiva inopportuna la vicinanza di Rosi.

«Hai un aspetto orribile», notò l'altra. «Come ti sei procurata quegli ematomi? Sei caduta di nuovo?».

Greta avrebbe voluto inventarsi una balla, ma non riuscì a mentire, la verità le uscì fuori spontaneamente, in un sussurro: «Leo mi ha aggredita. Ha cercato di prendermi con la forza».

Rosi aggrottò le sopracciglia. «Chi è Leo?».

«Il figlio del capo. Spesso allungava le mani, ma...».

Rosi sgranò gli occhi. «Oh, Dio. Ti ha viole...».

«Me la sono vista brutta ma sono riuscita a scappare».

Non si era mai aperta tanto con Rosi, anzi si era sempre sottratta alle confidenze, e anche ora quelle parole esigevano un'immane forza di volontà. Non era abituata a dar voce ai sentimenti e le parve di aver svelato fin troppo di se stessa.

«È terribile. Povera Greta, mi dispiace». Rosi aveva un'espressione scioccata. Malgrado l'abitudine di fare domande indiscrete, questa volta tacque.

Greta si aspettava uno dei suoi commenti saccenti o che le consigliasse di fare una denuncia. Forse avrebbe persino suggerito di accompagnarla lei stessa alla polizia. Ma non fu così. La stava scrutando con concentrazione, la testa inclinata. «Cosa intendi fare?», domandò con aria grave.

«Non posso tornare al negozio».

«No, certo. Ora non pensare al lavoro, vedrai che troveremo qualcos'altro».

Greta fu stupita di quel "troveremo" così convinto. Evitò i suoi occhi pieni di commiserazione.

«Se vuoi, con me puoi parlarne».

«Sto bene». Di colpo avvertì irritazione per l'invadenza di Rosi, pur sapendo che era in buona fede.

«Non tenerti tutto dentro», suggerì ancora Rosi in tono

pressante. «E dovresti farti visitare, non c'è nulla di cui vergognarsi».

«No». Dopo un istante aggiunse: «Non è necessario, ho la scorza dura».

Greta era sempre stata refrattaria ai medici, non si fidava di loro, si sottoponeva malvolentieri a esami e analisi, e solo quando strettamente indispensabile.

«Lascia almeno che dia un'occhiata a quelle tumefazioni». Si sporse cercando di scostare il lenzuolo, ma Greta si ritrasse bruscamente. La mano di Rosi si fermò a mezz'aria.

«Ti ho detto di no», ribadì Greta con veemenza. Adesso, solo l'idea di essere sfiorata le faceva ribrezzo e si vergognava al pensiero che lei e Rosi avessero condiviso un momento d'intimità poco prima. «Non assillarmi, sto bene».

Rosi sollevò le mani in un gesto rassegnato, ma pareva risentita. Controllò l'orologio. «Sono quasi le sei. Io mi infilo sotto la doccia, poi vado a sdraiarmi, sono distrutta. È stata una nottata davvero pesante». Guardò verso la finestra da cui filtrava la luce bluastra dell'alba. «Stasera arriva Freddie, te lo ricordi, vero?».

Greta sollevò un angolo della bocca e rimase in un cupo silenzio. Solo Freddie ci mancava a completare quell'obbrobrio di periodo.

L'altra si alzò e passò le mani sull'uniforme, come per lisciarla.

Sei caduta di nuovo?

«Cosa volevi dire?».

«Uh?».

«Prima mi hai chiesto se ero caduta di nuovo. Perché *di nuovo*?».

Rosi abbassò lo sguardo. «Sì, intendevo come qualche settimana fa». Si era insinuata una sfumatura d'inquietudine nella sua voce.

«Cioè?».

Rosi fece un gesto svagato con la mano, gli occhi incollati al pavimento. «Non te lo ricordi? Sei tornata a casa sporca di terra. I capelli, le unghie, la pelle delle braccia... Eri traumatizzata e parlavi a vanvera. Hai detto di aver fatto un capitombolo», spiegò fissando un punto sul pavimento.

A Greta sembrò che il cuore smettesse di battere per un lunghissimo momento, mentre una paura incontrollabile guizzava dentro di lei. Non ricordava affatto di aver incrociato Rosi quella notte. «Okay», disse ugualmente, in tono burbero. Sentì risalire dallo stomaco le lasagne mangiate qualche ora prima.

Per alcuni interminabili secondi nessuna delle due aprì bocca. Restarono immobili senza aggiungere altro. Gli occhi di Rosi vagabondavano per la stanza sfuggendo al suo sguardo. Si dondolava sulle gambe e muoveva le mani con palese nervosismo.

Stava mentendo. Greta era brava a fiutare le bugie e in quel momento avvertiva con chiarezza un segnale di pericolo. La fissò con intensità per capire se le nascondesse davvero qualcosa.

Rammentò confusamente di aver incontrato Rosi la mattina dopo la morte di Seb, ma era certa di non essersi mai inventata una caduta. Non ne aveva avuto bisogno perché si era sforzata di nascondere contusioni e abrasioni, proprio per evitare di dover dare spiegazioni. Ripercorse rapidamente i gesti compiuti appena rientrata. Si era liberata dei vestiti lasciandoli cadere sul pavimento del bagno; subito dopo li aveva recuperati, era corsa in cucina per prendere un sacchetto della spazzatura dove li aveva infilati, riproponendosi di disfarsene il prima possibile. Si era lavata a lungo e con foga. Quando infine era uscita dalla doccia, si era sentita sfinita e dolorante come se ogni cellula del corpo fosse stata pestata. Ma sapendo che non era il caso di indugiare, si era costretta a uscire di nuovo per far sparire nei rifiuti il sacchetto con i vestiti. Rientrata, aveva ingoiato un ibuprofene della scorta di Rosi e si era rifugiata nel letto, seppellendosi sotto le lenzuola, decisa a fingere che nulla di quella notte fosse mai accaduto.

Era sicura che Rosi non l'avesse mai vista sporca di terra. Tuttavia, era pur vero che la sua memoria faceva acqua da tutte le parti. Era sempre stata una smemorata, inaffidabile quando si trattava di richiamare dettagli del passato. E i ricordi di quei giorni, in particolare, erano imprecisi, nebbiosi.

Possibile che per tutto quel tempo avesse avuto una visione distorta di quanto era accaduto? Che lo shock avesse mescolato a tal punto i suoi ricordi da renderli ingannevoli?

O forse era Rosi che stava raccontando frottole. Rovistò disperatamente nella mente in cerca di punti fermi. «Quella notte avevi il turno in ospedale», dichiarò alla fine. «Me lo ricordo bene». Nel silenzio la frase suonò come un'accusa.

Rosi mutò posizione sulle gambe, pareva incerta se dire qualcosa o andarsene. Si era messa sulla difensiva, doveva aver capito di aver messo un piede in fallo, glielo si leggeva in faccia.

Indietreggiò di un passo verso la porta. «Okay, prima o poi ne avremmo parlato. Era ovvio. Pensavo di farlo insieme a Freddie, ma d'altra parte non ce la faccio più a giocare a nascondino e quindi...».

«Dacci un taglio!», sbottò Greta, stanca di tutto quel traccheggiare. «Che cavolo stai cercando di dire?».

«Aspettiamo l'arrivo di Freddie», propose l'altra con aria insolitamente reticente.

«Sputa il rospo, porca miseria!».

«Prima che tu possa pensare di fare qualcosa contro di me, sappi che Freddie sa ogni cosa e conserva le prove. Se dovesse succedermi qualcosa, andrà dritto alla polizia».

Greta la scrutò allarmata. «Di cosa vai cianciando? Quali prove?».

«I tuoi vestiti macchiati di sangue. E ho messo per iscritto tutto quello che so di te».

Greta sbarrò gli occhi allucinata, come se avesse ricevuto una pugnalata nel petto.

Sapeva di aver gettato via i vestiti che indossava quella notte. Lo ricordava bene. Li aveva infilati dentro un sacchetto di plastica e aveva scaricato tutto in un cassonetto dell'indifferenziata.

Come se le avesse letto nella mente, Rosi disse: «Ho recuperato la busta che avevi gettato. Ora è al sicuro».

Greta si sentì invadere da un senso di gelo. «Spiegati».

L'altra inspirò profondamente e parlò adagio, senza smettere di tenerla d'occhio. «Sono rientrata prima del previsto dal lavoro perché stavo male, mi era venuto un brutto raffreddore. Ero a letto quando ti ho sentita rincasare, mi sono alzata per avvertirti e ti ho vista in pessime condizioni. Tu non ti sei accorta neppure di me, eri immersa in una specie di trance, sembravi traumatizzata. Ti era capitato qualcosa di spiacevole, era chiaro. Sono rimasta a osservarti in silenzio dallo spiraglio della porta socchiusa. Ti sei spogliata e hai ammucchiato i vestiti in una busta di plastica, poi ti sei fatta una doccia che sembrava non finire più. Ho capito subito che era accaduto qualcosa di grave. Mentre eri in bagno ho sbirciato nella busta. Ho notato le macchie di sangue sui vestiti».

Scrutò il volto di Greta in cerca di una reazione. «A volte il diavolo ci mette la coda, non è così?».

«Tu non sai proprio nulla! Non sai niente di niente!».

«So molto più di quel che pensi». Le rifilò uno sguardo pungente. «Quando sei uscita, ti ho seguita e ho recuperato la busta dal cassonetto».

Greta sbatté le palpebre e le sue guance avvamparono di rabbia. «Devi sempre immischiarti nei fatti miei, vero? Non avevi il diritto di prendere quella roba, perché lo hai fatto? Perché ti sei presa questa briga?», domandò inciampando sulle parole. Le tempie le pulsavano e un sibilo acuto le ronzava nelle orecchie.

«Volevo in mano qualcosa di concreto, qualcosa che mi desse un vantaggio su di te, nel caso ti saltasse in testa di buttarmi fuori. Mi è sembrata una fortunata coincidenza essere lì».

Greta aveva difficoltà a respirare. Faticava ad assimilare quelle informazioni. «Hai capito male», disse in modo più concitato di quanto volesse. «Ero davvero caduta e il sangue era mio. Ho dovuto gettare via i vestiti, erano irrecuperabili».

«Non ci provare. Hai commesso un crimine», ribatté Rosi in tono fermo.

Greta attorcigliò una ciocca di capelli tra le dita e la tirò con forza. «Non c'è stato nessun crimine. Hai preso una cantonata».

«Ero amica di Anita, ricordi?».

Greta trasalì di orrore. «Cosa c'entra Anita?».

«Mi parlò di un tizio che la perseguitava, un poliziotto. Non mi spiegò il motivo, si limitò a dire che si chiamava *Sebastiano-qualcosa*. Mi rimase impresso solo il nome perché non è tanto comune».

«E quindi?», la incalzò Greta in tono battagliero.

«Anita si trovava in ospedale quando mi spiegò il motivo per cui quel Sebastiano le dava il tormento. Aggiunse che quell'individuo minacciava la sua famiglia, quindi non se la sentiva di parlare ancora con la polizia. "Ho scritto tutto quello che ho scoperto nel mio romanzo", disse. Beh, più che altro ci aveva provato, poverina. Non aveva più le forze per scrivere, riempiva fogli di appunti sperando un giorno di trovare l'energia per dar loro un senso».

«Vuoi andare al dunque?».

Gli occhi di Rosi si fecero di fuoco. «Insomma, mi affidò il suo scritto, mi pregò di dargli una sistemata e poi consegnarlo alla famiglia».

Greta prese a torcersi le dita e girò la testa dall'altra parte, non riusciva più a guardarla in faccia. «Sei stata tu a distruggere le pagine mancanti?».

Rosi tirò su col naso, senza guardarla. «Avevo pensato di gettar via l'intero libro, appunti compresi, ma in ospedale Anita non faceva altro che delirare di questo romanzo. La famiglia prima o poi lo avrebbe cercato. Così, ho fatto sparire le pagine che parlavano di te. Dovresti essermi grata».

Greta si sentì sbiancare. Un nuovo orribile sospetto le balenò in testa. «Ti sei messa d'accordo con Amanda?».

«Ma che dici? Perché mai avrei dovuto parlarne con lei?».

«Il libro di Anita era a casa sua, l'ho trovato lì. Amanda deve averlo letto».

Rosi si strinse nelle spalle. «Immagino che lo abbia fatto, sì. Lo stava buttando via, non sapeva neppure cosa fosse. È proprio caduta dalle nuvole, pensa un po'. Ma ha poca importanza, come ti ho appena detto, non c'è più niente di compromettente».

«Compromettente per me, intendi. Cosa te ne fregava di strappare via quelle pagine? È ovvio che non fai nulla per nulla, tu».

«Vivi e lascia vivere». Una risposta candida che spiazzò Greta.

«Cioè?».

«Non avevo nessun interesse a far sapere alle autorità che questa casa non ti spetta, che non ti appartiene. Non avrei avuto alcun vantaggio a rivelare che sei un'imbrogliona».

A Greta sembrò che il tempo si fermasse. Le parole di Rosi restarono alcuni secondi come sospese nella stanza, mentre Greta veniva sommersa da un'ondata di angoscia. Strinse i denti e si impose di parlare. «Quindi, tutto qui? Ti importa solo di restare alle Tre Ginestre?».

Rosi si abbandonò a un sorriso di superiorità. «Diciamo che era così fino a un mesetto fa. Mi sarei accontentata di poco, ma poi è venuta fuori la faccenda dei vestiti macchiati di sangue».

La sua voce adesso era sicura. La fissava dritto negli occhi con un'espressione che Greta non conosceva, molto lontana dalla consueta affabilità.

«Nei giorni successivi alla notte in questione, ho saputo dal notiziario che un uomo era stato ammazzato al Pincio. Un tale *Sebastiano-qualcosa*. Non c'è voluto molto a capire che si trattava del poliziotto che perseguitava Anita. E che eri tu la responsabile dell'omicidio. Non so perché lo hai fatto, ciò che conta è che ho in mano le prove».

Greta fu colta da un attacco di vertigine. Chiuse un attimo gli occhi e una serie di lucine presero a danzare nel buio. Quando riaprì le palpebre, ebbe l'impressione che la stanza le si stringesse attorno. Lottò contro quella sensazione di svenimento e cercò di riprendere il controllo.

«Ora se non ti dispiace, voglio solo andare dritta a letto, sono esausta, ho avuto un lungo turno in ospedale, c'era una paziente che non la smetteva di chiamare e chiamare come se esistesse solo lei in tutto il reparto...».

«L'hai raccontato a qualcuno?».

«A Freddie, naturalmente».

«Andrai alla polizia?».

«Se avessi voluto, lo avrei già fatto, non credi?».

«E allora cosa speri di ottenere? Vuoi ricattarmi?». Le riusciva difficile guardarla negli occhi.

«È un modo sgradevole di mettere la faccenda. Spero solo che ricambierai il favore».

Greta soffocò un moto di panico. «Vale a dire?».

«Io e Freddie ne abbiamo parlato a lungo. Abbiamo necessità di soldi, intendiamo sposarci a breve. Lui verrà a stare in Italia a settembre».

«Congratulazioni e figli maschi».

«Diciamo che il nostro silenzio ti costerà una sostanziosa cifra».

«Sai bene che sono una spiantata. Non sperare di spillarmi soldi».

Rosi agitò in aria una mano in modo sprezzante. «Basta piangere miseria, mia cara. Il ritornello che sei al verde mi ha stufata. I Molinari erano una famiglia facoltosa, stracarichi di soldi, me lo disse Anita che li conosceva a fondo. Avevano una bella sommetta da parte e un mucchio di azioni che fruttavano bene. Ma tu ti comporti come se fossi perennemente in bolletta, Dio solo sa perché».

«Non ho più quel denaro».

Lo sguardo sospettoso di Rosi saettò su di lei. «Perché? Dov'è?».

Greta non si degnò di rispondere.

«Allora? Non mi pare una domanda difficile», la incitò Rosi. «Lo hai investito?».

«Non ho detto questo. Non ce l'ho, punto e basta. Ti è andata male».

«Non sparare cavolate».

«Sono a corto di risorse, te lo ripeto. Se avessi avuto quel denaro, non sarei rimasta qui a sopportarti, non credi? Non mi sarei presa una coinquilina, né mi sarei ammazzata di fatica come una schiava per guadagnare quattro soldi».

Rosi piegò in giù un angolo della bocca. «E quindi dove è finita l'eredità dei Molinari?».

«Non è cosa che ti riguardi».

«Mi riguarda, eccome». Incrociò le braccia con aria decisa. «Però sarà meglio riparlarne in un altro momento, ora ho davvero necessità di dormire».

Greta inveì contro di lei.

Rosi arretrò, indispettita. «Non c'è bisogno di usare questo linguaggio! Dovresti abbassare la cresta, mia cara. Non ti conviene metterti contro di me, te lo dico chiaro e tondo».

Greta sentì il sangue affluire fulmineo alla testa. Scattò in piedi e in un paio di falcate si avventò su di lei. Il movimento rapido le provocò una fitta tra le costole e la caviglia traballante la fece quasi piombare a terra, ma non si fermò, afferrò Rosi per l'uniforme e la spinse indietro, schiacciandola contro l'armadio. La schiena urtò sul mobile con un tonfo secco, Rosi reagì cacciando un grido soffocato, una specie di guaito indignato.

«Lasciami subito! Non hai capito che posso farti finire in prigione?».

Greta non mollò la presa, mentre dentro di sé cresceva l'impulso di farle male, prenderla a sberle, graffiarla. Fissò gli occhi insolenti di Rosi e immaginò di spingerla ancora più forte, sbatterle la testa contro l'anta dell'armadio, più e più volte. Tutto ciò che desiderava in quel momento era rimuovere quella piega derisoria sulla sua bocca e lo fece piantandole una mano aperta contro la faccia carnosa, tappandole naso e bocca in contemporanea.

Rosi tentò di respingerla agitando le braccia, ma Greta resistette e rimase a fissare per alcuni secondi la propria mano scarna e macchiata di nicotina che schiacciava quel viso paffuto, strizzando le guance come se volesse cancellarle i connotati.

Rosi prese ad agitarsi più forte sotto le sue dita, i lineamenti del viso si contrassero, mentre nella testa di Greta fluttuava un'immagine dimenticata di se stessa davanti a Seb mentre lo scaraventava nel vuoto.

Una serie di energici colpi alla porta la trascinò di nuovo nel presente.

Disorientata, Greta si accorse che Rosi si era divincolata e l'aveva spinta via da sé.

«Non ti azzardare mai più a mettermi le mani addosso, ci siamo capite?». Rosi sottolineò la minaccia puntandole contro un dito. Viso e collo erano tutti arrossati, ma più che spaventata dall'aggressione pareva offesa. Il bussare si fece più insistente. «Ora fammi vedere chi è alla porta», strepitò Rosi dandosi una sistemata.

63

GRETA

Greta restò in ascolto dietro la porta della sua stanza, senza muovere un muscolo, scalza e mezza nuda. Riconobbe la voce stridula della Parisi che come al solito era a caccia di soldi. Greta udì Rosi rivolgerle un saluto allegro, parlarle con finta cortesia e sfoderare tutte le sue armi per convincerla a concedere loro più tempo. Una perfetta leccapiedi. Greta poteva immaginare il volto arcigno della Parisi, i suoi rimbrotti acidi, le richieste petulanti. Ma alla fine il savoir-faire accomodante di Rosi, insieme all'assicurazione che avrebbero saldato i pagamenti in tempi brevi, avevano dato frutti e la strega si era levata dalle scatole.

Quando Rosi tornò da lei, la sua bocca era atteggiata a uno stupido sorriso di compiacimento. «Per qualche giorno non scoccerà, ma dovrai rassegnarti a mettere mano al borsellino e porre fine alle morosità. Io ho i soldi contati in questo periodo. E ricordati che dobbiamo ancora metterci d'accordo per la questione di cui abbiamo discusso prima». Le lanciò un'occhiata carica di significato.

Greta assunse un'espressione feroce. «Non succederà mai! Non ho un centesimo, ancora non ti è chiaro?».

Rosi le fece un gesto vago con la mano e si diresse verso la sua stanza.

Greta la raggiunse a grandi passi. «Voglio che te ne vada».

L'altra si girò, stranita. «Non hai il diritto di mandarmi via, ho un regolare contratto».

«Vattene! Non voglio più averti tra i piedi, hai capito? Fai le valigie e sparisci dalla mia vista».

«Te lo puoi scordare, io resto qui. Non ti permetterò di cacciarmi via». Il volto si era fatto paonazzo, la voce tagliente.

In un balzo Greta si lanciò di nuovo verso di lei, ma questa volta invece di aggredirla le sputò addosso. Un corposo getto di saliva finì sulla divisa da infermiera di Rosi, all'altezza dell'imponente seno.

Per un istante lei rimase scioccata dal gesto.

«Sei davvero una selvaggia!». Gli occhi esprimevano sgomento e incredulità. «Dio mio, che schifo». Emise un verso di disgusto e corse in bagno a pulirsi.

Greta le andò dietro. «Sei tu che fai schifo! Sei una schifosa calcolatrice, un infame sciacallo!».

«Ti metto in conto anche questo, puoi giurarci», controbatté Rosi china sul lavandino, mentre sfregava furiosamente la divisa.

«Hai capito male. Non sgancerò un solo centesimo, non farti illusioni», ribadì Greta, ostentando una sicurezza che era ben lontana dal provare.

«Sì, invece! Sturati le orecchie perché non lo ripeterò. Se vuoi evitare che io o Freddie andiamo alla polizia, dovrai sborsare un bel po' di quattrini. Ti è chiaro?». Senza darle il tempo di controbattere, sbatté la porta del bagno e si chiuse dentro a chiave.

Greta rimase in mezzo al corridoio a fissare il pavimento.

La rabbia stava defluendo da lei per far posto ad altre emozioni. Si sentì come bastonata, impotente. Uno spasmo le scosse le viscere, accompagnato da un cupo ronzio nelle orecchie. Lottò per reprimere la nausea, ma i conati si fecero convulsi, lo stomaco si contrasse più volte e dovette correre in bagno a vomitare.

Con le budella ancora attorcigliate, si aggrappò al bordo del lavandino con una mano e con l'altra si gettò dell'acqua fredda sulla faccia. Evitò di guardare il proprio riflesso nello specchio, non lo sopportava.

Privata di ogni energia, zoppicò fino al letto e vi stramazzò sopra, abbandonandosi alle lenzuola sfatte. Era davvero la fine, dunque? Rosi la ricattava e lei non aveva un centesimo per comprare il suo silenzio. Non avrebbe potuto dargliela vinta neppure se avesse voluto.

Doveva trovare un modo per farla stare zitta o almeno convincerla a concederle più tempo.

Rabbrividì, stringendosi al lenzuolo. Si ritrovò a pensare con amarezza che Seb aveva avuto ragione da vendere quando le aveva suggerito di non prendersi un'affittuaria. *La gente ti delude sempre. Meno ti aspetti, meglio è.* Un pensiero cinico ma realistico.

Avrebbe dovuto dare retta a Seb e dare per scontato che chi ti vive attorno prima o poi ti tradisce. Dopotutto la sua opinione su Rosi era sempre stata corretta: non c'era da fidarsi di lei. Non si faceva alcuno scrupolo ad andare contro la legge o la morale. E pensare che si era stretta a lei in un momento di debolezza! Ricordò con vergogna e rabbia il momento in cui aveva schiacciato il volto contro il suo seno. Si era mostrata vulnerabile ma non sarebbe più accaduto.

Rosi era accorsa nella sua stanza per consolarla, ma era solo un'ipocrita che si rivestiva di belle parole e di bei gesti per poi pugnalarla alle spalle. Tutta apparenza, la sua.

Ora però era inutile piangersi addosso. Doveva restare concentrata. Cercò invano di metabolizzare quanto le aveva detto Rosi, ma si sentì sopraffare dalla sensazione di andare a fondo, come in una discesa vertiginosa.

64

AMANDA

Per diversi minuti restai sul balcone a contemplare l'acqua della piscina che brillava sotto la prima luce del sole. Era diventato un rituale, uscire a gustarmi il caffè sul terrazzo appena sveglia, deliziata dal fresco mattutino. Una delle piacevoli consuetudini della mia vita quotidiana che si erano consolidate in quel periodo solitario.

Alla mia mente riaffiorarono brevemente gli occhi tormentati di Gianfranco. Ero preoccupata per lui, aveva dormito non più di due o tre ore e si era messo in viaggio arrabbiato. Gli inviai un messaggio per sapere se era arrivato, ma non rispose. Quando chiamai, scattò subito la segreteria. Forse stava ancora guidando, mi dissi per rassicurarmi. Allo stesso tempo la partenza mi alleggeriva dal peso di affrontare il suo umore nero.

Fino a pochi giorni prima smaniavo all'idea di passare del tempo con mio marito, ora invece scoprivo in me il sollievo di essere di nuovo sola, cosa che mi fece vergognare di me stessa. Credevo che avrei aspettato con impazienza la fine dell'estate, ma tutto ormai sembrava in discussione e l'aspettativa per il futuro aveva un altro sapore.

Accantonai quei pensieri e tornai a concentrarmi sul presente, anche se la notte quasi insonne gravava su di me come un macigno. Misi su un altro caffè e feci colazione, riflettendo se ricominciare a cercare lo scritto di Anita. Arrivai a pensare che potesse averlo preso Gianfranco, spinto dal desiderio di distogliermi da quella faccenda.

Alla fine tornai a frugare nell'armadio a muro, ma a parte un mucchio di cianfrusaglie polverose, non trovai niente di rilevante.

Sapevo che Rita era mattiniera, così non mi feci scrupoli a chiamarla. Mia suocera si stupì di sentirmi. La informai che Gianfranco era partito in anticipo e che avrei passato la domenica da sola.

«Lo so, mi ha chiamata poco fa».

Tirai un sospiro di sollievo. Almeno era arrivato sano e salvo.

«Ci sono problemi tra voi?». Mia suocera era la personificazione della discrezione, tendeva a non intromettersi nel rapporto tra me e il figlio, anzi sembrava sempre mortificata quando rivolgeva domande personali.

«Non lo so, in realtà», ammisi demoralizzata. «Ma non ti chiamo per questo. Non trovo più lo scritto di Anita, temo che sia stato rubato».

«Rubato? E da chi?».

«Qualcuno è entrato in casa nostra giovedì sera. Per la precisione, una ragazza che abita qui nel palazzo».

«Ma è pazzesco!».

Non riuscivo a far tacere dentro la mia testa la voce ammonitrice di Gianfranco che mi intimava di non turbare la madre, ma decisi di non lasciarmi influenzare. «Lo hai detto anche tu, Rita, che tua cognata teneva molto a quel libro, perché conteneva qualcosa di importante per lei. E da quando ho saputo che Anita aveva un persecutore, non riesco a non pensare che...».

«Aspetta un attimo. Che persecutore?».

Gli riferii quanto mi aveva raccontato Adriano.

«Oh, Signore Iddio! Ma perché Anita non ci ha detto niente di tutto questo?».

«Magari è solo un'ipotesi campata in aria, ma credo conoscesse un segreto che ha rivelato nel libro».

«E la ragazza che lo ha rubato che c'entra?».

«Ancora non lo so, ma non andavano d'accordo, è possibile che ci sia una connessione tra questi fatti. Gianfranco dice che non spetta a me scoprirlo, la considera una faccenda irrilevante e non vuole sentire altro sull'argomento, anzi sembra quasi che la cosa non lo tocchi. Io però sento di dover far luce su questa storia, sento una responsabilità al riguardo».

«Ma non hai più lo scritto di Anita...».

«Ti chiamavo appunto per questo. È una speranza azzardata, ma non è che per caso ne avevi fatto una copia?».

«Non mi è neppure venuto in mente».

«Il materiale era tutto qui, nell'armadio a muro?».

Rita si fermò a riflettere. «Sì, non ho toccato niente, tranne alcuni ricordi che ho tenuto per me, come ti dicevo l'altra volta. Foto, lettere, qualche oggetto di valore».

«Potresti darci un'occhiata? Magari ti salta all'occhio qualche stranezza. O potrebbe esserci qualche altro appunto riguardante il libro».

«Certamente, se può aiutare... ma è improbabile che trovi qualcosa». Fece una pausa, durante la quale percepii il suo disagio. «Tu come stai, Amanda? Gianfranco mi ha confidato che ultimamente sei molto stressata».

«Ti ha detto questo? In realtà sto bene, sono solo scossa per l'intrusione in casa».

Prima che mia suocera potesse ribattere, la conversazione fu interrotta dal campanello e dovetti chiudere frettolosamente la chiamata.

Quando aprii la porta, sulla soglia c'era Serena, l'ultima persona che mi aspettavo di vedere. «Sono passata per un saluto e per invitarti al mio compleanno. Lo festeggio questo sabato in piscina. Spero verrete, tu e Gianfranco».

Borbottai un ringraziamento con un sorriso distratto. Cercai di essere accogliente con lei ma un nodo mi stringeva lo stomaco. In altre circostanze, l'avrei invitata a entrare, magari avremmo chiacchierato un po', ma avevo la testa altrove e percepivo la sua visita come un'intrusione.

«Ho visto partire tuo marito questa mattina, era molto presto», osservò.

«Aveva impegni di lavoro», replicai in tono compassato. «Ma sabato ci saremo per la festa».

«Ascolta, Amanda. Volevo anche scusarmi con te, mi sento in colpa per quello che è successo, giuro che non volevo dire nulla a mia madre, ma con lei non è facile spuntarla. So che avete avuto una discussione. Il fatto è che...».

«Ti ha mandata lei?».

«No di certo», ribatté, risentita.

«Non mi piace che le frizioni con Greta siano diventate un affare dell'intero condominio».

«Posso capirlo».

«Non vorrei essere sgarbata, Serena, ma ora dovrei proprio...».

«Certo, non intendevo disturbarti». Colsi delusione da parte sua. Fece per andarsene.

«Aspetta, entra un momento».

Lei varcò la porta, circospetta. Io accostai subito l'uscio per evitare che qualcuno ci sentisse dal pianerottolo. «Avrei bisogno di un favore. Hai detto che tua madre aveva una copia della chiave di questo appartamento».

«Sì, ma...».

«Aspetta, voglio solo chiederti una cosa. È possibile che abbia anche una chiave dell'interno 9B?».

Serena mi scrutò con gli occhi spalancati. «Vuoi farla pagare a Greta entrando in casa sua?».

«Niente affatto, non intendo scendere al suo livello, ma ha preso una cosa che mi appartiene, la vorrei indietro».

Serena mi guardò incuriosita. «Mi sembra giusto. Qualcosa di prezioso?».

«Non proprio, ma ci terrei a riaverlo».

Serena ci pensò un istante. «Non credo che mia madre abbia mai restituito le chiavi dei Molinari. L'appartamento è rimasto vuoto un'infinità di tempo, prima che potessero consegnarlo a Greta. Ma...». Scosse la testa. «Non posso farlo. Non voglio andarci di mezzo».

«Devi solo darmi la chiave, ci penso io a farne una copia».

«È troppo rischioso. Se gli altri del palazzo lo vengono a sapere, nessuno si fiderà più di mia madre. E lei vorrà la mia testa». Mimò con la mano una lama che le tagliava la gola.

«Non lo saprà nessuno, te lo garantisco», mi affrettai a dire.

«No, ti prego di non insistere», ribadì. Nel suo sguardo però c'era esitazione, mentre si mordicchiava il labbro.

«Lo farei solo per recuperare ciò che mi appartiene. Una cosa veloce. Resterà un segreto tra noi, *questa volta*».

Lei sollevò la testa di scatto, l'aria mortificata dalla mia allusione. «Te l'ho detto che non era mia intenzione... ma no, non posso. Se lo scoprono, sarei io a passare i guai».

«Okay, non volevo metterti in difficoltà. Grazie ancora per l'invito». Le elargii un sorriso di gratitudine.

Quando mi lasciò, controllai il telefono, ma non c'erano messaggi o chiamate di Gianfranco. Un silenzio allarmante. Chi dei due avrebbe fatto la prima mossa per una riappacificazione?

In compenso, Dora continuava a cercarmi, ma io rifiutavo regolarmente le chiamate. Ricevetti un lungo messaggio vocale in cui si diceva preoccupata per me e rimarcava di avere in mente solo il mio bene. Aggiungeva che era mortificata che non le rispondessi al telefono.

Non avevo voglia di parlarle. Inviai invece un messaggio ad Adriano chiedendogli se potevamo incontrarci in giornata.

65

AMANDA

All'appuntamento arrivai in ritardo, fatto inconsueto per me. All'ultimo momento, poco prima di uscire, dovetti combattere con un turbinio di dubbi e ripensamenti. Aveva senso mettere a repentaglio il mio matrimonio per indagare sui segreti di Anita? E valeva la pena di commettere una violazione di domicilio per scoprire tali presunti segreti? Dopotutto aveva ragione Gianfranco: Anita era morta e qualsiasi cosa le fosse capitata, ormai non aveva più importanza.

Mentivo a me stessa se non ammettevo che a stimolare il mio interesse era soprattutto Adriano. Ne ero attratta, avvertivo una sorta di affinità, parlare con lui mi piaceva più di quanto fosse opportuno.

Alla fine però andai all'appuntamento.

Adriano era seduto in un angolo, chino sul telefono, ammantato di un'aria ombrosa. Osservai la camicia sgualcita, la barba incolta e arruffata. Quando mi vide, mi fece cenno di accomodarmi al tavolo con fare irrequieto. «Mi stavo chiedendo se saresti venuta», borbottò a fior di labbra, sfiorandomi appena con lo sguardo.

«Scusa, ho fatto tardi».

Sembrava stanco e amareggiato, il volto indurito da un'espressione che lo faceva apparire più vecchio di dieci anni. Così esordii chiedendo come stava, se c'erano novità.

Lui replicò con una smorfia, visibilmente frustrato. «Mia sorella aspetta un bambino».

«Oh, accidenti».

«Sono venuto a saperlo solo ora, ma è incinta da tre mesi. Qualcuno lo ha rivelato ai giornalisti, temo che la stampa la crocifiggerà».

Avrei voluto offrirgli la mia comprensione, ma non sapevo cosa dire. Gli posai una mano sul braccio con un moto di solidarietà. Lui parve sobbalzare al tocco, così mi ritrassi subito.

«Lei come sta?».

«Non bene. Si trova in un fragile stato emotivo. È devastata, sull'orlo di un crollo psichico. In altri tempi sarebbe stata felice dell'arrivo di un bambino. Ma ora, l'idea di partorire in carcere e doverlo poi dare in affido...». Si zittì come se le parole gli fossero rimaste impigliate in gola.

«Vedrai che riuscirai ad aiutarla, la tirerai fuori dal carcere».

«Non ne sono più tanto sicuro, tutta questa indagine comincia a sembrarmi un'impresa vana. Prendi qualcosa da bere?».

«No, sono a posto così».

«Non voglio scaricarti addosso i miei problemi, Amanda. Ma devi sapere cosa ho scoperto, visto che ti riguarda in prima persona».

Mi appoggiai sullo schienale. «Hai detto che tuo cognato aveva il mio contatto telefonico», affermai in tono guardingo.

«Sì, per la precisione il numero di telefono registrato sotto "A. Ferrante" corrisponde al tuo».

«Questo me lo hai detto, ma non ha senso... c'è un errore di sicuro. Io non sapevo nulla di Sebastiano Levani prima che tu venissi a casa mia. Non ero neppure al corrente del suo omicidio».

«Sì, però non l'hai conosciuto con questo nome, ma con quello di "Carlo Cantini"».

«Carlo... oh Dio!», gemetti. «No, non è possibile», esclamai con impeto.

Adriano mi scrutò, restando pensosamente calmo davanti alla mia reazione allucinata.

«Mi stai prendendo in giro?».

Lui non replicò subito e io lo sorpresi a studiarmi con occhio critico. «Stai dicendo che non hai mai comunicato con un tale "Carlo Cantini"?», domandò con lieve sarcasmo.

«Io... okay, è vero che sono stata in contatto per un periodo con un tale Carlo Cantini, ma...». Scrollai la testa con enfasi. «Non era di sicuro tuo cognato. Deve trattarsi di un'omonimia».

«Nessuna omonimia», ribatté lui pazientemente. «Il tuo numero di cellulare era tra i contatti di Carlo Cantini, l'alias di Sebastiano».

Ripensai alla foto vista su Internet, a quel volto dai tratti forti e il piglio deciso, un'immagine che mi era impossibile associare al "Carlo" che avevo conosciuto virtualmente.

«Ho visto una foto di Sebastiano su Internet. Sono persone diverse! Carlo ha un account su Facebook... e non corrisponde alla descrizione che mi hai fatto. Carlo è un tipo gentile, attento e comprensivo...», mormorai più a me stessa che a lui.

Mentre farfugliavo nella confusione del momento, mi sembrava di sentire una voce maligna che mi dava dell'ingenua. *Non dovresti prestare fede a tutto quello che ti viene detto.* Me lo diceva spesso anche Gianfranco.

«Che prove hai? Come sei venuto a saperlo? Ne sei sicuro?».

«Sì».

«Non ti credo». Cercai di alzarmi in piedi, ma lui mi trattenne posando con forza una mano sulla mia.

«Puoi anche non credermi, ma questo non cambia i fatti», disse con durezza.

Presi a giocherellare con la fede, rigirandola sul dito. «Sei sicuro che Carlo Cantini non esiste, che si tratta di un nome falso?».

Adriano si grattò la mascella. «Sono sicuro. Ne sono a conoscenza da prima dell'omicidio».

«Come sarebbe? Credevo lo avessi scoperto da poco».

Adriano distolse lo sguardo e si prese un momento per raccogliere le idee. «Un paio di giorni prima della morte di Sebastiano, Simona ricevette una strana telefonata anonima, mai rintracciata. Una voce femminile le rivelò che il marito possedeva un secondo telefono e che si serviva di un alias, uno pseudonimo. Carlo Cantini, appunto. Prima di parlarne con lui, Simona si confidò con me e io feci qualche ricerca».

«E...?».

«Come hai detto anche tu, a suo nome c'erano dei profili Facebook e WhatsApp. Da questi sono risalito a un numero di cellulare e ai dati esterni del telefono. In pratica, grazie al nome dell'intestatario sono riusciti a procurarmi un elenco di chiamate e messaggi, ma non il loro contenuto. Di più non ho potuto ottenere senza l'apparecchio».

Si fermò, guardandosi intorno. «Avevo intenzione di affrontare Sebastiano, ma ho commesso l'errore di parlarne prima con mia sorella. Se l'ho fatto, è stato per convincerla una volta per tutte a mollarlo...».

Si interruppe di nuovo, come se dovesse affrontare ricordi dolorosi. «Svariate volte Simona aveva curiosato tra le cose di Sebastiano in cerca di prove di una relazione extraconiugale, senza mai trovarle. Se solo non le avessi detto nulla quella sera! Mi manda ai matti pensarci. Probabilmente ora ci sarei io in carcere al posto suo».

«Tu?».

«Seb mi odiava. E io odiavo lui. Avevo ottime ragioni per... beh, hai capito. Il punto è che la stessa sera dell'omicidio riferii a Simona le mie scoperte, cioè che avevo trovato riscontri di questo secondo telefono e così via. Lei ne fu distrutta. È stata la classica goccia che fa traboccare il vaso. Lui era fuori, aveva il turno di notte. Simona non riusciva a dormire, così è partita in quarta e lo ha raggiunto al Pincio, dove era in servizio. Il resto lo sai».

«E questo telefono intestato a Carlo Cantini che fine ha fatto?».

«Non si è trovato da nessuna parte. Non era addosso al corpo, né in casa, né nell'armadietto di lavoro. Durante le perquisizioni non è saltato fuori».

«Okay, ma non sono ancora convinta che a contattarmi sia stato tuo cognato», ribadii testardamente.

Senza scomporsi, Adriano tirò fuori dalla tasca il suo smartphone. «Carlo ti ha mandato dei messaggi vocali?».

«Sì, ma è passato tanto tempo, non posso ricordare la sua voce», risposi, indovinando le sue intenzioni.

«Facciamo almeno una prova?».

Assentii poco convinta.

«Questo è un messaggio che lasciò a me tempo fa». Avviò un vocale sullo smartphone e partì una voce decisa e profonda, che avevo già sentito. Erano passati diversi mesi, ma non avevo dubbi.

"Ciao Adriano, sono Seb. Volevo dirti...".

Chiusi gli occhi e respirai a fondo. Quando li riaprii, fissai stralunata l'apparecchio. Mi scoprii incapace di assorbire la notizia fino in fondo.

Carlo era uscito dalla mia vita, sebbene si trattasse solo di una sfera virtuale. Erano passati mesi e io non avevo più pensato a lui.

Mi tornò in mente un dettaglio che mi aveva rivelato Rosi a proposito di Anita. *Tu le piacevi molto. Aveva anche una foto delle vostre nozze in bella vista nel suo salotto.* Era stato lì che Sebastiano Levani mi aveva vista? Era stato allora che aveva deciso di contattarmi?

«Mi ha raggirata», dissi ad alta voce, cadendo preda dello sconforto. Tornai a rivolgermi ad Adriano: «Hai letto i nostri messaggi?».

«No, te l'ho detto, non è possibile recuperarli senza telefono».

«Li ho cancellati tutti». Strinsi le mani convulsamente.

«Non avevo intenzione di chiederteli», replicò lui, brusco.

«Dimmi, non crederai per caso che io c'entri qualcosa con questa storia? Ti posso assicurare che...».

«No, tranquilla».

Presi la testa tra le mani. «Cosa voleva Sebastiano da me?».

Replicò con un'alzata di spalle. «Forse solo capire se Anita si fosse confidata con qualcuno in famiglia. Oppure, avvicinarsi a te era un modo per minacciare indirettamente Anita».

«Stai dicendo che...».

«Una malata terminale non ha molto da perdere, quindi non è facile indurla a tacere. Sebastiano le ha fatto capire che poteva arrivare a chi voleva bene. A tuo marito, a te».

Erano informazioni difficili da assimilare, un vero boccone indigesto.

«Gli hai mai parlato di Anita?», riprese Adriano.

Riflettei sulla risposta. «Sì, è possibile. Era il periodo in cui Anita stava molto male e sebbene io la conoscessi pochissimo, ne ero turbata. Gianfranco soffriva a vederla così, erano legati da un rapporto d'affetto di lunga data. E mia suocera era a pezzi, si trasferì a Roma per stare vicino a sua cognata, quando le sue condizioni si aggravarono. Quindi, sì, è probabile che mi sia confidata con Carlo in proposito. E lui... beh, lui sapeva ascoltarmi, si interessava a me». Mi sentii umiliata al pensiero di essere stata ingannata in quel modo. La mia capacità di giudizio era così pessima?

«Ho messo a repentaglio il mio matrimonio per una persona che non esiste. Mi sento un'allocca. Una perfetta stupida».

«Non dovresti biasimarti. Mio cognato sapeva essere subdolo. E con le donne ci sapeva fare, era un vero magnete grazie al carisma che esercitava. Non mi stupisce che ti abbia tratta in inganno».

Apprezzai il suo tentativo di alleviare il mio imbarazzo, ma mi resi conto che in quella storia non ci facevo una bella figura. Provai una cocente vergogna.

Probabilmente Adriano credeva che avevo tradito mio marito con il cognato. Che situazione imbarazzante. «Abbiamo solo scambiato dei messaggi innocenti», mi affrettai a precisare. «C'era intesa tra noi, ma solo a livello amichevole».

Adriano però non sembrava interessato alle mie giustificazioni. «Ti ha manipolata, non hai motivo di sentirti in colpa».

Per mesi avevo scambiato messaggi con un uomo ben diverso da come si era mostrato. Lo stomaco mi si annodava al pensiero.

Adriano mi riportò alla realtà. «Se Sebastiano è arrivato a questo, significa che per lui era importante tenere Anita sotto controllo. Ma a quanto pare è impossibile sapere perché. Anita si è portata il segreto nella tomba», considerò con voce cupa. «Alla fine, temo si tratti di un vicolo cieco». Il suo volto si rabbuiò.

«Beh, a questo proposito... se ricordi, ti avevo detto di essere entrata in possesso di alcune cose di Anita e in particolare di un libro che stava scrivendo».

«Certo, hai avuto poi modo di leggerlo?».

«Avevo iniziato, ma... non riesco più a trovarlo. Credo lo abbia preso Greta».

«Parli della persona che si è introdotta a casa tua?».

Feci un cenno deciso. «Metterei la mano sul fuoco che è stata lei».

«A quale scopo?».

«Questo è il punto. Deve aver avuto un buon motivo per rubarlo visto che non ha preso altro. È un'ipotesi azzardata, me ne rendo conto, ma Greta deve essere in qualche modo collegata a tutta questa storia».

«C'è un motivo preciso per cui lo pensi o ti stai basando su un'intuizione?».

«Beh, forse sono un po' maldisposta nei suoi confronti, però c'è qualcosa che continua a frullarmi in testa. Una frase che mi ha detto e che mi fa pensare che nasconda qualcosa. "Se credi di ricavarci dei soldi, te lo puoi scordare"».

Lui tacque per un momento, meditabondo. «Curioso, sì».

Sprofondammo di colpo nel silenzio. Adriano taceva, sembrava avere l'abitudine di assentarsi spesso con la mente, come trasportato dai suoi tumultuosi pensieri. Non ero neppure sicura che mi avesse udita, finché domandò: «Sei riuscita almeno a farti un'idea del libro?».

«Più o meno. Ha una trama un po' confusa, soprattutto all'inizio. Trabocca di personaggi, ognuno con il proprio punto di vista, forse nelle intenzioni doveva essere un romanzo corale. In sintesi, racconta di un uomo misterioso che si trasferisce in una villetta presso un quartiere residenziale e porta scompiglio nella comunità».

Adriano annuì, attento.

«Il succo della storia è che una persona, ovvero l'uomo misterioso, arriva dall'esterno a sconvolgere lo status quo dei residenti, una trama non particolarmente originale. Ci sono pochi capitoli completi, il resto è una fumosa accozzaglia di annotazioni. Comunque, in base agli appunti di Anita, nel corso dei capitoli dovevano emergere alcuni segreti, fino a quando veniva commesso un omicidio per coprirli. Nelle intenzioni di Anita, il finale avrebbe svelato con un colpo di scena che l'uomo non era chi sembrava».

«Un omicidio?», si allertò lui. «Di chi?».

«Non ho potuto approfondire abbastanza per saperlo. In realtà, si tratta della seconda vittima presentata nella storia. La prima è nel prologo, quando nel palazzo un anziano muore di attacco cardiaco dopo essere stato derubato».

«Uhm», mugugnò Adriano. «E cosa c'entra con tutto il resto?».

«Non sono sicura di averlo capito. So solo che nel prologo, una truffatrice si introduce in un appartamento con una scusa. Quando l'anziano la fa accomodare, lei lo riempie di domande sui vicini di casa. Dopo poco l'uomo si allontana per preparare un caffè. La donna comincia a rovistare nella casa, ma l'anziano fa ritorno, la becca a rubare e viene colpito da un infarto. La truffatrice non lo soccorre, anzi continua a frugare e scatta delle foto con il telefono a un album di vecchie fotografie. Alla fine non porta via niente e scappa».

«Che cosa bizzarra».

«Già. Poi il racconto cambia prospettiva con l'ingresso di altri personaggi, quindi non so dire quale legame ci sia tra la scena introduttiva e il seguito. Probabilmente Anita non ha avuto modo di sviluppare la storia. Però...».

«Però...?».

«La cosa curiosa è che per creare i suoi personaggi si è ispirata ai condomini delle Tre Ginestre. È stato facile cogliere i parallelismi anche per me che non li conosco a fondo. Le tracce sono davvero vivide».

«Capisco».

«Dalle descrizioni si può riconoscere Virgil, il tuttofare. E la donna che si occupa dell'amministrazione. E alcune famiglie».

«Quindi pensi che ci fosse qualcosa di reale tra le pagine?».

«Non necessariamente. Gli scrittori mescolano fantasia e verità. Per Anita il condominio era tutto il suo mondo, potrebbe averlo utilizzato come base di partenza per una trama totalmente inventata. In ogni caso, ho la sensazione... intendiamoci, è solo una sensazione, che il libro fosse destinato a me».

«A te? Scrivi anche tu libri?».

«No, ma ho lavorato per anni nell'editoria. Anita mi ha parlato due volte di questo romanzo che intendeva scrivere. Secondo me si aspettava che lo leggessi e ne afferrassi il messaggio».

«Messaggio che però non mi sembra così chiaro».

«Purtroppo, no. Però se Greta mi ha sottratto quel materiale doveva trovarlo di suo interesse, e non mi ha dato l'idea di essere un'appassionata lettrice, capisci? Forse aveva motivo di credere che il contenuto la riguardasse. Avrei dovuto proteggerlo meglio. Comunque, intendo riprendermelo».

«Che vuol dire? Credevo si trattasse di un file su un computer».

«No, sono fogli di carta. Un bel mucchio di pagine. Se non le ha distrutte, devono essere ancora a casa sua».

«E come pensi di fartele ridare? Non credo che affrontarla sia molto saggio, a questo punto».

«Infatti non...». Mi ammutolii. Confessare che intendevo introdurmi di soppiatto come una ladra a casa di Greta mi sembrò sciocco, ma era troppo tardi per fare marcia indietro perché lui aveva intuito le mie intenzioni.

«Esattamente come intendi riprenderti quel materiale?». Il suo tono s'indurì.

«Mi procurerò le chiavi dell'appartamento».

«Non posso lasciartelo fare, Amanda».

«Ma...».

«Non ho avuto ancora modo di raccogliere delle informazioni su questa Greta, prometto che lo farò il prima possibile. Nel frattempo tieni gli occhi ben aperti e promettimi che le starai lontana».

«Questa faccenda non riguarda più solo Anita».

Si sporse e mi sfiorò la mano con le dita. «C'è un omicida a piede libero, non dimenticarlo».

Reagii con un sospiro esagerato. «Okay».

«Ascoltami». Tirò fuori un foglio stampato dalla tasca e me lo allungò. «Si tratta della lista di contatti trovati nel telefono di Sebastiano, qui c'è anche il tuo. Ti va di dargli una scorsa per vedere se ti salta all'occhio qualcosa?».

Lo feci. Cercai subito il nome di Greta, inutilmente. Non c'era nessun nome che mi fosse familiare. Era una lista molto lunga, piena di contatti soprattutto femminili, senza cognome, molti registrati con sigle o nickname.

Gli restituii il foglio con qualche parola di scusa.

«Bisognerebbe provare a contattare ognuno di questi numeri», disse lui. «Frugare più a fondo nella seconda vita di Seb, interrogare le donne con cui aveva una relazione. Ma questa lista ha centinaia di numeri ed è come pescare alla cieca. "A. Ferrante" era l'unico contatto che mi dicesse qualcosa».

«Capisco», dissi lentamente, mentre un senso di impotenza prendeva il sopravvento.

«È tanto da digerire, lo so».

«Ancora non riesco a credere di essere stata così sciocca su Carlo».

«Non serve a niente stare qui a rimproverarti. Però c'è un tentativo che...».

«Che tentativo?».

Fissò un punto nel vuoto. «Potrei parlare in privato con ognuno dei residenti del tuo stabile. In pratica, andare porta a porta facendo girare una foto di Sebastiano».

«Ma sappiamo già che molestava Anita».

«Sì, ma se aveva davvero a che fare con Greta, forse qualcuno ne sa di più. Un vicino di casa potrebbe aver notato qualcosa di insolito. Chi abita nella casa accanto a Greta?».

«Cristina Parisi, l'amministratrice del condominio. Anche lei è in contrasto con Greta, ma non credo sappia nulla di più di quanto sappiamo noi».

«Vale la pena tentare. Domani mattina passo da te e vediamo cosa si può fare».

66

GRETA

11 luglio, lunedì

Il sole filtrava attraverso le persiane. Greta doveva essere caduta in un sonno profondo perché ebbe un violento sussulto quando il telefono cominciò a vibrare. Tastò goffamente il comodino alla ricerca dell'apparecchio e rischiò di far cadere a terra tutto ciò che vi si trovava sopra. Il display segnalava che la chiamata proveniva da un numero che conosceva bene: era quello di Leo. Rabbrividì e per poco non si fece sfuggire di mano il telefono.

La vibrazione continuava a riempire il silenzio mentre lei, assalita dal panico, si chiedeva cosa fare. Rifiutò la chiamata e cominciò a tempestare di pugni il cuscino, lasciandosi andare a lamenti acuti. Si prese la testa tra le mani, poi afferrò di nuovo il cuscino e lo sbatacchiò rabbiosamente.

Quando si fu calmata, si trascinò in bagno. Notò che Rosi aveva tirato fuori la bilancia pesapersone. Greta decise di dare una controllata al peso e scoprì con disappunto che aveva perso drasticamente chili. *Sei uno spettacolo pietoso, ranocchietta*, avrebbe commentato Malina. L'ultima volta che era andata a trovarla, le aveva detto che se continuava così avrebbe finito per assomigliare alla vittima denutrita di una carestia.

Era passato oltre un anno dall'ultima volta che aveva visto sua sorella, prima che Seb le raccomandasse di non avere contatti con lei.

In quell'occasione, in visita al penitenziario, Malina si era dimostrata insolitamente prodiga di parole rassicuranti, dopo aver trovato da ridire sulle sue unghie rosicchiate. *I nostri guai stanno per finire, ranocchietta. Fidati di me, a breve tutto cambierà. E magari potrai anche permetterti una manicure.*

Greta aveva storto il naso. Quando la sorella si metteva in testa qualcosa c'era solo da temere il peggio. *Che vuoi dire? Stai per cacciarti in qualche altro guaio, ci scommetto. Dì un po', non avrai mica intenzione di evadere?*

Malina ci aveva riso su. *Ma che ti inventi? Sconterò la mia sentenza, tutta quanta. Ma dopo...* Aveva fatto cadere la frase e le aveva fatto l'occhiolino.

Cristo santo, ma non impari mai? Devi tenerti lontano dai casini, vuoi capirlo? Tra qualche tempo potrebbero darti la libertà vigilata, perciò non fare scemenze.

Malina si era rabbuiata. *Sei il solito uccellaccio del malaugurio. Io ti prometto cose belle e tu ti metti a farmi predicozzi.*

Così la sorella aveva liquidato la questione, rifiutandosi di dire altro, mentre a Greta era rimasto addosso un orribile presagio.

Malina non si era mai preoccupata del suo benessere, neanche quando aveva il suo affidamento da bambina. Era una stramaledetta egoista incosciente, sempre abile a giustificare le sue azioni e a negare la responsabilità dei danni che combinava, come se non fosse colpa sua se l'avevano rinchiusa là dentro per truffa e omicidio colposo con il massimo della pena.

Ora, ripensando a tutto questo, Greta sentiva le budella contorcersi. C'era voluto molto tempo per capire il senso delle enigmatiche parole di Malina. Solo quando aveva letto la lettera, Greta aveva compreso. Ma era troppo tardi.

Il suo occhio scivolò senza volerlo sullo specchio appeso sopra al lavandino. Non si guardava da giorni e rimase sbigottita davanti all'immagine di se stessa. Occhi pesti spiccavano contro la pelle emaciata del viso. Sul corpo, i lividi freschi, gonfi e violacei, si sovrapponevano a lividi in via di guarigione mezzi sbiaditi. Tutte quelle macchie sarebbero state un brutto promemoria di quanto era accaduto.

Stava cambiando? Se lo domandò mentre fissava il proprio riflesso. I lineamenti apparivano più ossuti e spigolosi, la pelle più grinzosa. Alcuni brufoli erano sbocciati sul mento. Si toccò le borse sotto gli occhi arrossati, passò una mano sulla pelle viscida di sudore. Afferrò la spazzola e tentò di lisciare la massa di capelli incolta e aggrovigliata, ma riuscì solo a far afflosciare le ciocche che ora cadevano sul viso e si incollavano alla fronte per l'umidità. Aveva la tentazione di estirpare a manciate quei capelli così sfibrati e sporchi.

Si sciacquò il viso accaldato, poi seguendo l'istinto impugnò le forbici che Rosi adoperava per accorciarsi la frangia. Con una mano raccolse la chioma e con l'altra la tagliò di netto. Una massa di capelli bruni finì sul pavimento. Si guardò di nuovo allo specchio. La capigliatura era ancora troppo lunga. Riprese ad azzannare le ciocche con le forbici, fino a tagliare i capelli a zero. Ora erano cortissimi, un taglio maschile e informe che mortificava totalmente la sua femminilità. Ma Greta non era ancora contenta. Come colta da un'improvvisa ispirazione, posò le forbici e recuperò il rasoio che Rosi usava per "decespugliare" (parole sue) le gambe. Con quello rasò tutta la testa. Nel farlo provò un senso di libertà e nudità allo stesso tempo.

Quando si esaminò nello specchio, restò colpita dall'aspetto grottesco del suo volto. L'assenza di capelli metteva in risalto la fronte ossuta e le guance scavate. Sembrava ancora più deperita. Il colorito insano, quasi spettrale, la rendeva più simile a un teschio che a una donna. Le sopracciglia apparivano fuori posto, spesse com'erano, ma non le toccò.

Chissà come avrebbe commentato Malina quella scelta così radicale. Le affiorò un episodio della sua adolescenza, quando la sorella aveva invitato alcune amiche a casa. Giovani donne come lei, scafate, popolari, modaiole. Un gruppo di streghette che l'avevano presa in giro con cattiveria, riversandole addosso parole velenose e risatine malevole, e la sorella non l'aveva difesa, anzi si era unita agli sberleffi. In seguito l'aveva sentita dire alle amiche che la sorellina era una bambina bisognosa di attenzioni. *Ranocchietta non è normale, sapete? È sempre stata un tipo difficile, una ragazzina problematica. Una vera lagna doversene occupare!*

Greta ci ripensò con una fitta allo stomaco.

Avrebbe voluto rannicchiarsi in posizione fetale, invocando l'oblio di un sonno senza incubi. Ma tornare a letto in pieno giorno non avrebbe risolto i suoi guai. Non doveva abbandonarsi alla disperazione, ciò di cui aveva bisogno era escogitare un piano per venir fuori da quel casino. Fino a quel momento aveva agito in modo irrazionale, ora doveva riflettere a fondo sul da farsi, vagliare tutte le possibilità.

Si era fatta fregare da Rosi, ancora non riusciva a crederci. Eppure, avrebbe dovuto sapere che la coinquilina coltivava una vera passione per gli affari altrui. D'altra parte, era anche l'ultima persona in grado di tenere la bocca chiusa. Con lei i segreti avevano vita breve, era un miracolo se era riuscita a non farsi sfuggire ciò che sapeva su di lei.

In ogni caso, Greta non intendeva farsi mettere i piedi in testa, non avrebbe ceduto alle pressioni, non intendeva scucire un solo centesimo. Sfidare Rosi però avrebbe potuto costarle caro. Doveva stringere i denti e assecondarla, fingere la resa finché non fosse riuscita a svignarsela. Perché quella era l'amara conclusione a cui continuava a giungere: doveva scappare, eclissarsi.

Si mise addosso i primi indumenti che le capitarono a tiro, un paio di pantaloni della tuta e una t-shirt bianca. Nel vestirsi, il corpo le inviò una miriade di fitte. La caviglia si era gonfiata. Quando le dita indugiarono su di essa, sentì la pelle calda e tesa.

Si avventurò sulla terrazza e si sporse oltre la ringhiera per guardare giù. Il sole picchiava duro anche quel giorno e la piscina era una baraonda come ogni domenica.

La voce di Rosi le fece contrarre i muscoli. «Oh Dio santissimo! Cosa è successo ai tuoi capelli?».

D'istinto Greta si portò una mano in testa e la fece scorrere sul capo nudo. La pelle ruvida le procurava una sensazione inedita. «Ti piace il mio nuovo taglio?», chiese sarcastica.

Palesemente spiazzata, Rosi non riusciva a distogliere gli occhi dalla sua testa rasata, quasi morbosamente. «Perché l'hai fatto? Tu non stai affatto bene, Dio solo sa cosa ti passa in quel cervello malato».

Greta fece spallucce. «Così è molto più comodo. E non sento caldo».

«Contenta tu».

Rosi era armata di scopa e straccio, decisa a ripulire quel porcile di casa in previsione dell'arrivo di Freddie. La scrutò, passando a sua volta le dita sui suoi capelli scuri e ben pettinati. «Ti senti meglio?». Nella sua voce c'era una sfumatura d'ansia, ma si comportava come se nulla fosse successo, notò Greta con irritazione. Ormai conosceva la sua doppiezza. Invece di darle la soddisfazione di rispondere, fece per rientrare in casa.

«Beh, hai un aspetto orribile», osservò Rosi. «Ti vedo che zoppichi, sembra che tu abbia una distorsione alla caviglia. Dovresti fartela vedere, possibilmente sottoporti a una radiografia».

«E tu dovresti farti gli affari tuoi, per una volta», replicò lei in tono bellicoso. Quella finta compassione che Rosi esprimeva con voce desolata era decisamente insopportabile.

«Ascolta, non ha senso stare qui a scannarci. Voglio che tu sappia che mi dispiace, mi dispiace davvero, per quello che ti è successo ieri sera. Non mi fa piacere vederti soffrire e non voglio essere tua nemica, Greta». Si fermò un istante, osservandosi le unghie. «Continuerò a chiamarti così, okay? Insomma, credo che...».

Mentre ascoltava malvolentieri quel discorsetto che suonava

preconfezionato, Greta si chiese cosa le impedisse di strangolarla in quel preciso momento. Non sapeva quale fosse l'atteggiamento migliore da assumere con Rosi, ma l'istinto tornò a suggerirle di temporeggiare, perché attaccarla poteva rivelarsi controproducente.

Il telefono riprese a squillare. Greta si impietrì, le pulsazioni schizzarono a mille.

«Non rispondi?».

«È Leo».

«Prendi la telefonata, non lasciarti intimidire».

Per puntiglio Greta stava per ignorare la chiamata, ma poi ci ripensò. Si portò il telefono all'orecchio e aprì la bocca, ma la gola contratta le impedì di articolare una sola sillaba.

Leo la investì con una serie di volgari improperi.

Greta dovette deglutire a ripetizione prima di poter parlare, ma le uscì solo un gracidio. Il sangue le risuonava nelle orecchie come un boato e aveva la bocca secca.

«Non hai niente da dire?», sbraitò Leo. «Chi ti credi di essere per trattarmi così? Giuro su Dio che te la farò pagare. E ovviamente non disturbarti a tornare al lavoro. Hai chiuso».

Greta quasi si strozzò con la saliva. «Ti odio», fu tutto quello che riuscì a dire.

Rosi era ancora davanti a lei, non sembrava intenzionata a concederle un po' di privacy.

«So dove vivi», sibilò Leo ferocemente.

«Stai bluffando».

«Tre Ginestre, giusto?».

A Greta si strozzò il respiro in gola. «Sta' lontano da me». Un istante dopo, senza aspettare una replica, chiuse la comunicazione con le dita che saltellavano sul display.

Rosi la stava osservando attenta. «Era lui?».

Greta fece un cenno distratto con la testa.

«Conosce il tuo indirizzo?».

«Non lo so», mentì con un nodo in gola. La bugia le era uscita di bocca spontaneamente, senza sapere neppure perché.

«Avrai inserito l'indirizzo nella domanda di assunzione. Meglio che non ti azzardi a uscire per qualche giorno. D'altra parte, ti farà bene stare a riposo. Io tra poco faccio un salto al supermercato a fare rifornimento di viveri, ho appena buttato quasi tutto il contenuto del frigorifero, tu le date di scadenza non le controlli mai? Comunque mentre sono fuori fammi il favore di dare una riordinata alla cucina che è un letamaio. Lo sai che Freddie ama cucinare, mica possiamo farlo mettere ai fornelli in simili condizioni. E apprezzerei se portassi fuori la spazzatura».

Ascoltando a malapena quello sproloquio, Greta infilò una mano nella tasca dei pantaloni per tirare fuori accendino e sigarette, per poi ricordare che non li aveva più. Presto sarebbe entrata in crisi di astinenza, maledizione. «Visto che esci, mi compri le sigarette?».

Rosi sbuffò seccata di essere stata interrotta.

«E un accendino».

L'altra scosse la testa con disapprovazione. «Quand'è che dirai addio alle cattive abitudini?».

«Ho bisogno di fumare, non posso farne a meno. E lo hai detto tu che non posso uscire».

Rosi le lanciò uno sguardo di sopportazione, ma annuì e si voltò con la scopa ancora stretta tra le dita.

«Aspetta», la fermò Greta.

«Cosa?».

Greta si sforzò di guardarla negli occhi, anche se farlo le scatenava un ardente desiderio di saltarle al collo.

«Ci ho pensato. A quello che hai detto. I soldi che ti servono per il matrimonio e tutto il resto».

Rosi aggrottò la fronte, interessata ma guardinga. «E quindi?».

Greta abbassò istintivamente la voce. «Ti ho detto la verità, non ho più i soldi dei Molinari. È stato quell'uomo a spennarmi, il poliziotto. Faceva parte dell'accordo».

«Questo potrebbe essere un problema». Rosi assunse una postura rigida. Anche la sua espressione si era indurita.

«Ma ho ancora la casa».

«E allora? Non si può ottenere un cambio di proprietà in breve tempo, e poi desteremmo sospetti».

«Posso usarla come garanzia per chiedere un prestito».

«Un'ipoteca?».

«Sì». Greta si impose di usare un tono conciliante. «Non me ne intendo di certe cose, ma...».

«Sono procedure lunghe. Ricordati che sono io a dettare le condizioni dell'accordo, non sei di certo nella posizione di trattare».

«Lo so», tagliò corto, seccata dal tono minaccioso. Non rientrava nelle sue abitudini essere accondiscendente, ma nonostante le resistenze interiori, capiva che era necessario.

«Comunque ne parleremo quando arriverà Freddie». Rosi abbozzò un sorriso circospetto. «Ma sì, sono certa che troveremo un accordo». Sembrò soddisfatta della sua arrendevolezza.

Greta era sicura che mostrarsi malleabile e propositiva avrebbe tenuto buona la sua ricattatrice. «Manterrai i miei segreti?», domandò con più ansia di quanto volesse.

«Per ora».

67

GRETA

Una volta rimasta da sola, Greta entrò in fibrillazione. Ormai non c'era più tempo, aspettare era un lusso che non poteva permettersi, restare alle Tre Ginestre diventava ogni giorno più pericoloso. E ora c'era anche Leo a tormentarla. Era un tipo orgoglioso e non sembrava in vena di perdono. Greta temeva che le sue non fossero minacce a vuoto.

Ma dove poteva andare? Non aveva un posto sicuro in cui nascondersi. Doveva trovare un riparo e rendersi irrintracciabile. Tornare a campare di espedienti come una pezzente era un'idea poco allettante, così come riprendere le vecchie abitudini da ladruncola. Era questo che l'attendeva? Una vita da fuggiasca in allerta costante, con la paura che diventava una condizione naturale. La prospettiva dell'ignoto l'atterriva, pensarci era come un incubo a occhi aperti. Tuttavia, non aveva scelta.

Doveva agire in fretta perché una volta fuggita, Rosi non avrebbe esitato un secondo a tradirla facendo la spia alle autorità. Sarebbe diventata in fretta una criminale in fuga, e se non si fosse resa irreperibile nascondendosi sotto un nome falso, la polizia l'avrebbe catturata facilmente. Tuttavia, ottenere un nuovo documento d'identità non sarebbe stato semplice. Per poter fuggire lontano serviva il passaporto, che lei non possedeva né avrebbe potuto ottenere facilmente. Inoltre, non aveva nemmeno più la carta d'identità di Greta Molinari.

In ogni caso, la priorità era ottenere del denaro, molto denaro.

Afferrò lo smartphone e cercò notizie fresche sul delitto del Pincio. Leggere del caso nutriva la sua ansia, ma non poteva più permettersi di bandire le cose spiacevoli nell'illusione che prima o poi svanissero da sole.

Scandagliò a fondo la rete: su Internet non si menzionava mai la seconda casa di Seb, il suo amato rifugio. Evidentemente nessuna delle sue amanti si era fatta avanti per una soffiata. Greta immaginava che fossero donne giovani e senza cervello, con scarsissimo interesse a finire sotto i riflettori. Inoltre, il proprietario della casetta (che Seb pagava puntualmente in contanti, senza alcun contratto d'affitto) non doveva aver riconosciuto le foto sui giornali. Seb lo considerava un babbeo e, in ogni caso, non era il tipo che si faceva troppe domande, almeno fino al momento di riscuotere un altro mese di affitto; a quel punto, vedendo che Seb non versava la pigione, si sarebbe limitato a sgomberare l'infimo buco e avrebbe cercato un nuovo inquilino.

Greta era convinta che se le autorità avessero trovato il rifugio segreto, i media avrebbero dato grande risalto alla notizia. Per sicurezza avrebbe dovuto controllare sui giornali stampati, dove c'erano di sicuro resoconti più dettagliati del caso.

Si precipitò all'ingresso, ma si bloccò con la mano sulla maniglia. Non era prudente uscire, Leo avrebbe potuto tenderle un'imboscata, forse era già in attesa che mettesse il naso fuori. Ma aveva bisogno di muoversi, in casa si sentiva soffocare. Camminare era l'unica valvola di sfogo, l'unica attività terapeutica che conosceva. Cominciò a passeggiare su e giù per il soggiorno, con l'ansia costante che la divorava. Più che camminare, gironzolava come un burattino perché ogni passo le causava una scossa di dolore alla caviglia. Sapeva che avrebbe fatto meglio a tenere la gamba a riposo, ma tra uno spasimo e l'altro continuò a vagare per casa. Sarebbe stata persino felice di andare a lavorare, pur di distrarsi, di illudersi che la vita fosse normale.

Accese la televisione e saltellò da un canale all'altro fino a trovare un servizio sull'omicidio di Seb.

68

AMANDA

Quella notte avevo a stento chiuso occhio, sotto l'assedio di mille pensieri e domande.

Rientrata a casa, la sera prima, avevo chiamato di nuovo Gianfranco, ma la telefonata era stata deviata in segreteria, così gli avevo lasciato un messaggio. Mi ero scusata con lui, benché convinta di non averne motivo. Mi ero detta pentita del mio comportamento e avevo usato parole affettuose, in un patetico tentativo di rabbonirlo e riconciliarmi con lui. Ma mi ero ben guardata dall'aggiornarlo sugli ultimi sviluppi, per non rischiare altri litigi.

Mentre l'acqua della doccia mi scorreva addosso, lasciai che i ricordi di "Carlo" fluissero nella mente in tumulto. Non riuscivo ancora a credere che le nostre conversazioni fossero state una finzione, che ogni sua reazione fosse stata deliberata, ogni mossa studiata a tavolino. Era tutto così difficile da metabolizzare. In retrospettiva, ero costretta a riconoscere che si era trattato di una pura, semplice e crudele messinscena destinata a carpire la mia fiducia e a racimolare informazioni.

Mi sentii pervadere da una collera impotente. Quel Sebastiano si era intromesso tra me e Gianfranco senza scrupoli. E io ero caduta vittima dell'inganno come una sciocca, avevo compromesso il mio matrimonio per uno sconosciuto che insidiava Anita.

Mentre sfregavo la pelle, riandai indietro nel tempo, cercando di reinterpretare tutto quello che era successo con "Carlo". Alcuni momenti erano fumosi nella mia testa, ma ricordavo bene che mi faceva sentire ascoltata, che aveva un aneddoto appropriato per ogni occasione, tanto da farmi pensare: questa è una persona che mi sta davvero a sentire e che non mi dà per scontata.

Non faceva sviolinate, né scivolava in adulazioni ridicole come spesso capita a quelli che cercano di abbordare una donna in rete. Carlo non mi aveva dato l'impressione di voler far colpo a tutti i costi, non era mai banale, mai volgare, non attingeva a quel repertorio di frasi fatte che gli uomini usano con povere sprovvedute annoiate.

Mi aveva raccontato di lavorare nel campo dell'edilizia, che viveva a Bergamo e che era divorziato. Chissà quante altre menzogne mi aveva snocciolato. Mi colpì la consapevolezza che il nostro stesso rapporto, per quanto virtuale, non fosse stato che una presa in giro.

Se avessi avuto un pizzico di furbizia, avrei capito al volo che il suo interesse era innaturale, che aveva un secondo fine. Invece, mi ero lasciata abbagliare, avevo allentato le difese che innalzavo solitamente in rete, lusingata dalle sue subdole attenzioni, dall'apparente capacità di ascoltare con pazienza. Se fossi stata più attenta, avrei colto i segni della finzione?

Non avevo aperto gli occhi neanche quando l'atteggiamento di Carlo era cambiato. Una volta ottenuta la mia totale attenzione, di punto in bianco aveva abbandonato il riserbo iniziale, erano sparite le parole garbate, le richieste erano diventate più esplicite e sfrontate. Mi esortava a incontrarci di persona. *Penso solo a te. Presto impazzirò se non ti vedo.*

Quando aveva smesso di essere un'innocua, romantica amicizia, mi ero sentita a disagio. Fino a quel momento Carlo era stato un tipo qualunque con cui mi ero abbandonata a un flirtare innocente, ma di fronte ai suoi approcci più pressanti, mi ero pentita di avergli dato corda.

Era il momento di darci un taglio, così avevo confessato tutto a Gianfranco. Sapevo che gli avrei fatto del male e che la nostra vita coniugale ne avrebbe risentito, anche se la mia storiella era rimasta allo stato embrionale. Ma lo avevo fatto lo stesso, per scaricarmi la coscienza e per scongiurare problemi futuri.

Gianfranco aveva reagito come prevedibile: infuriandosi. Aveva tirato in ballo il tradimento emotivo, sostenendo che si sentiva ferito dal mio interesse per un altro uomo, anche se non c'era mai stato un contatto fisico. Aveva preteso di conoscere ogni dettaglio dei nostri scambi, mi aveva accusata di non tenere abbastanza a lui. Secondo lui ero stata una vera sprovveduta a intrattenere rapporti con uno sconosciuto, perché Internet è un covo di bugiardi, il luogo ideale per gli impostori. E ora sapevo che aveva ragione.

Infine, dopo una lunga serie di amare discussioni, mi aveva fatto promettere che avrei troncato di netto quella che io continuavo a chiamare "un'innocente amicizia".

Fino a quel momento Gianfranco non aveva manifestato gelosia o possessività, ma l'evento sembrava aver tirato fuori sfiducia nei miei confronti. Aveva preso a guardarmi con occhi diversi e io non sapevo come tornare indietro.

Il nostro rapporto aveva subito una pesante scossa, ma aveva retto. Il primo passo per appianare la situazione era chiudere con Carlo e così feci, senza troppe spiegazioni e senza rimpianti.

Entrambi evitavamo di tirare il ballo la questione per tacito consenso. Carlo era diventato un argomento proibito, bandito dalle nostre conversazioni, sollevato solo occasionalmente da Gianfranco. Ansiosa di calmare le acque, io non mi azzardavo neppure più a nominarlo. Voltare pagina, questo contava, ormai era un discorso chiuso.

Ora però che la faccenda era di nuovo saltata fuori, mi dibattevo sull'opportunità di riferire a Gianfranco quello che avevo scoperto. La questione dell'uomo con cui ero stata in contatto per mesi, era stata a lungo un nervo scoperto da non toccare, ma speravo di averla accantonata. Farci i conti di nuovo mi spaventava.

Finita la doccia, trovai un messaggio di Gianfranco sul telefono. Aveva reagito alle mie scuse dicendosi dispiaciuto per essere andato via di corsa. Mi assicurò che ci saremmo visti venerdì sera o al massimo sabato.

Fui sul punto di richiamarlo, ma non ero sicura di cosa dirgli. Mi collegai invece a Facebook, dove c'era ancora il profilo di "Carlo Cantini", fermo a un mese prima. Da tempo io avevo cancellato l'amicizia e non avevo più neppure sbirciato i post. Ora guardavo quella pagina con occhi diversi, mentre scorrevo i vari post. Era un profilo online costruito con attenzione, ricco di dettagli e di aggiornamenti frequenti ma impersonali. Le informazioni e le foto erano false, ora lo sapevo, ma potevano facilmente trarre in inganno. Non era ovviamente la prima persona che creava un account fasullo, ero ben conscia che i social media sono pieni di pervertiti che usano foto rubate, eppure con Carlo non mi era mai venuta in mente una simile possibilità. Se ero cascata nella trappola, dovevo solo incolpare la mia stupidità.

Ora svelare a Gianfranco che Carlo mi aveva avvicinata solo per minacciare Anita mi appariva un ottimo modo per scrollarmi di dosso una parte di responsabilità, per trovare delle attenuanti.

D'altra parte neanche io sapevo cosa significasse quella scoperta che creava un grande scompiglio nella mia testa, una specie di vortice ventoso. E poi avevo promesso ad Adriano di tenere per me quanto mi aveva raccontato.

Alla luce di tutto ciò, decisi che non avrei detto nulla a Gianfranco per il momento. Non ero pronta a reggere la sua reazione. Il mio matrimonio era in difficoltà e io ero determinata a non turbare ulteriormente l'ordine delle cose.

69

AMANDA

Adriano arrivò presto alle Tre Ginestre. Per l'occasione si era tirato a lucido, aveva indossato giacca e cravatta, e una camicia che metteva in risalto l'azzurro degli occhi. Aveva un aspetto curato e distinto, ancora più attraente del solito. Altrettanto non si poteva dire del suo umore. Dietro la patina di professionalità si scorgeva un notevole nervosismo.

Con aria sbrigativa, mi informò della sua intenzione di parlare con i residenti delle Tre Ginestre per scoprire se qualcuno sapeva perché Sebastiano tormentasse Anita. «In altre circostanze avrei mandato un paio di agenti a fare questo lavoro, ma...».

«Lascia che ti aiuti, il palazzo è enorme».

«Non è il caso di coinvolgerti fino a questo punto».

«Ma è più probabile che i condomini si aprano con me, piuttosto che con uno sconosciuto».

«Non insistere, non si può fare. Sono in una posizione difficile, lo sai. Al lavoro già vogliono farmi fuori».

Di fronte al suo tono duro mi arresi. «Almeno comincia da questa scala. Anzi, dovresti iniziare dal piano di sotto, da Greta. Devi assolutamente parlare con lei».

«Lo farò, ma devi sapere che la tua stalker potrebbe non avere niente a che fare con il caso».

«Perché dici così?».

«Ho chiesto un favore a un mio collega, ha dato un'occhiata ai database per vedere cosa ci fosse su di lei, e in forma ufficiosa mi ha mandato tutto ciò che è in archivio, il che non è molto». Recuperò il taccuino e diede una scorsa agli appunti. «In pratica è una cittadina modello, non c'è niente a suo carico, neanche un'infrazione stradale. È stata praticamente invisibile fino a quando è saltata fuori l'eredità dei nonni. E niente la mette in collegamento con Sebastiano o con "Carlo"».

«Eppure l'istinto mi dice che nasconde qualcosa. Senti anche cos'ha da dire la coinquilina. È sempre prodiga di aneddoti e notizie, si vanta di sapere tutto quello che succede da queste parti, eppure quando si tratta di Greta è sempre laconica. Non mi convince, non credo sia stata completamente sincera. Non mi fido più di lei».

Prima di uscire, Adriano esitò. Lisciò la cravatta con le dita e mi promise di aggiornarmi su quanto avesse scoperto.

Decisi di ingannare l'attesa con un bagno in piscina. In cortile vidi Rosi che stava rientrando con le buste della spesa e sventolai la mano per salutarla. Lei si limitò a un freddo cenno. La raggiunsi alla svelta. «Ehi, Rosi! Aspetta!».

Non ci furono abbracci o baci sulle guance, solo un superficiale "ciao". I nostri rapporti ormai erano compromessi e sapevo che ottenere informazioni da lei era impossibile, ma sentivo ugualmente il dovere di parlarle. «Speravo proprio di intercettarti, Rosi».

Lei mi rivolse un'occhiata indolente e continuò a dirigersi verso il portone d'ingresso. «Ho i minuti contati, tra poco arriva Freddie», mi notificò.

«Fermati un secondo, è importante».

Sbuffò spazientita e posò a terra le buste. «Di che si tratta?».

Cercai di tenere bassa la voce, ma lei si teneva a distanza. «Sento il dovere di metterti in guardia da Greta. Sono convinta che sia pericolosa».

Rosi alzò gli occhi al cielo.

«Non sei al sicuro con lei, va via da quella casa», insistetti.

«Non posso credere che ti accanisca così. È quella che è, ma non farebbe del male a una mosca. Sei tu che vedi pericoli ovunque».

«Ha rubato lo scritto di Anita». La mia rivelazione non parve sortire l'effetto che speravo, così continuai: «Deve esserci scritto qualcosa che la preoccupa».

«Non mi sembra un fatto rilevante, Greta aveva un'ossessione per Anita. E poi sono passati mesi dalla sua morte... queste tue fissazioni sono quasi comiche».

Scossi la testa con veemenza. «Se eri sua amica, perché Anita non si è confidata con te?».

Rosi mi guardò con occhi colmi di confusione. «A che proposito?».

«Aveva uno stalker, un poliziotto le stava addosso. Vuoi farmi credere che non sai niente, proprio tu?».

«Che significa "proprio io"? Mi stai dando della ficcanaso?». Sembrò punta sul vivo.

Ero consapevole di peggiorare la situazione con lei, ma volevo che mi ascoltasse, ero convinta di farlo per il suo bene. «Voglio solo sottolineare quanto sia strano che tu non ne sapessi niente».

«Stai dando per scontato che Anita mi dicesse tutto. Non è così».

«E neppure ti sei accorta che per la sua storia ha usato i residenti di questo posto? Non li hai riconosciuti?».

«Ti ho detto che ho letto solo qualche pagina. E comunque, cosa ci sarebbe di così inquietante?».

«Allora te la dico io una cosa inquietante. Il poliziotto che la tormentava si è spinto al punto di contattare me per spaventarla».

«Non ti seguo».

«Ti ho già parlato di lui. Credevo di averlo incontrato per caso su Internet, invece... lui e quel Sebastiano Levani che perseguitava Anita erano la stessa persona».

Rimasi in attesa di una reazione a caldo, ma Rosi non mostrò la minima emozione alla mia rivelazione.

«E ora quell'uomo è stato assassinato», ripresi. «L'intuito mi dice che Greta c'entra qualcosa con tutto questo».

«Roba da pazzi! A questo punto arrivano i tuoi pregiudizi? Lei non è come te, non è cresciuta nella bambagia».

«Non è di questo che stiamo parlando e non capisco perché ti rifiuti di accettarlo! Greta è imprevedibile, disturbata. E nasconde qualcosa».

«Ah, sì? E cosa pensi abbia fatto, sentiamo».

«Ancora non lo so».

«Ma ti ascolti?», replicò Rosi con un'aggressività che mi suonò esagerata. «Ti arrampichi sugli specchi e prendi ogni cosa sul personale. Stai qui a pontificare su Greta senza neppure conoscerla. Sei sempre pronta a giudicare e a trattare gli altri con superiorità. Ma grazie per esserti presa il disturbo di avvertirmi». Il tono era affilato.

«Sei tu che non vuoi ascoltare», replicai, esasperata. «In ogni caso, se c'è qualcosa da scoprire, verrà fuori. La polizia lo troverà».

«Che intendi? Avevi promesso che non l'avresti denunciata».

«Non l'ho fatto. Ma il poliziotto che sta indagando ufficiosamente sul caso è qui. Chiederà a tutti i condomini se hanno mai visto l'uomo ucciso, Sebastiano Levani».

«Quando?».

«Oggi, adesso. Sta facendo proprio ora il giro della palazzina».

«Bene. Nessuno qui ha niente da nascondere».

Non badai alla faccia sostenuta di Rosi e aggiunsi con asprezza: «Comunque rivoglio indietro il manoscritto di Anita, Greta deve restituirmelo. Intatto, sia ben chiaro».

«Vedrò cosa posso fare», concluse lei con aria di sufficienza. «Abbi cura di te».

Quello scontro con Rosi mi aveva innervosita, comunque restai fedele al proposito di fare una nuotata. La piscina era affollata ma non cercai compagnia, ormai non mi interessava neppure mantenere una parvenza di vita sociale.

Mentre ero sul punto di tuffarmi, arrivò una telefonata di Gianfranco. La conversazione fu stiracchiata, fatta di parole superficiali, il tono piatto – un tono che lui usava per mascherare il cattivo umore.

Avevo l'impressione che non sapesse bene come rapportarsi con me. Anche io fui evasiva, nel timore di dire qualcosa che avrebbe riacceso gli animi, anche se l'accumularsi di segreti e tensioni tra noi mi addolorava.

Fu lui a prendere il discorso, da un punto di vista che non mi aspettavo. «Ascolta, tesoro... ho saputo che hai chiesto a mia madre di dare un'occhiata alle cose di Anita».

«Io... beh, non ho nessuna intenzione di discutere di questo».

«Neanche io. Ma c'è una cosa che devi sapere». La sua voce era carica di tensione. «Avrei voluto parlartene prima, avrei dovuto farlo, ma mia madre mi aveva chiesto di aspettare. È anche il motivo per cui ultimamente sono stato molto stressato, e il solo pensiero che ricominci tutto quello che abbiamo passato con zia Anita...».

«Ma di cosa stai parlando? Tua madre non avrà problemi di salute!».

Udii un sospiro sofferente dall'altra parte del telefono. «Purtroppo è così. Ci sono ancora degli accertamenti da fare, ma...».

«Dio, no! Di cosa si tratta?».

«Potrebbe avere qualche problema cardiocircolatorio. Da tempo aveva la pressione troppo alta e un po' di affanno. Dopo gli esami di controllo ne sapremo di più. Per ora tienilo per te».

Povera Rita. Un carico di emozioni angosciose mi travolse.

«Non ci avrai ripensato sul nostro trasferimento? Lo capirei se volessi stare vicino a tua madre in questo momento».

«Amanda, io spero ancora di avere un futuro con te. Non ci ho ripensato sul trasferimento».

«In ogni caso, vuoi che prenda un treno e venga lì?».

«Non è necessario. Ci vediamo sabato a Roma, come al solito».

Gianfranco non lo aveva detto, ma era implicito che non dovessi più assillare la madre con le mie richieste. Da una parte il suo sottinteso ricatto emotivo mi fece male, dall'altra mi sentii in colpa. Lo avevo accusato della mancanza di supporto emotivo nei miei confronti, ma era innegabile che avesse ben altre priorità in quel periodo.

Fui tentata di chiamare subito Rita per offrirle il mio conforto, ma Gianfranco mi aveva chiesto discrezione fino a quando la madre non mi avesse dato lei stessa informazioni. Mi riproposi comunque di tenerla fuori dalle mie indagini.

Consideravo Rita più un'amica che una suocera. Quando l'avevo conosciuta, mi era apparsa troppo posata e formale, ma con il tempo avevo scoperto che era una donna adorabile, sempre dolce e altruista. Era sempre stata un po' delicata, ma faceva parte del suo modo di essere. Spesso insieme andavamo in giro a fare spese, lei aveva una passione per le piccole boutique d'abbigliamento. Mentre emergevano quei ricordi, rivolsi una preghiera silenziosa affinché gli allarmi sulla sua salute si rivelassero infondati.

70

GRETA

I canali TV della Capitale trasmettevano servizi a ripetizione sul delitto del Pincio, insieme alle altre notizie di cronaca nera.

Greta, che non era abituata a guardare i notiziari, scoprì che l'attenzione per l'omicidio di Seb era ancora alta e che i media fornivano al riguardo un'informazione incessante anche a costo di ripetersi e di parlare di aria fritta. Facendo zapping, si imbatté in un servizio che ricapitolava morbosamente le vicende e sguazzava negli scabrosi retroscena del matrimonio di Seb.

Greta si incantò a osservare un filmato in cui Simona appariva emaciata e assente, mentre Seb veniva ricordato con una carrellata di immagini dove figurava in gran forma. Simona veniva ormai marchiata come assassina. La TV mandò in onda anche alcune riprese esterne di casa Levani, una villetta bifamiliare che Greta conosceva bene. Il servizio seguente proponeva un'intervista all'ispettore incaricato delle indagini. Non venivano presentate nuove informazioni, solo fatterelli inutili, ma Greta non si perse né un fotogramma né una parola. Aveva l'impressione di girare il coltello nella piaga, tuttavia era diventato fondamentale sapere se gli investigatori avevano trovato il rifugio di Seb. Giunse alla conclusione che la tana fosse ancora inviolata.

Seguendo la televisione, aveva perso la nozione del tempo. Era il momento di preparare la fuga. Sarebbe scappata quella notte stessa, non appena Rosi si ritirava in camera per la notte. Prima di tutto sarebbe andata alla tana di Seb a cercare il suo tesoro.

Dal momento che non aveva più lo zainetto, recuperò dall'armadio una borsa, l'unica che possedeva. Era un regalo di Rosi, ma non l'aveva mai usata perché non era tipo da borsa e i regali la mettevano a disagio. Per fortuna Rosi si era premurata di scegliere un modello di foggia semplice e molto spazioso. Vi infilò i soldi, le chiavi della tana di Seb, la pistola. Restava da decidere cosa fare della lettera. Conservarla aveva poco senso, ormai. Era la prova della sua umiliazione, di ciò che Seb le aveva fatto, ma a chi sarebbe mai importato? Non ci sarebbe stata una giuria a leggerla e a stabilire che sì, in fondo, quello schifoso traditore meritava di morire. Accartocciò la lettera insieme alla busta, senza neppure concederle un'altra occhiata, e bruciò i pezzi di carta nel lavandino della cucina.

Tornò in camera. Dall'armadio tirò fuori un borsone sportivo e iniziò a preparare le cose personali da portar via. Solo il minimo indispensabile: biancheria intima, calze, un pantalone di ricambio, un paio di magliette e la giacchetta di jeans. Infine, nascose il bagaglio nell'armadio.

Si guardò intorno nella stanza che un tempo era stata la camera da letto dei Molinari. Quando si era trasferita, Greta aveva gettato via quasi tutto, tranne il letto matrimoniale e il mobilio di legno scuro, anche se lo considerava deprimente e antiquato. Non si era curata di rendere l'ambiente più accogliente, anzi aveva lasciato che il fumo impregnasse i muri e che in giro regnasse un disordine cronico. La carta da parati che tappezzava la stanza era scolorita e staccata in vari punti. Non si prendeva mai la briga di rassettare, ogni superficie era disseminata di pacchetti di sigarette vuoti, involucri di merendine, sacchetti di patatine ancora unti e indumenti che avrebbero richiesto un urgente lavaggio. Per inerzia non buttava mai via nulla e, nonostante il suo stile di vita parsimonioso, in quell'ultimo anno aveva accumulato un mucchio di paccottiglia che si sarebbe lasciata indietro perché non poteva appesantirsi durante la fuga.

Sotto sotto si era sempre sentita un'intrusa in quella casa, anzi una parte di sé odiava quell'appartamento. Quando vi aveva messo piede la prima volta, ne era rimasta intimidita e allo stesso tempo nauseata. Perfino a lei, che non si intendeva di arredamento e che non spiccava per il buon gusto, la casa era apparsa esteticamente sgradevole, arredata con mobili scoordinati e senza pretese, decorata con chincaglierie da mercatino delle pulci. Tutto aveva un sapore di arrangiato, come se i proprietari avessero passato tutta la vita a risparmiare per accumulare soldi.

Mentre era immersa in quei pensieri, udì Rosi rientrare e si precipitò all'ingresso nella speranza che la coinquilina si fosse ricordata delle sigarette. Trafelata e carica di buste della spesa, Rosi andò dritta in cucina e Greta la seguì. «Hai le sigarette?».

«Ti pesa tanto usare un po' di buona educazione?». Le porse un pacchetto e un accendino con le dita tozze, che le unghie fresche di manicure non rendevano meno sgradevoli. «Fattele bastare per un po', intesi? Non cascherà il mondo se rimani a secco».

«Grazie», bofonchiò Greta.

«Ascolta, c'è un problemino, ma tu non farti saltare subito la mosca al naso».

Greta trasalì e si bloccò con il pacchetto mezzo aperto. «Si tratta di Leo, vero? È appostato qui fuori, ci scommetto».

«Ma che dici? Ragiona prima di parlare, io non so neppure che aspetto abbia questo Leo! Ma c'è un poliziotto che sta facendo domande qui nel condominio. Verrà a bussare anche da noi».

Greta la guardò atterrita, mentre assimilava l'informazione. «Un poliziotto. E che vuole?».

«È la persona di cui mi ha parlato Amanda, un tizio che sta indagando sull'omicidio del cognato».

Occhi Gelidi, pensò Greta con un brivido. Strinse tra le dita il pacchetto fino quasi a stritolarlo. «Spiegati meglio».

«Qualche giorno fa Amanda mi ha chiesto se sapevo qualcosa di quel *Sebastiano-qualcosa* perché un poliziotto era stato da lei a informarsi sul suo legame con Anita. Ho dovuto mentire per te, ovviamente».

Dunque la sua preoccupazione per Amanda non era affatto un falso allarme, considerò Greta. «E dov'è ora? Perché è qui? E a te chi lo ha detto?».

«Ehi, sta' calma».

«No, non sto calma! Vado in confusione quando ho a che fare con la polizia». Mugugnò un'imprecazione mentre finiva di aprire in malo modo il pacchetto. Afferrò una sigaretta e fece per accenderla.

«Devi stare calma, ti dico. Andrà tutto liscio, vedrai».

Schiacciata dal panico, Greta scosse la testa come un burattino impazzito. «Crollerò. Lo so per certo».

Rosi le posò una mano sul braccio, ma lei se la scrollò via come se potesse appestarla.

«Non sa niente di importante. Sta solo girando con una foto sul telefono».

«Una foto? Di Sebastiano Levani?». Un attacco di vertigini la fece vacillare sulle gambe.

Rosi esitò a dire altro, come se non volesse spaventarla ulteriormente. «Sì», ammise con un'ombra di inquietudine nella voce.

La stanza cominciò a vorticarle intorno. «Digli che non ci sono».

«Devi affrontarlo o si insospettirà».

«Non ha alcun diritto di fare domande, non è autorizzato.

Mandalo via».

«Autorizzato o meno, è meglio che se ne vada da qui con la convinzione che tu non c'entri niente con la morte del cognato».

Greta si accese la sigaretta, beccandosi un'occhiataccia da Rosi, ma non gliene fregava niente delle sue stupide regole di non fumare in casa.

«Okay, ci penso io», dichiarò Rosi.

«Che significa? Non puoi parlarci da sola, l'hai detto prima, vorrà sentire anche me».

«Sì, lo so. Aspetta». Rosi sparì dalla stanza per un minuto. Greta fumò avidamente, a rapide boccate.

Rosi tornò con un blister in mano. «Prendi una di queste».

«Che roba è?».

«Valium. Ti aiuterà a restare calma».

«Non prendo medicine». Fece per andarsene, ma Rosi le sbarrò la strada e con espressione decisa le allungò una capsula.

«No», ripeté Greta. Spense la sigaretta su un piattino con un gesto impaziente. Non aveva alcuna intenzione di sviluppare ulteriori dipendenze, oltre alla nicotina.

«Sei nevrastenica, perderai il controllo. Ammesso che tu lo abbia mai avuto», infierì Rosi. «Potresti dire la cosa sbagliata».

Greta si arrese con un grugnito. Le strappò la capsula dalla mano e la ingoiò senza acqua.

«Cerca di apparire collaborativa e di non fargli capire che sei sulle spine», la esortò Rosi scandendo le parole. «Non rispondere a monosillabi come fai di solito, ma non è neanche il caso di dilungarsi. Dai risposte semplici e dirette. Non essere polemica e soprattutto evita la solita scortesia».

Si rivolgeva a lei come a una bambina maleducata, considerò Greta stringendo i pugni. «Tra quanto funzionerà questa roba?».

«Sta' tranquilla, il Valium viene assorbito rapidamente. Dovresti sentirne gli effetti prima che il tipo arrivi. Ora è al primo piano, dai Fiore».

«Al primo piano», ripeté Greta, con il respiro accelerato.

«E mettiti un cappello, calva sei inquietante».

«Piantala di dirmi quello che devo o non devo fare». Greta diede una manata sul muro.

«Quanta irriconoscenza da parte tua», si lamentò Rosi con un'odiosa aria di superiorità. «E sono proprio questi scoppi isterici che dovresti controllare. Dimmi una cosa». Riprese a parlare pacatamente, come se volesse essere certa di farsi capire.

«Qualcuno potrebbe aver visto davvero quell'uomo qui al condominio?».

Greta non ebbe bisogno di rifletterci su. «Sì, certo. Teneva d'occhio Anita, cercava di convincerla a tenere la bocca chiusa».

«Questo lo so. E a questo proposito, c'è una cosa che devo dirti. Si tratta sempre di Amanda. Ricordi che ti ho parlato della sua relazione online? Beh, sembra che non si trattasse di un tizio conosciuto per caso».

Greta la fissò interrogativamente. Nel suo stato febbrile non afferrava il punto.

«È stato il tuo Sebastiano a contattarla».

Quello che Rosi stava dicendo non aveva senso, era un'assurdità bella e buona. Seb aveva avuto dei rapporti con Amanda? Impossibile.

Rosi non disse altro, come per darle il tempo di digerire la notizia.

«Devi aver capito male», si ribellò Greta. «Non mi stupisce che tu abbia frainteso», aggiunse con acredine.

«È così invece», ribadì Rosi. «Amanda dice che quel tizio l'aveva contattata per spaventare Anita, o qualcosa del genere».

Questo era nello stile di Seb. Aveva un modo tortuoso per affrontare certe questioni. Però avrebbe potuto assoldare un gorilla per intimidire Amanda e invece aveva voluto pensare di persona della faccenda. A Seb non piaceva ricorrere a intermediari, sosteneva che era meglio sporcarsi le mani piuttosto che correre il rischio che qualcuno ti facesse le scarpe. O forse si era occupato lui stesso di Amanda perché difficilmente resisteva a una bella donna e agli impulsi capricciosi che ne seguivano.

Il pensiero che si fosse avvicinato ad Amanda le faceva ribollire il sangue. Fino a che punto si era spinto con lei?

Rosi fece per passarle un braccio attorno alle spalle ma lei la respinse di nuovo. Avrebbe voluto allontanarla da sé con una spinta, ma si limitò a raggiungere la finestra. Rosi la spalleggiava, si comportava come un'alleata, non come un'avversaria. Fingeva di essere schierata dalla sua parte, ma Greta non ci cascava.

«Devi restituire il libro di Anita, almeno così Amanda starà buona».

Greta non rispose.

«Mi hai sentita?».

Greta continuò a tacere e scrutò oltre il vetro, aspettando atterrita che Occhi Gelidi bussasse alla porta.

71

GRETA

Il campanello suonò prima del previsto. Greta aveva passato quei logoranti minuti d'attesa muovendosi frenetica per casa, senza riuscire a prestare la minima attenzione a Rosi che continuava a spolverare e riordinare in previsione dell'arrivo di Freddie. Greta odiava dover contare su di lei, confidare che non la tradisse.

«Va' tu», suggerì Rosi, ma Greta non si mosse e iniziò a sudare copiosamente, così fu l'altra ad aprire la porta dopo averle sussurrato di darsi un contegno.

Occhi Gelidi si presentò come "Ispettore Adriano Valle" e mostrò loro un tesserino, ma non si dilungò in spiegazioni. Chiese se poteva entrare e rivolgere loro un paio di domande. Quando Rosi gli diede il via libera, lui varcò la soglia e per alcuni frustranti secondi si guardò attorno come se volesse prendere nota di tutto ciò che c'era nella stanza. Greta era impietrita, zuppa di un sudore oleoso. Avrebbe voluto battere in ritirata chiudendosi in camera sua, ma prevalse la razionalità.

«Lei è Greta Molinari, siamo coinquiline», spiegò Rosi dopo essersi presentata.

Greta salutò con piglio altero, il meglio che riuscì a fare per mascherare l'inquietudine. Per evitare di stringere le mani convulsamente, se le infilò in tasca. Consapevole del suo impaccio, si impose di comportarsi con naturalezza e di non evitare il contatto visivo.

Senza perdere altro tempo, Occhi Gelidi mostrò a Rosi una foto sul telefono.

«Mai visto».

Poi andò dritto da Greta, posò lo sguardo glaciale su di lei e le allungò il telefono.

Greta arrossì per l'agitazione e non riuscì a spiccicare una sola parola, fece solo di no con la testa. Sopraffatta dalla soggezione, si aggrappò al bordo del divano. Aveva urgente bisogno di andare in bagno.

«Concedetemi ancora solo un minuto», riprese lui con un sorriso schivo. «Vorrei farvi qualche domanda sulla donna che viveva al piano di sopra, Anita Ferrante».

Rosi non si fece pregare e, per nulla intimidita, si mise a raccontare con disinvoltura del legame speciale creatosi con la signora dell'11B. Sottolineò la riservatezza di Anita e si sprecò in elogi su di lei.

Che commediante!, pensò Greta. Era così ipocrita da parte sua spacciarsi per amicona di Anita, considerando che aveva tradito vilmente la sua fiducia, che le aveva voltato le spalle subito dopo la morte distruggendo le pagine più importanti del suo libro.

Mentre Rosi si perdeva in lungaggini, una sensazione di calma cominciava a posarsi su Greta, come una confortante copertina. Allo stesso tempo, aveva l'impressione di non riuscire a controllare i suoi impulsi e temeva di commettere stupidi scivoloni, proprio nel momento in cui avrebbe dovuto pensare in fretta e tenere i sensi all'erta.

In passato aveva avuto a che fare con la polizia svariate volte e sapeva bene quanto fosse sbagliato mostrarsi emotiva, eppure non era mai stata in grado di nascondere le proprie emozioni. Tutto quello che le passava per la testa le si leggeva chiaramente in faccia, era il classico libro aperto. Per natura sospettosi, gli sbirri fiutavano sempre la sua insicurezza, facevano leva su di essa e lei finiva per compromettersi.

Malina diceva spesso che con le forze dell'ordine bisognava stare in campana perché non erano mai dalla parte degli innocenti, anzi secondo lei potevano spedire in galera chiunque volevano, accanendosi in particolare sui poveracci. *Vedono segni di colpevolezza ovunque*, diceva. *Soprattutto se non puoi permetterti un buon avvocato*. Greta era cresciuta con quell'idea e con lo spauracchio di impappinarsi o contraddirsi, sicura di non riuscire a parlare con coerenza davanti alle autorità. Neanche frequentare Seb l'aveva aiutata a superare quell'ansia.

Rosi aveva smesso di parlare e Occhi Gelidi si era rivolto a lei, ma Greta aveva captato solo parole indistinte. «Che?».

«Le chiedevo della signora Ferrante. Quanto la conosceva?», domandò lui con atteggiamento guardingo.

«Perché? Cosa c'entra con l'uomo della foto?». Le parole erano fuoriuscite di getto dalla sua bocca prima che potesse frenarsi. Alla faccia del soppesare ogni parola e non manifestare tracce di ansietà. Si morse la lingua, chiedendosi come fare retromarcia.

«Sembra che i due si conoscessero», chiarì stringatamente il poliziotto. Gli occhi azzurro ghiaccio vagarono su di lei e la ispezionarono da capo a piedi. Greta si sforzò di sostenere il suo sguardo.

«Allora, cosa può dirmi di Anita Ferrante, signorina Molinari?».

La maniera in cui pronunciava il suo nome le suonò allarmante. «Ci incrociavamo appena», rispose stentatamente, abbassando la testa. In bocca aveva un sapore di bile.

«Curioso. Mi hanno detto che non andavate d'accordo».

«Non è vero».

«Quindi non ce l'aveva con lei?».

«Qui nel condominio s'inventano le cose». Si asciugò la fronte con il dorso della mano, consapevole di quanto fosse patetica la sua giustificazione.

«E allora perché non mi racconta la sua versione dei fatti?».

«Fatti? Quali fatti? Lei non ha nessun diritto di fare queste domande! L'hanno sospesa dal servizio! Non avremmo neppure dovuto farla entrare».

Un istante dopo si sarebbe presa a schiaffi per averlo detto. Il poliziotto era rimasto imperturbabile di fronte alla sua accusa, mentre Rosi era impallidita.

«Vedo che è informata sul caso Levani», disse lui in tono neutro.

«Io non...». Greta fece di scatto un balzo indietro, urtò una sedia, annaspò goffamente, perse l'equilibrio e per un pelo non finì a terra. Riprese in fretta il controllo e cercò lo sguardo di Rosi, come a chiedere un suggerimento per rimediare. Il silenzio si protrasse per alcuni secondi, prima che Rosi accorresse in suo aiuto. «Ci perdoni, ma ora dovremmo... ecco, stiamo aspettando una visita e avremmo da fare. E perdoni la mia amica, è un po' stressata in questi giorni».

«D'accordo», si arrese lui, senza smettere di fissare Greta con crescente diffidenza. «Grazie per il vostro tempo». Fece per voltarsi, invece inclinò la testa da un lato e disse: «Cosa le è successo?».

Per un istante Greta cadde dalle nuvole, ma poi capì che si riferiva ai lividi. Aveva cercato di rendersi presentabile, ma nella foga del momento non aveva pensato a coprire le braccia e ora si rese conto che da quando Occhi Gelidi era entrato in casa, lei non aveva mai smesso di toccarsi le contusioni con la punta delle dita. Era diventato una specie di tic nervoso che non passava inosservato. In quel momento, la carne sembrava pulsare.

«Io...». Non sapeva cosa inventarsi, ma si sforzò di tornare remissiva. «Ho avuto un piccolo incidente», disse con voce troppo squillante.

«Sembrano impronte di dita».

A Greta sfuggì un sussulto e il silenzio nella stanza si fece di piombo.

Lo sbirro aveva ragione, c'erano segni bluastri a forma di dita laddove le mani di Leo si erano conficcate nella carne. Non le venne in mente nessuna bugia convincente per giustificarle.

«Magari dovrebbe metterci un po' di ghiaccio», suggerì ancora lui.

Rosi la sollevò dall'onere di rispondere, intervenendo al posto suo. «Sì, il ghiaccio è un'ottima idea». Sorrise nel tentativo di alleggerire i toni. «Sono un'infermiera, me ne occuperò io».

Occhi Gelidi ignorò l'intervento di Rosi e non insistette, ma il fuoco inquisitorio del suo sguardo bastò a far sentire Greta sotto accusa.

Sa qualcosa. Molto più di quello che credeva Rosi. Proprio a quest'ultima lui stava porgendo un biglietto da visita. «Nel caso ricordasse qualcosa di più», spiegò.

Forse lo dava a Rosi perché aveva intuito che sapeva qualcosa? Greta aveva un sapore amaro in bocca.

Prima di andarsene, lo sbirro volle dare la mano a entrambe, una stretta vigorosa, mentre quella di Greta risultò molliccia e umida di sudore. Il poliziotto si attardò qualche istante più del necessario con lei. O così a lei parve.

72

GRETA

Il breve incontro con Occhi Gelidi l'aveva spossata e le aveva lasciato una sensazione di strisciante impotenza. Non era affatto sollevata, era conscia di essersi coperta di ridicolo e di aver combinato un casino. Quel dannato sbirro aveva analizzato ogni sua singola mossa, ma non sapeva cosa ne avesse dedotto. Provò una fitta di odio per Amanda. Era stata lei, quella subdola strega, a spingerlo a interrogare i condomini. L'aveva aizzato contro di lei.

«Complimenti per il sangue freddo», commentò Rosi, ironica. «Ci mancava poco che lo sfidassi ad arrestarti».

«Chiudi quella boccaccia».

L'altra però non era intenzionata a starsene zitta. «Neanche il Valium poteva aiutarti a gestire la cosa, a quanto pare. Quando inizierai a usare il cervello? Dobbiamo solo sperare che la cosa finisca qui».

Greta sbuffò. L'altra andò avanti a commentare l'incontro sottolineando il maldestro e sconsiderato atteggiamento di Greta. «Se solo penso che è colpa tua», esclamò a un certo punto.

«Colpa mia?».

«Sì, sei tu che hai attirato l'attenzione di Amanda facendole dei dispetti».

Rosi non aveva torto, ma di certo Greta non lo avrebbe mai ammesso.

Infine, la sua coinquilina si infilò in bagno per prepararsi all'arrivo di Freddie. Ne uscì con addosso un abitino che non le donava: le tirava sulla pancia e risultava del tutto inadeguato ai fianchi larghi e alle braccia carnose. Si era approntata con cura per il fidanzato: pelle, capelli, unghie, tutto ben curato. Aveva perfino indossato della bigiotteria e messo un profumo nauseante. «Che te pare? Come sto?», chiese facendo una piroetta.

«Non me ne frega niente di come stai, non siamo migliori amiche, ricordatelo», rispose Greta stizzosamente.

«Gesù, quanto sei sgarbata», sbuffò offesa, le mani sui fianchi. «Apprezzerei molto se...».

Un colpo di clacson distolse l'attenzione di entrambe. Una macchina strombazzante varcò il viale delle Tre Ginestre.

«Freddie è qui», esclamò Rosi e si precipitò ad accoglierlo.

Tempo addietro, Greta aveva saputo che il nome del ragazzo di Rosi era Ferdinand, ma a causa della stretta somiglianza con Freddie Mercury, tutti lo chiamavano Freddie. Lui stesso accentuava volutamente le affinità con il compianto cantante dei Queen: si era fatto crescere un paio di baffetti, pettinava i capelli all'indietro e metteva in risalto le basette che intensificavano i tratti. Obiettivamente era un bel ragazzo dalla pelle levigata, l'incarnato olivastro, occhi e capelli molto scuri che tradivano le origini ispaniche.

Freddie vantava modi esuberanti e una cordialità sopra le righe, ed era dotato di un senso dell'umorismo che Greta non afferrava.

Non aveva mai capito con esattezza di cosa si occupasse, per certo sapeva solo che non contava su fonti di reddito fisse. Era il tipo che faceva mille cose, un po' questo un po' quello, arrangiandosi per tirare avanti e conducendo per lo più una vita oziosa alle spalle degli altri. Non le aveva mai ispirato simpatia.

Quando Freddie varcò la soglia di casa, portò subito una ventata di scompiglio. La salutò tendendole la mano in un gesto aperto e galante. Greta gliela strinse a malapena. Nonostante le effusioni e i soliti modi gioviali, lei notò uno strano luccichio nei suoi occhi scuri. Se la bocca sorrideva, lo sguardo era cauto. Era la sua immaginazione o la guardava in modo diverso dal solito? Doveva essere per la testa rasata o perché l'idea di condividere la casa con una criminale lo inquietava.

Freddie la esaminò dalla testa ai piedi e con il suo stentato italiano che storpiava le parole, esclamò di slancio un apprezzamento sulla sua testa rasata a zero, paragonandola alla cantautrice Sinéad O'Connor.

Con scarsa pazienza per i convenevoli, Greta si limitò a un borbottio di saluto. Osservando quel ragazzone spigliato, nessuno avrebbe mai pensato che fosse il complice di un ricatto, pensò con rabbia.

Greta smozzicava solo qualche parola d'inglese, pronunciandola con estrema incertezza perché non era mai stata portata per le lingue straniere, mentre Freddie non faceva grandi sforzi per esprimersi in italiano, anche se lo conosceva bene. Sembrava che mettere insieme due parole in una lingua diversa dalla sua gli costasse fatica e quando parlava in inglese le parole gli rotolavano fuori dalla bocca.

Se non altro, rifletté Greta, non avrebbe dovuto intrattenere quell'ospite indesiderato. In verità non gradiva affatto avere compagnia, avrebbe preferito ruminare i suoi problemi in silenzio, stabilire la prossima mossa e radunare le energie per agire. Quella presenza ingombrante in casa, quell'intrusione nel suo piccolo mondo, la snervava e disorientava.

Uscì sul terrazzo e allungò lo sguardo sulla piscina in basso. Amanda stava emergendo in quel momento dall'acqua come una diva, i fianchi che ondeggiavano. Quanto la odiava!

Occhi Gelidi l'attendeva all'ingresso della piscina. Anche da quell'altezza si vedeva chiaramente che sbavava per lei. Infatti, la sua compostezza vacillò quando se la trovò davanti. Chiaramente si era prestato a compiacerla nella sua caccia alle streghe e ora era lì per fare rapporto, pronto a sviscerare con lei ogni dettaglio della sua indagine.

A Greta sfuggì un verso di disgusto. Incapace di sopportare un attimo di più quello spettacolo, fece per rientrare in casa.

Come colta da un'ispirazione, però, corse a prendere il telefono, avviò la videocamera e la puntò verso il basso.

Amanda stava andando incontro al poliziotto con atteggiamento civettuolo, senza vergogna pur essendo mezza nuda, con l'acqua che grondava da tutte le parti. Da quell'angolazione Greta non poteva vedere i particolari, ma era sicura di cogliere gli sguardi d'ammirazione che Amanda riceveva dal poliziotto.

In piedi l'uno di fronte all'altra, avevano un'aria bizzarra: lui in giacca e cravatta, e la postura eretta; lei in costume da bagno, con un asciugamano a coprirle le spalle, che si atteggiava voluttuosa. La pelle dalle sfumature ambrate riluceva, i capelli bagnati erano lisciati e tenuti indietro dagli occhiali da sole. In gran forma come al solito.

Greta sperava che si mettessero a flirtare, lasciandosi andare a una dimostrazione pubblica di attrazione reciproca. Ma restò delusa perché i due mantennero una distanza di sicurezza e la conversazione tra loro sembrava impacciata. Dopo essersi scambiati appena qualche parola, si allontanarono dalla vista per entrare nel palazzo.

73

AMANDA

Quel lunedì mattina la piscina era occupata soprattutto da bambini e mamme, queste ultime tutte prese dalle loro conversazioni frivole. Non ero dell'umore adatto per unirmi a loro, anzi quel cicaleccio animato mi procurò la penosa presa di coscienza di quanto fossi sola.

Avevo l'impressione che Adriano ci stesse mettendo un'infinità di tempo a contattare tutti i residenti del palazzo. Feci un lungo bagno. Nuotavo vigorosamente da un capo all'altro, guardando dritto davanti a me, mentre un miscuglio di emozioni mi frullava dentro.

Sentii la pelle delle spalle bruciare, era il momento di rifugiarmi all'ombra. Avevo appena formulato quel pensiero, quando mi accorsi che Adriano era all'ingresso della piscina. Mi fece un breve cenno d'intesa e io uscii dall'acqua il più in fretta possibile. Recuperai il telo da bagno e me lo avvolsi sulle spalle. Lui venne verso di me a grandi passi. Sembrava accaldato, aveva sfilato la giacca, allentato la cravatta, aperto un paio di bottoni della camicia e arrotolato le maniche. Percepivo l'affaticamento e un velo di tetraggine che non lasciava presagire niente di buono. Tuttavia, non potei evitare di notare lo scintillio di apprezzamento nei suoi occhi quando fu di fronte a me.

«Allora, com'è andata?», domandai piena di aspettativa.

Lo vidi esitare. Mi resi conto che dalla piscina ci stavano osservando, avevamo calamitato l'attenzione di tutti gli adulti presenti. «Dovremo parlare in un luogo più riservato», propose lui.

«Sì, certo. Andiamo su, ti faccio un caffè», mi offrii in un soffio.

In casa, infilai qualcosa di più decoroso e preparai il caffè, ma Adriano chiese solo un bicchiere d'acqua. Sedemmo in soggiorno per alcuni minuti senza dire una parola. Adriano era impegnato a scrollare i messaggi sul telefono con il volto scuro. «Scusa. Più tardi devo vedere l'avvocato di Simona».

Sedetti anche io sul divano con le gambe infilate sotto il corpo. «Qualcosa non va?».

«Si tratta di Internet, c'è un mucchio di gente malata, assetata di sangue, che non fa che malignare su Simona. La dipingono nel peggiore dei modi, in pratica l'hanno già condannata senza processo». Aveva un'aria infelice.

«Deve essere spaventoso essere bersagliati in questo modo».

«Già. Penso a lei in continuazione. Me la immagino sola, vulnerabile. E non riesco più a seguire il caso da vicino come vorrei perché al distretto mi fanno la guerra, mi accusano di compromettere le indagini». Mise via il telefono e recuperò il taccuino. «Ma veniamo a noi. Sono riuscito a parlare con parecchi condomini. Sono stati tutti disponibili e hanno fornito spontaneamente informazioni su Anita, ma niente che possa tornare utile». La frustrazione emergeva dalla sua voce. «Nessuno si ricorda di Seb, qualcuno lo ha riconosciuto dal telegiornale, ma niente di più. E nessuno sapeva che Anita subiva delle minacce».

«E di Greta che mi dici?».

«Ha risposto in modo evasivo ed è rimasta sulle difensive tutto il tempo, si capiva a pelle che era un groviglio di nervi. A un certo punto ha dato in escandescenza e mi ha accusato di non avere alcun diritto di fare domande».

«Ha la coda di paglia».

«Sapeva chi sono, conosceva palesemente il caso Levani».

«Non mi stupisce».

«I suoi modi bruschi potrebbero avvalorare la tua tesi che abbia qualcosa da nascondere, e in tal caso gode del supporto della coinquilina. Oppure...».

«Oppure?».

«Oppure il suo comportamento non prova nulla, potrebbe essere un meccanismo di difesa. Molte persone hanno difficoltà a relazionarsi con la polizia. Ed essere informati su un caso di omicidio non è un reato».

Mi lasciai sfuggire un verso sconfortato.

«Sembri delusa. Speravi che crollasse e confessasse un crimine?».

«Mi auguravo che si lasciasse scappare un'informazione o che tu potessi cavarle di bocca qualcosa di utile».

«Non posso mettere qualcuno sotto pressione senza un minimo di appiglio. Però qualcosa di curioso c'è».

«Ovvero?».

«Nel parlare di Anita, tutti hanno sottolineato che era una donna perbene e alla mano. Qualcuno ha ricordato che non andava d'accordo con Greta. Però c'è stato un uomo... una specie di custode dello stabile...». Consultò i suoi appunti.

«Virgil?».

«Esatto. Non si esprime perfettamente in italiano, però mi ha raccontato una versione del rapporto tra Anita e Greta diversa dalle altre. Dice di aver ascoltato per caso una conversazione tra loro. Per la precisione, le ha sentite discutere. Sembra che Greta avesse beccato la signora del piano di sopra a frugare tra la sua posta».

Sbattei le palpebre, perplessa. «Possibile? Non sarà stato il contrario?».

«No, secondo Virgil, non era la ragazza ad avercela con la signora, ma viceversa. Ha sentito Greta dirle di lasciarla in pace, di smetterla di impicciarsi dei fatti suoi. E non è stata l'unica baruffa tra loro. Il tuttofare si è detto stupito della cosa, perché la signora Ferrante era una donna tranquilla e corretta, e non l'aveva mai sentita alzare la voce contro qualcuno. Eppure, con Greta si è accalorata, gliene ha dette di tutti i colori. E Greta era in una posizione di difesa, secondo il tuttofare. Come se fosse spaventata».

«Questo potrebbe confermare che si sentiva minacciata da Anita», osservai.

«Può darsi, però non c'è motivo di collegare questa faccenda a Seb». Mise via il taccuino.

Mi resi conto che aveva svolto quella piccola indagine soprattutto per me, per dar corda alle mie teorie. E io mi ero illusa di poterlo aiutare.

«Speravo che i condomini potessero fornirti una pista. O magari che potesse farlo Greta, ma capisco che è inutile impuntarsi».

«Si trattava di un tentativo disperato».

Era una sorta di congedo? Seguii la direzione del suo sguardo e mi accorsi che fissava la foto incorniciata di me e Gianfranco nel giorno delle nozze. Ci fu un momento di palpabile disagio tra noi finché lui si alzò in piedi e io feci altrettanto.

«Temo sia stato solo uno spreco di tempo per te», dissi piano.

«Era doveroso controllare. E se devo essere franco, allo stato attuale le mie indagini sono a un punto morto».

Abbassai la testa. «Prego che tua sorella riesca a scagionarsi».

Lui reagì alle mie parole con un sorriso a fior di labbra. «Apprezzo molto il tuo aiuto, Amanda. Ti sono davvero riconoscente per tutto».

Feci un mormorio di assenso. Lui prese una mia mano tra le sue e la strinse con dolcezza. Per un folle istante immaginai che mi attirasse a sé e posasse le labbra schiuse sulle mie, e a quella fuggevole fantasia mi andò il sangue alla testa. Non fece nulla di tutto ciò, ma mi sfiorò la mano con le dita. Fu una sensazione inebriante.

«Puoi chiamarmi quando vuoi. Non esitare a contattarmi per qualunque cosa, anche se hai solo bisogno di sfogarti», sottolineò con fare incoraggiante.

Mi limitai ad annuire.

«Vorrei averti conosciuta in circostanze diverse, sai?».

La sua schiettezza mi prese alla sprovvista, ma prima che potessi ribattere, il trillo del suo telefono irruppe tra noi. Adriano ignorò la chiamata, ma cambiò tono, assumendo un atteggiamento distaccato nei miei confronti. «Devo scappare, ora».

Non appena rimasi sola, mi dissi che dovevo smettere di vederlo. Era ora di finirla con quella storia, dovevo mettermi l'anima in pace e badare ai fatti miei.

Stavo filtrando ogni informazione attraverso la mia antipatia per Greta. Se guardavo quella storia con gli occhi di Gianfranco, mi sembrava un enorme pantano nel quale rischiavo di sprofondare. Meglio andare avanti e dedicarmi ai problemi personali che avevo fatto finta di non vedere.

74

GRETA

Greta era tentata di nascondersi per il resto della giornata in camera da letto, invece si piazzò davanti alla televisione, sprofondata nel divano, con una gran confusione in testa. Si portò una mano sul capo, ma non c'erano più ciuffi da afferrare e tirare. Si strinse le braccia attorno al corpo e prese a grattarsi la pelle degli avambracci.

Poco dopo il suo arrivo, Freddie si era messo ai fornelli, aiutato goffamente da Rosi. Non era la prima volta che Freddie dava prova delle sue capacità culinarie. Greta doveva ammettere che possedeva un notevole talento per la cucina.

«Stiamo per metterci a tavola, ci fai compagnia?», chiese Rosi affacciandosi in salotto. L'invito era gentile ma i toni suonavano incalzanti, quasi autoritari, come a dire "dimostra un po' di ospitalità, maleducata che non sei altro".

Greta avrebbe voluto tirare fuori una scusa, ma non metteva niente sotto i denti da ore e non aveva l'energia per preparare da mangiare. «Okay, giusto un assaggio». Non si scomodò a ringraziare.

«Bene, hai proprio bisogno di un buon pasto. E Freddie si è impegnato molto, gli farà piacere».

In altri tempi Greta avrebbe gradito quella cena e l'avrebbe scroccata ben volentieri. Fin da bambina non era mai stata schizzinosa, c'erano stati periodi in cui si era nutrita di sbobba immangiabile, per lo più cibo inscatolato, oppure mangiava quel che capitava, ma sapeva apprezzare piatti preparati con abilità. Quella sera però dubitava di poter mangiare con gusto, considerando l'ansia che la dilaniava.

«Perché non ti rendi utile? Apparecchia la tavola», suggerì Rosi.

Greta acconsentì, accomodante e insofferente allo stesso tempo. Freddie aveva preparato una cena a base di salmone marinato con erbe aromatiche, abbinato a un paio di contorni, e una cheesecake come dolce. Le porzioni abbondavano e il tutto era annaffiato da un vino bianco di qualità portato da Freddie stesso.

Tutta imbronciata, Greta mise in bocca pigramente un boccone di salmone per poi avventarsi sul resto come un lupo famelico.

Da brava buongustaia qual era, Rosi assaporava il cibo con devozione e manifestava ripetuti apprezzamenti a Freddie, il quale accoglieva i complimenti con un ghigno sornione sotto i baffetti. Entrambi non si fecero scrupoli a versarsi vino in gran quantità, ma non ne servirono a Greta perché secondo Rosi non poteva mescolare l'alcool con il Valium. Ma non importava, Greta non era mai stata una fan di vino e superalcolici.

Rosi si destreggiava tra italiano e inglese per non escludere nessuno dei commensali. Desiderosa di chiacchierare del più e del meno come al solito, saltava di palo in frasca e scoppiava ogni tanto in una risata starnazzante da oca. A Greta pareva impossibile concentrarsi su quei sconclusionati vaneggiamenti. Non le interessava niente di quello che stava dicendo ed era irritata dai toni ingannevolmente frivoli della conversazione. Rosi invece sembrava tenere molto a mantenere una parvenza di normalità, ignorando il fatto che seduti a quel tavolo ci fossero due ricattatori e un'assassina.

Rosi rinunciò al dolce blaterando che in vista delle nozze aveva iniziato una dieta rigorosa per i suoi chili di troppo. Mentre lo diceva, fece l'occhiolino a Greta in tono complice, come se a lei fregasse qualcosa.

Temeva di non poterli sopportare un istante di più. Provava un impulso irrefrenabile a scattare in piedi e fare una scenata. Immaginò di spaccare tutti i piatti e sfogare la sua rabbia con un grido acuto. BASTA CON QUESTA FARSA!

Ma non lo fece. Qualcosa teneva sotto controllo il suo temperamento iroso, un freno che Greta non aveva mai sperimentato. La causa di quell'intontimento doveva essere la capsula che le aveva dato Rosi.

Si servì una generosa porzione di cheesecake. D'un tratto i due presero a confabulare tra loro in inglese, Greta si sforzò di cogliere il succo del discorso, ma la sua attenzione era discontinua e perse subito il filo. Era sicura che le avevano dato della cafona quando si era messa a grattare il piatto con il cucchiaino per catturare ogni traccia del dolce.

«Sembra che Greta abbia apprezzato la tua cena, Freddie», esclamò Rosi in italiano, con una gomitata scherzosa al compagno.

«Avevo fame», precisò Greta con la bocca piena.

La coinquilina iniziò a sparecchiare e si lamentò che in quella casa mancava una lavastoviglie. Greta non si curò di soffocare un sonoro sbadiglio, riusciva a malapena a tenere gli occhi aperti, la stanchezza la stava risucchiando inesorabilmente.

«Hai bisogno di una buona notte di sonno», osservò Rosi.

Greta annuì per darle soddisfazione, ma in cuor suo considerava una pagliacciata rivoltante quella facciata di premura che la sua coinquilina-ricattatrice esibiva. In ogni caso quella notte non intendeva affatto dormire: il piano era di filarsela non appena i due impiastri fossero crollati.

Non dovette aspettare a lungo. Poco dopo le undici, Rosi si rintanò in camera seguita da Freddie. Greta sentì la chiave girare nella toppa. Di certo in segreto avrebbero confabulato ai suoi danni, burlandosi delle sue sventure. Aveva notato come la guardava Freddie, come una specie di fenomeno da baraccone.

Forse stavano progettando di rivolgersi alla polizia, visto che non aveva soldi per pagarli.

Fu subito irritata dal suono smorzato delle loro voci e prese a sbattere gli sportelli e a muoversi rumorosamente per non sentirle. Ma le energie la abbandonarono in pochi minuti e piombò in uno stato di intorpidimento fisico e mentale. Sentiva gli arti pesanti. Possibile che a metterla al tappeto fossero ancora gli effetti del Valium? Non avrebbe dovuto fidarsi di Rosi, chissà cosa le aveva propinato.

Si infilò in camera, chiuse a chiave la porta e barcollando si diresse all'armadio per recuperare il bagaglio. Le palpebre però si facevano ogni istante più pesanti e si muoveva imbambolata. Poggiò la pistola sul comodino e decise di stendersi qualche minuto al buio. Rimase ad ascoltare i rumori della città notturna e i suoni provenienti dalla stanza attigua, ma ben presto fu sopraffatta dalla stanchezza. Avrebbe schiacciato un sonnellino prima di sgattaiolare fuori, giusto per recuperare un po' di energie. E poi via, lontano da quell'incubo.

75

GRETA

12 luglio, martedì

Quando si risvegliò, il sole era già alto. Aveva dormito a lungo, come non le accadeva da una vita. Quella notte Seb non aveva fatto irruzione nei suoi sogni. Aveva il collo indolenzito, le gambe pervase da un leggero torpore e un saporaccio in bocca. Aprì gli occhi a fatica. Dalla cucina proveniva un gradevole odore di basilico. Dannazione, come aveva potuto dormire così tanto? Era furiosa e frustrata per la propria stupidità. Non le restava che scappare durante il giorno o aspettare il favore del buio.

Sul cellulare trovò una sfilza di chiamate perse, tutte di Leo, ricevute durante la notte. Non aveva lasciato messaggi. Greta si sentì stritolare al pensiero che covasse ancora rancore per lei. Bloccò il contatto, ma sapeva che non sarebbe servito a frenare l'ira di Leo.

Nell'armeggiare con il telefono, le tornò in mente il video che aveva registrato il giorno prima. Questa volta decise di non inviarlo a Gianfranco, ma di usarlo in altro modo. Recuperò dalla rete il profilo Instagram di Amanda e le inviò il filmato insieme a un breve testo minatorio.

Aspettò qualche minuto, ma non arrivò alcuna risposta. L'importante era aver catturato l'attenzione di Amanda.

Sul tavolo della cucina c'era un messaggio di Rosi: le comunicava che era uscita per fare un paio di commissioni, però Freddie sarebbe rimasto per vigilare su di lei nel caso Leo si fosse fatto vivo. Greta accartocciò il biglietto. *Non mi imbrogli!* Conosceva troppo bene la sua infida coinquilina per farsi ingannare. Freddie era lì per sorvegliarla, altro che vigilare.

Lo trovò affaccendato in soggiorno, appollaiato su una scala a esaminare un groviglio di cavi nel muro. Ci fu un cauto scambio tra loro, quasi interamente mimato. Esuberante come al solito, lui blaterò di un problema all'impianto elettrico che stava cercando di aggiustare. Era il classico tipo che ama risolvere problemi pratici.

Iperattivo, caotico, gesticolava troppo quando parlava e aveva il brutto vizio di far schioccare le dita, producendo un suono simile a una schioppettata. Greta avrebbe voluto sbraitargli contro che non doveva permettersi di mettere mano in casa sua, ma in fondo non le importava.

Si sentiva in un limbo di attesa. Ben presto quei due avrebbero abbandonato i loro sorrisi esagerati e insinceri. Era solo questione di tempo.

Rosi non aveva più sollevato apertamente l'argomento ricatto, vi alludeva come a una specie di accordo, come se fosse sconveniente fare altrimenti. Ma Greta non aveva intenzione di cedere la proprietà dell'appartamento come le aveva fatto credere. Quella casa le apparteneva, dopo tutto quello che aveva sacrificato per entrarne in possesso!

In ogni caso, chiedere un prestito, vendere la casa o altre pratiche simili per ottenere liquidi erano procedure troppo rischiose e troppo lunghe da attuare.

Ma se non avesse sganciato il denaro, cosa sarebbe successo? Una volta realizzato che sarebbero rimasti a mani vuote, l'avrebbero denunciata? Erano suoi nemici, ormai. Doveva indurli a tacere in qualche modo. Forse poteva ucciderli entrambi, ipotizzò distrattamente.

Per tutta la mattina ciondolò in giro per le stanze come un'anima in pena, fumando in continuazione davanti alla finestra aperta. La casa cominciava a sembrarle soffocante. Spesso si ritrovava tra i piedi Freddie, che saltellava per la casa in cerca di qualcosa da aggiustare, infiammato da un'inesauribile energia. Le stava con il fiato sul collo, una presenza costante e infestante.

Freddie non costituiva comunque un ostacolo insormontabile per la sua fuga. Il vero problema era la caviglia infiammata che appesantiva il suo passo e la costringeva a muoversi lentamente. L'intero piede si era così gonfiato che persino la ciabattina le stava stretta. Ma doveva tagliare la corda e in fretta. Avrebbe combattuto il dolore e la stanchezza, avrebbe stretto i denti e si sarebbe trascinata fuori a ogni costo.

Rosi rientrò in tarda mattinata.

«Hai visto, Greta? Freddie ha compiuto un vero miracolo con l'impianto elettrico! Ha promesso di occuparsi anche dello scaldabagno, magari finalmente avremo acqua calda a sufficienza».

Chef, elettricista, idraulico. C'era qualcosa che non sapeva fare?

Rosi e Freddie parlottarono a lungo alle sue spalle. Greta aveva drizzato le orecchie sperando di trarre qualche indizio sulle loro intenzioni, senza riuscire ad afferrare che qualche insignificante parola. I due parlavano di proposito in inglese, sapendo che lei non li avrebbe capiti. Si lanciavano sguardi d'intesa come due cospiratori e avevano rinunciato a farla uscire dal suo guscio.

Tuttavia, Greta riuscì a capire che Rosi quel pomeriggio aveva un turno in ospedale e che sarebbe tornata solo in tarda serata.

Appena calava il buio, dunque, lei sarebbe rimasta sola con Freddie. Era un'occasione da non farsi sfuggire.

76

AMANDA

Passai la mattina a rimettermi in pari con le faccende di casa, forte della decisione di lasciarmi tutto alle spalle: i contrasti con Greta, l'attrazione che Adriano esercitava su di me e i misteri di Anita. Mi buttai a capofitto sugli scatoloni, sistemai i libri sulle mensole, appesi i quadri, pagai alcuni conti su Internet e feci una telefonata di scuse a mia sorella.

«Alleluia. Dove ti eri cacciata?».

«Ho avuto qualche giornata storta e avevo bisogno di stare un po' per conto mio», risposi con forzata leggerezza. Per quieto vivere mi tenni sul vago riguardo agli ultimi avvenimenti, ma faticavo a conversare normalmente con lei, a ritrovare l'intesa.

Fui tentata di parlarle di ciò che avevo scoperto su "Carlo", ma era meglio evitare per il momento. Le chiesi delle figlie, sottolineando che sentivo tanto la mancanza delle mie nipotine. Il tentativo di deviare i discorsi scomodi andò a buon fine. Dora sarebbe andata avanti all'infinito a parlare delle sue ragazzine. Sapevo che si trattava solo di una tregua, ma avevo bisogno di mantenere una certa distanza emotiva da mia sorella e dai suoi soffocanti consigli.

Avevo sempre parlato con lei di qualsiasi argomento, convinta che il nostro rapporto fosse basato su rispetto reciproco e sincerità, ma d'un tratto sentivo che non eravamo più sulla stessa lunghezza d'onda. Per lei il matrimonio, insieme a casa e figli, era l'elemento chiave di una vita convenzionale e, se imbarcava acqua, era necessario fare qualcosa per non farlo naufragare, anche a prezzo di grossi sacrifici. Io non la vedevo così. Non sapevo ancora cosa fosse importante per me, ma intendevo scoprirlo.

Il mio morale ebbe un crollo quando il telefono mi notificò l'arrivo di una richiesta da Instagram: un account che non era tra i miei contatti voleva inviarmi un messaggio. Mi bastò un'occhiata per capire di cosa si trattava e quando cliccai su "accetta", rimasi allibita. Era un video che riprendeva una breve scena all'ingresso della piscina. Rividi me stessa insieme ad Adriano. Erano immagini vagamente fuori fuoco, ma le nostre figure si riconoscevano con facilità. Chiaramente il video era stato girato dall'alto con un telefono mobile. Facile intuire che era stata Greta dal terrazzo a riprendere la scena. Era troppo lontana per catturare il sonoro o le espressioni facciali, ma anche a distanza si percepiva un certo feeling tra me e Adriano.

Il video era accompagnato da uno stringato messaggio di testo:

> Sta' fuori dai miei affari o il tuo maritino riceverà altre prove delle tue avventure. Ultimo avvertimento.

Il mittente era un profilo che non mi diceva nulla.
Scrissi di getto una risposta:

> Sei una maledetta guardona. Non riprovare a contattarmi mai più o questa volta chiamo la polizia.

Cancellai tutto e ritentai:

> Non mi fai nessuna paura. Gradirei che la smettessi di spiarmi o allerterò le autorità.

No, non mi convinceva. In verità, non intendevo darle la soddisfazione di rispondere. Che rabbia al pensiero che spiava ancora i miei spostamenti! Aveva capito che avevo spedito io Adriano in giro per il palazzo, del resto non occorreva un grande acume per intuirlo.

Greta non era solo un'inquietante maniaca che spiava la vita degli altri per noia o invidia. L'eloquente testo di accompagnamento dimostrava che mi ero avvicinata ai suoi segreti. Avrei voluto cestinare il video ma memore del consiglio di Adriano decisi di conservarlo e sperai con tutta me stessa che Gianfranco non lo vedesse mai.

Non avevo intenzione di soccombere alla collera o alla paura. La mia vita sarebbe proseguita, anche se continuavo ad avvertire tutta quella storia come un prurito sottopelle. Mi ricordai della festa di Serena di sabato, sarebbe stata un'ottima occasione per svagarmi. Ci sarei andata con Gianfranco. Pensai a quale abito indossare. I capelli avevano bisogno di un parrucchiere per sistemare i riccioli indisciplinati. Decisi di andare a cercarne uno.

Quando scesi nell'atrio del palazzo, notai che vicino alla cassetta delle lettere, nello spazio dove corrieri e postini depositavano i pacchi, c'era un plico di carta spessa con sopra il mio nome. Non era indicato alcun mittente, ma capii subito che si trattava del manoscritto di Anita. Quel gesto mi sorprese, soprattutto dopo il video che avevo appena ricevuto. Era stata Rosi a restituirmi il libro?

Soppesai il pacco per un attimo, poi lo aprii con delicatezza. I fogli erano insudiciati, malridotti, pieni di sbavature. Qualche pagina era stata accartocciata e maldestramente lisciata.

Scoprii di essere impaziente di riprendere a leggerlo, a dispetto dei buoni propositi. Ero ancora convinta che in qualche modo quei fogli costituissero una chiave, benché non capissi neppure quale porta dovesse aprire.

Rinunciai al parrucchiere e mi rifugiai nel giardino dietro il palazzo, un'area fornita di altalene e altri giochi, solitamente presa di mira dai bambini. Con la bella stagione tutti preferivano la piscina, così potei godere di un po' di tranquillità, oltre al velo d'ombra creato dagli alberi.

Mi sedetti su una panchina e mi dedicai al libro, sventolandomi con uno dei fogli. Decisi di ripartire a leggere dall'inizio, prestando una maggiore attenzione ai dettagli. Scoprii con irritazione che le pagine erano state stravolte, in totale disordine. Ritrovare una sequenza sarebbe stata un'impresa eroica.

Durante la rilettura, lo scritto mi apparve più prolisso della prima volta, minuzioso nelle descrizioni e contorto in alcuni passaggi. Pagina dopo pagina, riga dopo riga, esaminai religiosamente ogni evento e personaggio, in cerca di rivelazioni illuminanti. Quando passai agli appunti, dovetti fare un notevole sforzo per dare un senso a quegli scarabocchi.

Non trovai niente degno di nota. Anzi, mi sorse il sospetto che qualche pagina fosse andata persa perché nei suoi appunti Anita faceva riferimento a passaggi non presenti nel resto dello scritto. Si era confusa? Aveva progettato di scrivere dei capitoli ma non ne aveva avuto il tempo?

Oppure era stata Greta a eliminare alcuni fogli? O addirittura Rosi, prima di restituirmi il materiale?

A una prima occhiata, sembrava lo stesso volume di pagine, ma non potevo essere sicura che non fossero state eliminate delle intere parti.

In ogni caso, mi era chiaro che da quella lettura non avrei ottenuto alcuna risposta agli enigmi lasciati da Anita. Ammesso che ci fosse qualcosa da scoprire. Magari mi stavo solo ostinando a cercare significati reconditi in quel guazzabuglio di parole.

Non potei fare a meno di chiedermi se non mi stessi

trasformando in una casalinga annoiata che per riempire le giornate si dedica alle indagini fai-da-te sui misteri dei vicini.

Stavo per riprendere l'ascensore e portare il libro a casa, quando mi venne in mente di avvertire Rita.

Cercai di usare un tono naturale per non farle capire che ero al corrente del suo precario stato di salute. «Ciao Rita, spero di non disturbarti».

«Cara, ti avrei chiamata tra poco riguardo alla ricerca che mi hai chiesto di fare».

«Non importa, ho appena riavuto il manoscritto».

«Ah, questa è un'ottima notizia. Gianfranco mi ha detto che ci tenevi molto».

Fitta allo stomaco.

«Nel frattempo, hai trovato qualcosa di utile tra le cose di Anita?», domandai.

«Non direi. Ho controllato tutto il materiale che avevo portato qui e non ci sono copie del libro».

«Che tipo di materiale, di preciso?».

«Soprattutto lettere, cartoline, fotografie. Anita conservava con cura questo genere di ricordi. Sai come siamo fatti noi anziani, siamo così sentimentali». Fece una risatina fiacca. «Ho tenuto anche alcune cartelline contenenti i documenti, tranne quelli relativi alla casa che come saprai sono in mano a Gianfranco. Conservo ancora le carte dell'assicurazione medica, la dichiarazione dei redditi e così via. Immagino che non abbia molto senso, ma...».

«Non è che per caso Anita teneva un diario?», mi venne in mente.

Ci rifletté un attimo. «Non mi pare. Tra le sue cose ho notato un'agenda, dove segnava appuntamenti e informazioni varie».

«E potrebbe avervi appuntato qualcosa di utile? Beh, in ogni caso, potresti farmela avere? Con un corriere o magari tramite Gianfranco».

«Non serve, è già da te, nell'armadio a muro, dove hai trovato il manoscritto. So di averti lasciato una bella rogna, ma sai sul momento non sapevo...».

«Tranquilla. Anzi, grazie per esserti data tanto da fare. E scusami se ti ho coinvolto in questa mia... beh, ossessione».

Per il resto della telefonata, parlammo di altro, ma mia suocera evitò di accennare ai suoi problemi di salute.

Una volta a casa, decisi di controllare il contenuto dell'armadio a muro. Avevo già frugato un paio di volte mettendo tutto in disordine, così quando aprii l'anta per poco non mi precipitò addosso l'intero contenuto.

L'agenda saltò fuori relativamente presto. Anita vi aveva annotato impegni, date di scadenza, pagamenti, spese varie. Alcune pagine erano dedicate a ricette, libri che intendeva leggere, idee regalo, mostre che avrebbe voluto visitare, citazioni che l'avevano colpita. Anita si rivelò ancora una volta una donna organizzata e dallo spirito vivace. Scorrendo i giorni, mi sembrava di sentire emergere la sua personalità, il suo grande amore per la vita.

Sfogliai con attenzione tutte le pagine, in cerca di non so cosa, sicura che avrei riconosciuto questo *qualcosa* se l'avessi avuto sotto gli occhi.

Le pagine che riguardavano gli ultimi mesi della sua vita, prima dell'ultimo ricovero in ospedale, erano povere di annotazioni, vi erano segnati quasi esclusivamente appuntamenti medici e promemoria sulle terapie da seguire. In fondo all'agenda c'era una rubrica telefonica con numeri di amici, parenti e conoscenti.

Misi via l'agenda e diedi un'occhiata al resto. La fiducia di trovare qualcosa di utile era sempre più flebile.

Rovistando, mi capitò sotto le mani una scatola piena di ritagli di giornale che avevo già notato. Era una ricca collezione di articoli su argomenti vari, ma quelli che mi colpirono di più furono gli stralci di giornale su notizie di cronaca nera che si riferivano ad avvenimenti locali. Porzioni di testo erano sottolineate con un evidenziatore, alcuni trafiletti erano accompagnati da post-it pieni di annotazioni.

Sfogliando qua e là, capii che si trattava del materiale che Anita usava o intendeva usare per il suo libro. Ricordai che ero stata proprio io, durante una delle rare telefonate tra noi, a suggerirle di raccogliere informazioni sufficienti a rendere credibile la storia.

La selezione di ritagli comprendeva anche svariati articoli sull'incidente che aveva ucciso la famiglia Molinari, vicenda che doveva aver colpito molto Anita a giudicare dalla quantità di materiale accumulato. Sui giornali locali il fatto non aveva ottenuto grande eco, eppure Anita aveva ritenuto importante conservare tutti i trafiletti pubblicati, ritagliandoli con cura da numerosi quotidiani.

Mi soffermai a leggere un articoletto di poche righe che descriveva per sommi capi l'incidente stradale in cui Miriam Molinari e i genitori avevano perso la vita.

Uno scontro frontale tra un'auto e un camion ha causato la

> morte di una donna e dei suoi anziani genitori. Il conducente del camion è rimasto gravemente ferito ed è stato trasportato d'urgenza in ospedale.
> L'incidente si è verificato in prossimità di una curva, in una zona dove la visibilità è ridotta. Secondo le prime ricostruzioni, l'auto avrebbe invaso la corsia opposta, causando lo scontro con il camion che sopraggiungeva. Sul posto sono intervenuti i vigili del fuoco per estrarre le vittime dall'auto accartocciata. Purtroppo, non c'è stato nulla da fare per la donna e i suoi genitori, deceduti sul colpo.
> La strada è rimasta chiusa al traffico per diverse ore per consentire i soccorsi e i rilievi delle forze dell'ordine. Le indagini sono ancora in corso per accertare le cause dell'incidente.

Un episodio tragico, ma non così straordinario da meritare l'accumulo morboso di tutti quei ritagli. Possibile che Anita sospettasse che dietro la sciagura ci fosse un intento criminoso? O forse intendeva inserirlo nel suo romanzo? Se era così, non ne avevo trovato traccia.

Un altro breve articolo approfondiva la dinamica dell'incidente fatale spiegando che l'autista del camion si era addormentato al volante, aveva oltrepassato la striscia continua e invaso la carreggiata opposta schiantandosi contro la vettura dove viaggiavano i Molinari. Questi ultimi erano rimasti uccisi, anche se il veicolo non procedeva a velocità sostenuta al momento dell'impatto.

Continuai a esaminare i ritagli e mi imbattei in qualcos'altro che catturò la mia attenzione: un fatto di cronaca che mi ricordava la scena del prologo nel libro di Anita.

Anita aveva ritagliato l'articolo di un quotidiano intitolato "Roma, anziani drogati e rapinati: due donne condannate per la morte di un ultraottantenne".

> Lo scorso 14 aprile, un anziano è rimasto vittima di una truffa in casa che gli è costata la vita. L'uomo, solo in casa, è stato narcotizzato e rapinato da una donna che si è spacciata per un'assistente sociale. La vittima, che aveva ottantasette anni, è stata trovata senza vita la mattina seguente.
> Le due complici sono state catturate dalle forze dell'ordine e accusate di omicidio volontario, rapina e truffa. Secondo l'accusa, le donne avrebbero drogato l'anziano con

benzodiazepine e lo avrebbero convinto a consegnare loro soldi e oggetti di valore. Il cuore del malcapitato, già provato da un pacemaker, non ha retto alla pesante dose di sedativo ed è stato stroncato da un infarto.

L'articolo non citava il luogo preciso dove fosse accaduto il fatto, ma continuando a leggere, scoprii che l'arresto era avvenuto in seguito a un'inchiesta durata sei mesi da parte dei carabinieri coordinati dalla Procura, riguardante una serie di colpi messi a segno con la stessa tecnica in vari quartieri di Roma, tra cui anche il mio.

Un secondo articolo raccontava che le due donne erano state condannate per omicidio preterintenzionale a scontare quindici anni di prigione.

Anita aveva evidenziato con il pennarello giallo alcune parti del testo, tra cui anche il nome di una delle truffatrici finite in carcere, una tale Malina Di Girolamo. Perché lo aveva ritenuto importante? Aveva una qualche rilevanza per il suo romanzo?

Un torrente impetuoso di domande mi si riversò in testa. Altri tasselli del frammentario puzzle che avevo tra le mani, tasselli che non sapevo come incastrare, benché fossi fermamente convinta che tutto fosse collegato.

Con un senso acuto di frustrazione, ripresi a scartabellare tra i pezzi di carta. Un altro articolo mi saltò all'occhio, questa volta fotocopiato da una rivista medica. Parlava di pseudodemenza depressiva giovanile, "...patologia che colpisce le persone in età relativamente giovane, spesso tra i 20 e i 40 anni. Si tratta di una forma di demenza che può essere ereditaria, come dimostrato da alcuni studi scientifici".

Anita aveva sottolineato quest'ultima frase e accanto aveva scritto a penna: "Chiedi spiegazioni a Irene".

Chi era questa Irene? Recuperai l'agenda e cercai la rubrica telefonica. Analizzando con attenzione tutte le voci, trovai una sola Irene. "Dott.ssa Irene Bernardi".

Avevo già letto quel nome, era segnato in varie pagine dell'agenda. Scoprii che Anita lo aveva annotato per la prima volta nell'estate precedente, circa un anno prima. Accanto vi era appuntato anche un indirizzo, che dopo una breve ricerca su Internet scoprii essere quello di una struttura sanitaria residenziale, ovvero un istituto per pazienti con disturbi della salute mentale.

Trovai curioso che Anita si interessasse a quel genere di problemi per il suo romanzo, visto che non si accennava a niente del genere né nella parte dattiloscritta, né in quella manoscritta, né tra gli appunti. Erano forse ricerche per un personaggio non ancora apparso nella storia?

Avrei voluto avere lì davanti la stessa Anita per tempestarla di domande.

Recuperai il telefono e decisi di tentare la sorte chiamando la dottoressa Irene Bernardi, ma prima di comporre il numero decisi che era preferibile contattarla con un'e-mail, mezzo meno invadente di una telefonata.

> Gentile dottoressa Bernardi,
> mi chiamo Amanda Olivieri e ho trovato il suo nominativo nell'agenda della zia di mio marito, Anita Ferrante, che purtroppo ci ha lasciati qualche tempo fa. Io e mio marito abbiamo ereditato la casa di Anita e tra le sue cose ho trovato la sua agenda personale e alcuni appunti dove compare più volte il suo nome. Mi chiedevo se lei potesse spiegarmi il motivo per cui Anita lo aveva segnato.
> Mi rendo conto che potrebbe sembrare una richiesta strana, ma mi piacerebbe molto capire se la zia di mio marito aveva qualche forma di relazione con lei o se aveva annotato il suo nome per ragioni di salute.
> So che prima di morire Anita era impegnata a scrivere un libro e mi domandavo se cercasse da lei informazioni a tal fine.
> La ringrazio molto per il suo tempo e la sua attenzione. Spero di sentirla presto.
> Cordiali saluti, Amanda Olivieri

Dopo averla inviata, avvertii l'urgenza di condividere le nuove informazioni con Adriano, ma mi trattenni dal farlo. Dopotutto non avevo scoperto niente di significativo per la sua indagine ed era meglio tenermi alla larga da lui.

Nutrivo poche speranze sulla risposta del medico, che probabilmente mi avrebbe informato che per motivi di privacy non poteva fornire informazioni su pazienti deceduti. Forse per ottenerle avrei avuto il bisogno del consenso di un familiare diretto.

La risposta invece mi sorprese. Arrivò dopo circa una mezz'ora. La dottoressa si rivelò più disponibile di quanto mi aspettassi.

> Gentile Amanda,
> vorrei innanzitutto esprimere le mie condoglianze per la sua perdita.

Ho avuto il piacere di conoscere Anita, ero sua amica e ho sempre apprezzato la sua gentilezza e il suo altruismo.

Per quanto riguarda la sua richiesta, mi piacerebbe molto parlare di persona con lei riguardo alla questione, se lo desidera. Sarei felice di incontrarla nel mio studio o in alternativa di rispondere a eventuali domande tramite e-mail o telefono.

La ringrazio per avermi contattato e resto a disposizione per qualsiasi altra informazione.

Cordiali saluti, Dott.ssa Irene Bernardi

Non aspettai a chiamarla e fissai un appuntamento per il giorno seguente.

Inviai anche un messaggio a Rosi in cui la ringraziavo per avermi restituito il libro di Anita. La stringata risposta ("Prego") confermò che era stata lei a sottrarlo alla coinquilina per renderlo a me. Questo non significava però che fosse di nuovo dalla mia parte.

77

GRETA

La televisione sosteneva che Roma quel giorno avrebbe raggiunto i trentaquattro gradi all'ombra, ma l'aria in cucina era più fresca del solito perché Rosi aveva comprato un ventilatore e Freddie lo aveva collocato in una posizione strategica.

Con lo sguardo abbassato sul piatto, Greta osservava disgustata le interazioni tra i due, che si punzecchiavano come due ragazzini. La sua coinquilina rideva sfrenatamente, effervescente, briosa, esagerata. Come se lui avesse detto chissà quale spiritosaggine. Era così patetica e si credeva attraente con quei vestitini corti che indossava. A sua volta, pieno di entusiasmo come sempre, Freddie la investiva di ciance sconclusionate e la riempiva di sdolcinate attenzioni.

Avevano rinunciato a coinvolgere Greta nella conversazione, quindi parlavano solo in inglese, a briglia sciolta e con voce squillante. A Greta sembrava di non riuscire neppure a sentire i propri pensieri. Aspirava alla solitudine e al silenzio. Si sentiva fuori posto, un'intrusa in casa sua.

D'un tratto Rosi le rivolse la parola ma lei non reagì, si limitò a fissarla con sguardo alienato. Si sentiva una vecchia bacucca, infiacchita, con frequenti capogiri. Una strana nebbia le offuscava il cervello e l'avvolgeva come una bolla. Non riusciva a parlare normalmente, le parole uscivano lente e non riusciva a finire le frasi. Faticava a concentrarsi anche sulle cose più stupide.

Le stavano mettendo qualcosa nel cibo? A ben pensarci, la pasta aveva uno strano gusto metallico. Era sicura che la stessero drogando, infatti dal giorno precedente era stordita in un modo innaturale e non riusciva a esprimere la rabbia che sentiva ribollire sotto la superficie. Meglio che non toccasse più nulla. Aveva fame, ma si limitò a spostare il cibo nel piatto e spilluzzicò solo un po' di pane. Freddie aveva preparato della pasta con pesto fatto in casa e una macedonia con tanti tipi di frutta.

Greta sentiva un desiderio impellente di rompere qualcosa. Avrebbe voluto avere la forza di rovesciare il contenuto della tavola o pugnalare quei due con una forchetta, ma a malapena riusciva a tenere il collo dritto. Eppure, era consapevole che più passava il tempo, meno facile sarebbe stato riuscire a fuggire. E la chiarezza sui passi da compiere cominciava a offuscarsi.

Aspetto che nel pomeriggio Rosi se ne va al lavoro, poi me ne vado.

Se lo ripeté più volte, cercando di restare concentrata su quel proposito.

Rosi le riempì il bicchiere di acqua. Era più paciosa del solito, si faceva carico del suo benessere e le offriva parole gentili, amorevole e invadente come non mai. Si spacciava per sua amica, ma a muoverla era solo l'interesse. Greta sapeva bene che i suoi modi erano fasulli.

Il resto della giornata trascorse in modo confuso. Appallottolata sul divano, si concesse un po' di TV, avida di sentire le ultime notizie del caso di Seb. Scorse rapidamente i canali, seguì un paio di telegiornali. Ogni tanto la sua attenzione virava sul telefono. Consultava Internet a ripetizione, cercando "caso del Pincio" o "Sebastiano Levani". Poi tornava alla televisione, facendo zapping come un automa o sostando su programmi soporiferi.

D'un tratto, le immagini sullo schermo iniziarono a confondersi davanti agli occhi, mentre i pensieri le scivolavano via dalla testa. Trasognata, a malapena si accorse che il suo telefono suonava con insistenza. Squillava e squillava. Di nuovo Leo? Andasse all'inferno.

Aspetto che nel pomeriggio Rosi se ne va al lavoro, poi me ne vado.

Ma a un tratto si rese conto che Rosi era già uscita e lei non se ne era neppure accorta.

Subito dopo il tramonto me la svigno.

Più tardi, il super efficiente Freddie non si risparmiò nel preparare la cena, anche se erano solo in due. La chiamò a tavola con vivacità innaturale e, pur mostrando scarso entusiasmo, Greta cedette alla fame e alla necessità di rimettersi in forze in previsione della fuga. Il cibo era delizioso. Greta vuotò il piatto abbuffandosi di gusto, e nel frattempo immaginava di lanciare le stoviglie in faccia a Freddie.

Avevano consumato il pasto in un silenzio ovattato. Lei evitava di stabilire un contatto visivo con Freddie, lui la osservava con la coda dell'occhio. Ogni tanto la sua espressione sembrava dire "so quello che hai fatto, sporca assassina", ma conservava un certo scherzoso aplomb.

Dopo cena il suo carceriere si piazzò sul terrazzo, appoggiato sulla ringhiera a godersi l'ultima luce del crepuscolo con un bicchiere di vino in mano, ma non la perse mai di vista. Era sempre nei paraggi come un'ombra fedele e asfissiante.

Prima o poi sarebbe andato a dormire. Greta si disse che doveva giocarsela bene. Si preparò una caffettiera di caffè e la bevve tutta, nella speranza di non crollare addormentata come la notte precedente. Poi recuperò borsa e borsone. Le tornò in mente il libro di Anita, ma quando aprì l'armadio per prenderlo, non c'era più. Quella maledetta Rosi! Di certo aveva frugato nella stanza per cercarlo e l'aveva restituito ad Amanda. Aveva trovato anche i suoi bagagli? Beh, ormai non aveva più importanza.

Si appostò dietro la porta della stanza con le antenne dritte, fremendo di impazienza nell'attesa che Freddie si decidesse a mettersi a letto. Finalmente udì i suoi passi e la porta della camera di Rosi che si chiudeva.

Si mise la borsa a tracolla, caricò il borsone in spalla e raggiunse furtiva l'ingresso. Abbassò con cautela la maniglia e si rese conto che la serratura era bloccata. Frugò in tasca per recuperare le chiavi. Non c'erano. Infilò la mano nella borsa e rovistò come una matta. Nessuna traccia delle chiavi. Con il cervello in tumulto e un crescendo di panico, cominciò a sbatacchiare la maniglia con vigore, come se potesse aprire la porta a furia di scossoni. Aveva bisogno delle chiavi, forse le aveva lasciate nella stanza. Doveva sbrigarsi. Ignorando il dolore alla caviglia, fece per correre nella sua stanza, si girò, incespicò e un attimo dopo Freddie le si materializzò davanti, piazzandosi tra lei e la porta, con le gambe divaricate e le mani aperte davanti a sé come un portiere di calcio pronto a parare il pallone.

«Ho bisogno di prendere una boccata d'aria fresca», farfugliò Greta con voce gracchiante.

Lui accorciò la distanza tra loro e si passò la lingua sui denti con fare beffardo, come se avesse appena ascoltato un'idiozia bella e buona. C'era cattiveria nel suo sguardo: ci godeva a vederla in difficoltà.

Greta abbandonò ogni diplomazia. «Apri la porta!», ringhiò isterica. «Fammi uscire!».

Con uno scatto atletico, Freddie le saltò addosso, la strattonò e le strappò il borsone di mano. Lei gli urlò in faccia di lasciarlo, gli sferrò un calcio e prese a tempestarlo di pugni con tutta la forza che aveva in corpo. Lottò strenuamente, dimenandosi come una scheggia impazzita per riprendersi la sua roba, finché lui l'afferrò per un polso e la spinse indietro, mandandola a rotolare in un angolo come una palla.

Sgomenta e dolorante, Greta rimase sul pavimento con il respiro affannoso e il cuore che martellava nel petto. Aveva fitte in ogni parte del corpo, il volto in fiamme e la caviglia che pulsava sorda, mentre le braccia erano scosse da contrazioni nervose. La disperazione si abbatté su di lei come un torrente impetuoso.

Come in una sorta di dimostrazione di forza, Freddie fece schioccare le nocche davanti alla sua faccia, fissandola con occhi colmi di sdegno.

Greta abbassò di colpo le difese e cominciò a piagnucolare per la frustrazione. «Lasciami andare», singhiozzò sommessamente. «Ti prego, fammi andare via. Vi lascio la casa, è tutto vostro, ma lasciami andare...»

Con un verso di disappunto, Freddie si accarezzò i baffetti alla Mercury, poi tese una mano per tirarla su. Nei suoi occhietti scuri c'era un luccichio impietosito. Lei lo guardò con odio, digrignando i denti e rifiutò la sua mano tesa.

Aveva provato a opporsi fisicamente a lui e non aveva funzionato. Nonostante il fisico snello, Freddie aveva rivelato una notevole agilità e forza, e d'altra parte lei non era in gran forma. Doveva trovare un altro modo per andarsene.

Freddie teneva ancora saldamente i suoi bagagli, Greta pregò che non vi rovistasse dentro. Se solo le avesse restituito la borsa, lei avrebbe potuto recuperare la Beretta e minacciarlo con quella. O forse poteva fare a meno della pistola, correre verso lo sgabuzzino, recuperare un attrezzo qualsiasi – un martello, un cacciavite – e servirsene come arma. Ma lui non le diede il tempo. Mentre era ancora a terra, l'afferrò per le spalle e con movimenti rapidi e convulsi la trascinò di prepotenza verso la sua stanza, come un sacco di rifiuti.

Greta riprese a scalciare e lanciò un urlo che alle sue stesse orecchie suonò animalesco, primitivo. Lui non si fermò, la immobilizzò tirandole un braccio dietro la schiena, rafforzò la stretta e infine la spinse dentro la sua camera. Con lestezza felina, poi, chiuse la porta. Greta vi si gettò contro ma ormai era troppo tardi: lui l'aveva bloccata dall'esterno. Agitò il pomello, che girò a vuoto. Gridò più e più volte, dando libero sfogo alla rabbia. Sbraitò insulti e parolacce, mentre sbatteva con furia i pugni sulla porta, picchiando con tutta la forza che aveva in corpo. Ma dopo un po' si fermò. Se qualcuno nel condominio avesse chiamato la polizia, lei ci avrebbe solo rimesso. Forse avrebbero fatto una segnalazione di lite domestica o di disturbo alla quiete pubblica. E a quel punto, cosa avrebbe potuto raccontare, che era stata rinchiusa contro la sua volontà nella sua stessa casa? Non le conveniva attirare l'attenzione e chiedere aiuto era comunque inutile, nessuno sarebbe venuto in suo soccorso. Avrebbe potuto urlare fino a farsi andar via la voce, ma nessuno avrebbe potuto salvarla. E se fosse scomparsa per mano di Freddie e Rosi, non sarebbe mancata a nessuno.

Si accasciò sul pavimento della stanza, penosamente consapevole di essere prigioniera, prosciugata di ogni energia e paralizzata dall'angoscia. Freddie le aveva requisito borsa e borsone, con tutto il contenuto. Ora era senza pistola, senza telefono e senza le chiavi del rifugio di Seb. Il suo tentativo di fuga le si era ritorto contro. Nella sua ingenuità aveva creduto di potersene semplicemente andare e tanti saluti. Aveva pagato cara quell'avventatezza: era stata rinchiusa in una stanza come punizione.

Le dita si strinsero con forza intorno al busto per fermare il tremore che le scuoteva il corpo. Il respiro era debole e irregolare e nelle orecchie udiva il rimbombo delle pulsazioni.

La consapevolezza di essere un topo in trappola, ostaggio di due ricattatori, le si parò davanti. Non conosceva ancora le loro intenzioni, ma era facile intuire che dopo aver ottenuto ciò che volevano, per loro sarebbe diventata un peso morto.

Rimase rannicchiata a terra, mentre una sensazione di irrealtà si propagava dentro di lei. Riprese a urlare selvaggiamente. Ma presto si accorse che le grida non provenivano dalla bocca. Erano nella sua testa. Si coprì le orecchie con le mani, ma quei versi infernali continuarono a tormentarla. Risalivano dal fondo di un abisso vertiginoso e insondabile, e riecheggiavano con ferocia nella sua mente. Versi di demoni inferociti, creature informi che la terrorizzavano e la sopraffacevano al punto da annullare ogni pensiero.

78

AMANDA

13 luglio, mercoledì

Nel cuore della notte fui raggiunta da grida furiose provenienti dal piano di sotto. Laceravano il silenzio in modo inquietante. Era Greta a urlare a squarciagola? Mentre ascoltavo quelle urla senza freni, un senso di angoscia mi scorreva nelle vene. Prima che la mia immaginazione tornasse a prendere il sopravvento, mi imposi di non farmi impressionare troppo.

Ero molto nervosa per l'incontro con la dottoressa Bernardi. Non avevo un'idea precisa di cosa dirle e a momenti temevo che avrei fatto la figura della paranoica complottista. Forse stavo solo perdendo tempo inseguendo misteri inesistenti. La zia Anita, per quanto ne sapevo, poteva essere semplicemente una donna fantasiosa che aveva deciso di usare persone ed eventi di sua conoscenza per animare una storia a sfondo giallo. Come aveva sottolineato mia suocera, con l'aggravarsi delle sue condizioni di salute, tendeva probabilmente a confondere finzione e realtà. Tuttavia, quelle considerazioni razionali non spiegavano perché fosse stata presa di mira da un poliziotto corrotto e perché lo stesso uomo avesse poi contattato me. C'erano troppe strane coincidenze per non farsi domande e sentire puzza di bruciato. E tutti quegli interrogativi non mi davano tregua.

79

GRETA

L'aria calda e opprimente nella stanza inondata dal sole mattutino la stordiva, provava uno strano distacco dalla realtà e faticava a restare concentrata sul presente. Si arrampicò sul letto, sollevò le gambe e se le strinse al petto. La testa vacillava come se il collo non ce la facesse a sorreggerla, così l'appoggiò sulle ginocchia piegate e chiuse gli occhi. *Solo per un momento.* Dal piano di sopra arrivavano vaghi rumori, calpestio, oggetti spostati. Quella vecchia matta di Anita non faceva che muoversi inquieta da una stanza all'altra. No, non poteva essere Anita perché era morta. Come aveva potuto scordarlo? Era l'altra, la smorfiosa, come si chiamava? Non ricordava. Era difficile mantenere la presa sul presente. Con un senso di alienazione, i suoi pensieri rimbalzavano da una parte all'altra senza trovare la forza per soffermarsi su nulla. Doveva andarsene, pensò con disperazione crescente. Ma non ce la faceva a muoversi, era così stanca, si sentiva istupidita e tutto le scivolava addosso.

Tutta la notte si era girata e rigirata in cerca di una posizione comoda. Provò a sgranchirsi le gambe muovendosi scalza per la stanza. Per fortuna il dolore alla caviglia si stava attenuando, ma il collo del piede era ancora gonfio e sensibile al tatto.

Si era illusa che con il ritorno di Rosi, l'avrebbero liberata. *Ma cosa hai fatto?!*, avrebbe esclamato Rosi rivolta a Freddie, inorridita dal gesto estremo di imprigionare la sua coinquilina.

Invece non era successo. Rosi non aveva il cuore più tenero del suo compare.

Greta aveva sbraitato, protestato, implorato, minacciato, cercato di contrattare, aveva annullato ogni briciolo di dignità versando lacrime e rivolgendo loro sguardi disperati, ma non aveva suscitato alcuna pietà, nessuno dei due carcerieri era rimasto impressionato dalle sue suppliche. Non le avevano neppure rivolto la parola, ormai dichiaratamente ostili. Guardata a vista, le avevano concesso delle visite in bagno, per poi isolarla di nuovo come una malata contagiosa.

Prima o poi sarebbero tornati. Greta aveva ispezionato la stanza palmo a palmo in cerca di un oggetto acuminato o contundente, senza trovare nulla di utile. Rosi o Freddie dovevano aver liberato la stanza da ogni possibile arma mentre lei era in bagno. C'erano delle grucce appendiabito nell'armadio ma non aveva idea di come potersene servire.

Ora, la sua mente era occupata a tempo pieno da fantasie deliranti in cui immaginava di uccidere Rosi e Freddie. Nella sua testa, li colpiva nel sonno posizionando un cuscino sulla faccia, squarciava il collo con un coltello, metteva del veleno nel cibo o li infilzava con un cacciavite. Continuava a trastullarsi morbosamente con quei macabri pensieri, pur conscia che sarebbe stato impossibile metterli in pratica.

I ragazzi giù in cortile, spensierati come al solito, disturbavano il silenzio e l'ancoravano di nuovo alla realtà. Avrebbe voluto chiudere la finestra per non sentire più quelle risate frivole, ma là dentro si soffocava e temeva di poter perdere i sensi per un colpo di calore.

Nessuno avrebbe potuto immaginare che era stata segregata, rinchiusa tra le quattro pareti della sua claustrofobica stanza, in pratica una cella, con la cappa di calore a opprimerla. Avrebbe potuto affacciarsi alla finestra, cercare di attirare l'attenzione e chiedere aiuto. I ragazzi avrebbero alzato la testa e cominciato crudelmente a canzonarla.

Sarebbe rimasta là dentro per il resto dei suoi giorni? Che intenzione avevano quei due? Volevano farla impazzire? Le sfuggì un gemito di impotenza.

Si sedette sul bordo del letto, portò una sigaretta alla bocca – una delle ultime due rimaste nel pacchetto – e fece scattare l'accendino, ma con prontezza spense subito la fiamma. Riempire quel piccolo locale di fumo sarebbe stato stupido. I suoi occhi vagabondarono per la stanza. Dalla cucina provenivano rumori vari e un'intensa fragranza di pane fatto in casa. L'odore le fece venire l'acquolina in bocca.

Anche se avesse trovato un'opportunità per scappare e salvarsi la pelle, il futuro che l'aspettava era spaventoso. Braccata dalle autorità, avrebbe dovuto accontentarsi di sopravvivere da fuggiasca, nella povertà più assoluta, perennemente in cerca di cibo e ricoveri per la notte, guardandosi alle spalle ogni minuto. Allo sbaraglio. Un'esistenza miserabile, scandita dalla paura.

Non aveva più nessuno a cui rivolgersi, nessuno che avrebbe

potuto offrirle un alloggio, neppure per pochi giorni.

Ripensò a Malina e alle sue nefaste previsioni. *Sei il classico tipo che finisce per autodistruggersi. Una perdente destinata a non combinare mai niente di buono.*

Per un momento ebbe perfino l'impressione che la sorella fosse lì, in piedi, davanti al letto. Poteva quasi vederla con la coda dell'occhio. Ma quando girò la testa bruscamente, la figura si dissolse all'istante.

Neppure le fantasie di violenza contro Rosi e Freddie le davano più conforto. Era quella la sua vera natura? Un mostro? Una poveraccia dalla testa incasinata? Forse doveva accettare una volta per tutte che il male si annidava dentro di lei, come una sorta di belva che sfuggiva al suo controllo.

Sei un rifiuto umano. Erano le parole che le aveva rivolto Seb quella notte.

Non aveva mai goduto di una natura ottimista, ma in quel momento più che mai si sentì soccombere di fronte alla disperazione. Spostò la tenda davanti alla finestra. Rimuovere la zanzariera sarebbe stato facile, poi doveva solo sporgersi e lanciarsi di sotto. Erano cinque piani. Cadendo, si sarebbe sfracellata al suolo? Oppure sarebbe rimasta paralizzata per poi finire su una sedia a rotelle?

Rifletté che era più o meno la stessa altezza da cui era caduto Seb, una quindicina di metri. Si affacciò. Soffriva di vertigini, l'altezza le incuteva terrore. Eppure guardò giù senza provare alcuna emozione. L'idea di finire spiaccicata a terra e farla finita con quello schifo di esistenza le appariva perfino confortante.

Si era sentita fuori posto per tutta la vita. Fin da piccola era stato come prendere parte a un gioco di cui non riusciva a imparare le regole.

Una parte di sé aveva creduto a Seb quando le aveva assicurato che la sua esistenza sarebbe cambiata per sempre. Invece, non era successo. Anzi.

Uccidersi poteva essere una soluzione. In passato non aveva mai preso in considerazione l'idea di togliersi la vita, ma ora...

Sei sempre stata una codarda. Un'indolente. Una che si arrende.

La voce della sorella era solo nella sua testa, ma per un istante la fece trasalire.

Avanti, fallo. Tanto non hai un futuro.

Chissà se la morte era come spegnere un interruttore. Un attimo sei cosciente, l'attimo dopo no.

Buttati. Tutto finirà in un istante.

Greta non credeva in un aldilà, in una vita eterna o in una forza superiore, non credeva in nulla. Perché se un Dio c'era, era troppo crudele e ingiusto, e non si era mai preso cura di lei. E se esisteva un oltretomba, di certo c'era l'inferno ad attenderla dopo la morte.

Arrampicati sul davanzale. Sarà questione di un attimo.

L'impulso suicida svanì, non era pronta per quella decisione drastica. Almeno per il momento.

80

AMANDA

"Villa Fiordaliso" si trovava in una zona fuori Roma, così per raggiungerla presi un taxi. Quando arrivai, mi trovai di fronte a un'anonima costruzione squadrata, circondata da spazi verdi e alberi, più simile a un hotel ben tenuto che a un ospedale. L'interno era in bianco con poche note di colore, in apparenza confortevole, benché l'atmosfera sembrava sprigionare una sofferenza sotterranea.

Mentre aspettavo di essere ricevuta e sfogliavo distrattamente un dépliant, provai a preparare un discorso che motivasse la mia visita e che fosse sufficientemente persuasivo per ottenere informazioni. Più ci riflettevo, in cerca di un modo equilibrato per esporre i fatti, più temevo di passare per svitata.

Irene Bernardi mi ricevette nel suo studio, piacevolmente rinfrescato da un climatizzatore. Era una donna di classe, sui sessant'anni, con capelli biondo scuro dal taglio severo e una bocca sottile sottolineata da un rossetto neutro. Esibiva spesso sorrisi tristi. Mi accolse con benevolenza e distanza professionale.

«Grazie di aver accettato di incontrarmi, dottoressa».

Lei fece un semplice cenno con la testa. Non sembrava intenzionata a sbilanciarsi, anzi ebbi la forte sensazione che prima di parlare volesse sondare un po' il terreno con me.

«Come le accennavo nell'e-mail, ho trovato il suo nome tra le annotazioni di Anita. Mi sono permessa di contattarla ipotizzando che fosse una sua amica o che avesse un rapporto informale con lei, dato che nei suoi appunti la chiamava semplicemente "Irene"».

«Sì, io e Anita ci conoscevamo da parecchi anni, abbiamo anche lavorato fianco a fianco in ospedale, prima che io assumessi questo incarico».

«Bene. Vengo al punto. Sembra che Anita stesse scrivendo un libro, un romanzo che purtroppo risulta molto lacunoso e incompleto».

La donna mi guardò con attenzione, ma la mia speranza che colmasse il silenzio andò delusa, così ripresi: «Sarò sincera, mi sono interessata al suo scritto mossa da ragioni personali, non per semplice curiosità. Sono convinta che Anita intendesse celare un qualche segreto tra le pagine del suo libro, o almeno è quello che ha detto a mia suocera quando era in fin di vita. Ho immaginato che si fosse rivolta a lei per una sorta di consulenza sul libro, o qualcosa del genere».

«No, non è così».

«No?».

La dottoressa distolse lo sguardo, sembrava reticente.

«Dunque, aveva a che fare con la sua salute? Immagino che in questo caso, si tratterebbe di violare il diritto alla privacy e quindi...».

«Si rivolse a me per avere informazioni su una paziente di questa struttura». Tornò a guardarmi negli occhi, con un calore che smentiva l'impressione iniziale di distacco. «Quando mi ha scritto ieri, ho capito che per lei era una questione importante. Credo sia giusto aiutarla a capire cosa avesse in testa Anita, anche se devo chiederle la massima discrezione su quanto sto per dirle».

«Ma certo, può contarci».

«Se l'ho ricevuta quest'oggi è perché Anita era una cara persona», sembrò ansiosa di sottolineare.

«Sì, lo era».

«Io e lei eravamo in amicizia, ma era molto tempo che non la incontravo. Ci eravamo perse di vista, inoltre anni fa avevamo avuto delle divergenze di opinioni che contribuirono ad allontanarci. Quando mi chiamò, ne fui meravigliata».

«Un anno fa?», ipotizzai.

«Sì, all'incirca». Temporeggiò spostando dei fogli sulla scrivania. «Mi chiese di fornirle il dossier completo di una nostra paziente. Era una richiesta ufficiosa, naturalmente. Di norma non forniamo questo genere di informazioni sui nostri pazienti, perché sono protette da privacy, ma Anita oltre che mia amica era una di famiglia per Miriam. Sapevo che aveva buone intenzioni e fui sul punto di acconsentire alla sua richiesta, ma alla fine la deontologia professionale me lo impedì...».

«Miriam? Non stiamo mica parlando di Miriam Molinari?».

La donna sbatté le palpebre. «La conosceva?».

«Non personalmente, ho solo sentito parlare di lei. Mi sono trasferita da poco nella casa che fu di Anita».

«Comunque, alla fine non me la sentii di fornirle il fascicolo. Così ci limitammo a discutere a voce i particolari del caso».

Confusa, chiesi: «Se ho ben capito Miriam Molinari è stata ricoverata qui?».

La sua risposta fu secca: «Sì».

«E perché Anita se ne interessava?».

«All'inizio non mi offrì spiegazioni. In realtà, non era la prima volta che affrontavamo la questione, io e Anita».

«Non sono sicura di capire».

«Provo a spiegarle. La prima volta che Miriam fu ricoverata, questa non era la struttura extra-ospedaliera di oggi, ma qualcosa di simile. Parliamo di quasi trent'anni fa. Quando Miriam arrivò, era poco più che un'adolescente ed era in pessimo stato. Soffriva di una severa depressione, era incapace di prendersi cura della figlia di due anni, c'erano stati episodi di autolesionismo. Ha rischiato anche un'accusa di maltrattamento su minori».

«Come mai?».

«La piccola era sottopeso, disidratata, visibilmente trascurata. Miriam non riusciva a occuparsi della figlia, né della casa. Aveva anche problemi economici, continuava a perdere il lavoro. Fu fatta una segnalazione ai servizi sociali, ma non si trattava di negligenza. Anita lo aveva capito subito».

«Anita?».

«Fu lei a farla ricoverare. La portò qui lei stessa, fece di tutto perché la prendessimo in cura».

Rimasi interdetta. «Non sapevo che ci fosse un legame tra loro. Era coinvolta fino a questo punto?».

«Era un'amica di famiglia dei Molinari. Inizialmente cercò di fare da mediatrice, senza riuscirci».

«Sì, so che Miriam era in rotta con la famiglia».

Annuì gravemente. «Un vero dramma. Miriam voleva la bambina contro il volere dei genitori. Questo le costò caro, infatti restò sola con la figlia. Anita cercò di non abbandonarla, anzi si comportava in modo iperprotettivo con lei. Intuì che i disturbi dell'umore della ragazza si stavano aggravando al punto da provocarle una sorta di demenza. Parliamo di difficoltà cognitive, deficit di memoria. Le funzioni mentali erano in declino. Si può dire che Anita nel riconoscere i suoi disturbi psichiatrici l'abbia salvata da un peggioramento, perché difficilmente a persone così giovani viene diagnosticata in tempo una demenza a esordio precoce. Spesso i sintomi vengono attribuiti ad altri disturbi dell'umore. Nel caso di Miriam, inizialmente si pensò a una depressione post partum, aggravata dalle circostanze in cui si era trovata come genitore single. Era scappata di casa, cercava di allevare da sola una neonata, le mancava il sostegno della famiglia con cui aveva rapporti problematici, non aveva un compagno, né il conforto di una presenza amica. Si sentiva una fallita come madre. Tutto questo ha avuto un peso, ovviamente, ma Miriam soffriva anche di altri disturbi psichiatrici, come dicevo. Le fu diagnosticata una pseudodemenza depressiva giovanile».

«Ho letto questo termine tra gli appunti di Anita. E si riprese?».

«Non all'inizio, anzi gli episodi si fecero più frequenti, ci fu un aggravamento. La separazione dalla bambina non l'aiutò. Ma con la terapia farmacologica e psicologica, piano piano la pseudodemenza regredì. Parliamo di un arco di tempo di diversi anni, durante i quali Miriam rimase in cura qui da noi».

«E che fine fece la figlia? Si chiama Greta, no? Se ne occuparono i servizi sociali?».

«Non ne ho idea. So che in seguito Miriam la cercò a lungo, inutilmente. Sperava di riprendersi la custodia, avrebbe fatto di tutto per dimostrare di essere in grado di occuparsi della figlia. Fu un colpo devastante non potersi ricongiungere con la piccola e ben presto mostrò di nuovo segni di cedimento».

«Ebbe una ricaduta?».

«Il suo calvario durò per anni, come dicevo. C'erano periodi in cui cercava di rialzarsi e riusciva a condurre una vita normale, altri in cui si arrendeva agli attacchi di quella depressione così debilitante. Una battaglia in cui nessuno dei familiari le fu mai vicino, nessuno si mostrò amorevole con lei, tranne Anita».

Feci un cenno deciso per spronarla ad andare avanti.

«Solo da un paio di anni Miriam si riavvicinò alla famiglia d'origine. Quando fu dimessa, convinse i genitori a cercare la nipote. Ma poi ci fu la tragedia... me ne parlò Anita, raccontandomi che Miriam era deceduta in un incidente stradale».

«Sì, l'incidente... a questo riguardo, lei crede che si sia trattato davvero di una fatalità?».

«Mi sta chiedendo se è possibile che... che Miriam si sia andata a schiantare di proposito? Beh, non conosco le dinamiche dell'accaduto. Era un soggetto con tendenze suicide, questo è vero. Ma non mi risulta che avesse la patente».

«In realtà, non so neppure se fosse alla guida. Era solo un dubbio, visto che Anita conservava diversi trafiletti sull'incidente».

La dottoressa si passò una mano sul viso. «Non mi stupisce, era legata a doppio filo alla famiglia Molinari».

«Ma se conosceva così bene la situazione di Miriam, perché aveva bisogno della sua cartella clinica?».

La donna esitò, sbattendo le palpebre. «In realtà non cercava informazioni mediche, ma il dossier con le trascrizioni delle sedute psicologiche».

«A che scopo?».

«Stava facendo delle ricerche». Qualcosa nel tono della donna suggeriva che non intendesse esporsi oltre.

«Ha idea del motivo per cui Anita stesse facendo queste ricerche?», insistetti.

«Sperava che durante le sedute Miriam avesse detto qualcosa di utile sulla figlia», rispose tutto d'un fiato.

«Greta? So che la cercavano per via dell'eredità, ma non capisco perché Anita avrebbe dovuto interessarsene».

«Non era per via l'eredità, ma per un'altra faccenda estremamente delicata».

Stava cercando di svicolare, ma io non mi arresi: «Di cosa si tratta?», la spronai con enfasi.

Il riserbo della donna aveva ripreso il sopravvento, causando un silenzio imbarazzante. Passò un'eternità prima che rispondesse: «Anita mi confidò che nutriva dubbi sulla ragazza che si faceva passare per la figlia di Miriam. Temeva si fosse appropriata della sua identità».

Non riuscii a contenere un sussulto. «Un caso di furto d'identità?».

«Sì, aveva il forte sospetto che la ragazza che aveva accettato il lascito non fosse chi diceva di essere».

Mi lasciò il tempo di assimilare quell'informazione.

«Crede che avesse ragione, che i dubbi fossero fondati?».

«Difficile a dirsi». I suoi occhi espressero un certo disagio. «Confesso di aver dato poco credito alle sue teorie. Anzi, se devo essere onesta, cercai di dissuaderla dal divulgare quelle supposizioni sconclusionate».

«Che intende?».

«Beh, Anita mi spiegò di aver notato dei comportamenti strani da parte di quella ragazza. Per esempio, non sembrava conoscere la storia della sua famiglia o ricordare fatti importanti che la riguardavano». Fece una pausa. «Se devo azzardare un'ipotesi in merito, è possibile che quella poveretta abbia affrontato grosse avversità nella sua vita. Il concetto di famiglia disfunzionale qui calza a pennello. Dirò un'ovvietà, ma non sarei stupita se Greta mostrasse delle fragilità o problemi comportamentali come la madre. O che abbia ereditato i medesimi disturbi. Tutto questo potrebbe aver falsato il giudizio di Anita».

«Sì, certo, ma...». Cercai di capire come formulare una domanda appropriata. «E se invece Anita non si fosse affatto sbagliata?».

La smorfia scettica che comparve sul suo volto fu più eloquente delle parole. «Non credo», affermò. «Non mi fraintenda, io stimavo Anita, ma a volte si faceva trascinare dalla fantasia. Fatto è che a un certo punto lasciò perdere, non fece presente alla polizia i suoi sospetti».

«Sa perché?».

«Non mi diede neanche una parola di spiegazione. Forse non era più sicura, non aveva trovato riscontri della sua teoria. Magari aveva capito che non ne valeva la pena o che le sue erano solo speculazioni senza una briciola di prova. E poi lei stessa aveva bisogno di cure mediche, di certo non aveva più tempo ed energie per certe questioni».

O piuttosto, Sebastiano Levani l'aveva spaventata al punto da spingerla a mollare tutto. Non espressi quel pensiero ad alta voce, non vedevo il motivo per informare la dottoressa.

«Mettiamo invece che Anita avesse ragione», ripresi. «In tal caso che fine avrebbe fatto la vera figlia di Miriam?».

La donna rispose sollevando le spalle e non aggiunse altro. Un'ombra malinconica le attraversò lo sguardo. Chinò la testa, con la mente altrove. Attesi che riportasse l'attenzione su di me.

«Non sentivo Anita da anni, quando mi contattò. Eravamo in disaccordo proprio riguardo a Miriam Molinari. Se ha conosciuto Anita, può immaginare di cosa parlo. Era una donna sensibile e intelligente. Non ho mai avuto dubbi sulla sua integrità morale, ma aveva anche un carattere risoluto, si intestardiva sulle cose con rara tenacia. Un'amante delle cause perse».

«Aveva una testa dura», considerai, sentendomi cogliere da una improvvisa tristezza.

«Proprio così. A un certo punto mise in discussione la terapia che avevamo prescritto a Miriam. Secondo lei il trattamento con gli psicofarmaci non era adeguato, il dosaggio delle medicine era eccessivo, con effetti collaterali pesanti. Insinuò che non fossi all'altezza della situazione. Mi sono sempre considerata un medico coscienzioso e le parole di Anita mi fecero male. Anche io non fui tenera con lei e me ne rammarico. Mi scusi, sto divagando. Ora, temo di doverla lasciare, il dovere mi chiama, come si suol dire», esclamò in tono conclusivo. A un tratto il suo volto era diventato una maschera di professionalità. Capii che l'incontro era finito senza possibilità d'appello, anche se avrei voluto rivolgerle altre mille domande.

Ci alzammo quasi in contemporanea e lei mi accompagnò alla porta. «Ancora condoglianze, signora Olivieri. Spero di esserle stata utile». Mi allungò una mano con elegante garbo, sul volto un ultimo moto di simpatia.

«Sì, lo è stata. Le sono riconoscente per tutte le informazioni che mi ha dato, dottoressa».

Quando uscii, fui aggredita dall'aria torrida e da un sole abbagliante. Ero intontita dalla conversazione. Chiamai un altro taxi per tornare a casa. Mentre ero sulla via del ritorno, dedicai il tempo a rivivere mentalmente l'incontro con la dottoressa.

Ogni pezzo di quel puzzle portava a concludere che Anita ci avesse visto giusto: Greta era un'impostora e quel Sebastiano la copriva, probabilmente perché implicato nella truffa. Avevano fatto di tutto per mettere a tacere Anita e alla fine lei si era arresa, salvo tentare di mettere i suoi sospetti per iscritto sotto forma di romanzo. Il suo scritto però era palesemente monco e di sicuro non costituiva una prova.

La verità era che non esisteva alcuna prova che Greta avesse compiuto un furto d'identità. Forse un investigatore privato o la polizia avrebbero potuto scavare a fondo e qualcosa sarebbe saltato fuori, ma io non avevo nulla in mano per dimostrarlo, anzi avevo persino meno di Anita.

Mi domandai se Cristina Parisi fosse al corrente di qualcosa. Era stata proprio la figlia a raccontarmi la storia di famiglia di Greta. Se volevo altre informazioni, non mi restava che coprirmi il capo di cenere e bussare alla sua porta.

81

GRETA

Udì la serratura aprirsi, ma non si mosse. Restò immobile con le spalle curve e il muso lungo. La porta si spalancò e comparve Rosi. Le aveva portato da mangiare. Greta assunse un'espressione da impenetrabile sfinge, anche se avrebbe voluto saltarle addosso e colpirla con un pugno in faccia. Non le avrebbe dato di nuovo la soddisfazione di mettersi a supplicare.

Per un frammento di secondo ipotizzò di aggredire Rosi e scappare. Ma l'idea era impraticabile: le sue reazioni erano troppo lente ed era indebolita dal caldo e dalla mancanza di sonno, non avrebbe potuto tenere testa neanche a un gattino.

Rosi si avvicinò, Greta le lanciò un'occhiata distratta. Anche il suo viso non mostrava emozioni. Sembrava tranquilla ma indietreggiava ogni volta che Greta si muoveva. Poggiò un vassoio sul comò. Greta sbirciò il contenuto: un pasto freddo, quel giorno nessuna prelibatezza culinaria nel menu, solo una piccola selezione di formaggi e salumi e del pane fatto in casa. Non c'erano forchette o coltelli. «Devo mangiare come una bestia?», brontolò. La voce risuonò alle sue stesse orecchie flebile e lontana.

«Ringrazia il cielo che mangi».

L'espressione di Rosi le rivelò quanta pena dovesse fare. «Puzzi da morire, più tardi ti porto a fare una doccia».

«Molto caritatevole da parte tua».

Liberami. Ho imparato la lezione, non cercherò più di uscire.

Pensò di dirlo, ma non lo fece. Basta suppliche. «Ridatemi le mie cose», disse invece, in tono strascicato.

«Tipo la pistola?».

Greta emise un gemito stridulo di sorpresa. «La tenevo per autodifesa».

«Immagino fosse del poliziotto che hai fatto fuori».

Greta non replicò.

«C'era questo nella cassetta delle lettere». Rosi le allungò qualcosa, ma lei non lo prese. Con un gesto seccato Rosi lo mise accanto al piatto e fece per andarsene.

«Cosa vuoi? Cosa volete da me?».

«Lo sai cosa vogliamo», rispose Rosi con voce carezzevole.

Greta cercò il tono adatto per proseguire. Né troppo lacrimoso, né troppo arrogante. «Denaro? Questa casa vale parecchio, metterò un'ipoteca. O chiederò un prestito a uno strozzino», aggiunse senza aspettare che Rosi rispondesse. «È questo che vuoi? Non hai bisogno di tenermi rinchiusa come un animale». La sua voce si alzò di tono, fuori controllo suo malgrado.

Rosi fece una risatina cinica e scosse la testa. «Io e Freddie ne abbiamo parlato e non ti crediamo. Siamo giunti alla conclusione che ci sono dei soldi, molti soldi, nascosti da qualche parte. La fortuna di famiglia dei Molinari».

«Cristo santo, te l'ho detto che non li ho!».

«Sei una bugiarda», l'accusò Rosi con aria grave. «Hai detto che se li era presi il poliziotto, ma non è vero. Al telegiornale non hanno detto niente, ne avrebbero parlato».

«Non dicono tutto al telegiornale». Provò l'impulso di afferrarla e farla ragionare con la forza.

«Di sicuro li hai tu, nascosti da qualche parte. Stavi solo aspettando di scappare e riprenderteli. C'è una chiave tra le tue cose».

Greta saltò come una molla. «È del magazzino del negozio».

«Ah, davvero? E perché la portavi con te?».

«L'ho dimenticata in borsa». Non le venne in mente nulla di credibile.

«Non dire fesserie. Ti aspetti che me la beva?».

Greta grugnì rabbiosamente, trattenendo un insulto.

«Scommetto che speravi di scappare con lui, con quel Sebastiano Levani, ma qualcosa è andato storto».

Sembrava che l'avesse sfidata a contraddirla, ma Greta continuò testardamente a tacere.

«Tu lo amavi, vero? Non mi hai mai parlato di lui, ma sapevo che frequentavi qualcuno. Lo capisco sempre quando una persona è innamorata. Ero certa che avevi una relazione segreta, magari con un uomo sposato».

Greta rivolse lo sguardo verso la finestra, serrando le mani con forza.

«Dimmi, perché lo hai fatto? Avevi intenzione di ucciderlo o è stato un incidente?».

La domanda si perse nel nulla.

«Lo avevi premeditato o è stato l'impulso del momento?».

Greta si domandò se Rosi stesse registrando la conversazione. Aveva in mente di farla confessare e ottenere così nuove prove? Poteva scordarselo.

«Beh, ormai ha poca importanza. Dacci quei soldi e la facciamo finita. Io e Freddie ti liberiamo e ce ne andiamo da qui. Tu resti a goderti la casa e la vita di Greta Molinari. Niente polizia».

«Come devo dirtelo? Non ho più il becco di un quattrino», ribatté Greta esasperata.

Gli occhi di Rosi si riempirono di vivo astio. «Sei proprio una testa dura. D'accordo. Forse stare un po' qua dentro ti convincerà a sganciare il denaro».

L'affermazione era pacata ma aveva l'aria di una dichiarazione di guerra. Quando Rosi uscì, Greta fu risucchiata da un vortice di disperazione e si lasciò andare a un lamento frustrato. La testa le crollò sulle ginocchia e rimase così per alcuni minuti, prima di sentire il richiamo della fame.

Il pezzo di carta lasciato da Rosi era un comune foglio per appunti, ripiegato a metà, senza busta. Quando lo Greta lesse ciò che c'era scritto, fu come colpita da una scossa. Solo tre parole. "Me la paghi".

Un messaggio intimidatorio di Leo.

Travolta dagli ultimi eventi, si era dimenticata di lui. Fissò il foglio con occhi sbarrati, la grafia era curiosamente precisa, in contrasto con il temperamento così poco formale di Leo. Forse lui era là fuori, proprio in quel momento, a farle le poste. O magari si aggirava in auto per il quartiere, per tenere d'occhio la casa. Comunque, non aveva più importanza. Lei era rinchiusa lì dentro, al sicuro e in pericolo al tempo stesso.

Accartocciò il foglio e lo gettò a terra. Non toccava cibo da ore, aggredì il cibo con le mani e si strafogò quasi senza masticare. Spazzolò l'intero piatto, divorando fino all'ultima briciola.

82

AMANDA

14 luglio, giovedì

Tra me e Gianfranco le telefonate erano diminuite; brevi messaggi vocali avevano preso il posto delle lunghe conversazioni di un tempo. Quando ci sentivamo, era quasi sempre lui a parlare, mentre io mi trinceravo dietro il silenzio e lo ascoltavo a malapena. Avevo omesso di metterlo al corrente degli ultimi sviluppi per non gettare benzina sul fuoco, benché sapessi che ritrovare un'intimità emotiva tra noi non sarebbe stato facile se continuavo a nascondergli parte della mia nuova vita. E non potei fare a meno di chiedermi se non mi facesse comodo che non fosse lì con me, lasciandomi libera di improvvisarmi investigatrice.

A sconvolgere il mio precario equilibrio, quella mattina, arrivò una telefonata di Adriano.

«Stavo per mandarti un messaggio ma preferisco ascoltare la tua voce», esordì.

Ebbi un fremito di emozione, ma cercai di dissimularlo. «Ci sono novità?».

«Purtroppo no, speravo solo di scambiare due parole con te. Ti ho lasciata un po' abbacchiata. Come stai?».

Avrei voluto raccontargli le recenti rivelazioni, ma non mi andava di farlo per telefono, così mi limitai ad accennargli che avevo riavuto il manoscritto di Anita.

«Spero tu non abbia fatto il topo d'appartamento».

Mi lasciai andare a una risatina. «Non è stato necessario. Me l'ha restituito la coinquilina di Greta, ma tanto non c'è molto di utile. Ho il sospetto che sia stato ripulito delle parti cruciali».

«Capisco. Ma c'è dell'altro, vero?».

«Forse».

«Immaginavo che non avresti mollato».

«Non mi sentirò in pace finché non avrò fatto di tutto per capire cosa avesse in mente Anita».

«Immagino che sia colpa mia. Se non mi fossi presentato a casa tua a metterti la pulce nell'orecchio... forse ora saresti a nuotare beatamente in piscina».

«Chi dice che non lo farò comunque?».

«Spero per te che sia così. Intanto vuoi dirmi di che si tratta?».

«Ho contattato un'amica di Anita che mi ha fornito spontaneamente delle informazioni».

«Ovvero?».

«Devo ancora capire se ciò che ho scoperto è utile».

«Fai la misteriosa?», scherzò lui.

«Diciamo che prima di farti perdere altro tempo, vorrei raccogliere qualcosa di solido».

«Ti diverti a tenermi sulla corda».

«Ma no! È che prima di arrendermi, vorrei fare un'ultima ricerca».

«Amanda, stai attenta. Dico seriamente. Non sappiamo con chi abbiamo a che fare».

«So badare a me stessa».

«Immagino di sì, ma preferirei che tu non corressi troppi rischi. Prima di fare mosse avventate, fammi uno squillo e ne parliamo».

«Credo di averti assillato a sufficienza».

«Sciocchezze. Tienimi aggiornato, okay?».

«Lo farò, prometto. Al momento, l'unica mossa avventata sarà affrontare una signora bisbetica».

«In bocca al lupo, allora».

Siamo solo amici, cercai di autoconvincermi appena ci salutammo.

Ora dovevo pensare a come rientrare nelle grazie di Cristina Parisi. Passai al negozio di fiori e comprai una piantina di begonia a mo' di ramo di ulivo da offrirle.

Stabilii che fosse più saggio non rivelare all'amministratrice tutto quello che sapevo. Considerato il suo astio per Greta, non avrebbe esitato a chiedere l'intervento immediato delle autorità. Ci sarei andata cauta il più possibile e se necessario avrei imbastito qualche bugia per ottenere informazioni.

Nel pomeriggio andai a bussare all'8B con il vaso di begonia in mano. Cristina Parisi era un tipo formale, forse non avrebbe gradito un'improvvisata, ma d'altra parte non intendevo perdere tempo.

Fu lei a ricevermi, ma non c'era alcun benvenuto nella voce. Quando lo sguardo glaciale si posò su di me, mi affrettai a spiegare il motivo della visita. «Ci terrei a scusarmi per il mio comportamento della scorsa settimana. Sono mortificata, non posso credere di aver parlato così a sproposito».

«Il suo gesto è apprezzato», replicò lei in tono asettico, anche se i suoi occhi contenevano a fatica un lampo di compiacimento.

«Spero le piacciano le begonie», dissi porgendole il vaso.

«Gentile da parte sua. Fiori e piante sono doni sempre graditi. Si accomodi».

«Grazie, in effetti speravo di scambiare quattro chiacchiere con lei».

Uno sguardo inquisitore si soffermò su di me, mentre mi faceva entrare. «Gradisce da bere?».

«Sono a posto così, grazie». Ci addentrammo nell'immacolato salotto, dove c'era Serena affaccendata al telefono. La ragazza mi fece un cenno amichevole con la mano.

«Venga, andiamo nel mio studio. Mia figlia si sta occupando della festa di sabato. Lei sarà dei nostri?».

«Certamente».

Lo studio di Cristina Parisi, per quanto piccolo, era una perfetta incarnazione della sua personalità: sobrio, severo, organizzato, lindo. La finestra era aperta e le tapparelle quasi del tutto abbassate tenevano a bada i raggi del sole e creavano una piacevole penombra. La stanzetta però era soffocante per il caldo che ristagnava tra le pareti. Appena entrata, già sentivo le gocce di sudore affiorare sulla nuca.

Ci sedemmo una di fronte all'altra. Non sapevo come esordire ed ero troppo agitata per tirare fuori dei convenevoli, così me ne rimasi senza aprire bocca, mentre lei adottava una postura eretta alquanto intimidatoria.

«Mi spiace essermi presentata senza avvertire», mi scusai, in attesa di trovare l'approccio giusto.

La signora Parisi però non era tipo da perdersi in lungaggini e prese il toro per le corna. «Devo dedurre che ha cambiato idea riguardo al denunciare la signorina Molinari per violazione di domicilio?».

Deglutii. «Diciamo che prima vorrei essere certa di fare la cosa giusta».

«Vale a dire?».

«Ho saputo che la zia di mio marito era molto amica della famiglia Molinari, ma aveva avuto dei battibecchi con Greta».

«E questo la stupisce? L'ha conosciuta quella piccola impunita, no?», si scaldò lei.

«No, non mi stupisce, ma credo che Anita ne fosse dispiaciuta», inventai sul momento.

Strizzò le labbra in una smorfia. «Non la seguo».

Passai nervosamente la mano tra i capelli. «Aveva fatto tanto per i Molinari, soprattutto per Miriam... e ora la figlia si mostrava così...». Mi fermai un momento con la speranza che la signora Parisi mi fornisse un appiglio per proseguire, ma lei se ne restò a fissarmi arcigna. «Sì, insomma, voglio dire, Anita deve esserci rimasta male».

Avevo sottovalutato il pragmatismo della donna, che non batté ciglio. Così non mi rimase che affrontare la questione di petto. «Okay, sarò sincera. Sto conducendo qualche ricerca sul passato di Greta Molinari e la sua famiglia. Mi chiedevo se potesse aiutarmi a colmare qualche lacuna».

Finalmente ottenni una reazione da lei: spalancò gli occhi. «A quale scopo?».

«In realtà era Anita che indagava su Greta. Io sto provando a capire perché».

Dalla sua espressione stupefatta, compresi che non era al corrente delle attività di Anita o dei suoi sospetti. «Tutto questo mi giunge nuovo», mi confermò. «E non ne afferro il senso. Ma ora mi spiego quell'ufficiale di polizia che l'altro giorno girava da queste parti. È un suo amico, suppongo. L'hanno vista parlare con lui».

«Sì, faceva qualche domanda in veste non ufficiale».

Meglio restare sul vago, mi dissi, adottando un'aria ingenua.

«Doveva venire direttamente da me, signora Ferrante, invece di sollevare un vespaio nel condominio», mi rimproverò.

Optai per un mortificato silenzio a testa bassa.

«Comunque, non so dirle molto. Sono passati trent'anni da quando Miriam se ne è andata da qui. Trent'anni, si rende conto? E continuo a non capire perché si interessa a questioni che non la riguardano».

«Forse potrebbe spiegarmi per esempio, come abbia fatto Greta a ottenere l'eredità».

«Si tratta di questo? È stato tutto regolare, glielo assicuro. I signori Molinari avevano stilato un testamento ed era stato nominato un esecutore testamentario per gestire la successione. Si è occupato lui della pubblicazione del testamento e di tutte le pratiche necessarie per la corretta liquidazione dei beni. L'eredità spettava a Miriam Molinari e alla figlia, ma Miriam era deceduta e nessuno di noi era a conoscenza del recapito della signorina Greta. Dunque, le cose andarono per le lunghe».

«Qualcuno si occupò di cercarla?».

«Non competeva al notaio, né a noi del condominio. La casa rimase in abbandono per diverso tempo. L'eredità sarebbe rimasta in giacenza per poi passare allo Stato, se non si fosse fatta viva la nipote dei Molinari. Accettò subito il lascito, ovviamente. Quando Greta arrivò, sapevo che sarebbe stata fonte di seccature», concluse con tono petulante.

«E non ci sono stati ulteriori intoppi?».

«Nessuno».

«Non sono saltati fuori altri parenti stretti?».

«No, non c'erano parenti in vita che potessero impugnare il testamento. Tra l'altro, sono stata io a occuparmi di alcune questioni pratiche dopo l'incidente».

«E come mai tante difficoltà per rintracciare Greta?».

«Erano decenni che se ne erano perse le tracce».

Portai una ciocca ribelle dietro l'orecchio. Faceva un caldo asfissiante là dentro. «Forse se i genitori di Miriam fossero stati più comprensivi...», azzardai.

«Non erano affatto tipi comprensivi. Intendiamoci, non si trattava di cattive persone. Anzi, molto perbene e rispettose del prossimo, ma con una morale troppo rigida. E una certa, chiamiamola grettezza. Damiano Molinari era un militare di carriera, il classico tipo dell'esercito che anche in famiglia si dimostra severo, autoritario, quadrato. E la moglie era una puritana che pendeva dalle sue labbra e camminava sulle uova in presenza del marito».

«Decisamente non le piacevano», osservai con un debole sorriso che lei non ricambiò.

«Oh, può dirlo forte». Fece un gesto sdegnato con la mano. «Chieda a chiunque da queste parti. Avevano ripudiato la figlia. Un gesto deprecabile. Sa come definivano la nipote? "La figlia del peccato"! Neanche fossimo nel Medioevo».

«Eppure le hanno lasciato tutto», sottolineai.

«Con il tempo hanno manifestato dei rimorsi, forse l'età ha portato un po' di compassione in quei cuori induriti. Miriam era ricoverata in un istituto, e indovini chi pagava metà della retta, oltre alla quota della sanità pubblica? I Molinari».

«Ah, davvero?».

«Già, e parliamo di bei soldini, non poco per quei campioni di spilorceria. Avevano accumulato un'autentica fortuna, tra investimenti e altri beni, eppure non spendevano mai un soldo».

Ormai la signora Parisi era lanciata, animata dal suo spirito battagliero, e non c'era più bisogno di spronarla. «Negli ultimi anni si erano ammorbiditi e avevano riaccolto la figlia a braccia aperte, anche se ormai era una ragazza danneggiata. Hanno stilato un testamento a favore della figlia e della nipote, benché di quest'ultima non si sapesse più nulla da anni. E nonostante quello che le avevano fatto passare, Miriam sperava di poter stare di nuovo con i genitori come una famiglia unita. Avrebbe voluto riavere anche la figlia, ma... beh, sappiamo com'è andata a finire la storia».

«Una famiglia sventurata». Non mi vennero altri commenti.

La donna mi guardò con severità. «Mi dica, ha ottenuto le informazioni che voleva?».

Feci un sospiro, eludendo la domanda.

«Permetta che le dia un consiglio, signora Ferrante. Lasci perdere questa storia, appartiene al passato. Si concentri sul presente».

«E se ci fosse stata una scorrettezza nell'attribuire l'eredità? Se la Greta che conosciamo non fosse la vera nipote dei Molinari? Lei non vorrebbe informare la polizia dell'imbroglio?». Le parole mi uscirono spedite, ma un istante dopo mi chiesi se avevo fatto bene a espormi così tanto.

La sua voce prese un tono diverso, più ponderato. «Sta suggerendo che si è impadronita di un'identità che non le appartiene?».

Lo ammisi con un cenno, sebbene riluttante.

«Lo escludo», replicò categorica, senza un attimo di esitazione.

«C'erano un mucchio di soldi in ballo. Se il notaio fosse stato in combutta...».

«Il notaio che si è occupato della successione è una persona a modo, aveva già curato gli interessi della famiglia Molinari. E io stessa mi sono rivolta a lui per altre questioni. Nessuno più di me vorrebbe sbarazzarsi di Greta, ma sono certa che le procedure necessarie all'attribuzione del lascito siano state compiute in modo rigoroso. La ragazza aveva tutto il diritto di entrare in possesso dell'eredità dei nonni».

«Nessuno qui conosceva Greta», le feci notare. «È stato fatto un esame del DNA?».

«Non c'era necessità di richiederlo, che io sappia. I documenti che provavano il diritto all'eredità erano a posto, non sussistevano incertezze. Non sono addentro a queste situazioni, ma immagino siano stati forniti il certificato di nascita, i documenti dell'affidamento e...».

«Affidamento?».

«Miriam è stata ricoverata per problemi di salute mentale quando la figlia aveva un paio di anni».

«Questo lo so».

«Nel frattempo, la bambina trovò sistemazione presso la famiglia del padre biologico. Una pessima scelta, se vuole che le dica la mia».

«Perché lo pensa?».

«Era un balordo di prima categoria. All'epoca lo conoscevo di vista, avevo più o meno la sua età. I Molinari lo consideravano un debosciato, un farabutto che si era approfittato di una minorenne. Aveva già una famiglia, lo sa? Era già sposato con figli, quando mise nei guai Miriam».

«Quindi Greta fu affidata al padre?».

«Sì, e questo è tutto quello che si sa. Quell'uomo era un tipo scombinato, spendeva ogni centesimo in giochi d'azzardo. A un certo punto mollò la famiglia e sparì dalla circolazione. Si dice che non pagasse i debiti di gioco e per questo ha fatto perdere le sue tracce. Il resto della famiglia si trasferì subito dopo. Neanche di Greta si seppe più nulla. Potrebbe essere stata data in affidamento a un'altra famiglia o essere scappata di casa ed essere diventata una senzatetto. Miriam non fu in grado di contattarla mai più. Forse avrebbe potuto ritrovarla con l'aiuto di un avvocato o di un investigatore privato. Magari avrebbe potuto avanzare una richiesta di accesso agli atti presso il Tribunale dei minori. Ma Miriam non aveva né le risorse né la lucidità per farlo. E a quei tempi, i genitori non le erano di alcun supporto, anzi facevano solo ostruzionismo», sottolineò con disprezzo.

«Greta è stata abbandonata due volte, prima dalla madre, poi dal padre», considerai con una punta di tristezza.

«È così. Ma non per questo dovremmo compatirla e perdonare il suo comportamento sconsiderato. Non è d'accordo? So riconoscere le mele marce».

Scostai una ciocca di capelli dalla guancia umida di sudore. «Non la metterei proprio in questi termini, dico solo che una bambina innocente è stata sballottata a destra e a manca».

Cristina non mi diede la soddisfazione di replicare.

«Ha detto che conosceva di vista il padre, ricorda come si chiama?».

La donna si prese un istante per riflettere. «Uhm, proprio no. È passata una vita! Conoscevo un po' meglio la moglie, abbiamo frequentato la stessa scuola media, ma da tempo non so più niente di lei».

«Come si chiamava?».

«Mi sembra Giaccone... no, aspetti... Giacchino... anzi, Giacomelli. Sì, ecco. C'è una macelleria qui nel quartiere che si chiama Giacomelli, proprio sulla via principale. Può darsi che siano imparentati con il padre di Greta. Ma anche se lo fossero, non si illuda di ottenere informazioni da loro, di sicuro ce l'hanno a morte con quell'uomo. E comunque...».

Un paio di colpi alla porta la fecero bloccare. Sbucò Serena, con la faccia tirata. «Mamma, ho bisogno di te. Questione di un attimo. Scusa, Amanda».

La madre sbuffò indispettita dall'interruzione, ma la seguì fuori dalla stanza.

Rimasta sola, mi alzai per sgranchirmi le gambe e mossi qualche passo nella stanzetta. Dovevo rielaborare le nuove informazioni.

Stavo investendo molto tempo in quella storia e cominciavo a chiedermi se ne valesse la pena. Per la precisione, mi domandavo se Anita non avesse preso un abbaglio sospettando di Greta. Forse le ragioni della persecuzione di Sebastiano/Carlo non avevano niente a che fare con quei sospetti.

Con la testa piena di pensieri, esplorai la stanzetta, arredata con mobili di legno scuro. Le pareti erano spoglie, nessun elemento decorativo, l'unica concessione al voluttuario era un ficus vicino la finestra. Il resto era frutto di un fanatico amore per l'ordine: una scrivania a ferro di cavallo, funzionale, equipaggiata con un PC fisso, raccoglitori sugli scaffali, un ripiano porta-riviste, qualche libro di saggistica, diversi manuali, una lavagnetta magnetica per memorizzare le cose da fare, una bacheca portachiavi appesa alla parete. Mi soffermai su quest'ultima. In accordo con i criteri di efficienza del resto dello studio, anche le chiavi erano appese a gancetti e dotate di targhette. Visto che Cristina tardava, ne approfittai per dare un'occhiata da vicino. Sbirciai con curiosità i contrassegni delle chiavi, che erano disposte in ordine di scala e interno.

Non tutti avevano affidato un duplicato all'amministratrice, per esempio quello del mio appartamento non c'era, dal momento che non mi ero preoccupata di fornire una copia dopo aver cambiato serratura. Invece trovai quella dell'interno 9B.

Avevo già avuto indietro il libro, ma quando mi sarebbe

ricapitata un'occasione tanto ghiotta per entrare in casa di Greta? Adriano aveva cercato di dissuadermi, anzi mi aveva estorto la promessa che non l'avrei fatto, ma non avevo intenzione di gettare la spugna.

Senza troppi indugi, sganciai la chiave e la infilai nella borsa, giusto un paio di secondi prima di sentire i passi di Cristina dietro la porta. Con un movimento brusco, mi allontanai dalla bacheca e quando la donna rientrò nel suo studio, finsi di essere in piedi davanti alla finestra. «Oggi si muore davvero di caldo», esclamai, facendomi aria con le dita.

«Dicono che questi saranno i giorni più caldi dell'anno».

Le allungai una mano. «Credo di averle rubato anche troppo tempo, signora Parisi. La ringrazio per la disponibilità».

«Non c'è di che». Mi strinse la mano, mentre il senso di colpa per averle rubato le chiavi mi inondava. Si sarebbe accorta della mancanza? Me lo domandai, serrando la presa sulla borsa contenente il maltolto.

«Signora Ferrante», riprese, scrutandomi da capo a piedi con quei suoi occhietti vigili, «lei è giovane, sposata da poco, ha tutta la vita davanti. E mi sembra una persona con la testa sulle spalle. Lasci perdere il passato, si concentri su altro. E se Greta dovesse importunarla ancora, venga da me questa volta. Troveremo insieme una soluzione». L'aria burbera si ingentilì per un istante e il suo interessamento parve genuino.

«Spero che non ricapiti, onestamente», replicai con aria sconsolata.

«Naturale. So cosa si prova a essere vittima di un'intrusione. Nel palazzo molti hanno subito dei furti o delle truffe in casa. Viviamo in un pessimo mondo, non crede?».

«A proposito di truffe in casa... Anita conservava dei trafiletti su una serie di raggiri agli anziani. Per caso, ne sa qualcosa?».

«Non ve ne aveva parlato? Oh, probabilmente quella benedetta donna non voleva far preoccupare i parenti».

«Che significa? È successo proprio ad Anita? Il trafiletto parlava di un anziano morto a causa di una truffa».

«Quello specifico episodio è capitato in un altro quartiere. Nella palazzina erano installate delle telecamere di sicurezza, così la polizia è risalita ai responsabili. Ma erano passati anche da noi e Anita è stata una delle vittime. Prendevano di mira anziani soli, i più vulnerabili. Da quello che so però non le hanno portato via nulla, Anita non conservava in casa contanti o gioielli, ma mentre era narcotizzata hanno messo la casa a soqquadro, rovistando dappertutto. Una brutta esperienza. La poveretta era sconvolta, ha impiegato un po' a riprendersi dallo shock. Ma non è stata l'unica, sa? In quel periodo c'è stata una vera e propria ondata qui alle Tre Ginestre. Certo, abbiamo imparato la lezione tutti quanti e da allora siamo più attenti a chi facciamo entrare in casa».

«Forse non cercavano solo denaro...», borbottai tra me e me. Mi era tornato in mente il prologo del romanzo di Anita.

«Come dice?». La voce di Cristina mi richiamò alla realtà.

«Non importa. L'ho disturbata fin troppo».

Mentre mi accompagnava alla porta, però, cedetti di nuovo alla smania di sapere: «Quando è successo? Voglio dire, quando è stato preso di mira il palazzo?».

«Mah, direi più o meno un anno e mezzo fa».

«Dopo l'incidente dei Molinari?».

«Quante domande, a lei piace proprio rimestare nel torbido!».

«Soddisfi la mia curiosità, la prego».

«Mi faccia pensare... i vari episodi dovrebbero risalire più o meno allo stesso periodo della tragedia dei Molinari. Fu davvero un momento nero, quello, per tutti noi», concluse l'amministratrice, abbandonandosi a un moto di tristezza.

«Posso capire», commentai distrattamente, mentre nella mia testa si formava una catena di ipotesi su come potessero incastrarsi quei fatti.

83

GRETA

La luce fuori stava calando, ma Greta tardò ad accendere la luce nella stanza. Osservò il suo volto riflesso sul vetro della finestra. Mortalmente pallido, spettrale. Le palpebre gonfie, gli occhi torbidi e sbarrati. Aveva orrore di ciò che era diventata. Se Malina fosse stata lì, avrebbe detto che era uno spettacolo pietoso.

Continuava a pensare a sua sorella, pur non volendo, con una strana malinconia che attenuava il risentimento.

Riaffioravano scene del passato, momenti della sua infanzia, fuggevoli come sogni dimenticati. Molto tempo addietro si era ripromessa di non rimuginare più su quegli anni, ora però i fantasmi imprigionati saltavano fuori e portavano a galla una sofferenza repressa.

I lividi le prudevano. Prese a sfregare la pelle del braccio, che presto si infiammò e si scorticò. Il braccio bruciava, ma lei continuò a grattarsi quasi fino alla carne viva. Si fermò solo quando udì il campanello all'ingresso. Raggiunse il più velocemente possibile la porta e vi attaccò l'orecchio. Attese, in ascolto.

... volevo dirvelo di persona.

Chi era? E di cosa stava parlando?

Greta riusciva a udire solo brandelli sparsi e indistinti della conversazione, ma per fortuna Rosi e l'ospite si spostarono all'ingresso per parlare. In un primo momento non riconobbe la voce, poi capì che apparteneva alla figlia dell'amministratore. Non ricordava il nome, solo i suoi capelli bicolore. La ragazza annunciava una festa in piscina. Il suo compleanno. Rosi e il suo ragazzo erano invitati. Sarebbero venuti? *Ma sì, certamente, ci saremo con grande piacere, Serena!*

Serena, ecco come si chiamava. Per un momento ipotizzò di mettersi a martellare di pugni la porta per attrarre la sua attenzione. Chiedere aiuto a quella svampita però non le parve un'idea geniale.

Le due stavano ancora ciarlando. Nessuno l'aveva nominata, nessuna delle due le aveva dedicato una sola parola. Greta non è stata invitata, come la strega cattiva, pensò. Ecco, ora si metteva pure a pensare a se stessa in terza persona, stava proprio svalvolando.

A sabato, squittì Serena.

Greta udì la porta d'ingresso richiudersi.

Ci aveva fatto il callo a non essere calcolata. Era l'ultimo dei suoi problemi.

Rosi non avrebbe resistito a una festa. E si sarebbe portata dietro anche Freddie, ovviamente, per pavoneggiarsi un po'. *Guardate che bel pezzo di ragazzo mi sono accaparrata.*

L'evento era imminente, da quanto aveva capito. Sabato. A Greta diceva poco, aveva perso il senso del tempo chiusa là dentro, ma si sentì come folgorata. I suoi carcerieri, che di solito si alternavano per tenerla d'occhio, sarebbero stati entrambi assenti nel corso di quella festa. Un guizzo di speranza la rianimò.

84

AMANDA

15 luglio, venerdì

Dopo l'incontro con Cristina Parisi, avevo molte informazioni da elaborare, ma fui assalita dall'impulso di prendere il telefono e confrontarmi con Adriano. Lui rispose subito, tuttavia sembrava distratto, giù di morale. Attribuii il suo umore alla mancanza di progressi nelle indagini.

«Ho scoperto cose interessanti», dissi, faticando a tenere l'emozione sotto controllo. «Devo parlarti di persona».

«Ora mi è impossibile, ma possiamo vederci stasera. Ah, no, aspetta... devo restare a casa stasera. Ti va di venire da me dopo cena? Altrimenti, possiamo incontrarci domani mattina».

Esitai. Era una buona idea andare a casa sua? Saremmo stati soli? Ovviamente né Gianfranco né Dora avrebbero approvato.

«Amanda?».

«Sì, sì, mandami l'indirizzo. Prendo un taxi e vengo da te questa sera, fammi sapere tu a che ora».

Subito dopo chiamai Rita, fremendo dal desiderio di cercare conferme alle mie teorie. Senza giri di parole le chiesi se aveva conservato tutte le foto collezionate da Anita.

«Sì, non mi sono ancora decisa a fare una selezione».

«Avrei bisogno di sapere se ci sono foto di una famiglia che viveva qui. Si chiamavano Molinari. Magari Anita ha messo delle etichette sulle foto o vi ha appuntato delle note».

«Cara, ti aiuterei volentieri, ma saranno una decina di album, di quelli che si usavano un tempo, robusti, spessi e rivestiti in pelle. Alcuni li aveva ereditati a sua volta dai genitori. E non credo avesse catalogato le foto. Inoltre, la mia vista non è più quella di un tempo, lo sai. Come potrei riconoscere queste persone di cui parli?».

«Sì, mi rendo conto che ti sto chiedendo molto. Che ne dici di selezionare almeno gli album che non riguardano la famiglia Ferrante e farmeli avere? Gianfranco verrà qui venerdì o sabato. Però se credi che tutto questo sia troppo gravoso per te...».

«Non lo è», si affrettò a replicare. «Ma posso chiederti cosa ti aspetti di trovare di preciso?».

Non avevo una risposta pronta e decisi comunque di non sbilanciarmi troppo. «Cerco delle foto di una persona che Anita ha conosciuto da piccola».

Mia suocera non fece commenti, così fui io a riprendere la parola: «Credi anche tu che stia solo perdendo tempo?».

«Non mi permetterei mai di giudicare come occupi il tuo tempo», rispose dolcemente.

«Sono convinta che Anita volesse comunicarci qualcosa di importante con il suo romanzo, ma Gianfranco sostiene che ormai la zia non c'è più e quindi non ha senso accanirsi tanto».

«Mi fido del tuo istinto, Amanda. Non credo che tu sia semplicemente eccitata dal mistero».

«Apprezzo che tu lo abbia detto».

La udii sospirare. «Se ipotizzi che Anita voleva dirci qualcosa con il suo libro, probabilmente è così, ed è giusto che tu voglia farvi luce. Non sarò certo io a dissuaderti. Però, sai... ecco, mi permetto anche di suggerirti di considerare il prezzo da pagare per tutto questo».

«Ti riferisci al mio rapporto con Gianfranco?».

«Sì», confermò seccamente.

«Ti ha parlato dei nostri problemi, quindi».

«Sono sicura che ci state lavorando», replicò diplomatica, mostrandosi ancora una volta restia a pronunciare parole invadenti.

«Rita, io...».

«Sì?».

Non potevo più aspettare. «Gianfranco mi ha detto che in questo periodo non ti senti bene».

«Oh, lui esagera, è così apprensivo. Davvero non c'è motivo di impensierirsi».

«Ma stai facendo degli esami, vero? Quando saprai i risultati?».

«Presto. Vedrai che tutto si risolverà in una bolla di sapone. I medici parleranno di ansia e problemi emotivi, come fanno spesso».

«Speriamo», replicai con scarsa convinzione.

Dopo aver chiuso la telefonata, ricordai che in borsa avevo ancora le chiavi rubate all'amministratrice. Mi si era palesata l'occasione per prenderle e l'avevo colta, ma ora non sapevo se avrei avuto il coraggio per servirmene.

Cos'ero diventata, una ladra?

85

GRETA

Greta si svegliò con un grido soffocato in gola, reduce da uno dei suoi incubi. Aveva la bocca arida, un po' di acidità di stomaco e la vista offuscata. Si era addormentata con lo stomaco appesantito, dopo aver divorato la cena a quattro palmenti, facendo onore alle polpette al sugo preparate da Freddie e fregandosene dell'ipotesi che fossero state alterate. Fare pasti a orari regolari era una novità per lei, assuefatta da anni ad abitudini alimentari disordinate.

Fuori gli uccellini cinguettavano vivacemente. Aveva lasciato la finestra spalancata ma l'aria non circolava, dopo la notte la stanza era afosa e umida, il letto zuppo di sudore. Il senso di claustrofobia stava raggiungendo la soglia di sopportazione. I giorni sembravano tutti uguali, non sapeva neppure dire quanti ne fossero passati da quando era chiusa là dentro.

Quella notte aveva sentito i suoi carcerieri fare faville mentre si davano da fare a letto. La camera di Rosi confinava con la sua e Greta aveva dovuto coprirsi le orecchie, intollerante a quei mugolii.

Le ore erano senza fine, ingabbiata lì dentro. Incapace di stare ferma, continuava a muoversi per la stanza, ma era difficile trovare la forza. Sentì Freddie cantare solennemente *Living on My Own*. Aveva una bella voce calda, anche se non all'altezza del Freddie originale e tanto meno il carisma. *Buffone*.

In mattinata fu proprio lui a farle visita per riprendere i rimasugli del pasto della sera prima. Le lasciò una bottiglia di acqua senza dire una parola. Non le portò la colazione. Greta era troppo orgogliosa per chiedere da mangiare.

All'ora di pranzo aveva i crampi allo stomaco per la fame. Aveva avvertito odori deliziosi provenire dalla cucina, ma nessuno le aveva portato cibo. Nel tardo pomeriggio si era fatto vivo di nuovo Freddie per accompagnarla in bagno. Non fece alcun tentativo di conversazione e questo riempì d'ansia Greta. Era come se ormai non la considerasse più un essere umano.

Neanche la cena era arrivata. E le scorte d'acqua cominciavano a scarseggiare.

86

AMANDA

Dopo una cena leggera mi rinfrescai e mi cambiai d'abito. Indossai un paio di pantaloni comodi e una camicetta senza maniche. Niente di frivolo o seducente. Ricordai a me stessa che non era una visita di piacere. Radunai gli articoli conservati da Anita e li infilai in una cartellina per portarli con me.

Il taxi mi condusse in una zona di periferia fatta di casermoni alti e grigi.

Quando scesi dalla vettura, non sapevo cosa aspettarmi. Adriano viveva da solo o in compagnia? Aveva una famiglia sua?

Era stranamente sorprendente non conoscere quasi nulla della sua vita eppure sentirsi profondamente in sintonia con lui.

Quando aprì la porta, aveva un'espressione funerea che mutò in un istante appena mi riconobbe.

Rimasi turbata nel vederlo. Sconvolto, trasandato, le guance adombrate da una barba riccia e ispida, le rughe attorno agli occhi più pronunciate. Tutto questo però non lo rendeva meno desiderabile.

Intuii subito che qualcosa non andava.

Mi rivolse un sorriso ansioso e mi fece entrare. «Ti confesso che stavo per chiamarti e dirti di non venire».

«Oh. Non voglio disturbarti, se credi posso...».

«No, mi fa piacere che tu sia qui. Molto piacere. È solo che sono una pessima compagnia in questo momento».

«Che succede? Si tratta di tua sorella?».

«Sì, ha subito una minaccia di aborto. È ancora ricoverata nell'infermeria del penitenziario».

«Mi dispiace enormemente. Sei riuscito a vederla?».

Scosse la testa. Nascondeva il suo dolore con un comportamento scontroso.

«Ma se la caverà? La sua vita non è in pericolo, spero».

«Lei e il bambino per ora stanno bene», rispose con voce dura, come se stesse facendo di tutto per controllare le emozioni. «Vieni, mettiamoci seduti. Ti va un brandy?».

«Sì, perché no».

Lui accennò al divano e riempì dei bicchieri.

L'appartamento non aveva il tipico arredamento da scapolo, anzi appariva ben curato e la scelta di mobili e decorazioni rifletteva un tocco femminile. Tuttavia, il caos che regnava in soggiorno sembrava quello tipico di chi non ha né voglia né tempo di occuparsi della casa.

Ci sedemmo uno accanto all'altra sul divano, a sorseggiare il brandy. Entrambi sembravamo in imbarazzo. Era la prima volta che ci trovavamo in una situazione così intima, e questo faceva sobbalzare il mio cuore e chiedermi se fosse stata una buona idea andare da lui.

Presi un altro sorso di brandy. «Dimmi di Simona», lo sollecitai.

Passarono alcuni istanti prima che cominciasse a parlare, sembrava troppo depresso perfino per sfogarsi. Ma poi prese a raccontarmi a ruota libera della sorella e pian piano il tono si fece meno aspro. Non lo avrebbe mai ammesso, ma era evidente che aveva bisogno di esprimere le sue preoccupazioni, in particolare il terrore di perdere l'unica sorella. Lo ascoltai con pazienza, senza interromperlo.

«Saperla chiusa lì dentro, senza difese, vulnerabile... tu non hai idea di com'è un penitenziario».

«No, non ce l'ho. Deve essere un'esperienza durissima, degradante. Tanto più se si è accusati ingiustamente».

Lui fissava il vuoto. «Farei l'impossibile per tirarla fuori», mormorò.

Avrei voluto trovare il modo di rassicurarlo, avvolgerlo in un confortante abbraccio, ma il nostro rapporto si trovava in uno stadio di ambiguità tale che qualsiasi iniziativa del genere poteva essere fraintesa.

«Scusa se ho insistito per vederti», dissi, le dita strette attorno al bicchiere. «Mi sembrava importante riferirti ciò che ho scoperto. Ora però mi rendo conto che non avrei dovuto disturbarti in un momento così difficile».

«Tranquilla, in realtà averti qui è... è bello. E poi sono io che dovrei scusarmi per averti fatto venire fin quaggiù stasera, ma ho la bambina con me. L'ho appena messa a letto».

«Tua figlia?».

Lui annuì, sorridendo teneramente. «Si chiama Stefania e ha cinque anni. Io e la madre siamo separati. Beh, a dirla tutta, mi ha lasciato un anno e mezzo fa».

«Mi spiace».

Abbozzò un gesto di rassegnazione. «Non la biasimo, ero un vero disastro. Un pessimo marito e un pessimo padre. Lavoravo giornate intere, ininterrottamente, anche nei giorni di festa. Ci sono stati casi che mi hanno consumato, ero pronto a rimetterci la salute pur di risolverli. L'espressione "drogato di lavoro" mi calzava a pennello. Parlo al passato, ma in realtà la mia dedizione è durata fino a un mesetto fa, quando mi hanno sospeso. Tanti anni senza sgarrare ed è bastato così poco per farmi terra bruciata attorno. Proprio ora che mia sorella sta passando le pene dell'inferno». Sospirò a fondo.

Questa volta non esitai ad appoggiargli una mano sul braccio. Mi intristiva vederlo ridotto in quello stato. Lui non si irrigidì sotto il mio tocco come temevo.

«Ho parlato di nuovo con l'avvocato», continuò lui. «A questo punto è scontato che Simona dovrà affrontare un processo, anche se non riesco a farmene una ragione. Sembra che i maltrattamenti possano essere un elemento a suo favore, almeno come attenuante, ma sarà difficile sostenere che ha ucciso in preda a un raptus, come reazione all'ennesima ingiustizia, e non in modo premeditato. L'accusa batterà sul fatto che lo ha raggiunto sul posto di lavoro con l'intenzione di ucciderlo, anche se alcuni elementi smentiscono questa tesi. Quell'incompetente di legale a cui si è affidata le ha consigliato di dichiararsi colpevole. Simona potrebbe ottenere un patteggiamento per l'omicidio preterintenzionale di primo grado e così evitare una condanna per omicidio volontario. In quest'ultimo caso, potrebbe beccarsi l'ergastolo. Se almeno potessi dimostrare il raptus, l'accusa sarebbe di omicidio colposo, ma a questo punto ne dubito», concluse in tono disperato.

«No, non devi arrenderti», dissi con foga. «Troverai il vero assassino e tua sorella sarà scagionata». Il brandy mi faceva sentire la testa leggera. Non ho mai retto l'alcool.

Lui si soffermò a osservarmi con serietà. «Non intendo cedere, ma mi chiedo... e se fosse stata davvero lei? Fin dall'inizio ho creduto che le avessero affibbiato la responsabilità dell'omicidio, ora però non sono più sicuro di nulla. Lei era lì quella notte, lo ha ammesso, ci sono le prove. E Sebastiano era un verme, un prepotente, l'ha fatta soffrire per anni. So che non dovrei dirlo, si dovrebbe parlare sempre bene dei morti, no?».

«No, se non lo meritano».

Mi parlò di nuovo del cognato, dei loro attriti, dei suoi traffici al di fuori della legge. Si interruppe quando il mio cellulare vibrò.

Vidi il numero di Gianfranco sul display e decisi di non rispondere.

«Scusa, Amanda. Ti sto ammorbando con i miei problemi... e l'alcool mi fa parlare a briglia sciolta». Posò il bicchiere vuoto sul tavolino.

«Non scusarti, è terribile quello che tua sorella sta passando. E vorrei aiutarti a venirne fuori. Per questo sono qui».

Lui si tirò su, raddrizzando la schiena. «Dimmi cosa hai scoperto, coraggio. Vedo che hai portato con te una cartellina, ti stai trasformando in una vera detective». Mi sorrise sornione.

Gli raccontai per filo e per segno il mio incontro con la dottoressa Bernardi e poi la conversazione con Cristina Parisi; infine provai a mettere insieme le informazioni in base alle mie ipotesi. Adriano mi ascoltò senza perdersi una sillaba.

«Anita era convinta che Greta fosse un'impostora e sono propensa a crederle. Spiegherebbe perché tuo cognato la minacciava e si è messo in contatto con me. Deve averle fatto pressioni fino a quando non si è arresa».

«Però non c'è prova di un legame tra Greta e Sebastiano».

«No, ma sono convinta che lui fosse coinvolto nella truffa messa in piedi per accaparrarsi l'eredità dei Molinari. Mi avevi detto che Sebastiano era nella polizia stradale».

«Vero», osservò Adriano meditabondo. «Quindi è possibile che l'incidente dei Molinari sia stato provocato con l'intento di sbarazzarsi dell'intera famiglia? Potrebbero aver manomesso i freni dell'auto», ipotizzò.

«Ne dubito. Secondo la dinamica, è stata colpa del camionista, che ci ha quasi rimesso la pelle. Però tuo cognato potrebbe essere venuto a sapere che i Molinari avevano lasciato un consistente patrimonio a una nipote dispersa».

«Conoscendo Sebastiano, sì, è possibile che la cosa gli abbia fatto gola. Anche se non c'è alcuna traccia di una sostanziosa somma di denaro nel suo conto bancario. Ma va' avanti».

«La mia teoria è che una volta scoperto l'ammontare dell'eredità, sono entrate in scena le due donne che truffavano gli anziani. Hanno preso di mira il mio palazzo con l'obiettivo di scoprire di più sull'ereditiera».

«Cosa te lo fa supporre?».

«Il prologo del romanzo di Anita. Te ne ho parlato, ricordi?».

«La ladra che scatta delle foto a un album di foto».

«Bravo».

«Quindi le truffatrici cercavano delle foto di Greta?».

«Non solo. Sono state da Anita, ma anche da altre persone nel palazzo, di sicuro erano a caccia di informazioni».

«Una specie di ricognizione».

«Esatto. Anita era in buoni rapporti con la madre di Greta, si considerava una sorta di madrina. Immagino che conservasse delle foto della piccola».

Adriano mi guardò meditabondo. «Volevano farsi un'idea di Greta per capire chi mettere al suo posto», osservò. «In tal caso, però, che fine ha fatto la vera Greta?».

Mi fermai un momento a riflettere. «Per quanto ne sappiamo, potrebbe essere morta. Oppure è finita in un brutto giro o qualcosa del genere. Chissà quante persone scompaiono nel nulla».

«Okay, ammesso che tutto questo sia vero... chi ha ucciso Sebastiano? E perché?».

«Potrebbe essere stata Greta, intendo la falsa Greta».

«Movente?».

«Non so, forse questioni economiche. Forse lui la ricattava. O il contrario, lei ricattava lui. O magari si è trattato di un delitto passionale. Rosi mi disse che Greta frequentava un uomo sposato».

«Tutto questo suona interessante. E non stento a credere che Sebastiano fosse implicato in qualcosa di losco. Ma torno a ripeterti che non c'è prova di un legame tra questa ipotetica impostora e Sebastiano. Nessuno. Zero totale. Tanto meno possiamo dimostrare che l'ha ucciso».

«E delle due truffatrici che mi dici? Ora sono in carcere, ma potevano essere in contatto con Sebastiano. Forse è questa la chiave, magari sono disposte a parlare in cambio di una riduzione di pena».

«Frena! Apprezzo l'entusiasmo, ma la tua immaginazione sta prendendo il volo. Io non ho nessuna autorità per proporre accordi».

«Ma l'ipotesi che Sebastiano fosse coinvolto in una truffa potrebbe far riconsiderare il caso, no?».

«Forse. A patto che qualcuno sia disposto ad ascoltarmi. Non dico che non valga la pena tentare, comunque».

«Anita aveva evidenziato il nome di una delle truffatrici, ecco qui... ho portato con me i ritagli nel caso potessero tornarti utili». Recuperai i trafiletti e glieli allungai.

«Malina Di Girolamo», lesse, pensieroso.

«Ti dice qualcosa?».

«In effetti, sì».

«Cioè?».

Di colpo sembrava sprofondato in se stesso, dimentico di me, come se stesse elaborando delle informazioni.

Morivo dalla curiosità, ma non volevo spezzare la catena dei suoi pensieri, così aspettai che si decidesse a parlare.

«Fammi controllare una cosa», disse, infine, infrangendo il silenzio.

Recuperò il suo taccuino. «Ecco qui. Non credo ci siano dubbi».

«Vuoi condividere la notizia con me?», lo sollecitai con un sorriso.

«Sulla scena dell'omicidio sono state trovate tracce estranee».

«Me l'avevi detto. E quindi?».

«I miei colleghi hanno fatto dei controlli, durante la prima fase dell'indagine, ma né le impronte digitali né il DNA erano in archivio. Il sistema però ha segnalato una parziale corrispondenza del DNA con quello di una donna presente nel database. Un risultato che suggerisce una possibile relazione di parentela tra le due persone. Purtroppo nessuno ha ritenuto necessario approfondire la questione. Si sarebbe potuto procedere a un test di parentela genetica mettendo a confronto i due campioni, ma i miei colleghi si erano già intestarditi con Simona. E come ti ho detto io stesso, la scena potrebbe essere stata semplicemente contaminata».

«E...?».

«La persona con il DNA parzialmente corrispondente a quello trovato sul cadavere si trova in carcere e si chiama Malina Di Girolamo».

Mi sollevai sul divano, eccitata. «Ne sei sicuro?».

«Non sei l'unica ad avere una memoria di ferro. E comunque, ecco qui, me lo ero appuntato». Mi mostrò una pagina del taccuino. La calligrafia era quasi indecifrabile, ma il nome era scritto in maiuscolo e ben visibile.

«Cosa sai di lei?».

Lui fece una smorfia. «Poco e nulla. Finora non ho approfondito questa pista. Però, vista la storia della parentela con un possibile assassino, proverò a farmi mandare qualche informazione sui familiari in vita. Faccio una telefonata a un collega, l'unico disposto ancora ad aiutarmi».

«Adesso?».

«Che ragione c'è di aspettare?».

Avrei voluto fargli notare che la sua voce non era granché ferma e che si sentiva lontano un miglio che aveva alzato un po' il gomito, ma lui si era già allontanato per telefonare. Lo sentii parlare animatamente con il suo interlocutore, come se dovesse insistere per convincerlo. Volò anche qualche improperio.

Quando tornò, si gettò sul divano accanto a me con un vigoroso sospiro. «Il mio amico non ha intenzione di darmi una mano, dice che al lavoro cammina sul filo del rasoio. Dovrò contattare personalmente l'istituto penitenziario, magari riesco anche a ottenere un colloquio con questa Malina Di Girolamo, anche se non si tratta di un'indagine ufficiale».

«Speriamo», mi limitai a dire.

Con mia sorpresa mi prese una mano e i suoi occhi cercarono i miei. Sentii la pelle infuocarsi a quel contatto.

«Non ti ho ancora ringraziata per tutto quello che stai facendo».

«Sono piuttosto sicura che tu lo abbia già fatto». Gli sorrisi, ma lui distolse lo sguardo e allontanò la mano.

D'improvviso il suo atteggiamento era cambiato, sembrava combattuto, e anche io iniziai a sentirmi a disagio. Era come se fossimo su una linea di confine pericolosa, e io ero consapevole che se l'avessi oltrepassata me ne sarei pentita.

Mi sistemai sulla sedia, fin troppo conscia dell'effetto che aveva su di me stare accanto a lui. Desideravo che ci baciassimo e accarezzassimo, ma d'altra parte non intendevo cedere a quell'impulso. Così, decisi di riportare la conversazione su un terreno più solido e sicuro. «Quindi pensi che tutto questo sia utile?», domandai.

Adriano si massaggiò le tempie e annuì con convinzione. «Il mio sesto senso dice che la pista che hai trovato è quella giusta, ma per tirare Simona fuori di galera ho bisogno dell'assassino di Sebastiano. Devo portare alla Procura un colpevole valido. E per ora abbiamo solo indizi, niente di così forte da far riconsiderare il caso da un altro punto di vista».

«Ma forse puoi dimostrare l'imbroglio, la truffa dell'eredità. E a quel punto, se le tracce trovate sul cadavere sono di Greta...».

«Hai ricominciato con i voli pindarici. Non sappiamo se è così. Vuoi Greta colpevole a tutti i costi», obiettò con durezza.

«Per l'amor del cielo, non è così!».

«I sospetti vanno dimostrati. Tanto per iniziare, potrei cercare la testimone del Pincio e mostrarle una foto di Greta... Oppure procurarmi i filmati di sicurezza. Se l'hanno ripresa quella notte, sarebbe una conferma del suo coinvolgimento».

«Possiamo fare di meglio. Ti procuro il suo DNA».

Mi lanciò un'occhiata stralunata. «Vorresti avvicinarti a lei? Non se ne parla neanche».

«Ho le chiavi del suo appartamento».

Adriano mi rifilò un'occhiata di ghiaccio. «Non oso chiederti come mai».

«Le ho prese all'amministratrice. È stato un gesto impulsivo, lo so, ma...».

«Cristo santo».

«Tanto vale usarle per ottenere delle prove».

«Sei impazzita? Scordatelo!». Balzò in piedi, alzando la voce. «Questo non è un gioco, ma sembra proprio che tu ci abbia preso gusto».

«Sto solo cercando di aiutarti», protestai.

«Dannazione, Amanda!».

«Starò attenta, lo prometto. Non so ancora quando potrò farlo, in questi giorni ci sono continui movimenti in quella casa, ma...».

«No! Sono già nei casini senza che tu commetta una violazione di domicilio e...». Si bloccò.

«Papà».

Una bimbetta in pigiama era sulla soglia con un orso di peluche tra le braccia. «Che succede?», piagnucolò.

Aveva un corpicino esile, i capelli castani tagliati corti e ben pettinati all'indietro a sottolineare un viso minuto e grazioso. L'orsacchiotto che reggeva tra le mani era così grande da superarla in altezza. Parve così stupita della mia presenza che per alcuni istanti si impietrì.

Adriano balzò in piedi e le corse incontro. «Oh cucciolotta, ti abbiamo svegliata, mi dispiace così tanto...».

Vederlo in quella veste inusuale, mentre faceva la vocetta alla figlia, mi fece sorridere di tenerezza, ma al contempo mi sentii terribilmente d'intralcio.

Senza mollare la presa sull'orsacchiotto, la piccola trotterellò verso il padre e si accucciò accanto a lui stringendogli le gambe, poi alzò la testolina su di me con curiosità.

Le andai incontro anche io. «Ciao. Mi chiamo Amanda, e tu?».

«Stefania». I suoi occhi assonnati si fecero di colpo vispi, la vocina però era ancora piagnucolante.

«Sarà meglio che vada», annunciai.

«Ma no, Amanda... il tempo di riportare questa birichina a letto e...».

«Si è fatto tardi», ribadii con fermezza. Avevo già afferrato la borsa. Feci per dirigermi verso la porta di uscita. «Mi farai sapere, vero?», chiesi.

«Certo». Si staccò dalla figlia e si sporse a baciarmi su una guancia. Incrociai i suoi occhi. Sembravano umidi e immalinconiti.

87

GRETA

16 luglio, sabato

Appena sveglia, Greta fu aggredita da una crisi di tosse. La tipica tosse aspra e stizzosa dei fumatori assidui, benché fossero diverse ore (o addirittura giorni?) che non toccava una sigaretta. Il pacchetto vuoto giaceva a terra accartocciato; più volte le sue dita lo avevano afferrato in un gesto compulsivo, e la frustrazione di non trovare neanche un mozzicone era stata insopportabile. L'astinenza la stava facendo impazzire, non era mai stata così a lungo senza fumare.

Con le mani che tremavano, recuperò dal comodino la bottiglia d'acqua e bevve a grandi sorsate, pur essendosi ripromessa di razionare le scorte. I morsi della fame arrivarono poco dopo. Avrebbe dato qualsiasi cosa per un'omelette al formaggio e prosciutto, come quelle che sapeva preparare Freddie il re dei fornelli. O per un panino, le sarebbe andato bene anche quell'obbrobrio che aveva mangiato con Leo.

Faceva così caldo che si sentiva mancare. Un senso di torpore si diffondeva per tutto il corpo e i pensieri si accavallavano nella mente.

Qualcuno doveva essere entrato nella stanza mentre dormiva, perché c'erano altre bottiglie di acqua accanto alla porta. Almeno non intendevano farla morire di sete.

Era a digiuno da quella che le sembrava un'eternità. La mente le si riempì dell'immagine di un piatto di spaghetti. E aveva un disperato bisogno di una sigaretta. Si sforzò di bere per non disidratarsi.

Cercò di zittire la voce interiore che le ripeteva che non le avrebbero dato cibo finché non si fosse arresa. Una tortura vera e propria. Aspettavano un suo crollo psicologico o fisico. Ma lei non si faceva piegare facilmente.

Udì il campanello all'ingresso, si alzò e accostò l'orecchio alla porta. Fu Freddie ad aprire. A Greta sembrò di udire la voce di

Amanda. Che voleva ancora, quella vipera? Non riusciva a sentire quasi nulla. La visita durò solo un paio di minuti, dopo i quali udì la porta richiudersi.

La stanza sembrava un campo di battaglia, piena di sporcizia e disordinata a un livello eccessivo perfino per lei. Ormai aveva smesso di passeggiare avanti e indietro, provata dall'inattività, dal calore e dal digiuno, appesantita dalla caviglia dolorante e da un senso di letargia. Seduta sul letto, affondò la testa tra le mani.

Riaffiorò l'idea di farla finita. Non voleva morire di stenti o finire nella cella di un penitenziario. Il solo pensiero del carcere le dava i brividi. Aveva visto com'erano quei posti quando andava a trovare Malina. Un incubo. Nel giro di pochi giorni sarebbe precipitata in un abisso di follia.

Si lasciò trascinare nelle acque torbide di quei sinistri pensieri, finché i succhi gastrici non attirarono di nuovo l'attenzione. La fame arrivava a ondate, a volte si attenuava ma poi riprendeva il sopravvento più aggressiva di prima.

Doveva resistere e chiamare a raccolta le poche energie che le restavano per concentrarsi sul piano di fuga. Questa volta non si sarebbe fatta guidare dall'emotività. Non poteva permettersi un altro fallimento.

88

AMANDA

Mi svegliai molto presto, dopo aver trascorso quasi l'intera notte insonne. Non avevo fatto che rimuginare su Adriano e l'omicidio di Sebastiano. Domande, emozioni e dubbi si erano agitati incessantemente nella mia mente, senza darmi tregua.

Quella mattina aspettavo l'arrivo di Gianfranco, invece quando accesi il telefono scoprii che aveva mandato un messaggio.

Non posso venire. Fatti viva appena ti svegli.

L'aveva inviato una mezz'ora prima, quindi non mi feci scrupoli a chiamarlo anche se erano solo le sei e mezza di mattina.

Mi aggredì con mille domande. «Dov'eri ieri sera? Ti ho chiamata un mucchio di volte».

«Ero uscita», replicai laconicamente. «Che succede, si tratta di tua madre?».

«Cosa? No, lei sta bene. Tu piuttosto, si può sapere che stai combinando?». Il tono traboccava sfiducia.

Risposi sforzandomi di mantenere la voce ferma. «Perché non ne parliamo quando arrivi? Ci sono molte cose che devo raccontarti, ma non voglio farlo al telefono».

«Non posso venire a Roma, te l'ho detto».

«Perché?».

«Devo lavorare. Potresti venire tu qui. Anche io vorrei parlarti».

«C'è la festa di Serena Parisi stasera. Ricordi che te ne ho parlato?».

«Ci tieni così tanto a partecipare?».

«Ho promesso che ci sarei stata. E poi è una buona occasione per familiarizzare con gli altri residenti».

Lì per lì mi sembrò una risposta ridicola, tuttavia Gianfranco era sensibile agli obblighi sociali. «D'accordo. Provo a staccare prima e arrivo in serata».

Visto che avevo la mattina libera, pensai di andare a comprare un regalino per Serena e fare un salto dal parrucchiere per sistemare taglio e colore in vista della serata. Non appena misi piede fuori casa, mi pentii all'istante di essere uscita con quel caldo afoso.

Per il compleanno di Serena acquistai un cestino contenente vari prodotti di bellezza. Poco distante dalla profumeria, trovai un salone di parrucchiere e mi fermai, anche se non avevo un appuntamento e c'era da aspettare un po'. Nell'attesa presi a sfogliare vecchie riviste patinate, cercando di distrarmi.

Finalmente giunse il mio turno. Avevo un asciugamano sulla testa bagnata, quando arrivò una telefonata di Adriano che mi affrettai a prendere. Lo sconforto era ben percepibile nella sua voce.

«Non ho buone notizie. Ho contattato il penitenziario. Ho dovuto fare parecchia pressione per farmi dare informazioni sulle due truffatrici, comunque alla fine ho saputo che una è ancora dietro le sbarre, mentre l'altra è deceduta».

«Deceduta?», gli feci eco, allucinata.

«È rimasta mortalmente ferita in una rissa in carcere i primi di giugno. Si tratta proprio di Malina Di Girolamo».

«Oh, no, no!».

«Condivido il tuo sgomento. E questa cosa non mi dice niente di buono. Potrebbero averla zittita».

«Ti hanno detto se aveva sorelle?».

«Era figlia unica. Né sorelle, né fratelli. Però ho richiesto la lista dei visitatori, appena ce l'ho tra le mani, ti faccio sapere». Mi salutò senza troppe cerimonie.

Un'altra speranza di far chiarezza che sfumava, lasciandomi con l'amaro in bocca.

Quando uscii dal parrucchiere si era fatto tardi. Decisi comunque di fare un salto alla macelleria di cui mi aveva parlato Cristina Parisi, visto che era di strada. Probabilmente l'amministratrice aveva ragione a dire che non avrei ottenuto informazioni da quelle persone, ma non volevo lasciare nulla di intentato. Chiesi a un passante di indicarmi dove si trovava di preciso il negozio.

La sfida sarebbe stata entrare in una macelleria. La sola idea mi faceva rivoltare lo stomaco. Per tutto il percorso fui tentata di fare marcia indietro.

Quando notai l'insegna del negozio, "Macelleria Giacomelli", mi avvicinai, ancora reticente ad avventurarmi all'interno. Restai un minuto buono a fissare i cartelli con le offerte speciali appesi sulla vetrina. La repulsione mi suggeriva di andarmene, ma non volevo trascurare la possibilità di trovare il padre di Greta.

Con un moto di coraggio spinsi la porta a vetri ed entrai. L'interno del negozio era tranquillo, c'era solo un cliente servito da un omone barbuto sulla trentina, dai modi spicci e l'immancabile grembiule sporco di sangue. Mentre aspettavo il mio turno, mi sforzai con determinazione di non guardare il bancone dove era disposta una selezione di vari tagli. L'odore di carne cruda mi fece contrarre lo stomaco.

«Cosa le do, signora?».

Dopo aver chiarito che non ero lì per acquistare qualcosa, gli spiegai che stavo cercando il padre di Greta Molinari.

Mi aspettavo che l'uomo cadesse dalle nuvole, che replicasse di non sapere di chi stavo parlando, invece la sua risposta infastidita mi stupì.

«Ancora con questa storia?».

«Vuole dire che...».

«Qualcuno è già venuto a fare domande, un po' di tempo fa. Ma non ne sappiamo niente, io e mia moglie».

«Mi hanno detto che siete imparentati con il padre di Greta, è giusto?», azzardai.

«Più o meno, Vittorio era sposato con la sorella di mia madre».

Mi concessi un momento per raccapezzarmi. «Quindi per lei era un zio acquisito. Ma perché parla al passato? È deceduto?».

«E chi lo sa. Dico "era" perché non so più nulla di lui da una vita. Ma lei perché fa tutte queste domande? Io sto lavorando, qui».

Nel frattempo, un paio di clienti erano entrati nel negozio e l'uomo cominciava a fremere d'impazienza.

«La prego, mi conceda solo un altro momento».

Lui sbuffò. «D'accordo, ma facciamo presto. Cosa vuole sapere?».

«Mi dica di più di Greta. L'ha conosciuta?».

«Certo, eravamo cugini, più o meno. Mia zia, pace all'anima sua, era una santa, l'ha presa in casa e allevata come se fosse figlia sua. Ma nessuna buona azione resta impunita».

«Che intende?».

«Quel delinquente di zio Vittorio la mollò subito dopo averle appioppato la figlia avuta con un'altra donna. Dovette sparire per via dei suoi debiti di gioco. Mia zia si ammalò. Un tumore maligno se l'è portata via in fretta. Quando è successo, quel figlio di buona donna del marito se n'era già andato da un pezzo, lasciandola senza il becco di un quattrino e sola con due bambine, tra cui quella Greta, appunto. E siccome i soldi non bastavano, dovettero trasferirsi. Dopo la morte di mia zia, le figlie cambiarono di nuovo casa. E poi, boh, non so che fine abbiano fatto».

«Greta fu riconosciuta dal padre e adottata ufficialmente?».

Fece un gesto di disprezzo. «Oh, figuriamoci se quel pezzo di cretino di zio Vittorio si assumeva una simile responsabilità».

Dentro di me mi dissi che non doveva essere il mostro che tutti descrivevano, dal momento che aveva avuto a cuore la figlia biologica al punto da convincere la moglie a prenderla in famiglia.

«Abbiamo appena ricevuto una fornitura da allevamenti biologici. Altissima qualità», stava dicendo il macellaio rivolgendosi a una cliente.

«E di Greta cosa ricorda?», lo incalzai con un senso di frustrazione.

Lui non rispose subito, impegnato ad affettare la carne. «Mah, era una bambina difficile, se ne stava sempre per i fatti suoi. Signora, adesso però...».

«L'ha più rivista da allora? Ora abita qui in zona, ha ereditato la casa dei nonni materni».

«Non lo sapevo. Buon per lei».

«Quindi non l'ha più rivista?».

«No, come le ho già detto».

Dietro di me si era formata una fila di persone, il macellaio mostrava segni di insofferenza e i clienti mi lanciavano occhiatacce.

«Se la vedesse, sarebbe in grado di riconoscerla?».

Mi rammaricai di non avere con me una foto di Greta da mostrargli.

«Cosa ne so? Non capisco perché continuate a fare sempre le stesse domande! Ora basta». Si rivolse all'uomo accanto me. «C'era lei in fila, signore? Cosa le serve?».

«Quindi è già venuto qualcuno?», insistetti.

L'omone sbuffò sonoramente, continuando a servire il cliente accanto a me. «Ce n'è di gente che lo cerca. O almeno che lo cercava. Ma gli strozzini non mandano mica donne anziane, no?».

«A chi si riferisce?».

«Alla donna che è venuta un annetto fa. Cercava Vittorio, mi ha rotto le scatole proprio come sta facendo lei. Poco ma sicuro, però, che non l'avrebbe trovato tanto facilmente», concluse con un gesto sdegnato.

Anita.

Il macellaio cominciò a fare a pezzi un pollo. Quando il coltello affondò nella carne, dovetti distogliere lo sguardo.

«Beh, la ringrazio per il suo tempo», borbottai, delusa. «Scusi se insisto, ma posso portarle una foto di Greta? Magari può dirmi se è la stessa persona che ha conosciuto tanti anni fa».

Lui sospirò, battendo uno scontrino. «Sono passati anni! Ma se proprio ci tiene... Comunque, continua a chiamarla Greta, ma come avevo già detto a quella signora, non è così che noi la chiamavamo».

«Che vuole dire?».

«Quando Vittorio la portò in famiglia, tutti cominciarono a chiamarla Margherita, perché a mia zia non piaceva il nome Greta, diceva che era solo una specie di diminutivo di Margherita. Fu usato questo nome per l'adozione».

«Aveva detto che non ci fu un'adozione».

«Beh, non da parte di Vittorio. Fu la zia a occuparsene. Una santa, come le dicevo prima. Si era affezionata alla bambina, non era solo una matrigna per lei, si considerava sua madre ormai. Così prima di ammalarsi volle rendere ufficiale il legame. Tant'è che le fece mettere il suo cognome, Giacomelli».

Non reagii subito. «E suo zio Vittorio... qual era il suo cognome?».

«Di Girolamo. Credevo lo sapesse».

Fissai il bancone con un nodo in gola.

Senza aspettare una replica, il macellaio si rivolse a un'altra cliente: «A lei cosa do, signora? Oggi abbiamo delle ottime salsicce di prosciutto».

89

AMANDA

Ero in fibrillazione quando chiamai Adriano. Lasciai squillare a lungo, finché scattò la segreteria. Non scrissi messaggi: era impossibile spiegare le novità in poche righe. Mandai solo un breve vocale un po' nevrotico, in cui gli chiedevo di richiamarmi il prima possibile.

Non sapevo ancora cosa significava con esattezza ciò che avevo scoperto ed ero troppo agitata per rifletterci con lucidità.

Tornai alle Tre Ginestre quasi di corsa, decisa ad andare dritta da Rosi. Questa volta mi sarei fatta ascoltare a tutti i costi, l'avrei convinta a collaborare. Con il suo aiuto avremmo ottenuto un campione di DNA di Greta da confrontare con quello trovato sul cadavere.

Bussai al 9B, pregando ardentemente che non fosse Greta ad aprire la porta. Mi trovai davanti un giovane bruno con i baffi e i capelli corvini, un bel ragazzo dall'aria esotica. Gli chiesi di Rosi, e lui con accento straniero e modi affabili mi spiegò che la sua ragazza era al lavoro e sarebbe tornata nel pomeriggio.

«Puoi farmi chiamare appena rientra? Anzi, no. Venite alla festa di Serena?».

«Certo!».

«Allora la vedo stasera». Stavo per andarmene, quando mi balzò in mente un'altra domanda: «Viene anche Greta alla festa?».

Il ragazzo apparve meravigliato dalla mia richiesta. Scosse la testa, facendosi di colpo serio. «No, Greta è fuori».

«Intendi che è al lavoro?».

«Fuori città».

Credevo mi avesse fraintesa, così insistetti, scandendo le parole: «Vuoi dire che è uscita e torna stasera?».

Fece di nuovo no con la testa, enfaticamente. «Greta è partita».

«E quando torna?».

«Non so. Vacanza!», esclamò con un sorriso a trentadue denti.

Tornai a casa, più confusa di prima.

Quando iniziò la festa di Serena, Gianfranco non era ancora arrivato. Nell'attesa, mi vestii. Mentre finivo di truccarmi, arrivò la telefonata di Adriano. «Ho visto la tua chiamata. Intanto lascia che mi scusi per ieri sera. Ero un po' brillo e sono stato più aggressivo di quanto intendessi. Il fatto è che tutta questa storia...».

«Non importa, lascia stare. Ti ho chiamato perché ho avuto delle informazioni che complicano tutto. Ho parlato con un parente di Greta, un tale che ha una macelleria qui vicino. Per la precisione, il padre di Greta è un suo zio acquisito».

«Uhm... le questioni di parentela mi scatenano il mal di testa».

«La cosa importante è ciò che ho saputo. Prima di tutto il padre biologico di Greta si chiama, o si chiamava, Vittorio Di Girolamo».

«Lo stesso cognome della donna in carcere».

«Sì, non può essere una coincidenza. Devono essere imparentati, forse quella Malina è la figlia».

«Ma...».

«Aspetta, non è finita. Pare che Greta sia stata adottata quando era piccola, ma non da Vittorio Di Girolamo, bensì dalla moglie, dopo che lui se la svignò con i soldi di famiglia. Quindi Greta Molinari diventò Margherita Giacomelli».

Adriano imprecò al telefono. «Questo spiega perché non se ne ebbe più traccia. Eppure, ottenne l'eredità...».

«Sì, presentandosi al notaio con il nome con cui era nata. Nessuno sapeva che avesse cambiato nome».

«L'unica spiegazione è che qualcuno abbia fatto sparire i documenti dell'adozione e che siano stati presentati documenti contraffatti», considerò Adriano.

Mi fermai a pensarci. «Sì, ma a quale scopo? Non me ne intendo di questioni del genere, ma suppongo che... voglio dire...». Non sapevo come esprimere ciò che avevo in mente.

Lui mi venne in aiuto. «Sì, capisco cosa ti passa per la testa. C'erano strade legali per ottenere l'eredità. Margherita poteva dimostrare di essere nata come Greta Molinari grazie ai documenti originali dell'adozione o poteva cercare qualcuno che testimoniasse a favore della sua identità originale. E invece è stata messa in piedi quella che ha tutta l'aria di essere una truffa. È così strano... e poi cosa c'entra Sebastiano in tutta questa storia? Bisogna che torni a parlare con Greta, questa volta la metterò con le spalle al muro», concluse con durezza.

«Temo non sia così semplice. Credo che Greta sia scappata».

Adriano si abbandonò a una nuova imprecazione. «Cosa te lo fa pensare?».

«Il ragazzo di Rosi dice che è partita, ma Greta non è tipo da vacanze».

«Questa non ci voleva».

«Avrà capito che le stavamo addosso».

Per un momento non dicemmo altro.

«Resta il fatto che il DNA di una parente di Malina Di Girolamo era sulla scena del delitto», riprese lui. «Sappiamo che Vittorio Di Girolamo era il padre di Greta. Se ipotizziamo che anche Malina era figlia di Vittorio, se ne deduce che Malina e Greta avevano lo stesso padre».

«Sì, è possibile. Lo zio di Greta mi ha raccontato che quando è scappato, Vittorio ha lasciato alla moglie due bambine, una delle quali era Greta, sua figlia illegittima».

«Ma le due non portavano lo stesso cognome, per cui all'anagrafe non risulta che Malina avesse sorelle».

«Esatto».

«Tuttavia, le due donne avevano in comune una parte significativa del patrimonio genetico. Voglio dire, condividevano parte del DNA. Segui il mio ragionamento?».

«Sì».

«In conclusione, è plausibile che le tracce trovate sulla scena del delitto siano di Greta e che sia stata davvero lei a uccidere Sebastiano. Non ci resta che confrontare il DNA. Andrò dal PM e lo convincerò a riesaminare il caso. Faremo perquisire l'appartamento di Greta e se necessario le daremo la caccia», asserì con rinnovata baldanza.

«Posso procurarti io il DNA», mi offrii.

«Amanda, ne abbiamo già parlato».

«Non intendo introdurmi nell'appartamento, chiederò semplicemente a Rosi di procurarmi un oggetto di Greta. Ci saranno in giro dei capelli o uno spazzolino...».

«Sì, okay. Ma non saranno ammissibili come prove».

«Tuttavia, avresti in mano un elemento in più e potresti andare dal pubblico ministero con la sicurezza che Greta sia coinvolta nell'omicidio».

Sospirò. «Okay, allora procedi. Speriamo che Rosi sia collaborativa. Quando le ho parlato, ho avuto l'impressione che la sua disponibilità fosse solo una facciata».

Per un istante nessuno di noi disse altro. Fui io a riprendere il discorso: «Stavo pensando alle conseguenze di quello che abbiamo scoperto. E continuo a non capire la ragione di tutto questo pasticcio».

«Personalmente vedo una sola motivazione».

«Sì, anche io. Greta è stata ingannata».

«E ciò le fornirebbe anche un possibile movente per l'omicidio di Sebastiano», rifletté lui, come leggendomi nel pensiero.

«Vero». Stavo per aggiungere altro, quando sentii una chiave girare nella toppa. «Credo sia arrivato Gianfranco, devo andare. Ti richiamo dopo».

Mi affrettai a chiudere la telefonata. Dovevo aver stampato in faccia il senso di colpa perché quando Gianfranco entrò, assunse un'aria seria e vagamente sospettosa. Ci scambiammo un bacio pigro, fingendo che andasse tutto bene.

«Ce l'hai fatta», commentai. «Tutto bene il viaggio?».

«Il solito traffico», rispose mettendo via la valigia.

Non si accorse che ero stata dal parrucchiere, ma non gli sfuggì la mia aria provata. «Stai bene? Non hai una bella cera, tesoro».

«Non ho dormito granché stanotte».

«Troppo caldo?».

«Sì. Ti va qualcosa da bere?».

«Un bicchiere d'acqua. Grazie».

Per nascondere il mio stato d'animo, mi precipitai in cucina a riempire due bicchieri.

«Faccio una doccia, mi cambio e scendiamo alla festa», annunciò lui dal bagno.

Non ero nella disposizione d'animo adatta a tollerare confusione e chiacchiere a vuoto. Lui dovette percepirlo perché aggiunse: «Uscire e stare tra la gente ci farà bene, vedrai».

«Tua madre ti ha dato qualcosa per me?», domandai, mentre gli porgevo il bicchiere.

«Sì». Notai che i lineamenti del volto si erano contratti. Bevve l'acqua tutta d'un fiato. «Una scatola di foto».

«Oh, bene. Dov'è?».

«In macchina».

«Vado a prenderla».

«Amanda, aspetta».

«Uh?».

«Posso sapere cosa stai combinando? A che ti serve quel materiale?».

«Ti spiegherò tutto con calma. Ora non c'è tempo».

Lui posò il bicchiere sul tavolo con uno scatto nervoso. «Io faccio i salti mortali per venire qui per vederti, e a te interessa solo una stupida scatola piena di foto!».

«Ma che ti salta in mente? Non è così».

«Ti sei animata non appena hai saputo delle foto, non negarlo. Era per questo che mi volevi qui stasera? Non potevi venire tu per una volta ed evitarmi il viaggio dopo una settimana di lavoro?».

«Ma la festa...».

«Non dire cavolate! Ti vedi ancora con quel tipo, vero? Eri con lui ieri sera», stabilì, fissandomi con durezza. «Lo sapevo che aveva delle mire su di te».

Avrei voluto negare, ma ero stanca di mentire per evitare liti e sfuriate. «Sì, ero con lui, ma non è come credi. Lo sto solo aiutando».

«Avete una relazione?». L'inflessione ruvida della sua voce mi urtò più delle parole.

«Ti ho appena detto di no!».

«Dimmi se è così, voglio saperlo», si accanì, gli occhi che cercavano sul mio volto un segno di colpevolezza. Chiaramente dubitava della mia sincerità.

«Senti, ora non ho proprio voglia di discutere. Fatti questa dannata doccia e usciamo».

«No, parliamo prima».

«E di cosa?». Mi costrinsi a guardarlo. Rifiutavo anche solo l'idea di farmi trascinare in un'altra discussione con lui.

«Avrei voluto farlo con calma tra oggi e domani, ma temo che non possiamo più rimandare».

Nei suoi occhi lessi una familiare aria condiscendente che non mi era mai piaciuta. Rimasi in attesa che continuasse, presagendo il peggio.

«Ne ho parlato con Dora e lei è d'accordo con me. Dopo tutto non è stata una buona idea che tu venissi qui per l'estate».

«Che stai dicendo?».

«Pare che tu stia cercando ogni pretesto per sentirti scontenta in questo posto. Prima l'inimicizia con Greta, poi tiri fuori i deliri premorte di Anita, per non parlare del caso di omicidio... Ti stai complicando la vita inutilmente. E di proposito».

«Stai insinuando che non ci sia nulla di vero? Mi consideri un'isterica? Sei convinto che mi sia inventata tutto? Magari pensi anche che la foto me la sia scattata da sola».

Gianfranco sbuffò. «Ma no, certo».

«Tu non hai la minima idea di cosa sta succedendo. È qualcosa di grosso».

Lui scosse la testa con vigore. «È inconcepibile che ti sia lasciata coinvolgere tanto morbosamente. Dovresti coltivare ben altri interessi».

«Sto cercando lavoro», obiettai, distogliendo lo sguardo dalla sua espressione paternalistica.

«Non è questo che sto dicendo. Un altro lavoro è l'ultima cosa che ti serve, aggiungerebbe solo un'altra fonte di stress. E comunque non ce n'è bisogno, lo sai, guadagno bene al momento».

Non mi piaceva la piega che aveva preso la conversazione. «Stai cercando di nuovo di dissuadermi dal cercare un'occupazione? Magari è stata Dora a condizionarti con le sue idee antidiluviane».

«Certo che no».

«Beh, non so cosa ti abbia fatto pensare che avrei rinunciato a una professione», proseguii con un groppo in gola. Temetti di essere sull'orlo delle lacrime, ma mi dominai. «Non sono il tipo di donna che resta a casa a occuparsi dei figli. Mi sembrerebbe di stare in un bozzolo soffocante! Ho bisogno di sentirmi realizzata, autosufficiente».

«Non sto dicendo che ti voglio a casa, per la miseria!». Subito dopo parve pentito di aver perso la pazienza e assunse un tono di voce pacato, quasi parlasse al rallentatore. Immagino volesse essere sicuro di mostrarsi comprensivo. «Dora dice che sei cambiata, che non la chiami mai, non la cerchi più. Pensa che tu sia infelice, probabilmente depressa e che questo influisca sulla tua capacità di giudizio. Credo abbia ragione. Anche con me sei diversa, e ammetto di essere preoccupato al riguardo. Negli ultimi tempi la tua lucidità sembra offuscata, hai bisogno di un sostegno professionale».

«Mi stai suggerendo di andare in analisi?». Le parole mi si accavallarono una sull'altra per lo sbigottimento.

«Sì, potresti farti seguire da un professionista, soprattutto per approfondire le cause di questo tuo stato».

«Questo mio stato», ripetei, raggelata, stentando a credere alle mie orecchie. Avevo sperato che si dimostrasse protettivo nei miei confronti, non che mi rifilasse una psicoterapia.

«Non deve essere per forza qui a Roma», precisò. «Finché non riesco a ottenere il trasferimento, potresti tornare a casa».

«È questa ora la nostra casa», dissi di getto.

Scosse la testa, come se avesse a che fare con un'adolescente ribelle. «Non sei felice, è inutile negarlo. E me ne dispiace davvero.

Ho sbagliato a lasciarti da sola a gestire tutto qui».

«Abbiamo preso insieme la decisione».

Lui accantonò l'affermazione con una scrollata di spalle. «Credevo che il trasloco ti avrebbe fatto bene, che ti saresti ritagliata del tempo per te stessa. E invece ti comporti in modo assurdo, rincorrendo misteri! Penso che un terapeuta potrebbe far luce su queste emozioni inespresse e...».

«Ti ringrazio per la proposta», lo interruppi, sollevando una mano. «Ma non ho bisogno di uno strizzacervelli». Non so come, riuscii a parlare senza urlare, senza tradire la rabbia che mi bruciava dentro.

«Amanda...».

«No! Lasciami parlare. Tu non sai un bel niente di cosa sto vivendo qui».

Dalla finestra aperta entrò un'ondata di schiamazzi e musica. La festa era in pieno svolgimento.

Chiusi i vetri con più impeto del dovuto. Quando in casa tornò un po' di calma, mi rivolsi di nuovo a Gianfranco: «Devo dirti una cosa che ho scoperto. Non riguarda solo Anita, ma anche me. E te».

Lo scetticismo con cui mi scrutò non giunse inaspettato. Non mi feci fermare. «Si tratta di Carlo, l'uomo con cui... ho avuto degli scambi tempo fa».

Gianfranco spalancò gli occhi. «Non avrai ripreso a frequentarlo?».

«Per l'amor del cielo, lasciami spiegare».

All'inizio faticai a trovare le parole, ma una volta preso il via cominciai a parlare a raffica, raccontando tutto quello che io e Adriano avevamo scoperto su "Carlo" e su Greta, senza omettere neppure che avevo incontrato Adriano la sera prima a casa sua.

Alla fine, lui si sedette sul divano con un'espressione shockata e confusa. Percepivo con chiarezza che avrebbe voluto farmi diverse domande, soprattutto a proposito del mio rapporto con Adriano, ma si trattenne. In certi casi difficilmente reagiva a caldo, aveva bisogno di elaborare fatti ed emozioni. In pratica, si chiudeva a riccio. E in quel momento ringraziai il cielo di quel suo modo di fare perché non avrei sopportato altre recriminazioni e polemiche.

«Se sei d'accordo, ora sarà il caso di andare alla festa», dichiarai alla fine a labbra strette. «A parte che ho una fame da lupi, ho bisogno di parlare con Rosi e convincerla a collaborare. Se Greta è scappata, non abbiamo molto tempo».

«Sì, d'accordo», replicò senza muoversi, la voce meccanica di chi ha la testa da un'altra parte. «Comincia ad andare, io devo farmi la doccia e... ho bisogno di stare un po' da solo».

«Okay». Avrei voluto aggiungere qualcosa, ma mi rendevo conto che dopo aver sganciato quella bomba era meglio concedergli tempo. Lo sguardo sfuggente e il tono impassibile la dicevano lunga sul suo umore nero.

Mi diedi una rinfrescata, rinnovai il rossetto, infilai un paio di sandali con il tacco, presi con me il regalo per Serena e la borsa. A quell'ora poteva esserci un po' di brezza, così coprii le spalle con una stola in chiffon.

Prima di uscire, lanciai un saluto a Gianfranco. Lui non rispose. Era ancora seduto sul divano con gli occhi persi nel vuoto.

90

AMANDA

L'atmosfera elettrica della festa mi aggredì repentinamente, insieme a un'esplosione di odori intensi.

Era un party a tema messicano. Un grande sombrero adornava l'ingresso della piscina che a sua volta era decorata con addobbi sgargianti e lanterne sospese. Dalle casse risuonava un'energica musica latino-americana. Molti dei partecipanti si stavano già scatenando a ballare a bordo piscina. Le piante ordinarie erano state sostituite da vasi di cactus, i tavoli coperti da tovaglie coloratissime e candele, le sedie ospitavano cuscini con motivi messicani. Tutto era stato preparato con cura e dovizia di particolari.

I partecipanti alla festa erano principalmente giovani dell'età di Serena, ma non mancavano persone più adulte, soprattutto condomini del palazzo. Il chiacchiericcio si univa alla musica generando un'allegra confusione.

Normalmente ero un tipo socievole, eppure faticai a entrare nello spirito gioioso. Feci del mio meglio per mostrarmi felice di incontrare chi già conoscevo e disponibile a entrare in contatto con sconosciuti. Serena gradì il mio regalo, le feci gli auguri e le garantii che mio marito sarebbe arrivato presto.

Una parte di me interagiva con le persone, un'altra rimescolava febbrilmente lo scambio di idee avuto con Gianfranco.

Negli ultimi tempi la tua lucidità sembra offuscata, hai bisogno di un sostegno professionale.

Parole che mi riecheggiavano in testa e che mi ferivano. Non riuscivo a credere che mi avesse proposto di andare in terapia!

Tutto stava cambiando così in fretta e mi sembrava di non avere più niente in comune con mio marito. E Dora congiurava insieme a lui, considerai con un misto di sdegno e delusione. Tanto per non cambiare, preferiva calarsi nel ruolo di sorella maggiore piuttosto che di amica. Di sicuro pensava che non fossi una brava moglie.

Tornare a casa, tornare alla vecchia vita, era un'offerta allettante. Eppure, non riuscivo a prenderla in considerazione. La mia precedente esistenza si era svolta senza grandi scossoni, mi ero considerata fortunata ad avere tutto ciò che potessi desiderare. Ora però sentivo che quella vita non mi apparteneva più. Stranamente non provavo alcun rimpianto per essermi trasferita. Non intendevo tornare indietro e di sicuro non sarei andata in terapia per una presunta depressione.

D'altra parte, avevo creduto che la nuova esistenza sarebbe stata una lavagna vuota, invece mi ero portata dietro tutti i problemi matrimoniali. Erano passate poche settimane dal trasferimento e già io e Gianfranco conducevamo ognuno una vita propria. Alla distanza fisica si era rapidamente aggiunta quella emotiva.

Mi scrollai di dosso tutta quella storia. Stavo morendo di fame, così mi avvicinai all'area ristoro. Una tavolata era stata allestita con piatti della cucina messicana. Tacos con carne, pollo, verdure grigliate, tortillas, tamales, enchiladas, salsa piccante e ciotole con fagioli e formaggio fuso. Riconobbi anche i nachos e una gran varietà di condimenti. Il guacamole fresco era disposto al centro del tavolo insieme a bottiglie di birra messicana, mentre a lato erano collocati i dolci tradizionali. Mi servii una porzione di enchiladas ripiene di verdure e una ciotolina di fagioli che mi ustionarono il palato.

Mentre mangiavo, cercai Rosi con gli occhi. In mezzo al caos, con la musica ad alto volume e le persone che parlavano tutte contemporaneamente, mi riuscì difficile individuarla. Infine, la vidi. Stava ballando una salsa a ritmo frenetico, insieme al tipo esotico che avevo conosciuto in casa sua. Le feci un segno, ma lei con aria strafottente finse di non notarlo.

Dovevo aspettare che si stancasse di ballare, poi l'avrei raggiunta e l'avrei costretta ad ascoltare ciò che avevo da dire.

Nel frattempo mi richiamò Adriano. «Disturbo? Sento una gran confusione in sottofondo».

«Sono a una festa in piscina, ma non disturbi. Sono qui solo per parlare con Rosi».

«Volevo dirti che mi hanno mandato la lista dei visitatori di Malina Di Girolamo. Tra i nomi figurano sia Margherita Giacomelli, che Carlo Levani».

«Accidenti!». Faticavo a sentirlo in mezzo al frastuono, così gli chiesi di alzare la voce.

«Sembra che l'ultima visita di Margherita risalga a febbraio dello scorso anno, dopo non si è più vista al penitenziario», mi informò.

«Strano».

«Non proprio. Se doveva farsi passare per Greta Molinari, avrà evitato di entrare in contatto con la sorellastra».

«Capisco. E invece di "Carlo" che mi dici?».

«L'ultima visita risale a un mesetto fa. Poco prima della rissa che ha ucciso Malina».

«Credi ci sia un nesso tra i due eventi?».

«Non lo so, ma intendo scoprirlo. Per ora ciò che conta è aver trovato un legame tra l'alias di Sebastiano e la presunta truffa. Lunedì andrò a parlare con il PM. Ora ti lascio alla tua festa».

«Okay».

Ci fu uno strano momento di silenzio tra noi, come se nessuno dei due si decidesse ad attaccare.

«Amanda, sei ancora lì?».

«Sì».

«Io... no, niente. Tuo marito è arrivato?».

«Sì, ma non è insieme a me».

«Come mai? Non importa, non sono affari miei».

Mi scappò un sospiro, ma non risposi. Non avrei saputo cosa dire.

«Passa una buona serata», mi salutò Adriano.

Terminata la telefonata, tornai a osservare Rosi. Stava ancora ballando con il suo ragazzo, più scatenato di lei.

Da come si dimenava, Rosi sembrava già sbronza, probabilmente non mi avrebbe dato ascolto. Tentare di parlarle in quel contesto sarebbe stata solo una perdita di tempo.

Posai il piatto su un tavolo, lasciai la festa senza avvertire nessuno e mi avviai verso il palazzo. Nella borsetta che avevo portato con me c'erano le chiavi dell'interno 9B. Era arrivato il momento di usarle.

91

GRETA

La festa era iniziata da un pezzo, quando finalmente sentì che Rosi e Freddie stavano uscendo di casa. Dal basso si levava un coro di voci chiassose, musica, esplosioni di risa, schiamazzi fragorosi e una sarabanda di altri suoni che riecheggiavano su e giù. In piscina era riunita tutta la tribù delle Tre Ginestre.

Era facile supporre che prima di lasciarla sola, i suoi carcerieri l'avrebbero controllata. Infatti, uno dei due aveva aperto la porta e sbirciato dentro. Greta si era fatta trovare a letto e aveva finto di dormire. La messinscena aveva funzionato, li aveva sentiti bisbigliare in inglese e poi chiudere di nuovo a chiave la porta.

Era arrivato il momento di tentare la fuga, ma le sue capacità di reazione erano smorzate, si sentiva rallentata dalla debolezza e dai crampi allo stomaco. Si fece forza per alzarsi dal letto e mettersi in moto.

Infilò in fretta i jeans e una felpa con il cappuccio anche se faceva un gran caldo. Per fortuna la caviglia e il piede si erano un po' sgonfiati, così poté indossare calzini e scarpe da ginnastica.

Recuperò dall'armadio la gruccia di metallo che nel pomeriggio aveva aperto e disteso con le mani. La piegò a forma di gancio e cominciò ad armeggiare con il buco della serratura. All'inizio le dita non le obbedivano e nello sforzo si ruppe un'unghia. Si disse che non doveva farsi prendere dall'agitazione.

Dopo alcuni deludenti tentativi, era già interamente coperta di sudore, aveva gli occhi pesti e la mente confusa, ma non poteva permettersi una sosta. Continuò a lavorare freneticamente sulla serratura. Era consapevole del tempo che correva, tuttavia sapeva bene che in quel tipo di circostanze era necessario mantenere il sangue freddo e agire con il massimo della calma.

Dopo un ultimo sforzo convulso, riuscì a far scattare il meccanismo e quando ruotò il pomello, la porta si aprì.

Ma non era tempo di gioire. C'era ancora la porta d'ingresso da forzare. Per quel tipo di serratura a cilindro, il gancio realizzato con la stampella non andava bene, occorreva un altro strumento, qualcosa di più sottile. Greta aveva aperto molte di quelle serrature in passato e spesso si era ritrovata a dover improvvisare con attrezzi di fortuna.

Mentre cercava qualcosa di adatto, trovò la chiave elettronica dell'auto di Freddie. Se la infilò in tasca: una macchina poteva tornare utile alla fuga. Avrebbe voluto riprendersi anche il bagaglio, in particolare le avrebbero fatto comodo le chiavi del rifugio e un'arma. Ma il tempo a disposizione poteva scadere da un istante all'altro, non sapeva quanto ancora i suoi carcerieri sarebbero rimasti alla festa. Forse uno dei due sarebbe tornato a casa per controllare la situazione.

Non era il momento di cedere al panico. Rovistò nei cassetti come un'ossessa, continuando a tenere d'occhio l'ingresso, pronta a captare il minimo suono e a battere eventualmente in ritirata.

Anche se non la stava cercando, trovò la sua borsa. L'avevano infilata in un armadietto. All'interno c'era ancora tutto: il cellulare, le chiavi di Seb e la pistola. Il borsone non era nei paraggi, ma non importava, ne avrebbe fatto a meno, meglio se viaggiava leggera.

Si mise a tracolla la borsa.

In un cassetto pieno di cianfrusaglie scovò delle graffette. *Dio benedica chi ha inventato le graffette*, pensò. Ne distese un paio come aveva fatto con la gruccia; una la piegò a uncino, l'altra in modo da formare una piccola leva. Corse alla porta d'ingresso e infilò la prima graffetta nella serratura, e più in basso la seconda. Conosceva i movimenti da fare ma l'operazione si rivelò più ardua del previsto. I movimenti erano fiacchi, era stanca e lo stomaco vuoto le faceva male. Non si diede per vinta. Continuò ad armeggiare incessantemente, costringendo le braccia indolenzite a non fermarsi. Doveva compiere uno sforzo estenuante per controllare gli spasmi alle mani e il bruciore ai muscoli delle spalle. Tutto il corpo era teso per la fatica e mostrava segni di cedimento, sudando e tremando convulsamente. Sobbalzava a ogni rumore esterno.

Quando finalmente la serratura compì il sospirato scatto, le sembrò di impazzire per la gioia.

Non aveva idea di quanti minuti fossero trascorsi da quando Rosi e Freddie erano usciti, la paura distorceva la sua cognizione del tempo. Sapeva solo che non c'era un secondo da perdere.

Aprì la porta con prudenza, la socchiuse di pochi centimetri e sbirciò fuori, le orecchie tese. L'andirivieni dei coinquilini su e giù per le scale era cessato, ormai erano tutti alla festa o a dormire. Una goccia di sudore le scivolò lungo il collo e si insinuò nella maglietta. Le giunture delle braccia le dolevano per la fatica.

Tutt'a un tratto non era più tanto fiduciosa sulla fuga.

Non appena si fossero accorti che se l'era svignata, Rosi e il suo compare avrebbero allertato la polizia. Non aveva idea di cosa si sarebbero inventati ai suoi danni, ma Greta era sicura che non avrebbero aspettato un solo minuto prima di sguinzagliare gli sbirri. Se non voleva essere catturata, doveva prendersi un vantaggio, creare un diversivo che tenesse Rosi e il suo complice occupati. Non c'era tempo per escogitare qualcosa di elaborato, ma non poteva rischiare di vanificare la fuga facendosi beccare a uno sputo dalle Tre Ginestre.

Fu l'aria ristagnante in casa a darle l'idea, quel puzzo penetrante di vecchiume, come se i precedenti abitanti avessero lasciato una scia della loro presenza.

La sola ipotesi di scatenare l'inferno in quell'odioso palazzo di benpensanti le causò un perverso brivido di piacere. Si complimentò con se stessa per averci pensato. Quello sì che era un reato grave, da farle passare il resto della vita in galera. Avrebbe avuto sulla coscienza un sacco di persone, ma non le importava.

Schiattassero pure tutti quanti in questo dannato palazzo.

Ciò l'avrebbe ripagata delle tante umiliazioni subite.

Un odio feroce la infiammò.

Si spostò rapidamente da una stanza all'altra per chiudere ogni finestra e finestrella, poi si precipitò in cucina e aprì tutti i fornelli. Il gas prese a uscire emettendo lievi sibili. Si trattava di un vecchio piano cottura, senza valvole di sicurezza. Bastava girare le manopole e il gas continuava a uscire senza mai fermarsi. L'impianto era datato e quasi sicuramente non a norma. Inoltre, il minuscolo foro per l'areazione, mai pulito, si sarebbe rivelato inutile.

L'odore era già intenso e pungente come aglio. Pian piano l'intero appartamento si sarebbe saturato e una piccola scintilla sarebbe bastata per farlo saltare in aria. Anche una luce accesa poteva risultare fatale, al ritorno di Freddie e Rosi. Un istante e boom!

Avrebbe potuto avvertire i vigili del fuoco di una fuga di gas. Una semplice telefonata anonima le avrebbe garantito un buon vantaggio, scongiurando una strage, sempre che i pompieri avessero fatto in tempo ad arrivare prima di un'esplosione. La situazione avrebbe seminato scompiglio e le avrebbe concesso un po' di tempo per allontanarsi.

Forse avrebbe fatto quella telefonata, forse no. Non aveva ancora deciso. Con la borsa stretta al fianco, si fece coraggio e uscì sul pianerottolo, socchiudendo la porta delicatamente dietro di sé.

Subito si accesero le luci, azionate dai sensori di movimento. Nessun rumore, a esclusione dell'ascensore in moto. Si rese conto che dall'interno della cabina trasparente potevano scorgerla, così tirò su il cappuccio e pregò che a salire non fossero proprio Rosi e Freddie. Si fiondò giù per le scale, augurandosi di non incrociare nessuno. Non osò guardare dentro l'ascensore, che la oltrepassò scorrendo verso l'alto.

Dopo aver affrontato un paio di rampe, fu colta da un capogiro. Luci pulsanti danzavano davanti ai suoi occhi, era debole, incerta sulle gambe, affamata e assetata. Aspettò un paio di secondi che il giramento di testa sfumasse, poi riprese la discesa, strisciando sul muro per paura che un altro attacco di vertigini la facesse rotolare giù per le scale.

Una volta nell'atrio, udì il portone aprirsi, così si fermò e si lasciò scivolare lungo la parete, scalpitando mentre i condomini passavano oltre. Doveva sbrigarsi finché era in vantaggio, soprattutto perché il palazzo poteva saltare in aria da un momento all'altro. Con il cappuccio tirato sul capo, uscì in cortile. Fu accolta da un intenso profumo di cibarie che scatenò una tempesta di succhi gastrici nel suo stomaco.

Non c'era nessuno in vista ma si udiva l'eco della festa in piscina, una baraonda da far rizzare i capelli in testa, se ne avesse avuti.

L'aria fresca della sera fu un vero toccasana, la rinfrancò e le snebbiò la mente. Si diresse con passo deciso verso il parcheggio per rubare l'auto di Freddie, ma all'ultimo minuto ci ripensò: non voleva perdere altro tempo per individuare la vettura. Oltrepassò il cancello del condominio e una volta fuori si ricordò di Leo. Non ci aveva più pensato. Con le sue smanie di vendetta quell'imbecille rischiava di farle saltare la fuga. Cercò freneticamente la sua figura da torello appostata nella penombra, sul marciapiede e ancora oltre. Studiò con attenzione anche le macchine parcheggiate nei dintorni. Nessun veicolo sospetto, nessuno per strada, apparentemente nessuno nascosto nell'ombra.

Non aveva altri minuti preziosi da sprecare, così si incamminò con andatura sostenuta verso la stazione della metropolitana più vicina. Ma dopo pochi passi dovette fermarsi di nuovo. Faticava a tenersi in piedi, la caviglia aveva ripreso a pulsare sorda. Si fece forza e ricominciò a muoversi, un passo dopo l'altro, sudata fradicia, il respiro affannoso per la debolezza e la paura. Si unì ai pochi viaggiatori della sera che si affrettavano lungo la strada. Prima di entrare in stazione, tirò fuori dalla borsa il cellulare e decise di fare la dannata telefonata che avrebbe scongiurato, forse, un massacro.

Infine, disse addio alle Tre Ginestre. Anche l'ultimo legame era stato reciso.

92

AMANDA

L'ascensore era fermo al pianoterra. Mi infilai all'interno senza pensarci troppo e pigiai il pulsante del quinto piano. Mentre salivo, lo sguardo scivolò fuori dalla cabina e notai una figura allampanata che sgattaiolava per le scale. Greta!

Come poteva essere lei?

Mi sporsi verso il basso, attaccata al vetro della cabina, ma l'ascensore in movimento non mi permise di vedere altro.

Era davvero Greta quella che avevo scorto? Allora, il ragazzo di Rosi mi aveva mentito. Aveva ricevuto istruzioni di non farmi parlare con Greta o c'era dell'altro dietro quella menzogna?

Quando arrivai al quinto piano, notai subito che la porta dell'appartamento 9B era solo socchiusa. Dunque, era davvero Greta la persona che avevo visto scendere di corsa. Spinsi leggermente la porta e tesi l'orecchio per cogliere eventuali rumori all'interno, poi scivolai dentro furtiva. Per non correre più rischi del necessario, non accesi la luce. L'aria all'interno era estremamente calda, stantia, puzzava come la volta precedente che ero stata lì.

Mentre avanzavo in silenzio nell'oscurità, muovendomi come se fossi nel mio appartamento perché la disposizione delle stanze era identica, avvertii un altro odore, oltre al solito tanfo. Non riuscii subito a identificarne la fonte.

Le finestre dovevano essere tutte chiuse, infatti non si udivano i rumori della festa, solo il debole ronzio del frigorifero dalla cucina.

Non ero lì per esplorare la casa, solo per prendere un oggetto con il DNA di Greta, così andai dritta verso il bagno. Mi riproposi di fare del mio meglio per non spostare niente. Stavo per accendere la torcia sul telefono, quando mi bloccai. L'odore che avevo già sentito entrando, si era intensificato. Era insolito, acre. Mi fece scattare un senso di allarme. Gas.

Il battito del cuore accelerò. Una perdita? Oppure Greta aveva intenzionalmente aperto i fornelli e serrato le finestre? L'intero palazzo poteva esplodere. Alla prospettiva di quel pericolo concreto, i pensieri si accavallavano nella mia mente.

Senza indugiare ulteriormente, mi precipitai ad aprire le finestre. Passai di stanza in stanza correndo come una pazza per far fuoriuscire il gas e far entrare aria pulita. Ma per quante finestre spalancassi, continuavo a sentire gli ambienti impregnati di quella atroce puzza. Uscii di corsa, cercai il numero di casa mia e con il telefono stretto all'orecchio mi precipitai giù per le scale, pregando che Gianfranco fosse già fuori, alla festa, e non dentro l'appartamento al piano di sopra.

Mi rispose dopo alcuni secondi con voce fredda. «Sì?».

«Corri fuori! C'è una perdita di gas nel palazzo!».

«Cosa, dove?».

«Avverto io i pompieri, tu scendi di corsa e dillo a più persone che puoi! Fai allontanare tutti dal condominio».

«Okay, ma tu dove sei?».

«Fuori, in cortile». Attaccai senza dire altro e mi fermai un istante per capire che numero dovevo comporre per chiamare i soccorsi. Digitai il centododici. Con voce affannata descrissi l'emergenza e fornii l'indirizzo delle Tre Ginestre.

Una volta fuori dal palazzo, mi chiesi cosa fare. Avrei dovuto dirigermi verso la piscina e dare l'allarme o citofonare a tutti i condomini che erano in casa e avvertirli di scappare. Ripensai a Greta, che quasi certamente si era data alla fuga dopo aver lasciato il gas aperto. In quegli istanti di indecisione, notai da lontano che Gianfranco era appena sceso in cortile, trafelato e mezzo svestito. Non aspettai oltre e cominciai a correre verso l'uscita del condominio.

Dubitavo di poter raggiungere Greta, a quel punto era senz'altro già lontana. Mi guardai comunque attorno, allungando lo sguardo sulla strada che costeggiava il condominio. Era deserta, rischiarata dai lampioni notturni.

Non riuscivo a credere ai miei occhi quando scorsi la silhouette magra di Greta lungo il marciapiede. Si muoveva lentamente, arrancando e zoppicando, fermandosi ogni due passi, come per riprendere fiato.

Alle mie spalle, udii un notevole fracasso. Trapestio di passi, vociare, strilli. Il viale condominiale brulicava di gente. Doveva essere partito il fuggi-fuggi generale, grazie all'allarme di Gianfranco. In mezzo al baccano della festa, si levò l'ululato delle sirene delle autopompe che sfrecciavano verso le Tre Ginestre. Grazie a Dio.

I vigili del fuoco avrebbero fatto evacuare il palazzo e messo tutti in sicurezza, mi dissi. Non c'era motivo di restare nei paraggi. Sentii la voce di Gianfranco che mi chiamava, ma non mi voltai e ripresi a correre per raggiungere Greta.

93

GRETA

Sulla banchina della metro, Greta cercò la protezione dell'anonimato, mescolandosi tra la gente che aspettava il treno. Nessuno la degnò di uno sguardo, ma si sarebbe sentita più sicura se avesse potuto camuffarsi per ingannare le telecamere sparse un po' ovunque in città. Calcò il cappuccio in testa, abbassandolo il più possibile per coprire il viso. Sapeva che l'abbigliamento unisex accentuava la sua mascolinità: da lontano poteva essere scambiata per un uomo.

Dopo la metro, aveva ancora un mezzo da prendere per raggiungere il rifugio di Seb. Si trattava del trenino che da Roma città conduceva a Ostia, sul litorale. Fece in tempo a salire su una delle ultime corse. A quell'ora i vagoni erano poco frequentati, a viaggiare erano solo gli amanti della vita notturna e i pendolari ritardatari che tornavano verso la zona costiera.

Greta si mise seduta a debita distanza dagli altri passeggeri. Ormai vedeva pericoli dappertutto e stare fianco a fianco con sconosciuti le risultava ancora più odioso del solito. Sentiva un disperato bisogno di estraniarsi, di annullarsi. Si rifugiò in fondo al treno, si appoggiò al finestrino con le spalle incassate e si mise a guardare fuori, in un goffo tentativo di districare il groviglio di emozioni.

La fame le provocava spasmi dolorosi. Aveva la bocca impastata e bruciori allo stomaco. A pancia piena avrebbe ragionato meglio, ma non poteva perdere un secondo in più del necessario e, in ogni caso, non aveva denaro con sé.

Il treno scorreva con lentezza esasperante. Quando finalmente raggiunse la stazione di Ostia Antica, Greta si precipitò fuori. Era una stazioncina isolata di periferia, frequentata soprattutto dagli abitanti del piccolo borgo omonimo e dai turisti che visitavano la vicina area archeologica. A quell'ora di notte però furono in pochi a scendere insieme a lei.

Essere arrivata fin laggiù senza intoppi era una conquista, ma la vera impresa sarebbe stata scovare il denaro nella tana di Seb, ammesso che lo avesse davvero nascosto lì.

Una volta uscita dalla stazione, decise di seguire una strada più lunga e tortuosa per raggiungere la meta. Percorse stradine deserte e malamente illuminate, camminando rasente ai muri e guardandosi spesso indietro. La mancanza di energie si faceva sentire a ogni passo, ma non poteva permettersi soste.

Il monolocale di Seb era situato al limitare di una strada sterrata, una zona in mezzo al nulla. Seb aveva scelto con cura un luogo appartato, una landa desolata che costeggiava il cimitero di Ostia Antica. Una strada buia, non asfaltata, circondata da campi e fiancheggiata da cipressi, con il passaggio intralciato da alte sterpaglie che il Comune non si curava di tagliare.

Greta continuò a girarsi indietro, disturbata dalla sensazione che qualcuno la seguisse nell'oscurità, anche se per tutto il percorso aveva controllato in modo ossessivo di non essere pedinata. Dietro di lei c'erano solo ombre della notte, deformate e animate dalla sua paranoia.

Quando giunse nei pressi del rifugio, rallentò il passo e perlustrò i dintorni con lo sguardo. Fece per avvicinarsi, ma avvertì un movimento a pochi metri di distanza, come dei passetti frettolosi. Si immobilizzò con i sensi acuiti dalla paura e aguzzò lo sguardo nel buio. Niente. Doveva trattarsi di un ratto o di una bestia notturna. Là intorno era pieno di creature selvatiche.

A colpo d'occhio, la costruzione non era stata messa sotto sigilli. Nessuna luce filtrava dall'unica finestra, la casetta sembrava abbandonata. Greta si augurò che all'interno tutto fosse rimasto intatto e che il proprietario non avesse riaffittato quel buco; circostanza comunque improbabile, visto che dalla morte di Seb era trascorso sì e no un mese.

Nei dintorni l'oscurità era attenuata da un lampione stradale che gettava una luce tremula sulla strada e rendeva faticoso localizzare la casupola. L'aria da quelle parti era immobile, umida, pesante da respirare. La strada si chiamava Via di Piana Bella, fatto ironico visto che era un posto deprimente, con un panorama degno di un film horror. La casetta di Seb affacciava proprio sul camposanto. Lui diceva che non gli importava, anzi ci scherzava sopra sostenendo che era il luogo ideale per difendere la privacy.

Greta si avvicinò alla costruzione, sul chi vive. Con sollievo ebbe conferma che non c'erano nastri della polizia a delimitare l'area, né sigilli sulla porta. L'ingresso era circondato da un intrico di erbacce infestanti.

Benedisse il cielo di aver ritrovato le chiavi perché non ce l'avrebbe fatta ad affrontare un'altra serratura.

Aveva provato tante volte a farsi dare un duplicato da Seb.

Dovresti darmi le chiavi, almeno non correrei il rischio che qualcuno si impicci quando mi fai aspettare.

E chi si dovrebbe impicciare, qualche anima del camposanto? Qui non ci sono vicini intriganti come da te.

In quel momento, la posizione isolata della casupola faceva gioco a Greta: avrebbe potuto passare lì la notte, invece di dormire all'addiaccio. O addirittura il posto sarebbe potuto diventare un nascondiglio per i giorni successivi, in attesa di far calmare le acque. Se la polizia non l'aveva trovato fino a quel momento, non l'avrebbe di certo fatto a breve. Quel pensiero la rallegrò.

Ma quando giunse davanti alla porta e l'occhio le cadde sul mucchietto di posta accumulato sullo zerbino, lo stomaco le si contrasse.

Una spiacevole associazione la riportò inevitabilmente indietro nel tempo, fino al giorno in cui aveva trovato la fatidica lettera. L'evento casuale che aveva scatenato la sua rabbia omicida, la scoperta che aveva dato il via alla concatenazione di eventi che aveva condotto alla morte di Seb. Se alcuni momenti di quel periodo ormai tendevano ad avere contorni sfumati, Greta riusciva ancora a rievocare parola per parola il testo di quella dannata lettera trovata sullo zerbino del rifugio.

Fino a quel momento aveva tenacemente confinato quei ricordi nei recessi della sua mente, ma ora le rimbalzarono davanti con forza, si imposero alla sua attenzione e risvegliarono il dolore sopito.

94

GRETA

Quando stava con Seb, una voce interiore le aveva sempre raccomandato di non pretendere troppo da lui, di non essere troppo avida di attenzioni o informazioni. Perciò non faceva domande, non si aspettava che lui la rendesse partecipe dei suoi affari personali. Ma quando si era trovata casualmente tra le mani la posta di Seb, l'eccitazione aveva preso il sopravvento.

In quel momento aveva sentito nella sua testa la voce di Malina che l'avvertiva: *Ranocchietta, la tua maledetta curiosità ti metterà nei casini uno di questi giorni.*

Per una volta avrebbe dovuto darle retta, avrebbe dovuto scegliere di non esplorare i segreti altrui. E invece aveva preferito ascoltare lo stupido desiderio di curiosare nella zona oscura di Seb.

Quel giorno, lui le aveva inviato un messaggio dal suo secondo telefono, come al solito. "Vediamoci alle 17". La consueta stringatezza di quando la convocava, il solito tono categorico che la faceva sentire una specie di concubina a sua disposizione, pronta a soddisfare le occasionali fregole quando non c'era di meglio a portata di mano.

Il loro rapporto era sempre stato sbilanciato, lei si era sempre trovata in una situazione di svantaggio. Prima o poi l'avrebbe mandato al diavolo, si diceva, ma finiva per correre da lui, mollando tutto il resto. Come un chiodo che non resiste alla calamita. E così, anche quel giorno era corsa al rifugio. Lui non era ancora arrivato.

Era un giorno ventoso, con folate torride e un sole accecante. L'aria secca turbinava con furore nei pressi della casetta, facendo ondeggiare gli alberi e staccando le foglie dai rami. Greta lo aveva aspettato fumando con impazienza e camminando a scatti avanti e indietro, inquieta. Infine, si era stravaccata a terra, davanti la porta.

Seb era in ritardo, come succedeva spesso. Chissà, forse non si sarebbe neppure presentato, di tanto in tanto le dava buca senza un briciolo di scuse. Greta detestava aspettarlo là fuori, seduta sul cordolo di quel marciapiede sporco di escrementi di piccioni e marciume.

Aveva notato le buste di carta che il postino aveva lasciato sparpagliate sullo zerbino perché non c'era una cassetta della posta. Non aveva resistito alla tentazione di ficcanasare e le era subito saltata all'occhio una lettera che spiccava tra le varie bollette da pagare. L'aveva incuriosita di primo acchito perché quel genere di corrispondenza era così all'antica, ormai.

Si era chinata a raccoglierla.

La lettera era indirizzata a Carlo Cantini, come il resto della posta. Il nome era scritto in stampatello. Ancora prima di girare la busta e leggere il mittente, Greta aveva capito da chi proveniva. Una specie di sinistra premonizione. Quando ruotò la busta, ne ebbe conferma: veniva dal penitenziario dove era rinchiusa Malina.

Perché sua sorella avrebbe dovuto scrivere a Seb? Neppure si conoscevano, non aveva senso! Non sapeva come interpretare quella faccenda. Aveva tenuto la busta in mano per alcuni secondi, se l'era rigirata tra le dita, tentata di posarla e, in seguito, interrogare Seb.

Alla fine, sopraffatta dalla curiosità, aveva aperto la busta stracciandola in malo modo, poi era rimasta sospesa tra il bisogno viscerale di sapere e il terrore di ciò che avrebbe potuto scoprire.

Aveva scrutato le fitte righe scritte al computer, con il presagio che sarebbe bastato leggerle per scivolare in un baratro da cui difficilmente sarebbe risalita.

Con un'oppressione al petto, aveva iniziato a leggere. Aveva dovuto appoggiarsi alla porta per restare salda sulle gambe.

> Gentile signor Cantini,
> ci dispiace informarla che la detenuta Malina Di Girolamo è deceduta il 2 giugno scorso presso il nostro penitenziario.
> La detenuta aveva fornito una lista di contatti da avvisare in caso di emergenza e il suo nome era presente nella lista.
> Le nostre condoglianze vanno a lei e alla sua famiglia in questo momento difficile. Siamo a disposizione per qualsiasi informazione o assistenza di cui possa aver bisogno.
> Distinti saluti

La lettera era firmata dalla direzione del penitenziario.

Un'emozione soffocante e cruda si era diffusa rapidamente dentro di lei e solo dopo pochi secondi l'aveva identificata come dolore, un dolore misto a rabbia che non credeva di poter sperimentare per una persona che le aveva causato tanta sofferenza.

Greta ricordava bene quell'istante, il preciso istante in cui aveva realizzato che sua sorella era morta. Non c'era più. Non l'avrebbe mai più rivista. Malina che era stata per anni la sua rovina e allo stesso tempo la sola e unica familiare che le restava.

Sentendosi abbandonata, irrimediabilmente sola, era scivolata a terra e si era sfogata emettendo un gemito animalesco.

La grande domanda era arrivata più tardi. Perché quella lettera era indirizzata a Seb, o meglio a Carlo Cantini?

Lui e la sorella si conoscevano, era evidente. Eppure, Seb aveva fatto sempre finta di non sapere nulla di Malina. E ora si veniva a scoprire che era addirittura un suo contatto di emergenza! Perché non le aveva detto niente, cosa le avevano nascosto entrambi?

Le erano tornate in mente le parole che Malina aveva pronunciato l'ultima volta che era andata a trovarla. *I nostri guai stanno per finire, ranocchietta. Fidati di me, a breve tutto cambierà.*

Parole che ora assumevano un senso ancora più inquietante.

Lei e Seb erano d'accordo per la truffa ai Molinari, forse l'avevano organizzata insieme e si erano spartiti il bottino alla faccia sua. La sorella non era nuova a concludere quel genere di "affari" e neanche Seb si faceva scrupoli se poteva tirare su un po' di denaro a spese degli altri.

Dopo aver letto la lettera, aveva aspettato a lungo Seb, ma quel giorno non si era fatto vedere, né le aveva inviato un messaggio per scusarsi.

Greta era tornata a casa sentendosi tradita, ingannata, umiliata. Aveva cercato sollievo nella vendetta con la telefonata anonima a Simona, ma non era stato abbastanza.

Aveva provato a rintracciare Seb il giorno dopo, ma lui non si era degnato di rispondere.

Sopraffatta dal bisogno di spiegazioni, quella notte non riusciva a prendere sonno. Era tardi, molto tardi, ma non poteva rimanere con le mani in mano, così uscì con l'intenzione di affrontarlo.

Si recò a casa sua, la residenza ufficiale, la villetta che divideva con Simona. Non le importava nulla delle conseguenze, avrebbe suonato il campanello finché qualcuno non avesse aperto. Pretendeva delle spiegazioni, a qualunque costo.

Una volta arrivata, avvicinandosi alla casa, aveva visto Simona chiudere la porta e infilarsi in auto. Un evento decisamente inconsueto perché la moglie di Seb non metteva mai il naso fuori casa di sera, figuriamoci a quell'ora di notte. Doveva avere una forte motivazione per uscire dal suo bozzolo. Greta notò che aveva i lineamenti contratti, perfino a distanza poteva riconoscere la rabbia che infuocava i suoi occhioni solitamente da cane bastonato.

Stava andando da Seb a dirgliene quattro, Greta ne era sicura. Aveva perfidamente gioito di quella misera vittoria e aveva deciso di seguirla, o meglio raggiungerla a Villa Borghese, dove Seb faceva il turno di notte in quel periodo.

Quando Greta giunse sul posto, dovette girare a lungo prima di trovarli. I due erano insieme sul terrazzo del Pincio, uno di fronte all'altra, impegnati in una feroce discussione. Si appostò a diversi metri di distanza, seminascosta dalle frasche a ridosso del muretto. Nessuno dei due guardava nella sua direzione, entrambi erano troppo occupati a discutere per accorgersi di lei.

Non riusciva a sentire cosa stessero dicendo, era fuori portata d'orecchio, ma con una rapida occhiata afferrò la situazione.

Di sicuro Seb era stato preso in contropiede dalle accuse di Simona. Forse aveva provato a limitare i danni, ma non era il tipo che cerca di appianare le divergenze e quella notte sembrava più alterato del solito. Greta era pronta a giurare che si era sballato di coca, come faceva di tanto in tanto.

Abituato ad avere sempre il controllo di tutto, stava reagendo alle accuse della moglie con gesti aggressivi e risposte stizzose e pungenti.

A un tratto, agguantò la moglie per i capelli e le ringhiò contro parole volgari e crudeli, alle quali lei reagì scoppiando a piangere.

Simona singhiozzava sommessamente, a testa china, il corpo scosso da sussulti. Ogni tanto si toccava la pancia. Era incinta!

Greta era sicura della sua intuizione. Chissà se Seb lo sapeva?

Poco dopo, Simona si voltò e corse via. Greta rimase a guardarla mentre si allontanava in fretta, finché divenne una sagoma sfocata nel buio. La gratificazione fugace che aveva provato nello scatenare quella lite era svanita. Ora avvertiva solo vergogna per aver fatto quella telefonata.

Una mano sulla spalla interruppe i suoi pensieri.

Ti è piaciuto lo spettacolo?

Greta balzò all'indietro, il sangue le salì immediatamente al cervello.

Seb era di fronte a lei, illuminato da una luce sepolcrale. Sentì emanare da lui un calore rabbioso. Era palesemente fuori controllo. La divisa era stropicciata, il volto alterato. Seb si drogava di rado, ma quando lo faceva era saggio stargli alla larga. Non voleva affrontarlo in quelle condizioni, di sicuro se la sarebbe presa anche con lei.

Sei stata tu, vero? Hai detto a mia moglie di Carlo. Cosa pensi di guadagnarci, razza di idiota?

Dobbiamo parlare. Voglio delle spiegazioni.

Non mi piace il tuo atteggiamento. Tornatene a casa e lasciami lavorare che stasera ho già un nervo per capello.

Perché non mi hai detto che conoscevi mia sorella?

Lui sussultò e per un frammento di secondo perse la solita aria spavalda. *Ma che... ma cosa sei, scema? Non so di che parli. E ora vattene.*

Ora capisco perché insistevi che non dovevo andare a trovarla. Non era solo per non creare un collegamento tra me e lei. Non era per un eccesso di prudenza. Tu non volevi farmi sapere che vi conoscevate.

È stata lei a dirtelo? Perciò sei andata al penitenziario, anche se ti avevo sconsigliato di farlo.

No, ho trovato una lettera indirizzata a te.

Lettera? Come ti sei permessa di toccare la mia corrispondenza?

Perché non mi hai detto che la conoscevi?

Lui non rispose. Il disprezzo sfigurava il suo volto.

Eravate complici. Avete fatto un accordo per fregarmi.

Seb era scoppiato a ridere, anzi si era sganasciato dalle risate, come se lei avesse detto una cosa buffissima.

Sì, certo. Proprio così, borbottò sghignazzando. Dal tono Greta capì che la stava prendendo in giro.

Dimmi la verità! Ho il diritto di sapere tutto!

Lui tornò serio in fretta.

Okay, se proprio ci tieni, conoscevo già tua sorella. Avevamo alcuni affari in comune. Non ti ho incrociata per un caso fortuito, è stata Malina a dirmi dove trovarti, mi ha indicato la zona che bazzicavi. Per giorni interi ho aspettato di beccarti.

Cioè? Spiegati meglio.

Lui si strofinò una mano sulla faccia. Sudava visibilmente. Si tolse il berretto e si scompigliò i capelli, prima di decidersi a proseguire.

Avevo usato un software di riconoscimento facciale per cercare una che potesse interpretare Greta Molinari e sei venuta fuori tu. Ma non eri facile da stanare, non c'era un domicilio sulla tua scheda. Sapevo che tua sorella si trovava in carcere, così sono andato da lei e ci siamo accordati.

Accordati ai miei danni, vuoi dire. Mi avete usata per i vostri comodi.

Non cominciare a frignare pure tu. Hai avuto le tue risposte, adesso vattene prima che...
È morta.
Ora che aveva avuto la sua attenzione, Greta ripeté: *Malina è morta.*
Lui non batté ciglio.
La lettera veniva dal penitenziario.
Greta aveva immaginato, sciccamente, che lui avrebbe mostrato una sfumatura di dispiacere, anche solo una briciola di pena per lei o per Malina. Ma Seb non emise neppure un lieve gemito di sorpresa.
Non dici niente?
Grazie dell'informazione, dichiarò lui con aria irritata. Non la guardava in faccia, ora sembrava sfuggente e aveva adottato il suo tipico atteggiamento strafottente da poliziotto. Greta lo conosceva troppo bene per non sentire puzza di bruciato.
Lo sapevi già?
Sono in servizio, smamma ora.
No, voglio sapere. Cos'è che non mi stai dicendo?
Sei un'ingrata. Ho fatto così tanto per te. Eri un rifiuto umano quando ti ho incontrata. Beh, in fondo lo sei ancora.
Ecco, questo era tipico di Seb. Quando avvertiva la necessità di difendersi, passava all'attacco.
Parla! Cos'è che non vuoi dirmi su Malina?
Lui continuava a tacere, ma le scoccò una rapida occhiata.
Non appena incrociò lo sguardo di Seb, Greta capì cosa le nascondeva. Una consapevolezza atroce si riversò su di lei come olio bollente.
Sei stato tu... l'hai fatta uccidere... perché? Perché lo hai fatto?
La voce le uscì rauca, insicura.
Io e tua sorella non eravamo propriamente soci. Lei aveva iniziato ad avanzare pretese, voleva una fetta di torta più grande.
Ti ricattava.
Seb sospirò con sufficienza. *Sai come si dice, i ricattatori vanno stroncati sul nascere. O sei costretto a pagarli per tutta la vita.*
Greta scosse la testa con veemenza, mentre una furia cieca le percorreva il corpo come corrente elettrica.
Sei un assassino, un vigliacco!
Non aveva finito neppure la frase che cominciò a picchiarlo piena di odio. Lanciò colpi a casaccio verso Seb, sul tronco, sugli avambracci, sulla pancia. Ma lui non rimase a subire passivamente,

e con uno scatto le afferrò il braccio e glielo strinse forte. Poi le tirò un pugno diritto sul torace. Greta avvertì sul petto come un peso massiccio e le mancò il fiato per un lunghissimo istante.

Non era la prima volta che la picchiava, ma non si sarebbe fatta fermare questa volta. Non lo aveva mai odiato tanto, di un odio feroce, primitivo e inarrestabile.

Mostro, mostro schifoso!

Un altro pugno vigoroso la colpì con un rumore sordo, il dolore allo sterno le provocò una serie di spasimi che le spezzarono il fiato. Grugnì di dolore. Il cuore le martellava furiosamente, le fitte le annebbiarono la vista.

Lui si stava massaggiando la mano con cui l'aveva colpita. Aveva gli occhi spalancati e un'espressione selvaggia, ma barcollava sulle gambe e l'intero corpo si muoveva in modo instabile.

Piegata in due, le costole ancora pulsanti di un dolore sordo, Greta si scagliò a testa bassa contro di lui e lo spinse indietro con tutta la forza che aveva in corpo.

95

AMANDA

Mentre scendevo le scale della metropolitana, rimpiansi la decisione di aver indossato scarpe con i tacchi. Per evitare di farmi riconoscere da Greta, coprii la testa e i capelli con la stola e passai il tessuto sulla parte bassa del viso com'è usanza di alcune donne musulmane.

Greta era parecchi metri davanti a me, spesso si girava ed esaminava con aria guardinga le persone intorno a sé, tuttavia confondendomi tra i passeggeri riuscii a non farmi notare.

Ero determinata a seguirla ovunque stesse andando, per avere il tempo di avvertire Adriano e dargli modo di raggiungerci e fermarla. Nella metropolitana però non c'era campo, avrei aspettato di risalire in superficie per chiamarlo.

Tenevo d'occhio Greta a distanza, nel modo più discreto possibile. Appariva sofferente, ulteriormente dimagrita, smunta in viso. Si muoveva a scatti, rigida e lenta, come se ogni passo le costasse fatica.

Provavo pena per lei, ma rammentai a me stessa che con molta probabilità aveva ucciso un uomo e non si era fatta scrupoli a causare una perdita di gas che avrebbe potuto far esplodere un intero palazzo. Non dovevo avere pietà.

La vidi imboccare l'uscita del vagone e scesi a mia volta. Risalimmo in superficie. Mi arrivò una sfilza di notifiche. Gianfranco aveva provato a chiamarmi a ripetizione. Trovai anche un messaggio in cui mi chiedeva dove diavolo fossi finita.

Vuoi farmi prendere un infarto? Rispondi!

Tranquillo, è tutto ok. State tutti bene lì?

Più o meno. Ci sono i vigili e un gran casino. Tu dove sei?

Pensai di spargli una bugia qualunque, ma mi ero riproposta di non mentirgli più.

Sto seguendo Greta.

Stai scherzando, vero?

Mi inviò altri messaggi che non aprii neppure, per non rischiare di distrarmi e perdere di vista Greta. Silenziai il telefono e avviai una chiamata per Adriano, che però non rispose. Greta montò a bordo di un altro treno, questa volta di superficie, e io le andai dietro. In giro c'erano pochi viaggiatori, così fui costretta a restare a una distanza maggiore. Non appena il treno lasciò la stazione, inviai un messaggio ad Adriano.

> Greta sta scappando, la seguo in treno. Siamo partite da una stazione chiamata "Porta San Paolo", appena scendiamo ti scrivo per farti sapere dove siamo. Raggiungici subito!

Dopo diversi minuti, lui mi chiamò al telefono. «Dannazione, Amanda! Cosa ti sei messa in testa?».

«Non posso parlare, ora», lo avvertii in un sussurro. Ero lontana da Greta ma non volevo correre il pericolo di attirare l'attenzione su di me.

«Avevi detto che Greta era già scappata, com'è possibile che ora la insegui?».

«Mi sbagliavo. Puoi raggiungerci subito?».

«Sono dall'altra parte della città! Ma okay, mi metto subito in viaggio. Farò del mio meglio», rispose brusco.

«Okay», bisbigliai.

«Stai attenta. E non prendere altre iniziative. Greta è pericolosa! Limitati ad aggiornarmi sui suoi spostamenti».

Greta è pericolosa. A guardarla non si sarebbe detto, ma le apparenze ingannano, è risaputo.

Dopo un tempo che mi parve infinito, Greta scese dal treno. Mi affrettai a tallonarla, cercando di mescolarmi ai pochi passeggeri in circolazione. Cercai un cartello con il nome della stazione. "Ostia Antica". Lo scrissi ad Adriano, poi ripartii all'inseguimento di Greta. Pedinarla senza farmi scoprire era diventata un'impresa ardua: la stradina che aveva imboccato era deserta e lo scalpiccio dei miei tacchi rimbombava nel silenzio della notte. Dovevo procedere a una considerevole distanza, fuori dalla portata del suo sguardo, perché lei continuava sospettosamente a voltarsi indietro.

Se si fosse infilata in una delle rare case lungo una di quelle stradine, non me ne sarei accorta e addio inseguimento.

Appena individuai un'insegna con il nome di una via, digitai un altro messaggio per Adriano. Da quelle parti, però, la ricezione del segnale era scarsa e non ero sicura che l'invio fosse andato a buon fine.

Dopo una ventina di minuti di cammino su vie solitarie e dissestate, scarsamente illuminate dai lampioni, giungemmo nei pressi di un cimitero. Per un frammento di secondo temetti che Greta avrebbe scavalcato il cancello di ferro e si sarebbe introdotta all'interno. Per fortuna, superammo l'ingresso del cimitero. Inviai l'ennesimo messaggio ad Adriano, senza ottenere risposta.

Cominciavo a sentirmi avvolgere dall'angoscia. Camminare di notte per quella via che costeggiava un cimitero era inquietante. Stringevo il telefono nella mano, sperando che da un momento all'altro si mettesse a vibrare e mi portasse notizie di Adriano. Ma niente. In compenso, Gianfranco continuava a tempestarmi di telefonate e messaggi.

A un tratto credetti di aver perso Greta o che mi avesse seminata, perché non riuscivo più a scorgere la sua figura lungo la strada.

Con sollievo mi accorsi che era ferma nei pressi di una piccola costruzione, collocata proprio di fronte all'area cimiteriale. Mi affrettai ad acquattarmi dietro un cipresso e nel farlo si lacerò un lembo del vestito e i tacchi affondarono nella fanghiglia. Imprecai tra me e me.

Vidi che Greta si era accostata alla porta del fabbricato. Dopo un po' si accasciò sulla soglia. Stava piangendo? Mi pareva di udire dei singhiozzi soffocati.

Riattivai il display del telefono. Nessuna novità da Adriano e sull'ultimo messaggio non c'erano neppure le "spunte blu": non l'aveva ancora letto.

Dopo un tempo che mi parve interminabile, Greta si rialzò in piedi e aprì la porta usando delle chiavi. Mentre si intrufolava all'interno, mi domandai cosa fare, se affrontarla o aspettare rinforzi.

Cosa era andata a fare laggiù? Quella costruzione era una sorta di nascondiglio segreto, una casa sicura?

96

GRETA

Davanti alla porta del rifugio, Greta si sforzò di scacciare via i ricordi di quella terribile notte. Lasciarsi travolgere dalle emozioni era stato un imperdonabile errore. Ora l'angoscia minacciava di trascinarla a fondo. Una voce interiore l'ammonì che non poteva permettersi di perdere altro tempo.

Si leccò le labbra secche. Era entrata in uno stato di attenzione animalesca. Continuava a percepire rumori furtivi, suoni indistinti che la innervosivano. Probabilmente si trattava solo del fruscio del vento e di versi di uccelli notturni. Con le mani scivolose di sudore, infilò la chiave nella toppa e la ruotò con cautela. Era una porta in ferro macchiata di ruggine in diversi punti. Quando la spinse verso l'interno, i cardini cigolarono. Prima di entrare, le parve di intuire una presenza nei dintorni. Per la centesima volta si voltò di scatto con le orecchie tese. Nessun segno di movimento. Infilò la mano nella borsa e impugnò la pistola. Trattenne il fiato e si introdusse nella casetta.

Si trattava di un'unica stanza senza angolo cottura, dotata di un minuscolo gabinetto. I due locali erano ricavati da un magazzino in disuso, ristrutturato alla buona e trasformato in una piccola abitazione dal soffitto basso, con un'unica finestra che veniva sempre lasciata chiusa perché affacciava nei pressi di un cassone dell'immondizia e sarebbe stato impossibile sfuggire alle zaffate.

Appena Greta varcò la soglia fu consapevole dello stato di abbandono della casetta. L'aria era irrespirabile, densa di umidità, il caldo opprimente. Ma in sottofondo ristagnava anche una lieve traccia dell'odore di Seb, un profumo familiare e virile.

Avanzò di un passo all'interno. Dalla torbida semioscurità sembrò emergere una forma umana. La stessa altezza, la stessa corporatura, lo stesso portamento di Seb. Sul capo si distingueva perfino il berretto da poliziotto. Greta avanzò ancora. La figura non si mosse. Come tante altre volte, se ne stava a braccia conserte ad aspettarla. In piedi, al lato della finestra, voltato di spalle, avvolto dalla penombra.

«Seb?», lo chiamò timidamente incrinando il silenzio. Lui non parve sentire, così chiamò ancora, più forte.

Le sembrò di udire un tenue bisbigliare nell'ombra.

Era riluttante ad accendere la luce. La figura faceva capolino dall'oscurità e sembrava a ogni istante più nitida.

Greta grondava di sudore, il cuore le tuonava nel petto. Con una mano strinse più forte la pistola, con l'altra cercò a tentoni l'interruttore. Quando lo trovò, la luce improvvisa l'accecò per un momento.

Ogni ombra sparì.

Aveva scambiato l'attaccapanni per la sagoma di Seb, sopra era ancora appeso uno dei suoi cappelli da poliziotto.

Lo stanzone le apparve più misero e inospitale che mai.

Quando Seb aveva affittato quel posto, era un tugurio con infiltrazioni di umidità dal soffitto, pavimento in linoleum, niente tappeti e tende. L'arredamento era rimasto spartano, composto da pochi mobili rustici dell'Ikea, ma Seb aveva fatto qualche miglioria, sforzandosi di rendere l'ambiente accettabile. Manteneva un ordine meticoloso e puliva spesso.

Eppure, il locale era precipitato in fretta nell'incuria, nell'aria volteggiava la polvere, tra le pareti si era già insinuata la muffa, sul pavimento si era accumulato uno strato appiccicoso di sporcizia. Finché c'era Seb, il posto assorbiva parte della vitalità che lui emanava, ora appariva spoglio e deprimente.

Greta avanzò ancora, cautamente, con il respiro pesante e una morsa d'ansia alla pancia. L'attenzione andò subito all'angolo cucina, che consisteva in un mini-frigo e una piccola credenza con bollitore e due tazze rovesciate sui piattini. Le tazze erano solo due perché Seb non riceveva mai più di un ospite. Anzi, *una* ospite. All'interno del mobiletto conservava caffè solubile, cialde di panna, bustine di tè, mentre il mini-frigo ospitava cartoni di succo di frutta, scorte d'acqua e costose bottiglie di vino bianco. Da mangiare c'era solo qualche snack perché Seb non gradiva che nel suo rifugio si seminassero briciole.

Greta infilò la pistola nella cintura dei jeans e prese a rovistare nella credenza. Recuperò tutto quello che trovò di commestibile: alcune barrette energetiche, un sacchetto di noccioline e dei cioccolatini. Trangugiò tutto con voracità, si scolò mezza bottiglia di acqua ma lasciò intatte quelle di vino perché non amava l'alcool.

Dopo aver dato un po' di sollievo alla pancia, si guardò in giro con un misto di speranza e frustrazione. Doveva cercare il tesoro di

Seb, era lì per questo. Se non trovava almeno un po' di denaro, la sua fuga avrebbe avuto vita breve o, nel migliore dei casi, le sarebbe toccato vivere di elemosine.

Prima di partire con le ricerche, parcheggiò la pistola sul tavolino, accese il bollitore e tirò fuori una bustina di caffè solubile. L'avrebbe aiutata a tenersi sveglia.

Con tutti i soldi che raggranellava con i suoi affari illeciti, Seb avrebbe potuto permettersi una villa, eppure si ostinava a non spendere nulla, accumulava e accumulava denaro, continuando a condurre insieme alla moglie una vita modesta e a guidare un'auto sgangherata, mentre accoglieva le sue amichette in un monolocale da quattro soldi, riducendo ogni spesa al minimo.

Denaro significava potere per lui, niente di più. Condurre una vita da ricco non gli interessava, l'unico "lusso" che si concedeva ogni tanto era la cocaina. E a giudicare da quel tugurio dagli infissi scricchiolanti che lui chiamava affettuosamente "il mio rifugio", si sarebbe detto che vivesse addirittura al di sotto della soglia di povertà.

Ora però Greta cominciava a credere che Seb mettesse da parte i guadagni illeciti con l'intento di scappare e sparire per sempre. Prima o poi si sarebbe stufato della vita "ufficiale", quella di poliziotto e marito, e avrebbe optato definitivamente per un'esistenza libera, senza vincoli e rotture di scatole.

Chissà, forse Malina si era illusa di entrare a far parte di quel progetto, una volta fuori dal carcere. E quando aveva capito che a Seb interessava solo Seb, aveva iniziato a ricattarlo.

Greta accantonò quelle riflessioni. Dopo aver bevuto il caffè, cominciò la sua indagine proprio dalla dispensa, per poi passare a setacciare l'unico altro mobile presente nella stanza, un armadio a due ante che conteneva il necessario per la seconda vita di Seb, soprattutto abiti e biancheria.

Nel minuscolo bagno, invece, c'era ben poco da esaminare. Il locale puzzava di chiuso e calzini sporchi, infatti parecchi indumenti usati erano ammassati in un angolo, pronti per essere portati via e consegnati a una lavanderia. Il mobiletto sotto il lavello ospitava solo asciugamani, salviette umidificate, sapone liquido e un astuccio con spazzolino e rasoio elettrico. Greta gettò tutto all'aria con irritazione.

Tornò nella stanza principale e si mise a frugare sotto il letto, dove trovò una scatola di legno contenente cianfrusaglie, per lo più oggetti dimenticati da donne che avevano sostato nel rifugio, più una riserva di preservativi e alcuni sex toy. Alla vista di quelle cose, Greta si morse il labbro inferiore con troppa forza.

Impossibile respingere i momenti vissuti con Seb che si affacciavano alla sua mente. Poteva quasi captare il suo odore tra le lenzuola e per un istante lo rivide adagiato in quel letto, nudo e sicuro di sé come sempre.

Seb si era dimostrato fin da subito privo di freni. Non esitava mai a mostrare la sua passione spontanea, disinibita, animalesca. Era sempre a suo agio con la nudità, a differenza di lei che possedeva uno spiccato senso del pudore. Non che fosse casta e pura quando lo aveva incontrato, tuttavia nella sua vita non era mai riuscita a liberarsi di una buona dose di inibizione. Aveva sempre associato il sesso a qualcosa di sporco, forse a causa di Malina che usava il suo ascendente sugli uomini per ottenere ciò che voleva.

Seb e Malina.

Il pensiero le balzò davanti con brutalità. L'idea di loro due insieme la faceva sentire umiliata. Anche la sorella era stata in quel rifugio prima di finire in galera? Anche lei si era stesa languidamente su quel letto? Probabile.

Greta ebbe voglia di sfasciare tutto. Iniziò a rovistare in maniera più selvaggia, accanendosi su ogni parte del rifugio. Con un coltello preso dall'angolo cucina squarciò i cuscini, il materasso, gettò a terra tutto il contenuto dell'armadio, finché non rimase nulla da distruggere. Infine, si fermò in mezzo al caos, ansimante, il sudore che le colava dappertutto.

Non c'erano altri posti in cui cercare. Mentre i suoi occhi guizzavano qua e là per la stanza, l'attenzione scivolò sulla stufa a gas, unica fonte di riscaldamento in quel buco che d'inverno era pieno di spifferi. Durante la stagione fredda Seb la teneva costantemente accesa.

Si rialzò in piedi e andò a controllare la stufa. Era un apparecchio ingombrante, ma non c'era abbastanza spazio all'interno per infilarvi alcunché. Ma forse stava ragionando in modo sbagliato. Seb poteva avervi nascosto la chiave di una cassetta di sicurezza.

Scollegò la stufa dalla presa elettrica, cercò la valvola di chiusura del gas e girò la manopola. Per rimuovere le griglie e i pannelli avrebbe avuto bisogno di un cacciavite, ma dovette arrangiarsi con la punta del coltello. Smontò tutto quello che poté, senza trovare niente.

Si gettò sul pavimento con il fiato corto. Aveva esaurito le energie e si sentiva bruciare dalla disillusione. Aveva sperato invano di trovare il "tesoro" di Seb, e ora aveva voglia di dare testate al muro per la frustrazione.

Rivolta con la faccia al soffitto, finalmente le si accese una lampadina. Il soffitto. Seb doveva aver riposto lì il suo bottino.

Quando aveva sistemato la casetta, aveva fatto installare un controsoffitto in cartongesso per nascondere le tubature. L'intera superficie era stata ricoperta da pannelli rimovibili. Greta imprecò all'idea di doversi arrampicare e smontare i pannelli uno per uno; un lavoraccio che avrebbe richiesto il resto della notte. E non sarebbe bastato un coltello da cucina, serviva un'attrezzatura adeguata, quantomeno un cacciavite e uno strumento per far leva, oppure un martello per sfondare i pannelli. E naturalmente una scala.

Stava per rimettersi a frugare alla ricerca di utensili adatti all'impresa, quando fu colpita da un pensiero: Seb non avrebbe mai creato un nascondiglio a cui era così impegnativo accedere. Probabilmente il pavimento rappresentava una soluzione più a portata di mano, rispetto al soffitto.

Acquattata a quattro zampe, cominciò a perlustrare la pavimentazione in linoleum, cercando di individuare dei rigonfiamenti o un lembo da sollevare. Muovendosi a quattro zampe, si spostò lungo il perimetro della stanza, poi passò alle zone centrali. Controllò caparbiamente anche sotto il mobilio. Niente.

Il bagno era l'ultima possibilità prima di dichiararsi sconfitta.

97

AMANDA

La camminata sui tacchi mi aveva distrutto i piedi e la forte umidità della zona continuava a provocarmi brividi lungo la schiena. Mi appoggiai al tronco del cipresso e sfregai le braccia con le mani cercando di scaldarmi. Guardandomi intorno, riaffiorò il ricordo di una conversazione che avevo avuto via telefono con "Carlo".

Erano gli ultimi tempi della nostra frequentazione online, poco prima che mi decidessi a chiudere ogni rapporto. In quei giorni era diventato insistente, al punto che avevo percepito in lui quasi un cambio di personalità. Voleva vedermi di persona, a ogni costo. Mi raccontò che alloggiava in una deliziosa casetta proprio davanti al camposanto. Ci scherzava su, come se fosse una cosa divertente. *Non sei curiosa di vederla?*

Ora tutto mi era più chiaro. Le congetture fatte fino a quel momento assumevano una consistenza più reale, e capii che quello che avevo davanti era il rifugio segreto dell'alter ego di Sebastiano.

Greta era lì dentro da una vita. Aveva intenzione di nascondersi per sempre?

Le gambe mi si erano addormentate per colpa della posizione scomoda. Dovevo andare a dare un'occhiata alla casetta. Mi spostai verso la costruzione, rischiando di scivolare sul marciume a ogni passo. Notai una finestra e provai a raggiungerla per sbirciare all'interno. In quel momento, il telefono mi vibrò nella mano. Con le dita che tremavano riattivai il display. Era un messaggio di Adriano.

Sono per strada. Fammi sapere dove ti trovi di preciso.

Ero sul punto di rispondergli, quando il rumore di un motore mi fece voltare. Una vettura si era fermata a breve distanza da dove mi trovavo.

Adriano finalmente è arrivato, pensai con enorme sollievo.

Uscii dal mio nascondiglio e mi sbracciai in direzione della vettura, proprio nell'attimo in cui nella mia mente si formava un pensiero allarmante: non poteva trattarsi di Adriano, visto che mi aveva appena informata di essere ancora per strada. Infatti, mi accorsi che il veicolo parcheggiato lungo la via non era una macchina ma un furgoncino.

Abbassai le braccia, attraversata da un senso di gelo. A chi avevo segnalato la mia presenza?

Un uomo stava venendo a grandi passi verso di me. Forse era un complice di Greta e io stupidamente avevo attirato l'attenzione su di me.

Mi raggiunse. Era un giovane tarchiato dai capelli scuri, con una medicazione al naso. Non lo avevo mai visto. Stavo per voltarmi e mettermi a correre, quando lui disse con aria pacata: «Scusi, temo di essermi perso e ho il telefono scarico».

Mi limitai a fissarlo con diffidenza. Lo sconosciuto accorciò le distanze e mi rivolse un sorrisetto tutt'altro che rassicurante.

Indietreggiai. «Non sono di queste parti, non posso aiutarla».

Lui si guardò attorno. Scorgendo la casetta, disse: «Magari chiedo indicazioni lì».

Prima che potessi replicare, l'uomo mi fu addosso e mi spinse con forza. Annaspai all'indietro, una scarpa scivolò sul terreno fradicio, il tacco si piegò lateralmente e io piombai contro un albero. L'impatto con il tronco attutì la caduta, ma mi provocò una stilettata sorda lungo la schiena.

Prima che potessi anche solo tentare di rialzarmi, l'uomo mi fu di nuovo addosso. Provai a scansarmi ma lui fu più veloce, mi afferrò la testa con entrambe le mani e me la sbatté contro il tronco. Un dolore acuto mi esplose con violenza dietro la nuca, le gambe cedettero e tutto si offuscò intorno a me.

98

GRETA

Greta esaminò la cassetta dello sciacquone e il mobiletto sotto al lavello. Neanche lì trovò nulla. Inspirò a fondo, accaldata per lo sforzo, e si asciugò le mani sudate sui pantaloni.

Mentre tastava qua e là, pervasa da un senso di fallimento, le balzò all'occhio la caldaietta per la doccia attaccata al muro. Stava per andare a prendere il coltello per aprirla, quando si accorse del doppio tubo che correva in alto sul muro. A che servivano due tubi?

Montò sul coperchio chiuso del water e passò delicatamente le dita sopra entrambe le tubature, spazzando via la polvere che si era accumulata. Uno dei due tubi era di metallo, l'altro al tatto sembrava di materiale plastico. Era un tubo finto. Provò a tirarlo. Venne via con facilità, insieme a un tassello di rivestimento della parete, e svelò un ampio vano all'interno del muro. Un alloggio segreto!

Trattenendo il fiato, Greta si sporse e vi insinuò una mano. Le dita incontrarono una superficie morbida e solida. Era una specie di borsa da viaggio. Quando la tirò fuori, scoprì che si trattava di una cassaforte portatile a forma di sacca, con un lucchetto a combinazione a sigillare l'apertura. Se la rigirò tra le mani. Era realizzata con un materiale robusto, plastificato, di qualità, e purtroppo antitaglio. Ed era piena, incredibilmente pesante, tanto che faticava a reggerla tra le mani. Di sicuro non conteneva solo rotoli di banconote, ma anche lingotti d'oro.

Sentì un brivido di euforia, unito a un'inebriante sensazione di ottimismo, benché fosse consapevole che non sarebbe stata una passeggiata sbloccare quel tipo di chiusura senza conoscere la combinazione.

Reggendo il bottino tra le mani, fece per tornare nella stanza principale, quando udì un fracasso agghiacciate. Vetri rotti.

Allarmata, si paralizzò e per un assurdo momento pensò di avere allucinazioni uditive. Poi l'istinto di sopravvivenza prese il sopravvento e si slanciò contro la porta del bagnetto. Con un paio di gesti forsennati la tirò verso di sé.

Dall'altra parte, si udivano rumori concitati, qualcuno stava facendo irruzione in casa.

Girò in fretta la chiave e si piazzò contro la porta, con le spalle che tremavano e il cuore in gola. Il panico si impadronì di tutto il corpo.

La polizia. Di sicuro erano loro.

Per lei era la fine. La sua fuga era ormai giunta al capolinea.

99

GRETA

«Ehilà!».

Una voce riecheggiava attraverso la porta di legno, cantilenante e sarcastica.

«C'è nessuno?».

Leo! La voce era più nasale e gracchiante del solito, ma era indubbiamente lui.

Che diavolo ci faceva lì? Greta fu colta dallo sgomento. Non aveva più pensato a lui, lo aveva completamente rimosso dalla mente. Aveva sottovalutato quell'insulso verme ancora una volta. Nonostante tutti i controlli paranoici messi in atto durante la fuga, lui era riuscito a seguirla fin laggiù.

«Molinari, vieni fuori!».

Il cuore le tuonava in petto e un nodo di terrore in gola le impediva di respirare normalmente.

«Esci da lì! È inutile che ti nascondi. Non hai scampo».

L'eco delle parole minacciose di Leo le accelerò ancora di più i battiti.

Aveva ragione, non aveva scampo. Quel minuscolo bagno non offriva vie di fuga, neanche una minuscola finestrella da cui sgusciare a fatica. Non poteva nascondersi, ne sfuggirgli. Era in trappola.

Sobbalzò, quando la porta prese a sussultare sotto i colpi di Leo. Ululò di terrore e si rifugiò a terra, dietro il water.

«Devi uscire subito!», urlò lui.

Quando smise di picchiare sulla porta, a Greta sembrò di udire un'altra voce, una voce femminile a lei familiare.

Amanda! Anche lei si trovava lì?

Il parlottio risuonava attutito attraverso la porta del bagno, ma si capiva chiaramente che la voce di Amanda era piena di incertezza e spezzata dal terrore.

Greta si accostò di nuovo alla porta per ascoltare. Amanda parlava con voce debole, ma Greta afferrò alcune parole e trasalì nel momento in cui la donna menzionò la polizia. Dunque, stavano venendo a prenderla? Si aspettava che da un momento all'altro le sirene invadessero il silenzio. Trattenne il fiato, concentrata a origliare.

«Metti giù quella pistola». La voce di Amanda si era fatta più decisa, ma era chiaramente spaventata, e Greta capì che Leo le stava puntando addosso la sua Beretta.

Che babbea era stata a lasciare la pistola nella stanza! Una vera stupida ad abbassare così la guardia. Ora Leo si era impossessato della sua arma e avrebbe potuto aprire la porta del bagno sparando alla serratura. Udì la sua voce più vicina, stava parlando accanto alla porta. Il tono era cambiato, al piglio minaccioso si era unita una nota suadente e vagamente sarcastica. «Lo sapevo che non la contavi giusta, tu. E ora scopro che hai un nascondiglio segreto e perfino una pistola».

Greta non replicò. Respirava a fatica.

«Chi sei davvero? Chi sei, dimmi, Molinari?».

Silenzio.

«Non puoi restare lì per sempre, lo sai?».

Greta sentì il terrore salire dallo stomaco e annodarle la gola. Si morse il labbro inferiore per trattenere un urlo di angoscia.

«Sappi che se non apri immediatamente, le sparo».

Greta pensò che intendesse sparare alla serratura, così si accucciò in basso, vicino al water. Dalla testa ai piedi, era un bagno di sudore.

«Non so chi sia questa tizia», continuò lui, «ma non vorrai mica che le pianti una pallottola in testa, vero?».

«Non so di chi parli», mentì lei.

Leo sfoggiò una risatina scoppiettante. «Stava qua fuori a spiarti. Una tipa di classe, sembra uscita da una rivista di moda».

Dunque, il secondo intruso era proprio Amanda, la vipera impicciona.

100

AMANDA

Qualcuno mi afferrò brutalmente per le spalle. Lo strattone fu così forte che emisi un gemito di dolore.

Sentivo la pressione di un paio di mani pesanti sopra le scapole, mentre la schiena e le gambe strusciavano su una superficie liscia, come se mi stessero trascinando lungo un pavimento. La nausea e il forte senso di disorientamento che mi avvolgevano, mi impedivano di capire cosa stesse succedendo.

Mi ritrovai sdraiata su una pavimentazione polverosa. Ricordai confusamente che l'uomo del furgoncino mi aveva aggredita. Le fitte acute che mi attraversavano la nuca suggerivano che mi avesse colpita in testa, facendomi perdere i sensi per qualche minuto. Avevo il respiro spezzato, i miei pensieri erano scollegati e faticavo a riacquistare lucidità.

Sbattei le palpebre nel tentativo di mettere a fuoco l'ambiente. In principio riuscii a cogliere solo ombre in movimento. Udivo una voce maschile, ma faticavo a comprendere le singole parole.

Un oggetto freddo e metallico piantato contro la mia gola mi strappò all'intontimento. Avvertii una presenza alle spalle, come se qualcuno mi alitasse sul collo. Girai la testa e scorsi una figura maschile incombere su di me. Feci per sollevarmi ma l'altro mi afferrò per la nuca, immobilizzandomi. Realizzai che puntata alla mia trachea c'era una pistola.

Paralizzata dall'incredulità e dallo sgomento, spostai l'attenzione sul mio aggressore. Era il tipo del furgone. Un ghigno furioso era dipinto sul volto. Sotto il suo sguardo infuocato, cercai di parlare, di capire cosa stesse succedendo. Deglutii più volte, tentando di placare il panico.

«Chi sei? Che vuoi da me?», domandai con enorme sforzo.

Lui non rispose e affondò ancora un po' la canna della pistola sul mio collo. Lottai per non urlare di terrore. Le mie narici furono aggredite da una zaffata del suo respiro pesante.

Inghiottii la saliva. «La polizia sta arrivando». Cercai di infondere sicurezza nella mia voce, anche se ero spaventata a morte. «Dovete arrendervi prima che qualcuno si faccia male».

Lui fece un sorriso sardonico, a bocca storta. «Pensi che io sia alleato con quella piccola delinquente? Ti sbagli!».

Non capivo cosa stesse succedendo. Chi era quel tipo, se non un complice di Greta? Tutto quello che sapevo era che mi trovavo in pericolo.

Lui allentò la presa sul braccio, allontanò la pistola dalla mia gola e si mise a urlare qualcosa, ma questa volta le parole non erano dirette a me.

«Molinari, vieni fuori!».

Capii che dava la caccia a Greta, che si era rifugiata in un'altra stanza. Aveva dei conti in sospeso con lei? Il tono di quell'uomo sembrava carico di rancore.

Udii la voce attutita di Greta oltre una porta. Subito dopo, il mio aggressore si allontanò da me e prese a colpire la stessa porta con il pugno chiuso, il volto contratto da una collera feroce. Colpi violenti si abbattevano sul legno e si ripercuotevano sulle mie tempie doloranti, facendomi sussultare.

Mi sollevai a fatica. Presi a spostarmi a gattoni, approfittando del momento di distrazione dell'aggressore. Mi resi conto che non avevo più con me il telefono, né la borsa, e non li vedevo in giro per la stanza. Dovevano essermi caduti quando avevo perso i sensi. Non ricordavo l'ultimo messaggio che avevo inviato ad Adriano. Mi domandai angosciata se sarebbe riuscito comunque a rintracciarmi. Probabilmente non gli avevo fornito sufficienti indicazioni. Cercai di respingere quel pensiero e mi guardai attorno in cerca di qualcosa con cui colpire l'aggressore mentre la sua guardia era abbassata.

Non feci in tempo. Lui si voltò prima che potessi trovare un'arma. Si scagliò su di me e mi colpì in pieno volto con la mano aperta. Urlai di dolore e paura.

Con voce distorta dalla sofferenza, ripetei che la polizia stava arrivando. Lacrime di terrore rotolavano giù per le guance.

Lui mi guardò con sdegno. «Stai mentendo». Allungò di nuovo la pistola contro di me e io mi tirai indietro d'istinto.

«Metti giù quella pistola», lo incitai con quanta forza mi restava, mantenendo gli occhi fissi sull'arma.

Continuando a tenermi sotto tiro, l'uomo piegò la testa da un lato e ricominciò a parlare con Greta, dall'altra parte della porta. Lei non rispondeva, o se lo faceva, non riuscivo a cogliere altro che borbottii soffocati. La testa mi pulsava forte e la guancia, là dove mi aveva colpito, mi bruciava da morire.

«Sappi che se non apri immediatamente, le sparo».

Non udii la risposta di Greta, ero troppo lontana dalla porta dietro la quale si nascondeva, ma dalla replica dell'aggressore si capiva che la minaccia era caduta nel vuoto e che Greta non aveva nessuna intenzione di venire fuori.

«Speravo che lo dicessi. Magari mi divertirò un po' con la tua amica».

Quelle parole mi fecero rabbrividire. I propositi malevoli di quell'uomo erano chiari, resi evidenti dal luccichio inquietante nei suoi occhi. Lottai per rimettermi in piedi, senza riuscirci. Ancora a terra, indietreggiai, cercando di ritrarmi da lui, e mi sfuggì un gemito d'angoscia.

101

GRETA

«Allora, vuoi che le spari? O ti decidi a uscire?».

Greta deglutì. «Scordatelo», bofonchiò col fiato mozzo.

«Speravo che lo dicessi. Magari mi divertirò un po' con la tua amica».

«Non è mia amica. Non me ne frega un accidente di quella!». La sua voce decisa e rabbiosa rimbombò per tutto il bagnetto.

Amanda prese a urlare come un'indemoniata. Greta si impietrì e trattenne il fiato, mentre veniva pervasa da un senso di impotenza.

Rumori di una colluttazione.

Si rifugiò di nuovo dietro il water, rannicchiandosi a terra. Tappò le orecchie per non udire quelle grida acute, ma immagini violente le affollarono la mente.

Non le importava nulla di Amanda né di ciò che Leo le avrebbe fatto. Anzi, quell'impicciona odiosa si meritava una bella lezione. E lei non aveva nessuna intenzione di arrendersi solo per proteggerla. Amanda se l'era cercata intromettendosi in questioni che non la riguardavano.

Tuttavia, Greta era cosciente che era solo questione di tempo, non poteva rifugiarsi lì dentro a lungo. Ben presto, Leo avrebbe sfondato la porta a spallate o sparando alla serratura, e a quel punto sarebbe stato il suo turno.

Magari, però, Amanda aveva detto la verità: la polizia sarebbe arrivata da un momento all'altro. Meglio finire in manette che vedersela con quella carogna di Leo. Doveva solo tener duro e aspettare, rinchiusa nel bagnetto.

Sperò con tutto il cuore di udire le sirene delle volanti in lontananza, ma gli unici suoni che le giungevano, provenivano dalla stanza accanto.

Non le importava niente di Amanda.

Avrebbe lasciato che Leo si sfogasse su di lei.

Sei la solita vigliacca.

La voce di Malina le rimbombò in testa. Sprofondò il capo nelle mani e cominciò a urlare a sua volta. Ora le grida assomigliavano a quelle dei suoi incubi. Selvagge, inarticolate, agghiaccianti. Non provenivano dall'esterno, ma da se stessa, da un imprecisato punto della sua testa.

Il corpo venne scosso da uno spasmo, una specie di brivido violento, a dispetto del caldo soffocante nel bagnetto. Le mani le caddero inerti lungo i fianchi, i contorni degli oggetti si sfocarono. I rumori dietro la porta ora suonavano attutiti attraverso le orecchie ovattate. Subentrò un momento di oblio, come se fosse circondata da un banco di nebbia.

Le ginocchia si piegarono e dovette aggrapparsi al lavandino per non crollare a terra. Si accartocciò su se stessa. Una miriade di puntini luminosi le danzò davanti. Si sentì fluttuare. Un'oscura voragine le si spalancò sotto i piedi, riempiendola di angoscia. Tentò di resistere a quella sensazione terrificante, si sforzò con tutta se stessa di restare ancorata alla realtà.

Quando riguadagnò lucidità, si rese conto che Amanda aveva smesso di gridare, ora emetteva strani versi raschianti, come lamenti di un cagnolino ferito alla gola.

Greta si rialzò rigidamente in piedi e per un paio di secondi vacillò sulle gambe, sopraffatta da un'ondata di vertigini. Le gambe si muovevano a scatti come se fossero diventate di pietra. Rivoli di sudore freddo le scorrevano lungo la schiena. Più che respirare, boccheggiava.

Afferrò la borsa-cassaforte e la strinse saldamente tra le dita di una mano. Con l'altra girò la chiave del bagno e uscì per affrontare Leo.

102

AMANDA

Il terrore mi contrasse le viscere in una morsa. Tentai di spingere via l'aggressore, ma in un batter d'occhio lui mi afferrò un braccio e me lo torse dietro la schiena, strappandomi un grido stridulo. Con un movimento deciso, mi gettò a terra e mi ritrovai con la faccia sul pavimento e di nuovo con il gelido contatto della pistola contro il collo.

«Ora metto via la pistola, guai a te se fai qualche scherzo», mi sussurrò in un orecchio, lanciandomi addosso goccioline di saliva. Il suo sguardo era pieno di spiacevoli sottintesi.

Feci un cenno rigido con la testa. Avevo un dannato freddo, eppure grondavo sudore. Mi veniva da vomitare.

«Non ci siamo presentati», mi alitò nell'orecchio. «Sono Leo». Sostituì la canna della pistola con le labbra umide, premute contro la mia gola. Ebbi un brivido di disgusto. Udivo il suo ansimare contro la pelle e un puzzo di alcool e sigarette.

Iniziò a palparmi con irruenza, sentivo le mani sudaticce rovistare sopra la stoffa sottile del vestito. Cercai freneticamente di divincolarmi e liberarmi del suo peso, ma lui mi stava addosso. Provai a scalciare all'indietro ma i colpi andarono a vuoto. Con una mossa disperata gli tirai una gomitata. Leo non gridò, emise solo un lieve sbuffo d'irritazione e mi colpì di rimando sulle costole. A quel punto, fui io a strillare. Una mano mi afferrò i capelli senza pietà e mi costrinse all'immobilità.

In un angolo della mente mi dissi che dovevo gridare più forte che potevo, così che se Adriano fosse stato nei paraggi, avrebbe potuto sentirmi e sarebbe venuto in mio soccorso. Ma quando aprii la bocca, questa volta tutto ciò che ne uscì fu un lamento strozzato. Riuscivo a stento a respirare, con Leo che mi soffocava con tutto il suo peso.

Mi sentii strappare i vestiti di dosso, ora l'uomo era a cavalcioni su di me. Stordita e terrorizzata, udii una porta aprirsi. Fu questione di pochi istanti. Il mio aggressore rotolò su un fianco, lasciandomi libera, ma si affrettò a impugnare di nuovo la pistola.

Quando mi voltai verso di lui, sulla sua faccia si era dipinta un'espressione di trionfo, che si spense in un lampo quando qualcosa gli si avventò addosso.

Con un grido Greta balzò in avanti e gli lanciò contro una sorta di pesante borsa, senza però riuscire ad atterrarlo. Leo si riprese in pochi secondi e con incredibile rapidità si slanciò a sua volta su di lei. Prima che Greta potesse reagire, le tirò un calcio dritto nello stomaco. Lei si piegò in due, ma subito riprese ad agitare un braccio tenendo stretta quella specie di grossa sacca. Inarrestabile, sferrava colpi su colpi, ma tutti andavano a vuoto: riusciva a percuotere soltanto l'aria.

Leo gridò un'imprecazione rabbiosa e schivando i colpi, tentò di bloccarla. Greta sembrava una furia, fuori controllo, i lineamenti deformati, gli occhi da pazza. Entrambi persero l'equilibrio e finirono a terra. Continuarono a lottare emettendo versi gutturali.

Notai che la pistola era a terra, vicino ai loro corpi: uno dei colpi di Greta l'aveva strappata a Leo. Annaspando, mi allungai per prenderla, ma lui si accorse del mio movimento e fu più rapido. Si precipitò verso di me e mi intercettò recuperando l'arma. La sua presa ora era più salda. Tentò di colpirmi ma mi scansai e sgattaiolai via. Lui se la prese con Greta, scagliandole in testa il calcio della pistola. Cacciai un urlo soffocato e arretrai vicino la finestra infranta, da cui entravano folate fresche.

Sentii uno scricchiolio sotto le cosce. Ero finita sui frammenti di vetro della finestra. Leo doveva essere entrato da lì. Ne presi un pezzo abbastanza grande e lo tenni dietro la schiena. La scheggia mi ferì il palmo della mano, ma strinsi i denti.

Ora Leo era concentrato su Greta. Con un forte spintone l'aveva mandata in un angolo e aveva ripreso a colpirla furioso mentre giaceva a terra. Lei cercava di proteggersi come meglio poteva e contrattaccare provando a graffiarlo sulle braccia, ma era palesemente allo stremo. Si contorceva sotto i suoi colpi e si dibatteva sempre più debole.

Muovendomi carponi, mi avvicinai furtiva. Vedevo puntini bianchi davanti a me, mezza accecata dal panico. La testa sembrava voler esplodere. Con un ultimo strenuo sforzo raggiunsi Leo, levai in alto un braccio e con decisione gli conficcai il pezzo di vetro nella spalla. La scheggia affondò nella carne, lacerandola e facendo schizzare una gran quantità di sangue tutt'intorno.

Lui lanciò un piccolo gemito stridulo e fece un mezzo giro con il busto. Vidi i suoi occhi sbarrati per la sorpresa e per il dolore che doveva essere lancinante. Greta si allungò a sua volta e gli afferrò una caviglia, facendogli fare un pesante capitombolo in avanti. A quel punto, Leo prese a ululare come un animale ferito, raggomitolato su se stesso, mentre con le mani piegate sulla schiena cercava disperatamente di tirare via il vetro dalla spalla. Un fiotto di sangue vivo fuoriusciva dalla ferita.

In pochi secondi smise di agitarsi e la testa crollò sul pavimento. Rimase a terra a faccia in giù senza più muovere un muscolo.

103

AMANDA

Greta era ancora piegata sul pavimento a un metro da me, immobile, intontita. Fissava torva la figura immobile di Leo, facendo brevi respiri.

«È morto?», domandò, indicando la sagoma.

«Non lo so». Mi avvicinai con cautela e gli tastai il collo. Avvertivo una debole pulsazione. «È ancora vivo. Per ora».

Tirai un sospiro di sollievo, mi terrorizzava il pensiero che quell'uomo potesse morire per mano mia. Non ero pronta a convivere con l'orrore di averlo ucciso, anche se la ragione mi diceva che avevo solo cercato di difendere me stessa e Greta.

Con la coda dell'occhio vidi Greta che si muoveva strisciando a quattro zampe verso la pistola. Con uno scatto frenetico, afferrai l'arma prima che potesse prenderla. Quando lei si accorse che gliela stavo puntando contro, aprì la bocca ed emise un gemito meravigliato. Si puntellò su una sedia e cercò di rialzarsi, ma io le urlai di non muoversi.

Soltanto ora avevo occasione di guardarla con attenzione. Era quasi irriconoscibile. La testa completamente rasata, il volto cadaverico, gli occhi spiritati. Una scia di sangue colava dalla fronte. Una figura spettrale.

Chiuse gli occhi per un breve istante, forse per la sofferenza che le causava la ferita alla testa. Tentò ancora di sollevarsi in piedi, ma scivolò maldestramente sul sangue di Leo e finì con le ginocchia sul pavimento.

Mi schiarii la gola, che si era seccata a furia di gridare. «Alzati lentamente e non fare gesti bruschi», le ordinai.

A dispetto del tono imperioso, la testa mi girava e temevo di svenire. Strinsi con due mani tremanti la pistola, cosciente che non sapevo neppure come si usasse e che un colpo poteva partirmi per sbaglio inavvertitamente. Era più pesante di quanto immaginassi; a malapena riuscivo a sorreggerla tenendola più o meno dritta davanti a me.

Gli occhi di Greta presero a scandagliare la stanza e io prevenni di nuovo le sue mosse. «Non azzardarti a riprendere in mano quel sacco», l'avvisai, seguendo il suo sguardo. «Se pensi che esiterò a spararti, ti sbagli di grosso».

Sperai ardentemente che non percepisse il mio bluff. In verità, non sapevo se avrei mai avuto il coraggio di spararle, di ferirla o perfino toglierle la vita. Mi aspettavo che da un momento all'altro, con uno scatto fulmineo, mi attaccasse e mi sottraesse di mano l'arma. Invece, era immobile e non parlava. Sembrava frastornata, non guardava direttamente né me né la pistola. *Non devo perderla di vista un istante*, mi imposi.

«Tieni le mani in vista. La polizia sta arrivando, devi arrenderti, Greta».

Quando alzò lo sguardo su di me, notai nei suoi occhi un terrore inaspettato. Una goccia di sangue le colò lungo la guancia e finì sulla maglietta.

«Sei ferita, devi andare subito in ospedale».

Lei si toccò d'istinto la fronte, poi fissò con aria trasognata le dita appiccicose di sangue. «Me la caverò», replicò strascicando le parole.

«Chi è quest'uomo? Perché voleva farti del male?». Indicai con il capo la figura stesa sul pavimento.

«Un cretino che ho sottovalutato», biascicò lei.

«Ha a che fare con la truffa?».

A quel punto, Greta mi squadrò con ostilità e la voce s'indurì. «Dunque, lo sai».

Restammo in silenzio per un paio di secondi. La mia presa sulla pistola si allentò. Le mani cominciavano a sudare, ero sfinita e i miei riflessi si erano fatti penosamente lenti.

«Lasciami andare», riprese lei. «Non ti ho fatto niente. Perché ce l'hai con me?».

La fissai, sconcertata dal suo tono di voce, che risuonava implorante, perfino querulo. «Non ce l'ho con te», protestai. «Ma non posso lasciarti andare, lo sai. Sei un'assassina. E volevi far saltare in aria un intero palazzo».

Lei reagì con una smorfia. «Avrei voluto, lo ammetto. Ma poi ho fatto una chiamata di emergenza».

«Ah, ecco perché i pompieri sono arrivati così presto... beh, in ogni caso hai ucciso un uomo», l'accusai in tono duro.

«È solo caduto».

«Lo hai spinto tu», azzardai.

Greta non disse nulla, ma dalla sua bocca fuoriuscì un ansito sofferto, come se l'avessi punta sul vivo.

«E lo hai guardato morire», aggiunsi con un'occhiata di biasimo.

Lei fu scossa da un singulto e abbassò lo sguardo. «Se lo meritava. Ha ammazzato mia sorella».

«È per questo che lo hai ucciso?».

«A te che importa?». Si leccò le labbra.

Emisi un sospiro profondo, pregando dentro di me che Adriano si sbrigasse ad arrivare. Non sapevo quanto tempo ancora sarei riuscita a resistere con la pistola spianata contro Greta. Ero esausta e dolorante, e temevo di fare movimenti azzardati che permettessero a Greta di sopraffarmi. Ma forse potevo guadagnare tempo. «Credevo lo avessi ucciso perché ti aveva ingannata».

Lei alzò un sopracciglio. «Tu non sai un accidente».

«So che ti chiami Margherita Giacomelli».

Interdetta, mi sgranò gli occhi in faccia. «Ma che brava, mi hai smascherata. Impicciona proprio come Anita».

Le sue parole mi fecero trasalire. «Ti sbagli su Anita. Alla fine aveva intuito come stavano le cose. Sei tu che non hai ancora capito niente».

«Ma che cavolo...? Sta' un po' zitta, chiudi quella fogna di bocca».

«No, non sto zitta, è giusto che tu conosca la verità. Margherita Giacomelli non è il tuo vero nome, te l'ha messo la donna che ti ha adottato. Ma lei non era la tua madre biologica. Miriam era la tua vera madre. I Molinari erano davvero la tua famiglia».

Greta parve pietrificarsi dallo shock. «Che ti stai inventando?», farfugliò con voce strozzata. Era pallidissima, sembrava che le gambe la sorreggessero a malapena.

«Miriam Molinari è stata ricoverata per problemi psicologici quando tu avevi due anni. Tuo padre ti ha presa con sé e ti ha portata in famiglia. Non ricordi nulla di tutto ciò perché eri troppo piccola e nessuno ti ha mai detto niente».

Greta aprì la bocca per obiettare qualcosa, ma si fermò e mi scrutò con un velo di incredulità e confusione nello sguardo. Le mie rivelazioni la sciocavano e destabilizzavano, ma sotto sotto si rendeva conto che stavo dicendo la verità, ne ero certa.

«Tuo padre ha lasciato la famiglia, aveva problemi con il gioco ed era coperto di debiti», ripresi. «Tu sei rimasta con la moglie e la tua sorellastra. Ti hanno cambiato sia il nome che il cognome, senza che tu sapessi mai di essere stata adottata e senza conoscere le tue vere origini. Mi hanno detto che la moglie di Vittorio ti considerava figlia sua».

Greta si abbandonò a un gemito di sofferenza. Nel suo sguardo colsi un intenso tormento interiore, ma il suo corpo era immobile, come paralizzato in una posa d'allerta.

«Quando Sebastiano Levani ha organizzato la truffa, si è ben guardato dal rivelarti che tu eri la vera Greta, quella che tutti stavano cercando. Ti ha manipolata per mettere le mani sull'eredità che ti spettava di diritto, facendoti credere di essere un'impostora».

Lasciai per un momento che Greta assorbisse il significato delle mie parole. Il suo volto si contrasse in una smorfia, ma continuò a tacere.

«Immagino che fosse coinvolta anche la tua sorellastra, Malina. Anzi, è probabile che tutto sia partito da lei».

Greta abbassò le mani, ma questa volta non le intimai di tenerle in alto. Non mi guardava più, i suoi occhi si stavano riempiendo di lacrime.

«Mi dispiace», dissi con sincerità. «Non è giusto quello che hai dovuto passare. Ma anche tu hai commesso degli errori e devi pagare per questo».

Greta chinò la testa, come se cercasse di nascondere il turbamento. Abbondanti lacrime le rigavano le guance.

«Tua madre, Miriam, aveva dei problemi di salute mentale che tu potresti aver ereditato. Forse potrebbero rappresentare un'attenuante...», ipotizzai.

Greta tornò a guardami. Non c'era più astio nello sguardo, solo un'immensa, straziante sofferenza.

«Vorrei poterti aiutare», dissi, colta da un moto di compassione.

«Allora lasciami andare», mormorò lei tra le lacrime. La voce le uscì rauca e tremolante.

Scossi la testa lentamente. «Devi affrontare le conseguenze di ciò che hai fatto. C'è qualcuno che sta pagando al posto tuo. Simona Valle merita di essere scagionata, è innocente».

Greta si passò una mano sul viso inondato di pianto e tirò su col naso. «Non hai bisogno di me per farla uscire di galera. La pistola che hai in mano è la Beretta di Seb. Prova che sono stata io a ucciderlo».

«Ne dubito».

«E poi c'è il mio telefono. Non so dove sia finito... ma è qui, da qualche parte. Prendilo, fallo esaminare».

«Lo farò, stanne certa».

Per almeno un minuto ci fronteggiammo immobili, in silenzio.

«Rosi», mormorò ancora Greta, così piano che faticai a sentirla.

«Cosa? Che c'entra Rosi?».

«Lei ha le prove che ho ucciso Seb. Mi stava ricattando. Se consegna quelle prove, Simona sarà libera».

«Che prove?».

«I miei vestiti insanguinati. Li indossavo la notte in cui Seb è morto. Anche se non mi arrestano, posso essere incriminata per il suo omicidio. E Simona è libera».

«Stai mentendo, non ti credo».

«Sto dicendo la verità. Rosi sa tutto. Mi teneva prigioniera insieme al suo ragazzo perché voleva che le consegnassi il denaro dell'eredità».

«È quello?». Indicai la sacca con la pistola.

Lei annuì. «Non sarà difficile dimostrare che sono stata io ad ammazzare Seb».

«Okay», dissi lentamente. «Se quello che dici è vero, obbligheremo Rosi a consegnare tutto alle autorità. Ma non posso lasciarti scappare, Greta».

«Sì che puoi».

104

AMANDA

Quando Adriano finalmente mi raggiunse, avevo già recuperato il telefono che mi era caduto vicino al cipresso, gli avevo mandato un messaggio e avevo chiamato i soccorsi. Adriano mi trovò con una pistola in mano a fare la guardia a un uomo mezzo morto, seduta su un lago di sangue mentre tremavo con violenza e cercavo di combattere la nausea. Forse erano passati solo pochi minuti, ma a me era sembrata un'eternità.

Non appena Adriano aprì la porta della casetta, mi sentii invadere da un sollievo mai provato prima. Gli corsi incontro, lui tese le braccia e io mi abbandonai al suo abbraccio. Ero troppo sconvolta per riuscire a parlare, le labbra scosse da un tremito incontrollabile. Restammo a lungo accostati uno all'altra, con i corpi che aderivano dolcemente, senza spiccicare parola, mentre dentro di me ogni ansia evaporava e potevo quasi illudermi che l'orrore appena vissuto non fosse altro che un incubo fugace, destinato a sparire alla luce del giorno.

Dopo un tempo impossibile da definire, pur restia a spezzare l'incantesimo, mi scostai lievemente dal suo corpo caldo. Ma lui non mi lasciò andare. Incorniciò il mio viso tra le mani e mi baciò con tenerezza sulle labbra che ancora tremavano. Quando staccammo le bocche, lui mi prese una mano e se la portò alla guancia. Infine, restammo in piedi uno di fronte all'altra, avvolti in una sorta di irrealtà.

Fu l'arrivo dell'ambulanza a riportare entrambi al presente. Qualche istante dopo udimmo una frenata brusca: era una volante della polizia che parcheggiava davanti alla casetta.

Dopo aver stabilizzato Leo, i paramedici passarono a dare un'occhiata a me e stabilirono che avevo bisogno anche io di cure mediche. Rifiutai. Rilevarono un taglio superficiale sul palmo della mano e probabilmente una o due costole incrinate, ma più di ogni altra cosa ero devastata dalla stanchezza. Il vestito madido di sudore e mezzo strappato aderiva al corpo, braccia e gambe erano intorpidite e avevo i brividi nonostante l'aria rovente nella casetta.

Gli agenti giunti sul posto raccolsero una prima dichiarazione e chiarirono che sarebbero tornati da me per ulteriori domande e per approfondire gli eventi di quella notte. Subito dopo li vidi confabulare a lungo con Adriano, che davanti ai colleghi adottò un comportamento professionale.

Fu allora che realizzai che tra me e lui si era alzata una barriera e che d'ora in avanti nulla sarebbe stato più come prima. Quando venne verso di me, d'un tratto non riuscivo a guardarlo in faccia. Tenni china la testa, mentre lui mi sfiorava confortante una mano. Temevo che potesse leggere nei miei occhi ciò che avevo fatto o cogliere in una mia esitazione, in un mio inconsapevole gesto rivelatore, la verità che stavo nascondendo.

«L'ambulanza sta andando via. Ti porto io in ospedale», disse.

Feci un cenno negativo. «Voglio solo andare a casa e dormire per due giorni di seguito». Mi strinsi addosso la coperta termica fornita dai sanitari.

«Potresti avere una commozione cerebrale, meglio essere prudenti».

«Va bene», mi rassegnai. «Devo chiamare Gianfranco, mi avrà mandato ottomila messaggi... si starà chiedendo dove sono finita, se sono viva o morta».

«Sì, dovresti... dovresti chiamarlo», ribatté Adriano con uno strano tono.

Avevo il telefono in mano, ma non mi ero ancora decisa a chiamare mio marito.

«Greta è scappata, ho capito bene?», domandò Adriano a bruciapelo.

«Sì. Mi dispiace». Abbassai di nuovo il capo, mentre il battito cardiaco accelerava. La bugia mi era uscita di bocca a fatica, ma ero consapevole di non poter fare altrimenti. Ripresi a parlare per dissimulare il mio vero stato d'animo. «Ho detto ai tuoi colleghi di perquisire casa sua e interrogare Rosi e il suo ragazzo. Hanno le prove che Greta ha ucciso Sebastiano. Tua sorella ne verrà fuori».

Lui aggrottò la fronte e mi rivolse una lunga occhiata. «Com'è successo? Non avevi tu la pistola?».

Faticavo a sostenere il suo sguardo. «Sì. Cioè, no. L'aveva quell'uomo, Leo. Abbiamo lottato a lungo. Io... dio mio, mi sento così confusa e non so se quello che ricordo è...». Non riuscii a proseguire, in preda a una sensazione nauseante al ventre. Lo scrutai di sottecchi, in cerca di eventuali manifestazioni di sospetto.

«Okay, non preoccuparti. Sei sotto shock», mi rassicurò con

voce vellutata, carezzandomi un braccio. «Chiariremo ogni cosa. E comunque la stanno cercando. Non può essere lontana».

Feci un cenno d'assenso e abbassai il capo. «Era ferita alla testa, zoppicava. La prenderanno di sicuro», mormorai.

Non gli dissi che per fuggire aveva preso il furgone di Leo.

105

AMANDA

Passai un paio di giorni in ospedale sotto osservazione. Me l'ero cavata con una costola incrinata, un bernoccolo in testa e una serie di ematomi sparsi per tutto il corpo. Mi imbottirono di antidolorifici e dormii a lungo.

La polizia mi interrogò più volte nel tentativo di ricostruire gli eventi. Ero stanca di raccontare sempre le stesse cose ed essere costretta a rivivere le spiacevoli sensazioni di quei momenti, ma feci del mio meglio per fornire agli investigatori ogni dettaglio necessario.

Riguardo alla fuga di Greta, però, fui volutamente vaga. Spiegai che dopo aver steso Leo, ero crollata a terra semi svenuta e non ero riuscita a fermare Greta. Solo in seguito ero riuscita a impossessarmi della pistola, mi ero trascinata fuori in cerca del telefono e infine avevo chiamato i soccorsi. Nel frattempo Greta era sparita.

La mia versione dei fatti fu verificata in base alle prove rinvenute nella casetta e non ci fu bisogno di ulteriori approfondimenti. Non emersero dubbi sul fatto che non avevo potuto impedire la fuga di Greta, tanto meno fu sollevato il sospetto che l'avessi lasciata andare di proposito.

Intanto, anche Leo era stato ricoverato. Aveva perso molto sangue, ma secondo i medici si sarebbe ripreso nel giro di alcune settimane. Avrebbe dovuto rispondere dell'accusa di aggressione, sulla base della mia testimonianza.

Gianfranco mi raggiunse in ospedale. «Sia ringraziato il cielo che stai bene. Mi hai fatto morire di spavento», esclamò con un rimbrotto.

Feci un tentativo di sorriso che lui non ricambiò.

In quei due giorni, si dimostrò paziente con me, mi vegliò e durante i colloqui con la polizia mi offrì tutto il suo appoggio, ma da parte sua non ci furono caldi abbracci né ulteriori tirate sulla necessità di farmi vedere da un terapista. Era silenzioso, pensieroso. Una sorta di estraneo pieno di premure.

Quando fui dimessa e tornai a casa, notai subito che Gianfranco aveva preparato una valigia più grande del solito e radunato parte della sua roba in un paio di scatoloni. Devo ammettere che me l'ero aspettato, eppure quella vista mi lasciò un sapore amaro.

«Mi stai lasciando», dissi, come se stessi rilevando un dato di fatto.

Lui sospirò a fondo, un gesto malinconico più esplicito di mille parole. «Non posso più andare avanti così, Amanda», spiegò con voce calma.

Feci un cenno con la testa e poggiai sul divano la borsa e il resto delle mie cose.

«Credevo che cambiare vita avrebbe dato una svolta anche al nostro rapporto, ma non è stato così», continuò lui. «A volte ho l'impressione che tu non abbia fatto altro che boicottare il nostro matrimonio».

«Hai ragione. Forse l'ho fatto, ma non intenzionalmente. Non volevo ferirti, te lo giuro».

«Mia madre ha bisogno di me, ora. I controlli cardiologici non hanno rilevato problemi specifici, forse si tratta davvero solo di ansietà, ma sento di doverle stare vicino...».

«Non hai bisogno di giustificarti. Spero che tua madre si riprenda».

«Immagino che ti aspetti delle scuse da parte mia».

«A che proposito?».

«Beh, avevi ragione su quella Greta. Aveva qualcosa che non andava».

«Non mi aspetto scuse. Ma avrei voluto più sostegno, questo sì».

«Le cose sarebbero andate diversamente tra noi?».

«Non lo so», ammisi in tutta onestà, sistemandomi sul divano.

«Non deve finire per forza così», disse lui, ancora in piedi.

«Cosa intendi?».

«Prendiamoci del tempo. Forse è di questo che abbiamo bisogno».

«Okay», risposi, anche se non ci credevo affatto. Fissai la sua valigia, senza riuscire ad arginare la tristezza.

«Andrai a stare da Dora?», domandò lui.

«Vorrei restare qui, se per te va bene».

«Certo che va bene. Questa casa è tua quanto mia. Ma sei sicura? Credevo che non ti piacesse stare qui...». Poi la sua voce si irrigidì di colpo: «Ah, capisco. Vuoi restare a Roma per lui, per quel poliziotto».

Respirai a fondo prima di ribattere: «No, non è per lui, che tu ci creda o no. Mi piace stare qui, in realtà».

Suppongo che non mi abbia creduta, ma era la verità.

Dora si disse incredula per la separazione da Gianfranco e ancor di più per la decisione (assurda, secondo lei) di restare a Roma.

«Avresti dovuto concedere più attenzione al tuo matrimonio, lavorarci su», mi rimproverò con l'abituale schiettezza.

«I nostri rapporti si erano raffreddati da tempo. Non era solo una crisi, ma né io né Gianfranco avevamo il coraggio di ammetterlo. Ultimamente c'erano poche parole tra noi, nessuna comunicazione significativa».

«Io spero che gli concederai un'altra chance», replicò mia sorella. «Magari dopo che ti sarai rimessa in piedi».

«Non andrò da un'analista», mi sentii in dovere di precisare.

«Lo sai che lo abbiamo proposto solo per il tuo bene», ribatté Dora risentita.

Ebbi l'impressione di rivolgermi a una persona che apparteneva a una vita ormai lontana. Anche con lei qualcosa si era spezzato, ma confidavo che un giorno avremmo ritrovato l'intesa di un tempo.

Durante il mio soggiorno in ospedale, Adriano mi inviò svariati messaggi per conoscere le mie condizioni e per aggiornarmi sugli sviluppi del caso di Sebastiano. La macchina della legge si era rimessa in moto in fretta e Simona tornò libera in pochi giorni.

Fui io stessa a testimoniare che Greta, prima della sua fuga, mi aveva confessato di essere la responsabile dell'omicidio di Sebastiano. La veridicità dell'affermazione fu confermata dagli esami della Scientifica. Il DNA rinvenuto sulla scena del crimine fu confrontato con quello di Greta e come previsto si ottenne una totale corrispondenza.

La complice di Malina, in cambio di una riduzione di pena, svelò il coinvolgimento di Sebastiano nella truffa dell'eredità. Grazie alla testimonianza della donna, l'intera storia venne alla luce. Emersero anche alcuni retroscena cruciali, tra cui il fatto che l'idea dell'imbroglio non era nata da Sebastiano, come ipotizzato da me e Adriano, ma era stata concepita da Malina.

La sorellastra di Greta, durante un'incursione truffaldina presso le Tre Ginestre, venne a conoscenza dell'incidente mortale dei

Molinari e seppe che tutti i loro averi sarebbero passati alla nipote. Malina, consapevole che la beneficiaria dell'eredità era la sorellastra, progettò di trarne vantaggio. Ne parlò con Sebastiano, suo amico di vecchia data e un tempo amante, il quale si occupò di mettere a punto l'imbroglio e di coinvolgere Greta, facendole credere di partecipare a una truffa.

Non ci fu invece conferma che Sebastiano avesse fatto uccidere in carcere la complice, come sosteneva Greta. Malina era deceduta durante una rissa, ma le circostanze non chiarivano se la donna era stata colpita accidentalmente durante i disordini oppure di proposito. Secondo Adriano, però, era possibile che Sebastiano si fosse servito di un agente corrotto della polizia penitenziaria per liberarsi di Malina, che probabilmente era diventata un peso per lui.

La doppia vita di Sebastiano diventò in fretta di pubblico dominio e un ghiotto argomento per i media, con somma irritazione da parte degli inquirenti.

Infine, il materiale fornito da Rosi e Freddie contribuì a completare il quadro. Gli esami confermarono che i vestiti raccolti da Rosi la notte dell'omicidio presentavano evidenti tracce del sangue di Sebastiano e del DNA di Greta, e stabilirono che il terriccio presente sui vestiti proveniva dal luogo dell'omicidio.

Margherita Giacomelli, alias Greta Molinari, fu dichiarata latitante.

106

AMANDA

Trascorsero un paio di settimane prima che accettassi di incontrare Adriano di persona. Lui aveva continuato a cercarmi, ma io ero diventata sfuggente e rispondevo a malapena ai suoi messaggi. Proposi di vederci in un locale affollato perché non mi sentivo pronta ad affrontarlo da sola.

Seduti intorno a un tavolino davanti a un caffè, ci scambiammo le ultime novità. Gli raccontai della separazione con Gianfranco, e gli spiegai che per un po' di tempo avrei provato a vivere a Roma.

Adriano mi parlò della sorella, di quanto fosse ancora provata emotivamente e fisicamente. Mi spiegò che si era trasferita a casa sua e vi sarebbe rimasta almeno fino alla nascita del bambino. C'era una luce di tenerezza negli occhi di Adriano mentre lo diceva.

«Sai, Simona spera di conoscerti per ringraziarti di persona per tutto ciò che hai fatto», aggiunse.

Dopo una vaga promessa di accontentare la richiesta, cambiai argomento: «Si è poi scoperto chi è quel Leo che ci ha aggredite?».

«Leonardo Zucchi, figlio di Giorgio Zucchi che ha un negozio ortofrutticolo dove lavorava Greta. Leonardo Zucchi ha ammesso di avere alcuni dissapori con lei e di averle installato sul telefono un'app di monitoraggio. In pratica, un programma di tracciamento GPS che gli permetteva di localizzare gli spostamenti di Greta».

«Allora è per questo che quella notte l'ha raggiunta alla casetta?».

«Sì, ma ne sapremo di più quando si riprenderà e potrà essere interrogato. Pare che abbia già avuto screzi con la legge, per lesioni personali ai danni di una ex ragazza. Anche lei era stata oggetto delle stesse "attenzioni". Insomma, non proprio un angioletto».

«A proposito di "angioletti", ho incontrato Rosi. È venuta a prelevare le sue cose dall'appartamento. A modo suo, mi ha chiesto scusa. Non posso ancora credere che stava ricattando Greta... sembrava un tipo a posto».

«So che ha fatto un accordo con la Procura. Né lei né il compagno saranno incriminati».

«Me lo ha detto. È proprio il classico tipo che cade sempre in piedi. Beh, se escludiamo il fatto che dovrà traslocare e cercarsi una nuova sistemazione, cosa di cui non era affatto contenta. Ha anche ammesso di essere stata lei a distruggere le pagine del libro di Anita che parlavano della truffa».

«Dunque, aveva scritto davvero qualcosa sulla questione».

«Sì, ma non si trattava di ciò che pensavamo. Credo che l'intenzione iniziale fosse quella di denunciare Greta come imbrogliona, narrando in modo romanzato come si era svolta la truffa. Successivamente, deve aver scoperto la verità, e cioè che Greta era stata a sua volta ingannata dal complice e dalla sorellastra. Mi domando se Sebastiano volesse farla tacere per questo».

«Non lo scopriremo mai. E peccato che Greta non conoscerà mai la verità, se resta latitante».

«Già», chinai la testa in preda a un intenso senso di colpa. Odiavo mentirgli così.

Lui fraintese il mio stato d'animo. «La staneremo prima o poi, vedrai. Stanno cercando il furgoncino di Leonardo Zucchi con cui probabilmente è scappata. Dovrà pagare per l'omicidio e per tutto quello che ha fatto passare a Simona». Nella sua voce c'era una crudezza che mi fece sobbalzare.

Per fortuna, accantonammo subito l'argomento. Nell'aria restò però una tensione difficile da ignorare.

Prima di lasciare il locale, Adriano sembrò indugiare, tormentandosi le mani, e alla fine disse: «Non starò tanto a girarci intorno, Amanda. Ti andrebbe un giorno o l'altro di uscire con me?».

Feci vagare distrattamente lo sguardo qua e là, prima di rispondere: «Mi piacerebbe. Credo che tu sappia quanto mi piacerebbe. Ma non posso. Ora è tutto troppo complicato per me», m'inventai, senza guardarlo. Pronunciai con enorme fatica quelle parole e accennai un sorriso per celare i miei veri sentimenti. Desideravo con tutto il cuore uscire con lui ed era terribilmente doloroso dover fingere indifferenza.

Quando eravamo vicini, il mio cuore faceva ancora le capriole. Ma ero cosciente che tra noi non avrebbe potuto svilupparsi né un rapporto sentimentale né un'amicizia. Non più, ormai. Non si può iniziare una relazione con un bagaglio gravoso quale la mancanza di sincerità.

Avrei dovuto confessargli la verità, ammettere che avevo

consapevolmente lasciato scappare Greta. Ma lui non avrebbe capito, avrebbe reagito molto male. Dopotutto era un poliziotto, voleva giustizia, e per lui quella storia era ancora una ferita sanguinante. Lo capivo dal tono tagliente che usava quando parlava della latitanza di Greta.

Nel peggiore dei casi, avrebbe potuto perfino farmi incriminare per intralcio alla giustizia, o peggio.

La cosa giusta – mi dissi – *è quella di chiudere con lui. Passare oltre. Dimenticare.*

Quando sbirciai il suo volto per valutare la reazione, mi aspettavo che gli occhi traboccassero di delusione. Di sicuro la mia risposta negativa era stata una doccia gelata. Sperai comunque di aver parlato con tale determinazione da scoraggiare qualsiasi insistenza o obiezione da parte sua.

L'espressione di Adriano però non era quella prevista. Mi stava osservando attentamente, con insistenza, in silenzio. Come se stesse soppesando la situazione. Mi chiesi se avesse notato esitazioni da parte mia, una strana intonazione di voce, il fatto che evitavo il suo sguardo.

Mi pulii le labbra con un tovagliolo, anche se non ce n'era bisogno. «Allora, ci sentiamo», dissi forzatamente, con una punta di imbarazzo. I secondi che seguirono passarono con insopportabile lentezza, in attesa di un suo saluto, di un commiato che non arrivava. Sentivo addosso uno sguardo inquisitorio, mentre lui rimaneva immobile e taceva.

Con un gesto nervoso, estrassi il telefono dalla borsa, ma lui mi bloccò posando una mano sul polso. Sollevai lo sguardo, costretta a incontrare i suoi occhi azzurro ghiaccio.

«Cos'è che mi stai nascondendo, Amanda? Perché mi gioco un braccio che c'è qualcosa che non mi stai dicendo. Credi che non me ne sia accorto?».

Aprii la bocca per rispondere, pronta a inventare una scusa qualsiasi, decisa ad attribuire il mio comportamento alla recente separazione o a un altro stupido motivo, ma non ci riuscii. La sua mano premeva ancora sul mio polso, scatenando sensazioni impossibili da negare. Avrei voluto che mi lasciasse andare, o almeno avrei voluto avere il coraggio per sottrarmi io stessa al contatto. Ma nessuno dei due muoveva un muscolo.

Deglutii, cercando di mandar via il groppo in gola. «Credo sia meglio lasciare le cose come stanno», dissi alla fine.

«E come stanno di preciso?», ribatté lui rigidamente.

«Io non... non so se...».

«Si tratta di quanto è successo in quel capanno, vero? Ho un'orribile sensazione da quella notte. È da allora che ti comporti in modo diverso con me. Credevo che fosse il trauma emotivo che hai subito, l'aggressione e tutto il resto... ma ora penso che tu non mi abbia raccontato tutto».

Fui tentata di continuare a ingannarlo, ma l'angoscia era insopportabile. Con voce quasi afona, ammisi: «Sì, ti ho mentito». Sospirai lentamente. Parlargli con sincerità era un sollievo, anche se temevo fortemente la sua reazione. «Si tratta di Greta».

«Ovvero?».

«Avevo io la pistola».

«Questo lo so».

«Avrei potuto fermarla, impedirle di andarsene. Invece le ho permesso di scappare».

Adriano lasciò bruscamente la mia mano, un'espressione stravolta in faccia. «Tu... cosa?».

Chiusi gli occhi per un secondo, in preda a un senso di vertigine. «Le ho detto tutto. Che Sebastiano l'aveva ingannata, che Malina era d'accordo con lui. Che Miriam era la sua vera madre. E anche che i Molinari erano la sua famiglia d'origine. E che potrebbe aver ereditato i disturbi psicologici della madre. E mentre...». Deglutii a fatica e distolsi lo sguardo. «Mentre le dicevo tutto questo, non avevo davanti una criminale. Greta in quel momento era solo una ragazza sfortunata, probabilmente malata».

Adriano scosse la testa con aria grave, senza smettere di fissarmi. «Quella ragazza sfortunata ha ucciso un uomo».

«Lo so. E ci sono giorni in cui io stessa non capisco perché l'ho fatto, perché l'ho lasciata fuggire».

«Non spettava a te giudicarla».

«No, forse no. Però ho preso la decisione in un istante, come se fosse l'unica possibile. Ho capito che il carcere l'avrebbe distrutta. Non lo meritava».

«E Simona allora? Lei lo meritava? Mia sorella avrebbe pagato al posto suo! Non ci hai pensato?».

«Certo che ci ho pensato! Ma ormai avevamo in mano le prove che era stata Greta a uccidere Sebastiano. Tua sorella aveva modo di scagionarsi».

«E se ciononostante, non avesse potuto? E se...».

«Ascolta, Adriano, lo so che non è facile da capire. Mi rendo conto che qualsiasi cosa ti dicessi ora, non cambierebbe i fatti».

Ora lui non mi guardava più. «Sono un poliziotto. Tu mi stai chiedendo di andare contro il mio dovere».

«Non ti sto chiedendo nulla. Se te l'ho confessato è perché non sopporto più di mentirti. Mi fa male sapere che ti ho deluso. Ma non sono pentita di ciò che ho fatto. E se vorrai denunciarmi, ne accetterò le conseguenze».

Lui si alzò così in fretta che per un momento temetti che il tavolino si rovesciasse. Mi alzai anche io, più lentamente. Lo seguii fuori dal locale. Ripresi il telefono per chiamare un taxi e tornare a casa, quando mi sentii toccare una spalla.

«Aspetta».

Mi voltai.

«Non sarò io a scagliare la prima pietra. Non dopo tutto quello che ho fatto al di fuori della legge negli ultimi tempi. Non dopo quello che tu hai fatto per aiutarmi. E soprattutto non voglio perderti. Non sono disposto a scendere a compromessi su questo. Quindi, vorrei che rispondessi con sincerità a un'ultima domanda».

«Quale?».

«Hai detto che non puoi uscire con me. È per via di ciò che mi hai appena confessato? O ci sono altri ostacoli? Magari, non so... tuo marito».

«No, non ci sono altri ostacoli. Ma capisco bene che...».

Mi zittì con un gesto. «Non ho bisogno di sapere altro».

Non ne abbiamo più parlato, da allora. Non so ancora se la relazione tra me e Adriano avrà un futuro, ma perlomeno è iniziata senza più segreti e con la promessa che non ci saranno altre menzogne tra noi.

Tuttavia, penso spesso a ciò che ho fatto.

Mi chiedo: Greta meritava di essere rinchiusa in un carcere, meritava di pagare per il male che ha commesso, doveva essere chiamata a rendere conto delle sue azioni? Probabilmente, sì. Eppure, l'ho lasciata andare. Forse a spingermi verso quell'impulso è stato il tormento nei suoi occhi, che in un solo istante ha spazzato via l'animosità e il rancore che provavo nei suoi confronti.

Gianfranco direbbe che ho il cuore troppo tenero, che mi sono lasciata confondere dalle lacrime di Greta. Con il suo abituale pragmatismo, ipotizzerebbe che Greta abbia colto in me un momento di debolezza e ne abbia approfittato per convincermi a lasciarla scappare. Ma io preferisco pensare di aver fatto la cosa giusta.

Ancora conservo a casa la scatola con le foto raccolte da Anita sulla famiglia Molinari, non mi sono decisa a restituirla a Rita. Ho rovistato tra le foto un paio di volte, indugiando in particolare sulle immagini di Greta da piccola, una bimba dal visetto ovale atteggiato a un'espressione seria e imbronciata, come in un oscuro presentimento del suo destino.

Mi piace pensare di aver concesso una seconda possibilità proprio a quella bambina innocente.

107

GRETA

Greta aveva guidato a tutta velocità per un paio di giorni, concedendosi delle soste solo per rifornire di benzina la vettura, mangiare un boccone e schiacciare brevi pisolini sul retro del furgoncino, raggomitolata in una posizione scomoda.

Era da anni che non guidava, perciò all'inizio c'era stata qualche incertezza sulle manovre da eseguire, cambiava le marce in modo maldestro e si muoveva a scatti. Pian piano, però, aveva preso confidenza con il veicolo e ora si sentiva più sicura, anche se non aveva mai smesso di controllare lo specchietto retrovisore. Aveva imparato a guidare molto giovane, prima dell'età stabilita dalla legge, tuttavia non aveva mai preso ufficialmente la patente.

Per buona parte del viaggio le aveva fatto compagnia un dolore pulsante alla testa, che lentamente si stava trasformando in una sopportabile pressione alle tempie. Anche l'adrenalina che l'aveva animata durante le prime ore della fuga si era ben presto dissolta, lasciando spazio a una sofferenza sottile e profonda, venata di amarezza.

Mentre guidava lungo il litorale romano, la sua mente si agitava come un vortice. Venire a patti con quanto aveva scoperto avrebbe richiesto tempo. Ciò che più la feriva non era il vile inganno di Seb. In fondo aveva sempre saputo che lui intendeva solo usarla: aveva fiutato un'opportunità e l'aveva colta.

Ciò che le faceva un male cane era il fatto che Malina avesse sempre conosciuto le sue origini e l'identità della sua madre biologica. E che quando aveva appreso che questa era morta insieme ai nonni materni di Greta, si era ben guardata dall'avvertirla, anzi non si era fatta scrupolo ad architettare un piano per trarne vantaggio. Uno sporco tradimento che Greta faticava ad accettare.

Malina e Seb l'avevano trattata come un burattino. Avevano tirato i fili della sua vita lasciandole credere di farlo per il suo bene. Era stato un colpo al cuore scoprirlo.

C'erano così tante cose che ora Greta guardava da una

prospettiva diversa. La storia di Miriam per esempio, che aveva scoperto essere la sua vera madre. E l'immagine della donna che l'aveva cresciuta, alla quale non aveva mai smesso di pensare con nostalgia, ma che ora sapeva essere solo la sua mamma adottiva.

Gli occhi le si inumidirono e lei si affrettò a sbatterli per scongiurare altre lacrime. Dio santo, stava diventando proprio una piagnona.

Era così stanca di macinare odio e rimuginare su eventi spiacevoli. Se voleva sopravvivere, doveva liberarsi dalle catene del passato e focalizzarsi sul futuro. Doveva impegnare le sue energie per costruirsi una nuova vita.

Non andrai lontana.

Una voce maligna si insinuò nella sua testa. Si affrettò a scacciarla, ma addosso le rimase attaccata una scia di malessere.

La giornata volgeva al termine quando spense il motore e parcheggiò il furgoncino di Leo in un'area di sosta. Era giunto il momento di abbandonare la vettura e continuare con un altro mezzo. Avrebbe fatto autostop o rubato un'auto. Contava di acquistare il prima possibile nuovi abiti (rigorosamente maschili), e una parrucca che potesse farla passare per un uomo.

Prima di decidersi a scendere, restò a bordo, concedendosi un momento di riposo. Non sapeva esattamente dove si trovava, probabilmente ai confini con la Toscana.

Con flemma si avviò a piedi verso il lungomare, trascinandosi dietro la borsa-cassaforte. Era un tratto costiero poco frequentato dai bagnanti, così poté godere di qualche minuto di tranquillità senza l'ansia di venire catturata.

Si sedette sul muretto frangiflutti, rivolta verso il mare. Il viso, imperlato di sudore, si rinfrescò alla brezza marina. Socchiuse gli occhi e lasciò che il sole tiepido del crepuscolo le scaldasse le guance. Quando li riaprì, restò come ipnotizzata a fissare l'acqua mossa dal vento. Contemplare il mare ebbe su di lei un effetto rilassante, ma il piacevole abbandono non durò a lungo. Sapeva bene che non poteva permettersi di abbassare la guardia perché la polizia le dava la caccia. La strada della fuga era lunga e ancora non aveva idea di cosa avrebbe fatto o dove sarebbe andata. La nuova vita era tutta da inventare.

La fuga aveva un sapore surreale. Ancora non riusciva a credere che Amanda l'avesse lasciata andare. Greta non se l'era fatto ripetere due volte, naturalmente, ma era ancora sconcertata dal suo gesto. Proprio lei, la sua nemica, l'odiosa belloccia del piano di sopra, che non aveva fatto altro che scavare in affari che non la riguardavano da quando era arrivata alle Tre Ginestre.

Devo averle fatto davvero pena, rifletté Greta con amarezza.

Senza volerlo, le ritornarono in mente le strane parole che le aveva rivolto, sulle quali non si era più soffermata fino a quell'istante.

Tua madre, Miriam, aveva dei problemi di salute mentale che tu potresti aver ereditato.

A cosa si riferiva di preciso Amanda? Greta rimpianse di non aver avuto modo di chiederle spiegazioni.

La possibilità di essere affetta da una malattia mentale la inquietava, la turbava profondamente. Si domandò se i problemi a cui si era riferita Amanda erano in relazione con le fantasie violente che coltivava ogni tanto o con l'esplosione di furia omicida che l'aveva portata a togliere la vita a Seb. O magari avevano a che vedere con quell'abisso popolato da creature spaventose che spesso le si spalancava davanti alla coscienza. Anche ora, in quel momento, nonostante il meraviglioso panorama, aveva l'impressione di essere sul ciglio di quel baratro senza fondo. Erano quelli, forse, i segni premonitori di un'incipiente disturbo mentale, di una tara psicologica che aveva ereditato da Miriam?

Allontanò il pensiero e si alzò di scatto dal muretto. Raggiunse una fontanella. Con le mani unite a conca, bevve un po' d'acqua fresca e si bagnò il viso. Lo stomaco reclamava di nuovo di essere rifocillato.

Aveva quasi esaurito il denaro prelevato dal portafoglio di Leo, ben presto avrebbe dovuto decidersi ad aprire la borsa-cassaforte. Il suo asso nella manica, la sua grande speranza. Non sarebbe stato facile scassinarla, ma valeva la pena di metterci il massimo impegno e tutta l'inventiva di cui disponeva per recuperare il contenuto.

Bisogna solo trovare la chiave appropriata. Tutto si può forzare con lo strumento giusto.

Lo aveva detto Seb, e per una volta lei si trovava del tutto d'accordo.

FINE

NOTA DELL'AUTRICE E BIOGRAFIA

Cari lettori, spero che la storia di Amanda e Greta vi abbia regalato alcune piacevoli ore di lettura. Scrivere questo romanzo è stato per me un viaggio ricco di emozioni e non vedo l'ora di scoprire cosa ne pensiate. Vi invito perciò a condividere le vostre impressioni inserendo un commento sullo store di Amazon. Se invece preferite scrivermi in privato, la mia e-mail è mtsteri@gmail.com. Sono sempre contenta di potermi confrontare con i lettori e accogliere ogni osservazione, nel bene o nel male.

Ci tengo, infine, a scusarmi con gli abitanti della zona di Ostia Antica per aver descritto il posto in maniera truce durante la fuga di Greta, sappiate che le mie parole erano finalizzate solo a creare la giusta atmosfera. Nella realtà, tutta l'area di Ostia Antica è un luogo molto suggestivo e degno di essere visitato.

Grazie per aver scelto e letto "Sento i tuoi passi".

* * *

Maria Teresa Steri è nata nel 1969 e cresciuta a Gaeta. Dopo la laurea in Lettere e Filosofia si è trasferita a Roma, dove vive attualmente con il marito. Ha collaborato come giornalista pubblicista nella redazione di quotidiani e riviste. Cura il blog *Anima di carta* dedicato a chi ama scrivere e leggere. Si interessa di scrittura creativa e antroposofia. È un'appassionata di Alfred Hitchcock. I suoi autori di narrativa preferiti sono Ruth Rendell e Joyce Carol Oates. Nel 2009 ha pubblicato il suo primo romanzo, "I Custodi del Destino" (fuori catalogo). Nel 2015 è uscito "Bagliori nel buio", un noir sovrannaturale, nel 2017 il thriller esoterico "Come un dio immortale"; nel 2019 la seconda edizione del primo romanzo, interamente riveduto, con il titolo "Tra l'ombra e l'anima"; nel 2020 ha pubblicato "Sarà il nostro segreto", nel 2021 "Non fidarti della notte", nel 2022 "Dal passato all'improvviso" e nel 2023 "Sento i tuoi passi", tutti thriller psicologici.

Printed by Amazon Italia Logistica S.r.l.
Torrazza Piemonte (TO), Italy